最好的短篇小说

一滴墨水引发千万人的思考，
一本好书可以改变无数人的命运。
——［英］拜伦

一生的读书计划　永恒的收藏经典

最好的短篇小说

鲁迅等　著
雨彤　主编

中国華僑出版社

图书在版编目（CIP）数据

最好的短篇小说 / 鲁迅等著；雨彤主编. —北京：中国华侨出版社，2013.11
ISBN 978-7-5113-4219-5

I.①最… II.①鲁…②雨… III.①短篇小说－小说集－世界 IV.①I14

中国版本图书馆CIP数据核字（2013）第260606号

最好的短篇小说

著　　者：鲁迅等
主　　编：雨　彤
出 版 人：方　鸣
责任编辑：羽　子
封面设计：王明贵
文字编辑：刘　颖
美术编辑：潘　松
经　　销：新华书店
开　　本：720mm × 1020mm　1/16　印张：27.5　字数：548千字
印　　刷：北京鑫海达印刷有限公司
版　　次：2014年1月第1版　2018年8月第4次印刷
书　　号：ISBN 978-7-5113-4219-5
定　　价：29.80元

中国华侨出版社　北京市朝阳区静安里26号通成达大厦三层　邮编：100028
法律顾问：陈鹰律师事务所
发 行 部：（010）58815874　　传　　真：（010）58815857
网　　址：www.oveaschin.com
E-mail：oveaschin@sina.com

前言 preface

在各种文学体裁中，小说所反映社会和人生的广度和深度，是其他文学体裁所难以企及的。而短篇小说由于其篇幅的短小性、主题的集中性、视角的新颖性、针砭的有力性、阅读的快捷性，更是为广大读者所喜闻乐见，竞相传诵。世界各国的小说大师们，在创作长篇小说的同时，也热衷于截取生活的横断面，创作一些脍炙人口的短篇小说。这些短篇小说无论是在内容的深度上，还是在艺术的造诣上，都堪与长篇小说相媲美，感染和激励着一代又一代的广大读者，成为人类一笔弥足珍贵的精神财富。

作为文学殿堂中一种影响广泛的文体，短篇小说是人们不可或缺的精神食粮之一。一个人在其一生中，阅读若干篇优秀的短篇小说，不仅可以拓宽自己的阅读视野，还可以获得某种深刻的人生启示和积极的人生借鉴。优秀的短篇小说，是文学大师们以其敏锐的洞察力和犀利的眼光，从复杂多变的社会生活中撷取素材，经历长时期的生活积累和内心思考，精心创作出来的文学作品。这些作品，从不同层面描绘了不同时代、不同民族、不同国度的社会生活，叙述着一个个离奇曲折、扣人心弦的故事，塑造了一个个思想各异、个性鲜明的人物形象，反映着人与人之间错综复杂的关系，也揭示了不同国家的社会风貌、不同民族的思想倾向。阅读优秀的短篇小说，可以使我们在领略其艺术魅力的同时，感同身受，体会作者的是非观念、爱憎标准、价值取向、审美情趣，探究人类的生存环境、生存心理、生存意义，增强自己的人生信念和生活勇气，更加热切地关注社会的震荡、历史的演变、人类的前途和世界的未来，将一己的命运融入广阔意义上的人类、社会、时代中去，为自己的人生注入丰厚多元的内涵和绵延不绝的活力。

中外小说浩如烟海，一个人要想在短暂的一生中遍阅小说大师们的所有短篇佳作，既不现实，也不科学。为了让广大读者在最短的时间内迅速、有效地了解中外短篇小说的创作成就，获得最佳的阅读效果，我社组织有关人员，在广泛查阅相关资料的基础上，经过反复细致的讨论和斟酌，最后从琳琅满目的中外小说宝库中遴选出数十篇流传最广、影响最大的短篇小说，辑录成书。所选的小说，在地域上涵盖中外，时间上侧重现当代，它们形式多样、风格各异，具有较高的思想性和艺术性。

为了帮助读者加深对作品的理解，我们为每篇作品增设了“入选理由”、“作者简介”、“作品赏析”三个栏目。“入选理由”点明每篇小说的独特之处，让读者在阅读之前对作品有个初步的认识；“作者简介”简要介绍了作者的生平经历、创作成就等，使读者对作者有个清晰概括的了解；“作品赏析”以凝练的语言对每篇作品的内容思想、人物形象、语言特色、风格技巧等进行精当到位的点评，引导读者准确透彻地把握作品的思想内涵和艺术特色。值得一提的是，为了尊重作者原文和保持原文风貌，对于一些作者在上世纪二三十年代写成或翻译的作品，其中有个别用字和当今现代汉语语法不统一的现象，我们都没有作改动。情至深处无言辞，落于笔端即华章，这些作品不仅为读者提供了一个可供参照、学习、研究中外短篇小说的范本，也能使读者领略文学艺术的神奇魅力。

我们希望通过本书，引领读者领略中外短篇小说的艺术魅力，在与作品中人物同悲共乐的感情波澜和神思遨游的历程中，启迪心智，陶冶性情，提高个人的文学素养、审美水准、人生品位，为自己的人生开辟一片广阔的天地。

目 录 contents

中国卷

外国卷

中国卷

孔乙己 / 鲁迅

入选理由

中国现代派小说的开山之作
鲁迅文学中的经典篇章
以一个“疯子”的笔触展露中国传统礼教的罪恶

鲁镇的酒店的格局，是和别处不同的：都是当街一个曲尺形的大柜台，柜里面预备着热水，可以随时温酒。做工的人，傍午傍晚散了工，每每花四文铜钱，买一碗酒，——这是二十多年前的事，现在每碗要涨到十文，——靠柜外站着，热热的喝了休息；倘肯多花一文，便可以买一碟盐煮笋，或者茴香豆，做下酒物了，如果出到十几文，那就能买一样荤菜，但这些顾客，多是短衣帮，大抵没有这样阔绰。只有穿长衫的，才踱进店面隔壁的房子里，要酒要菜，慢慢地坐喝。

我从十二岁起，便在镇口的咸亨酒店里当伙计，掌柜说，样子太傻，怕侍候不了长衫主顾，就在外面做点事罢。外面的短衣主顾，虽然容易说话，但唠唠叨叨缠夹不清的也很不少。他们往往要亲眼看着黄酒从坛子里舀出，看过壶子底里有水没有，又亲看将壶子放在热水里，然后放心：在这严重监督之下，羼水也很为难。所以过了几天，掌柜又说我干不了这事。幸亏荐头的情面大，辞退不得，便改为专管温酒

作者简介

鲁迅（1881 ~ 1936），原名周树人。他的创作时刻渗透着旧家庭没落中的人情冷暖的体验，深受俄国文学倾向的影响，再加上青年时代尼采的超人思想，托尔斯泰的博爱理论，共同滋养了一代国民劣根性的深刻思索者。他的小说诸如《呐喊》，是近现代小说的开山之作；他的杂文诸如《热风》捍卫了中国一代文学的尊严；他的散文诸如《野草》展现了一代伟人深刻的心灵挣扎；他的古典文学造诣诸如《中国小说史略》，至今仍是研究者案头的珍本。他的存在，已经超越了一个人，而是一个时代，一个民族的精神象征。

鲁迅像

的一种无聊职务了。

我从此便整天的站在柜台里，专管我的职务。虽然没有什么失职，但总觉有些单调，有些无聊。掌柜是一副凶脸孔，主顾也没有好声气，教人活泼不得；只有孔乙己到店，才可以笑几声，所以至今还记得。

浙江绍兴城内的咸亨酒店。鲁迅的小说《孔乙己》使咸亨酒店声名远扬，如今但凡来此旅游的人，均免不了要到这儿一品醇香的绍兴老酒和茴香豆的味道。

孔乙己是站着喝酒而穿长衫的唯一的人。他身材很高大；青白脸色，皱纹间时常夹些伤痕；一部乱蓬蓬的花白的胡子。穿的虽然是长衫，可是又脏又破，似乎十多年没有补，也没有洗。他对人说话，总是满口之乎者也，教人半懂不懂的。因为他姓孔，别人便从描红纸上的“上大人孔乙己”这半懂不懂的话里，替他取下一个绰号，叫作孔乙己。孔乙己一到店，所有喝酒的人便都看着他笑，有的叫道：“孔乙己，你脸上又添上新伤疤了！”他不回答，对柜里说：“温两碗酒，要一碟茴香豆。”便排出九文大钱。他们又故意的高声嚷道：“你一定又偷了人家的东西了！”孔乙己睁大眼睛说：“你怎么这样凭空污人清白……”“什么清白？我前天亲眼见你偷了何家的书，吊着打。”孔乙己便涨红了脸，额上的青筋条条绽出，争辩道：“窃书不能算偷……窃书！……读书人的事，能算偷么？”接连便是难懂的话，什么“君子固穷”，什么“者乎”之类，引得众人都哄笑起来；店内外充满了快活的空气。

听人家背地里谈论，孔乙己原来也读过书，但终于没有进学，又不会营生；于是愈过愈穷，弄到将要讨饭了。幸而写得一笔好字，便替人家钞钞书，换一碗饭吃。可惜他又有一样坏脾气，便是好喝懒做。坐不到几天，便连人和书籍纸张笔砚，一齐失踪。如是几次，叫他钞书的人也没有了。孔乙己没有法，便免不了偶然做些偷窃的事。但他在我们店里，品行却比别人都好，就是从不拖欠；虽然间或没有现钱，暂时记在粉板上，但不出一月，定然还清，从粉板上拭去了孔乙己的名字。

孔乙己喝过半碗酒，涨红的脸色渐渐复了原，旁人便又问道，“孔乙己，你当真认识字么？”孔乙己看着问他的人，显出不屑置辩的神气。他们便接着说道：“你怎的连半个秀才也捞不到呢？”孔乙己立刻显出颓唐不安模样，脸上笼上了一层灰色，嘴里说些话；这回可是全是之乎者也之类，一些不懂了。在这时候，众人也都哄笑起

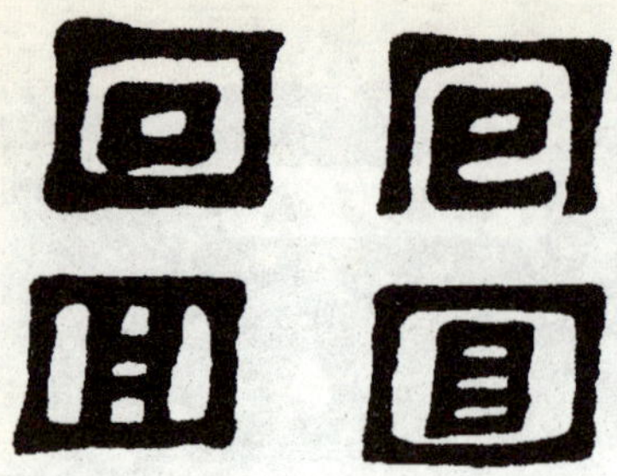
回字的四种写法

来：店内外充满了快活的空气。

在这些时候，我可以附和着笑，掌柜是决不责备的。而且掌柜见了孔乙己，也每每这样问他，引人发笑。孔乙己自己知道不能和他们谈天，便只好向孩子说话。有一回对我说道，“你读过书么？”我略略点一点头。他说，“读过书，……我便考你一考。茴香豆的茴字，怎样写的？”我想，讨饭一样的人，也配考我么？便回过脸去，不再理会。孔乙己等了许久，很恳切的说道：“不能写罢？……我教给你，记着！这些字应该记着。将来做掌柜的时候，写账要用。”我暗想我和掌柜的等级还很远呢，而且我们掌柜也从不将茴香豆上账；又好笑，又不耐烦，懒懒的答他道：“谁要你教，不是草头底下一个来回的回字么？”孔乙己显出极高兴的样子，将两个指头的长指甲敲着柜台，点头说：“对呀对呀！……回字有四样写法，你知道么？”我愈不耐烦了，努着嘴走远。孔乙己刚用指甲蘸了酒，想在柜上写字，见我毫不热心，便又叹一口气，显出极惋惜的样子。

有几回，邻舍孩子听得笑声，也赶热闹，围住了孔乙己。他便给他们茴香豆吃，一人一颗。孩子吃完豆，仍然不散，眼睛都望着碟子。孔乙己着了慌，伸开五指将碟子罩住，弯腰下去说道：“不多了，我已经不多了。”直起身又看一看豆，自己摇头说：“不多不多！多乎哉？不多也。”于是这一群孩子都在笑声里走散了。

孔乙己是这样的使人快活，可是没有他，别人也便这么过。

有一天，大约是中秋前的两三天，掌柜正在慢慢的结账，取下粉板，忽然说：“孔乙己长久没有来了。还欠十九个钱呢！”我才也觉得他的确长久没有来了。一个喝酒的人说道，“他怎么会来？……他打折了腿了。”掌柜说：“哦！”“他总仍旧是偷。这一回，是自己发昏，竟偷到丁举人家里去了。他家的东西，偷得的么？”“后来怎么样？”“怎么样？先写服辩，后来是打，打了大半夜，再打折了腿。”“后来呢？”“后来打折了腿了。”“打折了怎样呢？”“怎样？……谁晓得？许是死了。”掌柜也不再问，仍然慢慢的算他的账。

中秋过后，秋风是一天凉比一天，看看将近初冬；我整天的靠着火，也须穿上棉袄了。一天的下半天，没有一个顾客，我正合了眼坐着。忽然间听得一个声音，“温一碗酒。”这声音虽然极低，却很耳熟。看时又全没有人。站起来向外一望，那孔乙己便在柜台下对了门槛坐着。他脸上黑而且瘦，已经不成样子；穿一件破夹袄，盘着两腿，下面垫一个蒲包，用草绳在肩上挂住；见了我，又说道，“温一碗酒。”掌柜也伸出头去，一面说：“孔乙己么？你还欠十九个钱呢！”孔乙己很颓唐的仰面答道，“这……下回还清罢。这一回是现钱，酒要好。”掌柜仍然同平常一样，笑着对他说，“孔乙己，你又偷了东西了！”但他这回却不十分分辩，单说了一句“不要取笑！”“取笑？要是不偷，怎么会打断腿？”孔乙己低声说道，“跌断，跌，跌……”他的眼色，很像恳求掌柜，不要再提。此时已经聚集了几个人，便和掌柜都笑了。我温了酒，端出去，放在门槛上。他从破衣袋里摸出四文大钱，放在我手里，见他满手是泥，原来他便用这手走来的。不一会，他喝完酒，便又在旁人的说笑声中，坐着用这手慢慢走去了。

《孔乙己》插图

孔乙己很颓唐的仰面答道，“这……下回还清罢……”

自此以后，又长久没有看见孔乙己。到了年关，掌柜取下粉板说，“孔乙己还欠十九个钱呢！”到第二年的端午，又说：“孔乙己还欠十九个钱呢！”到中秋可是没有说，再到年关也没有看见他。

我到现在终于没有见——大约孔乙己的确死了。

·作品赏析·

《孔乙己》是鲁迅创作的第二篇白话小说，最初发表于1919年4月的《新青年》第六卷第四号上。

在小说中，作者成功塑造了孔乙己这样一位穷困潦倒、迂腐麻木、懒惰却又不失善良品性的清末下层知识分子形象。小说全文不足3000字，但却以极其凝练的笔墨，表现了相当深广的思想内容。一方面，作品通过塑造孔乙己的悲剧性格，表现出了封建科举制度是怎样将一个下层知识分子摧残成了一个完全丧失了人的尊严，丧失了起码的生存能力的社会的“多余人”；另一方面，作品也通过展现孔乙己的悲惨命运，表现出在封建科举制度的侵蚀下，社会各阶层的人是怎样共同构成一种巨大的、可怕的社会合力，吞噬着人的魂灵。作品在展现孔乙己悲惨命运的同时，还通过展现环绕在孔乙己周围的环境，从另一个角度抨击了封建科举制度对整个社会的毒害。小说构思精巧，语言、动作描写十分细腻生动，讽刺中含着同情，庄谐俱备，读后发人深思。

在酒楼上 / 鲁迅

入选理由

鲁迅文学中的经典篇章
一篇关于人生去处的痛心疾首的思考
笔意苍凉，情感深沉，读来让人郁郁

我从北地向东南旅行，绕道访了我的家乡，就到S城。这城离我的故乡不过三十里，坐了小船，小半天可到，我曾在这里的学校里当过一年的教员。深冬雪后，风景凄清，懒散和怀旧的心绪联结起来，我竟暂寓在S城的洛思旅馆里了；这旅馆是先前所没有的。城圈本不大，寻访了几个以为可以会见的旧同事，一个也不在，早不知散到那里去了；经过学校的门口，也改换了名称和模样，于我很生疏。不到两个时辰，我的意兴早已索然，颇悔此来为多事了。

我所住的旅馆是租房不卖饭的，饭菜必须另外叫来，但又无味，入口如嚼泥土。窗外只有渍痕斑驳的墙壁，帖着枯死的莓苔；上面是铅色的天，白皑皑的绝无精采，而且微雪又飞舞起来了。我午餐本没有饱，又没有可以消遣的事情，便很自然的想到先前有一家很熟识的小酒楼，叫一石居的，算来离旅馆并不远。我于是立即锁了房门，出街向那酒楼去。其实也无非想姑且逃避客中的无聊，并不专为买醉。一石居是在的，狭小阴湿的店面和破旧的招牌都依旧；但从掌柜以至堂倌却已没有一个熟人，我在这一石居中也完全成了生客。然而我终于跨上那走熟的屋角的扶梯去了，由此径到小楼上。上面也依然是五张小板桌；独有原是木棂的后窗却换嵌了玻璃。

"一斤绍酒。——菜？十个油豆腐，辣酱要多！"

我一面说给跟我上来的堂倌听，一面向后窗走，就在靠窗的一张桌旁坐下了。楼上"空空如也"，任我拣得最好的坐位：可以眺望楼下的废园。这园大概是不属于酒家的，我先前也曾眺望过许多回，有时也在雪天里。但现在从惯于北方的眼睛看来，却很值得惊异了：几株老梅竟斗雪开着满树的繁花，仿佛毫不以深冬为意；倒塌的亭子边还有一株山茶树，从暗绿的密叶里显出十几朵红花来，赫赫的在雪中明得如火，愤怒而且傲慢，如蔑视游人的甘心于远行。我这时又忽地想到这里积雪的滋润，著物不去，晶莹有光，不比朔雪的粉一般干，大风一吹，便飞得满空如烟雾。……

“客人，酒。……”

堂倌懒懒的说着，放下杯，筷，酒壶和碗碟，酒到了。我转脸向了板桌，排好器具，斟出酒来。觉得北方固不是我的旧乡，但南来又只能算一个客子，无论那边的干雪怎样纷飞，这里的柔雪又怎样的依恋，于我都没有什么关系了。我略带些哀愁，然而很舒服的呷一口酒，酒味很纯正；油豆腐也煮得十分好；可惜辣酱太淡薄，本来S城人是不懂得吃辣的。

绍兴古街

大概是因为正在下午的缘故罢，这虽说是酒楼，却毫无酒楼气，我已经喝下三杯酒去了，而我以外还是四张空板桌。我看着废园，渐渐的感到孤独，但又不愿有别的酒客上来。偶然听得楼梯上脚步响，便不由的有些懊恼，待到看见是堂倌，才又安心了，这样的又喝了两杯酒。

我想，这回定是酒客了，因为听得那脚步声比堂倌的要缓得多。约略料他走完了楼梯的时候，我便害怕似的抬头去看这无干的同伴，同时也就吃惊的站起来。我竟不料在这里意外的遇见朋友了，——假如他现在还许我称他为朋友。那上来的分明是我的旧同窗，也是做教员时代的旧同事，面貌虽然颇有些改变，但一见也就认识，独有行动却变得格外迂缓，很不像当年敏捷精悍的吕纬甫了。

“阿——，纬甫，是你么？我万想不到会在这里遇见你。”

“阿阿，是你？我也万想不到……”

我就邀他同坐，但他似乎略略踌躇之后，方才坐下来。我起先很以为奇，接着便有些悲伤，而且不快了。细看他相貌，也还是乱蓬蓬的须发；苍白的长方脸，然而衰瘦了。精神很沉静，或者却是颓唐；又浓又黑的眉毛底下的眼睛也失了精采，但当他缓缓的四顾的时候，却对废园忽地闪出我在学校时代常常看见的射人的光来。

“我们，”我高兴的，然而颇不自然的说，“我们这一别，怕有十年了罢。我早知道你在济南，可是实在懒得太难，终于没有写一封信。……”

“彼此都一样。可是现在我在太原了，已经两年多，和我的母亲。我回来接她的时候，知道你早搬走了，搬得很干净。”

“你在太原做什么呢？”我问。

“教书，在一个同乡的家里。”

“这以前呢？”

“这以前么？”他从衣袋里掏出一支烟卷来，点了火衔在嘴里，看着喷出的烟雾，沉思似的说，“无非做了些无聊的事情，等于什么也没有做。”

他也问我别后的景况；我一面告诉他一个大概，一面叫堂倌先取杯筷来，使他先喝着我的酒，然后再去添二斤。其间还点菜，我们先前原是毫不客气的，但此刻却推让起来了，终于说不清那一样是谁点的，就从堂倌的口头报告上指定了四样菜：茴香豆，冻肉，油豆腐，青鱼干。

“我一回来，就想到我可笑。”他一手擎着烟卷，一只手扶着酒杯，似笑非笑的向我说。“我在少年时，看见蜂子或蝇子停在一个地方，给什么来一吓，即刻飞去了，但是飞了一个小圈子，便又回来停在原地点，便以为这实在很可笑，也可怜。可不料现在我自己也飞回来了，不过绕了一点小圈子。又不料你也回来了。你不能飞得更远些么？”

“这难说，大约也不外乎绕点小圈子罢。”我也似笑非笑的说。“但是你为什么飞回来的呢？”

“也还是为了无聊的事。”他一口喝干了一杯酒，吸几口烟，眼睛略为张大了。“无聊的。——但是我们就谈谈罢。”

堂倌搬上新添的酒菜来，排满了一桌，楼上又添了烟气和油豆腐的热气，仿佛热闹起来了；楼外的雪也越加纷纷的下。

“你也许本来知道，”他接着说，“我曾经有一个小兄弟，是三岁上死掉的，就葬在这乡下。我连他的模样都记不清楚了，但听母亲说，是一个很可爱念的孩子，和我也很相投，至今她提起来还似乎要下泪。今年春天，一个堂兄就来了一封信，说他的坟边已经渐渐的浸了水，不久怕要陷入河里去了，须得赶紧去设法。母亲一知道就很着急，几乎几夜睡不着，——她又自己能看信的。然而我能有什么法子呢？没有钱，没有工夫：当时什么法也没有。

“一直挨到现在，趁着年假的闲空，我才得回南给他来迁葬。”他又喝干一杯酒，看着窗外，说，“这在那边那里能如此呢？积雪里会有花，雪地下会不冻。就在前天，我在城里买了一口小棺材，——因为我豫料那地下的应该早已朽烂了，——带着棉絮和被褥，雇了四个土工，下乡迁葬去。我当时忽而很高兴，愿意掘一回坟，愿意一见我那曾经和我很亲睦的小兄弟的骨殖：这些事我生平都没有经历过。到得坟地，果然，河水只是咬进来，离坟已不到二尺远。可怜的坟，两年没有培土，也平下去了。

我站在雪中，决然的指着他对土工说，‘掘开来！’我实在是一个庸人，我这时觉得我的声音有些希奇，这命令也是一个在我一生中最为伟大的命令。但土工们却毫不骇怪，就动手掘下去了。待到掘着圹穴，我便过去看，果然，棺木已经快要烂尽了，只剩下一堆木丝和小木片。我的心颤动着，自去拨开这些，很小心的，要看一看我的小兄弟。然而出乎意外！被褥，衣服，骨骼，什么也没有。我想，这些都消尽了，向来听说最难烂的是头发，也许还有罢。我便伏下去，在该是枕头所在的泥土里仔仔细细的看，也没有。踪影全无！”

我忽而看见他眼圈微红了，但立即知道是有了酒意。他总不很吃菜，单是把酒不停的喝，早喝了一斤多，神情和举动都活泼起来，渐近于先前所见的吕纬甫了。我叫堂倌再添二斤酒，然后回转身，也拿着酒杯，正对面默默的听着。

“其实，这本已可以不必再迁，只要平了土，卖掉棺材，就此完事了的。我去卖棺材虽然有些离奇，但只要价钱极便宜，原铺子就许要，至少总可以捞回几文酒钱来。但我不这样，我仍然铺好被褥，用棉花裹了些他先前身体所在的地方的泥土，包起来，装在新棺材里，运到我父亲埋着的坟地上，在他坟旁埋掉了。因为外面用砖，昨天又忙了我大半天：监工。但这样总算完结了一件事，足够去骗骗我的母亲，使她安心些。——阿阿，你这样的看我，你怪我何以和先前太不相同了么？是的，我也还记得我们同到城隍[①]庙里去拔掉神像的胡子的时候，连日议论些改革中国的方法以至于打起来的时候。但我现在就是这样了，敷敷衍衍，模模胡胡。我有时自己也想到，倘若先前的朋友看见我，怕会不认我做朋友了。——然而我现在就是这样。”

他又掏出一支烟卷来，衔在嘴里，点了火。

---

① 城隍：迷信中主管城池的神。

“看你的神情，你似乎还有些期望我，——我现在自然麻木得多了，但是有些事也还看得出。这使我很感激，然而也使我很不安：怕我终于辜负了至今还对我怀着好意的老朋友。……”他忽而停止了，吸几口烟，才又慢慢的说，“正在今天，刚在我到这一石居来之前，也就做了一件无聊事，然而也是我自己愿意做的。我先前的东边的邻居叫长富，是一个船户。他有一个女儿叫阿顺，你那时到我家里来，也许见过的，但你一定没有留心，因为那时她还小。后来她也长得并不好看，不过是平常的瘦瘦的瓜子脸，黄脸皮；独有眼睛非常大，睫毛也很长，眼白又青得如夜的晴天，而且是北方的无风的晴天，这里的就没有那么明净了。她很能干，十多岁没了母亲，招呼两个小弟妹都靠她；又得服侍父亲，事事都周到；也经济，家计倒渐渐的稳当起来了。邻居几乎没有一个不夸奖她，连长富也时常说些感激的话。这一次我动身回来的时候，我的母亲又记得她了，老年人记性真长久。她说她曾经知道顺姑因为看见谁的头上戴着红的剪绒花，自己也想有一朵，弄不到，哭了，哭了小半夜，就挨了她父亲的一顿打，后来眼眶还红肿了两三天。这种剪绒花是外省的东西，S城里尚且买不出，她那里想得到手呢？趁我这一次回南的便，便叫我买两朵去送她。

一石居酒楼

如今在绍兴，依然有“一石居酒楼”，缅怀鲁迅先生的人常会光临此处。

“我对于这差使倒并不以为烦厌，反而很喜欢；为阿顺，我实在还有些愿意出力的意思的。前年，我回来接我母亲的时候，有一天，长富正在家，不知怎的我和他闲谈起来了。他便要请我吃点心，荞麦粉，并且告诉我所加的是白糖。你想，家里能有白糖的船户，可见决不是一个穷船户了，所以他也吃得很阔绰。我被劝不过，答应了，但要求只要用小碗。他也很识世故，但嘱咐阿顺说，‘他们文人，是不会吃东西的。你就用小碗，多加糖！’然而等到调好端来的时候，仍然使我吃一吓，是一大碗，足够我吃一天。但是和长富吃的一碗比起来，我的也确乎算小碗。我生平没有吃过荞麦粉，这回一尝，实在不可口，却是非常甜。我漫然的吃了几口，就想不吃了，然而无意中，忽然间看见阿顺远远的站在屋角里，就使我立刻消失了放下碗筷的勇气。我看她的神情，是害怕而且希望，大约怕自己调得不好，愿我们吃得有味。我知道如果剩下大半碗来，一定要使她很失望，而且很抱歉。我于是同时决心，放开喉咙灌下去了，几乎吃得和长富一样快。我由此才知道硬吃的苦痛，我只记得还做孩子时候的吃尽一碗拌着驱除蛔虫药粉的沙糖才有这样难。然而我毫不抱怨，因为她过来收拾空碗时候的忍着的得意的笑容，已尽够赔偿我的苦痛而有余了。所以我这一夜虽然饱胀得睡不稳，又做了一大串恶梦，也还是祝赞她一生幸福，愿世界为她变好。然而这些意思也不过是我的那些旧日的梦的痕迹，即刻就自笑，接着也就忘却了。

“我先前并不知道她曾经为了一朵剪绒花挨打，但因为母亲一说起，便也记得了荞麦粉的事，意外的勤快起来了。我先在太原城里搜求了一遍，都没有；一直到济南……”

窗外沙沙的一阵声响，许多积雪从被他压弯了的一枝山茶树上滑下去了，树枝笔挺的伸直，更显出乌油油的肥叶和血红的花来。天空的铅色来得更浓；小鸟雀啾唧的叫着，大概黄昏将近，地面又全罩了雪，寻不出什么食粮，都赶早回巢来休息了。

“一直到了济南，”他向窗外看了一回，转身喝干一杯酒，又吸几口烟，接着说。“我才买到剪绒花。我也不知道使她挨打的是不是这一种，总之是绒做的罢了。我也不知道她喜欢深色还是浅色，就买了一朵大红的，一朵粉红的，都带到这里来。

“就是今天午后，我一吃完饭，便去看长富，我为此特地耽搁了一天。他的家倒还在，只是看去很有些晦气色了，但这恐怕不过是我自己的感觉。他的儿子和第二个女儿——阿昭，都站在门口，大了。阿昭长得全不像她姊姊，简直像一个鬼，但是看见我走向她家，便飞奔的逃进屋里去。我就问那小子，知道长富不在家。‘你的大姊呢？’他立刻瞪起眼睛，连声问我寻她什么事，而且恶狠狠的似乎就要扑过来，咬我。我支吾着退走了，我现在是敷敷衍衍……

“你不知道，我可是比先前更怕去访人了。因为我已经深知道自己之讨厌，连自己也讨厌，又何必明知故犯的去使人暗暗地不快呢？然而这回的差使是不能不办妥的，所以想了一想，终于回到就在斜对门的柴店里。店主的母亲，老发奶奶，倒也还在，而且也还认识我，居然将我邀进店里坐去了。我们寒暄几句之后，我就说明了回到S城和寻长富的缘故。不料她叹息说：

“‘可惜顺姑没有福气戴这剪绒花了。’

《在酒楼上》插图

刚在我到这来之前，也就做了一件无聊事。可惜顺姑没有福气戴这剪绒花了。

“她于是详细的告诉我，说是‘大约从去年春天以来，她就见得黄瘦，后来忽而常常下泪了，问她缘故又不说；有时还整夜的哭，哭得长富也忍不住生气，骂她年纪大了，发了疯。可是一到秋初，起先不过小伤风，终于躺倒了，从此就起不来。直到咽气的前几天，才肯对长富说，她早就像她母亲一样，不时的吐红和流夜汗。但是瞒着，怕他因此要担心。有一夜，她的伯伯长庚又来硬借钱，——这是常有的事，——她不给，长庚就冷笑着说：你不要骄气，你的男人比我还不如！她从此就发了愁，又怕羞，不好问，只好哭。长富赶紧将她的男人怎样的挣气的话说给她听，那里还来得及？况且她也不信，反而说：好在我已经这样，什么也不要紧了。’

“她还说，‘如果她的男人真比长庚不如，那就真可怕呵！比不上一个偷鸡贼，那是什么东西呢？然而他来送殓的时候，我是亲眼看见他的，衣服很干净，人也体面；还眼泪汪汪的说，自己撑了半世小船，苦熬苦省的积起钱来聘了一个女人，偏偏又死掉了。可见他实在是一个好人，长庚说的全是诳。只可惜顺姑竟会相信那样的贼骨头的诳话，白送了性命。——但这也不能去怪谁，只能怪顺姑自己没有这一份好福气。’

“那倒也罢，我的事情又完了。但是带在身边的两朵剪绒花怎么办呢？好，我就托她送了阿昭。这阿昭一见我就飞跑，大约将我当作一只狼或是什么，我实在不愿意去送她。——但是我也就送她了，对母亲只要说阿顺见了喜欢的了不得就是。这些无聊的事算什么？只要模模胡胡。模模胡胡的过了新年，仍旧教我的‘子曰诗云’去。”

“你教的是“子曰诗云’么？”我觉得奇异，便问。

“自然。你还以为教的是ABCD么？我先是两个学生，一个读《诗经》，一个读《孟子》。新近又添了一个，女的，读《女儿经》。连算学也不教，不是我不教，他们不要教。”

“我实在料不到你倒去教这类的书，………”

“他们的老子要他们读这些；我是别人，无乎不可的。这些无聊的事算什么？只要随随便便，……”

他满脸已经通红，似乎很有些醉，但眼光却又消沉下去了。我微微的叹息，一时没有话可说。楼梯上一阵乱响，拥上几个酒客来：当头的是矮子，拥肿的圆脸；第二个是长的，在脸上很惹眼的显出一个红鼻子；此后还有人，一叠连的走得小楼都发抖。我转眼去看吕纬甫，他也正转眼来看我，我就叫堂倌算酒账。

“你借此还可以支持生活么？”我一面准备走，一面问。

“是的。”——我每月有二十元，也不大能够敷衍。”

“那么，你以后豫备怎么办呢？”

“以后？——我不知道。你看我们那时豫想的事可有一件如意？我现在什么也不知道，连明天怎样也不知道，连后一分……”

堂倌送上账来，交给我；他也不像初到时候的谦虚了，只向我看了一眼，便吸烟，听凭我付了账。

我们一同走出店门，他所住的旅馆和我的方向正相反，就在门口分别了。我独自向着自己的旅馆走，寒风和雪片扑在脸上，倒觉得很爽快。见天色已是黄昏，和屋宇和街道都织在密雪的纯白而不定的罗网里。

·作品赏析·

《在酒楼上》的基调相对低沉，作者从远方回到从前居住的地方，还是同样的洛思旅馆，可是一切对于作者已经是那么生疏，甚者很是无奈。这是一个早就被界定的落寞的开端，就像文章中作者所说的：觉得北方固不是我的旧乡，但南来又只能算一个客子。如果再加上相遇的吕纬甫，以及在他身上所流泻的时代的哀伤，就像文章中所说的：就像蜂子或蝇子停在一个地方，给什么来一吓，即刻飞去了，但是飞了一个小圈子，便又回来停在原地点。无不为我们展现了人世命运的凄凉，一切在时代的沉沦中紧接着生锈死亡。因为生活的理想和价值的存在已经完全淡漠了，谁也无法预测在下一个时间里自己的生命孤舟究竟会漂向何处。

文章笔意哀婉，在淡淡的陈述中，有意无意勾勒起了我们对生命循环的恐惧，因为没有谁愿意忍受生命的苍白，可是一切真的苍白了，在生活的磨难中。凄楚的语言，足以震撼我们的人生感受，特别是文章中为我们特意提醒的所谓的日子：无非做了些无聊的事情，等于什么也没有做。

海角的孤星 / 许地山

入选理由

许地山的小说代表作之一

塑造了一对情深义重、生死相依的青年贫困夫妻形象

具有催人泪下的艺术感染力

一走近舷边看浪花怒放的时候，便想起我有一个朋友曾从这样的花丛中隐藏他的形骸。这个印象，就是到世界的末日，我也忘不掉。

这桩事情离现在已经十年了。然而他在我的记忆里却不像那么久远。他是和我一同出海的。新婚的妻子和他同行，他很穷，自己买不起头等舱位。但因新人不惯行旅的缘故，他乐意把平生的蓄积尽量地倾泻出来，为他妻子定了一间头等舱。他在那头等船票的佣人格上填了自己的名字，为的要省些资财。

许地山像

他在船上哪里像个新郎，简直是妻的奴隶！旁人的议论，他总是不理会的。他没有什么朋友，也不愿意在船上认识什么朋友，因为他觉得同舟中只有一个人配和他说话。这冷僻的情形，凡是带着妻子出门的人都是如

作者简介

许地山（1893 ~ 1941），笔名落华生，出生于台湾，却为了抗战投身于大陆，曾在 1921 年与沈雁冰、郑振铎以及叶圣陶联合创办了文学研究会。他一生精心研究宗教、印度哲学，精通梵文，在文学研究和创作上都为文学史留下了不可磨灭的印记。他的文学充满了宗教式的怜悯和终极关怀，洋溢着人性的光辉，一生所作的文章主要体现在以福建、台湾，以及东南亚为背景的《空山灵雨》、《缀网劳蛛》、《印度文学》上。有评论家即称这是新文学最为独特的也是最新颖的题材。沈从文先生评价说：以异教特殊的民族生活，作为创作基本，以佛经中深邃明辨的笔墨，将近代文明与古旧情绪融合在一处，毫不牵强地融成一片。

此，何况他是个新婚者？

船向着赤道走，他们的热爱，也随着增长了。东方人的恋爱本带着几分爆发性，纵然遇着冷气，也不容易收缩。他们要去的地方是槟榔屿附近一个新辟的小埠。下了海船，改乘小舟进去，小河边满是椰子、棕枣和树胶林。轻舟载着一对新人在这神秘的绿阴底下经过，赤道下的阳光又送了他们许多热情、热觉、热血汗。他们更觉得身外无人。

他对新娘说："这样深茂的林中，正合我们幸运的居处。我愿意和你永远住在这里。"

新娘说："这绿得不见天日的林中，只作浪人的坟墓罢了……"

他赶快截住说："你老是要说不吉利的话！然而在新婚期间，所有不吉利的语言都要变成吉利的。你没念过书，哪里知道这林中的树木所代表的意思。书里说：'椰子是得子息的徽识树'，因为椰子就是'伢子'。棕枣是表明爱与和平。树胶要把我们的身体黏得非常牢固，至于分不开。你看我们在这林中，好像双星悬在鸿濛的穹苍下一般。双星有时被雷电吓得躲藏起来，而我们常要闻见许多歌禽的妙音和无量野花的香味。算来我们比双星快活多了。"

新娘笑说："你们念书人的能干只会在女人面前搬唇弄舌罢。好听极了！听你的话语，也可以不用那发妙音的鸟儿了。有了别的声音，倒嫌嘈杂咧！……可是，我的人哪，设使我一旦死掉，你要怎办呢？"

这一问，真个是平地起雷咧！但不晓得新婚的人何以常要发出这样的问？不错的，死的恐怖，本是和快乐的愿望一齐来的呀。他的眉不由得不皱起来了，酸楚的心却拥出一副笑脸说："那么，我也可以做个孤星。"

"咦，恐怕孤不了罢。"

"那么，我随着你去，如何？"他不忍看着他的新娘，掉头出去向着流水，两行热泪滴下来，正和船头激成的水珠结合起来。新娘见他如此，自然要后悔，但也不能对她丈夫忏悔，因为这种悲哀的霉菌，众生都曾由母亲的胎里传染下来，谁也没法医治的。她只能说："得啦，又伤心什么？你不是说我们在这时间里，凡有不吉利的话语，都是吉利的么？你何不当作一种吉利话听？"她笑着，举起丈夫的手，用他的袖口，帮助他擦眼泪。

他急得把妻子的手摔开说："我自己会擦。我的悲哀不是你所能擦，更不是你用我的手所能灭掉的，你容我哭一会罢。我自己知道很穷，将要养不起你，所以你……"

妻子忙杀了，急掩着他的口说："你又来了。谁有这样的心思？你要哭，哭你的，不许再往下说了。"

这对相对无言的新夫妇，在沉默中，随着流水湾行，一直驶入林阴深处。自然他们此后定要享受些安泰的生活。然而在那邮件难通的林中，我们何从知道他们的光景？

三年的工夫，一点消息也没有！我以为他们已在林中做了人外的人，也就渐渐把他们忘了。这时，我的旅期已到，买舟从槟榔屿回来。在二等舱上，我遇见一位很熟的旅客。我左右思量，总想不起他的名姓，幸而他还认识我，他一见我便叫我说："落君，我又和你同船回国了！你还记得我吗？我想我病得这样难看，你决不能想起我是谁。"他说我想不起，我倒想起来了。

我很惊讶，因为他实在是病得很厉害了。我看见他妻子不在身边，只有一个咿哑学舌的小婴孩躺在床上。不用问，也可断定那是他的子息。

他倒把别来的情形给我说了。他说："自从我们到那里，她就病起来。第二年，她生下这个女孩，就病得更厉害了。唉，幸运只许你空想的！你看她没有和我一同回来，就知道我现在确是成为孤星了。"

我看他憔悴的病容。委实不敢往下动问，但他好像很有精神，愿意把一切的情节都说给我听似的。他说话时，小孩子老不容他畅快地说。没有母亲的孩子，格外爱哭，他又不得不抚慰她。因此，我也不愿意扰他，只说："另日你精神清爽的时候，我再来和你谈罢。"我说完，就走出来。

那晚上，经过马来海峡，船震荡得很。满船的人，多犯了"海病"。第二天，浪平了。我见管舱的侍者，手忙脚乱地拿着一个麻袋，往他的舱里进去。一问，才知道他已经死了。侍者把他的尸洗净，用细台布裹好，拿了些废铁，几块煤炭，一同放入袋里，缝起来。他的小女儿还不知这是怎么一回事，只咿哑地说了一两句不相干的话。她会叫"爸爸"、"我要你抱"、"我要那个"等等简单的话。在这时，人们也没工夫理会她、调戏她了，她只独自说自己的。

黄昏一到，他的丧礼，也要预备举行了。侍者把麻袋拿到船后的舷边。烧了些楮钱，口中不晓得念了些什么，念完就把麻袋推入水里。那时船的推进机停了一会，隆隆之声一时也静默了。船中知道这事的人都远远站着看，虽和他没有什么情谊，然而在那时候却不免起敬的。这不是从友谊来的恭敬，本是非常难得，他竟然承受了！

他的海葬礼行过以后，就有许多人谈到他生平的历史和境遇。我也钻入队里去听人家怎样说他。有些人说他妻子怎样好，怎样可爱。他的病完全是因为他妻子的死，积哀所致的。照他的话，他妻子葬在万绿丛中，他却葬在不可测量的碧晶岩里了。

旁边有个印度人，捻着他那一大缕红胡子，笑着说："女人就是悲哀的萌蘖，谁叫他如此？我们要避掉悲哀，非先避掉女人的纠缠不可。我们常要把小女儿献给迦河神，一来可以得着神惠，二来省得她长大了，又成为一个使人悲哀的恶魔。"

我摇头说："这只有你们印度人办得到罢了。我们可不愿意这样办。诚然，女人是悲哀的萌蘖，可是我们宁愿悲哀和她同来，也不能不要她。我们宁愿她嫁了才死，虽然使她丈夫悲哀至于死亡，也是好的。要知道丧妻的悲哀是极神圣的悲哀。”

日落了，蔚蓝的天多半被淡薄的晚云涂成灰白色。在云缝中，隐约露出一两颗星星。金星从东边的海涯升起来，由薄云里射出它的光辉。小女孩还和平时一样，不懂得什么是可悲的事。她只顾抱住一个客人的腿，绵软的小手指着空外的金星，说：“星！我要那个！”她那副嬉笑的面庞，迥不像个孤儿。

·作品赏析·

这篇小说是许地山的短篇小说代表作之一。小说以倒叙的手法、凄美的笔触，通过第三者“我”的见闻，叙述了一个美丽的爱情故事。故事中，一对新婚夫妇乘船去马来西亚的一个小岛上度蜜月。途中新娘说了些不吉利的话，引得新郎热泪横流。不幸3年后戏言成了现实，新娘病死在小岛上，新郎也在返家的途中死于船上，只丢下一个不懂人世的小女儿。小说生动塑造了一对相亲相爱的贫贱青年夫妇形象，赞美了他们之间纯洁无瑕的感情，表达了作者对生活于苦难之中的贫困家庭夫妇的无限同情。小说构思精巧，情节生动，人物形象塑造鲜明，语言质朴优美，富于散文化的抒情色调，读来感人至深。大量口语的运用，也是小说的一个特色，使小说具有浓郁的地方色彩。

醍醐天女 / 许地山

入选理由

作家许地山的小说精粹
一篇饱含人道主义关怀的精彩篇章
语言平实，却蕴含着深沉的动人魄力

相传乐斯迷是从醍醐海升起来的。她是爱神的母亲，是保护世间的大神卫世奴的妻子。印度人一谈到她，便发出非常的钦赞。她的化身依婆罗门人的想象，是不可用算数语言表出的。人想她的存在是遍一切处，遍一切时；然而我生在世间的年纪也不算少了，怎样老见不着她的影儿？我在印度洋上曾将这个疑问向一两个印度朋友说过。他们都笑我没有智慧，在这有情世间活着，还不能辨出人和神的性格来。准陀罗是和我同舟的人，当时他也没有对我说什么，只管凝神向着天际那现吉祥相的海云。

那晚上，他教我和他到舵上的轮机旁边。我们的眼睛都望下看着推进机激成的白浪。准陀罗说："那么大的洋海，只有这几尺地方，像醍醐海的颜色。"这话又触动我对于乐斯迷的疑问。他本是很喜欢讲故事的，所以我就央求他说一点乐斯迷的故事给我听。

他对着苍忙的洋海，很高兴地发言。"这是我自己的母亲！"在很庄严的言语中，又显出他有资格做个女神的儿子。我倒诧异起来了。他说："你很以为希奇么？我给你解释罢。"

我静坐着，听这位自以为乐斯迷儿子的朋友说他父母的故事。

我的家在旁遮普和迦湿弥罗交界地方。那里有很畅茂的森林。我母亲自十三岁就嫁了。那时我父亲不过是十四岁。她每天要同我父亲跑入森林里去，因为她喜欢那些参天的树木，和不羁的野鸟和昆虫的歌舞。他们实在是那森林的心。他们常进去玩，所以树林里的禽兽都和他们很熟悉，鹦鹉衔着果子要吃，一见他们来，立刻放下，发出和悦的声问他们好。孔雀也是如此，常在林中展开他们的尾扇，欢迎他们。小鹿和大象有时嚼着食品走近跟前让他们抚摩。

树林里的路，多半是我父母开的。他们喜欢做开辟道路的人。每逢一条旧路走熟了，他们就想把路边的藤萝荆棘扫除掉，另开一条新路进去。在没有路或不是路的树林里走着，本是非常危险的。他们冒得险多，危险真个教他们遇着了。

我父亲拿着木棍，一面拨，一面往前走；母亲也在后头跟着。他们从一棵满了气根的榕树底下穿过去。乱草中流出一条小溪，水浅而清，可是很急。父亲喊着："看看！"他扶着木棍对母亲说："真想不到这里头有那么清的流水。我们坐一会玩玩。"

于是他们二人摘了两扇棕榈叶，铺在水边，坐下，四只脚插入水中，任那活流洗濯。

父亲是一时也静不得的。他在不言中，涉过小溪，试要探那边的新地。母亲是女人，比较起来，总软弱一点。有时父亲往前走了很远，她还在歇着，喘不过气来。所以父亲在前头走得多么远，她总不介意。她在叶上坐了许多，只等父亲回来叫她，但天色越来越晚，总不见他来。

催夕阳西下的鸟歌、兽吼，一阵阵地兴起了，母亲慌慌张张涉过水去找父亲。她从藤萝的断处，丛莽的倾倒处，或林樾的婆娑处找寻，在万绿底下，黑暗格外来得快。这时，只剩下几点萤火和叶外的霞光照顾着这位森林的女人。她的身体虽然弱，她的胆却是壮的。她一见父亲倒在地上，凝血聚在身边，立即走过去。她见父亲的脚还在流血，急解下自己的外衣在他腿上紧紧地绞。血果然止住，但父亲已在死的门外候着了。

母亲这时虽然无力也得橐着父亲走。她以为躺在这用虎豹做看护的森林病床上，倒不如早些离开为妙。在一所没有路的新地，想要安易地回到家里，虽不致如煮沙成饭那么难，可也不容易。母亲好容易把父亲橐过小溪，但找来找去总找不着原路。她知道在急忙中走错了道，就住步四围张望，在无意间把父亲撩在地上，自己来回

地找路。她心越乱，路越迷，怎样也找不着。回到父亲身边，夜幕已渐次落下来了！她想无论如何，不能在林里过夜，总得把父亲橐出来。不幸这次她的力量完全丢了，怎么也举父亲不起，这教她进退两难了。守着呢？丈夫的伤势像很沉重，夜来若再遇见毒蛇猛兽，那就同归于尽了。走呢？自己一个不忍不得离开。绞尽脑髓，终不能想出何等妙计。最后她决定自己一个人找路出来。她摘了好些叶子，折了好些小树枝把父亲遮盖着。用了一刻功夫，居然堆成一丛小林。她手里另抱着许多合欢叶，走几步就放下一技，有时插在别的树叶下，有时结在草上，有时塞在树皮里，为要做回来的路标。她走了约有五六百步，一弯新月正压眉梢，距离不远，已隐约可以看见些村屋。

她出了林，往有房屋的地方走，可惜这不是我们的村，也不是邻舍。是树林另一方的村庄，我母亲不曾到过的。那时已经八九点了。村人怕野兽，早都关了门。她拍手求救，总不见有慷慨出来帮助的。她跑到村后，挨那篱笆向里瞻望。

那一家的篱笆里，在淡月中可以看见两三个男子坐在树下吸烟、闲谈。母亲合着掌从篱外伸进去，求他们说："诸位好邻人，赶快帮助我到树林里，扶我丈夫出来罢。"男子们听见篱外发出哀求的声，不由得走近看看。母亲接着央求他们说："我丈夫在树林里，负伤很重，你们能帮助我进去把他扶出来么？"内中有个多髭的人问母亲说："天色这么晚，你怎么知道你丈夫在树林里？"母亲回答说："我是从树林出来的。我和他一同进去，他在中途负伤。"

几个男子好像审案一般，这个一言，那个一语，只顾盘问。有一个说："既然你和他一同进去，为什么不会扶他出来？"有一个说："你看她连外衣也没穿，哪里像是出去玩的样子！想是在林中另有别的事罢。”又有一个说：“女人的话信不得。她不晓得是个什么人。哪有一个女人，昏夜从树林跑出的道理？”

在昏夜中，女人的话有时很有力量，有时她的声音直像向没有空气的地方发出，人家总不理会。我母亲用尽一个善女人所能说的话对他们解释，怎奈那班心硬的男子们都觉得她在那里饶舌。她最好的方法，只有离开那里。

她心中惦念林中的父亲，说话本有几分恍惚，再加上那几个男子的抢白，更是羞急万分。她实在不认得道回家，纵然认得，也未必敢走。左右思量，还是回到树林里去。

在向着树林的归途中，朝霞已从后面照着她了。她在一个道途不熟的黑夜里，移步固然很慢，而废路又走了不少，绕了几个弯，有时还回到原处。这一夜的步行，足够疲乏了。她踱到人家一所菜圃，那里有一张空凳子，她顾不得什么，只管坐下。

不一会，出来一个七八岁的孩子，定睛看着她，好像很诧异似的。母亲知道他是这里的小主人，就很恭敬地对他说明。孩子的心比那般男子好多了。他对母亲说：“我背着我妈同你去罢。我们牢里有一匹母牛，天天我们要从它那榨出些奶子，现在我正要牵它出来。你候一候罢，我教它让你骑着走，因为你乏了。”孩子牵牛出来，也不榨奶，只让母亲骑着，在朝阳下，随着路标走入林中。

母亲在牛背上，眼看快到父亲身边了。昨夜所堆的叶子，一叶也没剩下。精神慌张的人，连大象站在旁边也不理会，真奇怪呀！她起先很害怕，以为父亲的身体也同叶子一同消灭了。后来看见那只和他们很要好的象正在咀嚼夜间她所预备的叶子，心才安然一些。

下了牛背，孩子扶她到父亲安卧的地方，但是人已不在了。这一吓，非同小可，简直把她哭得欲死不得。孩子的眼快一点，心地又很安宁，父亲一下子就让他找到了。他指着那边树根上那人说：“那个是不是？”母亲一看，速速地扶着他走过去。

母亲喜出望外，问说：“你什么时候醒过来的？怎么看见我们来了，也不作一声？”

父亲没有回答她的话，只说：“我渴得很。”

孩子抢着说：“挤些奶子他喝。”他摘一片光面的叶子到母牛腹下挤了些来给父亲喝。

父亲的精神渐次恢复了，对

母亲说："我是被大象摇醒的。醒来不见你，只见它在旁边吃叶子。为何这里有那么些叶子？是你预备的罢。……我记得昨天受伤的地方不是在这里。"

母亲把情形告诉他，又问他为何伤得那么厉害。他说是无意中触着毒刺，折入胫里，他一拔出来血就随着流，不忍教母亲知道，打算自己治好再出来。谁知越治血流得越多，至于晕过去，醒来才知道替他止血的还是母亲。

父亲知道白母牛是孩子的，就对他说了些感谢的话，也感激母亲说："若不是你去带这匹母牛来，恐怕今早我也起不来。"

母亲很诚恳地回答："溪水也可以喝的，早知道你要醒过来，我当然不忍离开你。真对不住你了。"

"谁是先知呢？刚才给我喝的奶子，实在胜过天上醍醐，多亏你替我找来！"父亲说时，挺着身子想要起来，可是他的气力很弱，动弹得不大灵敏。母亲向孩子借了母牛让父亲骑着。于是孩子先告辞回去了。

父亲赞美她的忠心，说她比醍醐海出来的乐斯迷更好，母亲那时也觉得昨晚上备受苦辱，该得父亲的赞美的。她也很得意地说："权当我为乐斯迷罢！"自那时以后，父亲常叫她做乐斯迷。

·作品赏析·

《醍醐天女》最初发表于1923年的《小说月报》上，作者此时还没有去过印度，但已经熟悉了印度的神话故事。所以小说一开头就写道："相传乐斯迷是从醍醐海升起来的。她是爱神的母亲，是保护世间的大神卫世奴的妻子。" 至今，每当印度最盛大的民族节日迪瓦里的时候，信徒都要进行膜拜，以祈求来年的平安吉祥，商人们更是要祈求她保佑财运亨通。

《醍醐天女》在许地山的行文风格中具有相当典型的意义，文章以印度生活为创作背景，展现了一个美丽的传说，和传说背后温暖人心的感人故事。虽然文章在叙述的追忆中包含着主人公的回想，并且在回想中又穿插了现实故事中的真实对话，让文章在虚与实之间显得有点繁复，但也正是这样的构述，将我们带向了另类文化的表述之美。故事很简单，只是讲述了准陀罗在我迷恋乐斯迷和醍醐海的幻想时向我叙说的一个关于他的父亲和母亲在一次丛林探险中惊险的故事，但值得注意的是，此时文章借用了对比手法，将陌生人（大人）的不信任和小男孩的坦诚相互比较，为我们演示了人生信念的真纯度。就像文章中所说的：这种生命的感念胜于天上的醍醐。

许地山的文章最为浓烈的就是他所深藏的恻隐之情，让文章格外生辉，这是一种对执着献身的赞美。文章的语言朴素淡雅，但却在极深的哲理蕴含中，浓烈的宗教氛围中，透露出了它本身的感染力。就像有评论家所说的，这就是文学中最为地道的人道主义情怀，在简单的故事中蕴含不凡的人生哲理，并用它引导读者完成人生的探求，这就是他的文章的道德超越。

春风沉醉的晚上 / 郁达夫

入选理由

郁达夫的小说代表作之一

中国现代文学史上最早表现工人生活的杰作之一

被认为是“五四”优秀短篇小说园地中的一朵奇葩

一

在沪上闲居了半年，因为失业的结果，我的寓所迁移了三处。最初我住在静安寺路南的一间同鸟笼似的永也没有太阳晒着的自由的监房里。这些自由的监房的住民，除了几个同强盗小窃一样的凶恶裁缝之外，都是些可怜的无名文士，我当时所以送了那地方一个 Yellow Grub Street 的称号。在这 Grub Street 里住了一个月，房租忽涨了价，我就不得不拖了几本破书，搬上跑马厅附近一家相识的栈房里去。后来在这栈房里又受了种种逼迫，不得不搬了，我便在外白渡桥北岸的邓脱路中间，日新里对面的贫民窟里，寻了一间小小的房间，迁移了过去。

郁达夫像

邓脱路的这几排房子，从地上量到屋顶，只有一丈几尺高。我住的楼上的那间房间，更是矮小得不堪。若站在楼板上伸一伸懒腰，两只手就要把灰黑的屋顶穿通的。从前面的弄里踱进了那房子的门，便是房主的住房。在破布，

作者简介

郁达夫（1896 ~ 1945），原名郁文，浙江富阳人，中国现代作家。1913 年赴日留学。1921 年与郭沫若在日本发起成立创造社。回国后先后在北京大学、武昌大学、中山大学任教，并编辑刊物。1927 年定居上海，曾参加左联。1933 年迁居杭州。抗战期间，在南洋从事抗日救亡活动。1945 年被日本宪兵秘密杀害于苏门答腊。主要作品有小说《沉沦》、《她是一个弱女子》，散文集《郁达夫文集》、《达夫游记》等。

洋铁罐，玻璃瓶，旧铁器堆满的中间，侧着身子走进两步，就有一张中间有几根横档跌落的梯子靠墙摆在那里。用了这张梯子往上面的黑黝黝的一个二尺宽的洞里一接，即能走上楼去。黑沉沉的这层楼上，本来只有猫额那样大，房主人却把它隔成了两间小房，外面一间是一个N烟公司的女工住在那里，我所租的是梯子口头的那间小房，因为外间的住者要从我的房里出入，所以我的每月的房租要比外间的便宜几角小洋。

我的房主，是一个五十来岁的弯腰老人。他的脸上的青黄色里，映射着一层暗黑的油光。两只眼睛是一只大一只小，颧骨很高，额上颊上的几条皱纹里满砌着煤灰，好像每天早晨洗也洗不掉的样子。他每日于八九点钟的时候起来，咳嗽一阵，便挑了一双竹篮出去，到午后的三四点钟总仍旧是挑了一双空篮回来的；有时挑了满担回来的时候，他的竹篮里便是那些破布，破铁器，玻璃瓶之类。像这样的晚上，他必要去买些酒来喝喝，一个人坐在床沿上瞎骂出许多不可捉摸的话来。

我与间壁的同寓者的第一次相遇，是在搬来的那天午后。春天的急景已经快晚了的五点钟的时候，我点了一支蜡烛，在那里安放几本刚从栈房里搬过来的破书。先把它们叠成了两方堆，一堆小些，一堆大些，然后把两个二尺长的装画的画架覆在大一点的那堆书上。因为我的器具都卖完了，这一堆书和画架白天要当写字台，晚上可当床睡的。摆好了画架的板，我就朝着了这张由书叠成的桌子，坐在小一点的那堆书上吸烟，我的背系朝着梯子的接口的。我一边吸烟，一边在那里呆看放在桌上的蜡烛火，忽而听见梯子口上起了响动，回头一看，我只见了一个自家的扩大的投射影子，此外什么也辨不出来，但我的听觉分明告诉我说："有人上来了。"我向暗中凝视了几秒钟，一个圆形灰白的面貌，半截纤细的女人的身体，方才映到我的眼帘上来。一见了她的容貌，我就知道她是我的间壁的同居者了。因为我来找房子的时候，那房主的老人便告诉我说，这屋里除了他一个人外，楼上只住着一个女工。我一则喜欢房价的便宜，二则喜欢这屋里没有别的女人小孩，所以立刻就租定了的。等她走上了梯子，我才站起来对她点了点头说：

"对不起，我是今朝才搬来的，以后要请你照应。"

她听了我这话，也并不回答，放了一双漆黑的大眼，对我深深的看了一眼，就走上她的门口去开了锁，进房去了。我与她不过这样的见了一面，不晓是什么原因，我只觉得她是一个可怜的女子。她的高高的鼻梁，灰白长圆的面貌，清瘦不高的身体，好像都是表明她是可怜的特征，但是当时正为了生活问题在那里操心的我，也无暇去怜惜这还未曾失业的女工，过了几分钟我又动也不动的坐在那一小堆书上看蜡烛光了。

在这贫民窟里过了一个多礼拜，她每天早晨七点钟去上工和午后六点多钟下工回来，总只见我呆呆的对着了蜡烛或油灯坐在那堆书上。大约她的好奇心被我那痴不痴呆不呆的态度挑动了罢，有一天她下了工走上楼来的时候，我依旧和第一天一样的站起来让她过去。她走到了我的身边忽而停住了脚，看了我一眼，吞吞吐吐好像怕什么似的问我说：

“你天天在这里看的是什么书？”

（她操的是柔和的苏州音，听了这一种声音以后的感觉，是怎么也写不出来的，所以我只能把她的言语译成普通的白话。）

《春风沉醉的晚上》插图

她听了我这话，也并不回答，放了一双漆黑的大眼，对我深深的看了一眼。

我听了她的话，反而脸上涨红了。因为我天天呆坐在那里，面前虽则有几本外国书摊着，其实我的脑筋昏乱得很，就是一行一句也看不进去。有时候我只用了想像在书的上一行与下一行中间的空白里，填些奇异的模型进去。有时候我只把书里边的插画翻开来看看，就了那些插画演绎些不近人情的幻想出来。我那时候的身体因为失眠与营养不良的结果，实际上已经成了病的状态了。况且又因为我的惟一的财产的一件棉袍子已经破得不堪，白天不能走出外面去散步和房里全没有光线进来，不论白天晚上，都要点着油灯或蜡烛的缘故，非但我的全部健康不如常人，就是我的眼睛和脚力，也局部的非常萎缩了。在这样状态下的我，听了她这一问，如何能够不红起脸来呢？所以我只是含含糊糊的回答说：

“我并不在看书，不过什么也不做呆坐在这里，样子一定不好看，所以把这几本书摊放着的。”

她听了这话，又深深的看了我一眼，作了一种不了解的形容，依旧的走到她的房里去了。

那几天里，若说我完全什么事情也不去找，什么事情也不曾干，却是假的。有时候，我的脑筋稍微清新一点下来，也曾译过几首英法的小诗，和几篇不满四千字的德国的短篇小说，于晚上大家睡熟的时候，不声不响的出去投邮，寄投给各新开的书局。

因为当时我的各方面就职的希望，早已经完全断绝了，只有这一方面，还能靠了我的枯燥的脑筋，想想法子看。万一中了他们编辑先生的意，把我译的东西登了出来，也不难得着几块钱的酬报。所以我自迁移到邓脱路以后，当她第一次同我讲话的时候，这样的译稿已经发出了三四次了。

二

在乱昏昏的上海租界里住着，四季的变迁和日子的过去是不容易觉得的。我搬到了邓脱路的贫民窟之后，只觉得身上穿在那里的那件破棉袍子一天一天的重了起来，热了起来，所以我心里想：

“大约春光也已经老透了罢！”

但是囊中很羞涩的我，也不能上什么地方去旅行一次，日夜只是在那暗室的灯光下呆坐。有一天，大约是午后了，我也是这样的坐在那里，间壁的同住者忽而手里拿了两包用纸包好的物件走了上来，我站起来让她走的时候，她把手里的纸包放了一包在我的书桌上说：

“这一包是葡萄浆的面包，请你收藏着，明天好吃的。另外我还有一包香蕉买在这里，请你到我房里来一道吃罢！”

我替她拿住了纸包，她就开了门邀我进她的房里去。共住了这十几天，她好像已经信用我是一个忠厚的人的样子。我见她初见我的时候脸上流露出来的那一种疑惧的形容完全没有了。我进了她的房里，才知道天还未暗，因为她的房里有一扇朝南的窗，太阳反射的光线从这窗里投射进来，照见了小小的一间房，由二条板铺成的一张床，一张黑漆的半桌，一只板箱，一只圆凳。床上虽则没有帐子，但堆着有二条洁净的青布被褥。半桌上有一只小洋铁箱摆在那里，大约是她的梳头器具，洋铁箱上已经有许多油污的点子了。她一边把堆在圆凳上的几件半旧的洋布棉袄，粗布裤等收在床上，一边就让我坐下。我看了她那殷勤待我的样子，心里倒不好意思起来，所以就对她说：

早期上海英法租界交界处

“我们本来住在一处，何必这样的客气。”

“我并不客气，但是你每天当我回来的时候，总站起来让我，我却觉得对不起得很。”

这样的说着，她就把一包香蕉打开来让我

吃。她自家也拿了一只，在床上坐下，一边吃一边问我说：

“你何以只住在家里，不出去找点事情做做？”

“我原是这样的想，但是找来找去总找不着事情。”

“你有朋友么？”

“朋友是有的，但是到了这样的时候，他们都不和我来往了。”

“你进过学堂么？”

“我在外国的学堂里曾经念过几年书。”

“你家在什么地方？何以不回家去？”

她问到了这里，我忽而感觉到我自己的现状了。因为自去年以来，我只是一日一日的萎靡下去，差不多把“我是什么人”，“我现在所处的是怎么一种境遇”，“我的心里还是悲还是喜”这些观念都忘掉了。经她这一问，我重新把半年来困苦的情形一层一层的想了出来。所以听她的问话以后，我只是呆呆的看她，半晌说不出话来。她看了我这个样子，以为我也是一个无家可归的流浪人，脸上就立时起了一种孤寂的表情，微微的叹着说：

“唉！你也是同我一样的么？”

微微的叹了一声之后，她就不说话了。我看她的眼圈上有些潮红起来，所以就想了一个另外的问题问她说：

“你在工厂里做的是什么工作？”

“是包纸烟的。”

“一天做几个钟头工？”

“早晨七点钟起，晚上六点钟止，中上休息一个钟头，每天一共要做十个钟头的工。少做一点钟就要扣钱的。”

“扣多少钱？”

“每月九块钱，所以是三块钱十天，三分大洋一个钟头。”

“饭钱多少？”

“四块钱一月。”

“这样算起来，每月一个钟头也不休息，除了饭钱，可省下五块钱来。够你付房钱买衣服的么？”

“哪里够呢！并且那管理人又……啊啊！……我……我所以非常恨工厂的。你吃烟的么？”

“吃的。”

“我劝你顶好还是不吃。就吃也不要去吃我们工厂的烟。我真恨死它在这里。”

我看看她那一种切齿怨恨的样子，就不愿意再说下去。把手里捏着的半个吃剩

《春风沉醉的晚上》插图
春风沉醉的晚上，我每要在各处乱走，走到天将明的时候才回家里。

的香蕉咬了几口，向四边一看，觉得她的房里也有些灰黑了，我站起来道了谢，就走回到了我自己的房里。她大约做工倦了的缘故，每天回来大概是马上就入睡的，只有这一晚上，她在房里好像是直到半夜还没有就寝。从这一回之后，她每天回来，总和我说几句话。我从她自家的口里听得，知道她姓陈，名叫二妹，是苏州东乡人，从小系在上海乡下长大的。她父亲也是纸烟工厂的工人，但是去年秋天死了。她本来和她父亲同住在那间房里，每天同上工厂去的，现在却只剩了她一个人了。她父亲死后的一个多月，她早晨上工厂去也一路哭了去，晚上回来也一路哭了回来的。她今年十七岁，也无兄弟姊妹，也无近亲的亲戚。她父亲死后的葬殓等事，是他于未死之前把十五块钱交给楼下的老人，托这老人包办的。她说：

"楼下的老人倒是一个好人，对我从来没有起过坏心，所以我得同父亲在日一样的去做工；不过工厂的一个姓李的管理人却坏得很，知道我父亲死了，就天天的想戏弄我。"

她自家和她父亲的身世，我差不多全知道了，但她母亲是如何的一个人，死了呢还是活在那里，假使还活着，住在什么地方等等，她却从来还没有说及过。

三

天气好像变了。几日来我那独有的世界，黑暗的小房里的腐浊的空气，同蒸笼里的蒸气一样，蒸得人头昏欲晕。我每年在春夏之交要发的神经衰弱的重症，遇了这样的气候，就要使我变成半狂。所以我这几天来，到了晚上，等马路上人静之后，也常常走出去散步去。一个人在马路上从狭隘的深蓝天空里看看群星，慢慢的向前行走，一边作些漫无涯涘的空想，倒是于我的身体很有利益。当这样的无可奈何，春风沉醉的晚上，我每要在各处乱走，走到天将明的时候才回家里。我这样的走倦了回去就睡，一睡直可睡到第二天的日中，有几次竟要睡到二妹下工回来的前后方才起来。睡眠一足，我的健康状态也渐渐的回复起来了。平时只能消化半磅面包的我的胃部，自从我的深夜游行的练习开始之后，进步得几乎能容纳面包一磅了。这事在经济上虽则是一大打击，但我的脑筋，受了这些滋养，似乎比从前稍能统一。

我于游行回来之后，就睡之前，却做成了几篇 Allan Poe 式的短篇小说，自家看看，也不很坏。我改了几次，抄了几次，一一投邮寄出之后，心里虽然起了些微细的希望，但是想想前几回的译稿的绝无消息，过了几天，也便把它们忘了。

邻住者的二妹，这几天来，当她早晨出去上工的时候，我总在那里酣睡，只有午后下工回来的时候，有几次有见面的机会。但是不晓是什么原因，我觉得她对我的态度，又回到从前初见面的时候的疑惧状态去了。有时候她深深的看我一眼，她的黑晶晶，水汪汪的眼睛里，似乎是满含着责备我规劝我的意思。

我搬到这贫民窟里住后，约摸已经有二十多天的样子。一天午后我正点上蜡烛，在那里看一本从旧书铺里买来的小说的时候，二妹却急急忙忙的走上楼来对我说：

"楼下有一个送信的在那里，要你拿了印子去拿信。"

她对我讲这话的时候，她的疑惧我的态度更表示得明显，她好像在那里说："呵呵，你的事件是发觉了啊！"我对她这种态度，心里非常痛恨，所以就气急了一点，回答她说：

"我有什么信？不是我的！"

她听了我这气愤愤的回答，更好像是得了胜利似的，脸上忽涌出了一种冷笑说：

"你自家去看罢！你的事情，只有你自家知道的！"

同时我听见楼底下门口果真有一个邮差似的人在催着说：

"挂号信！"

我把信取来一看，心里就突突的跳了几跳，原来我前回寄去的一篇德文短篇的译稿，已经在某杂志上发表了，信中寄来的是五元钱的一张汇票。我囊里正是将空的时候，有了这五元钱，非但月底要预付的来月的房金可以无忧，并且付过房金以后，还可以维持几天食料。当时这五元钱对我的效用的广大，是谁也不能推想得出来的。

第二天午后，我上邮局去取了钱，在太阳晒着的大街上走了一会，忽而觉得身上就淋出了许多汗来。我向我前后左右的行人一看，复向我自家的身上一看，就不知不觉的把头低俯了下去。我颈上头上的汗珠，更同盛雨似的，一颗一颗的钻出来了。因为当我在深夜游行的时候，天上并没有太阳，并且料峭的春寒，于东方微白的残夜，老在静寂的街巷中留着，所

《春风沉醉的晚上》插图
一天午后我正点上蜡烛，在那里看一本从旧书铺里买来的小说的时候，二妹却急急忙忙的走上楼来。

郁达夫在上海的旧居

以我穿的那件破棉袍子，还觉得不十分与节季违异。如今到了阳和的春日晒着的这日中，我还不能自觉，依旧穿了这件夜游的敝袍，在大街上阔步，与前后左右的和节季同时进行的我的同类一比，我哪得不自惭形秽呢？我一时竟忘了几日后不得不付的房金，忘了囊中本来将尽的些微的积聚，便慢慢的走上了闸路的估衣铺去。好久不在天日之下行走的我，看看街上来往的汽车人力车，车中坐着的华美的少年男女，和马路两边的绸缎铺金银铺窗里的丰丽的陈设，听听四面的同蜂衙似的嘈杂的人声，脚步声，车铃声，一时倒也觉得是身到了大罗天上的样子。我忘记了我自家的存在，也想和我的同胞一样的欢歌欣舞起来，我的嘴里便不知不觉的唱起几句久忘了的京调来了。这一时的涅槃幻境，当我想横越过马路，转入闸路去的时候，忽而被一阵铃声惊破了。我抬起头来一看，我的面前正冲来了一乘无轨电车，车头上站着的那肥胖的机器手，伏出了半身，怒目的大声骂我说：

“猪头三！侬（你）艾（眼）睛勿散（生）咯！跌杀时，叫旺（黄）够（狗）抵侬（你）命噢！”

我呆呆的站住了脚，目送那无轨电车尾后卷起了一道灰尘，向北过去之后，不知是从何处发出来的感情，忽而竟禁不住哈哈哈哈的笑了几声。等得四面的人注视我的时候，我才红了脸慢慢的走向了闸路里去。

我在几家估衣铺里，问了些夹衫的价钱，还了他们一个我所能出的数目。几个估衣铺的店员，好像是一个师父教出的样子，都摆下了脸面，嘲弄着说：

“侬（你）寻萨咯（什么）凯（开）心！马（买）勿起好勿要马（买）咯！”

一直问到五马路边上的一家小铺子里，我看看夹衫是怎么也买不成了，才买定了一件竹布单衫，马上就把它换上。手里拿了一包换下的棉袍子，默默的走回家来。一边我心里却在打算：

“横竖是不够用了，我索性来痛快的用它一下罢。”同时我又想起了那天二妹送我的面包香蕉等物。不等第二次的回想，我就寻着了一家卖糖食的店，进去买了一块钱巧格力，香蕉糖，鸡蛋糕等杂食。站在那店里，等店员在那里替我包好来的时候，我忽而想起我有一月多不洗澡了，今天不如顺便也去洗一个澡罢。

洗好了澡，拿了一包棉袍子和一包糖食，回到邓脱路的时候，马路两旁的店家，已经上电灯了。街上来往的行人也很稀少，一阵从黄浦江上吹来的日暮的凉风，吹得我打了几个冷噤。我回到了我的房里，把蜡烛点上，向二妹的房门一照，知道她还没有回来。那时候我腹中虽则饥饿得很，但我刚买来的那包糖食怎么也不愿意打开来，因为我想等二妹回来同她一道吃。我一边拿出书来看，一边口里尽在咽唾液下去。等了许多时候，二妹终不回来，我的疲倦不知什么时候出来战胜了我，就靠在书堆上睡着了。

四

二妹回来的响动把我惊醒的时候，我见我面前的一枝十二盎司一包的洋蜡烛已经点去了二寸的样子，我问她是什么时候了？她说：

"十点的汽管刚刚放过。"

"你何以今天回来得这样迟？"

"厂里因为销路大了，要我们做夜工。工钱是增加的，不过人太累了。"

"那你可以不去做的。"

"但是工人不够，不做是不行的。"

她讲到这里，忽而滚了两粒眼泪出来，我以为她是做工做得倦了，故而动了伤感，一边心里虽在可怜她，但一边看了她这同小孩似的脾气，却也感着了些儿快乐。把糖食包打开，请她吃了几颗之后，我就劝她说：

"初做夜工的时候不惯，所以觉得困倦，做惯了以后，也没有什么的。"

她默默的坐在我的半高的由书叠成的桌上，吃了几颗巧格力，对我看了几眼，好像是有话说不出来的样子。我就催她说：

"你有什么话说？"

她又沉默了一会，便断断续续的问我说：

"我……我……早想问你了，这几天晚上，你每晚在外边，可在与坏人做伙友么？"

我听了她这话，倒吃了一惊，她好像在疑我天天晚上在外面与小窃恶棍混在一块。她看我呆了不答，便以为我的行为真的被她看破了，所以就柔柔和和的连续着说：

"你何苦要吃这样好的东西，要穿这样好的衣服？你可知道这事情是靠不住的。万一被人家捉了去，你还有什么面目做人。过去的事情不必去说它，以后我请你改过了罢……"

我尽是张大了眼睛，张大了嘴，呆呆的在看她，因为她的思想太奇突了，使我无从辩解起。她沉默了数秒钟，又接着说：

"就以你吸的烟而论，每天若戒绝了不吸，岂不可省几个铜子。我早就劝你不要吸烟，尤其是不要吸那我所痛恨的N工厂的烟，你总是不听。”

她讲到了这里，又忽而落了几滴眼泪。我知道这是她为怨恨N工厂而滴的眼泪，但我的心里，怎么也不许我这样的想，我总要把它们当做因规劝我而洒的。我静静儿的想了一会，等她的神经镇静下去之后，就把昨天的那封挂号信的来由说给她听，又把今天的取钱买物的事情说了一遍，最后更将我的神经衰弱症和每晚何以必要出去散步的原因说了。她听了我这一番辩解，就信用了我，等我说完之后，她颊上忽而起了两点红晕，把眼睛低下去看着桌上，好像是怕羞似的说：

“噢，我错怪你了，我错怪你了。请你不要多心，我本来是没有歹意的。因为你的行为太奇怪了，所以我想到了邪路里去。你若能好好儿的用功，岂不是很好吗？你刚才说的那——叫什么的——东西，能够卖五块钱，要是每天能做一个，多么好呢？”

我看了她这种单纯的态度，心里忽而起了一种不可思议的感情，我想把两只手伸出去拥抱她一回，但是我的理性却命令我说：

“你莫再作孽了！你可知道你现在处的是什么境遇！你想把这纯洁的处女毒杀了么？恶魔，恶魔，你现在是没有爱人的资格的呀！”

我当那种感情起来的时候，曾把眼睛闭上了几秒钟，等听了理性的命令以后，才把眼睛开了开来，我觉得我的周围，忽而比前几秒钟更光明了。对她微微的笑了一笑，我就催她说：

“夜也深了，你该去睡了罢！明天你还要上工去的呢！我从今天起，就答应你把纸烟戒下来罢！”

旧时的上海街头景象

她听了我这话，就站了起来，很喜欢的回到她的房里去睡了。

她去之后，我又换上一枝洋蜡烛，静静儿的想了许多事情：

“我的劳动的结果，第一次得来的这五块钱已经用去了三块了。连我原有的一块多钱合起来，付房钱之后，只能省下二三角小洋来，如何是好呢！

“就把这破棉袍子去当罢！但是当铺里恐怕不要。

“这女孩子真是可怜，但我现在的境遇，可是还赶她不上，她是不想做工而工作要强迫她做，我是想找一点工作，终于找不到。

“就去做筋肉的劳动罢！啊啊，但是我这一双弱腕，怕吃不下一部黄包车的重力。

“自杀！我有勇气，早就干了。现在还能想到这两个字，足证我的志气还没有完全消磨尽哩！

“哈哈哈哈！今天的那无轨电车的机器手！他骂我什么来？

“黄狗，黄狗倒是一个好名词。

“……”

我想了许多零乱断续的思想，终究没有一个好法子，可以救我出目下的穷状来。听见工厂的汽笛，好像在报十二点钟了，我就站了起来，换上了白天脱下的那件破棉袍子，仍复吹熄了蜡烛，走出外面去散步。

贫民窟里的人已经睡眠静了。对面日新里的一排临邓脱路的洋楼里，还有几家点着了红绿的电灯，在那里弹罢拉拉衣加。一声二声清脆的歌音，带着哀调，从静寂的深夜的冷空气里传到我的耳膜上来，这大约是俄国的飘泊的少女，在那里卖钱的歌唱。天上罩满了灰白的薄云，同腐烂的尸体似的沉沉的盖在那里。云层破处也能看得出一点两点星来，但星的近处，黝黝看得出来的天色，好像有无限的哀愁蕴藏着的样子。

·作品赏析·

《春风沉醉的晚上》写于 1923 年 7 月，是郁达夫的小说代表作之一。

小说叙述了“五四”以后一对贫苦沦落的男女青年，同住在上海的一幢贫民窟里，由素不相识到相互关怀、同情的故事，刻画了一位正直、善良、真诚、乐于助人、身处厄境不失坚韧意志和反抗精神的烟厂女工陈二妹的形象。小说以黑暗污浊的大都市为背景，通过一对穷苦青年男女的平凡生活经历，揭示出深刻的社会矛盾，反映了下层人民的苦难，揭露出他们苦难的根源是阶级压迫和剥削，同时展现了他们善良美好的品质，歌颂了下层知识分子与穷苦工人之间的真挚友谊，也表露了作者对下层人民的同情和对黑暗现实的不满。小说结构严谨精巧，语言质朴，情节自然，层层推进，心理描写细微，无论在思想上，还是在艺术上，都有较高的价值，因此它历来被认为是“五四”优秀短篇小说园地中的一朵奇葩，我国现代文学中最早表现工人生活的优秀小说之一。

春蚕 / 茅盾

入选理由

茅盾著名的“农村三部曲”之一

中国现代文学史上最优秀的描写农民生活的短篇小说之一

多次被改编为电影，影响深远

一

老通宝坐在“塘路”边的一块石头上，长旱烟管斜摆在他身边。“清明”节后的太阳已经很有力量，老通宝背脊上热烘烘地，像背着一盆火。“塘路”上拉纤的快班船上的绍兴人只穿了一件蓝布单衫，敞开了大襟，弯着身子拉，额角上黄豆大的汗粒落到地下。

看着人家那样辛苦的劳动，老通宝觉得身上更加热了；热的有点儿发痒。他还穿着那件过冬的破棉袄，他的夹袄还在当铺里，却不防才得“清明”边，天就那么热。

“真是天也变了！”

作者简介

茅盾像

茅盾（1896 ~ 1981），原名沈德鸿，字雁冰。曾经改编了新鸳鸯蝴蝶派的文学阵地《小说月报》，并使之成为中国文学研究与创作的前沿。写下经典巨著《幻灭》、《动摇》、《追求》、《虹》和《子夜》，影响了一代中国读者。被誉为中国社会剖析派小说的典型代表，甚至有人认为茅盾的分析是陀思妥耶夫斯基式的心理现实主义。但真实的是在他的小说中，将法国、俄国的现实主义与中国古典形态的半白话小说完美地结合在一起，具备了巴尔扎克或者托尔斯泰式的叙述笔法。而最为批评家称道的是，在中国众多的学者作家把目光对准启蒙主义、人道主义甚或个人主义的时候，茅盾的文学意念中多了份产业意识和金融意识，而这在中国现代文学史上是唯一的，《子夜》即是典型的例子。

老通宝心里说，就吐一口浓厚的唾沫。在他面前那条“官河”内，水是绿油油的，来往的船也不多，镜子一样的水面这里那里起了几道皱纹或是小小的涡漩，那时候，倒影在水里的泥岸和岸边成排的桑树，都晃乱成灰暗的一片。可是不会很长久的。渐渐儿那些树影又在水面上显现，一弯一曲地蠕动，像是醉汉，再过一会儿，终于站定了，依然是很清晰的倒影。那拳头模样的桠枝顶都已经簇生着小手指儿那么大的嫩绿叶。这密密层层的桑树，沿着那“官河”一直望去，好像没有尽头。田里现在还只有干裂的泥块，这一带，现在是桑树的势力！在老通宝背后，也是大片的桑林，矮矮的，静穆的，在热烘烘的太阳光下，似乎那“桑拳”上的嫩绿叶过一秒钟就会大一些。

茅盾的故乡浙江省桐乡县乌镇风光

离老通宝坐处不远，一所灰白色的楼房蹲在“塘路”边，那是茧厂。十多天前驻扎过军队，现在那边田里留着几条短短的战壕。那时都说东洋兵要打进来，镇上有钱人都逃光了；现在兵队又开走了，那座茧厂依旧空关在那里，等候春茧上市的时候再热闹一番。老通宝也听得镇上小陈老爷的儿子——陈大少爷说过，今年上海不太平，丝厂都关门，恐怕这里的茧厂也不能开；但老通宝是不肯相信的。他活了六十岁，反乱年头也经过好几个，从没见过绿油油的桑叶白养在树上等到成了“枯叶”去喂羊吃；除非是“蚕花”不熟，但那是老天爷的“权柄”，谁又能够未卜先知？

“才得清明边，天就那么热！”

老通宝看着那些桑拳上怒茁的小绿叶儿，心里又这么想，同时有几分惊异，有几分快活。他记得自己还是二十多岁少壮的时候，有一年也是“清明”边就得穿夹，后来就是“蚕花二十四分”，自己也就在这一年成了家。那时，他家正在“发”；他的父亲像一头老牛似的，什么都懂得，什么都做得；便是他那创家立业的祖父，虽说在长毛窝里吃过苦头，却也愈老愈硬朗。那时候，老陈老爷去世不久，小陈老爷还没抽上鸦片烟，“陈老爷家”也不是现在那么不像样的。老通宝相信自己一家和“陈老爷家”虽则一边是高门大户，而一边不过是种田人，然而两家的运命好像是一条线儿牵着。不但“长毛造反”那时候，老通宝的祖父和陈老爷同被长毛掳去，同在长毛窝里混上了六七年，不但他们俩同时从长毛营盘里逃了出来，而且偷得了长毛的许多金元宝——人家到现在还是这么说；并且老陈老爷做丝生意“发”起来的时候，老通宝家养蚕也是年年都好，十年中间挣得了二十亩的稻田和十多亩的桑地，还有三开间两进的一座平屋。这时候，老通宝家在东村庄上被人人所妒羡，也正像“陈老爷家”在镇上是数一数二的大户人家。可是以后，两家都不行了；老通宝现在已经没有自己的田地，反欠出三百多块钱的债，“陈老爷家”也早已完结。人家都说“长毛鬼”在阴间告了一状，阎罗王追还“陈老爷家”的金元宝横财，所以败的这么快。这个，老通宝也有几分相信，不是鬼使神差，好端端的小陈老爷怎么会抽上了鸦片烟？

可是老通宝死也想不明白为什么“陈老爷家”的“败”会牵动到他家。他确实知道自己家并没得过长毛的横财。虽则听死了的老头子说，好像那老祖父逃出长毛营盘的时候，不巧撞着了一个巡路的小长毛，当时没法，只好杀了他，——这是一个“结”！然而从老通宝懂事以来，他们家替这小长毛鬼拜忏念佛烧纸锭，记不清有多少次了。这个小冤魂，理应早投凡胎。老通宝虽然不很记得祖父是怎样“做人”，但父亲的勤俭忠厚，他是亲眼看见的；他自己也是规矩人，他的儿子阿四，儿媳四大娘，都是勤俭的。就是小儿子阿多年纪青，有几分“不知苦辣”，可是毛头小伙子，大都这么着，算不得“败家相”！

老通宝抬起他那焦黄的皱脸，苦恼地望着他面前的那条河，河里的船，以及两岸的桑地。一切都和他二十多岁时差不了多少，然而“世界”到底变了。他自己家也要常常把杂粮当饭吃一天，而且又欠出了三百多块钱的债。

呜！呜，呜，呜，——

汽笛叫声突然从那边远远的河身的弯曲地方传了来。就在那边，蹲着又一个茧厂，远望去隐约可见那整齐的石“帮岸”。一条柴油引擎的小轮船很威严地从那茧厂后驶出来，拖着三条大船，迎面向老通宝来了。满河平静的水立刻激起泼刺刺的波浪，一齐向两旁的泥岸卷过来。一条乡下“赤膊船”赶快拢岸，船上人揪住了泥岸上的树根，船和人都好像在那里打秋千。轧轧轧的轮机声和洋油臭，飞散在这和平的绿的田野。老通宝满脸恨意，看着这小轮船来，看着它过去，直到又转一个弯，呜呜呜地又叫了几声，就看不见。老通宝向来仇恨小轮船这一类洋鬼子的东西！他从没见过洋鬼子，可是他从他的父亲嘴里知道老陈老爷见过洋鬼子：红眉毛，绿眼睛，走路时两条腿是直的。并且老陈老爷也是很恨洋鬼子，常常说“铜钿都被洋鬼子骗去了”。老通宝看见老陈老爷的时候，不过八九岁，——现在他所记得的关于老陈老爷的一切都是听来的，可是他想起了“铜钿都被洋鬼子骗去了”这句话，就仿佛看见了老陈老爷捋着胡子摇头的神气。

洋鬼子怎样就骗了钱去，老通宝不很明白。但他很相信老陈老爷的话一定不错。并且他自己也明明看到自从镇上有了洋纱，洋布，洋油，——这一类洋货，而且河里更有了小火轮船以后，他自己田里生出来的东西就一天一天不值钱，而镇上的东西却一天一天贵起来。他父亲留下来的一分家产就这么变小，变做没有，而且现在负了债。老通宝恨洋鬼子不是没有理由的！他这坚定的主张，在村坊上很有名。五年前，有人告诉他：朝代又改了，新朝代是要“打倒”洋鬼子的。老通宝不相信。为的他上镇去看见那新到的喊着“打倒洋鬼子”的年青人们都穿了洋鬼子衣服。他想来这伙年青人一定私通洋鬼子，却故意来骗乡下人。后来果然就不喊“打倒洋鬼子”了，而且镇上的东西更加一天一天贵起来，派到乡下人身上的捐税也更加多起来。老通宝深信这都是串通了洋鬼子干的。

电影《春蚕》剧照

然而更使老通宝去年几乎气成病的，是茧子也是洋种的卖得好价钱；洋种的茧子，一担要贵上十多块钱。素来和儿媳总还和睦的老通宝，在这件事上可就吵了架。儿媳四大娘去年就要养洋种的蚕。小儿子跟他嫂嫂是一路，那阿四虽然嘴里不多说，心里也是要洋种的。老通宝拗不过他们，末了只好让步。现在他家里有的五张蚕种，就是土种四张，洋种一张。

“世界真是越变越坏！过几年他们连桑叶都要洋种了！我活得厌了！”

老通宝看着那些桑树，心里说，拿起身边的长旱烟管恨恨地敲着脚边的泥块。太阳现在正当他头顶，他的影子落在泥地上，短短地像一段乌焦木头，还穿着破棉袄的他，觉得浑身躁热起来了。他解开了大襟上的钮扣，又抓着衣角扇了几下，站起来回家去。

那一片桑树背后就是稻田。现在大部分是匀整的半翻着的燥裂的泥块。偶尔也

江浙一带的蚕房

有种了杂粮的，那黄金一般的菜花散出强烈的香味。那边远远地一簇房屋，就是老通宝他们住了三代的村坊，现在那些屋上都袅起了白的炊烟。

老通宝从桑林里走出来，到田塍上，转身又望那一片爆着嫩绿的桑树。忽然那边田野跳跃着来了一个十来岁的男孩子，远远地就喊道：

"阿爹！妈等你吃中饭呢！"

"哦——"

老通宝知道是孙子小宝，随口应着，还是望着那一片桑林。才只得"清明"边，桑叶尖儿就抽得那么小指头儿似的，他一生就只见过两次。今年的蚕花，光景是好年成。三张蚕种，该可以采多少茧子呢？只要不像去年，他家的债也许可以拔还一些罢。

小宝已经跑到他阿爹的身边了，也仰着脸看那绿绒似的桑拳头；忽然他跳起来拍着手唱道：

"清明削口，看蚕娘娘拍手！"

老通宝的皱脸上露出笑容来了。他觉得这是一个好兆头。他把手放在小宝的"和尚头"上摩着，他的被穷苦弄麻木了的老心里勃然又生出新的希望来了。

二

天气继续暖和，太阳光催开了那些桑拳头上的小手指儿模样的嫩叶，现在都有小小的手掌那么大了。老通宝他们那村庄四周围的桑林似乎长得更好，远望去像一片绿锦平铺在密密层层灰白色矮矮的篱笆上。"希望"在老通宝和一般农民们的心里一点一点一天一天强大。蚕事的动员令也在各方面发动了。藏在柴房里一年之久的养蚕用具都拿出来洗刷修补。那条穿村而过的小溪旁边，蠕动着村里的女人和孩子，工作着，嚷着，笑着。

这些女人和孩子们都不是十分健康的脸色，——从今年开春起，他们都只吃个半饱；他们身上穿的，也只是些破旧的衣服。实在他们的情形比叫花子好不了多少。然而他们的精神都很不差。他们有很大的忍耐力，又有很大的幻想。虽然他们都负了天天在增大的债，可是他们那简单的头脑老是这么想：只要蚕花熟，就好了！他们想像到一个月以后那些绿油油的桑叶就会变成雪白的茧子，于是又变成丁丁当当响的洋钱，他们虽然肚子里饿得咕咕地叫，却也忍不住要笑。

这些女人中间也就有老通宝的媳妇四大娘和那个十二岁的小宝。这娘儿两个已经洗好了那些“团匾”和“蚕箪”，坐在小溪边的石头上撩起布衫角揩脸上的汗水。

“四阿嫂！你们今年也看（养）洋种么？”

小溪对岸的一群女人中间有一个二十岁左右的姑娘隔溪喊过来了。四大娘认得是隔溪的对门邻舍陆福庆的妹子六宝。四大娘立刻把她的浓眉毛一挺，好像正想找人吵架似的嚷了起来：

“不要来问我！阿爹做主呢！——小宝的阿爹死不肯，只看了一张洋种！老糊涂的听得带一个洋字就好像见了七世冤家！洋钱，也是洋，他倒又要了！”

小溪旁那些女人们听得笑起来了。这时候有一个壮健的小伙子正从对岸的陆家稻场上走过，跑到溪边，跨上了那横在溪面用四根木头并排做成的雏形的“桥”。四大娘一眼看见，就丢开了“洋种”问题，高声喊道：

“多多弟！来帮我搬东西罢！这些匾，浸湿了，就像死狗一样重！”

小伙子阿多也不开口，走过来拿起五六只“团匾”，湿漉漉地顶在头上，却空着一双手，划桨似的荡着，就走了。这个阿多高兴起来时，什么事都肯做，碰到同村的女人们叫他帮忙拿什么重家伙，或是下溪去捞什么，他都肯；可是今天他大概有点不高兴，所以只顶了五六只“团匾”去，却空着一双手。那些女人们看着他戴了那特别大箬帽似的一叠“匾”，袅着腰，学镇上女人的样子走着，又都笑起来了，老通宝家紧邻的李根生的老婆荷花一边笑，一边叫道：

“喂，多多头！回来！也替我带一点儿去！”

“叫我一声好听的，我就给你拿。”

阿多也笑着回答，仍然走。转眼间就到了他家的廊下，就把头上的“团匾”放在廊檐口。“那么，叫你一声干儿子！”

荷花说着就大声的笑起来，她那出众地白净然而扁得作怪的脸上看去就好像只有一张大嘴和眯紧了好像两条线一般的细眼睛。她原是镇上人家的婢女，嫁给那不声不响整天苦着脸的半老头子李根生还不满半年，可是她的爱和男子们胡调已经在村中很有名“不要脸的！”

忽然对岸那群女人中间有人轻声骂了一句。荷花的那对细眼睛立刻睁大了，怒声嚷道：

“骂哪一个？有本事，当面骂，不要躲！”

“你管得我？棺材横头踢一脚，死人肚里自得知：我就骂那不要脸的骚货！”

隔溪立刻回骂过来了，这就是那六宝，又一位村里有名淘气的大姑娘。

根据茅盾同名小说改编成的电影《春蚕》剧照。夏衍改编，程步高导演，1933年明星影业公司出品。

于是对骂之下，两边又泼水。爱闹的女人也夹在中间帮这边帮那边。小孩子们笑着狂呼。四大娘是老成的，提起她的“蚕箪”，喊着小宝，自回家去。阿多站在廊下看着笑。他知道为什么六宝要跟荷花吵架；他看着那“辣货”六宝挨骂，倒觉得很高兴。

老通宝掮着一架“蚕台”从屋子里出来，这三棱形家伙的木梗子有几条给白蚂蚁蛀过了，怕的不牢，须得修补一下。看见阿多站在那里笑嘻嘻地望着外边的女人们吵架，老通宝的脸色就板起来了。他这“多多头”的小儿子不老成，他知道。尤其使他不高兴的，是多多也和紧邻的荷花说说笑笑。“那母狗是白虎星，惹上了她就得败家”，——老通宝时常这样警戒他的小儿子。

“阿多！空手看野景么？阿四在后边扎‘缀头’，你去帮他！”

老通宝像一匹疯狗似的咆哮着，火红的眼睛一直盯住了阿多的身体，直到阿多走进屋里去，看不见了，老通宝方才提过那“蚕台”来反复审察，慢慢地动手修补。木匠生活，老通宝早年是会的；但近来他老了，手指头没有劲，他修了一会儿，抬起头来喘气，又望望屋里挂在竹竿上的三张蚕种。

四大娘就在廊檐口糊“蚕箪”。去年他们为的想省几百文钱，是买了旧报纸来糊的。老通宝直到现在还说是因为用了报纸——不惜字纸，所以去年他们的蚕花不好。

今年是特地全家少吃一餐饭，省下钱来买了“糊箪纸”来了。四大娘把那鹅黄色坚韧的纸儿糊得很平贴，然后又照品字式糊上三张小小的花纸——那是跟“糊箪纸”一块儿买来的，一张印的花色是“聚宝盆”，另两张都是手执尖角旗的人儿骑在马上，据说是“蚕花太子”。

“四大娘！你爸爸做中人借来三十块钱，就只买了二十担叶。后天米又吃完了，怎么办？”

老通宝气喘喘地从他的工作里抬起头来，望着四大娘。那三十块钱是二分半的月息。总算有四大娘的父亲张财发做中人，那债主也就是张财发的东家“做好事”，这才只要了二分半的月息。条件是蚕事完后本利归清。

四大娘把糊好了的“蚕箪”放在太阳底下晒，好像生气似的说：

“都买了叶！又像去年那样多下来——”

“什么话！你倒先来发利市了！年年像去年么？自家只有十来担叶；五张布子（蚕种），十来担叶够么？”

“噢，噢；你总是不错的！我只晓得有米烧饭，没米饿肚子！”

四大娘气哄哄地回答；为了那“洋种”问题，她到现在常要和老通宝抬杠。

老通宝气得脸都紫了。两个人就此再没有一句话。

但是“收蚕”的时期一天一天逼进了。这二三十人家的小村落突然呈现了一种大紧张，大决心，大奋斗，同时又是大希望。人们似乎连肚子饿都忘记了。老通宝他们家东借一点，西赊一点，居然也一天一天过着来。也不仅老通宝他们，村里哪一家有两三斗米放在家里呀！去年秋收固然还好，可是地主，债主，正税，杂捐，一层一层地剥削来，早就完了。现在他们唯一的指望就是春蚕，一切临时借贷都是指明在这“春蚕收成”中偿还。

他们都怀着十分希望又十分恐惧的心情来准备这春蚕的大搏战！

“谷雨”节一天近一天了。村里二三十人家的“布子”都隐隐现出绿色来。女人们在稻场上碰见时，都匆忙地带着焦灼而快乐的口气互相告诉道：“六宝家快要‘窝种’了呀！”

“荷花说她家明天就要‘窝’了。有这么快！”

“黄道士去测一字，今年的青叶要贵到四洋！”

四大娘看自家的五张“布子”。不对！那黑芝麻似的一片细点子还是黑沉沉，不见绿影。她的丈夫阿四拿到亮处去细看，也找不出几点“绿”来。四大娘很着急。

“你就先‘窝’起来罢！这余杭种，作兴是慢一点的。”

阿四看着他老婆，勉强自家宽慰。四大娘堵起了嘴巴不回答。

老通宝哭丧着干皱的老脸，没说什么，心里却觉得不妙。

幸而再过了一天，四大娘再细心看那“布子”时，哈，有几处转成绿色了！而且绿的很有光彩。四大娘立刻告诉了丈夫，告诉了老通宝，多多头，也告诉了她的儿子小宝。她就把那些布子贴肉揾在胸前，抱着吃奶的婴孩似的静静儿坐着，动也不敢多动了。夜间，她抱着那五张“布子”到被窝里，把阿四赶去和多多头做一床。那“布子”上密密麻麻的蚕子儿贴着肉，怪痒痒的；四大娘很快活，又有点儿害怕，她第一次怀孕时胎儿在肚子里动，她也是那样半惊半喜的！

全家都是惴惴不安地又很兴奋地等候“收蚕”。只有多多头例外。他说：今年蚕花一定好，可是想发财却是命里不曾来。老通宝骂他多嘴，他还是要说。

蚕房早已收拾好了。“窝种”的第二天，老通宝拿一个大蒜头涂上一些泥，放在蚕房的墙脚边；也是年年的惯例，但今番老通宝更加虔诚，手也抖了。去年他们“卜”的非常灵验。可是去年那“灵验”，现在老通宝想也不敢想。

现在这村里家家都在“窝种”了。稻场上和小溪边顿时少了那些女人们的踪迹。一个“戒严令”也在无形中颁布了：乡农们即使平日是最好的，也不往来；人客来冲了蚕神不是玩的！他们至多在稻场上低声交谈一二句就走开。这是个“神圣”的季节。

老通宝家的五张布子上也有些“乌娘”蠕蠕地动了。于是全家的空气，突然紧张。那正是“谷雨”前一日。四大娘料来可以挨过了“谷雨”节那一天。布子不须再“窝”了，很小心地放在“蚕房”里。老通宝偷眼看一下那个躺在墙脚边的大蒜头，他心里就一跳。那大蒜头上还只有一两茎绿芽！老通宝不敢再看，心里祷祝后天正午会有更多更多的绿芽。

终于“收蚕”的日子到了。四大娘心神不定地淘米烧饭，时时看饭锅上的热气有没有直冲上来。老通宝拿出预先买了来的香烛点起来，恭恭敬敬放在灶君神位前。阿四和阿多去到田里采野花。小宝帮着把灯芯草剪成细末子，又把采来的野花揉碎。一切都准备齐全了时，太阳也近午刻了，饭锅上水蒸气嘟嘟地直冲，四大娘立刻跳了起来，把“蚕花”和一对鹅毛插在发髻上，就到“蚕房”里。老通宝拿着秤杆，阿四拿了那揉碎的野花片儿和灯芯草碎末。四大娘揭开“布子”，就从阿四手里拿过那野花碎片和灯芯草末子撒在“布子”上，又接过老通宝手里的秤杆来，将“布子”挽在秤杆上，于是拔下发髻上的鹅毛在“布子”上轻轻儿拂；野花片，灯芯草末子，连同“乌娘”，都拂在那“蚕箪”里了。一张，两张，……都拂过了；最后一张是洋种，那就收在另一个“蚕箪”里。末了，四大娘又拔下发髻上那朵“蚕花”，跟鹅毛一块插在“蚕箪”的边儿上。

这是一个隆重的仪式！千百年相传的仪式！那好比是誓师典礼，以后就要开始了一个月光景的和恶劣的天气和恶运以及和不知什么的连日连夜无休息的大决战！

“乌娘”在“蚕箪”里蠕动，样子非常强健；那黑色也是很正路的。四大娘和老通宝他们都放心地松一口气了。但当老通宝悄悄地把那个“命运”的大蒜头拿起来看时，他的脸色立刻变了！大蒜头上还只得三四茎嫩芽！天哪！难道又同去年一样？

三

然而那“命运”的大蒜头这次竟不灵验。老通宝家的蚕非常好！虽然头眠二眠的时候连天阴雨，气候是比“清明”边似乎还要冷一点，可是那些“宝宝”都很强健。

村里别人家的“宝宝”也都不差。紧张的快乐弥漫了全村庄，似那小溪里琮琮的流水也像是朗朗的笑声了。只有荷花家是例外。她们家看了一张“布子”，可是“出火”只称得二十斤；“大眠”快边人们还看见那不声不响晦气色的丈夫根生倾弃了三“蚕箪”在那小溪里。

这一件事，使得全村的妇人对于荷花家特别“戒严”。她们特地避路，不从荷花的门前走，远远的看见了荷花或是她那不声不响丈夫的影儿就赶快躲开；这些幸运的人儿惟恐看了荷花他们一眼或是交谈半句话就传染了晦气来！

老通宝严禁他的小儿子多多头跟荷花说话。——“你再跟那东西多嘴，我就告你忤逆！”老通宝站在廊檐外高声大气喊，故意要叫荷花他们听得。

小宝也受到严厉的嘱咐，不许跑到荷花家的门前，不许和他们说话。

阿多像一个聋子似的不理睬老头子那早早夜夜的唠叨，他心里却在暗笑。全家就只有他不大相信那些鬼禁忌。可是他也没有跟荷花说话，他忙都忙不过来。

“大眠”捉了毛三百斤，老通宝全家连十二岁的小宝也在内，都是两日两夜没有合眼。蚕是少见的好，活了六十岁的老通宝记得只有两次是同样的，一次就是他

江浙一带的风光

电影《春蚕》剧照

那六宝是和阿多同站在一个筐子边"捋叶"。在半明半暗的星光下，她和阿多靠得很近。

成家的那年，又一次是阿四出世那一年。"大眠"以后的"宝宝"第一天就吃了七担叶，个个是生青滚壮，然而老通宝全家都瘦了一圈，失眠的眼睛上充满了红丝。

谁也料得到这些"宝宝"上山前还得吃多少叶。老通宝和儿子阿四商量了：

"陈大少爷借不出，还是再求财发的东家罢？"

"地头上还有十担叶，够一天。"

阿四回答，他委实是支撑不住了，他的一双眼皮像有几百斤重，只想合下来。老通宝却不耐烦了，怒声喝道：

"说什么梦话！刚吃了两天老蚕呢。明天不算，还得吃三天，还要三十担叶，三十担！"

这时外边稻场上忽然人声喧闹，阿多押了新发来的五担叶来了。于是老通宝和阿四的谈话打断，都出去"捋叶"。四大娘也慌忙从蚕房里钻出来。隔溪陆家养的蚕不多，那大姑娘六宝抽得出工夫，也来帮忙了。那时星光满天，微微有点风，村前村后都断断续续传来了吆喝和欢笑，中间有一个粗暴的声音嚷道：

"叶行情飞涨了！今天下午镇上开到四洋一担！"

老通宝偏偏听得了，心里急得什么似的。四块钱一担，三十担可要一百二十块呢，他哪来这许多钱！但是想到茧子总可以采五百多斤，就算五十块钱一百斤，也有这么二百五，他又心里一宽。那边"捋叶"的人堆里忽然又有一个小小的声音说：

"听说东路不大好，看来叶价钱涨不到多少的！"

老通宝认得这声音是陆家的六宝。这使他心里又一宽。

那六宝是和阿多同站在一个筐子边"捋叶"。在半明半暗的星光下，她和阿多靠得很近。忽然她觉得在那"杠条"的隐蔽下，有一只手在她大腿上拧了一把。好像知道是谁拧的，她忍住了不笑，也不声张。蓦地那手又在她胸前摸了一把，六宝直跳起来，出惊地喊了一声：

"嗳哟！"

"什么事？"

同在那筐子边捋叶的四大娘问了，抬起头来。六宝觉得自己脸上热烘烘了，她偷偷地瞪了阿多一眼，就赶快低下头，很快地捋叶，一面回答：

"没有什么。想来是毛毛虫刺了我一下。"

阿多咬住了嘴唇暗笑。虽然在这半个月来也是半饱而且少睡，也瘦了许多了，他的精神可还是很饱满。老通宝那种忧愁，他是永远没有的。他永不相信靠一次蚕花好或是田里熟，他们就可以还清了债再有自己的田；他知道单靠勤俭工作，即使做到背脊骨折断也是不能翻身的。但是他仍旧很高兴地工作着，他觉得这也是一种快活，正像和六宝调情一样。

第二天早上，老通宝就到镇里去想法借钱来买叶。临走前，他和四大娘商量好，决定把他家那块出产十五担叶的桑地去抵押。这是他家最后的产业。

叶又买来了三十担。第一批的十担发来时，那些壮健的"宝宝"已经饿了半点钟了。

"宝宝"们尖出了小嘴巴，向左向右乱晃，四大娘看得心酸。叶铺了上去，立刻蚕房里充满着萨萨萨的响声，人们说话也不大听得清。不多一会儿，那些"团匾"里立刻又全见白了，于是又铺上厚厚的一层叶。人们单是"上叶"也就忙得透不过气来。但这是最后五分钟了。再得两天，"宝宝"可以上山。人们把剩余的精力榨出来拚死命干。

阿多虽然接连三日三夜没有睡，却还不见怎么倦。那一夜，就由他一个人在"蚕房"里守那上半夜，好让老通宝以及阿四夫妇都去歇一歇。那是个好月夜，稍稍有点冷。蚕房里爇了一个小小的火。阿多守到二更过，上了第二次的叶，就蹲在那个"火"旁边听那些"宝宝"萨萨萨地吃叶。渐渐儿他的眼皮合上了。恍惚听得有门响，阿多的眼皮一跳，睁开眼来看了看，就又合上了。他耳朵里还听得萨萨萨的声音和屑索屑索的怪声。猛然一个踉跄，他的头在自己膝头上磕了一下，他惊醒过来，恰就听得蚕房的芦帘拍叉一声响，似乎还看见有人影一闪。阿多立刻跳起来，到外面一看，门是开着，月光下稻场上有一个人正走向溪边去。阿多飞也似跳出去，还没看清那人是谁，已经把那人抓过来摔在地下。他断定了这是一个贼。

"多多头！打死我也不怨你，只求你不要说出来！"

是荷花的声音，阿多听真了时不禁浑身的汗毛都竖了起来。月光下他又看见那扁得作怪的白脸儿上一对细圆的眼睛定定地看住了他。可是恐怖的意思那眼睛里也没有。阿多哼了一声，就问道：

"你偷什么？"

"我偷你们的宝宝！"

"放到哪里去了？"

"我扔到溪里去了！"

阿多现在也变了脸色。他这才知道这女人的恶意是要冲克他家的"宝宝"。

"你真心毒呀！我们家和你们可没有冤仇！"

"没有么？有的，有的！我家自管蚕花不好，可并没害了谁，你们都是好的！你们怎么把我当作白老虎，远远地望见我就别转了脸？你们不把我当人看待！"

那妇人说着就爬了起来，脸上的神气比什么都可怕。阿多瞅着那妇人好半晌，这才说道：

"我不打你，走你的罢！"

阿多头也不回的跑回家去，仍在"蚕房"里守着。他完全没有睡意了。他看那些"宝宝"，都是好好的。他并没想到荷花可恨或可怜，然而他不能忘记荷花那一番话；他觉到人和人中间有什么地方是永远弄不对的，可是他不能够明白想出来是什么地方，或是为什么。再过一会儿，他就什么都忘记了。"宝宝"身强健的，像有魔法似的吃了又吃，永远不会饱！

以后直到东方快打白了时，没有发生事故。老通宝和四大娘来替换阿多了，他们拿那些渐渐身体发白而变短了的"宝宝"在亮处照着，看是"有没有通"。他们的心被快活胀大了。但是太阳出山时四大娘到溪边汲水，却看见六宝满脸严重地跑过来悄悄地问道：

"昨夜二更过，三更不到，我远远地看见那骚货从你们家跑出来，阿多跟在后面，他们站在这里说了半天话呢！四阿嫂！你们怎么不管事呀？"

四大娘的脸色立刻变了，一句话也没说，提了水桶就回家去，先对丈夫说了，再对老通宝说。这东西竟偷进人家"蚕房"来了，那还了得！老通宝气得直跺脚，马上叫了阿多来查问。但是阿多不承认，说六宝是做梦见鬼。老通宝又去找六宝询问。六宝是一口咬定了看见的。老通宝没有主意，回家去看那"宝宝"，仍然是很健康，瞧不出一些败相来。

但是老通宝他们满心的欢喜却被这件事打消了。他们相信六宝的话不会毫无根据。他们唯一的希望是那骚货或者只在廊檐口和阿多鬼混了一阵。

"可是那大蒜头上的苗却当真只有三四茎呀！"

老通宝自心里这么想，觉得前途只是阴暗。可不是，吃了许多叶去，一直落来都很好，然而上了山却干僵了的事，也是常有的。不过老通宝无论如何不敢想到这上头去；他以为即使是肚子里想，也是不吉利。

四

"宝宝"都上山了，老通宝他们还是捏着一把汗。他们钱都花光了，精力也绞尽了，可是有没有报酬呢，到此时还没有把握。虽则如此，他们还是硬着头皮去干。"山棚"下爇了火，老通宝和阿四他们伛着腰慢慢地从这边蹲到那边，又从那边蹲到这边。他们听得山棚上有些屑屑索索的细声音，他们就忍不住想笑，过一会儿又不听得了，他们的心就重甸甸地往下沉了。这样地，心是焦灼着，却不敢向山棚上望。偶或他们仰着的脸上淋到了一滴蚕尿了，虽然觉得有点难过，他们心里却快活；他们巴不得多淋一些。

阿多早已偷偷地挑开“山棚”外围着的芦帘望过几次了。小宝看见，就扭住了阿多，问“宝宝”有没有做茧子。阿多伸出舌头做一个鬼脸，不回答。

“上山”后三天，息火了。四大娘再也忍不住，也偷偷地挑开芦帘角看了一眼，她的心立刻卜卜地跳了。那是一片雪白，几乎连“缀头”都瞧不见；那是四大娘有生以来从没有见过的“好蚕花”呀！老通宝全家立刻充满了欢笑。现在他们一颗心定下来了！“宝宝”们有良心，四洋一担的叶不是白吃的；他们全家一个月的忍饿失眠总算不冤枉，天老爷有眼睛！

同样的欢笑声在村里到处都起来了。今年蚕花娘娘保佑这小小的村子。二三十人家都可以采到七八分，老通宝家更是比众不同，估量来总可以采一个十二三分。

小溪边和稻场上现在又充满了女人和孩子们。这些人都比一个月前瘦了许多，眼眶陷进了，嗓子也发沙，然而都很快活兴奋。她们嘈嘈地谈论那一个月内的“奋斗”时，她们的眼前便时时现出一堆堆雪白的洋钱，她们那快乐的心里便时时闪过了这样的盘算：夹衣和夏衣都在当铺里，这可先得赎出来；过端阳节也许可以吃一条黄鱼。

那晚上荷花和阿多的把戏也是她们谈话的资料。六宝见了人就宣传荷花的“不要脸，送上门去！”男人们听了就粗暴地笑着，女人们念一声佛，骂一句，又说老通宝家总算幸气，没有犯克，那是菩萨保佑，祖宗有灵！

接着是家家都“浪山头”了，各家的至亲好友都来“望山头”。老通宝的亲家张财发带了小儿子阿九特地从镇上来到村里。他们带来的礼物，是软糕，线粉，梅子，枇杷，也有咸鱼。小宝快活得好像雪天的小狗。

“通宝，你是卖茧子呢，还是自家做丝？”

张老头子拉老通宝到小溪边一棵杨柳树下坐了，这么悄悄地问。这张老头子张财发是出名“会寻快活”的人，他从镇上城隍庙前露天的“说书场”听来了一肚子的疙瘩东西；尤其烂熟的，是“十八路反王，七十二处烟尘”，程咬金卖柴扒，贩私盐出身，瓦岗寨做反王的

电影《春蚕》剧照

老通宝心里这么想，觉得前途只是阴暗。

《隋唐演义》。他向来说话“没正经”，老通宝是知道的；所以现在听得问是卖茧子或者自家做丝，老通宝并没把这话看重，只随口回答道：

“自然卖茧子。”

张老头子却拍着大腿叹一口气。忽然他站了起来，用手指着村外那一片秃头桑林后面耸露出来的茧厂的风火墙说道：

“通宝，茧子是采了，那些茧厂的大门还关得紧洞洞呢！今年茧厂不开秤！——十八路反王早已下凡，李世民还没出世：世界不太平！今年茧厂关门，不做生意！”

老通宝忍不住笑了，他不肯相信。他怎么能够相信呢？难道那“五步一岗”似的比露天毛坑还要多的茧厂会一齐都关了门不做生意？况且听说和东洋人也已“讲拢”，不打仗了，茧厂里驻的兵早已开走。

张老头子也换了话，东拉西扯讲镇里的“新闻”，夹着许多“说书场”上听来的什么秦叔宝，程咬金。最后，他代他的东家催那三十块钱的债，为的他是“中人”。

然而老通宝到底有点不放心。他赶快跑出村去，看看“塘路”上最近的两个茧厂，果然大门紧闭，不见半个人；照往年说，此时应该早已摆开了柜台，挂起了一排乌亮亮的大秤。

老通宝心里也着慌了，但是回家去看见了那些雪白发光很厚实硬古古的茧子，他又忍不住嘻开了嘴。上好的茧子！会没有人要，他不相信。并且他还要忙着采茧，还要谢“蚕花利市”，他渐渐不把茧厂的事放在心上了。

可是村里的空气一天一天不同了。才得笑了几声的人们现在又都是满脸的愁云。各处茧厂都没开门的消息陆续从镇上传来，从“塘路”上传来。往年这时候，“收茧人”像走马灯似的在村里巡回，今年没见半个“收茧人”，却换替着来了债主和催粮的差役。请债主们就收了茧子罢，债主们板起面孔不理。

全村子都是嚷骂，诅咒，和失望的叹息！人们做梦也不会想到今年“蚕花”好了，他们的日子却比往年更加困难。这在他们是一个青天的霹雳！并且愈是像老通宝他们家似的，蚕愈养得多，愈好，就愈加困难，——“真正世界变了！”老通宝捶胸跺脚地没有办法。然而茧子是不能搁久了的，总得赶快想法：不是卖出去，就是自家做丝。村里有几家已经把多年不用的丝车拿出来修理，打算自家把茧做成了丝再说。六宝家也打算这么办。老通宝便也和儿子媳妇商量道：

“不卖茧子了，自家做丝！什么卖茧子，本来是洋鬼子行出来的！”

“我们有四百多斤茧子呢，你打算摆几部丝车呀！”

四大娘首先反对了。她这话是不错的。五百斤的茧子可不算少，自家做丝万万干不了。

请帮手么？那又得花钱。阿四是和他老婆一条心。阿多抱怨老头子打错了主意，他说：

“早依了我的话，扣住自己的十五担叶，只看一张洋种，多么好！”

老通宝气得说不出话来。

终于一线希望忽又来了。同村的黄道士不知从哪里得的消息，说是无锡脚下的茧厂还是照常收茧。黄道士也是一样的种田人，并非吃十方的“道士”，向来和老通宝最说得来。于是老通宝去找那黄道士详细问过了以后，便又和儿子阿四商量把茧子弄到无锡脚下去卖。老通宝虎起了脸，像吵架似的嚷道：

“水路去有三十多九呢！来回得六天！他妈的！简直是充军！可是你有别的办法么？茧子当不得饭吃，蚕前的债又逼紧来！”

阿四也同意了。他们去借了一条赤膊船，买了几张芦席，赶那几天正是好晴，又带了阿多。他们这卖茧子的“远征军”就此出发。

五天以后，他们果然回来了；但不是空船，船里还有一筐茧子没有卖出。原来那三十多九水路远的茧厂挑剔得非常苛刻：洋种茧一担只值三十五元，土种茧一担二十元，薄茧不要。老通宝他们的茧子虽然是上好的货色，却也被茧厂里挑剩了那么一筐，不肯收买。老通宝他们实卖得一百十一块钱，除去路上盘川，就剩了整整的一百元，不够偿还买青叶所借的债！老通宝路上气得生病了，两个儿子扶他到家。

打回来的八九十斤茧子，四大娘只好自家做丝了。她到六宝家借了丝车，又忙了五六天。家里米又吃完了。叫阿四拿那丝上镇里去卖，没有人要；上当铺当铺也不收。说了多少好话，总算把清明前当在那里的一石米换了出来。

就是这么着，因为春蚕熟，老通宝一村的人都增加了债！老通宝家为的养了五张布子的蚕，又采了十多分的好茧子，就此白赔上十五担叶的桑地和三十块钱的债！一个月光景的忍饥熬夜还不算！

·作品赏析·

《春蚕》写于1932年11月1日，发表于是年11月《现代》第2卷第1期上。《春蚕》是茅盾的“农村三部曲”的第一部，小说通过20世纪30年代初江南农村蚕事丰收反而成灾的反常现象的描述，揭示了造成这一悲剧的社会根源：帝国主义的经济侵略、地主和高利贷者的层层盘剥、国民政府的苛捐杂税等，真实地反映了当时江南农村经济破产和蚕农们的悲剧命运。小说成功地塑造了勤劳质朴而又守旧蒙昧的老一代农民老通宝，和乐观进取、敢于思索反抗的新一代农民老通宝之子阿多的形象，通过中国农村新旧两代人的对比，宣告了老一代农民传统生活理想的破灭，指出了旧中国农村向前发展的必然趋势。在艺术上，小说以细腻的人物心理描写及生动逼真的细节描写，很好地展示了人物的性格。对于江南农村蚕事活动的种种风俗习惯的描写也非常生动细致，具有浓郁的乡土气息。

报施 / 茅盾

入选理由

茅盾的短篇小说经典
带着对人性的思考剖析人生的处境
文章结构自然，用语拙朴

一

蒙眬中听得响亮的军号声，张文安便浑身一跳。眼皮重得很，睁不开，但心下有数，这热惹惹地吹个不歇的，正是紧急集合号。

三年多的生活习惯已经养成了他的一种本领：半睡半醒，甚至嘴里还打着呼噜，他会穿衣服。刚穿上一半，他突然清醒了，睁开眼，纸窗上泛出鱼肚白，号声却还在耳朵里响。他呆了一会儿，便自己笑起来，低声说："呸！做梦！"

睡意是赶跑了，他靠在床上，楞着眼，暂时之间像失掉了思索的能力，又像是有无数大小不等的东西没头没脑要挤进他脑子里来，硬不由他做主；但渐渐地，这些大小不等，争先抢后的东西自伙中间长出一个头儿来了，于是张文安又拾回了他的思索力，他这时当真是醒了。他回忆刚才那一个梦。

茅盾像

半月以前，因为一种军医不大有办法的疙瘩病，他迟疑了相当时间，终于向师长请准了长假，离开那服务了三年多的师部，离开那敌我犬牙交错，随时会发生激战的第 × 战区。他刚进那师部的时候，是一位文书上士，现在他离开，却已是文书上尉。他得了假条，得了一千元的盘缠，额外又得了师长给的一千元，说是给他买药的。临走的上一晚，同事们凑公份弄几样简单的酒菜，给他饯行。可是刚喝在兴头上，突然的，紧急集合号吹起来了。这原是家常便饭，但那时候，有几位同事却动了感情，代他惋惜，恐怕第二天他会走不成。后来知道没事，又为他庆幸。当时他也激动得很，平时不大善于自我表现的他，这时也兴奋地说：“要是发生战斗，我就不回去也没关系，我和大家再共一次生死！”

现在到了家了，不知怎地，这在师部里遇到的最后一次紧急集合号却又闯进了他在家第一晚的梦魂里。

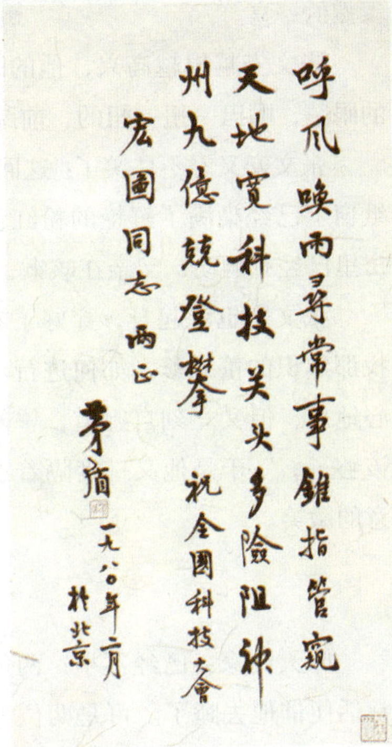

茅盾笔迹

像突然受惊而四散躲藏起来的小鸡又一只一只慢慢地躲躲闪闪地从角落里走了出来，梦境的节目也零零碎碎在他记忆中浮起。这是惊慌和喜悦，辛酸和甜蜜，过去和未来，现实和梦想，搅在了一起的。他闭着眼睛，仿佛又回到梦中：他出其不意地把一头牛买好，牵回家来，给两位老人家一种难以形容的惊喜，正跟他昨日傍晚出其不意走进了家门一样；但正当父亲含笑拍着牛的肩项的当儿，紧急集合号突然响了，于是未来的梦幻中的牛不见，过去的现实的军中伙伴们跳出来了。……

张文安裂开嘴巴无声地笑了起来，虽然是梦，他心里照样是甜甜蜜蜜的。回来时他一路上老在那里盘算那密密缝在贴身口袋里的几个钱，应作如何用途。师长给这一千元的时候，诚恳地嘱咐他：千万别胡乱花了，回家买药保养身体。他当时感动得几乎掉下眼泪来，他真诚地回答道：“报告师长：我一定遵守师长的训示。身体第一，身体是我们最大最重要的本钱！”但上路后第一天，他就有了新的意见，师长的“身体第一”的训示，他还是服膺的，可是他又一点一点自信他这疟疾病只要休养一个时期，多吃点肉，——至多像那位不爱多开口的军医说的多吃鸡蛋，就一定会好的；他觉得他应该省下这一千元孝敬父母，让父母拿这一千元去做一件更合算的事情。但父母拿这一千元又将怎样办呢？这一点，却费去了他半月旅程中整整大半时间的思索。母亲的心事他是知道的：把房子修补修补，再给他讨一房媳妇。父亲呢，老早就想买一条牛，他家自从最后一次内战时期损失了那壮健的花牛以后，父亲好几次筹划款项，打算再买一条，都没有成功。他料得到，父母将因此而发生争执，而结果，父亲一定会说，“文儿，师长给你买药的，你不可辜负人家的好意”。整整一星期，在路上闲着的时候，他老是一边伸手偷偷地摸着贴身口袋里那一叠钞票，一边思索着怎样解决这难题。后来到底被他想出一个很巧妙的办法来了：他将不说出他有这么一注钱，到家歇一天，他就背着父母买好一条牛，亲自牵回家，给父母骤然的一喜。

张文安越想越高兴，他的眼前便出现了一条美丽的黄牛，睁大了两只润泽有光的眼睛，嘴巴一扭一扭的，前蹄跪着，很悠闲地躺在那里。

张文安又忍不住笑了：这回却笑出声来，而笑声亦惊破了他的梦幻，他抬头一看，纸窗上已经染满了鲜艳的粉红色。邻家的雄鸡正在精神百倍地引颈高啼。隔壁父母房里已经有响动，父亲在咳嗽，母亲在倾倒什么东西到篾箩里。

张文安也就起身，穿好了衣服，一边扣着钮子，一边他又计划着，如何到镇上找那熟识的董老爹，如何进行他那梦想中的机密大事。“也许钱不够，”——他担心地想，但又立刻自慰道，“差也差不了多少罢，好在路费上头还有得剩呢，这总该够了。”于是他又一度隔着衣服扪一下贴身口袋里那一叠票子，脸上浮过一个得意的微笑。

二

昨天到家，已经不早；两位老人家体恤儿子，说他路上辛苦了，略谈了几句家常话便催他去睡了。可是两位老人家自己却兴奋得很，好像拾得了一颗夜明珠，怕没有天亮的时候，连夜就去告诉了左邻右舍。老头子还摸黑走了一里路，找到他平日在茶馆里的几个老朋友，郑重其事倾吐了他心里的一团快乐。他又打听人家：“文书上尉这官阶有多大？”老头子心里有个计较：为了庆贺儿子的荣归，他应当卖掉一担包谷摆两桌酒请一次客，他要弄明白儿子的官阶有多大，然后好物色相当的陪客。

昨天晚上，张文安回来的消息就传遍了整个村庄，所以今天张文安起身后不久，东边山峰上那一轮血红的旭日还没驱尽晨雾的时候，探望的人们就挤满了张家的堂屋。

他们七嘴八舌的把一大堆问题扔到张文安面前，竟使得这位见过世面的小伙子弄得手足无措，不晓得回答谁好！他只能笼笼统统回答道：“好，好，都好，前方什么都好！打得很好！吃的么？那自然，到底是前方呢，可是也好！”他嘴里虽然这么说，心里却觉得很抱歉，为的他不能够说得再具体了。他觉得那些不满足的眼光从四面八方射过来，盯在他脸上，似乎都有这样的意思：什么都好，我们都听得惯了，可是你是本村人，自家人，你不能够多说一点么？

张文安惶惑地看着众人，伸手拉一下他的灰布制服的下摆。在师部的时候看到过的军事法庭开庭的一幕突然浮现在他心上了，他觉得眼前这情形，他区区一个文书上尉仿佛就在这一大堆人面前受着审判了，他得对自己的每一句话负责，他明白他的每一句话所关非小。这样想的时候，他就定了心，用了十分自信的口气说：“苦是苦一点，可是为了打倒日本鬼子，不应该苦一点么？……”他顿住了，他很想把平时听熟了的训话拿出几句来，可是终于只忸怩地笑了笑，很不自然地就结束了。

接着，张文安的父亲和几个年老的村里人用了充满惊叹的调子谈论起这个变化多端的“世道”来。而另外几位年青的，则向张文安探听也是在前方打鬼子的几个同村人的消息。“不知道。”他想了想，慢慢摇着头说。但恐怕对方又误会，赶快接下去解释道：“当真不知道呢。你想，前方地面有多大？几千里！光说前方，知道他们是在哪一个战区呢？即使同在一个战区，部队那么多，知道他是在哪一个部队里呢？就算是同在一个部队里罢，几万人呢，要不是碰巧，也不会知道的。”

“哦，早猜到你是一个都不知道的啦！”

有人这么讥讽了一句。张文安可着急起来了，他不能平白受冤，他正想再辩白，却有一个比较老成的人插嘴道：“算了，算了。让我们来问一个人，要是你再不知道，那你就算是个黑漆皮灯笼了。这一个人，出去了有四年多，走的地方可不少，到过长沙府，到过湖北省，也到过江西，他上前方，不是光身子一条，他还带着四匹驮马，和一个伙计：这一个人，你不能不知道。”

“对，对，有两年光景没讯息了，他的儿子到处在打听。”

别的青年人都附和着说。

“你到底也说出他的姓名来呀！”张文安局促不安地说，好像一个临近考试的中学生，猜不透老师会出怎样的题目来作难他。

但是他这心情，人家并不了解。有一位朝同伴们扁扁嘴，半真半假的奚落张文安道：“不错，总得有姓名，才好查考。”“姓名么？”另一位不耐烦地叫了，“怎么没有？他就是山那边村子里的喂驮马的陈海清哪！”

“陈海——清！哦！”张文安回声似的复念了一遍。他记起来了，自己还没上前方去的时候，村里曾经把这陈海清作为谈话的资料，为的他丢下了老母和妻子，带着他的四匹驮马投效了后方勤务，被编入运输队，万里迢迢的去打日本；陈海——清，这一个人他不认识，然而这一名字连带的那股蛮劲儿，曾经像一个影子似的追着他，直到他自己也拿定主意跑到前方。他的眼睛亮起来了，正视他面前的那几位老乡，他又重复一句，“陈——海清！怎么不知道！”可是戛然缩住，他又感到了惶惑。到了前方以后的陈海清，究竟怎样呢？实在他还得颠倒向这几位老乡打听。在前方的紧张生活中，连这名字也从他记忆中消褪了，然而由于一种受不住人家嘲笑的自尊心，更由于不愿老给人家一个失望，他昧着良心勉强说：

“陈——他么——他过得很好！”

话刚出口，他就打了一个寒噤。他听自己说的声音，多么空洞。幸而那几位都没理会。第一个问他的人叹口气接着说：“唉，过得很好。可是他的驮马都完了。他儿子前年接到的信，两匹给鬼子的飞机炸的稀烂，一匹吃了炮弹，也完了，剩下一匹，生病死了，这一来，陈海清该可以回来了么？可是不！他的硬劲儿给这一下挺上来了，他要给他的驮马报仇，他硬是当了兵，不把鬼子打出中国去，他说他不回家！——哦，你说，他过得很好，这是个喜讯，他家里有两年光景接不到他的信了。”

“原来是——”张文安惘然说，但感得众人的眼光都射住了他，便惊觉似的眼睛一睁，忙改口道，“原来是两年没信了。没有关系，……陈海清是一个勇敢的铁汉子，勇敢的人不会死的。他是一个好人，炮弹有眼睛，不打好人！”他越说越兴奋，自己也不大弄得清是他的想当然，还是真正实事，但奋激的心情使他不能不如此：“我想，他应该是一个上等兵了，也许升了排长。陈海——清，他是我们村子里的光荣！”

“那——老天爷还有眼睛！”众人都赞叹地说。

“谁说没有眼睛！”张文安被自己的激昂推动到了忘其所以的地步。他满脸通红，噙着眼泪。“要不，侵略的帝国主义早已独霸了世界。”他庄严地伸起一只臂膊，“告诉你们：世界上到底是好人多，坏人少。我在前方看见的好人，真是太好了，太多了，好像中国的好人都在前方似的。坏人今天虽然耀武扬威，他到底逃不了报应。他本人逃过了，他的儿子一定逃不过。他儿子逃过了，儿子的儿子一定要受报应。”

张文安整个生命的力量好像都在这几句话里使用完了，他慢慢地伸手抹一下头上的汗珠，惘然一笑，便不再出声了。

三

当天午后，浮云布满空中，淡一块，浓一块，天空像幅褪色不匀的灰色布。大气潮而热，闷的人心慌。

张文安爬上了那并不怎样高的山坡，只觉得两条腿重得很，气息也不顺了。他惘然站住，抬起眼睛，懒懒地看了一眼山坡上的庄稼，就在路边一块石头上坐下。坡顶毕竟朗爽些，坐了一会，他觉得胸头那股烦躁也渐渐平下去了。他望着自己刚才来的路，躺在山沟里的那个镇，那一簇黑的房屋，长长的像一条灰黑斑驳的毛虫；

他定睛望了很久，心头那股烦躁又渐渐爬起来了，然后轻轻叹口气，不愿再看似的别转了脸，望着相反的方向，这里，下坡的路比较平，但像波浪似的，这一坡刚完，另一坡又拱起来了，过了这又一坡，便是张文安家所在的村庄。他远远望着，想着母亲这时候大概正在忙忙碌碌准备夜饭，——今天上午说要宰一只鸡，专为远地回来的他。这时候，那只过年过节也舍不得吃的母鸡，该已炖在火上了罢？张文安心里忽然感到了一种说不大明白的又甜又酸的味道。而这味道，立刻又变化为单独的辛酸，——或者说，他惶恐起来了。好比一个出外经商的人，多年辛苦，而今回来，家里人眼巴巴望他带回大把的钱，殊不知他带回来的只是一双空手，他满心的惭愧，望见了里门，反而连进去的勇气都提不起来。虽然张文安的父母压根儿就没巴望他们的儿子发财回来，他们觉得儿子回来了还是好好的，就是最大的财喜了；虽然张文安一路上的打算以及今天上午他托词要到镇上看望朋友，其实却怀着一个“很大的计划”，他的父母也是一丝一毫都不晓得：虽然两位老人家单纯的巴望就是看着儿子痛快淋漓享用那只炖烂的母鸡；——然而张文安此时隔着个山坡呆呆地坐在路边，却不由不满心惶恐，想着是应该早回家去，两条腿却赖在那里，总不肯起来。

他透一口长气，再望那条躺在坡下山沟里的灰黑斑驳的大毛虫，想起不过半小时前他在那些污秽的市街中碰到那一鼻子灰，想起他离开前方一路回来所做的好梦，想起上午从家里出来自己还是那么十拿十稳的一肚子兴头，他不能不生气了。他恨谁呢？说不明白，但所恨之中却也有他自己，却是真确的。他恨自己是一个大傻瓜。别说万象纷纭的世界他莫明其妙，连山坡下边那个灰黑斑驳的小小毛毛虫的社会也还看不透。

虽然董老爹嘲笑他出外几年，只学了卖狗皮膏药那几句，可是他此时想来，倒

山坡里的村庄，静谧中透露着温馨。

《战斗在古长城上》（1938）
沙飞摄

实在感激这位心直口快的酒糟鼻子老头儿的。他揭开了那霉气腾腾的暗坑的盖儿，让张文安瞥了一眼。当这老头儿告诉他“千把块钱只好买半条牛腿”的时候，张文安固然呆了一下，但亦不过扫兴而已，接着老头儿又嘶着嗓子谈到那些胀饱了的囤户，谈到那些人的偷天换日的手段，豪侈糜乱的生活，张文安这可骇住了，一种复杂的情绪扰乱了他的心灵。他还在听，但听又听不进。终于他惘惘然走出了那市镇，爬上这回家去的第一坡，带着满肚子的懊恼和气愤。

干么这样忙着回去，他自己也不大明白。他只觉得他到镇上去的目的已经一下子碰得粉碎，甚至还隐约感到他这次从前方回来也变成了毫无意义了。他的愤恨，自然是因为知道了还有这些毫无人心的家伙把民族的灾难作为发财的机会，但如果不是他一路上想得好好的计划竟成了画饼，那他在愤恨之中也许还不会那么悲哀。

一只杜鹃不知躲在什么地方，老是在叫。

云阵似乎降得更低了，好像直压在头上，呼吸不方便。

张文安终于懒懒地站起来，不情不愿地走下坡去。但走了几步以后，他的脚步就加快了。现在他又急着要回到家里，好像一个人在外边吃了亏，便想念着家的温暖，他现在正是十分需要这温暖。“只能买半条牛腿！”他想着董老爹这句话，心又一缩，但嘴角上却逼出一个狞笑来。有没有一条牛，说真心话，他倒可以不怎么关切，但最使他愤懑而伤心的，是他的想把那一千元如何运用的打算整个儿被推翻了！

他下意识地伸手隔衣服摸一摸衬衣口袋里那一叠票子。方方的，硬硬的，是在那里，一点儿不假。但手上的感觉尽管还是和一路几千里无数次的扪摸没有什么不同，心里的感觉却大大两样了。“嗨，半条牛腿呵！”他又这么想。这回却不能狞笑了，他吐了口唾沫。

四

一口气下了坡，在平坦的地面走得不多几步，便该再上坡了。因为是在峡谷，这里特别阴暗。散散落落几间草房，靠在山坡向阳这边。一道细的溪水忽断忽续从这些草房中间穿了过来。

张文安刚要上坡，有一个人从坡上奔下来，见了他就欢天喜地招呼着，可是这一个人，张文安却不认识。

这年青人满脸通红，眼里耀着兴奋喜悦的光彩，拦住了张文安，就杂七夹八诉说了一大篇。张文安听到一半，也就明白了；这年青人就是陈海清的儿子，刚到他家里去过，现在又赶回来，希望早一点看见他，希望多晓得一些他父亲的消息。

“啊，啊，你就是陈海清的儿子么？啊，你的父亲就是带着四匹驮马到前方去的？……”张文安惊讶地说。年青人的兴奋和快乐，显然感染了他了，他忘记了自己和陈海清在前方并未见过一面，甚至压根儿不知道这个人物在什么地方，“了不起，你的父亲是一个英雄！”他庄严地对那年青人说，“勇敢！……不差，当然是排长啦。”他随口回答了年青人的喜不自胜的询问，完全忘记这是他自己编造出来应付村里人的。

原来今天早上张文安信口开河说的关于陈海清的一切，早已传到了那儿子的耳朵里，儿子全盘都相信，高兴的了不得，正因为相信，正因为高兴，所以他不惜奔波了大半天，要找到张文安，请他亲口再说一遍，让自己亲耳再听一遍。

两人这时已经走近了一间草房，有一只废弃的马槽横躺在木板门的右边。陈海清的儿子说：“这里是我的家了。请你进去坐一坐，我的祖母还要问你一些话呢。她老人家不是亲自听见就不会放心的。”

张文安突然心一跳。像从梦中醒来，这时候他方才理解到自己的并无恶意的编造已经将自己套住了。怎么办呢：继续编造下去呢还是在这儿子面前供认了自己的不是？他正在迟疑不决，却已经被这儿子拉进了草房。

感谢，欢迎，以及各种的询问，张文安立即受了包围，呆了半晌，他这才看清在自己面前的，除了那儿子，还有一位老太太，而在屋角床上躺着的，又有一位憔悴不堪的中年妇人。他惘然看着，嘴里尽管“唔唔”地应着，耳朵里却什么也不曾听进去。受审问的感觉，又浮起在他心头。但终于定了神，他突然问那儿子道：“生病的是谁？”

“我的母亲。”儿子回答。

“快一年了，请不起郎中，也没钱买药吃。”老太太接口说，于是又诉起苦来：优待谷够三张嘴吃，可不够生病呢；哪又能不穿衣么，每年也有点额外的恤金，可是生活贵了呀，缝一件衣，光是线钱，就抵得从前两件衣。

“妈妈的病，一半是急出来的，”儿子插嘴说，“今天听得喜讯，就精神得多呢！”“可不是！谢天谢地，到底是好好儿在那里，”老太太脸上的皱纹忽然像是展开了，显得庄严而虔诚，“菩萨是保佑好人的！张先生，你去打听，我们的海清向来是一个规规矩矩的好人，我活了七十多岁，看见的多了，好人总有好报！”

"可不是，好人总该有好报！"床上的病人也低声喃喃地说，像是在作祷告。

现在张文安已经真正定了神。看见这祖孙三代一家三口子那么高兴，他也不能不高兴；然而他又心中惴惴不安，不敢想像他这谎万一终于圆不下去时会发生的情形。现在他完全认明白：要是他这谎圆不了，那他造的孽可真不小。这一点，逼迫他提起了勇气，定了心，打定主意，撒谎到底。

他开始支支吾吾编造起关于陈海清的最近的生活状况；他大胆地给陈海清创造了极有希望的前途，他又将陈海清编派在某师某营某连，而且还胡诌了一个驻扎的地名。

祖孙三代这一家的三个人都静静地听着，他们那种虔敬而感奋的心情，从他们那哆开的嘴巴和急促而沉重的鼻息就可以知道。张文安说完以后，这祖孙三代一家的三个人还是入定了似的，异常庄严而肃穆。

忽然那位老祖母颤着声音问道："张先生，你回来的时候，我们的海清没有请你带个信来么？"

张文安又窘住了，心里正在盘算，一只手便习惯地去抚摸衣服的下摆，无意中碰到了藏在贴身口袋里那一叠钞票，蓦地他的心一跳，得了个计较。当下的情形，不容他多考虑，他自己也莫明其妙地兴奋起来，一只手隔衣按住了那些钞票，一只手伸起来，像队伍里的官长宣布重要事情的时候常有的手势，他大声说："信就没有，可是，带了钱来了！"

老祖母和孙儿惊异地"啊"了一声，床上的病人轻声吐了口长气。

张文安胀红着脸，心在突突地跳，很艰难地从贴身口袋里掏出那一叠票子来，这还是半月前从师长手里接来后自己用油纸包好的原样。他慌慌张张撕破了薄纸，手指木僵地撂住那不算薄的一叠，心跳的更厉害，他的手指正要渐渐摸到这一叠的约莫一半的地方，突然一个狞笑掠过他的脸，他莽撞地站起来就把这一叠都塞在陈海清的儿子的手里了。

《报施》插图

张文安莽撞地站起来就把这一叠都塞在陈海清的儿子的手里了。

"啊，多少？"那年青人只觉得多，却还没想到多的出乎他意料之外。

张文安还没回答，那位老太太插嘴道："嗯，这有五百了罢，海清……"可是她不能再说下去了，张文安的回答使她吓了一跳。

"一千！"张文安从牙缝里迸出了这两个字。

屋子里的祖孙三代都听得很清楚，但都不相信地齐声又问道：“多少？”

“一千，够半条牛腿罢了。”张文安懒懒地说，心里有一种又像痛苦又像辛酸的异样感觉。

“阿弥陀佛！”呆了一下，终于明白了真正是一千的时候，老太太先开口了，“他哪来这多的钱？”

张文安转脸朝四面看一下，似乎在找一句适当的话来回答；可巧他的眼光碰着了挂在壁角的一副破旧的驮鞍，他福至心灵似的随口胡诌道：“公家给的，赔偿他的驮马。”“呵呵——”老太太突然梗咽了似的，说不下去，一会儿，她才笑了笑，对她的孙子说：“可不是，我说做好人总不会没有好报！”

床上的病人低声在啜泣，那年青人捧着那些票子，老在发楞，不知道怎么好。

张文安松一口气，好像卸脱了一副重担子，伸手捋去额角的汗珠，就站起来说道：“好心总有好报。这点儿钱，买药医病罢。”

从这一家祖孙三代颤着声音道谢的包围中，张文安逃也似的走了。他急急忙忙走上山坡，直到望见了自己的村子，这才突然站住，像做梦醒来一般，他揉了下眼睛，自问道，“我做了什么？”然后下意识地隔衣服扪了扪贴身的口袋，轻声自答道：“哦，我总算把师长给的钱作了合理的支配了！”又回头望了下隐约模糊的陈家的草房，毅然决然说，“我应当报告师长，给他们查一查。”于是就像立刻要赶办“速件”似的，他一口气冲下坡去，巴不得一步就到了家。

·作品赏析·

《报施》在茅盾的短篇小说中典型地体现出了文笔中的细腻的社会观察，和《虹》、《幻灭》、《动摇》中所塑造的知识女性的挣扎不一样，文章中是坚持的心灵的自我展露。因此文章的故事显得相对简洁，张文安从部队告假回乡，在村民对陈海清的询问中撒了弥天大谎，并在自己无力圆陈海清是否寄了信回家而掏出一千元给了陈海清的儿子，这既帮助了这多灾多难的一家，又不至于让陈海清的家人对陈海清的下落担心。

文章最为精华的部分在于着力刻画了他在撒谎同时的无措的形象，而最为主要的承载工具除了让张文安羞愧的言语对话，更在于张文安自己内心的不安与惩戒，这是典型的罪与罚的挣扎。而最后的结果就像文章中所说的：从这一家祖孙三代颤着声音道谢的包围中，张文安逃也似的走了。小说有点自然主义的味道，以坦诚裸露的方式解剖了一个说出善意谎言的不安，语言真挚淳朴，没有丝毫刻意的修饰，让人在静默的阅读中，感受作者的心和作者在笔下所传达的含义：正如心理学家和精神分析学家所告诫的，为了圆一个最初的谎，必须撒下连续的谎，以至于撒谎者心力憔悴，虽然最初的意思可能是善意的。

憔悴梨花 / 庐隐

入选理由

庐隐的小说代表作之一
真实刻画了旧时代中国女艺人的凄楚命运
被收入我国多种短篇小说选本

这天下午，雪屏从家里出来，就见天空彤云凝滞，金风竦栗，严森刺骨，雪霰如飞沙般扑面生寒；路上仍是车水马龙，十分热闹，因为正是新年元旦。

他走到马路转角，就看见那座黑漆大门，白铜门环迎着瑞雪闪闪生光。他轻轻敲打那门环，金声铿锵。就听见里边应道："来了。"开门处，只见一个十五六岁的使女，眉长眼润，十分聪明伶俐，正是倩芳的使女小憨儿；她对雪屏含笑道："吴少爷里边请吧，我们姑娘正候着呢！"

小憨让雪屏在一间精致小客厅里坐了，便去通知倩芳。雪屏细看这屋子布置得十分清雅：小圆桌上摆着一只古铜色康熙碎瓷的大花瓶，里面插着一枝姿若矫龙的白梅，清香幽细，沁人心脾；壁上挂着一幅水墨竹画，万竿齐天，丛篁摇掩，烟云四裹，奇趣横生。雪屏正在入神凝思，只听房门"呀"的开了，倩芳俏丽的影像，

作者简介

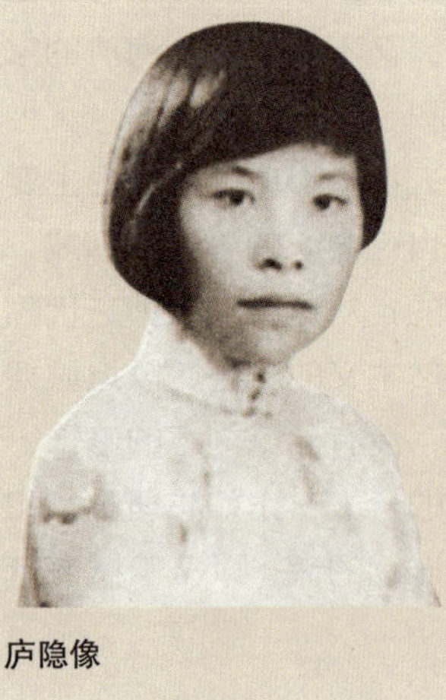

庐隐像

庐隐（1898～1934），1925年出版第一本小说集《海滨故人》，刘大杰称这是庐隐前半生的自传，而露沙就是她自己。她是"五四"时期和冰心齐名的作家，都带着自我意识的对人生的探求，但显得感伤，特别是在自己亲近的人相继过世以后，更是显示了浓郁的悲凉心境，诸如《灵海潮汐》和《曼丽》。据有评论家称，这是戴着恋爱的衣裳在方生方死的动荡中，在厚重传统意识的压抑下，展现出了惶惑与迷离，就像一个看不到前程的虚无主义者，她的悲伤弥漫在人生的旅途上，不能解脱，又让他苦苦挣扎，就像评论家苏雪林说的：这是悲哀，苦闷，偾事，视世间事无一当意，世间人无一惬心的高傲孤独的凝结。

整个展露眼前，雪屏细细打量，只见她身上穿一件湘妃色的长袍，头上挽着一个蝴蝶髻，前额覆着短发，两靥嫩红，凤目细眉，又是英爽，又是妩媚！雪屏如饮醇胶，魂醉魄迷，对着倩芳道："你今日出台吗？……"

"怎能不出台……吃人家的饭，当然要受人家的管。"

"昨天你不是还不舒服吗？"

"谁说不是呢……我原想再歇两天，张老板再三不肯，他说广告早就登出去了，如果不上台，必要闹事……我也只得扎挣着干了。"

"那些匾对都送去挂了吗？"

"早送去了……但是我总觉得怯怯的……像我们干这种营生的，真够受了，哪一天夜里不到两三点睡觉，没白天没黑夜的不知劳到什么时候？"

"但你不应当这么想，你只想众人要在你们一歌一咏里求安慰，你们是多么伟大呢……艺术家是值得自傲的！"

"你那些话，我虽不大懂，可是我也仿佛明白；真的，我们唱到悲苦的时候，有许多人竟掉眼泪，唱到雄壮的时候，人们也都眉飞色舞，也许这就是他们所要的安慰！"

"对了！他们真是需要这些呢，你们——艺术家——替人说所要说的话，替人作所要作的事，他们怎能不觉得好呢……"

"你今天演什么戏？"雪屏问着就站了起来，预备找那桌上放着的戏单。

倩芳因递了一张给他，接着微笑道："我演《能仁寺》好不好？"

"妙极了，你本来就是女儿英雄，正该演这出戏。"

"得了吧！……我觉得我还是扮《白门楼》的吕布更漂亮些。"

"正是这话，……听我告诉你，上次你在北京演吕布的时候，我们有一个朋友都看痴了，你就知道你的扮相了！我希望你再演一次。"

"瞧着办吧，反正这几个戏都得挨着演呢……你今晚有空吗？你若没事，就在我这里，吃了饭你送我到戏园里去，我难得有今天这么清闲！原因是那些人还没打探到我住在这里，不然又得麻烦呢……"

"你妈和你妹妹呢？"

梅兰芳剧照

在舞台上表演的旧时女艺人

在没有同情、不尊重女性的旧时代，这些女艺人艰辛地挣扎于社会的底层，过着寄人篱下、受人摆布的凄楚生活。

“妹妹有日戏，妈妈陪她去了。”

“你妈这几年来也着实享了你的福了，她现在待你怎样？”

“还不是面子事情……若果是我的亲妈，我早就收台了，何至于还叫我挨这些苦恼。”

“你为什么总觉得不高兴？我想还是努力作下去，将来成功一个出名的女艺术家不好吗？”

“你不知道，天地间有几个像你这样看重我们作艺术家？那些老爷少爷们，还不是拿我们当粉头看……这会子年纪轻，有几分颜色，捧的人还不怕没有；再过几年，谁知道又是什么样子？况且唱戏全靠嗓子，嗓子倒了，就完了……所以我只想着有点钱，就收盘了也罢。但我妈总是贪心不足，我也得挨着……”倩芳说到这里，有些悄然了，她用帕子擦着眼泪，雪屏抚着她的肩说：

“别伤心吧，你的病还没有大好，回头又得上台。我在这坐坐，你到房里歇歇吧！”

“不！这也没有什么大病，你在这里我还开心，和你谈谈，似乎心里松得多了……想想我们这种人真可怜，一天到晚和傀儡似的在台上没笑装笑，没事装事，左不过博戏台底下人一声轻鄙的彩声！要有一点不周到，就立刻给你下不来台……更不肯替我们想想！”

“你总算熬出来了，羡慕你的人多呢，何必顾虑到这一层！”

“我也不知为什么，总觉得人们的眼光可怕，往往从他们轻鄙的眼光里，感到我们作戏的不值钱……”

……

壁上的时针，已指到七点，倩芳说：“妈妈和妹妹就要回来了，咱们叫他们预备开饭吧！”

小憨儿和老李把桌子调好，外头已打得门山响，小憨开门让他们母子进来。雪屏是常来的熟人，也没什么客气，顺便说着话把饭吃完；倩芳就预备她今夜上台的行头……蓝色绸子包头，水红抹额，大红排扣紧身，青缎小靴……弹弓宝剑，一切包好了，叫小憨拿着，末了又喝一杯冰糖燕窝汤，说是润嗓子的。麻烦半天直到十点半钟才同雪屏、她妈妈、妹妹一同上戏园子去。

雪屏在后台，一直看着她打扮齐整，这才到前台池子旁边定好的位子上坐下。这时台上正演《汾河湾》，他也没有心看，只凝神怔坐。这一夜看客真不少，满满挤了一戏园子。等到十二点钟，倩芳才出台，这时满戏园的人，都鸦雀无声的，盯视着戏台上的门帘，梆子连响三声，大红绣花软帘掀起，倩芳一个箭步蹿了出来，好一个女英雄！两目凌凌放光，眉梢倒竖，樱口含嗔，全身伶俏，背上精弓斜挂，腰间宝剑横插；台下彩声如雷，音浪汹涌。倩芳正同安公子能仁相遇问话时，忽觉咽喉干涩，嗓音失润，再加着戏台又大，看客又多，竟使台下的人听不见她说些什么，于是观众大不满意，有的讪笑，有的叫倒好，有的高声嚷叫“听不见”，戏场内的秩序大乱。倩芳受了这不情的讽刺，眼泪几乎流了出来，脸色惨白，但是为了戏台上的规矩严厉，又不能这样下台，她含着泪强笑耐着羞辱，按部就班将戏文作完。

雪屏在底下看见她那种失意悲怒的情态，早已不忍，忙忙走到后台等她。这是倩芳刚从绣帘外进来，一见雪屏，一阵晕眩，倒在雪屏身上，她妈赶忙走过来，怒狠狠的道：“这下可好了，第一天就抹了一鼻子灰，这买卖还有什么望头……”雪屏听了这凶狠老婆子的话，不禁发恨道：“你这老妈妈也太忍心，这时候你还要埋怨她，你们这般人良心都上哪里去了……”她妈妈被雪屏一席话，说得敢怒不敢言，一旁咕嘟着嘴坐着去了。这里雪屏，把倩芳唤醒，倩芳的眼泪不住流下来。雪屏十分伤心，他恨社会的惨剧，又悲倩芳的命运，拿一个柔弱女子，和这没有同情，不尊重女性的社会周旋，怎能不憔悴飘零？！……

雪屏一壁想着，一壁将倩芳扶在一张藤椅上。这时张老板走了进来，皱着眉头哼了一声道：“这是怎么说，头一天就闹了个大拆台……我想你明天就告病假吧，反正这样子是演不下去了！” 张老板说到这里，满脸露着懊丧的神色，恨不得把倩芳订定的合同，立刻取消了才好，一肚子都是利害的打算，更说不到同情。雪屏看了又是生气，又是替倩芳难受；倩芳眼角凝泪，愔然无语的倚在藤椅上。后来她妈赌气走了，还是雪屏把倩芳送回家去。

第二天早晨，北风虎虎的吹打，雪花依然在空中飘洒，雪屏站在书房的窗前，看着雪压风欺的棠梨，满枝缟素，心里觉得怅惘，想到倩芳，由不得“唉”的叹了一声，心想不去看她吧，实在过不去，看她吧，她妈那个脸子又太难看，怔了半天，匆匆拿着外套戴上帽子出去了。

倩芳昨夜从雪屏走后，她妈又嘟囔她大半夜。她又气又急！哭到天亮，觉得心里暴痛，心口发喘。她妈早饭后又带着她妹妹到戏园子去了，家里只剩下小憨儿和打杂的毛二。倩芳独自睡在床上，想到自己的身世：举目无亲，千辛万苦，熬到今天，想不到又碰了一个大钉子；以后的日子怎么过！那些少年郎爱慕自己的颜色虽多，但没有一个是把自己当正经人待……只有雪屏看得起自己，但他又从来没露过口声，不知道是怎么回事……倩芳想到这里，觉得前后都是茫茫荡荡的河海，没有去路，禁不住掉下泪来。

雪屏同着小憨儿走进来，倩芳正在拭泪，雪屏见了，不禁长叹道："倩芳！你自己要看开点，不要因为一点挫折，便埋没了你的天才！"

"什么天才吧！恐怕除了你，没有说我是天才！像我们这种人，公子哥儿高兴时捧捧场，不高兴时也由着他们摧残，还有我们立脚的地方吗？……"

"正是这话！但是倩芳，我自认识你以后，我总觉得你是个特别的天才，可惜社会上没人能欣赏，我常常为你不平，可是也没法子转移他们那种卑陋的心理：这自然是社会一般人的眼光浅薄，我们应当想法子改正他们的毛病。倩芳！我相信你是一个风尘中的巾帼英雄！你应当努力，和这罪恶的社会奋斗！"

倩芳听了雪屏的话，怔怔的望着半天，她才叹气道："雪屏！我总算值得了，还有你看得起我，但我怕对不起你，我实在怯弱。你知道吧！我们这院子东边的一株梨花，春天开得十分茂盛，忽然有一天夜里来了一阵暴风雨，打得满树花朵零乱飘落，第二天早起，我到那里一看，简直枝垂花败，再也抬不起头来……唉！雪屏！我的命运，恐怕也是如此吧？"雪屏听了这话，细细看了倩芳一眼，由不得低声吟道："憔悴梨花风雨后……"

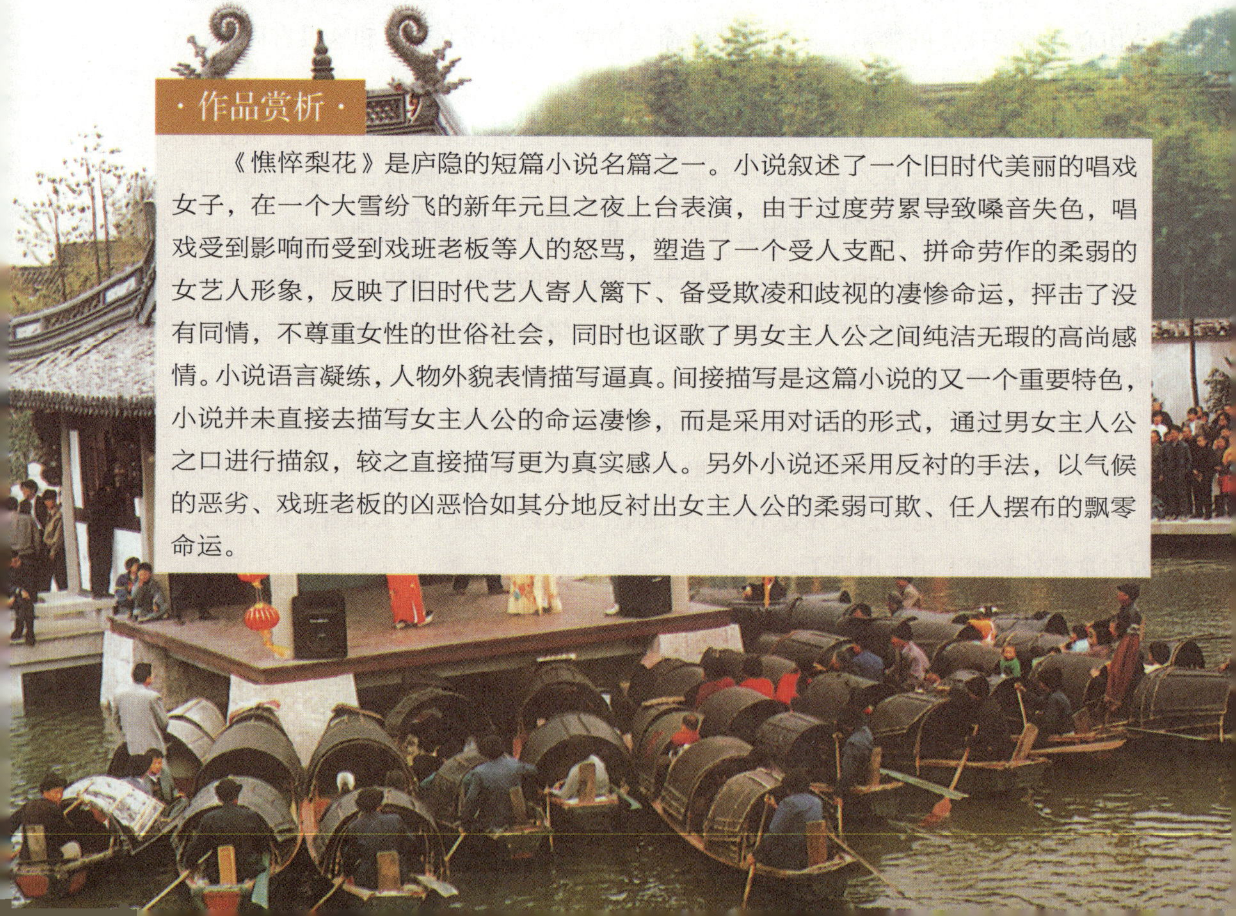

·作品赏析·

《憔悴梨花》是庐隐的短篇小说名篇之一。小说叙述了一个旧时代美丽的唱戏女子，在一个大雪纷飞的新年元旦之夜上台表演，由于过度劳累导致嗓音失色，唱戏受到影响而受到戏班老板等人的怒骂，塑造了一个受人支配、拼命劳作的柔弱的女艺人形象，反映了旧时代艺人寄人篱下、备受欺凌和歧视的凄惨命运，抨击了没有同情，不尊重女性的世俗社会，同时也讴歌了男女主人公之间纯洁无瑕的高尚感情。小说语言凝练，人物外貌表情描写逼真。间接描写是这篇小说的又一个重要特色，小说并未直接去描写女主人公的命运凄惨，而是采用对话的形式，通过男女主人公之口进行描叙，较之直接描写更为真实感人。另外小说还采用反衬的手法，以气候的恶劣、戏班老板的凶恶恰如其分地反衬出女主人公的柔弱可欺、任人摆布的飘零命运。

断魂枪 / 老舍

入选理由

老舍的小说名篇之一
一幅生动的旧时代江湖艺人的群体画像
曾被改编为话剧，搬上舞台

沙子龙的镖局已改成客栈。

东方的大梦没法子不醒了。炮声压下去马来与印度野林中的虎啸。半醒的人们，揉着眼，祷告着祖先与神灵；不大会儿，失去了国土、自由与主权。门外立着不同面色的人，枪口还热着。他们的长矛毒弩，花蛇斑彩的厚盾，都有什么用呢；连祖先与祖先所信的神明全不灵了啊！龙旗的中国也不再神秘，有了火车呀，穿坟过墓破坏着风水。枣红色多穗的镖旗，绿鲨皮鞘的钢刀，响着串铃的口马，江湖上的智慧与黑话，义气与声名，连沙子龙，他的武艺、事业，都梦似的变成昨夜的。今天是火车、快枪，通商与恐怖。听说，有人还要杀下皇帝的头呢！

这是走镖已没有饭吃，而国术还没被革命党与教育家提倡起来的时候。

谁不晓得沙子龙是短瘦、利落、硬棒，两眼明得像霜夜的大星？可是，现在他身上放了肉。镖局改了客栈，他自己在后小院占着三间北房，大枪立在墙角，院子

作者简介

老舍（1899 ~ 1966），原名舒庆春，字舍予，被誉为古典文人的最后遗存。他的博学让人惊叹，既有小说创作，也有新旧体诗行的发表，更在散文和各类剧本上触类旁通，在他的文学中最为知名的是《骆驼祥子》和《茶馆》。梁实秋曾指出老舍是满族人而他笔下的老北京也恰是典型的旗人，他们比一般人讲究，比一般人礼貌，更比一般人诙谐幽默。他的语言则被称为是中国文学语言现成的教科书。1966 年老舍受迫害投湖自尽，中国文坛也由此丧失了一名神圣文学的虔诚守候者。

老舍像

里有几只楼鸽。只是在夜间，他把小院的门关好，熟习熟习他的“五虎断魂枪”。这条枪与这套枪，二十年的工夫，在西北一带，给他创出来“神枪沙子龙”五个字，没遇见过敌手。现在，这条枪与这套枪不会再替他增光显胜了；只是摸摸这凉、滑、硬而发颤的杆子，使他心中少难过一些而已。只有在夜间独自拿起枪来，才能相信自己还是“神枪沙”。在白天，他不大谈武艺与往事；他的世界已被狂风吹走了。

在他手下创练起来的少年们还时常来找他。他们大多数是没落子弟，都有点武艺，可是没地方去用。有的在庙会上去卖艺：踢两趟腿，练套家伙，翻几个跟头，附带着卖点大力丸，混个三吊两吊的。有的实在闲不起了，去弄筐果子，或挑些毛豆角，赶早儿在街上论斤吆喝出去。那时候，米贱肉贱，肯卖膀子力气本来可以混个肚儿圆；他们可是不成：肚量既大，而且得吃口管事儿的；干饽饽辣饼子咽不下去。况且他们还时常去走会：五虎棍，开路，太狮少狮……虽然算不了什么——比起走镖来——可是到底有个机会活动活动，露露脸。是的，走会捧场是买脸的事，他们打扮得像个样儿，至少得有条青洋绉裤子，新漂白细市布的小褂，和一双鱼鳞洒鞋——顶好是青缎子抓地虎靴子。他们是神枪沙子龙的徒弟——虽然沙子龙并不承认——得到处露脸，走会得赔上俩钱，说不定还得打场架。没钱，上沙老师那里去求。沙老师不含糊，多少不拘，不让他们空着手儿走。可是，为打架或献技去讨教一个招数，或是请给说个“对子”——什么空手夺刀，或虎头钩进枪——沙老师有时说句笑话，马虎过去：“教什么？拿开水浇吧！”有时直接把他们赶出去。他们不大明白沙老师是怎么了，心中也有点不乐意。

可是，他们到处为沙老师吹腾，一来是愿意使人知道他们的武艺有真传授，受过高人的指教；二来是为激动沙老师：万一有人不服气而找上老师来，老师难道还不露一两手真的么？所以：沙老师一拳就砸倒了个牛！沙老师一脚把人踢到房上去，并没使多大的劲！他们谁也没见过这种事，但是说着说着，他们相信这是真的了，有年月，有地方，千真万确，敢起誓！

王三胜——沙子龙的大伙计——在土地庙拉开了场子，摆好了家伙。抹了一鼻子茶叶末色的鼻烟，他抡了几下竹节钢鞭，把场子打大一些。放下鞭，没向四围作揖，叉着腰念了两句：“脚踢天下好汉，拳打五路英雄！”向四围扫了一眼：“乡亲们，王三胜不是卖艺的；玩艺儿会几套，西北路上走过镖，会过绿林中的朋友。现在闲着没事，拉个场子陪诸位玩玩。有爱练的尽管下来，王三胜以武会友，有赏脸的，我陪着。神枪沙子龙是我的师傅；玩艺地道！诸位，有愿下来的没有？”他看着，准知道没人敢下来，他的话硬，可是那条钢鞭更硬，十八斤重。

王三胜，大个子，一脸横肉，努着对大黑眼珠，看着四围。大家不出声。他脱了小褂，紧了紧深月白色的“腰里硬”，把肚子杀进去。给手心一口唾沫，抄起大刀来：

“诸位，王三胜先练趟瞧瞧。不白练，练完了，带着的扔几个；没钱，给喊个好，助助威。这儿没生意口。好，上眼！”

大刀靠了身，眼珠努出多高，脸上绷紧，胸脯子鼓出，像两块老桦木根子。一跺脚，刀横起，大红缨子在肩前摆动。削砍劈拨，蹲越闪转，手起风生，忽忽直响。忽然刀在右手心上旋转，身弯下去，四围鸦雀无声，只有缨铃轻叫。刀顺过来，猛地一个“踩泥”，身子直挺，比众人高着一头，黑塔似的。收了势：“诸位！”一手持刀，一手叉腰，看着四围。稀稀的扔下几个铜钱，他点点头。“诸位！”他等着，等着，地上依旧是那几个亮而削薄的铜钱，外层的人偷偷散去。他咽了口气：“没人懂！”他低声地说，可是大家全听见了。

在街头表演武术的江湖艺人

中华武术名闻遐迩，但在国力衰弱的旧中国，武术得不到应有的重视，那些身怀绝技的人只能靠卖艺为生，备受冷落。

“有功夫！”西北角上一个黄胡子老头儿答了话。

“啊？”王三胜好似没听明白。

“我说：你——有——功——夫！”老头子的语气很不得人心。

放下大刀，王三胜随着大家的头往西北看。谁也没看重这个老人：小干巴个儿，披着件粗蓝布大衫，脸上窝窝瘪瘪，眼陷进去很深，嘴上几根细黄胡，肩上扛着条小黄草辫子，有筷子那么细，而绝对不像筷子那么直顺。王三胜可是看出这老家伙有功夫，脑门亮，眼睛亮——眼眶虽深，眼珠可黑得像两口小井，深深地闪着黑光。王三胜不怕：他看得出别人有功夫没有，可更相信自己的本事，他是沙子龙手下的大将。

“下来玩玩，大叔！”王三胜说得很得体。

点点头，老头儿往里走。这一走，四外全笑了。他的胳臂不大动；左脚往前迈，右脚随着拉上来，一步步地往前拉扯，身子正着，像是患过瘫痪病。蹭到场中，把大衫扔在地上，一点没理会四围怎样笑他。

“神枪沙子龙的徒弟，你说？好，让你使枪吧；我呢？”老头子非常地干脆，很像久想动手。

人们全回来了，邻场耍狗熊的无论怎么敲锣也不中用了。

“三截棍进枪吧？”王三胜要看老头子一手，三截棍不是随便就拿得起来的家伙。

老头子又点点头，拾起家伙来。

王三胜努着眼，抖着枪，脸上十分难看。

正在练武的旧时江湖艺人

老头子的黑眼珠更深更小了，像两个香火头，随着面前的枪尖儿转，王三胜忽然觉得不舒服，那俩黑眼珠似乎要把枪尖吸进去！四外已围得风雨不透，大家都觉出老头子确是有威。为躲那对眼睛，王三胜耍了个枪花。老头子的黄胡子一动：

“请！”王三胜一扣枪，向前躬步，枪尖奔了老头子的喉头去，枪缨打了一个红旋。老人的身子忽然活展了，将身微偏，让过枪尖，前把一挂，后把撩王三胜的手。啪，啪，两响，王三胜的枪撒了手。场外叫了好。王三胜连脸带胸口全紫了，抄起枪来；一个花子，连枪带人滚了过来，枪尖奔了老人的中部。老头子的眼亮得发着黑光；腿轻轻一屈，下把掩裆，上把打着刚要抽回的枪杆；啪，枪又落在地上。

场外又是一片彩声。王三胜流了汗，不再去拾枪，努着眼，木在那里。老头子扔下家伙，拾起大衫，还是拉拉着腿，可是走得很快了。大衫搭在臂上，他过来拍了王三胜一下：“还得练哪，伙计！”

“别走！”王三胜擦着汗：“你不离，姓王的服了！可有一样，你敢会会沙老师？”

“就是为会他才来的！”老头子的干巴脸上皱起点来，似乎是笑呢。“走；收了吧；晚饭我请！”

王三胜把兵器拢在一处，寄放在变戏法二麻子那里，陪着老头子往庙外走。后面跟着不少人，他把他们骂散了。

“你老贵姓？”他问。

“姓孙哪。”老头子的话与人一样，都那么干巴：“爱练；久想会会沙子龙。”

沙子龙不把你打扁了！王三胜心里说。他脚底下加了劲，可是没把孙老头落下。他看出来，老头子的腿是老走着查拳门中的连跳步；交起手来，必定很快。但是，无论他怎么快，沙子龙是没对手的。准知道孙老头要吃亏，他心中痛快了些，放慢了些脚步。

“孙大叔贵处？”

“河间的，小地方。”孙老者也和气了些：“月棍年刀一辈子枪，不容易见功夫！说真的，你那两手就不坏！”

王三胜头上的汗又回来了，没言语。

到了客栈，他心中直跳，唯恐沙老师不在家，他急于报仇。他知道老师不爱管这种事，师弟们已碰过不少回钉子，可是他相信这回必定行，他是大伙计，不比那些毛孩子；再说，人家在庙会上点名叫阵，沙老师还能丢这个脸么？

“三胜，”沙子龙正在床上看着本《封神榜》：“有事吗？”

三胜的脸又紫了，嘴唇动着，说不出话来。

沙子龙坐起来：“怎么了，三胜？”

“栽了跟头！”

只打了个不甚长的哈欠，沙老师没别的表示。

王三胜心中不平，但是不敢发作；他得激动老师：“姓孙的一个老头儿，门外等着老师呢；把我的枪，枪，打掉了两次！”他知道“枪”字在老师心中有多大分量。没等吩咐，他慌忙跑出去。

客人进来，沙子龙在外间屋等着呢。彼此拱手坐下，他叫三胜去泡茶。三胜希望两个老人立刻交了手，可是不能不沏茶去。孙老者没话讲，用深藏着的眼睛打量沙子龙。沙很客气：

“要是三胜得罪了你，不用理他，年纪还轻。”

孙老者有些失望，可也看出沙子龙的精明。他不知怎样好了，不能拿一个人的精明断定他的武艺。“我来领教领教枪法！”他不由地说出来。

沙子龙没接碴儿。王三胜提着茶壶走进来——急于看二人动手，他没管水开了没有，就沏在壶中。

“三胜，”沙子龙拿起个茶碗来：“去找小顺们去，天汇见，陪孙老者吃饭。”

“什么！”王三胜的眼珠几乎掉出来。看了看沙老师的脸，他敢怒而不敢言地说了声“是啦！”走出去，撅着大嘴。

“教徒弟不易！”孙老者说。

“我没收过徒弟。走吧，这个水不开！茶馆去喝，喝饿了就吃。”沙子龙从桌子上拿起缎子褡裢，一头装着鼻烟壶，一头装着点钱，挂在腰带上。

“不，我还不饿！”孙老者很坚决，两个“不”字把小辫从肩上抡到后边去。

“说会子话儿。”

“我来为领教领教枪法。”

“功夫早搁下了，”沙子龙指着身上：“已经放了肉！”

“这么办也行，”孙老者深深地看了沙老师一眼：“不比武，教给我那趟五虎断魂枪。”

“五虎断魂枪？”沙子龙笑了：“早忘干净了！早忘干净了！告诉你，在我这儿住几天，咱们各处逛逛，临走，多少送点盘缠。”

“我不逛，也用不着钱，我来学艺！”孙老者立起来：“我练趟给你看看，看够得上学艺不够！”一屈腰已到了院中，把楼鸽都吓飞起去。拉开架子，他打了趟查拳：腿快，手飘洒，一个飞脚起去，小辫儿飘在空中，像从天上落下来一个风筝；快之中，每个架子都摆得稳、准，利落；来回六趟，把院子满都打到，走得圆，接得紧，身子在一处，而精神贯串到四面八方。抱拳收势，身儿缩紧，好似满院乱飞的燕子忽然归了巢。

“好！好！”沙子龙在台阶上点着头喊。

“教给我那趟枪！”孙老者抱了抱拳。

沙子龙下了台阶，也抱着拳：“孙老者，说真的吧；那条枪和那套枪都跟我入棺材，一齐入棺材！”

“不传？”

“不传！”

孙老者的胡子嘴动了半天，没说出什么来。到屋里抄起蓝布大衫，拉拉着腿：“打搅了，再会！”

“吃过饭走！”沙子龙说。

孙老者没言语。

沙子龙把客人送到小门，然后回到屋中，对着墙角立着的大枪点了点头。

他独自上了天汇，怕是王三胜们在那里等着。他们都没有去。

王三胜和小顺们都不敢再到土地庙去卖艺，大家谁也不再为沙子龙吹胜；反之，他们说沙子龙栽了跟头，不敢和个老头儿动手；那个老头子一脚能踢死个牛。不要说王三胜输给他，沙子龙也不是他的对手。不过呢，王三胜到底和老头子见了个高低，而沙子龙连句硬话也没敢说。“神枪沙子龙”慢慢似乎被人们忘了。

夜静人稀，沙子龙关好了小门，一气把六十四枪刺下来；而后，拄着枪，望着天上的群星，想起当年在野店荒林的威风。叹一口气，用手指慢慢摸着凉滑的枪身，又微微一笑：“不传！不传！”

·作品赏析·

《断魂枪》是老舍的短篇小说名篇，发表于1935年9月22日天津《大公报》第13期的“文艺副刊”上。小说采用对话式的叙述方式，通过比武求艺这一简单情节的刻画，绘声绘色地塑造了辛亥革命前后年间江湖艺人形象，惟妙惟肖地刻画了“神枪”沙子龙意识到自己的绝技“五虎断魂枪”在洋枪洋炮面前失去优势后的懊丧、颓唐的心理状态。在艺术上，小说以小见大，通过小人物的前后变化反衬出大时代的变迁，暗示了为时代淘汰的落伍者的凄惨命运，流露了作者对下层人民的同情心和对当时国术不为人重视的惋惜感。

创造病 / 老舍

入选理由

老舍的著名短篇小说

一部类似《伤逝》的人生思考

文章结构独特，用语清婉

杨家夫妇的心中长了个小疙瘩，结婚以后，心中往往长小疙瘩，像水仙包儿似的，非经过相当的时期不会抽叶开花。他们的小家庭里，处处是这样的花儿。桌，椅，小巧的玩艺儿，几乎没有不是先长疙瘩而后开成了花的。

在长疙瘩的时期，他们的小家庭像晴美人间的唯一的小黑点，只有这里没有阳光。他们的谈话失去了音乐，他们的笑没有热力，他们的拥抱像两件衣服堆在一起。他们几乎想到离婚也不完全是坏事。

过了几天，小疙瘩发了芽。这个小芽往往是突然而来，使小家庭里雷雨交加。那是，芽儿既已长出，花是非开不可了。花带来阳光与春风，小家庭又移回到晴美的人间来；那个小疙瘩，凭良心说，并不是个坏包。它使他们的生活不至于太平凡了，使他们自信有创造的力量，使他们忘记了黑暗而喜爱他们自己所开的花。他们还明白了呢：在冲突中，他们会自己解和，会使丑恶的泪变成花瓣上的水珠；他们明白了彼此的力量与度量。况且再一说呢，每一朵花开开，总是他们俩的；虽然那个小包是在一个人心中长成的。他们承认了这共有的花，而忘记了那个独有的小疙瘩。他们的花都是并蒂的，

老舍出生地

1899年，老舍降生在北京新街口南大街小杨家胡同8号（原小羊圈5号）院内北房东间。这座饱经风霜的小宅院，东西长，南北窄，地势低洼，每逢下大雨，院中便会积水。老舍曾在《小人物自述》和《宝地》中记述过。

他们说。

前些日子，他们俩一人怀着一个小包。春天结的婚，他的薄大衣在秋天也还合适。可是哪能老是秋天呢？冬已在风儿里拉他的袖口，他轻轻颤了一下，心里结成个小疙瘩。他有件厚大衣；生命是旧衣裳架子么？

他必须做件新的大衣。他已经计划好，用什么材料，裁什么样式，要什么颜色。另外，他还想到穿上这件大衣时的光荣，俊美，自己在这件大衣之下，像一朵高贵的花。为穿这件新大衣，他想到浑身上下应该加以修饰的地方；要是没有这件新衣，这些修饰是无须乎费心去思索的；新大衣给了他对于全身的美丽的注意与兴趣。冬日生活中的音乐，拿这件大衣作为主音。没有它，生命是一片荒凉；风，寒，与颤抖。

他知道在定婚与结婚时拉下不少的亏空，不应当把债眼儿弄得更大。可是生命是创造的，人间美的总合是个个人对于美的创造与贡献；他不能不尽自己的责任。他也并非自私，只顾自己的好看；他是想象着穿上新大衣与太太一同在街上走的光景与光荣：他是美男子，她是美女人，在大家的眼中。

但是他不能自己作主，他必须和太太商议一下。他也准知道太太必定不拦着他，她愿意他打扮得漂亮，把青春挂在外面，如同新汽车的金漆的商标。可是他不能利用这个而马上去作衣裳，他有亏空。要是不欠债的话，他为买大衣而借些钱也没什么。现在，他不应当再给将来预定下困难，所以根本不能和太太商议。可是呢，大衣又非买不可。怎办呢？他心中结了个小疙瘩。

老舍家的画
老舍以诗句为题，多付酬金请齐白石作画。此幅诗句为“凄迷灯火更宜秋”，齐白石用简约的几笔就画出了悠远的意境。这种意境正与老舍那种随遇而安、顺其自然的气度相吻合。

他不愿意露出他的心事来，但是心管不住脸，正像土拦不住种子往上拔芽儿。藏着心事，脸上会闹鬼。

她呢，在结婚后也认识了许多的事，她晓得了爱的完成并不能减少别的困难；钱——先不说别的——

并不偏向着爱。可是她反过来一想呢，他们还都年少，不应当把青春随便的抛弃。假若处处俭省，等年老的时候享受，年老了还会享受吗？这样一想，她觉得老年还离他们很远很远，几乎是可以永远走不到的。即使不幸而走到呢，老年再说老年的吧，谁能不开花便为果子思虑呢。她得先买个冬季用的黑皮包。她有个黄色的，春秋用着合适；还有个白的，配着个天蓝的扣子，夏天——配上长白手套——也还体面。冬天，已经快到了，还要有合适的皮包。

她也不愿意告诉丈夫，而心中结了个小疙瘩。

他们都偷偷的详细的算过账，看看一月的收入和开支中间有没有个小缝儿，可以不可以从这小缝儿钻出去而不十分的觉得难受。差不多没有缝儿！冬天还没到，他们的秋花都被霜雪给埋住了。他们不晓得能否挨过这个冬天，也许要双双的入墓！

他们不能屈服，生命的价值是在创造。假如不能十全，那只好有一方面让步，别叫俩人都冻在冰里。这样，他们承认，才能打开僵局。谁应当让步呢？二人都愿自己去牺牲。牺牲是甜美的苦痛。他愿意设法给她买上皮包，自己的大衣在热烈的英雄主义之下可以后缓；她愿意给他置买大衣，皮包只是为牺牲可以不买。他们都很坚决。几乎以为大衣或皮包的购买费已经有了似的。他们热烈的辩驳，拥抱着推让，没有结果。及至看清了买一件东西的钱并还没有着落，他们的勇气与相互的钦佩使他们决定，一不作，二不休，爽性借笔钱把两样都买了吧。

他穿上了大衣，她提上了皮包，生命在冬天似乎可以不觉到风雪了。他们不再讨论钱的问题，美丽快乐充满了世界。债是要还的，但那是将来的事，他们的前途是不可限量的。况且他们并非把钱花在不必要的东西上，他们做梦都梦不到买些古玩或开个先施公司。他们所必需的没法不买。假如他们来一笔外财，他们就先买个小汽车，这是必需的。

冬天来了。大衣与皮包的欣喜已经渐渐的衰减，因为这两样东西并不像在未买的时候所想的那么足以代替一切，那么足以结束了借款。冬天还有问题。原先梦也梦不到冬天的晚上是这么可怕，冷风把户外一切的游戏都禁止住，虽然有大衣与皮包也无用武之处。这个冬天，照这样下去，是会杀人的。多么长的晚上呢，不能出去看电影，不能去吃咖啡，不能去散步。坐在一块儿说什么呢？干什么呢？接吻也有讨厌了的时候，假如老接吻！

这回，那个小疙瘩是同时种在他们二人的心里。他们必须设法打破这样的无聊与苦闷。他们不约而同的想到：得买个话匣子。

话匣子又比大衣与皮包贵了。要买就买下得去的，不能受别人的耻笑。下得去的，得在一百五与二百之间。杨先生一月挣一百二，杨太太挣三十五，凑起来才一百五十五！

可是生命只是经验，好坏的结果都是死。经验与追求是真的，是一切。想到这个，他们几乎愿意把身份降得极低，假如这样能满足目前的需要与理想。

他们谁也没有首先发难的勇气，可是明知道他们失去勇气便失去生命。生命被个留声机给憋闷回去，那未免太可笑，太可怜了。他们宁可以将来挨饿，也受不住目前的心灵的饥荒。他们必得给冬天一些音乐。谁也不发言，但是都留神报纸上的小广告，万一有贱卖的留声机呢，万一有按月偿还的呢……向来他们没觉到过报纸是这么重要，应当费这么多的心去细看。凡是费过一番心的必得到酬报，杨太太看见了：明华公司的留声机是可以按月付钱，八个月还清。她不能再沉默着，可也无须说话。她把这段广告用红铅笔勾起来，放在丈夫的书桌上。他不会看不见这个。

他看见了，对她一笑：她回了一笑。在寒风雪地之中忽然开了朵花！

留声机拿到了，可惜片子少一点，只买了三片，都是西洋的名乐。片子是要用现钱买的，他们只好暂时听这三片，等慢慢的逐月增多。他们想象着，在一年的工夫，他们至少可以有四五十片名贵的音乐与歌唱。他们可以学着唱，可以随着跳舞，可以闭目静听那感动心灵的大乐，他们的快乐是无穷的。

对于机器，对于那三张片子，他们像对于一个刚抱来的小猫那样爱惜。杨太太预备下绸子手绢，专去擦片子。那个机器发着欣喜的光辉，每张片子中间有个鲜红的圆光，像黑夜里忽然出了太阳。他们听着，看着，抚摸着，从各项感官中传进来欣悦，使他们更天真了，像一对八九岁的小儿女。

在一个星期里，他们把三张片子已经背下来；似乎已经没有再使片子旋转的必要。而且也想到了，如若再使它们旋转，大概邻居们也会暗中耻笑，假如不高声的咒骂。而时间呢，并不为这个而着急，离下月还有三个多星期呢。为等到下月初买新片，而使这三个多星期成块白纸，买了话匣和没买有什么分别呢？马上去再买新片是不敢想的，这个月的下半已经很难过去了。

看着那个机器，他们有点说不出的后悔。他们虽然退一步的想，那个玩艺也可以当作一件摆设看，但究竟不是办法。把它送回去损失一个月的钱与那三张片子，是个办法，可是怎好意思呢！谁能拉下长脸把它送回去呢？他们俩没这个勇气。他们俩连讨论这个事都不敢，因为买来时的欣喜是那么高，怎好意思承认一对聪明的夫妇会陷到这种难堪中呢；青年是不肯认错，更不肯认自己呆蠢的。他们相对愣着，几乎不敢再瞧那个机器；那是他们自己创造出来的一块心病。

·作品赏析·

老舍的小说向来以幽默著称，和鲁迅的尖刻、钱锺书的旁征博引不同，他的幽默来自生活，来自北京人在最为简陋的条件下也不放弃寻觅最高享受的那份生活的感念。他是温厚的，在平淡的叙述中勾勒了人生的哀伤。

在《创造病》中，作者以和婉的笔调叙述了当爱情遭遇冷酷生活的尴尬。没有贫贱中的相濡以沫，代之以更多的是落寞的指责和委屈的伤感。文章中的杨家夫妻从甜蜜小恋人沉沦在生活的苦难中，他们相爱的心被生活的无奈一步一步拉开，就像《伤逝》一样，每天为最微小的生活琐事烦恼，以致最后无辜感伤地别离，《创造病》也正是展现了这样的心态：从晴美人间的小黑点到小家庭里的雷雨交加。爱情不能缓解家庭的经济困难，反而在生活的历练中伤痕累累。

文章的结构也像《伤逝》，以其中单个人的身份追忆故事的起末，恍似迷离却忧伤凄婉。没有了往前的幽默，但却不减平时笔调的现实度以及厚重性。就像有评论家所说的：他的文章展现了特殊的魅力，不仅在于他艰辛的人生探索，同时也在于语言的传神，在精粹的提炼中充分表达了人生的悲切与酸楚，打烙上社会对于人所造成的生命的创伤。就像文章所说的：他们会自己解和，会使丑恶的泪变成花瓣上的水珠；他们明白了彼此的力量与度量。

超人 / 冰心

入选理由

知名作家冰心的短篇小说典范

一篇问题小说展现的作者的人生思考

略带散文风格的小说行文

何彬是一个冷心肠的青年。从来没有人看见他和人有什么来往。他住的那一座大楼上，同居的人很多，他却都不理人家，也不和人家在一间食堂里吃饭，偶然出入遇见了，轻易也不招呼。邮差来的时候，许多青年欢喜跳跃着去接他们的信；何彬却永远得不着一封信，但也从来没有人看见他发过一封信。他除了每天上局里办事，和同事们说几句公事上的话；以及房东程姥姥替他端饭的时候，也说几句照例的应酬话，此外就不开口了。

他不但是和人没有交际，凡带一点生气的东西，他都不受；屋里连一朵花，一根草，都没有，冷阴阴的如同山洞一般。书架上却堆满了书，他从局里低头独步的回来，关上门，摘下帽子，便坐在书桌旁边，随手拿起一本书来，无意识的看着。偶然觉得疲倦了，也站起来在屋里走了几转；或是拉开帘幕望了一望，但不多一会儿，便又闭上了。

程姥姥总算是他另眼看待的一个人；她端进饭去，有时便站在一边，絮絮叨叨的和他说话，也问他为何这样孤零。她问上几十句，何彬偶然答应几句说："世界

作者简介

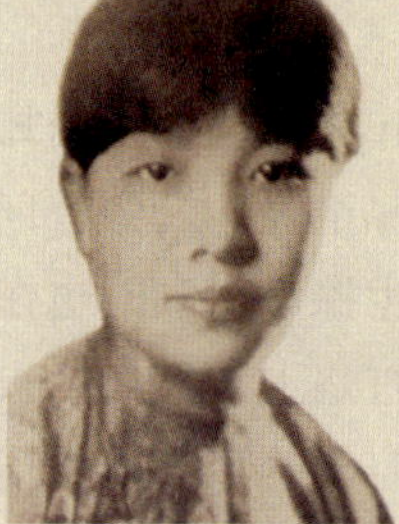

冰心像

冰心（1900 ~ 1999），原名谢婉莹，中国现代最为知名的女性作家。在五四时期发表探询人生和存在意义的问题小说，诸如《斯人独憔悴》、《去国》。而更让人留恋的则是呈现她婉约典雅的《寄小读者》，略带泰戈尔诗风的《繁星》、《春水》。这些都让我们见识了晶莹清丽、轻柔流畅的文章理念。在纷繁复杂的社会思潮的冲击下，坚守着爱的哲学，不管是小孩子式还是母亲式，无不浸润着她博爱的情怀，让读者感受着她的真与美的爱的温暖。

是虚空的，人生是无意识的；人和人，和宇宙，和万物的聚合，都不过如同演剧一般，上了台是父子母女，亲密的了不得；下了台，摘了假面具，便各自散了；哭一场也是这么一回事，笑一场也是这么一回事。与其互相牵连，不如互相遗弃；而且尼采说得好，爱和怜悯都是恶……”程姥姥听着虽然不很明白，却也懂得一半，便笑道：“要这样，活在世上有什么意思。死了，灭了，岂不更好，何必穿衣吃饭？”他微笑道：“这样，岂不又太把自己和世界都看重了。不如行云流水似的，随他去就完了。”程姥姥还要往下说话，看见何彬面色冷然，低着头只管吃饭，也便不敢言语。

这一夜他忽然醒了。听得对面楼下凄惨的呻吟着，这痛苦的声音断断续续的在这沉寂的黑夜里只管颤动。他虽然毫不动心，却也搅得他一夜睡不着。月光如水，从窗纱外泻将进来。他想起了许多幼年的事情。——慈爱的母亲，天上的繁星，院子里的花……他的脑子累极了，竭力的想摈绝这些思想，无奈这些事只管奔凑了来，直到天明，才微微的合一合眼。

他听了三夜的呻吟，看了三夜的月，想了三夜的往事。——

眠食都失了次序，眼圈儿也黑了，脸色也惨白了。偶然照了照镜子，自己也微微的吃了一惊。他每天还是机械似的做他的事——然而在他空洞洞的脑子里，凭空添了一个深夜的病人。

第七天早起，他忽然问程姥姥对面楼下的病人是谁？程姥姥一面惊讶着，一面说：“那是厨房里跑街的孩子禄儿；那天上街去了，不知道为什么把腿摔坏了。自己买块膏药贴上了，还是不好，每夜呻吟的就是他。这孩子真可怜，今年才十二岁呢，素日家勤勤恳恳极疼人的……”何彬自己只管穿衣戴帽，好像没有听见似的，自己走到门边，程姥姥也住了口，端起碗来，刚要出门，何彬慢慢的从袋里拿出一张钞票来，递给程姥姥说：“给那禄儿罢，叫他请大夫治一治。”说完了，头也不回，径自走了，——程姥姥一看那巨大的数目，不禁愕然，何先生也会动起慈悲念头来，这是破天荒的事情呵！她端着碗，站在门口，只管出神。

呻吟的声音，渐渐的轻了，月儿也渐渐的缺了。何彬还是朦朦胧胧的——慈爱的母亲，天上的繁星，院子里的花……他的脑子累极了，竭力的想摈绝这些思想，无奈这些事只管奔凑了来。

过了几天，呻吟的声音住了，夜色依旧沉寂着，何彬依旧“至人无梦”的睡着。前几夜的思想，不过如同晓月的微光，照在冰山的峰尖上，一会儿就过去了。

程姥姥带着禄儿几次来叩他的门，要跟他道谢；他好像忘记了似的，冷冷的抬起头来看了一看，又摇了摇头，仍去看他的书。禄儿仰着黑胖的脸，在门外张着，几次要哭了出来。

这一天晚饭的时候，何彬告诉程姥姥说他要调到别的局里去了，后天早晨便要

读书时代的冰心（左）与其同学们在一起

起身，请她将房租饭钱，都清算一下。程姥姥觉得很失意，这样清静的住客，是少有的，然而究竟留他不得，便连忙和他道喜。他略略的点一点头，便回身去收拾他的书箱。

他觉得很疲倦，一会儿便睡下了。——忽然听得自己的门钮动了几下，接着又听见似乎有人用手推的样子。他不言不动，只静静的卧着，一会儿也便渺无声息。

第二天他自己又关着门忙了一天，程姥姥要帮助他，他也不肯，只说有事的时候再烦你。程姥姥下楼之后，他忽然想起一件事来，绳子忘了买了。慢慢的开了门。只见人影儿一闪，再看时，禄儿在对面门后藏着呢。他踌躇着四围看了一看，一个仆人都没有，便唤道："禄儿你替我买几根绳子来。"禄儿趄的走过来，欢天喜地的接了钱，如飞走下楼去。

不一会儿，禄儿跑的通红的脸，喘息着走上来，一只手拿着绳子，一只手背在身后，微微的露着一两点金黄色的星儿。他递过了绳子，仰着头似乎要说话，那只手也渐渐的回过来。何彬却不理会，拿着绳子，自己便进去了。

他忙着都收拾好了，握着手周围看了看，屋子空洞洞的——睡下的时候，他觉得热极了，便又起来，将窗户和门，都开了一缝，凉风来回的吹着。

"依旧热得很。脑筋似乎很杂乱，屋子似乎太空沉。——累了两天了，起居上自然有些反常。但是为何又想起深夜的病人？——慈爱的……不想了，烦闷的很！"

微微的风，吹扬着他额前的短发，吹干了他头上的汗珠，也渐渐的将他煽进梦里去。

四面的白壁，一天的微光，屋角几堆的黑影，时间一分一分的过去了。

慈爱的母亲，满天的繁星，院子里的花。——不想了，烦闷……闷……

黑影漫上屋顶去什么都看不见了，时间一分一分的过去了。

风大了，那壁厢放起光明。繁星历乱的飞舞进来，星光中间缓缓地走进一个白衣的妇人，右手撩着裙子，左手按着额前。走近了，清香随将过来。渐渐的俯下身来看着，静穆不动的看着，——目光里充满了爱。

神经一时都麻木了，起来罢，不能，这是摇篮里，呀！母亲，——慈爱的母亲。

母亲呵！我要起来坐在你的怀里，你抱我起来坐在你的怀里。

母亲呵！我们只是互相牵连，永远不互相遗弃。

渐渐的向后退了，目光仍旧充满了爱。模糊了。星落如雨，横飞着都聚到屋角的黑影上。——

“母亲呵，别走，别走！……”

十几年来隐藏起来的爱的神情，又呈露在何彬的脸上；十几年来不见点滴的泪儿，也珍珠般散落了下来。

清香还在，白衣的人儿还在。微微的睁开眼，四面的白壁，一天的微光，屋角的几堆黑影上，送过清香来。——刚动了一动，忽然觉得有一个小人儿，蹑手蹑脚的走了出去，临到门口，还回过小脸儿来，望了一望。他是深夜的病人——是禄儿。

何彬竭力的坐起来，那边捆好了的书箱上面，放着一篮金黄色的花儿，他穿着单衣走了过去，花篮底下还压着一张纸，上面大字纵横，借着微光看时，上面是：

我也不知道怎样可以报先生的恩德。我在先生门口看了几次，桌子上都没有摆着花儿。——这里有的是卖花的，不知道先生看见过没有？——这篮子里的花，我也不知道是什么名字，是我自己种的，倒是香得很，我最爱他。我想先生也必是爱他。我早就要送给先生了，但是总没有机会。昨天听说先生要走了，所以赶紧送来。

我想先生一定是不要的。然而我有一个母亲，她因为爱我的缘故，也很感激先生。先生有母亲么？她也一定是爱先生的。这样，我的母亲和先生的母亲是好朋友了。所以先生必要收母亲的朋友的儿子的东西。

禄儿叩上

何彬看完了，捧着花儿，回到床前，什么定力都尽了，不禁呜呜咽咽的痛哭起来。

清香还在，母亲走了！——窗内窗外，互相辉映的，只有月光，星光，泪光。

早晨程姥姥进来的时候，只见何彬都穿着好了，帽儿戴得很低，背着脸站在窗前。程姥姥赔笑着问他用不用点心，他摇了摇头。——车也来了，箱子也都搬下去了。何彬泪痕满面，静默无声的谢了谢程姥姥，提着一篮的花儿，遂从此上车走了。

禄儿站在程姥姥的旁边，两个人的脸上，都堆着惊讶的颜色。看着车尘远了。程姥姥才回头对禄儿说：“你去把那间空屋子收拾收拾，再锁上门罢，钥匙在门上呢。”

屋里空洞洞的，床上却放着一张纸，写着：

小朋友禄儿：

我先要深深的向你谢罪，我的恩德，就是我的罪恶。你说你要报答我，我还不知道我应当怎样的报答你呢！

你深夜的呻吟，使我想起了许多的往事。头一件就是我的母亲，她的爱可以使我止水似的感情，重要荡漾起来。我这十几年来，错认了世界是虚空的，人生是无意识的。爱和怜悯都是恶德。我给你那送药费，里面不含着丝毫的爱和怜悯，不过是拒绝你的呻吟，拒绝我的母亲，拒绝了宇宙和人生，拒绝了爱和怜悯。上帝呵！这是什么念头呵！

我再深深的感谢你从天真里指示我的那几句话。小朋友呵！不错的，世界上的母亲和母亲都是好朋友，世界上的儿子和儿子也都是好朋友，都是互相牵连，不是互相遗弃的。

你送给我那一篮花之先，我母亲已经先来了。她带了你的爱来感动我。我必不忘记你的花和你的爱！也请你不要忘了，你的花和你的爱，是借着你朋友的母亲带了来的！

我是冒罪丛过的，我是空无所有的，更没有东西配送给你。——然而这时伴着我的，却有悔罪的泪光，半弦的月光，灿烂的星光。宇宙间只有他们是纯洁无疵的。我要用一缕柔丝，将泪珠儿穿起，系在弦月的两端，摘下满天的星儿来，或在弦月的圆凹里，不也是一篮金黄色的花儿么？他的香气，就是悔罪的人呼吁的言词，请你收了罢。只有这一篮花配送给我！

天已明了，我要走了。没有别的话说了，我只感谢你，小朋友！再见，再见。世界上的儿子和儿子都是好朋友，我们永远是牵连着呵！

何彬草

我写了这一大篇，你未必都认得都懂得；然而你也用不着都懂得，因为你懂得的，比我多得多了！又及。

“他送给我的那一篮花儿呢？”禄儿仰着黑胖的脸儿，呆呆的望着天上。

·作品赏析·

冰心的问题小说在“五四”的风潮中激起了阵阵涟漪，震撼了一批批带着苏醒梦幻的文学青年。她的小说首要的不在情节不在人物分析，而在于一个严肃的问题的提出，颇有点像中国传统文学中的重质轻文，但这却是它本身的意义。

《超人》并不是严格意义上的小说，恍似一个文学青年的心灵梦幻。讲述的是何彬冰冷地想着成为一个地道的超人，就像尼采的呼唤，就像陀思妥耶夫斯基笔下的拉斯科尼科夫，都在为了成为理论上的超人而苦苦追寻。可是深夜孩子的呻吟声撼动了他的宁静，让他开始想起花园想起母亲，最后终于在孩子送的花篮中挣脱了纯粹的幻想，带着追寻的意念放下心中沉积的包袱。就像文章中所说的：我的恩德就是我的罪恶。我错认了世界是空虚的——一篮花拯救了一个边缘的人。

当然文章的不足在这个改变的突兀性，整个故事缺乏生活的逻辑支撑。但这并不能影响这篇文章在整个文学史上不可替代的震撼意义。它提出了问题：成为超人的困惑；同时又解决了问题：成为超人只是孤独的幻想。就像文章中所说的：世界上的人都是互相牵连的，不是互相遗弃的。这样的哲理性话语，必将为迷茫的青年一代指出一条明确的人生道路，而这本身是问题小说的关键。虽然没有散文与小诗的晶莹清丽，但更见的是文章在拙朴的表达下震撼人心的力度。这是时代的追求，也是时代的映像，没有诗意之美却掷地有声。

绣枕 / 凌叔华

入选理由

凌叔华的小说代表作之一

揭示了中国旧式闺秀的孤寂、忧郁的隐秘内心世界

大小姐正在低头绣一个靠垫，此时天气闷热，小巴狗只有躺在桌底伸出舌头喘气的分儿，苍蝇热昏昏的满玻璃窗打转，张妈站在背后打扇子，脸上一道一道的汗渍，她不住的用手巾擦，可总擦不干。鼻尖刚才干了，嘴边的又点点凸出来。她瞧着她主人的汗虽然没有她那样多，可是脸热得浆红，白细夏布褂汗湿了一背脊，忍不住说道：

“大小姐，歇会儿，凉快凉快吧。老爷虽说明天得送这靠垫去，可是没定规早上或晚上呢。”

“他说了明儿早上十二点以前，必得送去才好，不能不赶了，你站过来扇扇。”小姐答完仍旧低头做活。

张妈走过左边，打着扇子，眼看着绣的东西，不住的啧啧称叹：

“我从前听人家讲故事，我总想那上头长得俊的小姐，也聪明灵巧，必是说书人信嘴编的，那知道就真有，这样一个水葱儿似的小姐，还会这一手活计！这鸟绣得真爱死人！”大小姐嘴边轻轻的显露一弧笑窝，但刹那便止。张妈话兴不断，接

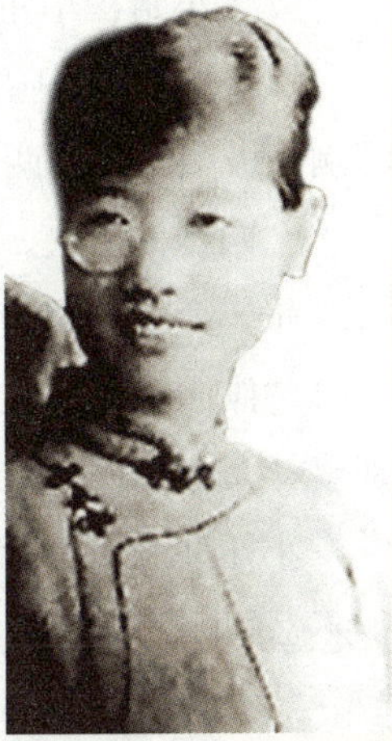

凌叔华像

作者简介

凌叔华(1900 ~ 1990)，生于北京，中国现代女作家。1922年入燕京大学外语系学习。1925年开始文学创作，与当时的冰心、庐隐、冯沅君、苏雪林等人齐名。1929年后在武汉大学、燕京大学任教多年。1974年出国，与丈夫陈源(陈西滢)旅居法、英、美、新加坡诸国，专研中外绘画，应邀为多所大学开设中国文学与书画专题讲座。1990年叶落归根，在北京病逝。她的作品淡雅幽丽，温婉细致，富有女性温柔的气质。主要作品有小说集《花之寺》、《女人》、《小哥儿俩》。

着说：

“哼，这一对靠枕儿送到白总长那里，大家看了，别提有多少人来说亲呢。门也得挤破了。……听说白总长的二少爷二十多岁还没找着合适亲事，唔，我懂得老爷的意思，上回算命的告诉太太今年你是红鸾星照命主……”

“张妈，少胡扯吧。”大小姐停针打住说，她的脸上微微红晕起来。

此时屋内又是很寂静，只听见绣花针噗噗的一上一下穿缎子的声音和扶扶轻微的风响，忽然竹帘外边有一个十三四岁的女孩子叫道：

“妈，我来了。”

“小妞儿吗？这样大热的天来干什么？”张妈赶紧问。小妞儿穿着一身毛蓝布裤褂，满头汗珠，一张窝瓜脸热得紫涨，此时已经闪身入到帘内房门口边，只望着大小姐出神。她喘着气说：

“妈，昨儿四嫂子告诉我这里大小姐用了半年功夫绣了一对靠垫，光是那只鸟已经用了三四十样线，我不信有这样多颜色，四嫂子说，不信你赶快去看看，过两天还要送人呢。我今儿吃了饭就进城，妈，我到那边儿看看行吗？”

张妈听完连忙陪笑问：

“大小姐，小妞儿想看看你的活计行吗？”

大小姐抬头望望小妞儿，见她的衣服很脏，拿住一条灰色手巾只擦脸上的汗，嘴咧开极阔，露出两排黄板牙，瞪直了眼望里看，她不觉皱眉答：

“叫她先出去，等会儿再说吧。”

张妈会意这因为嫌她的女儿脏，不愿使她看的活，立刻对小妞儿说：

“瞧瞧你鼻子上的汗，还不擦把脸去。我屋里有洗脸水。大热天的这汗味儿可别熏着大小姐。”

小妞儿脸上显出非常失望的神气，听她妈说完还不想走出去。张妈见她不动，很不忍的瞪了她一眼，说：

“去我屋洗脸去吧。我就来。”

小妞儿撅着嘴掀帘出去。大小姐换线时偶尔抬起头往窗外看，只见小妞拿起前襟擦额上的汗，大半块衣襟都湿了。院子里盆栽的石榴吐着火血的花，直照着日光，更叫人觉得暑热，她低头看见自己的胳肢窝，汗湿了一大片了。

光阴一恍便是两年，大小姐还在深闺做针线活，小妞儿已经长成和她妈一样粗细，衣服也懂得穿干净的了，现在她妈告假回家，她居然能做替工。

夏天夜上，小妞儿正在下房坐近灯旁缝一对枕头顶儿，忽听见大小姐喊她，放下针线，就跑到上房。

她与大小姐捶腿时，便有一搭没一搭的说闲话：

“大小姐，前天干妈送我一对很好看的枕头顶儿，一边是一只翠鸟，一边是一只凤凰。”

“怎么还有绣半只鸟的吗？”大小姐似乎取笑她说。

“说起我这对枕头顶儿，话长哪。咳，为了它，我还和干姐姐呕了回子气，那本来是王二嫂子给我干妈的，她说这是从两个弄脏了的大靠垫子上剪下来的。新的时候好看极那。一个绣的是荷花和翠鸟，那一个是绣的一只凤凰站在石山上，头一天，人家送给她们老爷，就放在客厅的椅子上，当晚便被吃醉了的客人吐脏了一大片；另一个给打牌的人，挤掉在地上，便有人拿来当作脚蹈垫子用，好好的缎地子，满是泥脚印。少爷看见就叫王二嫂捡了去。干妈后来就和王二嫂要了来给我，那晚上，我拿回家来足足看了好一会子，真爱死人咧，只那凤凰尾巴就用了四十多样线。那翠鸟的眼睛望着池子里的小鱼儿真要绣活了，那眼睛真个发亮，不知用什么线绣的。”

《绣枕》插图

光阴一恍便是两年，大小姐还在深闺做针线活。

大小姐听到这里忽然心中一动，小妞儿还往下说：

“真可惜，这样好看东西毁了。干妈前天见了我，教我剪去脏的地方拿来缝一对枕头顶儿。那知道干姐姐真小气，说我看见干妈好东西就想法子讨了去。”

大小姐没有理会她们呕气的话，却只在回想她在前年的伏天曾绣过一对很精细的靠垫——上头也有翠鸟与凤凰的。那时白天太热，拿不得针，常常留到晚上绣，完了工，还害了十多天眼病。她想看看这鸟比她的怎样，吩咐小妞儿把那对枕顶儿立刻拿来。

小妞儿把枕顶片儿拿来说：

“大小姐你看看这样好的黑青云霞缎的地子都脏了。这鸟听说从前都是凸出来的，现在已经蹈凹了。您看！这鸟的冠子，这鸟的红嘴，颜色到现在还很鲜亮，王二嫂说那翠鸟的眼珠子，从前还有两颗真珠子镶在里头，这荷花不行了，都成灰色了。荷叶太大，做枕顶儿用不着，……这个山石旁还有小花朵儿……”

大小姐只管对着这两块绣花片子出神，小妞儿末了说的话，一句听不清了。她只回忆起她做那鸟冠子曾拆了又绣，足足三次，一次是汗污了嫩黄的线，绣完才发现；一次是配错了石绿的线，晚上认错了色；末一次记不清了。那荷花瓣上的嫩粉色的线她洗完手都不敢拿，还得用爽身粉擦了手，再绣，……荷叶太大块，更难绣，用一样绿色太板滞，足足配了十二色绿线，……做完那对靠垫以后，送给了白家，不少亲戚朋友对她的父母进了许多谀词，她的闺中女伴，取笑了许多话，她听到常常自己红着脸微笑，还有，她夜里也曾梦到她从来未经历过的娇羞傲气，穿戴着此生未有过的衣饰，许多小姑娘追她看，很羡慕她，许多女伴面上显出嫉妒颜色。那种是幻境，不久她也懂得，所以她永远不愿再想起它来撩乱心思。今天却碰到了，便一一想起来。

小妞儿见她默默不言，直着眼，只管看那枕顶片儿，说：“大小姐也喜欢她不是？这样针线活，真爱死人呢。明儿也照样绣一对儿不好吗？”

大小姐没有听见小妞问的是什么，只能摇了摇头算答复了。

·作品赏析·

《绣枕》是凌叔华的代表作，最初发表于 1925 年 3 月《现代评论》第 1 卷第 15 期上。小说发表后反响热烈，曾受到鲁迅的赞赏。小说中的主人公是一位美丽温柔的深闺小姐，她长时间地在家中默默地精心刺绣一对靠枕，完工后将其送给白总长，以便这位上层人物请客时为人赏识，纷纷来说亲。但绣枕送去的当晚，却被醉酒的客人吐脏踩坏，最终丢给了家中的佣人。小说以此反映了旧时代的中国女性难以掌握自己命运的苦闷心境，描绘了中产人家温顺女性的孤寂和忧郁的灵魂。小说笔调清淡透逸，人物心理刻画细腻传神，富于诗情画意。

菱荡 / 废名

入选理由

废名的小说代表作之一

真实反映了旧时中国南方水乡的纯朴民风、人情世俗

入选我国多种短篇小说选本

陶家村在菱荡圩的坝上，离城不过半里，下坝过桥，走一个沙洲，到城西门。

一条线排着，十来重瓦屋，泥墙，石灰画得砖块分明，太阳底下更有一种光泽，表示陶家村总是兴旺的。屋后竹林，绿叶堆成了台阶的样子，倾斜至河岸，河水沿竹子打一个湾，潺潺流过。这里离城才是真近，中间就只有河，城墙的一段正对了竹子临水而立。竹林里一条小路，城上也窥得见，不当心河边忽然站了一个人，——陶家村人出来挑水。落山的太阳射不过陶家村的时候（这时游城的很多），少不了有人攀了城垛子探首望水，但结果城上人望城下人，仿佛不会说水清竹叶绿，——城下人亦望城上。

陶家村过桥的地方有一座石塔，名叫洗手塔。人说，当初是没有桥的，往来要摆渡。摆渡者，是指以大乌竹做成的筏载行人过河。一位姓张的老汉，专在这里摆渡过日，头发白得像银丝。一天，何仙姑下凡来，度老汉升天，老汉道："我不去。城里

作者简介

废名（1901 ~ 1967），本名冯文炳，在中国文学史上被推举为京派的作家代表。他的文学理念体现了周作人的行文风格，以《竹林的故事》、《桥》、《莫须有先生传》称道整个中国文坛。他的小说最为典型的特征是他的散文化，既融合了西方的现代小说技巧，也包含了中国传统古典诗文的笔调，使文风相对显得幽微，曾被单独称誉为废名风，甚至影响到了后来沈从文一脉的京派作家的文体思路和行文风格。但不足的是，他文章的跳跃性和艰涩的造境让文章的阅读显得相当费力，故而，虽然他在文学史上的名气大，但真正的读者却不多。

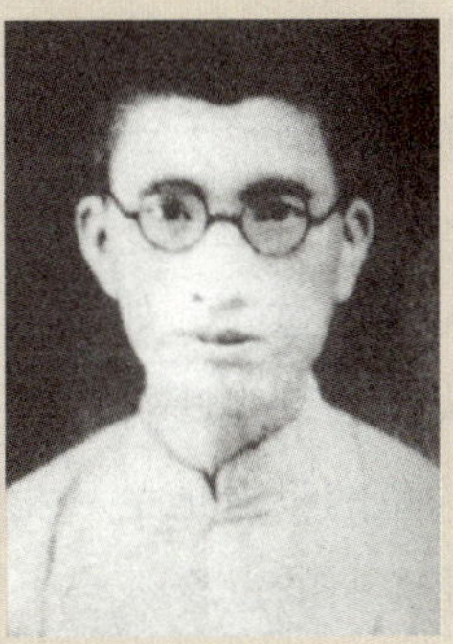

废名像

人如何下乡？乡下人如何进城？”但老汉这天晚上死了。清早起来，河有桥，桥头有塔。何仙姑一夜修了桥。修了桥洗一洗手，成洗手塔。这个故事，陶家村的陈聋子独不相信，他说：“张老头子摆渡，不是要渡钱吗？”摆渡依然要人家给他钱，同聋子“打长工”是一样，所以决不能升天。

塔不高，一棵大枫树高高的在塔之上，远路行人总要歇住乘一乘阴。坐在树下，菱荡圩一眼看得见，——看见的也仅仅只有菱荡圩的天地了，坝外一重山，两重山，虽知道隔得不近，但树林在山腰。菱荡圩算不得大圩，花篮的形状，花篮里却没有装一朵花，从底绿起，——若是荞麦或油菜花开的时候，那又尽是花了。稻田自然一望而知，另外树林子堆的许多球，哪怕城里人时常跑到菱荡圩来玩，也不能一一说出，那是村，那是园，或者水塘四周栽了树。坝上的树叫菱荡圩的天比地更来得小，除了陶家村以及陶家村对面的一个小庙，走路是在树林里走了一圈。有时听得斧头斫树响，一直听到不再响了还是一无所见。那个小庙，从这边望去，露出一幅白墙，虽是深藏也逃不了是一个小庙。到了晚半天，这一块儿首先没有太阳，树色格外深。有人想，这庙大概是村庙，因为那么小，实在同它背后山腰里的水竹寺差不多大小，不过水竹寺的林子是远山上的竹林罢了。城里人有终其身没有向陶家村人问过这庙者，终其身也没有再见过这么白的墙。

陶家村门口的田十年九不收谷的，本来也就不打算种谷，太低，四季有水，收谷是意外的丰年（按，陶家村的丰年是岁旱）。水草连着菖蒲，菖蒲长到坝脚，树阴遮得这一片草叫人无风自凉。陶家村的牛在这坝脚下放，城里的驴子也在这坝脚下放，人又喜欢伸开他的手脚躺在这里闭眼向天。环着这水田的一条沙路环过菱荡。

菱荡圩是以这个菱荡得名。

菱荡属陶家村，周围常青树的矮林，密得很。走在坝上，望见白水的一角。荡岸，绿草散着野花，成一个圈圈。两个通口，一个连菜园，陈聋子种的几畦园也在这里。

菱荡的深，陶家村的二老爹知道，二老爹是七十八岁的老人，说，道光十九年，剩了他们的菱荡没有成干土，但也快要见底了。网起来的大小鱼真不少，鲤鱼大的有二十斤。这回陶家村可热闹，六城的人来看，洗手塔上是人，荡当中人挤人，树都挤得稀疏了。

菱叶遮蔽了水面，约半荡，余则是白水。太阳当顶时，林茂无鸟声，过路人不见水的过去。如果是熟客，绕到进口的地方进去玩，一眼要上下闪，天与水。停了脚，水里唧唧响，——水仿佛是这一个一个的声音填的！偏头，或者看见一人钓鱼，钓鱼的只看他的一根线。一声不响的你又走出来了。好比是进城去，到了街上你还是菱荡的过客。

这样的人，总觉得有一个东西是深的，碧蓝的，绿的，又是那么圆。

城里人并不以为菱荡是陶家村的，是陈聋子的。大家都熟识这个聋子，喜欢他，打趣他，尤其是那般洗衣的女人，——洗衣的多半住在西城根，河水浑了到菱荡来洗。菱荡的深，这才被她们搅动了。太阳落山以及天刚刚破晓的时候，坝上也听得见她们喉咙叫，甚至，衣篮太重了坐在坝脚下草地上“打一栈”的也与正在槌捣杵的相呼应。野花做了她们的蒲团，原来青青的草被她们踏成了路。

陈聋子，平常略去了陈字，只称聋子。他在陶家村打了十几年长工，轻易不见他说话，别人说话他偏肯听，大家都嫉妒他似的这样叫他。但这或者不始于陶家村，他到陶家村来似乎就没有带别的名字了。二老爹的园是他种，园里出的菜也要他挑上街去卖，二老爹相信他一个人，回来一文一文的钱向二老爹手上数。洗衣女人问他讨萝卜吃——好比他正在萝卜田里，他也连忙拔起一个大的，连叶子给她。不过讨萝卜他就答应一个萝卜，再说他的萝卜不好，他无话回，笑是笑的。菱荡圩的萝卜吃在口里实在甜。

菱荡满菱角的时候，菱荡里不时有一个小划子（这划子一个人背得起），坐划子菱叶上打回旋的常是陈聋子。聋子到哪里去了，二老爹也不知道，二老爹或者在坝脚下看他的牛吃草，没有留心他的聋子进菱荡。聋子挑了菱角回家——聋子是在菱荡摘菱角！

聋子总是这样的去摘菱角，恰如菱荡在菱荡圩不现其水。

有一回聋子送一篮菱角到石家井去，——石家井是城里有名的巷子，石姓所居，两边院墙夹成一条深巷，石铺的道，小孩子走这里过，故意踏得响，逗回声。聋子走到石家大门，站住了，抬了头望院子里的石榴，仿佛这样望得出人来。两匹狗朝外一奔，跳到他的肩膀上叫。一匹是黑的，一匹是白的，聋子分不开眼睛，尽站在一块石上转，两手紧握篮子，一直到狗叫出了石家的小姑娘，替他喝住狗。石家姑娘见了一篮红菱角，笑道：“是我家买的吗？”聋子被狗呆住了的模样，一言没有发，但他对了小姑娘牙齿都笑出来了。小姑娘引他进门，一会儿又送他出门。他连走路也不响。

以后逢着二老爹的孙女儿吵嘴，聋子就咕噜一句：

“你看街上的小姑娘是多么好！”

他的话总是这样说的。

一日，太阳已下西山，青天罩着菱荡圩照样的绿，不同的颜色，坝上庙的白墙，

坝下聋子人一个，他刚刚从家里上园来，挑了水桶，挟了锄头。他要挑水浇一浇园里的青椒。他一听——菱荡里洗衣的有好几个。风吹得很凉快。水桶歇下畦径，荷锄沿畦走，眼睛看一个一个的茄子。青椒已经有了红的，不到跟前看不见。

走回了原处，扁担横在水桶上，他坐在扁担上，拿出烟杆来吃。他的全副家伙都在腰边。聋子这个脾气厉害，倘是别个，二老爹一天少不了啰嗦几遍，但他是聋子。(圩里下湾的王四牛却这样说：一年四吊毛钱，不吃烟做个什么？何况聋子挑了水，卖菜卖菱角！)

打火石打得火喷，——这一点是陈聋子替菱荡圩添的。

吃烟的聋子是一个驼背。

衔了烟偏了头听，——

是张大嫂，张大嫂讲了一句好笑的话。聋子也笑。

烟杆系上腰。扁担挑上肩。

“今天真热！”张大嫂的破喉咙。

“来了人看怎么办？”

“把人热死了怎么办？”

两边的树还遮了挑桶的，木桶的一只已经进了菱荡。

“嗳呀——”

“哈哈哈，张大嫂好大奶！”

这个绰号鲇鱼，是王大妈的第三个女儿，刚刚洗完衣服同张大嫂两人坐在岸上。张大嫂解开了她的汗湿的褂子兜风。

“我道是谁——聋子。”

聋子眼睛望了水，笑着自语——

“聋子！”

·作品赏析·

《菱荡》是废名的短篇小说代表作之一。小说以舒缓的笔调描绘了一幅旧时中国南方水乡的世俗图，反映了旧时中国南方农民的生活状态、思想意识及人与人之间的纯朴、融洽的关系，塑造了一个诚实朴讷、憨厚风趣的农民陈聋子形象。小说语言自然质朴，娓娓道来，富于口语化，通篇没有很强的故事情节，对人物的语言、行为也只是轻描淡写，但人物形象栩栩如生、跃然纸上，读来趣味横生。小说意境幽丽，承转自然，语言清纯恬美，状物摹人，细腻传神，景物与人物相互映衬，水乳交融，画面感极强，给读者以身临其境般的感受，体现了废名独特的文风和创作技巧。

桃园 /废名

入选理由

著名作家废名的小说经典
文章简约幽深，但却颇具生命感染力
一篇典型的融合散文与诗意的小说

王老大只有一个女孩儿，一十三岁，病了差不多半个月了。王老大一向以种桃为业，住的地方就叫作桃园，——桃园简直是王老大的另一个名字。在这小小的县城里再没有别个种了这么多的桃子。

桃园孤单得很，唯一的邻家是县衙门，——这也不能够叫桃园热闹，衙门口的那一座“照墙”望去已经不现其堂皇了，一眨眼就要钻进地底里去似的，而照墙距“正堂”还有好几十步之遥。照墙外是杀场，自从离开十字街头以来，杀人在这上面。说不定王老大得了这么一大块地就因为与杀场接壤里。这里，倘不是有人来栽树木，也只会让野草生长下去。

桃园的篱墙的一边又给城墙做了。但这时常惹得王老大发牢骚，城上的游人可以随手摘他的桃子吃。他的阿毛倒不大在乎，她还替城墙栽了一些牵牛花，花开的时候，许多女孩子跑来玩，兜了花回去。上城看得见红日头，——这是指西山的落日，这里正是西城。阿毛每每因了这一个日头再看一看照墙上面的那天狗要吃的一个，也是红的。当那春天，桃花遍树，阿毛高高的望着园里的爸爸道：

“爸爸，我们桃园两个日头。”

话这样说，小小的心儿实在满了一个红字。

你这日头，阿毛消瘦得多了，你一点也不减你的颜色！

秋深的黄昏。阿毛病了也坐在门槛上玩，望着爸爸取水。桃园里面有一口井。桃树，长大了的不算又栽了小桃，阿毛真是爱极了，爱得觉着自己是一个小姑娘，清早起来辫子也没有梳！桃树仿佛也知道了，阿毛姑娘今天一天不想端碗扒饭吃哩。爸爸担着水桶林子里穿来穿去，不是把背弓了一弓就要挨到树叶子。阿毛用了她的小手摸过这许多的树，不，这一棵一棵的树是阿毛一手抱大的！——是爸爸拿水浇得这么大吗？她记起城外山上满山的坟，她的妈妈也有一个，——妈妈的坟就在这园里不好吗？爸爸为什么同妈妈打架呢？有一回一箩桃子都踢翻了，阿毛一个一个的朝箩里拣！天狗真个把日头吃了怎么办呢？……

阿毛看见天上的半个月亮了。天狗的日头，吃不掉的，到了这个时分格外的照彻她的天，——这是说她的心儿。

秋天的天实在是高哩。这个地方太空旷吗？不，阿毛睁大了的眼睛叫月亮装满了，连爸爸已经走到了园的尽头她也没有去理会。月亮这么早就出来！有的时候清早也有月亮！

古旧的城墙同瓦一般黑，墙砖上青苔阴阴的绿，——这个也逗引阿毛。阿毛似乎看见自己的眼睛是亮晶晶的！她不相信天是要黑下去，——黑了岂不连苔也看不见？——她的桃园倘若是种橘子才好，苔还不如橘子的叶子是真绿！她曾经在一个人家的院子旁边走过，一棵大橘露到院子外，——橘树的浓荫俨然就遮映了阿毛了！但小姑娘的眼睛里立刻又是一园的桃叶。

阿毛如果道得出她的意思，这时她要说不称意罢。

桃树已经不大经得起风，叶子吹落不少，无有精神。

阿毛低声的说了一句：

“桃树你又不是害病哩。”

她站在树下，抱着箩筐，看爸爸摘桃，林子外不像再有天，天就是桃，就是桃叶，——是这个树吗？这个树，到明年又是那么茂盛吗？那时她可不

要害病才好！桃花她不见得怎样的喜欢，风吹到井里去了她喜欢！她还丢了一块石头到井里去了哩，爸爸不晓得！(这就是说没有人晓得)……

“阿毛，进去，到屋子里去，外面风很凉。”

王老大走到了门口，低下眼睛看他的阿毛。

阿毛这才看见爸爸脚上是穿草鞋，——爸爸走路不响。

“爸爸，你还要上街去一趟不呢？”

“今天太晚了，不去，——起来。”

王老大歇了水桶伸手挽他的阿毛。

“瓶子的酒我看见都喝完了。”

“喝完了我就不喝。”

爸爸实在是好，阿毛可要哭了！——当初为什么同妈妈打架呢？半夜三更还要上街去！家里喝了不算还要到酒馆里去喝！但妈妈明知道爸爸在外面没有回也不应该老早就把门关起来！妈妈现在也要可怜爸爸罢！

“阿毛，今天一天没有看见你吃点什么，老是喝茶，茶饱得了肚子吗？爸爸喝酒是喝得饱肚子的。”

“不要什么东西吃。”

慢慢又一句：

“爸爸，我们来年也买一些橘子来栽一栽。”

“买一些橘子来栽一栽！你晓得你爸爸活得几年？等橘子结起橘子来爸爸进了棺材！”

王老大向他的阿毛这样说吗？问他他自己也不答应哩。但阿毛的橘子连根拔掉了。阿毛只有一双瘦手。刚才，她的病色是橘子的颜色。

王老大这样的人，大概要喝了一肚子酒才不是醉汉。

“这个死人的地方鬼也晓得骗人！张四说他今天下午来，到了这么时候影子也不看见他一个！”

“张四叔还差我们钱吗？”阿毛轻声的说。

“怎么说不差呢？差两吊。”

这时月亮才真个明起来，就在桃树之上，屋子里也铺了一地。王老大坐下板凳脱草鞋，——阿毛伏在桌上睡哩。

“阿毛，到床上去睡。”

“我睡不着。”

“你想橘子吃吗？”

“不。”

阿毛虽然说栽橘子，其实她不是想到橘子树上长橘，一棵橘树罢了。她还没有吃过橘子。

“阿毛，你手也是热的哩！”

阿毛——心里晓得爸爸摸她的脑壳又捏一捏手，枕着眼睛正在哭。

王老大一门闩把月光都闩出去了。闩了门再去点灯。

半个月亮，却也对着大地倾盆而注，王老大的三间草房，今年盖了新黄稻草，比桃叶还要洗得清冷。桃叶要说是浮在一个大池子里，篱墙以下都湮了，——叶子是刚湮过的！地面到这里很是低洼，王老大当初砌屋，就高高的砌在桃树之上了。但屋是低的。过去，都不属桃园。

杀场是露场，在秋夜里不能有什么另外的不同，“杀”字偏风一般的自然而然的向你的耳朵吹，打冷噤，有如是点点无数的鬼哭的凝和，巴不得月光一下照得它干！越照是越湿的，越湿也越照。你不会去询问草，虽则湿的就是白天里极目而绿的草，——你只再看一看黄草屋！分明的蜿蜒着，是路，路仿佛说它在等行人。王老大走得最多，月亮底下归他的家，是惯事，——不要怕他一脚踏到草里去，草露湿不了他的脚，正如他的酒红的脖子算不上月下的景致。

城垛子，一直排；立刻可以伸起来，故意缩着那么矮，而又使劲的白，是衙门的墙；簇簇的瓦，成了乌云，黑不了青天……

这上面为什么也有一个茅屋呢？行人终于这样免不了出惊。

茅屋大概不该有。

其实，就王老大说，世上只有三间草房，他同他的阿毛睡在里面，他也着实难过，那是因为阿毛睡不着了。

衙门更锣响。

“爸爸，这是打更吗？”

“是。”

爸爸是信口答道。

这个令阿毛爽快：深夜响锣。她懂得打更，很少听见过打更。她又紧紧的把眼闭住——她怕了。这怕，路上的一块小石头恐怕也有关系。声音是慢慢的度来，度过一切，到这里，是这个怕。

接着是静默。

“我要喝茶。”

阿毛说。

灯是早已吹熄了的，但不黑，王老大翻起来摸茶壶。

“阿毛，今天十二，明天，后天，十五我引你上庙去烧香，去问一问菩萨。”

“是的。”

阿毛想起一个尼姑，什么庙的尼姑她不知道，记得面孔，——尼姑就走进了她的桃园！

那正是桃园茂盛时候的事，阿毛一个人站在篱墙门口，一个尼姑歇了化施来的东西坐在路旁草上，望阿毛笑，叫阿毛叫小姑娘。尼姑的脸上尽是汗哩。阿毛开言道：

“师父你吃桃子吗？”

“小姑娘你把桃子给我吃吗？——阿弥陀佛！”

阿毛回身家去，捧出了三个红桃。阿毛只可惜自己上不了树到树上去摘！

现在这个尼姑走进了她的桃园，她的茂盛的桃园。

阿毛张一张眼睛——

张了眼是落了幕。

阿毛心里空空的，什么也没有想，只晓得她是病。

“阿毛，不说话一睡就睡着了。”

王老大就闭了眼睛去睡。但还要问一句——

“要什么东西吃明天我上街去买。”

“桃子好吃。”

阿毛并不是说话说给爸爸听，但这是一声霹雳，爸爸的眼睛简直呆住了，突然一张，——上是屋顶。如果不是夜里，夜里睡在床上，阿毛要害怕她说了一句什么叫爸爸这样！

桃子——王老大为得桃子同人吵过架，成千成万的桃子逃不了他的巴掌，他一口也嚼得一个，但今天才听见这两个字！

“现在哪里有桃子卖呢？”

一听声音话是没有说完。慢慢却是——

“不要说话，一睡就睡着了。”

睡不着的是王老大。

窗孔里射进来月光。王老大不知怎的又是不平！月光居然会移动，他的酒瓶放在一角，居然会亮了起来！王老大怒目而视。

阿毛说过，酒都喝完了。瓶子比白天还来得大。

王老大恨不得翻起来一脚踢破了它！世界就只是这一个瓶子——踢破了什么也完了似的！

王老大挟了酒瓶走在街上。

“十五，明天就是十五，我要引我的阿毛上庙去烧香。”

低头丧气的这么说。

自然，王老大是上街来打酒的。

“桃子好吃，”阿毛的这句话突然在他的心头闪起来了，——不，王老大是站住了，街旁歇着一担桃子，鲜红夺目得厉害。

“你这是桃子吗!?”

王老大横了眼睛走上前问。

“桃子拿玻璃瓶子来换。”

王老大又是一句：

“你这是桃子吗!?”

同时对桃子半鞠了躬，要伸手下去。

桃子的主人不是城里人，看了王老大的样子一手捏得桃子破，也伸下手来保护桃子，拦住王老大的手——

“拿瓶子来换。”

“拿钱买不行吗？”

王老大抬了眼睛，问。但他已经听得背后有人嚷——

“就拿这一个瓶子换。”

一看是张四，张四笑嘻嘻的捏了王老大的酒瓶，——他从王老大的胁下抽出瓶子来。

王老大喜欢极了：张四来了，帮同他骗一骗这个生人！——他的酒瓶哪里还有用处呢？

“喂，就拿这一个瓶子换。”

“真要换，一个瓶子也不够。”

张四早已瞧见了王老大的手心里有十好几个铜子，道：

“王老大，你找他几个铜子。”

王老大耳朵听，嘴里说，简直是在自己桃园卖桃子的时候一般模样。

“我把我的铜子都找给你行吗？”

“好好，我就给你换。”

换桃子的收下了王老大的瓶子，王老大的铜子张四笑嘻嘻的接到手上一溜烟跑了。

王老大捧了桃子——他居然晓得朝回头的路上走！桃子一连三个，每一个一大片绿叶，王老大真是不敢抬头了。

“王老大，你这桃子好！”

路上的人问。王老大只是笑，——他还同谁去讲话呢？

围拢来四五个孩子，王老大道：

“我替我阿毛买来的。我阿毛病了要桃子。”

“这桃子又吃不得哩。”

是的，这桃子吃不得，——王老大似乎也知道！但他低头看桃子一看，想叫桃子吃得！

王老大的欢喜确乎走脱不少。然而还是笑——

“我拿我阿毛看一看……”

乒乓！

“哈哈哈，桃子玻璃做的！”

“哈哈哈，玻璃做的桃子！”

孩子们并不都是笑，——桃子是一个孩子撞跌了的，他，他的小小的心儿没有声响的碎了，同王老大双眼对双眼。

·作品赏析·

《桃园》讲述的是一个很迷离难懂的故事，但从整个背景的设置上就可以看到他的惨淡与惶惑。桃园孤立地坐落着，照墙外是个杀人的刑场，而文章中的女主人公正生着病，在桃园的现实与桃园迷离的幻境中展开故事的情节，既包括了种桃子的往事，也包含着寻觅桃子的现实，更夹杂着家庭的争吵和尼姑庵的迷信。整个色调就如同作者所形容的是橘子的橙黄，而故事的哀戚就像作者在文章中所说的：孩子们并不都是笑，桃子是一个孩子撞跌了他的小小心儿没有声响地碎了。

文章的形式确实是散文化的，在阅读中很难凝结到一处，就像周作人所说的，他的文章好像一道流水，大约总是向东去朝宗于海，他流过的地方总有什么汊港弯曲，总得灌注萦回一番。可以说他在叙事话语、审美形象以及叙事意蕴上都具有了他独到的生命禅意，也表征了他必然的孤独与寂寞的命运。他的文字师从周作人，展现了行文上的简约幽微，甚至也包含了平淡美的味道，虽然文章在整体上显得生涩，让人费解，据说在这个世界上仅有周作人与俞平伯是他的文化知己，能读懂废名的字里行间的玄机。

月下小景 / 沈从文

入选理由

沈从文的小说代表作之一

一曲凄楚的旧时代湘西地区青年男女的爱情挽歌

发表时引起轰动，在广大青年读者之间广为流传

初八的月亮圆了一半，很早就悬到天空中。傍了 ×× 省边境由南而北的横断山脉长岭脚下，有一些为人类所疏忽、历史所遗忘的残余种族聚集的山寨。他们用另一种言语，用另一种习惯，用另一种梦，生活到这个世界一隅，已经有了许多年。

沈从文像

当这松杉挺茂嘉树四合的山寨，以及寨前大地平原，整个为黄昏占领了以后，从山头那个青石碉堡向下望去，月光淡淡的洒满了各处，如一首富于光色和谐雅丽的诗歌。山寨中，树林角上，平田的一隅，各处有新收的稻草积，以及白木作成的谷仓。各处有火光，飘扬着快乐的火焰，且隐隐的听得着人语声，望得着火光附近有人影走动。官道上有马项铃清亮细碎的声音，有牛项下铜铎沉静庄严的声音。从田中回去的种田人，从乡场上回家的小商人，家中莫不有一个温和的脸儿等候在大门外，厨房中莫不预备得有热腾腾的饭菜与用瓦罐炖热的家酿烧酒。

作者简介

沈从文（1902 ~ 1988），这是中国现当代最为靠近诺贝尔文学奖的纯粹文学家，也是京派小说的绝对代表人物，带着独特的苗汉血统和对神秘湘西的不懈追问，沈从文在他的笔下构筑了中国纷争年代最为纯洁的文学，以乡下人的眼光反观城市所谓的文明，写下了《边城》、《长河》等系列经典小说，在整个中国文学史上占据了独特而且重要的地位，丰富了现当代文学。没有战争的喧嚣与功利，而是坚守着中国文学最为纯粹的角落，书写了乡村生命的美妙形式。

薄暮的空气极其温柔，微风摇荡大气中，有稻草香味，有烂熟了山果香味，有甲虫类气味，有泥土气味。一切在成熟，在开始结束一个夏天阳光雨露所及长养生成的一切。一切光景具有一种节日的欢乐情调。

柔软的白白月光，给位置在山岨上石头碉堡画出一个明明朗朗的轮廓，碉堡影子横卧在斜坡间，如同一个巨人的影子。碉堡缺口处，迎月光的一面，倚着本乡寨主的独生儿子傩佑，傩神所保佑的儿子，身体靠定石墙，眺望那半规新月，微笑着思索人生苦乐。

“……人实在值得活下去，因为一切那么有意思，人与人的战争，心与心的战争，到结果皆那么有意思。无怪乎本族人有英雄追赶日月的故事。因为日月若可以请求，要它们停顿在哪儿时，它们便停顿，那就更有意思了。”

这故事是这样的：第一个 × × 人，用了他武力同智慧得到人世一切幸福时，他还觉得不足，贪婪的心同天赋的力，使他勇往直前去追赶日头，找寻月亮，想征服主管这些东西的神，勒迫它们在有爱情和幸福的人方面，把日子去得慢一点，在失去了爱，心子为忧愁失望所啮蚀的人方面，把日子又去得快一点。结果这贪婪的人虽追上了日头，却被日头的热所烤炙，在西方大泽中就渴死了。至于日月呢，虽知道了这是人类的欲望，却只是万物中之一的欲望，故不理会。因为神是正直的，不阿其所私的，人在世界上并不是唯一的主人，日月不单为人类而有。日头给一切生物热和力，月亮给一切虫类唱歌和休息，用这种歌声与银白光色安息劳碌的大地。日月虽仍然若无其事的照耀着整个世界，看着人类的忧乐，看着美丽的变成丑恶，又看着丑恶的称为美丽；但人类太进步了一点，比一切生物智慧较高，也比一切生物更不道德。既不能用严寒酷热来困苦人类，又不能不将日月照及人类，故同另一主宰人类心的创造的神，想出了一个办法，就是使此后快乐的人越觉得日子太短，使此后忧愁的人越觉得日子过长。人类既然凭感觉来生活，就在感觉上加给人类一种处罚。

这故事有作为月神与恶魔商量结果的传说，就因为恶魔是在夜间出世的。人都相信这是月亮作成的事，与日头毫无关系。凡一切人讨论光阴去得太快或太慢时，却常常那么诅咒：“日子，滚你的去吧。”痛恨日头而不憎恶月亮。土人的解释，则为人类性格中，慢慢的已经神性渐少，恶性渐多。另外就是月光较温柔，和平，给人以智慧的冷静的光，却不给人以坦白直率的热，因此普遍生物都欢喜月光，人类中却常常诅咒日头。约会恋人的，走夜路的，作夜工的，皆觉得月光比日光较好。在人类中讨厌月光的只是盗贼，本地方土人中却无盗贼，也缺少这个名词。

这时节，这一个年纪还刚满二十一岁的寨主独生子，由于本身的健康，以及从另一方面所获得的幸福，对头上的月光正满意的会心微笑，似乎月光也正对了他微笑。

沈从文与妻子张兆和 1934 年春摄于达园

傍近他身边，有一堆白色东西。这是一个女孩子，把她那长发散乱的美丽头颅，靠在这年青人的大腿上，把它当作枕头安静无声的睡着。女孩子一张小小的尖尖的白脸，似乎被月光漂过的大理石，又似乎月光本身。一头黑发，如同用冬天的黑夜作为材料，由盘踞在山洞中的女妖亲手纺成的细纱。眼睛，鼻子，耳朵，同那一张产生幸福的泉源的小口，以及颊边微妙圆形的小涡，如本地人所说的藏吻之巢窝，无一处不见得是神所着意成就的工作。一微笑，一眏眼，一转侧，都有一种神性存乎其间。神同魔鬼合作创造了这样一个女人，也得用侍候神同对付魔鬼的两种方法来侍候她，才不委屈这个生物。

女人正安安静静的躺在他的身边，一堆白色衣裙遮盖到那个修长丰满柔软温香的身体，这身体在年轻人记忆中，仿佛是用白玉、奶酥、果子同香花调和削筑成就的东西。两人白日里来到这里，女孩子在日光下唱歌，在黄昏里和落日一同休息，现在又快要同新月一样苏醒了。

一派清光洒在两人身上，温柔的抚摩着睡眠者的全身。山坡下是一部草虫清音繁复的合奏。天上的那规新月，似乎在空中停顿着，长久还不移动。

幸福使这个孩子轻轻的叹息了。

他把头低下去，轻轻的吻了一下那用黑夜搓成的头发，接近那魔鬼手段所成就的东西。

远处有吹芦管的声音，有唱歌声音。身近旁有斑背萤，带了小小火把，沿了碉堡巡行，如同引导得有小仙人来参观这古堡的神气。

当地年青人中唱歌圣手的傩佑，唯恐惊了女人，惊了萤火，轻轻的轻轻的唱：

龙应当藏在云里，
你应当藏在心里。
……

女孩子在迷胡梦里，把头略略转动了一下，在梦里回答着：

我灵魂如一面旗帜，

你好听歌声如温柔的风。

他以为女孩子已醒了，但听下去，女人把头偏向月光又睡去了。于是又接着轻轻的唱道：

人人说我歌声有毒，
一首歌也不过如一升酒使人沉醉一天，
你那敷了蜂蜜的言语，
一个字也可以在我心上甜香一年。

女孩子仍然闭了眼睛在梦中答着：

不要冬天的风，不要海上的风，
这旗帜受不住狂暴大风。
请轻轻的吹，轻轻的吹；
（吹春天的风，温柔的风，）

月光笼罩下的湘西小寨风光（摄于20世纪20年代）
皎洁的月光，温柔的夜，静谧的山村，壮美的自然与野蛮的陋习形成鲜明的对照，旧时不知有多少凄凉惨烈的爱情故事在这里上演，带给世人深深的叹息。

把花吹开，不要把花吹落。

小寨主明白了自己的歌声可作为女孩子灵魂安宁的摇篮，故又接着轻轻的唱道：

有翅膀鸟虽然可以飞上天空，
没有翅膀的我却可以飞入你的心里。
我不必问什么地方是天堂，
我业已坐在天堂门边。

女孩又唱：

身体要用极强健的臂膀搂抱，
灵魂要用极温柔的歌声搂抱。

寨主的独生子傩佑，想了一想，在脑中搜索话语，如同宝石商人在口袋中搜索宝石。口袋中充满了放光炫目的珠玉奇宝，却因为数量太多了一点，反而选不出那自以为极好的一粒，因此似乎受了一点儿窘。他觉得神祇创造美和爱，却由人来创造赞誉这神工的言语。向美说一句话，为爱下一个注解，要适当合宜，不走失感觉所及的式样，不是一个平常人的能力所能企及。

“这女孩子值得用龙朱的爱情装饰她的身体，用龙朱的诗歌装饰她的人格。”他想到这里时，觉得有点惭愧了，口吃了，不敢再唱下去了。

歌声作了女孩子睡眠的摇篮，所以这女孩子才在半醒后重复入梦，歌声停止后，她也就惊醒了。

他见到女孩子醒来时，就装作自己还在睡眠，闭了眼睛。女孩从日头落下时睡到现在，精神已完全恢复过来，看男子还依靠石墙睡着，担心石头太冷，把白羊毛披肩搭到男子身上去后，傍了男子靠着。记起睡时满天的红霞，望到头上的新月，便轻轻的唱着，如母亲唱给小宝宝听的催眠歌。

睡时用明霞作被，
醒来用月儿点灯。

寨主独生子哧的笑了。

“……”

“……”

四只放光的眼睛互相瞅着，各安置一个微笑在嘴角上，微笑里却写着白日中两个人的一切行为。两人似乎皆略略为先前一时那点回忆所羞了，就各自向身旁那一个紧紧的挤了一下，重新交换了一个微笑。两人发现了对方脸上的月光那么苍白，于是齐向天上所悬的半规新月望去。

湘西少女（木刻画）

远远的有一派角声与锣鼓声，为田户巫师禳土酬神所在处。两人追寻这快乐声音的方向，于是向山下远处望去。远处有一条河。

“没有船舶不能过河，没有爱情如何过这一生？”

“我不会在那条小河里沉溺，我只会在你这小口上沉溺。”

两人意思仍然写在一种微笑里，用的是那么暧昧神秘的符号，却使对面一个从这微笑里明明白白，毫不含糊。远处那条长河，在月光下蜿蜒如一条带子，白白的水光，薄薄的雾，增加了两人心上的温暖。

女孩子说到她梦里所听的歌声，以及自己所唱的歌，还以为他们两人都在梦里。经小寨主把刚才的情形说明白时，两人笑了许久。

女孩子天真如春风，快乐如小猫，长长的睡眠把白日的疲倦完全恢复过来，因此在月光下，显得如一尾鱼在急流清溪里，十分活泼。

只想说话，说的全是那些远无边际的、与梦无异的，年青情人在狂热中所能说的糊涂话、蠢话，完全说到了。

小寨主说：

“不要说话，让我好在所有的言语里，找寻赞美你眉毛头发美丽处的言语！”

“说话呢，是不是就妨碍了你的谄谀？一个有天分的人，就是谄谀也显得不缺少天分！”

“神是不说话的。你不说话时像……”

“还是做人好！你的歌中也提到做人的好处！我们来活活泼泼的做人，这才有意思！”

“我以为你不说话就像何仙姑的亲姊妹了。我希望你比你那两个姐姐还稍呆笨一点。因为得呆笨一点，我的言语字汇里，才有可以形容你高贵处的文字。”

热恋中的湘西少男少女（木刻画）

“可是，你曾同我说过，你也希望你那只猎狗敏捷一点。”

“我希望它灵活敏捷一点，为的是在山上找寻你比较方便，为我带信给你时也比较妥当一点。”

“希望我笨一点，是不是也如同你希望羚羊稍笨一样，好让你嗾使那只猎狗追我时，不至于使我逃脱？”

“好的音乐常常是复音，你不妨再说一句。”

“我记得到你也希望羚羊稍笨过。”

“羚羊稍笨一点，我的猎狗才可以赶上它，把它捉回来送你。你稍笨一点，我才有相当的话颂扬你！”

“你口中体面话够多了。你说说你那些感觉给我听听。说谎若比真实更美丽，我愿意听你那些美丽的谎话。”

“你占领我心上的空间，如同黑夜占领地面一样。”

“月亮起来时，黑暗不是就只占领地面空间很小很小一部分了吗？”

“月亮照不到人心上的。”

“那我给你的应当也是黑暗了。”

“你给我的是光明，但是一种炫目的光明，如日头似的逼人熠耀。你使我糊涂。你使我卑陋。”

“其实你是透明的，从你选择阿谀时，证明你的心现在还是透明的。”

“清水里不能养鱼，透明的心也一定不能积存辞藻。”

“江中的水永远流不完，人心中的话永远说不完。不要说了，一张口不完全是说话用的！”

两人为嘴唇找寻了另外一种用处，沉默了一会。两颗心同一的跳跃，望着做梦一般月下的长岭，大河，寨堡，田坪。芦笙声音似乎为月光所湿，音调更低郁沉重了一点。寨中的角楼，第二次擂了转更鼓。女孩子听到时，忽然记起了一件事。把小寨主那颗年青聪慧的头颅捧到手上，眼眉口鼻吻了好些次数，向小寨主摇摇头，无可奈何低低的叹了一声气，把两只手举起，跪在小寨主面前来梳理头上散乱了的发辫，意思想站起来，预备要走了。

小寨主明白那意思了，就抱了女孩子，不许她站起身来。

“多少萤火虫还知道打了小小火炬游玩，你忙些什么？走到什么地方去？”

“一颗流星自有它来去的方向，我有我的去处。”

“宝贝应当收藏在宝库里，你应当收藏在爱你的那个人家里。”

“美的都用不着家：流星，落花，萤火，最会鸣叫的蓝头红嘴绿翅膀的王母鸟，也都没有家的。谁见过人蓄养凤凰？谁能束缚月光？”

“狮子应当有它的配偶，把你安顿到我家中去，神也十分同意！”

“神同意的人常常不同意。”

“我爸爸会答应我这件事，因为他爱我。”

“因为我爸爸也爱我，若知道了这件事，会把我照 ×× 族人规矩来处置。若我被绳子缚了沉到天坑里去时，那地方接连四十八根箩筐绳子还不能到底，死了，做鬼也找不出路来看你，活着做梦也不能辨别方向。”

女孩子是不会说谎的，×× 族人的习气，女人同第一个男子恋爱，却只许同第二个男子结婚。若违反了这种规矩，常常把女子用一扇小石磨捆到背上，或者沉入潭里，或者抛到天坑里。习俗的来源极古，过去一个时节，应当同别的种族一样，有认处女为一种有邪气的东西，地方族长既较开明，巫师又因为多在节欲生活中生活，故执行初夜权的义务，就转为第一个男子的恋爱。第一个男子可以得到女人的贞洁，但因此就不能够永远得到她的爱情。若第一个男子娶了这女人，似乎对于男子也十分不幸。迷信在历史中渐次失去了它本来的意义，习俗却把古代规矩保持了下来。由于 ×× 守法的天性，故年青男女在第一个恋人身上，也从不作那长远的梦。“好花不能长在，明月不能长圆，星子也不能永远放光。”×× 人歌唱恋爱，因此也多忧郁感伤气氛。常常有人在分手时感到“芝兰不易再开，欢乐不易再来”，两人悄悄逃走的。也有两人携了手沉默无语的一同跳到那些在地面张着大嘴、死去了万年的火山孔穴里去的。再不然，冒险的结了婚，到后被查出来时，就应当把女的向地狱里抛去那个办法了。

当地女孩子因为这方面的习俗无法除去，故一到成年，家庭即不大加以拘束，外乡人来到本地若喜悦了什么女子，使女子献身总十分容易。女孩子明理懂事一点的，一到了成年时，总把自己最初的贞操，稍加选择就付给了一个人，到后来再同自己钟情的男子结婚。男子中明理懂事的，业已爱上某个女子，若知道她还是处女，也将尽这女子先去找寻一个尽义务的爱人，再来同女子结婚。

但这些魔鬼习俗不是神所同意的。年青男女所作的事，常常与自然的神意合一，容易违反风俗习惯。女孩子总愿意把自己整个交付给一个所倾心的男孩子。男子到爱了某个女孩时，也总愿意把整个的自己换回整个的女子。风俗习惯下虽附加了一种严酷的法律，在这法律下牺牲的仍常常有人。

女孩子遇到了这寨主独生子，自从春天山坡上黄色棠棣花开放时，即被这男子温柔缠绵的歌声与超人壮丽华美的四肢所征服，一直延长到秋天，还极其纯洁的在一种节制的友谊中恋爱着。为了狂热的爱，且在这种有节制的爱情中，两人皆似乎不需要结婚，两人中谁也不想到照习惯先把贞操给一个人蹂躏后再来结婚。

但到了秋天，一切皆在成熟，悬在树上的果子落了地，谷米上了仓，秋鸡伏了卵，大自然为点缀了这大地一年来的忙碌，还在天空中涂抹了些无比华丽的色泽，使溪涧澄清，空气温暖而香甜，且装饰了遍地的黄花，以及在草木枝叶间敷上与云霞同样的炫目颜色。一切皆布置妥当以后，便应轮到人的事情了。

秋成熟了一切，也成熟了两个年青人的爱情。

两人同往常任何一天相似：在约定的中午以后，在这个青石砌成的古碉堡上见面了。两人共同采了无数野花铺到所坐的大青石板上，并肩的坐在那里。山坡上开遍了各样草花，各处是小小蝴蝶，似乎对每一朵花皆悄悄嘱咐了一句话。向山坡下望去，入目远近皆异常恬静美丽。长岭上有割草人的歌声，村寨中有为新生小犊作栅栏的斧斤声，平田中有拾穗打禾人快乐的吵骂声。天空中白云缓缓的移，从从容容的流动，透蓝的天底，一阵候鸟在高空排成一线飞过去了，接着又是一阵。

两个年青人用山果山泉充了口腹的饥渴，用言语微笑喂着灵魂的饥渴。对日光所及的一切唱了上千首的歌，说了上万句的话。

日头向西掷去，两人对于生命感觉到一点点说不分明的缺处。黄昏将近以前，山坡下小牛的鸣声，使两人的心皆发了抖。

神的意思不能同习惯相合，在这时节已不许可人再为任何魔鬼作成的习俗加以行为的限制。理知即或是聪明的，理知也毫无用处。两人皆在忘我行为中，失去了一切节制约束行为的能力，各在新的形式下，得到了对方的力，得到了对方的爱，得到了把另一个灵魂互相交换移入自己心中深处的满足。到后来，两个人皆在战栗中昏迷了，喑哑了，沉默了。幸福把两个年青人在同一行为上皆弄得十分疲倦，终于两人皆睡去了。

男子醒来稍早一点，在回忆幸福里浮沉，却忘了打算未来。女孩子则因为自身是女子，本能的不会忘却 ×× 人对于女子违反这习惯的赏罚，故醒来时，也并未打算到这寨主的独生子会要她同回家去。两人的年龄都还只适宜于生活在夏娃亚当所住的乐园里，不应当到这“必需思索明天”的世界中安顿。

但两人业已到了向所生长的一个地方、一个种族的习惯负责时节了。

“爱难道是同世界离开的事吗？”新的思索使小寨主在月下沉默如石头。

女孩子见男子不说话了，知道这件事正在苦恼到他，就装成快乐的声音，轻轻的喊他，恳切的求他，在应当快乐时放快乐一点。

××人唱歌的圣手，

请你用歌声把天上那一片白云拨开。

月亮到应落时就让它落去，

现在还得悬在我们头上。

天上的确有一片薄云把月亮遮住了，一切皆朦胧了。两人的心皆比先前黯淡了一些。

寨主独生子说：

“我不要日头，可不能没有你。”

“我不愿作帝称王，却愿为你作奴当差。”

女孩子说：

“这世界只许结婚不许恋爱。”

“应当还有一个世界让我们去生存，我们远远的走，向日头出处远远的走。”

“你不要牛，不要马，不要果园，不要田土，不要狐皮褂子同虎皮坐褥吗？”

“有了你我什么也不要了。你是一切：是光，是热，是泉水，是果子，是宇宙的万有。为了同你接近，我应当同这个世界离开。”

两人就所知道的四方各处想了许久，想不出一个可以容纳两人的地方。南方有汉人的大国，汉人见了他们就当生番杀戮，他不敢向南方走。向西是通过长岭无尽的荒山，虎豹所据的地面，他不敢向西方走。向北是三十万本族人占据的地面，每一个村落皆保持同一魔鬼所颁的法律，对逃亡人可以随意处置。只有东边是日月所出的地方，日头既那么公正无私，照理说来日头所在处也一定和平正直了。

但一个故事在小寨主的记忆中活起来了，日头曾炙死了第一个××人，自从有这故事以后，××人谁也不敢向东追求习惯以外的生活。××人有一首历史极久的歌，那首歌把求生的人所不可少的欲望，真的生存意义却结束在死亡里，都以为若贪婪这“生”只有“死”才能得到。战胜命运只有死亡，克服一切惟死亡可以办到。最公平的世界不在地面，却在空中与地底：天堂地位有限，地下宽阔无边。地下宽阔公平的理由，在××人看来是相当可靠的，就因为从不听说死人愿意重生，且从不闻死人充满了地下。××人永生的观念，在每一个人心中皆坚实的存在。孤单的死，或因为恐怖不容易找寻他的爱人，有所疑惑，同时去死皆是很平常的事情。

寨主的独生子想到另外一个世界，快乐的微笑了。

他问女孩子，是不是愿意向那个只能走去不再回来的地方旅行。

女孩子想了一下，把头仰望那个新从云里出现的月亮。

水是各处可流的，

火是各处可烧的，

月亮是各处可照的，

爱情是各处可到的。

说了，就躺到小寨主的怀里，闭了眼睛，等候男子决定了死的接吻。寨主的独生子，把身上所佩的小刀取出，在镶了宝石的空心刀把上，从那小穴里取出如梧桐子大小的毒药，含放到口里去，让药融化了，就度送了一半到女孩子嘴里去。两人快乐的咽下了那点同命的药，微笑着，睡在业已枯萎了的野花铺就的石床上，等候药力发作。

月儿隐在云里去了。

·作品赏析·

《月下小景》是沈从文根据周作人关于初夜权的性心理学理论所写的有关旧时湘西地区青年男女的爱情悲剧故事。故事中，一个寨主的独生子与一个美丽的少女相恋，但由于山寨里的规矩和风俗，女子同第一个男子恋爱，却只许同第二个男子结婚，两人的热烈恋爱就没了结果。到秋天，两人为求来生再聚，躺在山坡的石床上一同咽了毒药，殉情自尽。小说通过这对青年男女的爱情悲剧，斥责了旧时湘西一带的封建习俗对人性的伤害，说明在现代文明带来物质、道德、政治等方面的邪恶势力之前，一些旧思想、旧风俗早就在毁灭原始自然的美丽生命了。小说笔调沉着清淡，语言优美细腻，情节结构自然顺畅，像传说一样展开。全篇情景交融，充满抒情诗的氛围和情调，画面感也极强，写人、叙事、状物熔于一炉，使人不自觉间随着作者的笔调走进美丽的湘西，去感受那凄楚哀婉的一幕。

腊八粥 / 沈从文

入选理由

沈从文的小说经典

精彩篇章里的民族精神和生存方式

站在城市视角外的纯粹乡村回想

初学喊爸爸的小孩子，会出门叫洋车了的大孩子，嘴巴上长了许多白胡胡的老孩子，提到腊八粥，谁不口上就立时生一种甜甜的腻腻的感觉呢。把小米，饭豆，枣，栗，白糖，花生仁儿合并拢来糊糊涂涂煮成一锅，让它在锅中叹气似的沸腾着，单看它那叹气样儿，闻闻那种香味，就够咽三口以上的唾沫了，何况是，大碗大碗的装着，大匙大匙朝口里塞灌呢！

住方家大院的八儿，今天喜得快要发疯了。一个人出出进进灶房，看到那一大锅正在叹气的粥，碗盏都已预备得整齐摆到灶边好久了，但他妈总说是时候还早。

他妈正拿起一把锅铲在粥里搅和。锅里的粥也像是益发浓稠了。

"妈，妈，要到什么时候才……"

"要到夜里！"其实他妈所说的夜里，并不是上灯以后。但八儿听了这种松劲的话，眼睛可急红了。锅子中，有声无力的叹气正还在继续。

"那我饿了！"八儿要哭的样子。

"饿了，也得到太阳落下时才准吃。"

饿了，也得到太阳落下时才准吃。你们想，妈的命令，看羊还不够资格的八儿，难道还能设什么法来反抗吗？并且八儿所说的饿，也不可靠，不过因为一进灶房，就听到那锅子中叹气又像是正在呻唤的东西，因好奇而急于想尝尝这奇怪东西罢了。

"妈，妈，等一下我要吃三碗！我们只准大哥吃一碗。大哥同爹都吃不得甜的，我们俩光吃甜的也行……妈，妈，你吃三碗我也吃三碗，大哥同爹只准各吃一碗；一共八碗，是吗？"

"是呀！孥孥说得对。"

"要不然我吃三碗半，你就吃两碗半……""卜……"锅内又叹了声气。八儿回过头来了。

比灶矮了许多的八儿，回过头来的结果，亦不过看到一股淡淡烟气往上一冲而已！

锅中的一切，这在八儿，只能猜想……栗子会已稀烂到认不清楚了罢，赤饭豆会煮得浑身透肿成了患水臌胀病那样子了罢，花生仁儿吃来总已是面东东的了！枣子必大了三四倍——要是真的干红枣也有那么大，那就妙极了！糖若作多了，它会起锅巴……

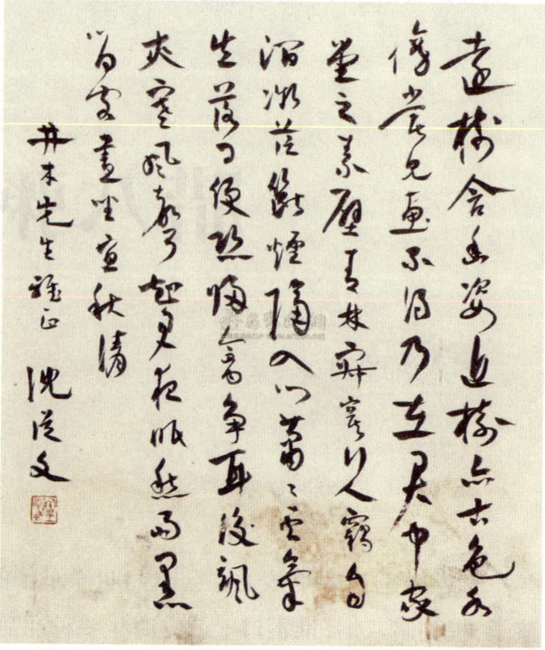
沈从文书法

“妈，妈，你抱我起来看看罢！”于是妈就如八儿所求的把他抱了起来。

“……”他惊异得喊起来了，锅中的一切已进了他的眼中。

这不能不说是奇怪呀，栗子跌进锅里，不久就得粉碎，那是他知道的。他曾见过跌进到黄焖鸡锅子里的一群栗子，不久就融掉了。赤饭豆害水臌肿，那也是往常熬粥时常见的事。

花生仁儿脱了他的红外套，这是不消说的事。锅巴，正是围了锅边成一圈。总之，一切都成了如他所猜的样子了，但他却不想到今日粥的颜色是深褐。

“怎么，黑的！”八儿还同时想起染缸里的脏水。

“枣子同赤豆搁多了。”妈的解释的结果，是捡了一枚特别大得吓人的赤枣给了八儿。

虽说是枣子同饭豆搁得多了一点，但大家都承认味道是比普通的粥要好吃得多了。

夜饭桌边，靠到他妈斜立着的八儿，肚子已成了一面小鼓了。如在热天，总免不了又要为他妈的手掌麻烦一番罢。在他身边桌上那两只筷子，很浪漫的摆成一个十字。桌上那大青花碗中的半碗陈腊肉，八儿的爹同妈也都奈何它不来了。

“妈，妈，你喊哈叭出去了罢！讨厌死了，尽到别人脚下钻！”

若不是八儿脚下弃得腊肉皮骨格外多，哈叭也不会单同他来那么亲热罢。

“哈叭，我八儿要你出去，快滚罢……”接着是一块大骨头掷到地上，哈叭总算知事，衔着骨头到外面啃嚼去了。

“再不知趣，就赏它几脚！”八儿的爹，看那只哈叭摇着尾巴很规矩的出去后，对着八儿笑笑的说。

其实，“赏它几脚”的话，倘若真要八儿来执行，还不是空的？凭你八儿再用力重踢它几脚，让你八儿狠狠的用出吃奶力气，顽皮的哈叭，它不还是依然伏在桌下嚼它所愿嚼的东西吗？

因为“赏它几脚”的话，又使八儿的妈记起了许多他爹平素袒护狗的事。

“赏它几脚，你看到它欺负八儿，哪一次又舍得踢它？八宝精似的，养得它恣刺得怪不逗人欢喜，一吃饭就来桌子下头钻，赶出去还得丢一块骨头，其实都是你惯死了它！”这显然是对八儿的爹有点揶揄了。

“真的，妈，它还抢过我的鸭子脑壳呢。”其实这也只能怪八儿那一次自己手松。然而八儿偏把这话来帮助他妈说哈叭的坏话。

“那我明天就把哈叭带到场上去，不再让它同你玩。”果真八儿的爹的宣言是真，那以后八儿就未免寂寞了。

然而八儿知道爹是不会把狗带到场上去的，故毫不气馁。

“让他带去，我宝宝一个人不会玩，难道必定要一个狗来陪吗？”以下的话风又转到了爹的身上，“牵了去也免得天天同八儿争东西吃！”

“你只恨哈叭，哈叭哪里及得到梁家的小黄呢？”

“要是小黄在我家里，我早就喊人来打死卖到汤锅铺子去了。”八儿的妈说来脸已红红的！

小黄是怎么一个样子，乃值得八儿的爹提出来同哈叭相较呢？那是上隔壁梁家一只守门狗，有得是见人就咬的一张狠口。梁家因了这只狗，几多熟人都不敢上门了。但八儿的妈，时常过梁家时，那狗却像很客气似的，低低吠两声就走了开去。八儿的妈，以为这已是互相认识的一种表示了，所以总不大如别人样对这狗防备。上月子，为八儿做满八岁的生日，八儿的妈上梁家去借碓舂粑粑，进门后，小黄突然一变往日态度，毫不认账似的，扑拢来大腿腱子肉上咬了一口就走了。这也只能怪她自己，头上顶了那个平素小黄不曾见她顶过的竹簸。落后是梁四屋里人为敷上了止血药，又为把米粉舂好了事。转身时，八儿的妈就一一为他爹说了，还说那畜生连天天见面的

沈从文和张兆和

人也认不清，真的该拿来打死起！因此一来，八儿的爹就找出一句为自己心爱这只哈叭护短的话了。

譬如是哈叭顽皮到使八儿的妈发气时，八儿的爹就把“比梁家小黄就不如了！”“那你喜欢小黄罢？”“我这哈叭可惜不会咬人！”一类足以证明这只哈叭虽顽皮实天真驯善的话来解围，自然这一类解围的话中，还夹着点逗自己奶奶开心的意味。

本来那一次小黄给她的惊吓比痛苦还多，请想，两只手正扶着一个大簸箕，而那畜生闪不知扑拢来就在你腱子肉上啃一下，怎不使人气愤？要是八儿家哈叭竟顽皮到同小黄一样，恐怕八儿的爹，不再要奶奶提议，也早做成打狗的杨大爷一笔生意了。

八儿不着意的把头转到门帘子脚边去，两个白花耳朵同一双大眼睛又在门帘下脚掀开处出现了。哈叭像是心里怯怯的，只把一个头伸进房来看里面的风色，又像不好意思似的（尾巴也在摇摆）。

“混账……”很懂事样子经过八儿一声吆喝，哈叭那个大头就不见了。

然而八儿知道哈叭这时还在门帘外边徘徊。

·作品赏析·

沈从文是个特立独行而且取得了辉煌成就的作家，在新作家展望西方现代精英的城市文明时，他却固执于乡间边缘的传统的和民间的独特立场，写下了中国无可比拟的文学经典，就像作者自己所说的：他的文章比时下的所谓作家更是高出一筹。

《腊八粥》也相应地体现了作家的自然哲学，回归到自然完善的人性呼唤，并将他呈现为一种近乎完美的而且健康的生存形式。在文章中作者将整个腊八粥的氛围，孩子的纯真以及家庭融洽的亲情展露无疑。并以相当细腻的刻画解读了这一乡俗的魅力：甜甜腻腻的感觉让初学喊爸爸的孩子，会出门叫洋车的孩子，嘴巴上长了许多白胡子的老孩子乐不思蜀。

这样的篇章在今天无处不在的喧嚣中，让我们听到了他在文中所架构的纯美的叹息，并以他灵魂的震颤，将所有的乡村之美带出湘西，带向从未见过这样世面的城市人群。作家汪曾祺就曾对此作出评价：这样的篇章在中国，除了鲁迅，还有谁的文学成就比他高呢。这是一种看似清淡的笔墨，却昭示着丰厚的民族底蕴，就像鲁迅所说的：越是民族的就越能够为世界所接受。因为在他的文章里我们根本看不到喧嚣的纷争，只有湘西和他的倔强艰难的生活底层的挣扎，就像他自己所说的：我只是把我生命所走过的痕迹写在纸上。这是一种真纯的本性，超越了世俗的界定，而转归到真正的纯粹文学。

拜堂 / 台静农

入选理由

乡土作家台静农的经典小说

完全展现了乡村赤裸的情感欲望

文章极富深沉的文化使命与现实关怀精神

黄昏的时候，汪二将蓝布夹小袄托蒋大的屋里人[①]当了四百大钱。拿了这些钱一气跑到吴三元的杂货店，一屁股坐在柜台前破旧的大椅上，椅子被坐得格格地响。

“那里来，老二？”吴家二掌柜问。

“从家里来。你给我请三股香，数二十张黄表。”

“弄什么呢？”

“人家下书子[②]，托我买的。”

“那么不要蜡烛吗？”

“他妈的，将蜡烛忘了，那么就给我拿一对蜡烛罢。”

作者简介

台静农（1903～1990），被鲁迅誉为乡土文学的典范作家，以“台君人极好”5个字盖棺定论。虽然台静农在晚年以坚实的文化意蕴散文享誉文坛，具备了学术考证与深沉文化审美的完美融合，但实际上更能体现作者风格的却是他的《地之子》中将乡间的死生、泥土的气息移在纸上的那种情感氛围。他那以精诚以赤血供奉这个世界上唯一信仰的精神，展现了浓烈的民族情感与深沉思索的人生态度。也正是这种风格让他得到了鲁迅的认可与赞誉，并选入他所编著的《中国新文学大系·小说二集》。

台静农像

① 屋里人：内人。
② 下书子：过婚书。

旧时的新郎与新娘

吴家二掌柜将香表蜡烛裹在一起，算了账，付了钱。汪二在回家的路上走着，心里默默地想：同嫂子拜堂成亲，世上虽然有，总不算好事。哥哥死了才一年，就这样了，真有些对不住。转而想，要不是嫂子天天催，也就可以不用磕头[1]，糊里糊涂地算了。不过她说得也有理：肚子眼看一天大似一天，要是生了一男半女，到底算谁的呢？不如率性磕了头，遮遮羞，反正人家是笑话了。

走到家，将香纸放在泥砌的供桌上。嫂子坐在门口迎着亮上鞋。

“都齐备了么？”她停了针向着汪二问。

“都齐备了，香，烛，黄表。”汪二蹲在地上，一面答，一面擦了火柴吸起旱烟来。

“为什么不买炮呢？”

“你怕人家不晓得么，还要放炮？”

“那么你不放炮，就能将人家瞒住了！”她深深地叹了一口气。“既然丢了丑，总得图个吉利，将来日子长，要过活的。我想哈[2]要买两张灯红纸，将窗户糊糊。”

“俺爹可用告诉他呢？”

“告诉他作什么？死多活少的，他也管不了这些，他天天只晓得问人要钱灌酒。”她愤愤地说。“夜里哈少不掉牵亲[3]的，我想找赵二的家里同田大娘，你去同她两个说一声。”

“我不去，不好意思的。”

“哼，”她向他重重地看了一眼。“要讲意思，就不该作这样丢脸的事！”她冷峭地说。

这时候，汪二的父亲缓缓地回来了。右手提了小酒壶，左手端着一个白碗，碗里放着小块豆腐。他将酒壶放在供桌上，看见了那包香纸，于是不高兴地说：

“妈的，买这些东西作什么？”

汪二不理他，仍旧吸烟。

“又是许你妈的什么愿，一点本事都没有，许愿就能保佑你发财了？”

① 磕头：拜堂。
② 哈：还的意思。
③ 牵亲：傧相。

汪二还是不理他。他找了一双筷子，慢慢地在拌豆腐，预备下酒。全室都沉默了，除了筷子捣碗声，汪二的吸旱烟声，和汪大嫂的上鞋声。

镇上已经打了二更，人们大半都睡了，全镇归于静默。

她趁着夜静，提了篾编的小灯笼，悄悄地往田大娘那里去。才走到田家荻柴门的时候，已听着屋里纺线的声音，她知道田大娘还没有睡。

“大娘，你开开门。哈在纺线呢。”她站在门外说。

“是汪大嫂么？在那里来呢，二更都打了？”田大娘早已停止了纺线，开开门，一面向她招呼。

她坐在田大娘纺线的小椅上，半晌没有说话，田大娘很奇怪，也不好问。终于她说了：

“大娘，我有点事……就是……”她未说出又停住了。“真是丑事，现在同汪二这样了。大娘，真是丑事，如今有了四个月的胎了。”她头是深深地低着，声音也随之低微。“我不恨我的命该受苦，只恨汪大丢了我，使我孤零零地，又没有婆婆，只这一个死多活少的公公。……我好几回就想上吊死去，……”

“嗳，汪大嫂你怎么这样说！小家小户守什么？况且又没有个牵头[①]；就是大家的少奶奶，又有几个能守得住的？”

“现在真没有脸见人……”她的声音有些哽咽了。

“是不是想打算出门呢？本来应该出门，找个不缺吃不缺喝的人家。”

“不呀，汪二说不如磕个头，我想也只有这一条路。我来就是想找大娘你去。”

“要我牵亲么？”

“说到牵亲，真丢脸，不过要拜天地，总得要旁人的；要是不恭不敬地也不好，将来日子长，哈要过活的。”

“那么，总得哈要找一个人，我一个也不大好。”

“是的，我想找赵二嫂。”

“对啦，她很相宜，我们一阵去。”田大娘说着，在房里摸了一件半旧的老蓝布褂穿了。

这深夜的静寂的帷幕，将大地紧紧地包围着，人们都酣卧在梦乡里，谁也不知道大地上有这么两个女人，依着这小小的灯笼的微光，在这漆黑的帷幕中走动。

渐渐地走到了，不见赵二嫂屋里的灯光，也不听见房内有什么声音，知道她们是早已睡了。

“赵二嫂，你睡了么？”田大娘悄悄地走到窗户外说。

① 牵头：儿女。

旧时新婚夫妇拜堂的场景

“是谁呀？”赵二嫂丈夫的口音。

“是田大娘么？”赵二嫂接着问。

“是的，二嫂你开开门，有话跟你说。”

赵二嫂将门开开，汪大嫂就便上前招呼：

“二嫂已经睡了，又麻烦你开门。”

“怎么，你两个吗，这夜黑头[1]从那里来呢？”赵二嫂很惊奇地问。“你俩请到屋里坐，我来点灯。”

“不用，不用，你来我跟我说！”田大娘一把拉了她到门口一棵柳树的底下。低声地说了她们的来意。结果赵二嫂说：

“我去，我去，等我换件褂子。”

少顷，她们三个一起在这黑的路上缓缓走着了，灯笼残烛的微光，更加黯弱。柳条迎着夜风摇摆，荻柴沙沙地响，好像幽灵出现在黑夜中的一种阴森的可怕，顿时使这三个女人不禁地感觉着恐怖的侵袭。汪大嫂更是胆小，几乎全身战栗得要叫起来了。

到了汪大嫂家以后，烛已熄灭，只剩下烛烬上一点火星了。汪二将茶已煮好，正在等着；汪大嫂端了茶敬奉这两位来客。赵二嫂于是问：

“什么时候拜堂呢？”

“就是半夜子时罢，我想。”田大娘说。

“你两位看着罢，要是子时，就到了，马上要打三更的。”汪二说。

“那么，你就净净手，烧香罢。”赵二嫂说着，忽然看见汪大嫂还穿着孝。“你这白鞋怎么成，有黑鞋么？”

“有的，今天下晚才赶着上起来的。”她说了，便到房里换鞋去了。

“扎头绳也要换大红的，要是有花，哈要戴几朵。”田大娘一面说着，一面到了房里帮着她去打扮。

① 夜黑头：黑夜。

汪二将香烛都已烧着，黄表预备好了。供桌检得干干净净的。于是轻轻地跑到东边墙外半间破屋里，看看他的爹爹是不是睡熟了，听在打鼾，倒放下心。

赵二嫂因为没有红毡子，不得已将汪大嫂床上破席子拿出铺在地上。汪二也穿了一件蓝布大褂，将过年的洋缎小帽戴上，帽上小红结，系了几条水红线；因为没有红丝线，就用几条棉线替代了。汪大嫂也穿戴周周正正地同了田大娘走出来。

烛光映着陈旧褪色的天地牌，两人恭敬地站在席上，顿时显出庄严和寂静。

“站好了，男左女右，我来烧黄表。”田大娘说着，向前将表对着烛焰燃起，又回到汪大嫂身边。

“磕罢，天地三个头。”赵二嫂说。

汪大嫂本来是经过一次的，也倒不用人扶持；听赵二嫂说了以后，却静静地和汪二磕了三个头。

“祖宗三个头。”

汪大嫂和汪二，仍旧静静地磕了三个头。

“爹爹呢，请来，磕一个头。”

“爹爹睡了，不要惊动罢，他的脾气又不好。”汪二低声说。

“好罢，那就给他老人家磕一个堆着罢。”

“再给阴间的妈妈磕一个。”

“哈有……给阴间的哥哥也磕一个。”

忽而汪大嫂的眼泪扑的落下地了，全身是颤动和抽搐；汪二也木然地站着，颜色变得可怕。全室中情调，顿成了阴森惨淡。双烛的光辉，竟黯了下去，大家都张皇失措了。终于田大娘说：

“总得图个吉利，将来哈要过活的！”

汪大嫂不得已，忍住了眼泪，同了汪二，又呆呆地磕了一个头。

第二天清晨，汪二的爹爹，提了小酒壶，买了一个油条，坐在茶馆里。

“给你老头道喜呀，老二安了家[①]。”推车的吴三说。

“道他妈的喜，俺不问他妈的这些事！”汪二的爹爹愤然地说。“以前我叫汪二将这小寡妇卖了，凑个生意本。他妈的，他不听，居然他俩个弄起来了！”

“也好。不然，老二到哪里安家去，这个年头？”拎画眉笼的齐二爷庄重地说。

“好在肥水不落外人田。”好像摆花生摊的小金从后面这样说。

汪二的爹爹没有听见，低着头还是默默地喝他的酒。

·作品赏析·

《拜堂》讲述了一个动乱年代的爱情故事，当时是兵荒马乱的社会环境，男主人公汪二的哥哥汪大不幸丧生，他与自己的寡嫂朝夕相处。二人一个新寡，一个尚未结婚，在人性的本能和情感的驱使下，他们相好了。这是一种不合当时社会道德规范的恋情，二人也怀有某种罪恶感。于是，他们选择在夜深人静的时候悄悄拜堂，而拜堂一事则展现了汪二的病态心理及农村群体的各自不同的心态，不管是同情还是嗤之以鼻的，都逃不开世俗的尴尬。

小说善于在故事的描述中营造气氛，诸如为了展示这场婚姻的荒诞，小夫妻之间的偷偷摸摸的谨慎行事，隐瞒着自己的父亲，只是请两位颇富同情心的大妈作为见证人，特别在拜堂时向汪大的鞠躬，所表现出的那种幽深的感觉。而文章的语言也尽情展现了村民的乡俗野语，诸如：把她卖了换钱做生意、好在肥水不落外人田，十分吻合乡土文学的色彩，不仅在题材上，同时也在美学风格上全面展现了地方特色，以及对当时生活境遇的真切描述。

① 安了家：娶了妻子。

玫瑰花的香 / 巴金

入选理由

巴金的小说代表作之一

一曲缠绵幽丽的旧时代青年男女的爱情牧歌

一

馨来了。她插了一束玫瑰花在我的花瓶里。花瓶放在书桌上，在那旁边摊开的吸墨纸套上面她留了一个字条：“玫瑰花是一个象征，你知道。”

玫瑰花瓣染着墨汁似的深红色就像一团一团的血。

巴金像

我在书桌前面坐下来。我陷进了浓郁的馨雾里面。房里的景物在我的眼前渐渐地变得模糊了。

但我还在想：这是自由的象征，还是爱情的象征？难道馨会爱我？

于是在玫瑰花的香雾中我慢慢儿嗅到了别的气味。这仿佛是血的气味。血似乎也是香的。

馨近来对我很好，我也不知道这是为了什么缘故，我喜欢她，这是真的。朋友们说她爱我，我不相信。从她的嘴里我从没有听见一句关于爱情的话。她并不曾当面对

作者简介

巴金（1904 ~ 2005），原名李尧棠，字芾甘。一个以生命的激情诠释这个世界和生存境遇的作家，他的人文主义情怀值得世俗人生的敬仰，他的文学在现实生活的背景下提炼出震撼人心的故事情节，再加上他的激越的情感，造就了这个伟大作家的一生。在他的小说中，以《灭亡》，激流三部曲《家》、《春》、《秋》和《寒夜》最为有名。日本作家大江健三郎评价说：在时代的大潮流中，作家知识分子应当如何生活，我会仰视着这个典范来回顾自身。

旧时热恋中的青年男女

我说过她爱我。

关于馨的事情，虽然朋友们谈得很多，实际上我知道的却很少。她为了反抗不自由的婚姻，三年前从她的家庭里逃跑出来，就住在这都市里读书。她的生活是很俭朴的，只靠着她的一个出嫁的姊姊来接济她。

朋友们常说馨活泼可爱，我也承认，不过近一两个月来她的态度却有些改变了。和她来往的男子并不少，有许多人追逐她，她却从来不曾和谁谈过恋爱。朋友修有一次在失望之余就气愤地骂她不懂恋爱，好些人都附和着这个批评。如今他们忽然又说她爱我。女人的心理恐怕只有鬼才知道罢，我知道：要获得馨的爱情，并不是一件容易事情。我从来就不敢做爱情的梦，更想不到去获得馨的爱情。

我不愿意再想这些事情，就从左边的书堆里拿了一本书来翻看，想把我的思想集中在书本上面。

这书是一个英国学者的著作，题名是自由论。一个很美丽的题名。我读了几页，忽然在那书页上发现了一个歪脸，它在讥笑我。同时一个声音在我的耳边响起来："不错，自由是一个很美丽的名词，然而你真正懂得它的意义吗？"

谁在我的耳边说话？房里明明只有我一个人。难道是我自己在讥笑自己？

馨也在讥笑我罢。她不是说玫瑰花是一个象征吗？她说我知道，我知道那是自由的象征吗？

我突然变得烦躁起来。我的头好像被什么沉重的东西压着一般。房间里仿佛发了火。我不能够这样忍耐下去。我应该去找馨，找着她问个明白那是什么象征，问她究竟干着什么样的把戏。

馨住在一条僻静的街道里，她的住房是一个旧式的小楼。那房东是一个老太婆，她平日对馨很好，所以馨就在那里住了三年。

我怀着一颗热烈的心，在黑暗里摸索着登完了那狭小的楼梯。在馨的房门上我轻轻敲了几下。那里面有光亮。

"谁呀？"

"我，我是文。"

"请进来。"

馨给我开了门，她的充满了健康色的脸上露了一个愉悦的微笑。白衫子，花格子布短裙，下面是一双赤脚踏在一对木拖上。

“我知道你会来。”她带笑说。她让我在一把藤椅上坐了。

奇怪，她什么都知道。

她的房里也有一瓶玫瑰花，是放在一个矮桌上面的。我想起了我家里的那一瓶玫瑰花。

“那么你也该知道是为了玫瑰花的事情。”我接口说。我望着她的嘴唇，那嘴唇也是红的，唇边露着一圈微笑。

“呵，那玫瑰花，”她笑了，“我送你的那玫瑰花，难道你觉得它不好吗？”她的两只亮眼睛盯在我的脸上。

“不是这个，”我分辩说，“是为了那字条。你说的是什么象征，我不明白。”

“不明白？”她顽皮地嗤笑了。“像你这样聪明的人会不明白？我不相信！”

我只顾望着，她并不开口。

玫瑰花，那是爱情的象征，脸上依旧露着笑，声音很清朗，但我觉得似乎带了点颤抖。

我完全想不到她会说出这样的话。起初我还以为是听错了。她的这意思我简直不明白。

“爱情的象征？”我疑惑地重复念着。

“这不是很容易明白的吗？”她含笑说，那一对眼睛带了一种不可抗拒的力量望着我。

不错，我有些明白了。我的心渐渐跳动得厉害起来。我不知道我应该说什么话。我不知道应该怎样预备来接受那幸福。

“但是你该知道我并不爱花。”我笨拙地说了这句话，我的眼睛却不能不看她。

“这有什么关系呢？那是从前的事情。现在他们说——”她住了口。她的眼睛里冒出火来，把我全身的血都烧热了，我觉得我的脸开始在发烧。

我想：他们的话不错。

她的脸上也发了红。她的眼睛看得人不知道怎样才好。那眼光在变换，接连表示了好几种意思。但我却不懂得。我只有一个思想：抱吻她。没有过去，也没有将来。

“你不要装傻了！我早就看透了你的心。那一次在修的家里，他向我求爱的时候，我分明看见你的脸上起了一阵苦痛的拘挛。我拒绝他的爱，把这消息告诉你，你那时是多么高兴。”

她这时候会怎样猜度我的心呢？我在想什么，她决不会知道。我心里哀求着：——不要说下去！你就把我拿去罢！

“你不记得两个星期以前，一个雨夜我一身湿淋淋的跑到你家里来，我说不愿意回到自己家里去。你就让我睡在你的床上，你自己却跑到一个朋友那里。那样大的雨，你一定要走，我留你也留不住。你那时候稍微聪明一点，你就可以把我拿到手了。你这傻子！”

她兴奋地说话，声音微微颤动着，就像在回忆当时的情景。她的引诱的眼光笼罩着我的脸。就像灯光一般，它把我的心照亮了。没有黑暗，没有痛苦。没有过去，没有未来。

在她的眼睛里我埋葬了一切。玫瑰花的香雾包围着我。

我站起来她也站起来。两个身子渐渐合在一起了。我没有说话，只是低唤着她的名字。

“去远了！那一切都去远了！……这一刻，让我平静地度过这一刻……不要来搅扰我……文，你就在我的身边……”

她喃喃地说话，声音很低；颤动含糊。她好像是在和我说话，又像在对另一个人说话。

我胜利了！我把馨得到手了！我不能不得意地这样想。但这思想又被她的低语打插了。

“即使是梦也不要紧，……我只要这片刻的安静。……你们都走远些去罢。……为什么单单缠绕着我一个人？……文，你果真在我的身边么？”

我不能不开口了。我应该安慰她，使她明白我们不是在梦里。我很奇怪，她为什么会说这样的话。这和她平日的言行是不大符合的。

她不再开口了。那样热烈的拥抱使我忘记了一切。

不知道在什么时候一个哭声响了起来。女人的哭声，但不是在这房间里，是从邻近一个人家里送来的。

接着起了吵骂和物件撞击声。哭声愈响愈高，声音有点儿凄惨。我不知道是怎么一回事情。

馨忽然放松手，离开了我。她像从梦里醒过来似的，睁大了眼睛四面看。

“那丈夫又在打他的妻子了。”她低低说了一句，脸色就渐渐阴暗起来，好像有一个暗影坠到了她的心上。

我不说话，我很清楚地感觉到那激情是一秒钟一秒钟地消退了。

隔壁的活动并没有停止。丈夫在骂，妻子在哭。从那妇人的哭声里我似乎听到了“我与其活着这样受罪，还不如死了好”的话。

我用忧郁的疑问的眼光看着馨，好像在祈求她给我一个解释。

“这人家我很知道。丈夫是一个机器工人，从前性情还和平。他近两月来失了工，就渐渐变得暴躁了。他常常和妻子吵闹。有时候在外面借到一点钱喝了几杯酒回来，就借故打他的妻子。那妇人这个月里进了河南一家工厂里做工。她赚钱来养活他和两个小孩。可是丈夫打她的次数更多了。近来他们隔不到两三天晚上就要吵闹一次，有时候小孩也哭起来。”

根据巴金同名小说改编的电影《家》剧照

讴歌爱情，反映青年男女对理想和新生活的追求是巴金小说的重要主题，而小说的内容大多取材于巴金的自身经历，带有浓厚的自传色彩，具有一定的真实性和强烈的感染力。

她用忧郁的低音说话。她只是叙述一件事实，声音里并不带半点评判。我不能够知道她这时候心里在想什么。

不要管这事情罢。我们为什么不可以继续我们刚才的爱情的表现呢？——我对自己说，我还想对她说，但是我的勇气已经消失了。

她的眼睛不再看我了，她站到窗前。她的眼睛在看别的地方。

隔壁的哭声继续着，声音却低了好些，后来就慢慢地停止了。接着是丈夫闭了嘴，让那女人悲声诉说她的不幸的境遇。

我不走，我在和自己挣扎。我等着机会来重燃起先前的那种热情。

忽然那女人的话语被一个男人的哭声压住了。那个男子一面大声哭，一面在说话。

馨掉头来看我，苦恼地解释说：“他们的吵闹常常是这样结局的。丈夫到后来就哭，说些责备自己的话。于是妻子就去劝慰他。”

我的脸上露了一个苦笑。我含糊地应了一声。我注意地看她的眼睛。那眼光变了，里面并没有爱情，只有一种深的苦恼。

我自己也被一种深的忧郁压住了。我不能够说出这是什么缘故。我想决不是因了那夫妇的吵闹。但是我不能不对自己说：——今晚上对于我一切都完结了。

在玫瑰花的香雾里我又嗅着了血的气味。

她的苦恼的眼光还在我的脸上盘旋。那眼光仿佛在说：——你去罢，现在用不着你了。

我走的时候，她给了我一个微笑。这微笑也是苦恼的。

我莫名其妙地到这里来，现在又莫名其妙地走了。

我在黑暗中摸索着下了楼梯。街中很冷静，只有一两个车夫拖着人力车慢慢儿走着。浓墨汁的天空里嵌着稀少的星点。

我有些疑惑是在做梦。我又想：我如果把今晚上的事情告诉修或别的朋友，他们一定会责备我说谎。

二

吃过晚饭我正要去看馨，却在公园里遇见了她，她站在铁栏杆前面，看那小屋里面囚着的鹫，看见她。我心里非常快活。

鹫，那只生在印度灵鹫山的猛禽站在铁棍上面望着她叫。她把手一拍，它就飞起来，它的翅膀真大，把那间小屋差不多遮去了一半。但是铁栏杆栏住了它，它只得落在地上。马上它又跳上了铁棍，又飞起来，又落在地上。它的锋利的嘴，它的锋利的眼睛，它的锋利的脚爪这时候都失掉效用了。它又绝望似的叫起来，好像在悲惜它的失去了的自由。

"这小屋和灵鹫山比起来不知差了多远！这时候鹫的心理我倒很想知道。"馨掉头对我这样说，她的眼睛里又露出了一种深的苦恼。在我们的头上阳光渐渐地熄灭了。

"馨。"我温和地唤了她一声，去把她的右手轻轻捏在我的手里。她的手好柔软！

《玫瑰花的香》 插图

馨在我的怀抱中颤抖着。她不说话。我想她也许不曾听见。

她把身子向我这边移动，紧紧靠在我的身上。眼睛依旧望着那只在小屋里扑翅膀的猛禽。

"馨，你不记得昨晚说的话？那一切都去远了。只有我在你的身边。……让我们找一个安静的地方，平静地过一些时候罢。"

她的身子微微抖着。我很深切地感觉到，而且我的身子也开始颤动了。过了半晌她掉转身低声说了一句："我们走罢。"

在树阴道中我们缓步走着，她紧偎着我，一只手挽着我的膀子。

满地是树影。好几对男女青年在我们的旁边走过去。有些学生迎面走来，投了些好奇的眼光在我们的脸上。

"文，你说得不错，让我们找一块

安静的地方逃避一些时候罢。”她低声说，我不知道她为什么用了“逃避”两个字。

“文，我需要暖热，这人间太冷了。我支持了三年，这三年不是很容易过去的呀！现在我怕，我怕我不能支持下去了。”她的这些话猛烈地震撼着我的心。那心开始痛了。

这时候我们走进了一条侧路，旁边有一条石凳是空着的。

“我们坐一会罢。”她说着就先坐下去，我也坐了。

“你用不着怕。我愿意帮助你。我一定帮助你支持下去。两颗心合在一起就可以和全世界宣战。我愿意把我的心，我的爱情完全献给你。”我热烈地说。我的声音里差不多要淌出眼泪来。我当时并不觉得我的话是怎样地夸大。

“我的过去生活里也充满了黑暗，但是从这时候起那一切都算完结了。你的眼睛就是我的明灯，它会把我的心照亮。我们两个就开始来建立我们的新生活罢。”爱情的幻象使我忘掉了一切。我的血快要燃烧起来。我恨不得把身子熔化了，熔化在她的爱情里，两个身子合在一起，铸成一个新的人。

“文，我需要你，我需要你的爱情。我需要男性的热来温暖我的心。你以后不要离开我。”

她的眼睛看着我的眼睛。她祈求似地对我说话。世界上似乎就只有我们两个人。

我了解她，她了解我。我们以后还说了许多话，许多使彼此的心因愉快而颤动的话。

于是我们两个离开了公园。依旧是她偎着我，一只手挽着我的膀子。

一辆汽车在我们的面前飞驰过去。这是一辆灰色的囚车，里面装了些武装的兵士。

一个阴影投在我的心上。没有一点疑惑，至少有一个人是被载去枪毙了。这个世界上并不是只有我们两个人。

我恐怖地偷偷去看馨的脸。方才那上面还笼罩着喜悦的光辉，可是如今完全黯淡了。

我们默默地走着。我不敢问她一句话，我怕她的回答会把我的全部希望都毁灭掉了。

我们走到了我的家。

“进去坐坐吗？”我担心地问。

“不，我要回去了。”她短短地回答。过后她又加了一句解释：“我有些不舒服。”

我想我知道这是什么缘故。我也不多说话，只淡淡说了一句：“好，我送你回去。”

我们依旧默默地走着，走到她家时天已经全黑了。

进了她的房间，我们对坐着。她不开口。我找些话来问她，她只是拿“是”或“不是”来回答。

“我这一晌来心情很不好，脾气很坏，要请你处处原谅。”她忽然说了这样的话，脸上露了一个忧郁的笑容。

是的，她这几天的确是脾气不好，喜怒无常，别人真没法知道她心里究竟在想些什么。她完全不是从前那样的活泼的姑娘。她自己如今也有些明白了。

然而我却对她说："没有的事情！你完全和从前一样。"

"你不要骗我。我知道我近来有些变了。"她说着就笑起来。这一次她的忧郁渐渐淡了。我想我们的爱情也许就会重新燃烧起来的。

"馨，现在一切都去远了，这里就只有我们两个人。你为什么还拿忧郁的思想来折磨你自己呢？每个人都有恋爱的权利的。为什么我们就不该有？"我说着就走到她的身边去抱她。

她不拒绝我，只给我一个微笑。但她的接吻却是很热烈的。我知道她爱我。我觉得我更爱她。

那一瓶玫瑰花就在我们的身边。浓郁的香雾包围着我们，使我忘掉了一切。

世界上仿佛就只有我们两个人了。但是渐渐地哭声从隔壁人家送了过来。是低微的女人的哭声。我想不去听它，它却渗透了这僻静街道上的静寂的夜。

馨在我的怀抱中颤抖着。她不说话。我想她也许不曾听见。我希望那哭声马上就停止。

馨忽然挣脱了我的怀抱，惊惶地往四面看。她苦痛地低声说："那妇人又在哭了。"

这一句话就像一块石头打在我的心上。痛苦是没有终结的。我知道在这里在这晚上我们的爱情又完结了。

"馨，你明天就搬家罢！不要在这里住下去了。再住下去你就会变成疯狂的。在这个大都市里我们就不可以找一块安静的地方？"我极力在挽住那失去的希望，我祈求地对她说。

"安静的地方？"她低声重复念了一句，过后带了绝望的样子说："到处都是一样。毒已经蔓延到病人的全个身体了。"她的眼睛里射出了恐怖的光芒。她慢慢地掉头去看她的书桌。

她的话像毒汁一样地流进了我的心。但我不能够反驳她，她说的是真话。我恐怖地跟随着她的眼光去看书桌。那上面躺着一份港报。

长江一带发生水灾。日本飞机轰炸滦东乡村。上海某工厂失火，焚毙女工数十人……

这些字陆续映入我的眼帘。

馨的眼光转到我的脸上。我们交换了一瞥恐怖的眼光。

我无意间把肘一动，就把花瓶撞到地上了。一个响声打破了这屋里的沉寂。玻璃花瓶碎成了几片。地上积了一摊水，玫瑰花凌乱地散落在水里。

我惭愧地，苦恼地，恐怖地拾起花。她走过来扫地。我把玫瑰花握在手里，怜惜地吻它，那香味刺进我的鼻里，却使我的心发呕了。

完结了！今晚上又完结了！一切的希望都给摧残了！

“你不要管它。你就放在那里，等我自己慢慢儿来收拾它。”她这样说。那忧郁的眼光却说了要我走开让她一个人在家里的话。

我走了。心里却挂念着她。我走在街上，一切都变冷了。天空现了海水一般的深蓝色，在我的头上横着几大片黄色的云。

我忽然想到了几年前的屠杀。修告诉过我那时候在这些街上每隔五六步远就躺卧着一个残废的死尸，修自己在两次的危险里保全了性命。他说的决不是假话。

我仿佛看见许多鬼从地上爬起来跟在我后面走，我就害怕起来，拼命跑着，跑进了热闹的街道，才渐渐地把自己的纷乱的心曲镇定了。

我回到家里，心里只有黑暗和疲倦。那本自由论还躺在书桌上。我甚至不敢看那个书名。在这个环境，自由这名词不就是一个反面的讥刺么？

我疲倦地躺在床上，想着我和馨的恋爱会有什么样的结局。

门上忽然起了熟悉的敲声。

我不想站起来，在床上叫出了“进来”两个字。

门开了，进来的就是馨。想不到她这时候会来。

“你！”我叫着，我惊喜得跳了起来。

“今晚上我不要回家去了。”她疲倦地说，就像走过了很长远的路程。

“为什么你忽然又变了心？”我想问她，但我却不敢问。我怕这问话又会把这个好消息给我打消掉。我想我们的爱情有了转机了。

她在我的书桌前面坐下来，摸出手帕揩拭了额和嘴，用一种冷笑的声音念出了那自由论的书名，然后掉头对我说：“那夫妇给警察带去了。你走后他们吵得更厉害，女的嚷着一定要去自杀……”

“不要谈这些事情了。为什么我们就不应该安静地过一刻呢？那爱情，我们就不该享受爱情的幸福吗？”我不顾一切，痛惜地用悲声打断了她的话。

她爱怜地看着我，她的面容，她的眼光都渐渐在改变了。她站起来，走到我的身边，我一把就抱着她。玫瑰花的香又使我忘掉了一切。

这晚上她睡在我的床上，我并没有到朋友那里去。这夜晚是美丽的，柔和的。当她的身子在我的热烈的拥抱下面颤抖的时候，她像唱歌似的用颤动的声音说：

“这一刻，就让它继续到永远罢……就让爱情来把那一切给我驱逐开罢……这一刻我只要嗅着玫瑰花的香……我只要见着你，……黑暗，痛苦，寒冷，……够了，我受得够了。我不能够支持下去了……温暖，我需要温暖，……不要把温暖给我拿走罢……”

她说出了我心里的话。我的感情和她的是同样的。

这一刻我的全个身子都渗透了快乐。我想不到会有明天。

三

明天终于到了。昨晚的快乐似乎成了一个美丽的梦。在下面的街道上很早就响起了汽车的喇叭。

她临走的时候告诉我，她打算不再读书了。她的姊夫近来的经济情形很不好，商店生意坏，捐税又太重，今年亏本很大。她因此不愿意再拖累她的姊姊。

我自然用尽我的力量来安慰她，我还说我可以帮助她。她只是笑了笑。因为她知道我并没有这力量。

但是我想我一定有办法。

四

我和馨接连过了四天的快乐的生活。在这快乐中我们也看见了一些暗影。但它们终于被快乐掩盖了。

第五天我没有去找她，我被别的事情缠住了。但是我晚上回家却看见书桌上放了一个字条，她留下的字条。

她来过了。在字条上她写着这样的话：

“我是来告别的。毒已经蔓延到病人的全身了。我不能够再装做一个瞎子了。一刻的快乐只给了我以后的更长久的苦痛。玫瑰花瓣上面已经溅上了病人的脓血。我嗅到那毒气了。我要救自己，我便去做一个医生。你不要找我。我们将来一定可以在那病人的身边会见，我知道你有一天也会去做医生的。我热烈地吻你……

你的馨。”

我读了这字条还有些儿不明白她的意思。我连忙跑出去，雇了一部人力车一直坐到她的家。

我急急跑上楼去。她的房门开着。我去扭燃了电灯。

房里没有人。除了一点旧家具外，就没有别的东西。家具是房东的。无疑地馨是消灭了。

我在房里徘徊着，不知道应该怎样做。忽然在屋角里我发现了一束玫瑰花，花瓣已经枯萎了。我拾起它来，拿到我的鼻上，一种淡淡的异样的香味慢慢儿沁入了我的鼻里，使我想起了她的字条上面的话。

“张先生，”一个女人的叫声把我从思索里唤醒过来，那是馨的房东，那个和

蔼的老妇人，她带笑地望着我。她知道我是馨的好朋友。

“钟姑娘搬走了，她没有告诉过你吗？她说搭船到上海去。”她的带了皱纹的脸上露了惊讶的神情，她一定奇怪：我会不知道馨已经搬走了。

“我知道。”我含糊地应着。其实我知道的是另一件事情。到上海去，那是馨的假话。我知道馨一定在这城市里。

但是我到什么地方去寻找她呢？

我迟疑地望着那一束枯萎了的玫瑰花，我的眼泪慢慢儿滴在花瓣上面，从那里透出了一股一股的淡淡的异香。

·作品赏析·

《玫瑰花的香》是巴金的短篇小说名作之一。小说通过一对青年男女之间聚聚散散的爱情经历，揭示了生活在黑暗时代的都市青年人尤其是青年女子难以主宰自己的命运，难以过一种自由温馨的爱情生活的冷酷现实，并塑造了一个柔弱而坚强、强烈追求自由的旧时代女性形象。小说以男女主人公之间的爱情波折为主线，不时穿插一些具有象征意义的细节描写，生动含蓄地勾勒出一幅旧时代青年人的爱情画像，表露了作者对自由美好爱情的强烈憧憬。小说语言素朴凝练，人物心理神情描写细腻幽微，情节起伏有致，象征、比喻、对比等手法运用巧妙。小说笔调舒展自如，富于散文化的抒情情调和气氛，是一篇文字优美、情节动人、思想隽永的短篇小说佳作。

月夜 / 巴金

入选理由

巴金的著名短篇小说

一篇指点乡俗故事的典范

在翔实的描绘中，蕴含深刻的情感

阿李的船正要开往城里去。

圆月慢慢地翻过山坡，把它的光芒射到了河边。这一条小河横卧在山脚下黑暗里，受到月光，就微微地颤动起来。水缓缓地流着，月光在水面上流动，就像要跟着水流到江里去一样。黑暗是一秒钟一秒钟地淡了，但是它还留下了一个网。山啦，树啦，河啦，田啦，房屋啦，都罩在它的网下。月光是柔软的，透不过网眼。

一条石板道伸进河里，旁边就泊着阿李的船。船停在水莲丛中，被密集丛生的水莲包围着。许多紫色的花朵在那里开放，莲叶就紧紧贴在船头。

船里燃着一盏油灯，灯光太微弱了。从外面看，一只睡眠了的船隐藏在一堆黑影里。没有人声，仿佛这里就是一个无人岛。然而的确有人在船上。

巴金像

篷舱里直伸伸地躺着两个客人。一个孩子坐在船头打盹。船夫阿李安闲地坐在船尾抽烟。没有人说话，仿佛话已经说得太多了，再没有新的话好说。客人都是老客人。船每天傍晚开往城里去；第二天上午，就从城里开回来。这样的刻板似的日程很少改变过，这些老客人一个星期里面总要来搭几次船，在一定的时间来，不多说话，在舱里睡一觉，醒过来，船就到城里了。有时候客人在城里上岸，有时候客人转搭小火轮上省城去。那个年轻的客人是乡里的小学教员，家住在城里，星期六的晚上就要进城去。另一个客人是城里的商店伙计，在乡里有一个家。为了商店的事情他常常被老板派到省城去。

月光在船头梳那个孩子的乱发，孩子似乎不觉得，他只顾慢慢地摇着头。他的眼睛疲倦地闭着，但是有时又忽然大睁开看看岸上的路，看看水面。没有什么动静。他含糊地哼了一声，又静下去了。

“奇怪，根生这个时候还不来？”小学教员在舱里翻了一个身，低声自语着，他向船头望了望，然后推开旁边那块小窗板，把头伸了出去。

四周很静。没有灯光。岸上的那座祠堂也睡了。路空空地躺在月光下。在船边，离他的头很近，一堆水莲浮在那里，有好几朵紫色的花。

他把头缩回到舱里，就关上了窗板，正听见王胜（那个伙计）大声问船夫道：

“喂，阿李，什么时候了？还不开船？”

“根生还没有来。还早，怕什么！”船夫阿李在后面高声回答。

“根生每次七点钟就到了。今晚——”小学教员接口说，他摸出了表，然后又推开窗板拿表到窗口看，继续说：“现在已经七点八个字了。他今晚不会来了。”

“会来的，他一定会来的，他要挑东西进城去，”船夫坚决地说。“均先生，你们不要着急。王先生，你也是老客人。我天天给小火轮接送客人，从没有一次脱过班。”

均先生就是小学教员唐均。他说：“根生从来就没有迟到过，他每次都是很早就到的，现在却要人等他。”

“今晚恐怕有什么事把他绊住了，”伙计王胜说，他把右脚抬起来架在左脚上面。

“我知道他，他没什么事，他不抽大烟，又不饮酒，不会有什么事留住他。他马上就来！”船夫阿李从船尾慢慢地经过顶篷爬到了船头，一面对客人说话。他叫一声：“阿林！”在船头打盹的孩子马上站了起来。

阿李看了孩子一眼，就一脚踏上石板道。他向岸边走了几步，又回来解开裤子小便。白银似的水面上灿烂地闪着金光。圆月正挂在他对面的天空。银光直射到他的头上。月光就像凉水，把他的头洗得好清爽。

在岸上祠堂旁边榕树下一个黑影子在闪动。

“根生来了，”阿李欣慰地自语说，就吩咐孩子，“阿林，预备好，根生来，就开船。”

孩子应了一声，拿起一根竹竿把船稍微拨了一下，船略略移动，就横靠在岸边。

阿李还站在石板道上。影子近了。他看清楚那个人手里提了一个小藤包，是短短的身体。来的不是根生。那是阿张，他今天也进城去，他是乡里一家杂货店的小老板。

“开船吗？”阿张提了藤包急急走过来，走上石板道，看见阿李，便带笑地问。

“正好，我们还等着根生！”阿李回答。

“八点了！根生一定不来了。”小学教员在舱里大声说。

“奇怪，根生还没来？我知道他从来很早就落船的，”阿张说，就上了船。他把藤包放在外面，人坐在舱板上，从袋里摸出纸烟盒取了一根纸烟燃起来，对着月亮安闲地抽着。

“喂，阿李，根生来吗？”一个剪发的中年女人，穿了一身香云纱衫裤，赤着脚，从岸边大步走来，走上石板道就唤着阿李。

“根生？今晚大家都在等根生。他倒躲藏起来。他在什么地方，你该知道！”阿李咕噜地抱怨说。

“他今晚没曾来过？”女人着急了。

“连鬼影也没看见！”

“你不是在跟我开玩笑？人家正在着急！”女人更慌张地问。

“根生嫂，跟你开玩笑，我倒没工夫！我问你根生今晚究竟搭不搭船？”阿李摆着正经面孔说话。

“糟啦！”根生嫂叫出了这两个字，转身就跑。

“喂，根生嫂，根生嫂！回来！”阿李在后面叫起来，他不知道是什么一回事情。

女人并不理他。她已经跑上岸，就沿着岸边跑，忽然带哭声叫起了根生的名字。

阿李听见了根生嫂的哭叫，声音送进耳里，使他的心很不好受。他站在石板道上，好像是呆了。

“什么事？”三个客人都惊讶地问。阿张看得比较清楚。商店伙计爬起来从舱里伸出头问。小学教员推开旁边的窗板把头放在外面去看。

“鬼知道！”阿李掉过头，抱怨地回答。

“根生嫂同根生又闹了架，根生气跑了，一定是这样！”阿张解释说。“人家还说做丈夫的人有福气，哈哈！”他把烟头抛在水里，又吐了一口浓浓的痰，然后笑起来。

“根生从来没跟他的老婆闹过架！我知道一定有别的事！一定有别的事！”阿李严肃地说。他现在纳闷的样子，因为他也不知道这别的事究竟是什么事。

“根生，根生！”女人的尖锐的声音在静夜的空气里飞着，飞到远的地方去了。于是第二个声音又突然响了起来，去追第一个，这个声音比第一个更悲惨，里面荡漾着更多的失望。它不曾把第一个追回来，而自己却跟着第一个跑远了。

“喂，怎么样？阿李！”小学教员翻个身叫起来，他把窗板关上了。没有人回答他。

“开船吧！”商店伙计不能忍耐地催促起来，他担心赶不上开往省城的小火轮。

阿李注意地听着女人的叫声，他心上的不安一秒钟一秒钟地增加。他并不回答那两个客人的话。他呆呆地站在那里，听女人唤丈夫的声音，忽然说：“不行，她一定发疯了！”他就急急往岸上跑去。

“阿爸，”那个时时在船头上打盹的孩子立刻跳起来去追他，“你到哪里去？”

阿李只顾跑，不答话。孩子的声音马上就消灭了，在空气里不曾留下一点痕迹。空气倒是给女人的哀叫占据了。一丝，一丝，新的，旧的，仿佛银白的月光全是这些哀叫聚合而成的，它们不住地抖动，这些撕裂人心的哀叫，就像一个活泼的生命给毁坏了，给撕碎了，撕碎成一丝一丝，一粒一粒似的。

三个人在泥土路上跑着，一个女人，一个船夫，一个孩子。一个追一个。但是孩子跑到中途就站住了。

船依旧靠在石板道旁边，三个客人出来坐在船头，好奇地谈着根生的事情。全是些推测。每个人尽力去想象，尽力去探索。船上热闹起来了。

女人的哀叫渐渐低下去，于是停止了。阿李在一棵树脚下找到了那个女人，她力竭似地坐在那里，身子靠着树干，头发飘蓬，脸上满是泪痕，眼睛张开，望着对岸的黑树林。她低声哭着。

"根生嫂，你在干什么？你疯了吗？有什么事，你讲呀！"阿李跑上去一把抓住她，用力摇着她的膀子，大声说。

根生嫂把头一摆，止了哭，两只黑眼睛睁得圆圆地望着他，仿佛不认识他似的。过了半晌她才迸出哭声说："根生，根生……"

"根生怎么样？你讲呀！"阿李追逼地问。

"我不知道。"女人茫然地回答。

"呸，你不知道，那么为什么就哭起来？你真疯啦！"阿李责骂地说，吐了一口痰在地上。

"他们一定把他抓去了！他们一定把他抓去了！"女人疯狂似地叫着。

"抓去？哪个抓他去？你说根生给人抓去了？"阿李恐怖地问。他的心跳得很厉害。根生是他的朋友。他想，他是个安分的人，人家为什么要把他抓去？

"一定是唐锡藩干的，一定是他！"根生嫂带着哭声说。"昨天根生告诉我唐锡藩在县衙门里报告他通匪。我还不相信。今天下午根生出去就有人看见唐锡藩的人跟着他。几个人跟着他，还有侦探。他就没有回家来。一定是他们把他抓去了。"她说了又哭。

"唐锡藩，那个拼命刮钱的老龟，他为什么要害根生？恐怕靠不住。根生嫂，你又不曾亲眼看见根生给抓去！"阿李粗声地安慰她。他的声音不及刚才的那样严肃了。

"靠不住？只有你才相信靠不住！唐锡藩没有做到乡长，火气大得很。他派人暗杀义先生，没有杀死义先生，倒把自己的乡长弄掉了！这几天根生正跟着义先生的兄弟敬先生组织什么农会，跟他做对。我早就劝他不要跟那个老龟做对，他不听我的话。整天嚷着要打倒土豪劣绅。现在完了。捉去不杀头也就不会活着回家来。说是通匪，罪名多大！”根生嫂带哭带骂地说。

“唐锡藩，我就不相信他这么厉害！”阿李咕噜地说。

“他有的是钱呀！连县长都是他的好朋友！县长都肯听他的话！”根生嫂的声音又大起来，两只眼睛在冒火，愤怒压倒了悲哀。“像义先生那样的好人，都要被他暗算。……你就忘了阿六的事？根生跟阿六的事并没有两样。”恐怖的表情又在她的脸上出现了。

阿李没有话说了。是的，阿六的事情他还记得很清楚。阿六是一个安分的农民。农忙的时候给人家做帮工，没有工作时就做挑夫。他有一次不肯纳扁担税，带着几个挑夫到包税的唐锡藩家里去闹过。过两天县里公安局就派人来把阿六捉去了，说他有“通匪”的嫌疑，就判了十五年的徒刑。警察捉阿六的时候，阿六刚刚挑了担子走上阿李的船，阿李看得很清楚。一个安分的人，他从没有做过坏事，衙门里却说他“通匪”。这是什么样的世界呀！阿李现在相信根生嫂的话了。

阿李的脸色阴沉起来，好像有一块沉重的石头压在他的心上。他绞着手在思索。他想不出什么办法。脑子在发胀，许多景象在他的脑子里轮流变换。他就抓起根生嫂的膀子说：“快起来，即使根生真的给抓去了，我们也得想法救他呀！你坐在这里哭，有什么用处！”他把根生嫂拉起来。两个人沿着河边急急地走着。

他们走不到一半路，正遇着孩子跑过来。孩子跑得很快，高声叫着：“阿爸！”脸色很难看。“根生……”他一把拉住阿李的膀子，再也说不出第二句话。

“根生，什么地方？”根生嫂抢着问，声音抖得厉害。她跑到孩子的面前摇撼他的身子。

“阿林，讲呀！什么事？”阿李也很激动，他感到了一个不吉的预兆。

阿林满头是汗，一张小脸现出恐怖的表情，结结巴巴地说“根生……在……”他拉着他们两个就跑。

在河畔一段凸出的草地上，三个客人都蹲在那里。草地比土路低了好些。孩子第一个跑到那里去。“阿爸，你看！……”他恐怖地大声叫起来。

根生嫂尖锐地狂叫一声，就跟着跑过去。阿李也跑去了。

河边有一堆水莲，紫色的莲花茂盛地开着。小学教员跪在草地上，正拿手拨开水莲，从那里露出了一个人的臃肿的胖身体，它平静地伏在水面上。香云纱裤给树根绊住了。左背下衫子破了一个洞。

“根生！”女人哀声叫着，俯下身子伸手去拉尸体，伤心地哭起来。

“不中用了！”小学教员掉过头悲哀地对阿李说，声音很低。

“一定是先中了枪。”商店伙计接口说。“看，这许多血迹！”

“我们把他抬上来吧，”杂货店的小老板说。

阿李大大地叹了一口气，紧紧捏住孩子的战抖的膀子，痴痴地望着水面。

根生嫂的哭声不停地在空中撞击，好像许多颗心碎在那里面，碎成一丝一丝，一粒一粒似的。它们渗透了整个月夜。空中、地上、水里仿佛一切全哭了起来，一棵树，一片草，一朵花，一张水莲叶。

静静地这个乡村躺在月光下面，静静地这条小河躺在月光下面。在这悲哀的气氛中，仿佛整个乡村都哭起来了。没有一个人是例外。每个人的眼里都滴下了泪珠。

这晚是一个很美丽的月夜。没有风雨。但是从来不脱班的阿李的船却第一次脱班了。

·作品赏析·

《月夜》在巴金的小说中，仍然展现了他一贯的笔法，以家庭为中心衍射整个时代的风云变幻。有人说家是巴金文学的根，在小说中根生和阿香的家庭变故也同样涉及了整个社会大的环境背景。

小说从一开始就设置出悬念，一船的人都在等从未迟到过却在今天迟迟不来的根生，在寻常的等待中孕育着不寻常的气氛，也昭示着即将发生不可思议的事情。而情节的转折点在阿香的出现，她的到来，让文章的谜底更是扣人心弦，也让文章的最终答案呼之欲出。事实是根生在告发唐锡藩通匪后已经被枪杀了。而这个结局瞬间将这个河边的小故事扯上了整个中国的时代背景，可谓以小见大。

文章颇具特色的手法中有两点引人关注：其一是神态的传神描摹，诸如写等待的百无聊赖就从孩子写起——月光在船头梳那个孩子的乱发，孩子似乎不觉得，他只顾慢慢地摇着头，他的眼睛疲倦地闭着，但是有时又忽然大睁开看看岸上的路，看看水面；其二是环境氛围的渲染，在根生被发现的现场——静静地这个乡村躺在月光下面，静静地这条小河淌在月光下面，在这悲哀的氛围中，仿佛整个乡村都哭起来了。这是一种独特的审美，巴金在看似轻描淡写中寓寄了浓郁的情感内涵。有评论家说这是区别于鲁迅、茅盾理性色彩的独特的行文逻辑，好像在讲述别人的故事，但其实作者的感情又是喷薄愈发的，就如阿香的眼泪：好像许多颗心碎在那里面，碎成一丝一丝，一粒一粒似的。它们渗透了整个月夜。空中、地上、水里仿佛一切全哭了起来，一棵树，一片草，一朵花，一张水莲叶。

春阳 / 施蛰存

入选理由

施蛰存的短篇心理小说佳作

真切揭示了旧时代中国中产阶级女性隐秘的内心世界

入选我国多种短篇小说选本

婵阿姨把保管箱锁上了，走出库门，看见那个年轻的行员正在对着她瞧，她心里一动，不由的回过头去向那一排一排整整齐齐的保管箱看了一眼，可她已经认不得哪一只是三零五号了。她往怀里一掏，刚才提出来的一百五十四元六角的息金好好地在内衣袋里。于是她走出了上海银行大门。

好天气，太阳那么大。这是她今天第一次感觉到的。不错，她一早从昆山乘火车来，一下火车，就跳上黄包车，到银行。她除了起床的时候曾经揭开窗帘看下不下雨之外，实在没有留心过天气。可是今天这天气着实好，近半个月来，老是那么样的风风雨雨的没得看见过好天气，今天却满街满屋的暖太阳了。到底是春天了，一晴就暖和。她把围在衣领上的毛绒围巾放松了一下。

作者简介

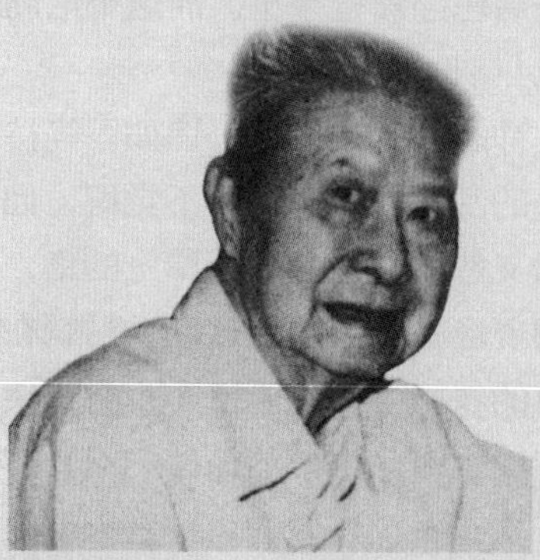

施蛰存像

施蛰存（1905 ~ 2003），现代海派小说的代表性作家，曾被誉为中国现代派小说的先驱，新感觉派的大师。和日本新感觉派巨擘川端康成相似的是很推崇试验性的心理分析与人物的意识流动的解剖，有评论家即称这是典型的弗洛伊德式的作品。主要的作品有《将军的头》、《梅雨之夕》、《娟子姑娘》、《石秀》，为我们展现了这位文学大家的生命思索。学者李辉曾经赞誉过施蛰存的特立独行的尊严的人格魅力。在他的文学界定中只有四窗：东窗是古典文学研究，南窗是文学创作与编辑，西窗是外国文学编译，北窗是金石碑版的考察。钱谷融曾说：先生用自由主义的眼光观察衡量一切美的东西，他对待生活就像对待艺术一样，随时随地都在追求生活中的趣味。

《春阳》插图（万籁鸣画）
婵阿姨看着绸缎，又看着各式各样的化妆品，丝袜，和糖果饼干。

这二月半旬的，好久不照到上海来的太阳，你别忽略了，倒真有一些魅力呢。倘若是像前两日一样的阴沉天气，当她从玻璃的旋转门中出来，一阵冷风扑上脸，她准是把一角围巾掩着嘴，雇一辆黄包车直到北火车站，在待车室里老等下午三点钟开的列车回昆山去的。今天扑脸上的乃是一股热气，一片晃眼的亮，这使她平空添出许多兴致。她摸出十年前的爱尔琴金表来。十二点还差十分。这样早。还好在马路上走走呢。

于是，昆山的婵阿姨，一个儿去到了春阳和煦的上海的南京路上。来来往往的女人男人，都穿得那么样轻，那么样美丽，又那么样小玲玲的，这使她感觉到自己底绒线围巾和驼绒旗袍的累赘。早知天会这样热，可就穿了那件雁翎绉衬绒旗袍来了。她心里划算着，手却把那绒线围巾除下来，折叠了搭在手腕上。

什么店铺都在大廉价。婵阿姨看看绸缎，看看瓷器，又看看各式各样的化妆品，丝袜，和糖果饼干。她想买一点吗？不会的，这一点点力她定是有的。没有必需，她不会买什么东西。要不然，假如她会得随便花钱，她怎么会牺牲了一生的幸福，肯抱牌位做亲呢？

她一路走，一路看。从江西路口走到三友实业社，已经过午时了。她觉得热，额角上有些汗。袋里一摸，早上出来没带着手帕。这时，她觉得有必需了。她走进三友实业社去买了一条毛巾手帕，带便在椅子上坐坐，歇歇力。

她隔着玻璃橱窗望出去，人真多，来来去去的不断。他们都不像觉得累，一两步就闪过了，走得快。愈看人家矫健，愈感觉到自己的孱弱了，她抹着汗，懒得立起来，她害怕走出门去，将怎样挤进这些人的狂流中去呢？

到这时，她才第一次奇怪起来：为什么，论年纪也还不过三十五岁，何以这样的不济呢？在昆山的时候，天天上大街，可并不觉得累，一到上海，走不了一条马路，立刻就像个老年人了。这是为什么？她这样想着，同时就埋怨着自己，应该高兴逛马路玩，那是毫无意思的。

于是她勉强起身，挨出门。她想到先施公司对面那家点心店里去吃一碗面，当中饭。吃了面就雇黄包车到北火车站。可是，你得明白，这是婵阿姨刚才挨出三友实业社的那扇玻璃门时候的主意。要是她真的累得走不动，她也真的会去吃了面上火车的。意料不到的却是，当她望永安公司那边走了几步路，忽然地让她觉得身上又恢复了一种好像是久已消失了的精力，让她混合在许多呈着喜悦的容颜的年轻人底狂流中，一样轻快地走……走。

什么东西让她得到这样重要的改变？这春日的太阳光，无疑的。它不仅改变了她底体质，简直还改变了她底思想。真的，一阵很骚动的对于自己的反抗心骤然在她胸中灼热起来。为什么到上海来不玩一玩呢？做人一世，没钱的人没办法，眼巴巴地要挨着到上海来玩一趟，现在，有的是钱，虽然还要做两个月家用，可是即使花完了，大不了再去提出一百块来。况且，算它住一夜的话，也用不了一二十块钱。人有的时候得看破些，天气这样好！

天气这样好，眼前一切都呈着明亮和活跃的气象。每一辆汽车刷过一道崭新的喷漆的光，每一扇玻璃根上闪耀着各方面投射来的晶莹的光，远处摩天大厦底国瓴形或方形的屋顶上辉煌着金碧的光，只有那先施公司对面的点心店，好像被阳光忘记了似的，呈现着一种抑郁的烟煤的颜色。

何必如此刻苦呢？舒舒服服地吃一顿饭。婵阿姨不想吃面了。但她想不出应当到什么地方去吃饭。她预备叫两个菜，两个上海菜，当然不要昆山吃惯了的东西，但价钱，至多两元，花两块钱吃上顿中饭，已经是很费的了，可是上海却说不来，也许两个菜得卖三块四块。这就是她不敢闯进任何一家没有经验的餐馆的理由。

她站在路角上，想，想。在西门的一个馆子里，她曾经吃过一顿饭，可是那太远了。其次，四马路，她记得也有一家；再有，不错，冠生园，就在大马路。她不记得有没有走过，但在她记忆中，似乎冠生园是最适宜的了，虽则稍微有点憎嫌那儿的饭太硬。她思索了一下，仿佛记得冠生园是已经走过了，她怪自己一路没有留心。

婵阿姨在冠生园楼上拣了个座位，垫子软软的，当然比坐在三友实业社舒服。侍者送上茶来，顺便递了张菜单给她。这使她稍微有一点窘，因为她虽然认得字，可并不会点菜。她费了十分钟，给自己斟酌了两个菜，一共一块钱。她很满意，因为她知道在这样华丽的菜馆里，是很不容易节省的。

她饮着茶，一个人占据了四个人底座位。她想趁这空暇打算一下，吃过饭到什么地方去呢？今天要不要回昆山去？倘若不回去的话，那么，今晚住到什么地方去？惠中旅馆，像前年有一天因为银行封关而不得不住一夜那情形一样吗？再说，玩，怎样玩？她都委决不下。

一溜眼，看见旁座的圆桌子上坐着一男一女，和一个孩子。似乎是一个小家庭呢？但女的好像比男的年长得多。她大概也有三十四五岁了吧？婵阿姨刚才感觉到一种获得了同僚似的欢喜，但差不多是同时的，一种常常沉潜在她心里而不敢升腾起来的烦闷又冲破了她底欢喜的面具。这是因为在她底餐桌上，除了她自己之外，更没有第二个人。丈夫？孩子？

十二三年前，婵阿姨底未婚夫忽然在吉期以前七十五天死了。他是一个拥有三千亩田的大地主底独子，他底死，也就是这许多地产失去了继承人。那时候，婵阿姨是个康健的小姐，她有着人家所称赞为"卓见"的美德，经过了二日二夜的考虑之后，她决定抱牌位做亲而获得了这大宗财产底合法的继承权。

她当时相信自己有这样大的牺牲精神，但现在，随着年岁底增长，她逐渐地愈加不相信她何以会有这样的勇气来了。翁姑故世了，一大注产业都归她掌管了，但这有什么用处呢？她忘记了当时牺牲一切幸福以获得这产业的时候，究竟有没有想到这份产业对于她将有多大的好处？族中人的虎视眈眈，去指望她死后好公分她底产业，她也不会有一个血统的继承人。算什么呢？她实在只是一宗巨产底暂时的经管人罢了。

虽则她有时很觉悟到这种情形，她却还不肯浪费她底财产，在她是以为既然牺牲了毕生的幸福以获得此产业，那么惟有刻意保持着这产业，才比较的是实惠的。否则，假如她自己花完了，她底牺牲岂不更是徒然的吗？这就是她始终吝啬着的缘故。

但是，对于那被牺牲了的幸福，在她现在的衡量中，却比从前的估价更高了。一年一年地阅历下来，所有的女伴都嫁了丈夫，有了儿女，成了家。即使有贫困的，但她们都另外有一种愉快足够抵偿经济生活底悲苦。而这种愉快，她是永远艳羡着，但永远没有尝味过，没有！

有时，当一种极罕有的勇气奔放起来，她会想。丢掉这些财富而去结婚罢。但她一揽起镜子来，看见了萎黄的一个容颜，或是想象出了族中人底诽笑和讽刺底投射，

《春阳》插图（万籁鸣画）
她于是看见一只文雅的手握着一束报纸。她抬起头来，看见一个人站在她桌子边。

她也就沉郁下去了。

她感觉到寂寞，但她再没有更大的勇气，牺牲现有的一切，以冲破这寂寞的氛围。

她凝看着。旁边的座位上，一个年轻的漂亮的丈夫，一个兴高采烈的妻子，一个活泼的五六岁的孩子。她们商量吃舒适菜肴。她们谈话。她们互相看着笑。他们好像是在自己家里。当然，他们并不怪婵阿姨这样沉醉地眈视着。

直等到侍者把菜肴端上来，才阻断了婵阿姨底视线。她看看对面，一个空的座位。玻璃的桌面上，陈列着一副碗箸，一副，不是三副。她觉得有点难堪。她怀疑那妻子是在看着她。她以为我是何等样人呢？她看得出我是个死了的未婚夫底妻子吗？不仅是她看着，那丈夫也注目着我啊。他看得出我并不比他妻子年纪大吗？还有，那孩子，他那双小眼睛也在看着我吗？他看出来，以为我像一个母亲吗？假如我来抚养他，他会不会有这样活泼呢？

她呆看着坚硬的饭颗，不敢再溜眼到旁边去了。她怕接触那三双眼睛，她怕接触了那三双眼睛之后，它们会立刻给她一个否决的回答。

她于是看见一只文雅的手握着一束报纸。她抬起头来，看见一个人站在她桌子边。他好像找不到座位。想在她对面那空位上坐。但他迟疑着。终于，他没有坐，走了过去。

她目送着他走到里间去，不知道心里该怎么想。如果他终于坐下在她对面，和她同桌子吃饭呢？那也没有什么不可以。在上海，这是普通的事。就使他坐下，向她微笑着，点点头，似曾相识地攀谈起来，也未尝不是坦白的事。可是，假如他真的坐下来，假如他真的攀谈起来，会有怎样的结局啊，今天？

这里，她又沉思着，为什么他对她看了一眼之后，才果决地不坐下来了呢？他是不是本想坐下来，因为对于她有什么不满意而翻然变计了吗？但愿他是简单地因为她是一个女客，觉得不大方便，所以不坐下来的。但愿他是一个腼腆的人！

婵阿姨想找一面镜子，但没有如愿。她从盆子里捡起一块蒸汽洗过的手巾，揩着脸，却又后悔早晨没有擦粉。到上海来，擦一点粉是需要的，倘若今天不回昆山去，就得在到惠中旅馆之前，先去买一盒粉，横竖家里的粉也快完了。

在旅馆里梳洗之后，出来，到那里去呢？也许，也许他——她稍微侧转身去，远远地看见那有一双文雅的手的中年男子已经独坐在一只圆玻璃桌边，他正在看报。他为什么独自个呢？也许他会得高兴说：

——小姐，他舍得这样称呼吗？我奉陪你去看影戏，好不好？

可是，不知道今天有什么好看的戏，停会儿还得买一份报。他现在看什么？影戏广告？我可以去借过来看一看吗？假如他坐在这里，假如他坐在这里看……

——先生，借一张登载影戏广告的报纸，可以吗？

——哦，可以的，可以的，小姐预备去看影戏吗？……

——小姐贵姓？

——哦，敝姓张，我是在上海银行做事的。……

这样，一切都会很好地进行了。在上海。这样好的天气。没有遇到一个熟人。婵阿姨冥想有一位新交的男朋友陪着她在马路上走，手挽着手。和暖的太阳照在他们相并的肩上，让她觉得通身的轻快。

可是，为什么他在上海银行做事？婵阿姨再溜眼看他一下，不，他的确不是那个管理保管库的行员。那行员是还要年轻，面相还要和气，风度也比较的洒落得多。他不是那人。

一想起那年轻的行员，婵阿姨就特别清晰地看见了他站在保管库门边凝看她的神情。那是一道好像要说出话来的眼光，一个跃跃欲动的嘴唇，一副充满着热情的脸。他老是在门边看着，这使她有点烦乱，她曾经觉得不好意思摸摸索索地多费时间，所以匆匆地锁了抽屉就出来了。她记得上一次来开保管箱的时候，那个年老的行员并不这样仔细地看着她的。

当她走出那狭窄的库门的时候，她记得她曾回过头去看一眼。但这并不单为了不放心那保管箱，好像这里边还有点避免他那注意的凝视的作用。他的确觉得，当她在他身边挨过的时候，他底下颔曾经碰着她底头发。非但如此，她还疑心她底肩膀也曾经碰着他底胸脯的。

但为什么当时没有勇气抬头看他一眼呢？

婵阿姨底自己约束不住的遐想，使她憧憬于那上海银行底保管库了。为什么不多勾留一会呢？为什么那样匆急地锁了抽屉呢？那样地手忙脚乱，不错，究竟有没有把钥匙锁上呀？她不禁伸手到里衣袋去一摸，那小小的钥匙在着。但她恍惚觉得这是开了抽屉就放进袋里去的，没有再用它来锁上过。没有，绝对的没有锁上，不然，为什么她记忆中没有这动作啊？没有把保管箱锁上？真的？这是何等重要的事！

她立刻付了账。走出冠生园，在路角上，她招呼一辆黄包车；

——江西路，上海银行。

在管理保管库事情的行员办公的那柜台外，她招呼着：

喂，我要开开保管箱。

那年轻的行员，他正在抽着纸烟和别一个行员说话，回转头来问：

——几号？

《春阳》插图（万籁鸣画）
她招呼着："喂，我要开开保管箱。"

他立刻呈现了一种诧异的神气，这好像说：又是你，上午来开了一次，下午又要开了，多忙？可是这诧异的神气并不在他脸上停留得很长久，行长陈光甫常常告诫他底职员：对待主顾要客气，办事不怕麻烦。所以，当婵阿姨取出她底钥匙来，告诉了他三百零五号之后，他就检取了同号码的副钥匙，殷勤地伺候她到保管库里去。

三百零五号保管箱，她审察了一下，好好地锁着。她沉吟着，既然好好地锁着，似乎不必再开吧？

——怎么，要开吗？那行员拈弄着钥匙问。

——不用开了。我因为忘记了刚才有没有锁上，所以来看看。她觉得有点歉仄地回答。

于是他笑了。一个和气的，年轻的银行职员对她微笑着，并且对她看着。他是多么可亲啊！假如在冠生园的话，他一定会坐下在她对面的。但现在，在银行底保管库里，他会怎样呢？

她被他看着。她期待着。她有点窘，但是欢喜。他会怎样呢？他亲切地说：

——放心罢，即使不锁，也不要紧的，太太。

什么？太太？太太！他称她为太太！愤怒和被侮辱了的感情奔涌在她眼睛里，她要哭了。她装着苦笑。当然，他是不会发觉的，他也许以为她是羞赧。她一扭身，走了。

在库门外，她看见一个艳服的女人。

——啊，密司陈，开保管箱吗？钥匙拿了没有？

她听见他在背后问，更亲切地。

她正走在这女人身旁。她看了她一眼。密司陈，密司！

于是她走出了上海银行大门。一阵冷。眼前阴沉沉地，天色又变坏了。西北风。好像还要下雨。她迟疑了一下，终于披上了围巾：

——黄包车，北站！

在车上，她掏出时表来看。两点十分，还赶得上三点钟的快车。在藏起那时表的时候，她从衣袋里带出了冠生园的发票。她困难地，但是专心地核算着：菜，茶，白饭，堂彩，付两块钱，找出六角，还有几个铜元呢？

·作品赏析·

《春阳》是施蛰存心理分析小说的佳作。小说细致描写了中产阶级妇女隐秘的内心活动，塑造了一个在封建道德和资本主义金钱双重奴役下的不幸女性形象。十二三年前，婵阿姨在未婚夫病亡之后，抱着牌位成亲，从而继承了大宗财产。但她却孤苦一人在族中人虎视眈眈的窥视中生活，时刻担心财产被人瓜分，丧失了挣脱旧生活的勇气。她去上海的某日，明媚的春阳诱发了她潜意识中的爱欲，她渴望得到男女之间的幸福，然而她钟意的年轻行员却称她为“太太”，这使她愤怒，旋即离开上海，只有在保存产业中寻求精神寄托，沿着为资产殉葬的道路走完自己的人生旅途。小说用重笔描写婵阿姨的苦闷和变态的心理，逼真细腻地表现出她潜意识的流动，但不扑朔迷离，其爱心与财权的交战、感情的起落十分清晰。景物描写与人物心理谐调一致，明媚的阳光映衬着婵阿姨渴望爱情与幸福的热切，而阴沉沉的天色则是她灰暗、冷却了的心态的写照。

梅雨之夕

/施蛰存

入选理由

施蛰存的小说经典
一篇新感觉派文学的代表性作品
带着女性气质的柔和的文风

梅雨又淙淙地降下了。

对于雨，我倒并不觉得嫌厌，所嫌厌的是在雨中疾驰的摩托车的轮，它会得溅起泥水猛力地洒上我的衣裤，甚至会连嘴里也拜受了美味。我常常在办公室里，当公事空闲的时侯，凝望着窗外淡白的空中的雨丝，对同事们谈起我对于这些自私的车轮的怨苦。下雨天是不必省钱的，你可以坐车，舒服些。他们会这样善意地劝告我。但我并不曾屈就了他们的好心，我不是为了省钱，我喜欢在滴沥的雨声中撑着伞回去。我的寓所离公司是很近的，所以我散工出来，便是电车也不必坐，此外还有一个我所以不喜欢在雨天坐车的理由，那是因为我还不曾有一件雨衣，而普通在雨天的电车里，几乎全是裹着雨衣的先生们，夫人们或小姐们，在这样一间狭窄的车厢里，滚来滚去的人身上全是水，我一定会虽然带着一把上等的伞，也不免满身淋漓地回

到家里。况且尤其是在傍晚时分，街灯初上，沿着人行路用一些暂时安逸的心境去看看都市的雨景，虽然拖泥带水，也不失为一种自己的娱乐。在蒙雾中来来往往的车辆人物，全都消失了清晰的轮廓，广阔的路上倒映着许多黄色的灯光，间或有几条警灯的红色和绿色在闪烁着行人的眼睛。两大的时候，很近的人语声，即使声音很高，也好像在半空中了。

人家时常举出这一端来说我太刻苦了，但他们不知道我会得从这里找出很大的乐趣来，即使偶尔有摩托车的轮溅满泥泞在我身上，我也并不曾因此而改了我的习惯。说是习惯，有什么不妥呢，这样的已经有三四年了。有时也偶尔想着总得买一件雨衣来，于是可以在雨天坐车，或者即使步行，也可以免得被泥水溅着了上衣，但到如今这仍然留在心里做一种生活上的希望。

在近来的连日的大雨里，我依然早上撑着伞上公司去，下午撑着伞回家，每天都是如此。

昨日下午，公事堆积得很多。到了四点钟，看看外面雨还是很大，便独自留下在公事房里，想索性再办了几桩，一来省得明天要更多地积起来，二来也借此避雨，等它小一些再走。这样地竟逗遛到六点钟，雨早已止了。

走出外面，虽然已是满街灯火，但天色却转清朗了。曳着伞，避着檐滴，缓步过去，从江西路走到四川路桥，竟走了差不多有半点钟光景。邮政局的大钟已是六点二十五分了。未走上桥，天色早已重又冥海下来，但我并没有介意，因为晓得是傍晚的时分了，刚走到桥头，急雨骤然从乌云中漏下来，潇潇的起着繁音。看下面北四川路上和苏州河两岸行人的纷纷乱窜乱避，只觉得连自己心里也有些着急。他们在着急些什么呢？他们也一定知道这降下来的是雨，对于他们没有生命上的危险。但何以要这样急迫地躲避呢？说是为了恐怕衣裳给淋湿了，但我分明看见手中持着伞的和身上披了雨衣的人也有些脚步踉跄了。我觉得至少这是一种无意识的纷乱。但要是我不会感觉到雨中闲行的滋味，我也是会得和这些人一样地急突地奔下桥去的。

何必这样的奔逃呢，前路也是在下着雨，张开我的伞来的时候，我这样漫想着。不觉已走过了天潼路口。大街上浩浩荡荡地降着雨，真是一个伟观，除间或有几辆摩托车，连续地冲破了雨仍旧钻进了雨中地疾驰过去之外，电车和人力车全不看见。我奇怪他们都躲到什么地方去了。至于人，行走着的几乎是没有，但有店铺的檐下或蔽荫下是可以一团一团地看得见，有伞的和无伞的，有雨衣的和无雨衣的，全都聚集着，用嫌厌的眼望着这奈何不得的雨，我不懂他们这些雨具是为了怎样的天气而买的。

至于我，已经走近文监师路了。我并没什么不舒服，我有一把好的伞，脸上绝不会给雨水淋湿，脚上虽然觉得有些潮，但这至多是回家后换一双袜子的事。我且行且看着雨中的北四川路，觉得朦胧的颇有些诗意。但这里所说的“觉得”，其实也并不是什么具体的思绪。除了“我该得在这里转弯了”之外，心中一些也不意识着什么。

从人行路上走出去，探头看看街上有没有往来的车辆，刚想穿过街去转入文监师路，但一辆先前并没有看见的电车已停在眼前，我止步了，依然退进到人行路上，在一支电杆边等候着这辆车的开出。在车停的时候，其实我是可以安心地对穿过去的，但我并不会这样做。我在上海住得很久，我懂得走路的规则，我为什么不在这个可以穿过去的时候走到对街去呢，我没知道。

我数着从头等车里下来的乘客。为什么不数三等车里下来的呢？这里并没有故意的挑选，头等坐在车底前部，下来的乘客刚在我面前，所以我可以很看得清楚。第一个，穿着红皮雨衣的俄罗斯人，第二个是中年的日本妇人，她急急地下了车，撑开了手里提着的东洋粗柄雨伞，缩着头鼠窜似地绕过车前，转进文监师路去了。我认识她，她是一家果子店的女店主。第三，第四，是像宁波人似的我国商人，他们都穿着绿色的橡皮华式雨衣。第五个下来的乘客，也即是末一个了，是一位姑娘。她手里没有伞，身上也没有穿雨衣，好像是在雨停止了之后上电车的，而不幸在到目的地的时候却下着这样的大雨。我猜想她一定是从很远的地方上车的，至少应当在卡德路以上的几站吧。

她走下车来，缩着瘦削的，但并不露骨的双肩，窘迫地走上人行路的时候，我开始注意着她的美丽了。美丽有许多方面，容颜的姣好固然一重要素，但风仪的温雅，肢体的停匀，甚至谈吐的不俗，至少是不惹厌，这些也有着份儿，而这个雨中的少女，我事后觉得她是全适合这几端的。

她向路的两边看了一看，又走到转角上看着文监师路。我晓得她是急于要招呼一辆人力车。但我看，跟着她的眼光，大路上清寂地没有一辆车子徘徊着，而雨还尽量地落下来。她旋即回了转来，躲避在一家木器店的屋檐下，露着烦恼的眼色，并且蹙着细淡的修眉。

我也便退进在屋檐下，虽则电车已开出，路上空空地，我照理可以穿过去了。但我何以不穿过去，走上了归家的路呢！为了对于少女有什么依恋么？并不，绝没有这种依恋的意识。但这也决不是为了我家里有着等候我回去在灯下一同吃晚饭的妻，当时是连我已有妻的思想都不会有，面前有着一个美的对象，而又是在一重困难之中，孤寂地单身呆立着望这永远地，永远地垂下来的梅雨，只为了这些缘故，我不自觉地移动了脚步站在她旁边了。

虽然在屋檐下，虽然没有粗重的格溜滴下来，但每一阵风会得把凉凉的雨丝吹向我们。我有着伞，我可以如中古时期骁勇的武上似地把伞当作盾牌，挡着扑面袭来的雨丝的箭，但这个少女却身上间歇地被淋得很湿了。薄薄的绸衣，黑色也没有效用了，两支手臂已被画出了它们的圆润。她屡次旋转身去，倒立着，避免轻薄的雨之侵袭她的前胸。肩臂上受些雨水，让衣裳贴着了肉倒不打紧吗？我曾偶尔这样想。

天晴的时候，马路上多的是兜搭生意的人力车。但现在需要它们的时候，却反而没有了。我想着人力车夫的不善于做生意，或许是因为需要的人太多了，供不应求，所以即是在这样繁盛的街上，也不见一辆车子的踪迹。或许车夫也都在避雨呢，这样大的两，车夫不该避一避吗？对于人力车之有无，本来用不到关心的我，也忽然寻思起来，我并且还甚至觉得那些人力车夫是可恨的，为什么你们不拖着车子走过来接应这生意呢，这里有一位美丽的姑娘，正窘立在雨中等候着你们的任何一个。

如是想着，人力车终于没有踪迹。天色真的晚了。远处对街的店铺门前有几个短衣的男子已经等得不耐而冒着雨，他们是拼着淋湿一身衣裤的，跨着大步跑去了。我看这位少女的长眉已颦蹙得更紧，眸子莹然，像是心中很着急了。她的忧闷的眼光正与我的互相交换，在她眼里，我懂得我是正受着诧异，为什么你老是站在这里不走呢。你有着伞，并且穿着皮鞋，等什么人么？雨天在街路上等谁呢？眼睛这样税利地看着我，不是没怀着好意么？从她将钉住着在我身上打量我的眼光移向着阴黑的天空的这个动作上，我肯定地猜测她是在这样想着。

我有着伞呢，而且大得足够容两个人的蔽荫的，我不懂何以这个意识不早就觉醒了我。但现在它觉醒了我将使我做什么呢？我可以用我的伞给她障住这样的淫雨，我可以陪伴她走一段路去找人力车，如果路不多，我可以送她到她的家。如果路很多，又有什么不成呢？我应当跨过这一箭路，去表白我的好意吗？好意，她不会有什么别方面的疑虑吗？或许她会得像刚才我所猜想着的那样误解了我，她便会得拒绝了我。难道她宁愿在这样不止的雨和风中，在冷静的夕暮的街头，独自个立到很迟吗？不啊！雨是不久就会停的，已经这样连续不断地降下了……多久了，我也完全忘记了时间的在这雨水中间流过。我取出时计来，七点三十四分。一小时多了。不至于老是这样地降下来吧，看，排水沟已经来不及宣泄，多量的水已经积聚在它上面，打着旋涡，挣扎不得流下去的路，不久怕会溢上了人行道么？不会的，决不会有这样持久的雨，再停一会，她一定可以走了。即使雨不就停止，人力车大约总能够来一辆的。她一定会不管多大的代价坐了去的。然则我是应当走了么？应当走了。为什么不？……

这样地又十分钟过去了。我还没有走。雨没有住，车儿也没有影踪。她也依然焦灼地立着。我有一个残忍的好奇心，如她这样的在一重困难中，我要看她终于如何处理她自己。看着她这样窘急，怜悯和旁观的心理在我身中各占了一半。

她又在惊异地看着我。

忽然，我觉得，何以刚才会不觉得呢，我奇怪，她好像在等待我拿我的伞贡献给她，并且送她回去，不，不一定是回去，只是到她所需要到的地方去。你有伞，但你不走，你愿意分一半伞荫蔽我，但还在等待什么更适当的时候呢？她的眼光在对我这样说。

我脸红了，但并没有低下头去。

用羞赧来对付一个少女的注目，在结婚以后，我是不常有的。这是自己也随即觉得可怪了。我将用何种理由来譬解我的脸红呢？没有！但随即有一种男子的勇气升上来，我要求报复，这样说或许较严重了，但至少是要求着克服她的心在我身里急突地催促着。

终归是我移近了这少女，将我的伞分一半荫蔽她。

——小姐，车子恐怕一时不会有，假如不妨碍，让我来送一送吧。我有着伞。

我想说送她回府，但随即想到她未必是在回家的路上，所以结果是这样两用地说了。当说着这些话的时候，我竭力做得神色泰然，而她一定已看出了这勉强的安静的态度后面藏匿着的我的血脉之急流。

她凝视着我半微笑着。这样好久。她是在估量我这种举止的动机，上海是个坏地方，人与人都用一种不信任的思想交际着！她也许是正在自己委决不下，雨真的在短时期内不会止么？人力车真的不会来一辆么？要不要借着他的伞姑且走起来呢？也许转一个弯就可以有人力车，也许就让他送到了。那不妨事么？……不妨事。遇见了认识人不会猜疑吗？……但天太晚了，雨并不觉得小一些。

于是她对我点了点头，极轻微地。

谢谢你。朱唇一启，她迸出柔软的苏州音。

转进靠西边的文监师路，响着雨声的伞下，在一个少女的旁边，我开始诧异我的奇遇。事情会得展开到这个现状吗？她是谁，在我身旁同走，并且让我用伞荫蔽着她，除了和我的妻之外，近几年来我并不曾有过这样的经历。我回转头去，向后面斜看，店铺里有许多人歇下了工作对我，或是我们，看着。隔着雨的，我看得见他们的可疑的脸色。我心里吃惊了，这里有着我认识的人吗？或是可有着认识她的人吗？……再回看她，她正低下着头。拣着踏脚地走。我的鼻刚接近她的鬓发，一阵香。无论认识我们之中任何一个人，看见了这样的我们的同行，会怎样想？……我将伞沉下了些，让它遮蔽到我们的眉额。人家除非低下身子来，不能看见我们的脸面。这样的举动，她似乎很中意。

我起先是走在她的右边，右手执着伞柄，为了要让她多得些荫蔽，手臂便凌空了。我开始觉得手臂酸痛，但并不以为是一种苦楚。我侧眼看她，我恨那个伞柄，它遮隔了我的视线。从侧面看，她并没有从正面看那样的美丽。但我却从此得到了一个新的发现：她很像一个人。谁？我搜寻着，我搜寻着，好像记得，岂但……几乎每日都在意中的，一个我认识的女子，像现在身旁并行着的这个一样的身材，差不多的面容，但何以现在百思不得了呢？……啊，是了，我奇怪为什么我竟会得想不起来，这是不可能的！我的初恋的那个少女，同学，邻居，她不是很像她吗？这样的从侧面看，我与她离别了好几年了，在我们相聚的最后一日，她还只有十四岁，……一年……二年……七年了呢。我结婚了，我没有再看见她，想来长成得更美丽了……但我并不是没有看见她长大起来，当我脑中浮起她的印象来的时候，她并不还保留着十四岁的少女姿态。我不时在梦里，睡梦或白日梦，看见她在长大起来，我会自己构成她是个美丽的二十岁年纪的少女。她有好的声音和姿态，当偶然悲哀的时候，她在我的幻觉里会得是一个妇人，或甚至是一个年轻的母亲。

但她何以这样的像她呢？这个容态，还保留十四岁时候的余影，难道就是她自己么？她为什么不会到上海来呢？是她！天下有这样容貌完全相同的人么？不知她认出了我没有……我应该问问她了。

小姐是苏州人么？

是的。

确然是她，罕有的机会啊！她几时到上海来的呢？她的家搬到上海来了吗？还是，哎，我怕，她嫁到上海来了呢？她一定已经忘记了我，否则她不会允许我送她走。……也许我的容貌有了改变，她不能再认识我，年数确是很久了。……但她知道我已经结婚吗？要是没有知道，而现在她认识了我，怎么办呢？我应当告诉她吗？如果这样是需要的，我将怎么措辞呢？……

我偶然向道旁一望，有一个女子倚在一家店里的柜上。用着忧郁的眼光，看着我，或者也许是看着她。我忽然好像发现这是我的妻，她为什么在这里？我奇怪。

我们走在什么地方了。我留心看。小菜场。她恐怕快要到了。我应当不失了这个机会。我要晓得她更多一些，但要不要使我们继续已断的友谊呢，是的，至少也得是友谊？还是仍旧这样地让我在她的意识里只不过是一个不相识的帮助女子的善意的人呢？我开始踌躇了。我应当怎样做才是最适当的。

我似乎还应该知道她正要到那里去。她未必是归家去吧。家——要是父母的家倒也不妨事的，我可以进去，如像幼小的时候一样。但如果是她自己的家呢？我为什么不问她结婚了不曾呢……或许，连自己的家也不是，而是她的爱人的家呢，我看见一个文雅的青年绅士。我开始后悔了，为什么今天这样高兴，剩下妻在家里焦灼地等候着我，而来管人家的闲事呢。北四川路上，终于会有人力车往来的？即使我不这样地用我的伞伴送她，她也一定早已能雇到车子了。要不是自己觉得不便说出口，我是已经会得剩了她在雨中反身走了。

还是再考验一次吧。

——小姐贵姓？

——刘。

刘吗？一定是假的。她已经认出了我，她一定都知道了关于我的事，她哄我了。她不愿意再认识我了，便是友谊也不想继续了。女人！……她为什么改了姓呢？……也许这是她丈夫的姓？刘……刘什么？

这些思想的独白，并不占有了我多少时候。它们是很迅速地翻舞过我的心里，就在与这个好像有魅力的少女同行过一条马路的几分钟之内。我的眼不常离开她，雨到这时已在小下来也没有觉得。眼前好像来来往往的人在多起来了，人力车也恍惚看见了几辆。她为什么不雇车呢？或许快要到达她的目的地了。她会不会因为心里已认识了我，不敢相认，所以故意延滞着和我同走么？

一阵微风，将她的衣缘吹起，飘荡在身后。她扭过脸去避对面吹来的风，闭着眼睛，有些娇媚。这是很有诗兴的姿态，我记起日本画伯铃木春信的一帖题名叫“夜雨宫诣美人图”的画。提着灯笼，遮着被斜风细雨所撕破的伞，在夜的神社之前走着，衣裳和灯笼都给风吹卷着，侧转脸儿来避着风雨的威势，这是颇有些洒脱的感觉的。现在我留心到这方面了，她也有些这样的丰度。至于我自己，在旁人眼光里，或许成为她的丈夫或情人了，我很有些得意着这种自譬的假饰。是的，当我觉得她确是幼小时候初恋着的女伴的时候，我是如像真有这回事似的享受着这样的假饰。而从她鬓边颊上被潮润的风吹来的粉香，我也闻嗅得出是和我妻所有的香味一样的。……我旋即想到古人有“担簦亲送绮罗人”那么一句诗，是很适合于今日的我的奇遇的。铃木画伯的名画又一度浮现上来了。但铃木的所画的美人并不和她有一些相像，倒是我妻的嘴唇却与画里的少女的嘴唇有些仿佛的。我再试一试对于她的凝视，奇怪啊，现在我觉得她并不是我适才所误会着的初恋的女伴了。她是另外一个不相干的少女。眉额、鼻子、颚骨，即使说是有年岁的改换，也绝对的找不出一些踪迹来。而我尤

其嫌厌着她的嘴唇，侧看过去，似乎太厚一些了。

我忽然觉得很舒适，呼吸也更通畅了。我若有意无意地替她撑着伞，徐徐觉得手臂太酸痛之外，没什么感觉。在身旁由我伴送着的这个不相识的少女的形态，好似已经从我的心的樊笼中被释放了出去。我才觉得天已完全夜了，而伞上已听不到些微的雨声。

——谢谢你，不必送了，雨已经停了。

她在我耳朵边这样地嘤响。

我蓦然惊觉，收拢了手中的伞。一缕街灯的光射上了她的脸，显着橙子的颜色。她快要到了吗？可是她不愿意我伴她到目的地，所以趁此雨已停住的时候要辞别我吗？我能不能设法看一看她究竟到什么地方去呢？……

——不要紧，假使没有妨碍，让我送到了吧。

——不敢当呀，我一个人可以走了，不必送吧。时光已是很晏了，真对不起得很呢。

看来是不愿我送的了。但假如还是下着大雨便怎么了呢？……我怨怼着不情的天气，何以不再下半小时雨呢，是的，只要再半小时就够了。一瞬间，我从她的对于我的凝视——那是为了要等候我的答话——中看出一种特殊的端庄，我觉得凌然，像雨中的风吹上我的肩膀。我想回答，但她已不再等候我。

——谢谢你，请回转吧，再会。……

她微微地侧面向我说着，跨前一步走了，没有再回转头来。我站在中路，看她的后影，旋即消失在黄昏里。我呆立着，直到一个人力车夫来向我兜揽生意。

在车上的我，好像飞行在一个醒觉之后就要忘记了的梦里。我似乎有一桩事情没有做完成，我心里有着一种牵挂。但这并不曾清晰地意识着。我几次想把手中的伞张起来，可是随即会自己失笑这是无意识的。并没有雨降下来，完全地晴了，而天空中也稀疏地有了几颗星。

下了车，我叩门。

——谁？

这是我在伞底下伴送着走的少女的声音！奇怪，她何以又会在我家里？……门开了。堂中灯火通明，背着灯光立在开着一半的大门边的，例并不是那个少女。朦胧里，我认出她是那个倚在柜台上用嫉妒的眼光看着我和那个同行的少女的女子。我惝地走进门。在灯下，我很奇怪，为什么从我妻的脸色上再也找不出那个女子的幻影来。

妻问我何故归家这样的迟，我说遇到了朋友，在沙利文吃了些小点，因为等雨停止，所以坐得久了。为了要证实我这谎话，夜饭吃得很少。

·作品赏析·

新感觉派曾代表了中国一代的都市文学情怀，以现代派的技巧，嫁接了西方元素而完成了中国小说向现代派的完全蜕变。

在《梅雨之夕》中，男主人公在得不到妻子的足够温暖后，在一个梅雨之夕中巧遇的少女让他重新燃起了对爱的渴望，寻求生命激情的替代补偿。以致文章中充满幻想式的错乱的感觉，将人物的内心活动完全导入到无意识层面的意识流思考。但不同的是，评论家一直在肯定施蛰存小说的层次在新式作家中是独具一格的，他的故事仍然有着正常的时间和空间的变幻，仍然从属于社会的现实范畴，既体现了他的独特，又兼顾了中国读者习惯的审美情趣。

有评论家说施蛰存的小说有一种温暖柔和的女性气质，从而使文章在整体风格上显得细腻，极具浪漫的步调，虽然他的笔下多数是孤独者，但是温情的描写却足够让文章洋溢起纯洁韵味，就像文章中所说的：在车上的我，好像飞行在一个醒觉之后就要忘记的梦里。我似乎有一桩事情没有做完成，我心里有着一种牵挂。因此有人即断言说：他以新奇和趣味以及不断变换的手法，营造了一个具有特殊气质的审美视界，而他对于现代主义的中国化的最早认识及实践无疑是其小说的最大贡献。

华威先生 / 张天翼

入选理由

张天翼的小说代表作

中国现代文学史上最杰出的讽刺短篇小说

转弯抹角算起来——他算是我的一个亲戚。我叫他“华威先生”。他觉得这种称呼不大好。

“嗳，你真是！”他说。“为什么一定要个‘先生’呢。你应当叫我‘威弟’。再不然叫我‘阿威’。”

把这件事交涉过了之后，他立刻戴上了帽子：

张天翼像

“我们改日再谈好不好？我总想畅畅快快跟你谈一次——唉，可总是没有时间。今天刘主任起草了一个县长公余工作方案，硬要叫我参加意见，叫我替他修改。三点钟又还有一个集会。”

这里他摇摇头，没奈何地苦笑了一下。他声明他并不怕吃苦：在抗战时期大家都应当苦一点。不过——时间总要够支配呀。

“王委员又打了三个电报来，硬要请我到汉口去一趟。这里全省文化界抗敌总会又成立了，一切抗战工作都要领导起来才行。我怎么跑得开呢，我的天！”

作者简介

张天翼 (1905 ~ 1985)，湖南湘乡人，中国现代小说家、儿童文学作家。1924 年入上海美术专科学校学习绘画。1926 年夏考入北京大学预科。次年退学，离京回杭。做过小职员、记者、教师。1931 年在上海参加左联。抗战时期从事抗日救亡运动，1938 ~ 1942 年在大学任教，并编辑《观察日报》、《大众报》副刊。1949 年后致力于儿童文学创作，先后担任中央文学研究所副主任、《人民文学》主编、中国作家协会书记处书记和顾问等职。有《张天翼小说选》、《张天翼文集》(10 卷) 问世。

于是匆匆忙忙跟我握了握手，跨上他的包车。

他永远挟着他的公文皮包。并且永远带着他那根老粗老粗的黑油油的手杖。左手无名指上戴着他的结婚戒指。拿着雪茄的时候就叫这根无名指微微地弯着，而小指翘得高高的，构成一朵兰花的图样。

这个城市里的黄包车谁都不作兴跑，一脚一脚挺踏实地踱着，好像饭后千步似的。可是包车例外：叮当，叮当，叮当，——一下子就抢到了前面。黄包车立刻就得往左边躲开，小推车马上打斜。担子很快地就让到路边。行人赶紧就避到两旁的店铺里去。

包车踏铃不断地响着，钢丝在闪着亮。还来不及看清楚——它就跑得老远老远的了，像闪电一样地快。

而据这里有几位抗战工作者的上层分子的统计——跑得顶快的是那位华威先生的包车。

他的时间很要紧。他说过——

“我恨不得取消晚上睡觉的制度。我还希望一天不止二十四小时，救亡工作实在太多了。”

接着掏出表来看一看，他那一脸丰满的肌肉立刻紧张了起来。眉毛皱着，嘴唇使劲撮着，好像他在把全身的精力都要收敛到脸上似的。他立刻就走：他要到难民救济会去开会。

照例——会场里的人全到齐了坐在那里等着他。他在门口下车的时候总得顺便把踏铃踏它一下：叮！

同志们彼此看看：唔，华威先生到会了。有几位透了一口气。有几位可就拉长了脸瞧着会场门口。有一位甚至于要准备决斗似的——抓着拳头瞪着眼。

华威先生的态度很庄严，用一种从容的步子走进去，他先前那副忙劲儿好像被他自己的庄严态度消解掉了。他在门口稍为停了一会儿，让大家好把他看个清楚，仿佛要唤起同志们的一种信任心，仿佛要给同志们一种担保——什么困难的大事也都可以放下心来。他并且还点点头。他眼睛并不对着谁，只看着天花板。他是在对整个集体打招呼。

抗日时期反映国民党官员鱼肉人民、到处破坏抗日统一战线的倒行逆施行径的讽刺漫画。

会场里很静，会议就要开始。有谁在那里翻着什么纸张，窸窸窣窄的。

华威先生很客气地坐到一个冷角落里，离主席位子顶远的一角，他不大肯当主席。

“我不能当主席，”他拿着一枝雪茄烟打手势，“工人救亡工作协会的指导部今天开常会。通俗文艺研究会的会议也是今天。伤兵工作团也要去的，等一下。你们知道我的时间不够支配：只容许我在这里讨论十分钟。我不能当主席，我想推举刘同志当主席。”

说了就在嘴角上闪起一丝微笑，轻轻地拍几下手板。

主席报告的时候，华威先生不断地在那里括洋火点他的烟。把表放在面前，时不时像计算什么似地看看它。

抗日时期正赶赴某地开会的国民党官员们

一些国民党官员秉承当局的意旨，打着抗日的幌子，行破坏抗战之实，到处干涉、阻止人民群众和进步团体的抗日活动，扮演着极不光彩的角色。

“我提议！”他大声说。“我们的时间是很宝贵的：我希望主席尽可能报告得简单一点。我希望主席能够在两分钟之内报告完。”

他括了两分钟洋火之后，猛地站了起来。对那正在哇啦哇啦的主席摆摆手：

“好了，好了。虽然主席没有报告完，我已经明白了。我现在还要赴别的会，让我先发表一点意见。”

停了一停，抽两口雪茄，扫了大家一眼。

“我的意见很简单，只有两点，”他舔舔嘴唇，“第一点，就是——每个工作人员不能够怠工。而是相反，要加紧工作。这一点不必多说，你们都是很努力的青年，你们都能热心工作。我很感谢你们。但是还有一点——你们要时时刻刻不能忘记，那就是我要说的第二点。”

他又抽了两口烟，嘴里吐出来的可只有热气。这就又括了一根洋火。

“这第二点呢就是：青年工作人员要认定一个领导中心。你们只有在这一个领导中心的领导之下，大家团结起来，统一起来。也只有在一个领导中心的领导之下，救亡工作才能够展开。青年是努力的，是热心的，但是因为理解不够，工作经验不够，常常容易犯错误。要是上面没有一个领导中心，往往要弄得不可收拾。”

瞧瞧所有的脸色，他脸上的肌肉耸动了一下——表示一种微笑。他往下说：

“你们都是青年同志，所以我说得很坦白，很不客气。大家都要做救亡工作，没有什么客气可讲。我想你们诸位青年同志一定会接受我的意见。我很感激你们。好了，抱歉得很，我要先走一步。”

把帽子一戴，把皮包一挟，瞧着天花板点点头，挺着肚子走了出去。

到门口可又想起了一件什么事。他把当主席的同志拽开，小声儿谈了几句：“你们工作——有什么困难没有？”他问。

“我刚才的报告提到了这一点，我们……”

华威先生伸出个食指顶着主席的胸脯：

“唔，唔，唔。我知道我知道。我没有多余的时间来谈这件事。以后——你们凡是想到的工作计划，你们可以到我家里去找我商量。”

坐在主席旁边那个长头发青年注意地看着他们，现在可忍不住插嘴了：

“星期三我们到华先生家里去过三次，华先生不在家……”

那位华先生冷冷地瞅他一眼，带着鼻音哼了一句——“唔，我有别的事，”又对主席低声说下去：

“要是我不在家，你们跟密司黄接头也可以。密司黄知道我的意见，她可以告诉你们。”

密司黄就是他的太太。他对第三者说起她来，总是这么称呼她的。

张天翼小说集《速写三篇》原版封面
短篇小说《华威先生》即选自《速写三篇》。

他交代过了这才真的走开。这就到了通俗文艺研究会的会场。他发现别人已经在那里开会，正有一个人在那里发表意见。他坐了下来，点着了雪茄，不高兴地拍了三下手板。

“主席！”他叫。“我因为今天另外还有一个集会，我不能等到终席。我现在有点意见，想要先提出来。”

于是他发表了两点意见：第一，他告诉大家——在座的人都是当地的文化人，文化人的工作是很重要的，应当加紧地做去。第二，文化人应当认清一个领导中心，文化人在文抗会的领导中心的领导之下团结起来，统一起来。

五点三刻他到了文化界抗敌总会的会议室。

这回他脸上堆上了笑容，并且对每一个人点头。

“对不住得很，对不住得很：迟到了三刻钟。”

主席对他微笑一下，他还笑着伸了伸舌头，好像闯了祸怕挨骂似的。他四面瞧瞧形势，就拣在一个小胡子的旁边坐下来。

他带着很机密很严重的脸色——小声儿问那个小胡子：

“昨晚你喝醉了没有？”

“还好，不过头有点子晕。你呢？”

“我啊——我不该喝了那三杯猛酒，”他严肃地说，“尤其是汾酒，我不能猛喝。刘主任硬要我干掉——嗨，一回家就睡倒了。密司黄说要跟刘主任去算账呢：要质问他为什么要把我灌醉。你看！”

一谈了这些，他赶紧打开皮包，拿出一张纸条——写几个字递给了主席。

“请你稍微等一等，”主席打断了一个正在发言的人的话，“华威先生还有别的事情要走。现在他有点意见：要求先让他发表。”

华威先生点点头站了起来。

“主席！”腰板微微地一弯。“各位先生！”腰板微微地一弯。“兄弟首先要请求各位原谅：我到会迟了点，而又要提前退席。……”

随后他说出了他的意见。他声明——这个文化界抗敌总会的常务理事会，是一切救亡工作的领导机关，应该时时刻刻起领导中心作用。

“群众是复杂的，工作又很多。我们要是不能起领导作用，那就很危险，很危险。事实上，此地各方面的工作也非有个领导中心不可。我们的担子真是太重了，但是我们不怕怎样的艰苦，也要把这担子担起来。”

他反复地说明了领导中心作用的重要，这就戴起帽子去赴一个宴会。他每天都这么忙着，要到刘主任那里去联络。要到各学校去演讲，要到各团体去开会。而且每天——不是别人请他吃饭，就是他请人吃饭。

华威太太每次遇到我，总是代替华威先生诉苦。

“唉，他真苦死了！工作这么多，连吃饭的工夫都没有。”

“他不可以少管一点，专门去做某一种工作么？”我问。

“怎么行呢？许多工作都要他去领导呀。”

可是有一次，华威先生简直吃了一大惊。妇女界有些人组织了一个战时保婴会，竟没有去找他！

他开始打听，调查。他设法把一个负责人找来。

“我知道你们委员会已经选出来了。我想还可以多添加几个。由我们文化界抗敌总会派人来参加。”

他看见对方在那里踌躇，他把下巴挂了下来：

抗日时期大后方的国民党行政官员

"问题是在这一点：你们委员是不是能够真正领导这工作？你能不能够对我担保——你们会内没有汉奸，没有不良分子？你能不能担保——你们以后工作不至于错误，不至于怠工？你能不能担保，你能不能？你能够担保的话，那我要请你写个书面的东西，给我们文抗会常务理事会。以后万一——如果你们的工作出了毛病，那你就要负责。"

接着他又声明：这并不是他自己的意思。他不过是一个执行者。这里他食指点点对方胸脯：

"如果我刚才说的那些你们办不到，那不是就成了非法团体了么？"

这么谈判了两次，华威先生当了战时保婴会的委员。于是在委员会开会的时候，华威先生挟着皮包去坐这么五分钟，发表了一两点意见就跨上了包车。

有一天他请我吃晚饭，他说因为家乡带来了一块腊肉。

我到他家里的时候，他正在那里对两个学生样的人发脾气。他们都挂着文化界抗敌总会的徽章。

"你昨天为什么不去，为什么不去？"他吼着，"我叫你拖几个人去的。但是我在台上一开始演讲，一看——连你都没有去听！我真不懂你们干了些什么？"

"昨天——我去出席日本问题座谈会的。"

华威先生猛地跳起来了。

"什么！什么！——日本问题座谈会？怎么我不知道，怎么不告诉我？"

"我们那天部务会议决议了的。我来找过华先生，华先生又是不在家——"

"好啊，你们秘密行动！"他瞪着眼，"你老实告诉我——这个读书会到底是什么背景，你老实告诉我！"

对方似乎也动了火：

"什么背景呢，都是中华民族！部务会议议决的，怎么是秘密行动呢。……华先生又不到会，开会也不终席，来找又找不到……我们总不能把部里的工作停顿起来。"

华威先生把雪茄一摔，狠命在桌上捶了一拳：咚！

"混蛋！"他咬着牙，嘴唇在颤抖着。"你们小心！你们，哼，你们！你们！……"

他倒到了沙发上，嘴巴痛苦地抽得歪着。“妈的！这个这个——你们青年！……”

五分钟之后他抬起头来，害怕似地四面看一看。那两个客人已经走了。他叹一口长气，对我说：

“唉，你看你看！现在的青年怎么办，现在的青年！”

这晚他没命地喝了许多酒，嘴里嘶嘶地骂着那些小伙子。他打碎了一只茶杯。密司黄扶着他上了床，他忽然打个寒噤说：

“明天十点钟有个集会……”

漫画家丁聪笔下的华威先生
五分钟之后他抬起头来，害怕似地四面看一看。

·作品赏析·

《华威先生》是张天翼于抗战期间创作的一篇最杰出的短篇讽刺小说，发表于1938年4月16日《文艺阵地》第1卷第1期上，后收入《速写三篇》。

小说以华威先生和抗日群众之间的对立和矛盾为中心，塑造了华威先生这样一个混迹于抗日文化阵营的虚伪、庸俗、浅薄、无赖、卑劣、媚上欺下的国民党官僚形象，从而深刻揭露了民族矛盾掩盖下的阶级矛盾，鞭挞了国民党竭力破坏抗日民族统一战线、防范人民、敌视进步势力的反动政策，并满腔热情地写出了革命群众的抗日要求和热情。小说中的华威先生，以抗日之名行反人民之实，他的工作就是白天开会、讲话，晚上喝酒，而且百般阻挠人民的抗日生活，并费尽心思，到处钻营，以满足自己的权力欲。华威先生这样的人，不仅活跃于过去，在今天的现实中也常见到，他身上暴露出的劣根性，具有极大的社会现实性。小说语言精练、畅达、俏皮幽默，细节描写精微，尤其是漫画式夸张手法的运用，使这篇小说具有较高的艺术含量。“华威先生”这一艺术形象，已被人们公认为一个文学典型。

水葬 / 蹇先艾

入选理由

着名作家蹇先艾的成名杰作
充满了对乡村陋习的思考
以地方为背景展现了广阔的世俗人生心态

“尔妈，老子算是背了时！偷人没有偷到，偏偏被你们扭住啦！真把老子气死！……”

这是一种嘶哑粗糙的嗓音，在沉闷的空气之中震荡，从骆毛的喉头里迸出来的。他的摇动躯体支撑着一张和成天在煤窑爬进爬出的苦工一样的脸孔；瘦筋筋的，一身都没有肉，只剩下几根骨头架子披着皮；头上的发虽然很乱，却缠着青布的套头；套头之下那一对黄色的眼睛鼓着直瞪。最引得起人注意的，便是他左颊上一块紫青的印迹，上面还长了一大丛长毛。他敞开贴身的油渍染透的汗衣，挺露胸膛，脸上的样子时时的变动，鼻子里偶然哼哼几声，看他的年纪约有三十岁的光景，他的两手背剪着，脚下蹬的是一双烂草鞋，涂满了溷泥。旁边有四五个浓眉粗眼的大汉，面部飞舞着得意的颜色，紧紧的寸步不离的将他把持住，匆匆的沿着松林走。仿佛稍一不留心，就要被他逃逸了去似的。这一行人是在奔小沙河。

蹇先艾像

他们送着骆毛去水葬，因为他在村中不守本分做了贼。文明的桐村向来就没有什么村长等等名目，犯罪的人用不着裁判，私下都可以处置。而这种对于小

作者简介

蹇先艾（1906 ~ 1994），一直被鲁迅定义为乡土小说的杰出典范，以《水葬》为题的短篇小说甚至轰动了当时的整个文坛。出版有小说散文集《朝雾》，以轻柔婉和的笔调，细腻的情感描写展现了故乡贵州牧歌式的田园情调，并带着淡淡的忧伤和莫名的惆怅，以浓郁的地方色彩占据了文学史的一席之地。

偷处以“水葬”的死刑，在村中差不多是“古已有之”了的。

行列并不如此的简单：前后左右还络绎的拖着一大群男女，各式各样的人们都有，红红绿绿的服色，高高低低的身材，老老少少的形态……这些也不尽都是村中的闲人，不过他们共同的目的都是为看热闹而来的罢了。尤其是小孩子们，薄片小嘴唇笑都笑得合不拢来，两只手比着种种滑稽的姿式，好像觉得比看四川来的“西洋镜”还有趣的样子：拖住鞋子踢踢踏踏的跑，鞋带有时还被人家踩住了，立刻就有跌倒的危险，小朋友们尖起嗓子破口便骂，汗水在他们的头上像雨珠一般的滴下来。

妇人们，媳妇搀着婆婆，奶奶牵着小孙女，姑娘背着奶娃……有的抿着嘴直笑，有的皱着眉表示哀怜，有的冷起脸，口也不开，顶多龇一龇牙，老太婆们却呢呢喃喃的念起佛来了。她们中间有几位拐着小脚飞也似的紧跟着走，有时还超过大队的前面去了；然后她们又斯斯文文低悄悄的慢摇着八字步，显然和大家是不即不离的。被好奇心充满了的群众，此时顾不得汗的味道，在这肉阵中前前后后的挤进挤出。你撞着我的肩膀，我踩踏了你的腿跟……便一分钟一秒钟也没有宁静过。一下又密密的挨拢来，一下又疏疏的像满天的星点似的散开了。这正像蜜蜂嗡嗡得开不了交的时候，忽然一片更大的嘈杂的声浪从人海中涌起来，这声音的粗细缓急是完全不一致的：

“呀！你们快看快看，那强盗又开口了！”

“了”字的余音还在袅袅不断，后面较远的闲杂人等跟着就像海潮一样拼命的撞击过来，前排矮小力弱的妇女和小孩却渐渐向后引退。但骆毛（便是他们呼喊为强盗的）的语声这时嘶哑的程度减轻而蓦地高朗了许多，颤颤的像破锣般的在响成一片：

“嘿！瞧你们祖宗的热闹！老子把你们的婆娘偷走了吗？叫老子吃水？你们也有吃火的一天！烧死你们这一群狗杂种！”

骆毛口里不干净的咕哝骂着：姑娘奶奶们多半红了脸，把耳朵掩起来；老太婆一类的人却装做耳聋，假装问旁边的人他说的是什么；村中的教书先生是完全听进去而且了解了，他于是撇着嘴觉得不值一钱的喊道：“丧德呀，丧德！”骆毛自己的两耳只轰轰的在响，这时什么声音都是掺不入的，他只是一味大步的走出村去。摇摇摆摆的走，几位汉子几乎要跟不上了。看看已经快离开了这个村落。后方的人群“跑百蚂”般的起来，一路还扭嘴使眼嘻嘻的嘲笑。骆毛大概耳鸣得轻了一点，仿佛听见一长串刺耳的笑声，他更是一肚子的不高兴，用力的将头扭回来，伸长着脖子狂叫道：

“跟着你们的祖先走哪儿去？你们难道也不要命

吗？……老子背时的日子，你们得色啦！叫你们这一群龟子也都不得好死，看你们还笑不笑！”

但是当他的头刚好转过，枯瘦的脖子正要像鹭鸶似的撑长去望时，才一瞥，就被那长辫子的力大的村农强制的扭回去。他气愤愤的站住不走了，靠着路旁一棵大柏树。

“走！孙子！”长辫子当的给了他背脊骨上一拳。

“哎哟！你们儿子打老子吗？”他负痛的叫了一声，两条腿又只得向前挪移，“那不行！尔妈民国不讲理了是不是？……”他几乎要哭出来。

这时离开村庄已有半里的光景。这是一个阴天，天上飞驰着银灰的云浪。萧萧的风将树吹动，发出悦耳的一片清响。远处近处都蔓延着古柏苍松。路是崎岖不平的山路，有时也经过田塍或者浅浅的山丘。大家弯弯曲曲的走，似乎有点疲乏。在一座坟台之下略略休息。这一个好机会，群众都围拢来。潇飒的松枝掩盖在头顶，死寂的天空也投下几丝阳光来，透过了绿叶，骆毛傍着那一块字迹模糊的残碑坐下了。

“尔妈。老子今年三十一！”他换了一口气，提高嗓音的又开始说，“再过几十年，又不是一条好汉吗？……”

“骆大哥！啊啊，说错啦！干老爷子！你老人家死咧的话，我儿子过年过节总帮你老人家多烧几包袱纸。你就放心去罢，有什么身后开不了交的事情，都留下让我儿子帮你办。干奶奶——哎呀！啥子干奶奶，简直就是我那嫡亲奶奶呀——我养他老人家一辈子还不行吗？……”

小耗子王七着脚走过坟前，用手搓着眼睛，把眼睛圈都搓得快红了，向骆毛请了一个大安，亲热的说了上面的那一大段话。小耗子在今年跟骆毛交过手，败仗下来，就拜了老骆做干爹，是个著名的小滑头儿！

“七老弟，你就再不要干老爷子湿老爷子的啦！”老骆冷笑了一声说，“好汉

作事好汉当，也用不上牵累旁人！我的妈呢——”

老骆心里忽然难过了起来，他也不再说下去，站起身来就往前走。人群又被他拖着像一根长绳，回环在山道上了。

登程以后的途中，老骆几乎绝无声响，除了习惯成自然的几声哼哼之外，不啻顿然变成哑巴。这些随从的人们都加倍的疑惑起来了。而几条大汉却很高兴，他们以为这样可以使大家安宁一点；进一步，也可以少伤点风化，因为老骆的话，没有一句不是村野难听的。所以就是老骆走得慢了，他们也不十分催逼他。

骆毛只是缓缓的走，含着一脸的苦笑，刚才王七那几句话引起他无限的感触；他心里暗暗悲酸着，想到他的母亲，便觉心里发软。那热狂的不怕死的心登时也就冷了一半。他的坚强的意志渐渐软化下去。

因为他精神上的毁伤，使他口都不愿意再开了。他心里完全是犹豫和踌躇了——

“我死后，我的妈怎么办呢？……我的妈啊，你在哪儿？你可晓得你的儿子死在眼前了吗？你如果在家紧等我不回来，你不知道焦心成哪个样子！唉！唉！……”

骆毛虽然是个粗人，可是想到死后老母无人养活，他也觉到死的可怕。直至他们捉住他的两臂，要往水下投他的时候，他狠心把眼一闭，他老母的慈容仿佛在目前似的一样。

天依旧恢复了沉寥的铅色，桐村里显得意外的冷冷落落。那黄金色的稻田被风吹着，起了轻掀的很自然的波动。真是无边的静谧，约略可以听见鹁鸪的低唱，从掩映着关帝庙那一派清幽的竹林中传来。远的山峰削壁的峙立着，遥遥与天海相接。村都暂时掩没在清凄与寥寞的空气之中了。

村后远远的有一间草房，圮毁的伫立坡上，在风声中预备着坍塌。木栅门拉开后，一个老妇人拄着拐杖走出来。她的眼睛几乎要合成一条缝了，口里微微喘气，一手牢牢的把住门边；摩挲着老眼目不转睛的凝望，好似在期待着什么。看她站立在那里的样子，显然身体非常衰弱；脸上堆满了皱纹，露出很高的颧骨；瘦削的耳朵上还垂着一对污铜的耳环，背有点驼，荒草般的头发，黑白参差的纷披在前额。她穿着一件补丁很多的夹衣，从袖筒里伸出来的那只手，颜色青灰，骨头血管都露在外面。

她稳定的倚傍着门柱，连动也不动一下，嘴唇却不住的轻颤。最后她将拐杖靠在一边，索性在门限上坐下来了。深深的蹙着额发愁道：

“毛儿为甚么出去一天一夜还不回来？”说着又抬起头来望了一望。

东邻招儿的媳妇，掠着发带笑的扭过来。她是一个村中少见的大脚婆娘，胖胖的脸儿，粗黑的眉毛，高高的挽起一双袖子。大概是刚从地里回来。她正要同这个老妇说话的时候，只见她的十岁的孩子阿哥沿着田边喘吁吁地跑过来，口里喊道：“妈，真吓死人的！我再也不敢到河边上去了。”

"甚么事，这样大惊小怪的？"招儿媳妇向她的儿子说。

"他们刚才把一个人掷到河里去了。"

"因为什么事？"

"偷东西叫人捉到了。"

"是谁？"

阿哥把嘴向那个老妇一扭，说道："是她的……"

招儿的媳妇急忙把儿子的嘴用手捂住，不让他说出来。

其实那个老妇本是耳聋的，这回又因为等儿子着急，越发听不到他们讲的是什么话。只见他们的嘴动。她因问道，"你们讲什么话，这样热闹闹的？阿哥，你见过毛儿没有？"

阿哥不敢答，只仰了面望他娘，他娘替他高声答道："没有看见。"

那个老妇把耳朵扭向招儿媳妇道，"你可是说没有看见？"

招儿媳妇点点头。那个老妇叹了一口气，口里咕哝道："他从来没有到这个时候不回家的。哪里去了！"说着又抬起头来向远处望一望。望了半天，又叹了一口气，把头倚在门框上。招儿的媳妇拉着她的儿子慢慢地躲开了。

直至招儿家里吃了晚饭，窗外吹来的风，入夜渐凉起来。外面冷清清的只有点点的星光在黝黑天空中闪烁，招儿的媳妇偷偷的跑到那个老妇的门前看一看，只见她还坐在那里，口里微弱听不清楚的声音仿佛是说，"毛儿，怎么你还不回来？"

·作品赏析·

水葬在不同的风俗中含有不同的意义，在西方认为水是不朽的意思，在我国西藏也是如此，但在贵州，则意味着一种耻辱式的惩罚。这是一种典型的地域色彩，无怪乎鲁迅会称他为乡土文学作者，因为它确实涉及了地方的风物、氛围和人物的心灵特征。

《水葬》的残酷在对待这个偷窃青年的惩罚上，殊不知他的家中还有个母亲在等待着他的归来。鲁迅对《水葬》有一段著名点评："但如《水葬》，却对我们展示了'老远的贵州'的乡间习俗的冷酷，和出于这冷酷中的母性之爱的伟大，——贵州很远，但大家的情境是一样的。"在《中国新文学大系·小说二集》中曾对此作出形容，以沉郁的笔触讲述了一个乡间悲剧，将麻木的精神与野蛮的民风所制造的一幕悲剧作了深刻的剖析。而更为残酷的这里有一群毫不同情的看客在起哄，就如同鲁迅的"看客"一般麻木、凶狠，文章中说：这些也不尽都是村中的闲人，不过他们只是为看热闹而来的罢了。

文章的高妙之处是在文章的最后把笔墨给了一个等待着自己孩子归来的老母亲，作者不无辛酸地写及了她的孤楚，自己的孩子死了，而她还在巴望着孩子回家。这是一个令人震撼的对比，一边是残忍的屠杀者，一边是焦灼的等待者，从而将文章的意蕴色彩提高到了一个无以复加的地步，足以震撼读者的心魄。

小二黑结婚 / 赵树理

入选理由

赵树理文学作品中最知名的一篇
开创了中国现代小说的评书体形式
中国“山药蛋派”小说的开山之作

一　神仙的忌讳

刘家有两个神仙，邻近各村无人不晓：一个是前庄上的二诸葛，一个是后庄上的三仙姑。二诸葛原来叫刘修德，当年做过生意，抬脚动手都要论一论阴阳八卦，看一看黄道黑道。三仙姑是后庄于福的老婆，每月初一十五都要顶着红布摇摇摆摆装扮天神。

二诸葛忌讳“不宜栽种”，三仙姑忌讳“米烂了”。这里边有两个小故事：有一年春天大旱，直到阴历五月初三才下了四指雨。初四那天大家都抢着种地，二诸葛看了看历书，又掐指算了一下说：“今日不宜栽种。”初五日是端午，他历年就不在端午这天做什么，又不曾种；初六倒是个黄道吉日，可惜地干了，虽然勉强把

作者简介

赵树理 (1906 ~ 1970)，山西沁水县人，是最受中国农民欢迎的作家之一。1943 年发表《小二黑结婚》而蜚声文坛。著作有短篇小说集《下乡集》、《赵树理小说选》，长篇小说《三里湾》、《李家庄的变迁》，长篇评书《灵泉洞》(上)，中篇小说《李有才板话》等。他的小说多以华北农村为背景，坚持用现实主义手法反映农村社会的变迁和存在其间的矛盾斗争，塑造农村各式人物的形象。同时，坚持民族化、大众化的创作道路，这种创作追求使他的作品既有强烈的时代精神，又有浓郁的生活气息。在他的影响下，马烽等山西籍作家形成了一个被列为“山药蛋派”的作家群体。

赵树理像

他的四亩谷子种上了，却没有出够一半。后来直到十五才又下雨，别人家都在地里锄苗，二诸葛却领着两个孩子在地里补空子。邻家有个后生，吃饭时候在街上碰上二诸葛便问道："老汉！今天宜栽种不宜？"二诸葛翻了他一眼，扭转头返回去了，大家就嘻嘻哈哈传为笑谈。

三仙姑有个女孩叫小芹。一天，金旺他爹到三仙姑那里问病，三仙姑坐在香案后唱，金旺他爹跪在香案前听。小芹那年才九岁，晌午做捞饭，把米下进锅里了，听见她娘哼哼得很中听，站在桌前听了一会，把做饭也忘了。一会，金旺他爹出去小便，三仙姑趁空子向小芹说："快去捞饭！米烂了！"这句话却不料就叫金旺他爹听见，回去就传开了。后来有些好玩笑的人，见了三仙姑就故意问别人"米烂了没有？"

二 三仙姑的来历

三仙姑下神，足足有三十年了。那时三仙姑才十五岁，刚刚嫁给于福，是前后庄上第一个俊俏媳妇。于福是个老实后生，不多说一句话，只会在地里死受。于福的娘早死了，只有个爹，父子两个一上了地，家里就只留下新媳妇一个人。村里的年轻人们觉着新媳妇太孤单，就慢慢自动的来跟新媳妇作伴，不几天就集合了一大群，每天嘻嘻哈哈，十分哄伙。于福他爹看见不像个样子，有一天发了脾气，大骂一顿，虽然把外人挡住了，新媳妇却跟他闹起来。新媳妇哭了一天一夜，头也不梳，脸也不洗，饭也不吃，躺在炕上，谁也叫不起来，父子两个没了办法。邻家有个老婆替她请了一个神婆子，在她家下了一回神，说是三仙姑跟上她了，她也哼哼唧唧自称吾神长吾神短，从此以后每月初一十五就下起神来，别人也给她烧起香来求财问病，三仙姑的香案便从此设起来了。

青年们到三仙姑那里去，要说是去问神，还不如说是去看圣像。三仙姑也暗暗猜透大家的心事，衣服穿得更新鲜，头发梳得更光滑，首饰擦得更明，官粉搽得更匀，不由青年们不跟着她转来转去。

这是三十来年前的事，当时的青年，如今都已留下了胡子，家里大半又都是子媳成群，所以除了几个老光棍，差不多都没有那些闲情到三仙姑那里去了。三仙姑却和大家不同，虽然已经四十五岁，却偏爱当个老来俏，小鞋上仍要绣花，裤腿上仍要镶边，顶门上的头发脱光了，用黑手帕盖起来，只可惜官粉涂不平脸上的皱纹，看起来好像驴粪蛋上下上了霜。

老相好都不来了，几个老光棍不能叫三仙姑满意，三仙姑又团结了一伙孩子们，比当年的老相好更多，更俏皮。

三仙姑有什么本领能团结这伙青年呢？这秘密在她女儿小芹身上。

三 小芹

三仙姑前后共生过六个孩子，就有五个没有成人，只落了一个女儿，名叫小芹。小芹当两三岁时候，就非常伶俐乖巧，三仙姑的老相好们，这个抱过来说是“我的”，那个抱起来说是“我的”，后来小芹长到五六岁，知道这不是好话，三仙姑教她说：“谁再这么说，你就说‘是你的姑姑’。”说了几回，果然没有人再提了。

小芹今年十八了，村里的轻薄人说，比她娘年轻时候好得多。青年小伙子们，有事没事，总想跟小芹说句话。小芹去洗衣服，马上青年们也都去洗；小芹上山采野菜，马上青年们也都去采。

吃饭时候，邻居们端上碗爱到三仙姑那里坐一会，前庄上的人来回一里路，也并不觉得远。这已经是三十年来的老规矩，不过小青年们也这样热心，却是近二三年来才有的事。三仙姑起先还以为自己仍有勾引青年的本领，日子长了，青年们并不真正跟她接近，她才慢慢看出门道来，才知道人家来了为的是小芹。

不过小芹却不跟三仙姑一样，表面上虽然也跟大家说说笑笑，实际上却不跟人乱来，近二三年，只是跟小二黑好一点。前年夏天，有一天前晌，于福去地，三仙姑去串门，家里只留下小芹一个人，金旺来了，嬉皮笑脸向小芹说：“这会可算是个空子吧？”小芹板起脸来说：“金旺哥！咱们以后说话要规矩些！你也是娶媳妇大汉了！”金旺撇撇嘴说：“咦！装什么假正经？小二黑一来管保你就软了！有便宜大家讨开点，没事；要正经除非自己锅底没有黑！”说着就拉住小芹的胳膊悄悄说：“不用装模作样了！”不料小芹大声喊道：“金旺！”金旺赶紧放手跑出来。一边还咄念道：“等得住你！”说着就悄悄溜走了。

四 金旺兄弟

提起金旺来，刘家没有人不恨他，只有他一个本家兄弟名叫兴旺跟他对劲。

金旺他爹虽是个庄稼人，却是刘家一只虎，当过几十年老社首，捆人打人是他的拿手好戏。金旺长到十七八岁，就成了他爹的好帮手；兴旺也学会了帮虎吃食，从此金旺他爹想要捆谁，就不用亲自动手，只要下个命令，自有金旺兴旺代办。

抗战初年，汉奸敌探溃兵土匪到处横行，那时金旺他爹已经死了，金旺、兴旺弟兄两个，给一支溃兵作了内线工作，引路绑票，讲价赎人，又做巫婆又做鬼，两头出面装好人。后来八路军来，打垮溃兵土匪，他两人才又回到刘家。

山里人本来就胆子小，经过几个月大混乱，死了许多人，弄得大家更不敢出头了。别的大村子都成立了村公所、各救会、武委会，刘家却除了县府派来一个村长以外，谁也不愿意当干部。不久，县里派人来刘家工作，要选举村干部，金旺跟兴旺两个人看出这又是掌权的机会，大家也巴不得有人愿干，就把兴旺选为武委会主任，把金旺选为村政委员，连金旺老婆也被选为妇救会主席，其他各干部，硬捏了几个老头子出来充数。只有青抗先队长，老头子充不得。兴旺看见小二黑这个小孩子漂亮好玩，随便提了一下名就通过了，他爹二诸葛虽然不愿，可是惹不起金旺，也没有敢说什么。

村长是外来的，对村里情形不十分了解，从此金旺兴旺比前更厉害了，只要瞒住村长一个人，村里人不论哪个都得由他两个调遣。这几年来，村里别的干部虽然调换了几个，而他两个却好像铁桶江山。大家对他两个虽是恨之入骨，可是谁也不敢说半句话，都恐怕扳不倒他们，自己吃亏。

五 小二黑

小二黑，是二诸葛的二小子，有一次反“扫荡”打死过两个敌人，曾得到特等射手的奖励。说到他的漂亮，那不只在刘家有名，每年正月扮故事，不论去到哪一村，妇女们的眼睛都跟着他转。

小二黑没有上过学，只是跟着他爹识了几个字。当他六岁时候，他爹就教他识字。识字课本既不是五经四书，也不是常识国语，而是从天干、地支、五行、八卦、六十四卦名等学起，进一步便学些《百中经》、《玉匣记》、《增删卜易》、《麻衣神相》、《奇门遁甲》、《阴阳宅》等书。小二黑从小就聪明，像那些算属相、卜六壬课、念大小流年或“甲子乙丑海中金”等口诀，不几天就都弄熟了，二诸葛也常把他引在人前卖弄。因为他长得伶俐可爱，大人们也都爱跟他玩，这个说：“二黑，算一算十岁属什么？”那个说：“二黑，给我卜一课！”后来二诸葛因为说“不宜栽种”误了种地，老婆也埋怨，大黑也埋怨，庄上人也都传为笑谈，小二黑也跟着这事受了许多奚落。那时候小二黑十三岁，已经懂得好歹了，可是大人们仍把他当成小孩来玩弄，好跟二诸葛开玩笑的，一到了家，常好对着二诸葛问小二黑道：“二黑！算算今天宜不宜栽种？”和小二黑年纪相仿的孩子们，一跟小二黑生了气，就

《小二黑结婚》插图

连声喊道："不宜栽种不宜种……"小二黑因为这事，好几个月见了人躲着走，从此就和他娘商量成一气，再不信他爹的鬼八卦。

小二黑跟小芹相好已经二三年了。那时候他才十六七，原不过在冬天夜长时候，跟着些闲人到三仙姑那里凑热闹，后来跟小芹混熟了，好像是一天不见面也不能行。后庄上也有人愿意给小二黑跟小芹做媒人，二诸葛不愿意，不愿意的理由有三：第一小二黑是金命，小芹是火命，恐怕火克金；第二小芹生在十月，是个犯月；第三是三仙姑的声名不好。恰巧在这时候，彰德府来了一伙难民，其中有个老李带来个八九岁的小姑娘，因为没有吃的，愿意把姑娘送给人家逃个活命。二诸葛说是个便宜，先问了一下生辰八字，掐算了半天说："千里姻缘使线牵"，就替小二黑收作童养媳。

虽然二诸葛说是千合适万合适，小二黑却不认账。父子俩吵了几天，二诸葛非养不行，小二黑说："你愿意养你就养着，反正我不要！"结果虽把小姑娘留下了，却到底没有说清楚算什么关系。

六 斗争会

金旺自从碰了小芹的钉子以后，每日怀恨，总想设法报一报仇。有一次武委会训练村干部，恰巧小二黑发疟疾没有去。训练完毕之后，金旺就向兴旺说："小二黑是装病，其实是被小芹勾引住了，可以斗争他一顿。"兴旺就是武委会主任，从前也碰过小芹一回钉子，自然十分赞成金旺的意见，并且又叫金旺回去和自己的老婆说一下，发动妇救会也斗争小芹一番。金旺老婆现任妇救会主席，因为金旺好到小芹那里去，早就恨得小芹了不得。现在金旺回去跟她说要斗争小芹，这才是巴不得的机会，丢下活计，马上就去布置。第二天，村里开了两个斗争会，一个是武委会斗争小二黑，一个是妇救会斗争小芹。

小二黑自己没有错，当然不承认，嘴硬到底，兴旺就下命令，把他捆起来送交政权机关处理。幸而村长脑筋清楚，劝兴旺说："小二黑发疟是真的，不是装病，至于跟别人恋爱，不是犯法的事，不能捆人家。"兴旺说："他已是有了女人的。"村长说："村里谁不知道小二黑不承认他的童养媳。人家不承认是对的，男不过十六，女不过十五，不到订婚年龄。十来岁小姑娘，长大也不会来认这笔账。小二黑满有资格跟别人恋爱，谁也不能干涉。"兴旺没话说了，小二黑反要问他："无故捆人犯法不犯？"经村长双方劝解，才算放了完事。

兴旺还没有离村公所，小芹拉着妇救会主席也来找村长，她一进门就说："村长！捉贼要赃，捉奸要双，当了妇救会主席就不说理了？"兴旺见拉着金旺的老婆，生怕说出这事与自己有关，赶紧溜走。后来村长问了问情由，费了好大一会唇舌，才给她们调解开。

七 三仙姑许亲

两个斗争会开过以后，事情包也包不住了，小二黑也知道这事是合理合法的了，索性就跟小芹公开商量起来。

三仙姑却着了急。她跟小芹虽是母女，近几年来却不对劲。三仙姑爱的是青年们，青年们爱的是小芹。小二黑这个孩子，在三仙姑看来好像鲜果，可惜多一个小芹，就没了自己的份儿。她本想早给小芹找个婆家推出门去，可是因为自己名声不正，差不多都不愿意跟她结亲。开罢斗争会以后，风言风语都说小二黑要跟小芹自由结婚，她想要真是那样的话，以后想跟小二黑说句笑话都不能了，那是多么可惜的事，因此托东家求西家要给小芹找婆家。

"插起招军旗，就有吃粮人。"有个吴先生是在阎锡山部下当过旅长的退职军官，家里很富，才死了老婆。他在奶奶庙大会上见过小芹一面，愿意续她，媒人向三仙姑一说，三仙姑当然愿意。不几天过了礼帖，就算定了，三仙姑以为了却一宗心事。

《小二黑结婚》插图

交通员说："老汉！这就算见了你了！你去吧，我再传那一个去！"

小芹已经和小二黑商量得差不多了，如何肯听她娘的话？过礼那一天，小芹跟她娘闹起来，把吴先生送来的首饰绸缎扔下一地。媒人走后，小芹跟她娘说："我不管！谁收了人家的东西谁跟人家去！"

三仙姑愁住了，睡了半天，晚饭以后，说是神上了身，打了两个呵欠就唱起来。她起先责备于福管不了家，后来说小芹跟吴先生是前世姻缘，还唱些什么"前世姻缘由天定，不顺天意活不成……"于福跪在地下哀求，神非教他马上打小芹一顿不可。小芹听了这话，知道跟这个装神弄鬼的娘说不出什么道理来，干脆躲了出去，让她娘一个人胡说。

小芹一个人悄悄跑到前庄上去找小二黑，恰在路上碰上小二黑去找她，两个就悄悄拉着手到一个大窑里去商量对付三仙姑的法子。

八 拿双

小芹把她娘怎样主婚怎样装神，唱些什么，从头至尾细细向小二黑说了一遍，小二黑说："不用理她！我打听过区上的同志，人家说只要男女本人愿意，就能到区上登记，别人谁也作不了主……"说到这里，听见外边有脚步声，小二黑伸出头

来一看，黑影里站着四五个人，有一个说：“拿双拿双！”他两人都听出是金旺的声音，小二黑起了火，大叫道：“拿？没有犯了法！”兴旺也来了，下命令道：“捉住捉住！我就看你犯法不犯法，给你操了好几天心了！”小二黑说：“你说去哪里咱就去哪里，到边区政府你也不能把谁怎么样！走！”兴旺说：“走？便宜了你！把他捆起来！”小二黑挣扎了一会，无奈没有他们人多，终于被他们七手八脚打了一顿捆起来了。兴旺说：“里边还有个女的，也捆起来！捉奸要双，这是她自己说的！”说着就把小芹也捆起来了。

前庄上的人都还没有睡，听见有人吵架，有些人就跑出来看，麻秆火把下看见捆着的两个人，大家不问就都知道了八九分。二诸葛也出来了，见小二黑被人家捆起来，就跪在兴旺面前哀求道：“兴旺！咱两家没有什么仇！看在我老汉面上，请你们诸位高高手……”兴旺说：“这事情，我们管不了，送给上级再说吧！”小二黑说：“爹！你不用管！送到哪里也不犯法！我不怕他！”兴旺说：“好小子！要硬你就硬到底！”又逼住三个民兵说：“带他们走！”一个民兵问：“带到村公所？”兴旺说：“还到村公所干什么？上一回不是村长放了的？送给区武委会主任按军法处理！”说着就把他两个人拥上走了。

九　二诸葛的神课

邻居们见是兴旺弟兄们捆人，也没有人敢给小二黑讲情，直等到他们走后，才把二诸葛招呼回家。

二诸葛连连摇头说：“唉！我知道这几天要出事啦：前天早上我上地去，才上到岭上，碰上个骑驴媳妇，穿了一身孝，我就知道坏了。我今年是罗喉星照运，要谨防带孝的冲了运气，因此哪里也不敢去，谁知躲也躲不过？昨天晚上二黑他娘梦见庙里唱戏。今天早上一个老鸦落在东房上叫了十几声……唉！反正是时运，躲也躲不过。”他罗哩罗嗦念了一大堆，邻居们听了有些厌烦，又给他说了一会宽心话，就都散了。

有事人哪里睡得着？人散了之后，二诸葛家里除了童养媳之外，三个人谁也没有睡。二诸葛摸了摸脸，取出三个制钱占了一卦，占出之后吓得他面色如土。他说：“了不得呀了不得！丑土的父母动出午火的官鬼，火旺于夏，恐怕有些危险了。唉！人家把他选成青年队长，我就说过不叫他当，小杂种硬要充人物头！人家说要按军法处理，要不当队长哪里犯得了军法？”老婆也拍手跺脚道：“小爹呀！谁知道你要闯这么大的事啦？”大黑劝道：“不怕！事已经出下了，由他去吧！我想这又不是人命事，也犯不了什么大罪！既然他们送到区上了，我先到区上打听打听，你们都睡吧！”说着点了个灯笼就走了。

二诸葛打发大黑去后，仍然低头细细研究方才占的那一卦。停了一会，远远听着有个女人哭，越哭越近，不大一会就来到窗下，一推门就进来了。二诸葛还没有看清是谁，这女人就一把把他拉住，带哭带闹说：“刘修德！还我闺女！你的孩子把我的闺女勾引到哪里了？还我……”二诸葛老婆正气得死去活来，一看见来的是三仙姑，正赶上出气，从炕上跳下来拉住她道：“你来了好！省得我去找你！你母女两个好生生把我个孩子勾引坏，你倒有脸来找我！咱两人就也到区上说说理！”两个女人滚成一团，二诸葛一个人拉也拉不开，也再顾不上研究他的卦。三仙姑见二诸葛老婆已经不顾了命，自己先胆怯了几分，不敢恋战，少闹了一会挣脱出来就走了。二诸葛老婆追出门来，被二诸葛拦回去，还骂个不休。

十　恩典恩典

二诸葛一夜没有睡，一遍一遍念：“大黑怎么还不回来，大黑怎么还不回来。”第二天天不明就起程往区上走，走到半路，远远看见大黑、三个民兵已都回来了，还来了区上一个助理员，一个交通员。他远远就喊叫道：“大黑！怎么样？要紧不要紧？”大黑说：“没有事！不怕！”说着就走到跟前，助理员跟三个民兵先走了。大黑告交通员说：“这就是我爹！”又向二诸葛说：“区上添传你跟于福老婆。你去吧，没有事！二黑跟小芹两个人，一到区上就放开了。区上早就说兴旺跟金旺两个人不是东西，已经把他两个人押起来了，还派助理员到咱村开大会调查他们横行霸道的证据。我赶到那里人家就问罢了，听说区上还许咱二黑跟小芹结婚。”二诸葛说：“不犯罪就好，结婚可不行，命相不对！你没有听说添传我做什么？”大黑说：“不知道，大约也没有什么大事。你去吧，我先回去告我娘说。”交通员说：“老汉！

这就算见了你了！你去吧，我再传那一个去！”说了就跟大黑相跟着走了。

二诸葛到了区上，看见小二黑跟小芹坐在一条板凳上，他就指着小二黑骂道：“闯祸东西！放了你你还不快回去？你把老子吓死了！不要脸！”区长道：“干什么？区公所是骂人的地方？”二诸葛不说话了。区长问：“你就是刘修德？”二诸葛答：“是！”问：“你给刘二黑收了个童养媳？”答：“是！”问：“今年几岁了？”答：“属猴的，十二岁了。”区长说：“女不过十五岁不能订婚，把人家退回娘家去，刘二黑已经跟于小芹订婚了！”

《小二黑结婚》插图

小二黑与小芹坐在一条板凳上，回答区长的问话。

二诸葛说：“她只有个爹，也不知逃难逃到哪里去了，退也没处退。女不过十五不能订婚，那不过是官家规定，其实乡间七八岁订婚的多着哩。请区长恩典恩典就过去……”区长说：“凡是不合法的订婚，只要有一方面不愿意都得退！”二诸葛说：“我这是两家情愿！”区长问小二黑道：“刘二黑！你愿意不愿意？”小二黑说：“不愿意！”二诸葛的脾气又上来了，瞪了小二黑一眼道：“由你啦？”区长道：“给他订婚不由他，难道由你啦？老汉！如今是婚姻自主，由不得你了，你家养的那个小姑娘，要真是没有娘家，就算成你的闺女好了。”二诸葛道：“那也可以，不过还得请区长恩典恩典，不能叫他跟于福这闺女订婚！”区长说：“这你就管不着了！”二诸葛发急道：“千万请区长恩典恩典，命相不对，这是一辈子的事！”又向小二黑道：“二黑！你不要糊涂了！这是你一辈子的事！”区长道：“老汉！你不要糊涂了，强逼着你十九岁的孩子娶上个十二岁的小姑娘，恐怕要生一辈子气！我不过是劝一劝你，其实只要人家两个人愿意，你愿意不愿意都不相干。回去吧！童养媳没处退算成你的闺女！”二诸葛还要请区长“恩典恩典”，一个交通员把他推出来了。

十一　看看仙姑

三仙姑去寻二诸葛，一来为的是逞逞闹气的本领，二来为的是遮遮外人的耳目，其实让小芹吃一吃亏她很高兴，所以跟二诸葛老婆闹了一阵之后，回去就睡了。第二天早上，她起得很迟，于福虽比她着急，可是自己既没有主意，又不敢叫醒她，只好自己先去做饭。饭快成的时候，三仙姑慢慢起来梳妆。于福问她道：“不去打

抗日时期，解放区群众在斗争地痞（油画）

听打听小芹？”她说：“打听她做甚啦？她的本领多大啦？”于福也再没有敢说什么，把饭菜做成了放在炉边等，直等到她梳妆罢了才开饭。

饭还没有吃罢，区上的交通员来传她。她好像很得意，嗓子拉得长长地说：“闺女大了咱管不了，就去请区长替咱管教管教！”她吃完了饭，换上新衣服、新手帕、绣花鞋、镶边裤，又擦了一次粉，加了几件首饰，然后叫于福给她备上驴，她骑上，于福给她赶上，往区上去。

到了区上。交通员把她引到区长房子里，她趴下就磕头，连声叫道：“区长老爷，你可要给我作主！”区长正伏在桌上写字，见她低着头跪在地下，头上戴了满头银首饰，还以为是前两天跟婆婆生了气的那个年轻媳妇，便说道：“你婆婆不是有保人吗？为什么不找保人？”三仙姑莫名其妙，抬头看了看区长的脸。区长见是个擦着粉的老太婆，才知道是认错人了。交通员道：“认错人了！这就是于小芹的娘！”区长打量了她一眼道：“你就是小芹的娘呀？起来！不要装神做鬼！我什么都清楚！起来！”三仙姑站起来了。区长问：“你今年多大岁数？”三仙姑说：“四十五。”区长说：“你自己看看你打扮得像个人不像？”门边站着老乡一个十来岁的小闺女嘻嘻嘻笑了。交通员说：“到外边耍！”小闺女跑了。区长问：“你会下神是不是？”三仙姑不敢答话。区长问：“你给你闺女找了个婆家？”三仙姑答：“找下了！”问：“使了多少钱？”答：“三千五！”问：“还有些什么？”答：“有些首饰布匹！”问：“跟你闺女商量过没有？”答：“没有！”问：“你闺女愿意不愿意？”答：“不知道！”区长道：“我给你叫来你亲自问问她！”又向交通员道：“去叫于小芹！”

刚才跑出去那个小闺女，跑到外边一宣传，说有个打官司的老婆，四十五了，擦着粉，穿着花鞋。邻近的女人们都跑来看，挤了半院，唧唧哝哝说：“看看！四十五了！”“看那裤腿！”“看那鞋！”三仙姑半辈没有脸红过，偏这会撑不住气了，一道道热汗在脸上流。交通员领着小芹来了，故意说：“看什么？人家也是个人吧，没有见过？闪开路！”一伙女人们哈哈大笑。

把小芹叫来，区长说：“你问问你闺女愿意不愿意！”三仙姑只听见院里人说“四十五”“穿花鞋”，羞得只顾擦汗，再也开不得口。院里的人们忽然又转了话头，都说“那是人家的闺女”“闺女不如娘会打扮”，也有人说“听说还会下神”，偏又有个知道底细的断断续续讲“米烂了”的故事，这时三仙姑恨不得一头碰死。

抗日战争中的民兵

区长说：“你不问我替你问！于小芹，你娘给你找的婆家你愿意跟人家结婚不愿意？”小芹说：“不愿意！我知道人家是谁？”区长问三仙姑道：“你听见了吧？”又给她讲了一会婚姻自主的法令，说小芹跟小二黑订婚完全合法，还吩咐她把吴家送来的钱和东西原封退了，让小芹跟小二黑结婚。她羞愧之下，一一答应了下来。

十二 怎么到底

三个民兵回到刘家，一说区上把兴旺金旺二人押起来，又派助理员来调查他们的罪恶，真是人人拍手称快。午饭后，庙里开一个群众大会，村长报告了开会宗旨，就请大家举他两个人的作恶事实。起先大家还怕扳不倒人家，人家再返回来报仇，老大一会没有人说话；有几个胆子太小的人，还悄悄劝大家说：“忍事者安然。”有个被他两人作践垮了的年轻人说：“我从前没有忍过？越忍越不得安然！你们不说我说！”他先从金旺领着土匪到他家绑票说起，一连说了四五款，才说道：“我歇歇再说，先让别人也说几款！”他一说开了头，许多受过害的人也都抢着说起来：有给他们花过钱的，有被他们逼着上过吊的，也有产业被他们霸了的，老婆被他们奸淫过的。他两人还派上民兵给他们自己割柴，拨上民夫给他们自己锄地；浮收粮，私派款，强迫民兵捆人……你一宗他一宗，从晌午说到太阳落，一共说了五六十款。

区上根据这些罪状把他两人送到县里，县里把罪状一一证实之后，除叫他们赔偿大家损失外，又判了十五年徒刑。

经过这次大会之后，村里人也都敢出头了。不久，村干部又都经过大改选，村里人再也不敢乱投坏人的票了。这其间，金旺老婆自然也落了选。偏她还变了口吻，说：“以后我也要进步了。”

两个神仙也有了变化：

三仙姑那天在区上被一伙妇女围住看了半天，实在觉着不好意思，回去对着镜子研究了一下，真有点打扮得不像话；又想到自己的女儿快要跟人结婚，自己还卖什么老俏？这才下了个决心，把自己的打扮从顶到底换了一遍，弄得像个当长辈人的样子，把三十年来装神弄鬼的那张香案也悄悄拆去。

二诸葛那天从区上回去，又向老婆提起二黑跟小芹的命相不对，他老婆道：“把你的鬼八卦收起吧！你不是说二黑这回了不得吗？你一辈子放个屁也要卜一课，究竟抵了些什么事？我看小芹满不错，能跟咱二黑过就很好！什么命相对不对？你就不记得‘不宜栽种’？”二诸葛见老婆都不信自己的阴阳，也就不好意思再到别人跟前卖弄他那一套了。

小芹和小二黑各回各家，见老人们的脾气都有些改变，托邻居们趁势和说和说，两位神仙也就顺水推舟同意他们结婚。后来两家都准备了一下，就过门。过门之后，小两口都十分得意，邻居们都说是村里第一对好夫妻。

夫妻们在自己卧房里有时候免不了说玩话：小二黑好学三仙姑下神时候唱“前世姻缘由天定”，小芹好学二诸葛说“区长恩典，命相不对”。淘气的孩子们去听窗，学会了这两句话，就给两位神仙加了新外号：三仙姑叫“前世姻缘”，二诸葛叫“命相不对”。

·作品赏析·

《小二黑结婚》写于 1943 年 5 月。小说描写的是抗战时期解放区一对青年男女为追求婚姻自由，冲破封建传统和守旧家长的阻挠，最终结为夫妻的故事，生动地塑造了二诸葛、三仙姑两个落后农民和小二黑、小芹两个年轻进步农民的形象。二诸葛胆小怕事、落后迷信，极力想维护家长制的权威，顽固地反对儿子小二黑与小芹自由恋爱结婚。三仙姑本是一个好逸恶劳、作风不正的妇女，不仅忌妒女儿小芹的幸福婚姻，而且还贪财出卖女儿。小说通过这两对思想观念截然相反的农民的对照，揭示了当时农村中旧习俗的封建残余势力对人们思想行为的束缚，以及新老两代人的意识冲突与变迁，说明实行民主改革、移风易俗的重要性，同时歌颂了民主政权的力量，反映了解放区的重大变化。小说结构完整，情节跌宕，语言通俗，富于地方色彩，开创了中国评书体的现代小说形式。

期待 / 师陀

入选理由

著名作家师陀的短篇名作
一个诗意的抒情篇章
文章不在情节本身，而在情调的渲染

我忽然想起徐立刚的父亲徐大爷同徐立刚的母亲徐大娘。徐立刚就是人家叫他大头的徐立刚，我小时候的游伴，据说早已在外面一个无人知道的地方被枪杀了；并且当我问起的时候，只有极少几个人能想起他的名字，这个小城的居民几乎完全把他给忘了。那么这两个丧失了自己独养子的老人，两棵站立在旷野上的最后的老芦草，他们是怎样在风中摇曳，怎样彼此照顾，而又怎样度着他们的晚境的呢？

这一天我站在他们门前，快近黄昏时分，许多年前的情景又油然回到我心里来。徐大爷是个中年人，高大，庄严，有一条腿稍微有点瘸。徐大娘跟她丈夫相反，圆圆的大脸盘儿，相当喜欢说话，常把到他们家里去的年轻人当干儿子看。徐立刚自己由他们调和起来，高大像他父亲，善良像他母亲。徐立刚的妹妹，用红绒绳扎双

作者简介

师陀（1910 ~ 1988），原名王长简，1946年以前用笔名芦焚。成长在豫东闭塞农村，却凭借着自己对世俗人生的领悟以及自己对苦闷出路的探寻，找到了一条属于自己的骄傲的文学之路。在他的文学中我们经常能见到他优雅的抒情和淡淡的讽刺，这是一种苦心孤诣的艺术，也为他赢取了读者的信赖，主要写下了小说集《谷》（第一个短篇小说集，1937年因艺术风格独特而获得《大公报》文艺奖金），散文集《上海三札》、《江湖集》，以及剧本《西门豹》、《伐竹记》。

师陀像

道髻，是个淘气的小女孩。这人家跟我多亲切，过去跟我多熟！——我想着，我踌躇着，好几回我伸出手又缩回来，忍不住去看街上。

在街上，时间更加晚了，照在对面墙上的云霞的反光逐渐淡下去了。一只猪哼哼着在低头寻觅食物；一个孩子从大街上跑过来；一个卖煤油的尽力敲着木鱼。

"砰，砰！"终于我敲门，随后，一阵更深的静寂。

我于是重新回头观望街景，云霞的反光更淡下去；猪仍旧在寻觅食物；孩子早已跑过；卖煤油的木鱼声越来越急，越响越远。街上没有人了。

"这条街多凄凉！"我心里说，在旁边站着。

有人走出来？

"谁呀？"一个女人在里头大声问。

门闩响着，门呻吟着开了。一条小花狗想朝我扑上来，在那女人背后狂吠。院子里空荡荡的，墙角有棵枣树——我吃过它结的枣的枣树，开始上宿的母鸡蹲在鸡笼顶上，一只红公鸡咕咕着预备往上跳。

我正要问主人在不在家，一个老人在堂屋当门现出来，接着，差不多同时，一个老太太也现出来。他们站在门口向外望着，好像一对从窠里探出头来的小燕。

老人——徐大爷。

"嗷嗷嗷！"他吆喝住狗，一面高声说："别教它咬，外甥女。是谁在外面哪？"

给我开门的那个三十多岁的妇女，也就是徐大爷的外甥女，先是惊异的向我打量着，回答说"不认识"，然后躲到厨房里去了。

老太太——徐大娘，她分明比她的丈夫更不安。

"谁在外面？站在外面的是谁？"她焦躁的频频转过头去问徐大爷，声音很低，但一直送到大门外。

"我看不大清楚，"徐大爷用力朝我这边瞅着。停了一会，他又说，"真想不到——我看是马，马叔敖吧。"

"马，马，马叔敖……"

徐大娘想着，慌乱的念叨着，突然她发出欢呼。

“哦，马叔敖！真的是你吗？”两个老人同时喊。“进来，进来，别站在外面。你怎么不先捎个信来？”

我没有方法说明他们多快活。他们说着同时奔出来，徐大爷替我赶开狗，徐大娘忙的不知该怎么办——他们好像什么都忘掉了，鸡被惊吓的满院子跑，他们也顾不得管了。

我们于是走进堂屋。屋子里陈设仍旧跟好几年前一样，迎面仍旧供着熏黑了的观音神像，两边挂着的仍旧是当初徐大爷娶亲时人家送的喜联，在条几上——神像前面，仍是香筒、磬和香炉。所有的东西几乎全不曾变动，全在老地方。唯一多出来的是对联顶上簪的纸花，少女出阁时插在男家送来的喜上的装饰品。

“有茶吗，外甥女？快拿茶来。”徐大爷关照说，一颠一颠走进来。

徐大娘完全忙糊涂了。这难道是梦吗？她笑着，不住向我上下打量，嘴唇动弹，泪涌出来，在她的老眼里转。

“可不是么，真的是你，叔敖。”她重复说。她问我几时来的，问我中间隔了多少年，我跟他们立刚同时离开的这个小城。然后，一句老太太永不会忘记的老话，她说我比先前高多了。

徐大爷在旁边站着，直到这时才插进嘴，他对徐大娘嚷：

“有话停会也能讲！你就不教人家歇歇，喘口气？”

我们全坐下来。

那位徐大爷的外甥女端来两碗茶，随后走出去。

徐大娘坐在下面网凳上。徐大娘的确老得多了，她的原是极强壮的身体衰驼了；她的眼睛看起来很迟钝，脸上的皱纹比先前更深，皱褶更大；她的包着黑绉纱的头顶，前面一部分分明是秃了的，而其余的几乎也全白了。

“你在外边好吗？”她用袖子擦眼睛，没有留心我望着她时候的惊异。“听说你也一直没在家——这些年你都在什么地方？你看见过立刚没有？”

一阵莫大的恐慌，我对老太太怎么讲

挑着担子走向田间的旧时保姆

旧时的保姆，以自己柔弱的双肩承起了生活的重担，在她们褴褛的衣着、憔悴的面容之下，隐藏着一颗坚强的心，一颗承受各种苦难、向不幸命运和黑暗世道抗争的心。

呢？我跟她说她的好立刚死了吗？早就被人家杀害了吗？幸喜她的注意并不在这里。人们说老年人就是长老了的小孩，这指的正是徐大娘。徐大娘正在一种天真的兴奋中，你心里会说："什么念头在她心里转哪，她这么忙？"

"你接到过他的信没有？"她的老眼犹疑不定地转动着，随即加上一句。说着她站起来，一件别的事情分明又引动她了。

徐大爷，像罪人般一直在旁边被煎熬的徐大爷，在他们遭遇的不幸中，长期的悲苦绝望中，他显然学会了体谅忍耐。

"你又？……"徐大爷可怜的瞧着他的老伴，从他的神色上，你又很容易看出他在向她乞求。

徐大娘干脆回答他："你别管！"

"可你这是干什么呀？你这是？"在绝望中，老头子的声音差不多变成了呜咽。徐大娘可不理他。徐大娘一直朝里边去了

现在我仔细地观察徐大爷。徐大爷也老多了，比起徐大娘，我要说你更老了。因为打击对你来得更重，你心上的负担更大，你的痛苦更深。因此你的眼睛也就更加下陷，在昏暗中看去像两个洞；你的头发更少更白，皱纹同样在你脸上生了根，可是你比你的老伴徐大娘更瘦，更干枯，更惨淡；你的衣服是破旧的，要不是徐大娘催逼，你穿上后绝不会想到换的；你的钮扣——自然是早晨你忘记了，上面的两颗你没有扣上。精神上的负担给人的影响有多大呀，徐大爷？你在我对面几乎始终没有做声，眼睛茫然向空中瞅着，慢吞吞地吸着烟。烟早就灭了，可是你没有注意。你的眼里弥漫着泪。看了你的可怜的软弱老态，人绝想不到你能忍受这么大的痛苦；而事实上，要不是你的一把年纪支持着你，你会忽然倒下去，用头撞着地或是桌子，你会哀伤得像孩子般痛哭着说："让我说出来吧，我受不住。让我全说出来吧！"你不会吗？你会的，即使在一个后辈面前你也会的啊！

那么，试想现在我能讲什么呢？面对这个老人。

"这城里变的真厉害，"我说。我们于是从这里开始，从这里谈到城隍庙，谈

到地方上的奇闻，谈到最近两年来的收成，慢慢的，最后我们谈到他的女儿，徐立刚的妹妹。

这些自然是无聊话，敷衍话。当我们谈着的时候，我深信徐大爷大概正跟我同样——我们心里同样回荡着另一件事。为了害怕，为了避免触到它，我们才提出这些问题。但是除此之外，对着这个可怜老人我又能讲什么呢？一切正如料想，他们的生活很困难；至于他们的小女，那个我最后一次看见她还用红绒绳扎着道髻的淘气小女孩，她也早在两年前出嫁了。

接着我们又不得不静默下来。在我们谈话中间，柜子在卧房里响着，徐大娘终于走出来了。

"怎么还不点上灯？"她精神很充足的问。

徐大爷将灯点上。

徐大娘回到网凳上。徐大娘手里拿个布包，一个一层一层用布严密包起来的包裹。

"这是立刚的信。"她说，一面把布包打开。

徐大娘小心翼翼地将布包打开，剥开一层又是一层。最后有几封被弄污被摸破的旧信从里头露出来了，很容易看出好几年来她都谨慎地保存着，郑重地锁在柜子里，每遇见识字的她就拿出来，它们曾经被无数的手摸过，无数次被打开过。

"你看这一封，"她从其中拣出一封顶龌龊的。"他怎么说？"

我忍着苦痛把信接过来。这一封是从一个煤矿上寄来的，虽然我很不情愿，也只得存着为了满足一个孩子的心情从信封里抽出信纸。

父亲大人：来信敬悉。我在这边差称平顺，以后最好少写信来。妹妹年纪还轻，似不必急于订婚；不过你跟母亲既然主意已定，事情原委我不清楚，很难参加意见。总之只要她本人将来满意就好。说到回家，恐怕对大家都不方便，只有将来再说了。……

这些信的内容徐大娘大概早已记熟了，只要看信封上的记号她就准知道里面说什么了，但是她的老眼仍旧毫不瞬转地盯着我，留心听每一个字，好像要把它们捉住。很可能，这些字在她听去很可能一遍比一遍新鲜。

"他说他身子壮吗？"看见我停下来，她唠叨着问。

"是的，"我把信交还她，"他说他身子很壮。"

于是第二封，从湖北一所监狱里寄来的。

"好几年前头，"她叹息说，"他蓦地里写了这封信，教家里给他兑钱。"

第三封，最后的没有发信地址的一封——

我考虑好多遍，每次我都想到将来你们总会明白，把写成的信撕了。但是最后我仍旧决定写，我不能教你们白白想念我。请跟母亲说吧，父亲，硬起心肠（心肠硬有时是有好处的），请跟她说以后别等我了。现在我很平静。只有想到你们的时候我心里才乱，……父亲，以后全家都放在你身上，妹妹跟母亲都系在你身上，你要保重自己，要想开一点，千万别抛开她们。要留心母亲。要好好看待妹妹。我知道你不会责备我。最好忘记我，权当根本没有这个儿子……

我念着，手不住地抖着。

“他为什么说不回来了呢？”徐大娘怀疑地问我。“一千个好不如一个好，外面再好总没有家里好！”

大家都不做声。她的目光转到别处，望着空中，泪源源滚到老皱的脸上来。

“男孩子心肠真狠，不想想做娘的怎么过的，出门就不回来了！”她哽咽着，颤巍巍地举起手去擦眼泪。“好几年不往家里打信，我常常想，不知道他是胖或是瘦，也不知道受不受苦……我连模样都猜不出——本来家里有他一张照相，后来人家说要来搜查，徐大爷给他烧了。”

难言的悲恸，强迫我走开。我小时候的游伴，高大像他父亲，善良又像他母亲的大头徐立刚在我心头活动，在我面前和我相对的，是他身后遗留给这个世界的两位孤苦无助的老人，我的眼泪同样要流出来了。我的眼睛转向旁边，看见桌子在我进来之前已经抹光，桌面上整齐的摆着四双筷子，先前我没有注意。这当然不是给我摆的。

“你们有客吗，徐大爷？”我低声问，打算作为告辞的理由。

徐大爷始终沉浸在他自己的哀愁中，不可知的思想中，或幻梦中。

“没有，没有客。”

老人抬起头来懵懂地瞅着我，后来终于明白我的意思，翘翘下巴指着筷子，用几乎听不见的干哑声音说：

“那一双是我外甥女的，她来住几天。这一双是——是她给他放的！”

天下事还有比这更令人痛心并令人永永难忘？这筷子是给“他”预备的，给好儿子徐立刚的！他死了好几年，从人世上湮灭好几年，还一年一年被等待，被想念，他的母亲还担心他胖了瘦了，每到吃饭她还觉得跟平常一样，跟他在家时候一样，照例坐在她旁边。难道当真还有比这更令人绝望的吗？还有他们怎么想呢？那些谋杀徐立刚的人，当他们杀害他的时候，他们可曾想到母亲的心多仁慈，多广大，她的爱情多深吗？不，这些杀人的魔鬼是绝对不会想到的。

请想想两个老人的惊慌吧，当我终于硬着头皮站起来向他们告辞的时候。

"怎么，你要走吧，叔敖？你不在这里用饭？"徐大爷在后面大声呼喊。

徐大娘——她更加惊慌，跟小鸟一样，并且脸上还挂着泪呢。

"别走，叔敖，在这里吃饭！……你明天还来吗？"她用更大的声音向我呼喊。

我尽可能赶快走出去，或是说逃出去——不来了，徐大娘；还有你，徐大爷！让我们以河水发誓，除非城墙夷为平地，除非这个世界翻转来，永远不来了！

天不知几时黑下来了。我穿过天井，热泪突然滚到脸上，两个老人从后面追上来，直把我送出大门。街上没有灯火。所有的居民都已回到他们自己家里，他们的温暖的或不温暖的老巢里了。在上面，满天星斗正耿耿望着人间，望着这个平静的住着两个可怜老人的小城，照耀着寂无行人的街道。我摸索着沿街走下去，风迎面吹过来，一个"叫街"① 的正远远的不知在何处哀呼。两个老人继续留在门口，许久许久，他们中间的一个——徐大爷在暗中叹了口气；他们中间的另一个——徐大娘说城门这时候大概落了锁了。

· 作品赏析 ·

师陀的文学，就像他自己所说的，默默地品味着自己的和别人的痛苦，以马兰花的顽强和黄花苔的潜隐，静寂地营造着自己果园城的美好，充满了感伤的诗意，评论者认为这是对失去的田园式的宗法社会的依恋，表达的是一种哀愁。这种独特的行文风格让他具备了非一般的精神气质和创伤性的心理体验。

《期待》的单纯超出了读者的阅读期待，就像《师陀略传》中所评述的：作品一般没有惊险的情节，而是靠诗意的抒情，凝练简洁、生动活泼而又略带揶揄的语言来再现场景和展示人物性格的。他忽视了小说的整体布局，只是按照事情的自然顺序次序演进，没有预设最终的所谓结局。这是一种散文化的笔触，就像评论家所说的：他描写风景人物甚于说故事。在写短篇小说时他仍不免没有脱除写游记和描写类散文的积习。也许根本就不应该只当作短篇小说看的。

在文章中，作者已然淡化了人物的特殊性，而是呈现出了一种泛指的倾向，就像在文章的结尾所说的：两个老人继续留在门口，许久许久，他们中间的一个——徐大爷在暗中叹了口气；他们中间的另一个——徐大娘说"城门这时候大概落了锁了"。这只是作者的言语表达的借口，而真正的意蕴则是作者落寞的一颗心。而这种不确定感更是打破了文章的时空性，因为它所关注的焦点是在人与社会文化的交接内涵，以刻意的诗意隐瞒自己对生存现状的绝望心态。所以他的文章既不属于京派也不属于当时的左翼文学，而是显出了自己的独到的行文特色，以果园城的影像傲立在整个中国文坛上。

① 叫街：旧社会北方小城市里一种专门在夜间出来高声求乞的叫化。

牛车上 / 萧红

入选理由

萧红的短篇小说代表作之一

以诗意的笔调勾勒出旧中国军阀混战，普通百姓家破人亡、妻离子散的悲惨画面

金花菜在三月的末梢就开遍了溪边。我们的车子在朝阳里轧着山下的红绿颜色的小草，走出了外祖父的村梢。

车夫是远族上的舅父，他打着鞭子，但那不是打在牛的背上，只是鞭梢在空中绕来绕去。

“想睡了吗？车刚走出村子呢！喝点梅子汤吧！等过了前面的那道溪水再睡。”外祖父家的女佣人，是到城里去看她的儿子的。

萧红像

“什么溪水，刚才不是过的吗？”从外祖父家带回来的黄猫，也好像要在我的膝头上睡觉了。

“后塘溪。”她说。

“什么后塘溪？”我并没有注意她，因为外祖父家留在我们的后面，什么也看不见了，只有村梢上庙堂前的红旗杆还露着两个金顶。

作者简介

萧红（1911 ~ 1942），原名张乃莹，黑龙江呼兰人，中国现代女作家。幼年丧母。1929 年入哈尔滨第一女子中学学习，接触“五四”新文学。1930 年反对家庭包办婚姻，离家出走，几经颠沛。1932 年与萧军同居。1936 年赴日本。1940 年与端木蕻良同抵香港。1942 年在香港病逝。主要作品有小说《生死场》、《呼兰河传》，散文《鲁迅先生记》、《回忆鲁迅先生》等。

“喝一碗梅子汤吧，提一提精神。”她已经端了一杯深黄色的梅子汤在手里，一边又去盖着瓶口。

“我不提，提什么精神，你自己提吧！”

他们都笑了起来，车夫立刻把鞭子抽响了一下。

“你这姑娘……顽皮……巧舌头……我……我……”他从车辕转过身来，伸手要抓我的头发。

我缩着肩头跑到车尾上去。村里的孩子没有不怕他的，说他当过兵，说他捏人的耳朵也很痛。

童年的萧红与其生母姜玉兰的合影

五云嫂下车去给我采了这样的花，又采了那样的花，旷野上的风吹得更强些，所以她的头巾好像是在飘着。因为乡村留给我尚没有忘却的记忆，我时时把她的头巾看成乌鸦或是鹊雀。她几乎是跳着，几乎和孩子一样。回到车上，她就唱着各种花朵的名字，我从来没有看到过她像这样放肆一般的欢喜。

车夫也在前面哼着低粗的声音，但那分不清是什么词句。那短小的烟管顺着风时时送着烟氛，我们的路途刚一开始，希望和期待都还离得很远。

我终于睡了，不知是过了后塘溪，或是什么地方，我醒过一次，模模糊糊的好像那管鸭的孩子仍和我打着招呼，也看到了坐在牛背上的小根和我告别的情景……也好像外祖父拉我的手又在说：“回家告诉你爷爷，秋凉的时候让他来乡下走走……你就说你姥爷腌的鹌鹑和顶好的高粱酒，等着他来一块喝呢……你就说我动不了，若不然，这两年，我总也去……”

唤醒我的不是什么人，而是那空空响的车轮。我醒来，第一下看到的是那黄牛自己走在大道上，车夫并不坐在车辕上。在我寻找的时候，他被我发现在车尾上，手上的鞭子被他的烟管代替着，左手不住地在擦着下颏，他的眼睛顺着地平线望着辽阔的远方。

我寻找黄猫的时候，黄猫坐到五云嫂的膝头上去了，并且她还抚摸猫的尾巴。我看看她的蓝布头巾已经盖过了眉头，鼻子上显明的皱纹因为挂了尘土，更显明起来。

他们并没有注意到我的醒转。

“到第三年，他就不来信啦！你们这当兵的人……”

我就问她："你丈夫也是当兵的吗？"

赶车的舅舅，抓了我的辫发，把我向后拉了一下。

"那么以后……就总也没有信来？"他问她。

"你听我说呀！八月节刚过……可记不得哪一年啦，吃完了早饭，我就在门前喂猪，一边啌啌啌地敲着槽子，一边'嘀唠嘀唠'地叫着猪……哪里听得着呢？南村王家的二姑娘喊着：'五云嫂，五云嫂……'一边跑着一边喊着：'我娘说，许是五云哥给你捎来的信！'真是，在我眼前的真是一封信，等我把信拿到手哇！看看……我不知为什么就止不住心酸起来……他还活着吗！他……眼泪就掉在那红签条上，我就用手去擦，一擦这红圈子就印到白的上面去。把猪食就丢在院心……进屋摸了件干净衣服，我就赶紧跑。跑到南村的学房，见了学房的先生，我就一面笑着，就一面流着眼泪……我说：'是外头人来的信，请先生看看……一年多的没来过一个字。'学房先生接到手里一看，就说不是我的。那信我就丢在学房里跑回来啦……猪也没有喂，鸡也没有上架，我就躺在炕上啦……好几天，我像失了魂似的。"

"从此就没有来信？"

"没有。"她打开了梅子汤的瓶口，喝了一碗，又喝一碗。

"你们这当兵的人，只说三年二载……可是回来……回来个什么呢！回来个灵魂给人看看吧……"

"什么？"车夫说，"莫不是阵亡在外吗……"

"是，就算吧！音信皆无过了一年多。"

旧时东北地区乘牛车远行的人们

“是阵亡？”车夫从车上跳下去，拿了鞭子，在空中抽了两下，似乎是什么爆裂的声音。

“还问什么……这当兵的人真是凶多吉少。”她折皱的嘴唇好像撕裂了的绸片似的，显得轻浮和单薄。

车子一过黄村，太阳就开始斜了下去，青青的麦田上飞着鹊雀。

“五云哥阵亡的时候，你哭吗？”我一面捉弄着黄猫的尾巴，一面看着她。但她没有睬我，自己在整理着头巾。

等车夫颠跳着来在了车尾，扶了车栏，他一跳就坐在了车上。在他没有抽烟之前，他的厚嘴唇好像关紧了的瓶口似的严密。

五云嫂的说话，好像落着小雨似的，我又顺着车栏睡下了。

等我再醒来，车子停在一个小村头的井口边，牛在饮着水，五云嫂也许是哭过，她陷下的眼睛高起了，并且眼角的皱纹也张开来。车夫从井口搅了一桶水提到车子旁边：

“不喝点吗？清凉清凉……”

“不喝。”她说。

“喝点吧，不喝，就是用凉水洗洗脸也是好的。”他从腰带上取下手巾来，浸了浸水，“揩一揩！尘土迷了眼睛……”

当兵的人，怎么也会替人拿手巾？我感到了惊奇。我知道的当兵的人就会打仗，就会打女人，就会捏孩子们的耳朵。

“那年冬天，我去赶年市……我到城里去卖猪鬃，我在年市上喊着：‘好硬的猪鬃来……好长的猪鬃来……’后一年，我好像把他爹忘下啦……心上也不牵挂……想想那没有个好，这些年，人还会活着！到秋天，我也到田上去割高粱，看我这手，也吃过气力……春天就带着孩子去做长工，两个月三个月的就把家拆了。冬天又把家归拢起来。什么牛毛啦……猪毛啦……还有些收拾来的鸟雀的毛。冬天就在家里收拾，收拾干净呀……就选一个暖和的天气进城去卖。若有顺便进城去的车呢，把秃子也就带着……那一次没有带秃子。偏偏天气又不好，天天下清雪，年市上不怎么热闹；还有几捆猪鬃也总卖不完。一早就蹲在市上，一直蹲到太阳偏西。在十字街口，一家大买卖的墙头上贴着一张大纸，人们来来往往地在那里看，像是从一早那张纸就贴出来了！也许是晌午贴的……有的还一边看，一边念出来几句。我不懂得那一套……人们说是‘告示，告示’，可是告的什么，我不懂那一套……‘告示’倒知道，是官家的事情，与我们做小民的有什么长短！可不知为什么看的人就那么多……听说么，是捉逃兵的‘告示’……又听说么……又听说几天就要送到县城枪毙……”

“哪一年？民国十年枪毙逃兵二十多个的那回事吗？”车夫把卷起的衣袖在下

旧时穿行于乡间小河中的东北牛车

意识里把它放下来，又用手扶着下颏。

“我不知道那叫什么年……反正枪毙不枪毙与我何干，反正我的猪鬃卖不完就不走运气……”她把手掌互相擦了一会，猛然像是拍着蚊虫似的，凭空打了一下：

“有人念着逃兵的名字……我看着那穿黑马褂的人……我就说：‘你再念一遍！’起先猪毛还拿在我的手上……我听到了姜五云姜五云的，好像那名字响了好几遍……我过了一些时候才想要呕吐……喉管里像有什么腥气的东西喷上来，我想咽下去……又咽不下去！……眼睛冒着火苗……那些看告示的人往上挤着，我就退在了旁边。我再上前去看看，腿就不做主啦！看‘告示’的人越多，我就退下来了！越退越远啦！……”

她的前额和鼻头都流下汗来。

“跟了车，回到乡里，就快半夜了。一下车的时候，我才想起了猪毛……那里还记得起猪毛……耳朵和两张木片似的啦……包头巾也许是掉在路上，也许是掉在城里……”

她把头巾掀起来，两个耳朵的下梢完全丢失了。

“看看，这是当兵的老婆……”

这回她把头巾束得更紧了一些，所以随着她的讲话，那头巾的角部也起着小小的跳动。

“五云倒还活着，我就想看看他，也算夫妇一回……”

“……二月里，我就背着秃子，今天进城，明天进城……‘告示’听说又贴过了几回，我不去看那玩艺儿，我到衙门去问，他们说：‘这里不管这事。’让我到兵营里去！……我从小就怕见官……乡下孩子，没有见过。那些带刀挂枪的，我一看到就发颤……去吧！反正他们也不是见人就杀……后来常常去问，也就不怕了。反正一家三口，已经有一口拿在他们的手心里……他们告诉我，逃兵还没有送过来。我说什么时候才送过来呢？他们说：‘再过一个月吧！’……等我一回到乡下，就听说逃兵已从什么县城，那是什么县城？到今天我也记不住那是什么县城……就是听说送过来啦就是啦……都说若不快点去看，人可就没有了。我再背着秃子，再进城……去问问，兵营的人说：‘好心急，你还要问个百八十回。不知道，也许就不送过来。’……有一天，我看着一个大官，坐着马车，叮咚叮咚地响着铃子，从营房走出来了……我把秃子放在地上，我就跑过去，正好马车是向着这边来的，我就跪下了，也不怕马蹄就踏在我的头上。

“‘大老爷，我的丈夫……姜五……’我还没有说出来，就觉得肩膀上很沉重……那赶马车的把我往后面推倒了，好像跌了跤似的我爬在道边去。只看到那赶马车的也戴着兵帽子。

“我站起来，把秃子又背在背上……营房的前边，就是一条河，一个下半天都在河边上看着水。有些钓鱼的，也有些洗衣裳的。远一点，在那河湾上，那水就深了，看着那浪头一排排地从眼前过去。不知道几百条浪头都坐着看过去了。我想把秃子放在河边上，我一跳就下去吧！留他一条小命，他一哭就会有人把他收了去。

“我拍着那小胸脯，我好像说：‘秃儿，睡吧。’我还摸摸那圆圆的耳朵，那孩子的耳朵，真是，长得肥满，和他爹的一模一样。一看到那孩子的耳朵，就看到他爹了。”

她为了赞美而笑了笑。

“我又拍着那小胸脯，我又说：‘睡吧！秃儿。’我想起了，我还有几吊钱，也放在孩子的胸脯里吧！正在伸，伸手去放……放的时节……孩子睁开眼睛了……又加上一只风船转过河湾来，船上的孩子喊妈的声音我一听到，我就从沙滩上面……把秃子抱在……怀里了……”

她用包头巾像是紧了紧她的喉咙，随着她的手，眼泪就流了下来。

“还是……还是背着他回家吧！哪怕讨饭，也是有个亲娘……亲娘的好……”

那蓝色头巾的角部，也随着她的下颏也颤抖了起来。

我们车子的前面正过着一堆羊群，放羊的孩子口里响着用柳条做成的叫子，野地在斜过去的太阳里分不出什么是花什么是草了！只是混混黄黄的一片。

车夫跟着车子走在旁边，把鞭梢在地上荡起着一条条的烟尘。

“……一直到五月，营房的人才说：‘就要来的，就要来的。’

“……五月的末梢，一只大轮船就停在了营房门前的河沿上。不知怎么这样多的人！比七月十五看河灯的人还多……”

她的两只袖子在招摇着。

“逃兵的家属，站在右边……我也站过去，走过一个戴兵帽子的人，还每个人给挂了一张牌子……谁知道，我也不认识那字……

“要搭跳板的时候，就来了一群兵队，把我们这些挂牌子的……就圈了起来……‘离开河沿远点，远点……’他们用枪把子把我们赶到离开那轮船有三四丈远……

站在我旁边的，一个白胡子的老头，他一只手下提着一个包裹，我问他：‘老伯，为啥还带来这东西？’……‘哼！不！……我有一个儿子和一个侄子……一人一包……回阴曹地府，不穿洁净衣裳是不上高的。’

“跳板搭起来了……一看跳板搭起来就有哭的……我是不哭，我把脚跟立得稳稳当当的，眼睛往船上看着……可是，总不见出来……过了一会，一个兵官，挎着洋刀，手扶着栏杆说：‘让家属们再往后退退……就要下船……’听着嗬唠一声，那些兵队又用枪把子把我们向后赶了过去，一直赶上道旁的豆田，我们就站在豆秧上，跳板又呼隆呼隆地又搭起了一块……走下来了，一个兵官领头……那脚镣子，哗啦哗啦的……我还记得，第一个还是个小矮个……走下来五六个啦……没有一个像秃子他爹宽宽肩膀的，是真的，很难看……两条胳臂直伸伸的……我看了半天工夫，才看出手上都是戴了铐子的。旁边的人越哭，我就格外更安静。我只把眼睛看着那跳板……我要问问他爹‘为啥当兵不好好当，要当逃兵……你看看，你的儿子，对得起吗？’

“二十来个，我不知道哪个是他爹，远看都是那么个样儿。一个青年的媳妇……还穿了件绿衣裳，发疯了似的，穿开了兵队抢过去了……当兵的哪肯叫她过去……就把她抓回来，她就在地上打滚。她喊：‘当了兵还不到三个月呀……还不到……’两个兵队的人，就把她抬回来，那头发都披散开啦。又过了一袋烟的工夫，才把我们这些挂牌子的人带过去……越走越近了，越近也就越看不清楚哪个是秃子他爹……眼睛起了白蒙……又加上别人都呜呜啕啕的，哭得我多少也有点心慌……

“还有的嘴上抽着烟卷，还有的骂着……就是笑的也有。当兵的这种人……不怪说，当兵的不惜命……

“我看看，真是没有秃子他爹，哼！这可怪事……我一回身，就把一个兵官的皮带抓住：‘姜五云呢？’‘他是你的什么人？’‘是我的丈夫。’我把秃子可就放在地上啦……放在地上，那不作美的就哭起来，我啪的一声，给秃子一个嘴巴……接着，我就打了那兵官：‘你们把人消灭到什么地方去啦？！’

“‘好的……好家伙……够朋友……’那些逃兵们就连起声来跺着脚喊。兵官看看这情形，赶快叫当兵的把我拖开啦……他们说：‘不只姜五云一个人，还有两个没有送过来，明后天，下一班船就送来……逃兵里他们三个是头目。’

"我背着孩子就离开了河沿，我就挂着牌子走下去了。我一路走，一路两条腿发颤。奔来看热闹的人满街满道啦……我走过了营房的背后，兵营的墙根下坐着那提着两个包裹的老头，他的包裹只剩了一个。我说：'老伯，你的儿子也没来吗？'我一问他，他就把背脊弓了起来，用手把胡子放在嘴唇上，咬着胡子就哭啦！

"他还说：'因为是头目，就当地正法了咧！'当时，我还不知道这'正法'是什么……"

她再说下去，那是完全不相接连的话头。

"又过三年，秃子八岁的那年，把他送进了豆腐房……就是这样：一年我来看他两回。二年他回家一趟……回来也就是十天半月的……"

车夫离开车子，在小毛道上走着，两只手放在背后。太阳从横面把他拖成一条长影，他每走一步，那影子就分成了一个叉形。

"我也有家小……"他的话从嘴唇上流下来似的，好像他对着旷野说的一般。

"哟！"五云嫂把头巾放松了些。

"什么！"她鼻子上的折皱抖动了一些时候，"可是真的？……兵不当啦也不回家？……"

"哼！回家！就背着两条腿回家？"车夫把肥厚的手揩扭着自己的鼻子笑了。

"这几年，还没多少赚几个？"

"都是想赚几个呀！才当逃兵去啦！"他把腰带更束紧了一些。

我加了一件棉衣，五云嫂披了一张毯子。

"嗯！还有三里路……这若是套的马……嗯！一颠搭就到啦！牛就不行，这牲口性子没紧没慢，上阵打仗，牛就不行……"车夫从草包取出棉袄来，那棉袄顺着风飞着草末，他就穿上了。

黄昏的风，却是和二月里的一样。车夫在车尾上打开了外祖父给祖父带来的酒坛。

"喝吧！半路开酒坛，穷人好赌钱……喝上两杯。"他喝了几杯之后，把胸膛就完全露在外面。他一面啮嚼着肉干，一边嘴上起着泡沫。风从他的嘴边走过时，他唇上的泡沫也宏大了一些。

我们将奔到的那座城，在一种灰色的气候里，只能够辨别那不是旷野，也不是山岗，又不是海边，又不是树林……

车子越往前进，城座看来越退越远。脸孔和手上，都有一种粘粘的感觉……再往前看，连道路也看不到尽头……

车夫收拾了酒坛，拾起了鞭子……这时候，牛角也模糊了去。

"你从出来就没回过家？家也不来信？"五云嫂的问话，车夫一定没有听到，他打着口哨，招呼着牛。后来他跳下车去，跟着牛在前面走着。

对面走过一辆空车，车辕上挂着红色的灯笼。

“大雾！”

“好大的雾！”车夫彼此招呼着。

“三月里大雾……不是兵灾，就是荒年……”

两个车子又过去了。

·作品赏析·

这篇小说发表于1936年，系萧红的短篇小说代表作之一，标志着萧红小说艺术“日臻成熟”。小说凭借“我”的视点，描写一辆在乡间缓缓行进的牛车，通过五云嫂及乡亲的亲人被军阀残杀的遭遇，勾勒出一幅北中国军阀混战，劳动人民家破人亡、妻离子散的悲惨画面，控诉了军阀草菅人命的滔天罪行，含蓄地指明了劳动人民生活悲剧的根源。小说在鞭挞黑暗的同时，也揭示了以五云嫂为代表的劳动群众的心灵之美，表现了他们相濡以沫的崇高情怀。小说构思精巧，富于戏剧性。五云嫂和车夫都是军阀的受害者，牛车成了两个“天涯沦落人”命运的纠结点，虽属巧合，确是通过偶然表现了必然。小说充满了抒情诗似的氛围和情调，以散文般舒展自如的笔法，讲述了一个凄楚的故事，悲凉透骨，空旷袭人。此外，作品画面感极强，犹如一幅幅优美的风景画。

上海的狐步舞 / 穆时英

入选理由

作家穆时英的短篇小说代表作

海派文学中的经典之作

以蒙太奇的剪接方式展现上海的迷离场景

上海。造在地狱上面的天堂！

沪西，大月亮爬在天边，照着大原野。浅灰的原野，铺上银灰的月光，再嵌着深灰的树影和村庄的一大堆一大堆的影子。原野上，铁轨画着弧线，沿着天空直伸到那边儿的水平线下去。

林肯路。（在这儿，道德给践在脚下，罪恶给高高地捧在脑袋上面。）

拎着饭篮，独自个儿在那儿走着，一只手放在裤袋里，看着自家儿嘴里出来的热气慢慢儿的飘到蔚蓝的夜色里去。

三个穿黑绸长褂，外面罩着黑大褂的人影一闪。三张在呢帽底下只瞧得见鼻子和下巴的脸遮在他前面。

“慢着走，朋友！”

“有话尽说。朋友！”

“咱们冤有头，债有主，今儿不是咱们有什么跟你过

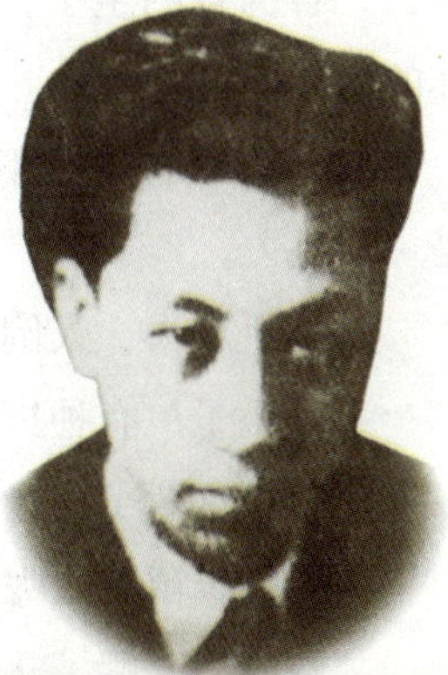

穆时英像

作者简介

穆时英（1912 ~ 1940），一个新感觉派的典范作家，在他的文学中甚至可以出现截然相反的东西，从《南北极》中掩映的精神的原始粗野到《白金的女体塑像》细腻唯美的纯粹感觉写作，让我们见识了他的非凡的文学造诣。在他的文学中最为显著的特征便是对现代物质文明孜孜不倦的歌颂，善于表现现代心态的复杂、烦乱与喧嚣，展现的是都市背景下尽情所能的灵魂和感官的享受，可谓句式变换复杂，用词典丽华美，有评论家就称这是歌颂堕落与浮华的颓废作家，但事实上穆时英在文学的造诣上的确是个青年才俊。经常有人会称道他为鬼才，又或者新感觉派的圣手。

20 世纪 20 年代的上海跑马厅

跑马厅在当时是富人的天堂，是达官贵人、地痞、洋人纵情玩耍的乐园。

不去，各为各的主子，咱们也要吃口饭，回头您老别怨咱们不够朋友。明年今儿是你的周年，记着！”

“笑话了！咱也不是那么不够朋友的——”一扔饭篮，一手抓住那人的枪，就是一拳过去。

碰！手放去，人倒下去，按着肚子。碰！又是一枪。

“好小子！有种！”

“咱们这辈子再会了，朋友！”

“黑绸长裙”把呢帽一推，叫搁在脑勺上，穿过铁路，不见了。

“救命！”爬了几步。

“救命！”又爬了几步。

嘟的吼了一声儿，一道弧灯的光从水平线底下伸了出来。铁轨隆隆地响着，铁轨上的枕木像蜈蚣似地在光线里向前爬去，电杆木显了出来，马上又隐没在黑暗里边，一列“上海特别快”突着肚子，达达达，用着狐步舞的拍，含着颗夜明珠，龙似地跑了过去，绕着那条弧线。又张着嘴吼了一声儿，一道黑烟直拖着尾巴那儿，弧灯的光线钻到地平钱下，一会儿便不见了。

又静了下来。

铁道交通门前，交错着汽车的弧灯的光线，管交通门的倒拿着红绿旗，拉开了那白脸红嘴唇，带了红宝石耳坠子的交通门。马上，汽车就跟着门飞了过去，一长串。

上了白漆的街树的腿，电杆木的腿，一切静物的腿……revue似地，把擦满了粉的大腿交叉地伸出来的姑娘们……白漆的腿的行列。沿着那条静悄的大路，从住宅的窗里，都会的眼珠子似地，透过了窗纱，偷溜了出来淡红的，紫的，绿的，处女的灯光。

汽车在一座别墅式的小洋房前停了，叭叭的拉着喇叭。刘有德先生的西瓜皮帽上的珊瑚结子从车门里探了出来，黑毛葛背心上两只小口袋里挂着的金表链上面的几个小金镑叮当地笑着，把他送出车外，送到这屋子里。他把半段雪茄扔在门外，走到客室里，刚坐下，楼梯的地毯上响着轻捷的鞋跟，嗒嗒地。

"回来了吗？"活泼的笑声，一位在年龄上是他的媳妇，在法律上是他的妻子的夫人跑了出来，指着他的鼻子道。"快！给我签张三千块钱的支票。"

"上礼拜那些钱又用完了吗？"

不说话，把手里的一叠账交给他，便拉他的蓝缎袍的大袖子往书房里跑，把笔送到他手里。

"我说……"

"你说什么？"堵着小红嘴。

瞧了她一眼便签了。她就低下脑袋把小嘴凑到他的大嘴上。"晚饭你独自个儿吃吧，我和小德要出去。"便笑着跑了出去，嘭的合上门。他掏出手帕来往嘴上一擦，麻纱手帕上印着tangee倒像我的女儿呢，成天的缠着要钱。

"爹！"

一抬脑袋，小德不知多久溜了进来，站在他旁边，见了猫的耗子似地。

"你怎么又回来啦？"

"姨娘打电话叫我回来的。"

"干吗？"

"拿钱。"

刘有德先生心里好笑，这娘儿俩真有他们的。

"她怎么会叫你回来向我要钱？她不会要不成？"

"是我要钱。姨娘叫我伴她去玩。"

忽然门开了，"你有现钱没有？"刘颜蓉珠又跑了进来。

"只有……"

一只刚用过蔻丹的小手早就伸到他口袋里把皮夹拿了出来！红润的指甲数着钞票：一五，一十，二十……三百。"五十留给你，多的我拿去了。多给你晚上又得不回来。"做了个媚眼，拉了他法律上的儿子就走。

儿子是衣架子，成天就读着给gigolo看的时装杂志，把烫得有粗大明朗的折纹

20 世纪 20 ~ 30 年代都市中的舞女形象

的褂子穿在身上，领带打得在中间留了个涡，拉着母亲的胳膊坐到车上。

上了白漆的街树的腿，电杆木的腿，一切静物的腿……revue 似地，把擦满了粉的大腿交叉地伸出来的姑娘们……白漆腿的行列。沿着那条静悄的大路，从住宅区的窗里，都会的眼珠子似地，透过了窗纱，偷溜了出来淡红的，紫的，绿的，处女的灯光。

开着一九三二年的新别克，却一个心儿想一九八〇年的恋爱方式。深秋的晚风吹来，吹动了儿子的领子，母亲的头发，全有点儿觉得凉。法律上的母亲偎在儿子的怀里道：

"可惜你是我的儿子。"嘻嘻地笑着。

儿子在父亲吻过的母亲的小嘴上吻了一下，差点儿把车开到行人道上去啦。

Neon light 伸着颜色的手指在蓝墨水似的夜空里写着大字。一个英国绅士站在前面，穿了红的燕尾服，挟着手杖，那么精神抖擞地在散步。脚下写着："Johnny Walker：Still Going Strong"路旁一小块草地上展开了地产公司的乌托邦，上面一个抽吉士牌的美国人看着，像在说："可惜这是小人国的乌托邦；那片大草原里还放不下我的一只腿呢？"

汽车前显出个人的影子，喇叭吼了一声儿，那人回过脑袋来一瞧，就从车轮前溜到行人道上去了。

"蓉珠，我们上哪去？"

"随便哪个 cabaret 里去闹个新鲜吧；礼查，大华我全玩腻了。"

跑马厅屋顶上，风针上的金马向着红月亮撒开了四蹄。在那片大草地的四周泛滥着光的海，罪恶的海浪，慕尔堂浸在黑暗里，跪着，在替这些下地狱的男女祈祷，大世界的塔尖拒绝了忏悔，骄傲地瞧着这位迂牧师，放射着一圈圈的灯光。

蔚蓝的黄昏笼罩着全场，一只 saxophone 正伸长了脖子，张着大嘴，呜呜地冲着他们嚷。当中那片光滑的地板上，飘动的裙子，飘动的袍角，精致的鞋跟，鞋跟，鞋跟，鞋跟，鞋跟。蓬松的头发和男子的脸。男子的衬衫的白领和女子的笑脸。伸着的胳膊，翡翠坠子拖到肩上。整齐的圆桌子的队伍，椅子却是零乱的。暗角上站着白衣侍者。酒味，香水味，火腿蛋的气味，烟味……独身者坐在角隅里拿黑咖啡刺激着自家儿的神经。

舞着：华尔兹的旋律绕着他们的腿，他们的腿站在华尔兹旋律上飘飘地，飘飘地。

儿子凑在母亲的耳朵旁说："有许多话是一定要跳着华尔兹才能说的，你是顶好的华尔兹的舞侣——可是，蓉珠，我爱你呢！"

觉得在轻轻地吻着鬓脚，母亲躲在儿子的怀里，低低地笑。

一个冒充法国绅士的比利时珠宝掮客，凑在电影明星殷芙蓉的耳朵旁说："你嘴上的笑是会使天下的女子妒忌的——可是，我爱你呢！"

觉得轻轻地吻着鬓脚，便躲在怀里低低地笑，忽然看见手指上多了一只钻戒。

珠宝掮客看见了刘颜蓉珠，在殷芙蓉的肩上跟她点了点脑袋，笑了一笑。小德回过身来瞧见了殷芙蓉也 gigolo 地把眉毛扬了一下。

灯光、爵士乐、取笑声、香水味、脂粉味、酒味、烟味，男跳女舞，灯红酒绿，醉生梦死，这是旧时大上海的一个典型的生活场景。

舞着：华尔兹的旋律绕着他们的腿，他们的腿践在华尔兹上面，飘飘地，飘飘地。

珠宝掮客凑在刘颜蓉珠的耳朵旁，悄悄的说："你嘴上的笑是会使天下的女子妒忌的——可是，我爱你呢！"

觉得轻轻地吻着鬓脚，便躲在怀里低低地笑，把唇上的胭脂印到白衬衫上面。

小德凑在殷芙蓉的耳朵旁，悄悄地说："有许多话是一定要跳着华尔兹才能说的，你是顶好的华尔兹舞侣——可是，芙蓉，我爱你呢！"

觉得在轻轻地吻着鬓脚，便躲在怀里，低低地笑。

独身者坐在角隅里拿黑咖啡刺激着自家儿的神经。酒味，香水味，火腿蛋的气味，烟味……暗角上站着白衣侍者。椅子是凌乱的，可是整齐的圆桌子的队伍。翡翠坠子拖到肩上，伸着的胳膊。女子的笑脸和男子衬衫的白领。男子的脸和蓬松的头发。精致的鞋跟，鞋跟，鞋跟，鞋跟，鞋跟。飘荡的袍角，飘荡的裙子，当中是一片光滑的地板。呜呜地冲着人家嚷，那只 saxophone 伸长了脖子，张着大嘴。蔚蓝的黄昏笼罩着全场。

推开了玻璃门，这纤弱的幻景就打破了。跑下扶梯，两溜黄包车停在街旁，拉车的分班站着，

20 世纪早期上海的舞女

灿丽的笑容，婀娜的舞姿，飘扬的裙裾，显示她们是大上海里受人瞩目的一群。然而在那个群魔当道、人妖颠倒的黑暗世道，这些舞女不过是富豪、政要、地痞、嫖客、洋人的玩物，是他们取乐的对象，是挣扎于大上海底层的被欺压、被凌辱的一群。

中间留了一道门灯光照着的路，争着"Ricksha？"奥斯汀孩车，爱山克水，福特，别克跑车，别克小九，八汽缸，六汽缸……大月亮红着脸蹒跚地走上跑马厅的大草原上来了。街角卖《大美晚报》的用卖大饼油条的嗓子嚷：

"Evening Post！"

电车当当地驶进布满了大减价的广告旗和招牌的危险地带去。脚踏车挤在电车的旁边瞧着也可怜。坐在黄包车上的水兵挤箍着醉眼，瞧准了拉车的屁股踹了一脚便哈哈地笑了。红的交通灯，绿的交通灯，交通灯的柱子和印度巡捕一同地垂直在地上。交通灯一闪，便涌着人的潮，车的潮。这许多人，全像没了脑袋的苍蝇似的！一个 fashion model 穿了她铺子里的衣服来冒充贵妇人。电梯用十五秒钟一次的速度，把人货物似地抛到屋顶花园去。女秘书站在绸缎铺的橱窗外面瞧着全丝面的法国 crepe，想起了经理的刮得刀痕苍然的嘴上的笑劲儿。主义者和党人挟了一大包传单踱过去，心里想，如果给抓住了便在这里演说一番。蓝眼珠的姑娘穿了窄裙，黑眼珠的姑娘穿了长旗袍儿，腿股间有相同的媚态。

街旁，一片空地里，竖起了金字塔似的高木架，粗壮的木腿插在泥里，顶上装了盏弧灯，倒照下来，照到底下每一条横木板上的人。这些人吆喝着："嗳嗳呀！"几百丈高的木架顶上的木桩直坠下来，碰！把三抱粗的大木柱撞到泥里去，四角上全装着弧灯，强烈的光探照着这片空地。空地里：横一道，竖一道的沟，钢骨，瓦砾堆。人扛着大木柱在沟里走，拖着悠长的影子。在前面的腿一滑，摔倒了，木柱压在脊梁上。脊梁断了，嘴里哇的一口血……弧灯……砰！木桩顺着木架又溜了上去……光着身子在煤屑路滚铜子的孩子……大木架顶上的弧灯在夜空里像月亮……捡煤渣的媳妇……月亮有两个……月亮叫天狗吞了——月亮没有了。

死尸给搬了开去。空地里：横一道竖一道的沟，钢骨，瓦砾，还有一堆他的血。在血上，铺上了士敏土，造起了钢骨，新的饭店造起来了！新的舞场造起来了！新的旅馆造起来了！把他的力气，把他的血，把他的生命压在底下，正和别的旅馆一样地，和刘有德先生刚才跨进去的华东饭店一样地。

华东饭店里——

二楼：白漆房间，古铜色的鸦片香味，麻雀牌，《四郎探母》，《长三骂淌白小娼妇》，古龙香水和淫欲味，白衣侍者，娼妓掮客，绑票匪，阴谋和诡计，白俄浪人……

三楼：白漆房间，古铜色的鸦片香味，麻雀牌，《四郎探母》，《长三骂淌白小娼妇》，古龙香水和淫欲味，白衣侍者，娼妓掮客，绑票匪，阴谋和诡计，白俄浪人……

四楼：白漆房间，古铜色的鸦片香味，麻雀牌，《四郎探母》，《长三骂淌白小娼妇》，古龙香水和淫欲味，白衣侍者，娼妓掮客，绑票匪，阴谋和诡计，白俄浪人……

电梯把他吐在四楼，刘有德先生哼着《四郎探母》踏进了一间响着骨牌声的房间，点上了茄立克，写了张局票，不一会，他也坐到桌旁，把一张中风，用熟练的手法，怕碰伤了它似地抓了进去，一面却说："怎么一张好的也抓不进来，"一副老抹牌的脸，一面却细心地听着因为不束胸而被人家叫做沙利文面包的宝月老八的话："对不起，刘大爷，还得出条子，等回来抹完了牌请过来坐。"

"到我们家坐坐去哪！"站在街角，只瞧得见黑眼珠子的石灰脸，躲在建筑物的阴影里，向来往的人喊着，拍卖行的伙计似地；老鸨尾巴似地拖在后边儿。

"到我们家坐坐去哪！"那张瘪嘴说着，故意去碰在一个扁脸身上。扁脸笑，瞧了一瞧，指着自家儿的鼻子，探着脑袋："好寡老，碰老爷？"

"年纪轻轻，朋友要紧！"瘪嘴也笑。

"想不到我这印度小白脸儿今儿倒也给人家瞧上咧。"手往她脸上一抹，又走了。

旁边一个长头发不刮胡须的作家正在瞧着好笑，心里想到了一个题目：第二回巡礼——都市黑暗面检阅 sonata；忽然瞧见那瘪嘴的眼光扫到自家儿脸上来了，马上就慌慌张张的往前跑。

石灰脸躲在阴影里，老鸨尾巴似地拖在后边儿——躲在阴影里的石灰脸，石灰脸，石灰脸……

(作家心里想：)

第一回巡礼赌场，第二回巡礼街头娼妓，第三回巡礼舞场，第四回巡礼……再说《东方杂志》《小说月报》《文艺月刊》……第一句就写大马路北京路野鸡交易所……不行——

有人拉了拉他的袖子："先生！"一看是个老婆儿装着苦脸，抬起脑袋望着他。

"干吗？"

"请您给我看封信。"

"信在哪儿？"

"请您跟我到家里去拿，就在这胡同里边。"

便跟着走。

中国的悲剧这里边一定有小说资料一九三一年是我的年代了《东方小说》《北斗》每月一篇单行本日译本俄译本各国译本都出版诺贝尔奖金又伟大又发财……

拐进了一条小胡同，暗得什么都看不见。

"你家在哪儿？"

"就在这儿，不远儿，先生。请您看封信。"

胡同的那边儿有一支黄路灯，灯下是个女人低着脑袋站在那儿。老婆儿忽然又装着苦脸，扯着他的袖子道："先生，这是我的媳妇。信在她那儿。"走到女人那地方儿，女人还不抬起脑袋来。老婆儿说："先生，这是我的媳妇。我的儿子是机器匠，偷了人家东西，给抓进去了，可怜咱们娘儿们四天没吃东西啦。”

（可不是吗，那么好的题材，技术不成问题。她讲出来的话意识一定正确的不怕人家再说我人道主义咧……）

“先生，可怜儿的，你给几个钱，我叫媳妇陪你一晚上，救救咱们两条命！”

作家愣住了。那女人抬起脑袋来，两条影子拖在瘦腮帮儿上，嘴角浮出笑劲儿来。

20世纪早期大上海的风尘女子。穿着豪华、抽着雪茄、面带倦容，显示着她们虚无、颓唐、浮华的病态心理。

嘴角浮出笑劲儿来。冒充法国绅士的比利时珠宝掮客凑在刘颜蓉珠的耳朵旁，悄悄地说：“你嘴上的笑是会使天下的女子妒忌的——喝一杯吧。”

在高脚玻璃杯上，刘颜蓉珠的两只眼珠子笑着。

在别克里，那两只浸透了 cocktail 的眼珠子，从外套的皮领上笑着。

在华懋饭店的走廊里，那两只浸透了 cocktail 的眼珠子，从披散的头发边上笑着。

在电梯上，那两只眼珠子在紫眼皮下笑着。

在华懋饭店七层楼上一间房间里，那两只眼珠子，在焦红的腮帮儿上笑着。

珠宝掮客在自家儿的鼻子底下发现了那对笑着的眼珠子。

笑着的眼珠子！

白的床巾！

喘着气……

喘着气动也不动地躺在床上。

床巾：溶了的雪。

“组织个国际俱乐部吧！”猛的得了这么个好主意，一面淌着细汗。

淌着汗，在静寂的街上，拉着醉水手往酒吧间跑。街上，巡捕也没有了，那么静，像个死了的城市。水手的皮鞋搁到拉车的脊梁盖儿上面，哑嗓子在大建筑物的墙上响着：

啦得儿……啦得——

啦得儿

旧时上海黄浦江风景

滔滔黄浦江水夜以继日地向东流着，它与两岸人民一道见证了旧上海这座地狱般都市里的无尽的污秽肮脏、辛酸苦难。

啦得……

拉车的脸上，汗冒着；拉车的心里，金洋钱滚着，飞滚着。醉水手猛地跳了下来跌到两扇玻璃门后边儿去啦。

“Hello，Master！ Master！”

那么的嚷着追到门边。印度巡捕把手里的棒冲着他一扬，笑声从门缝里挤出来，酒香从门缝里挤出来，Jazz从门缝里挤出来……拉车的拉了车扛，摆在他前面的是十二月的江风，一个冷月，一条大建筑物中间的深巷。给扔在欢乐外面，他也不想到自杀，只“妈妈的”骂了一声儿，又往生活里走去了。

空去了这辆黄包车，街上只有月光啦。月光照着半边街，还有半边街浸在黑暗里边，这黑暗里边蹲着那家酒吧，酒吧的脑门上一盏灯是青的，青光底下站着个化石似的印度巡捕。开着门又关着门，鹦鹉似地说着：

“Good-bye，Sir.”

从玻璃门里走出个年青人来，胳膊肘上挂着条手杖。他从灯光下走到黑暗里，又从黑暗里走到月光下面，太息了一下，悉悉地向前走去，想到了睡在别人的床上的恋人，他走到江边，站在栏杆旁边发怔。

东方的天上，太阳光，金色的眼珠子似地在乌云里睁开了。

在浦东，一声男子的最高音：

“嗳……呀……嗳……”

直飞上半天，和第一线的太阳光碰在一起。接着便来了雄伟的合唱。睡熟了的建筑物站了起来，抬着脑袋，卸了灰色的睡衣，江水又哗啦哗啦的往东流，工厂的汽笛也吼着。

歌唱着新的生命，夜总会里的人们的命运！

醒回来了，上海！

上海，造在地狱上的天堂。

·作品赏析·

有人说对传统文化的深层背叛与追慕西方时尚潮流在穆时英的文学中得到了最为鲜亮的体现，昭示着最为典型的现代主义，并完美融合了城市文化的浮躁与雅文化的典丽，使之成为文学本身的厚重的根源，展现了病态的甚至是畸形的人生与不安的都市生活，留下了时代的惨淡的印记。而表达的最为完全的除了《夜总会里的五个人》，还有《上海的狐步舞》。不管是笔下的颓废者，还是异国情调的宣扬缔造者，都是赤裸裸的时代的焦灼的特征，这是穆时英独特的审美。在《上海的狐步舞》中以“上海造在地狱上的天堂”这个绝对灰暗的色调笼罩在文章的每个部分，极混乱又包含着作者深沉的思索，最让人叹奇的是几个故事以蒙太奇的手法堆积在一起，不管是在街头、洋房、陋室，还是在舞厅赌场，都形成了绝对的时空交错和城市的糜烂生活，就像文章中所说的：在那片大草地的四周泛滥着光的海，罪恶的海浪，在替这些下地狱的男女祈祷，大世界的灯光拒绝了忏悔。这是变态的幻象，充满了罪恶的灵动，使我们的感觉瞬间支离破碎。看不到自己的生存位置，只能在夹缝中艰难呼吸着，或者感受着绝望。就像文章中所说的：在这儿道德给践在脚下，罪恶给高高地捧在脑袋上面。因为一切都近乎萎靡了。

荷花淀 / 孙犁

入选理由

孙犁"诗体小说"中最杰出的一篇

成功塑造了抗战期间白洋淀地区抗日爱国的妇女群像

开创了中国现代小说中"诗体小说"的先河

月亮升起来，院子里凉爽得很，干净得很，白天破好的苇眉子潮润润的，正好编席。女人坐在小院当中，手指上缠绞着柔滑修长的苇眉子。苇眉子又薄又细，在她怀里跳跃着。

孙犁像

要问白洋淀有多少苇地？不知道。每年出多少苇子？不知道。只晓得，每年芦花飘飞苇叶黄的时候，全淀的芦苇收割，垛起垛来，在白洋淀周围的广场上，就成了一条苇子的长城。女人们，在场里院里编着席。编成了多少席？六月里，淀水涨满，有无数的船只，运输银白雪亮的席子出口，不久，各地的城市村庄，就全有了花纹又密、又精致的席子用了。大家争着买：

"好席子，白洋淀席！"

这女人编着席。不久在她的身子下面，就编成了一大片。她像坐在一片洁白的雪地上，也像坐在一片洁白

作者简介

孙犁 (1913 ~ 2002)，河北安平人。中国现当代作家。早年毕业于保定育德中学。1936 年到安新县小学教书，后任教于冀中抗战学院和华北联大，任晋察冀通讯社和《晋察冀日报》编辑。1944 年赴延安，在鲁迅艺术文学院工作。1945 年回冀中农村。1949 年起主编《天津日报》的《文艺周刊》。曾任中国作家协会理事和作协天津分会副主席等职。主要作品有小说《芦花荡》、《荷花淀》和《铁木前传》，散文集《晚华集》、《耕堂散文》等。

抗日时期，根据地的妇女在为前方战士制作生活用品。

的云彩上。她有时望望淀里，淀里也是一片银白世界。水面笼起一层薄薄透明的雾，风吹过来，带着新鲜的荷叶荷花香。

但是大门还没关，丈夫还没回来。

很晚丈夫才回来了。这年轻人不过二十五六岁，头戴一顶大草帽，上身穿一件洁白的小褂，黑单裤卷过了膝盖，光着脚。他叫水生，小苇庄的游击组长，党的负责人。今天领着游击组到区上开会去来。女人抬头笑着问：

“今天怎么回来的这么晚？”站起来要去端饭。水生坐在台阶上说：

“吃过饭了，你不要去拿。”

女人就又坐在席子上。她望着丈夫的脸，她看出他的脸有些红胀，说话也有些气喘。她问：

“他们几个哩？”

水生说：

“还在区上。爹哩？”

女人说：

“睡了。”

“小华哩？”

“和他爷爷去收了半天虾篓，早就睡了。他们几个为什么还不回来？”

水生笑了一下。女人看出他笑的不像平常。

今日白洋淀风光

白洋淀位于河北省中部，有大小不等的143个淀泊，白洋淀原是其中一个，因其面积最大，所以人们将所有的淀泊都统称为白洋淀。抗日时期，当地的军民依托这里有利的地形，与日寇展开周旋，谱写了一曲又一曲壮烈的英雄凯歌。

“怎么了，你？”

水生小声说：

“明天我就到大部队上去了。”

女人的手指震动了一下，想是叫苇眉子划破了手，她把一个手指放在嘴里吮了一下。

水生说：

“今天县委召集我们开会。假若敌人再在同口安上据点，那和端村就成了一条线，淀里的斗争形势就变了。会上决定成立一个地区队。我第一个举手报了名的。”

女人低着头说：

“你总是很积极的。”

水生说：

“我是村里的游击组长，是干部，自然要站在头里，他们几个也报了名。他们不敢回来，怕家里的人拖尾巴。公推我代表，回来和家里人们说一说。他们全觉得你还开明一些。”

女人没有说话。过了一会，她才说：

“你走，我不拦你，家里怎么办？”

水生指着父亲的小房叫她小声一些。说：

“家里，自然有别人照顾。可是咱的庄子小，这一次参军的就有七个。庄上青年人少了，也不能全靠别人，家里的事，你就多做些，爹老了，小华还不顶事。”

女人鼻子里有些酸，但她并没有哭。只说：

“你明白家里的难处就好了。”

水生想安慰她。因为要考虑准备的事情还太多，他只说了两句：

“千斤的担子你先担吧，打走了鬼子，我回来谢你。”

说罢，他就到别人家里去了，他说回来再和父亲谈。

鸡叫的时候，水生才回来。女人还是呆呆地坐在院子里等他，她说：

“你有什么话嘱咐我吧！”

“没有什么话了，我走了，你要不断进步，识字，生产。”

“嗯。”

“什么事也不要落在别人后面！”

“嗯，还有什么？”

“不要叫敌人汉奸捉活的。捉住了要和他拼命。”这才是那最重要的一句，女人流着眼泪答应了他。

第二天，女人给他打点好一个小小的包裹，里面包了一身新单衣，一条新毛巾，一双新鞋子。那几家也是这些东西，交水生带去。一家人送他出了门。父亲一手拉着小华，对他说：

“水生，你干的是光荣事情，我不拦你，你放心走吧。大人孩子我给你照顾，什么也不要惦记。”

全庄的男女老少也送他出来，水生对大家笑一笑，上船走了。

女人们到底有些藕断丝连。过了两天，四个青年妇女集在水生家里来，大家商量：

“听说他们还在这里没走。我不拖尾巴，可是忘下了一件衣裳。”

“我有句要紧的话得和他说说。”

水生的女人说：

“听他说鬼子要在同口安据点……”

“哪里就碰得那么巧，我们快去快回来。”

“我本来不想去，可是俺婆婆非叫我再去看看他，有什么看头啊！”

于是这几个女人偷偷坐在一只小船上，划到对面马庄去了。

到了马庄，她们不敢到街上去找，来到村头一个亲戚家里。亲戚说：你们来的不巧，昨天晚上他们还在这里，半夜里走了，谁也不知开到哪里去。你们不用惦记他们，听说水生一来就当了副排长，大家都是欢天喜地的……

几个女人羞红着脸告辞出来，摇开靠在岸边上的小船。现在已经快到晌午了，万里无云，可是因为在水上，还有些凉风。这风从南面吹过来，从稻秧苇尖上吹过来。水面没有一只船，水像无边的跳荡的水银。

几个女人有点失望，也有些伤心，各人在心里骂着自己的狠心贼。可是青年人，永远朝着愉快的事情想，女人们尤其容易忘记那些不痛快。不久，她们就又说笑起来了。

“你看说走就走了。”

“可慌（高兴的意思）哩，比什么也慌，比过新年，娶新——也没见他这么慌过！”

“拴马桩也不顶事了。”

“不行了，脱了缰了！”

“一到军队里，他一准得忘了家里的人。”

“那是真的，我们家里住过一些年轻的队伍，一天到晚仰着脖子出来唱，进去唱，我们一辈子也没那么乐过。等他们闲下来没有事了，我就傻想：该低下头了吧。你猜人家干什么？用白粉子在我家影壁上画上许多圆圈圈，一个一个蹲在院子里，托着枪瞄那个，又唱起来了！”

她们轻轻划着船，船两边的水哗，哗，哗。顺手从水里捞上一棵菱角来，菱角还很嫩很小，乳白色。顺手又丢到水里去。那棵菱角就又安安稳稳浮在水面上生长去了。

“现在你知道他们到了哪里？”

“管他哩，也许跑到天边上去了！”

她们都抬起头往远处看了看。

“唉呀！那边过来一只船。”

“唉呀！日本，你看那衣裳！”

潜伏在芦苇丛中的雁翎队伺机出击，准备狠狠打击日本鬼子。（摄于抗战时期）

“快摇！”

小船拼命往前摇。她们心里也许有些后悔，不该这么冒冒失失走来；也许有些怨恨那些走远了的人。但是立刻就想，什么也别想了，快摇，大船紧紧追过来了。

大船追的很紧。

幸亏是这些青年妇女，白洋淀长大的，她们摇的小船飞快。小船活像离开了水

活跃在白洋淀上的雁翎队驾驶轻舟、勇敢地向据守在巡逻艇上的日寇发起攻击。

皮的一条打跳的梭鱼。她们从小跟这小船打交道，驶起来，就像织布穿梭，缝衣透针一般快。

假如敌人追上了，就跳到水里去死吧！

后面大船来的飞快。那明明白白是鬼子！这几个青年妇女咬紧牙制止住心跳，摇橹的手并没有慌，水在两旁大声的哗哗，哗哗，哗哗哗！

“往荷花淀里摇！那里水浅，大船过不去。”

她们奔着那不知道有几亩大小的荷花淀去，那一望无边际的密密层层的大荷叶，迎着阳光舒展开，就像铜墙铁壁一样。粉色荷花箭高高地挺出来，是监视白洋淀的哨兵吧！

她们向荷花淀里摇，最后，努力地一摇，小船窜进了荷花淀。几只野鸭扑楞楞飞起，尖声惊叫，掠着水面飞走了。就在她们的耳边响起一排枪！

整个荷花淀全震荡起来。她们想，陷在敌人的埋伏里了，一准要死了，一齐翻身跳到水里去。渐渐听清楚枪声只是向着外面，她们才又扒着船帮露出头来。她们看见不远的地方，那宽厚肥大的荷叶下面，有一个人的脸，下半截身子长在水里。荷花变成人了？那不是我们的水生吗？又往左右看去，不久各人就找到了各人丈夫的脸，啊！原来是他们！

但是那些隐蔽在大荷叶下面的战士们，正在聚精会神瞄着敌人射击，半眼也没有看她们。枪声清脆，三五排枪过后，他们投出了手榴弹，冲出了荷花淀。

手榴弹把敌人那只大船击沉，一切都沉下去了。水面上只剩下一团烟硝火药气味。战士们就在那里大声欢笑着，打捞战利品。他们又开始了沉到水底捞出大鱼来的拿手戏。他们争着捞出敌人的枪支、子弹带，然后是一袋子一袋子叫水浸透了的面粉和大米。水生拍打着水去追赶一个在水波上滚动的东西，是一包用精致纸盒装着的

荷淀歼敌（木刻画）

饼干。

妇女们带着浑身水，又坐到她们的小船上去了。

水生追回那个纸盒，一只手高高举起，一只手用力拍打着水，好使自己不沉下去。对着荷花淀吆喝：

“出来吧，你们！”

好像带着很大的气。

她们只好摇着船出来。忽然从她们的船底下冒出一个人来，只有水生的女人认的那是区小队的队长。这个人抹一把脸上的水问她们：

“你们干什么去来呀？”

水生的女人说：

“又给他们送了一些衣裳来！”

小队长回头对水生说：

“都是你村的？”

“不是她们是谁，一群落后分子！”说完把纸盒顺手丢在女人们船上，一泅，又沉到水底下去了，到很远的地方才钻出来。

小队长开了个玩笑，他说：

“你们也没有白来，不是你们，我们的伏击不会这么彻底。可是，任务已经完成，该回去晒晒衣裳了。情况还紧的很！”

战士们已经把打捞出来的战利品，全装在他们的小船上，准备转移。一人摘了一片大荷叶顶在头上，抵挡正午的太阳。几个青年妇女把掉在水里又捞出来的小包裹，丢给了他们，战士们的三只小船就奔着东南方向，箭一样飞去了。不久就消失在中午水面上的烟波里。

几个青年妇女划着她们的小船赶紧回家，一个个像落水鸡似的。一路走着，因过于刺激和兴奋，她们又说笑起来，坐在船头脸朝后的一个噘着嘴说：

"你看他们那个横样子，见了我们爱搭理不搭理的！"

"啊，好像我们给他们丢了什么人似的。"

她们自己也笑了，今天的事情不算光彩，可是：

"我们没枪，有枪就不往荷花淀里跑，在大淀里就和鬼子干起来！"

"我今天也算看见打仗了。打仗有什么出奇，只要你不着慌，谁还不会趴在那里放枪呀！"

"打沉了，我也会浮水捞东西，我管保比他们水式好，再深点我也不怕！"

"水生嫂，回去我们也成立队伍，不然以后还能出门吗！"

"刚当上兵就小看我们，过二年，更把我们看得一钱不值了，谁比谁落后多少呢！"

这一年秋季，她们学会了射击。冬天，打冰夹鱼的时候，她们一个个登在流星一样的冰床上，来回警戒。敌人围剿那百顷大苇塘的时候，她们配合子弟兵作战，出入在那芦苇的海里。

·作品赏析·

《荷花淀》写于 1945 年 5 月，发表于是年 5 月 15 日《解放日报》的副刊上，后收入同名小说集。小说叙述了抗战期间发生在冀中白洋淀地区人民积极投身抗日的一个片断故事，成功塑造了以水生嫂为代表的勤劳、善良、乐观、识大体、顾大局的农村妇女群像，展示她们在恶劣的环境中表现出的刚毅性格和高尚情操，讴歌了冀中军民英勇抗战的革命斗志和爱国情怀。小说通过话别、寻夫、遇敌、伏敌、参军等几个情节的描写，疏密相间、准确传神地刻画出人物的内心世界和崇高品质。小说结构简洁严谨，语言清新优美，文笔婉丽通畅，情景交融，心理刻画细腻，富于诗情画意，堪称孙犁"诗体小说"中的名篇。《荷花淀》发表后，在文学艺术界影响很大，许多作家竞相仿效孙犁的创作风格，由此形成了一个文学流派——荷花淀派。

金鲤鱼的百裥裙 / 林海音

入选理由

作家林海音的短篇小说经典

表白了一个寻常故事中的温暖

一篇散文式的小说

金鲤鱼有一条百裥裙，大红洋级的，前幅绣着“喜鹊登梅”。金鲤鱼就喜欢个梅花，那上面可不是绣满了一朵朵的梅花。算一算，足足有九十九朵。两只喜鹊双双一对地停在梅枝上，姿式、颜色，配得再好没有，长长的尾巴，高高地翘着，头是黑褐色的，背上青中带紫，肚子是一块白。梅花朵朵，真像是谁把鲜花撒上去的。旁边两幅是绣的蝴蝶穿花，周边全是如意花纹的绣花边。

林海音（左）和冰心（右）在一起

裙子是刚从老樟木箱子里拿出来的，红光闪闪地平铺在大沙发上。珊珊不知怎么欣赏才好，她双手抚着胸口，兴奋地叹着气说：

“唉！不得了，不得了，我从来没有见过这么美丽的百裥裙！”

她弯下腰伸手去摸摸那些

作者简介

林海音（1918 ~ 2001），一个守候台湾纯粹文学的作家，被誉为台湾文学的一道阳光。同时也是台湾乡愁心态的代表作家，曾把她的感念尽情流泻在对北京的纯情追忆上，从胡同到城墙都印上了浓郁的北京色调，而乡愁也让作家的笔调显得相当愁婉。有评论家即说，阅读林海音的文章总是会不自觉地被她的情感感动到泪眼迷蒙，感受到她苍穹般的温暖情怀。林海音是个勤于笔耕的作家，为读者留下了丰厚的文学遗产，其中以《城南旧事》、《云窗夜读》、《婚姻的故事》、《孟珠的旅程》最为有名。

梅花，那些平整的裥子，那些细致的花边。她轻轻地摸，仿佛一用力就会把那些娇嫩的花瓣儿摸散了似的。然后她又斜起头来，娇憨地问妈妈：

“妈咪！这条百裥裙是你结婚穿的礼服吗？”

妈妈微笑着摇摇头。这时爸爸刚好进来了，妈妈看了爸爸一眼，对珊珊说：

“妈咪结婚已经穿新式礼服喽！”

“那么这是谁的呢？”珊珊又一边轻抚着裙子一边问。

“问你爸爸吧！”妈妈说。

爸爸并没有注意她们母女在说什么，他是进来拿晚报看的，这时他回过头来，才注意到沙发上的东西。他扶了扶眼镜，仔细地看了看，并没有看出什么来。

“爸，这是谁的百裥裙呀？不是妈咪跟你结婚穿的吗？”珊珊还是问。

爸爸只是轻轻摇摇头，并没有回答，仿佛他也闹不清当年结婚妈咪穿的什么衣服了。但是停一下，他像又想起了什么，扭过头来，看了那裙子一眼，问妈说：

“这是哪里来的？”

“哪里来的？”妈咪谜语般地笑了，却对珊珊说：

“是你祖母的呀！”

“祖母的？是祖母结婚穿的呀！”珊珊更加惊奇，更加地发生兴趣了。

听说是祖母的，爸又伸了一下脖子，把报纸放下来，对妈咪说：

“拿出来做什么呢？”

“问你的女儿。”妈妈对女儿讲“问爸爸”，对爸爸却又讲“问女儿”了，总是在打谜语。

珊珊又耸肩又挤眼的，满脸洋表情，她笑嘻嘻地说：

“我们学校欢送毕业同学晚会，有一个节目是服装表演，她们要我穿民初的新娘服装呢！”

“民初的新娘子是穿这个吗？”爸爸不懂，问妈妈。

“谁知道！反正我没穿过！”妈咪有点生气爸爸的糊涂，他好像什么事都忘记了。

“爸，你忘了吗？”珊珊老实不客气地说：“你是民国十年才结婚的呀！结了婚，你就一个人跑到日本去读书，一去十年才回来，害得我和哥哥们都小了十岁（她撅了一下嘴）。你如果早十年生大哥，大哥今年不就四十岁了？连我也有二十八岁了呀！”

爸爸听了小女儿的话，哈哈地笑了，没表示意见。妈妈也笑了，也没表示意见。然后妈妈要叠起那条百裥裙，珊珊可急了。说：

“不要收呀，明天我就要拿到学校去，穿了好练习走路呢！”

妈妈说：“我看你还是另想办法吧！我是舍不得你拿去乱穿，这是存了四十多年的老古董咧！”

珊珊还是不依，她扭着腰肢，撒娇地说：

“我要拿去给同学们看。我要告诉她们，这是我祖母结婚穿的百裥裙！”

“谁告诉你这是你祖母结婚穿的啦？你祖母根本没穿过！”妈妈不在意地随口就讲了这么一句话，珊珊略显惊奇地瞪着眼睛看妈咪，爸爸却有些不耐烦地责备妈妈说：

旧时的全家福老照片

“你跟小孩子讲这些没有意思的事情干什么呢？”

但是妈妈不会忘记祖母的，她常说，因为祖母的关系，爸爸终于去国十年回来了，不然的话，也许没有珊珊的三个哥哥，更不要说珊珊了。

爸爸当然更不会忘记祖母，因为祖母的关系，他才决心到日本去读书的。

在这里，很少人可以说简直没有人认识当年的祖母，当然更不知道金鲤鱼有一条百裥裙的故事了。

六岁来到许家

许大太太常常喜欢指着金鲤鱼对人这么说：

“她呀，六岁来到许家，会什么呀？我还得天天给她梳辫子，伺候她哪！”

许大太太给金鲤鱼的辫子梳得很紧，她对金鲤鱼也管得很紧。没有人知道金鲤鱼的娘家在哪儿，就知道是许大太太随许大老爷在崇明县的任上，把金鲤鱼买来的。可是金鲤鱼并不是崇明县的人，听说是有人从镇江把她带去的。六岁的小姑娘，就流离转徙地卖到了许家。她聪明伶俐，人见人爱。虽然是个丫头的身份，可是许大太太收在房里当女儿看待。许家的丫头多的是，谁有金鲤鱼这么吃香？她原来是叫鲤鱼的，因为受宠，就有那多事的人，给加上个“金”字，从此就金鲤鱼金鲤鱼地叫顺了口。

许大太太生了许多女儿，大小姐，二小姐，三小姐，四小姐，五——还是小姐。到了五小姐，索性停止不生了。许家的人都很着急，许大老爷的官做得那么大，她如果没个儿子，很遗憾吧。因此老太太要考虑给儿子纳妾了。许大太太什么都行，就是生儿子不行，她看着自己的一窝女儿，一个赛一个地标致，如果其中有一个是儿子，也这么粉团儿似的，该是多么的不同！

那天许大太太带着五个女儿，还有金鲤鱼，在花厅里做女红。她请了龚嫂子来教女儿们绣花。龚嫂子是湖南人，来到北京，专给宫里绣花的，也在外面兼教闺中妇女刺绣。许大太太懂得一点刺绣，她说苏绣虽然翎毛花卉山水人物无不逼肖，可是湘绣也有它的特长，因为湘绣参考了外国绣法，显得新鲜活泼，所以她请了龚嫂子来教刺绣。

龚嫂子来了，闺中就不寂寞，她常常带来宫中逸事，都不是外面能知道的。所以她的来临，除了教习以外，也还多了一个谈天的朋友。

那天许大太太和龚嫂子又谈起了老爷要纳妾的事。龚嫂子忽然瞟了一眼金鲤鱼，努努嘴，没说什么。金鲤鱼正低头在白缎子上描花样。她这时十六岁了，个子可不大，小精豆子似的。许大太太明白了龚嫂子的意思，她寻思，龚嫂子的脑筋怎么转得那么快，眼前摆个十六岁的大丫头，她以前怎么就没想到呢！

金鲤鱼是她自己的人，百依百顺，逃不出她的手掌心。把金鲤鱼收房给老爷做姨太太，才是办法。她想得好，心里就畅快了许多，这些时候，为了老太太要给丈夫娶姨太太，她都快闷死了！

六岁来到许家，十六岁收房做了许老爷的姨太太，金鲤鱼的个子还抵不上老爷书房里的小书架子高呢！就不要紧，她才十六岁，还在长哪！可是，年头儿收的房，年底她就做了母亲了。金鲤鱼真的生了一个粉团儿似的大儿子，举家欢天喜地，却都来向许大太太道喜，许大太太高兴得嘴都合不拢了。

许大太太不要金鲤鱼受累，奶妈早就给雇好了。一生下，就抱到自己的房里来抚养。许大太太没有什么可操心的了。许大老爷，就让他归了金鲤鱼吧！她有了振丰——是外公给起的名字——就够了。

有许大太太这样一位大太太，怪不得人家会说：

“金鲤鱼，你算是有福气的，遇上了这位大太太。”

金鲤鱼也觉得自己确是有福气的。可是当人家这么对她说的时候，她只笑笑。人家以为那笑意便是表示她的同意和满意，其实不，她不是那意思。她认为她有福气，并不是因为遇到了许大太太，而是因为她有一个争气的肚子，会生儿子。所以她笑笑，不否认，也不承认。

无论许大太太待她怎么好，她仍然是金鲤鱼。除了振丰叫她一声“妈”以外，许家一家人都还叫她金鲤鱼。老太太叫她金鲤鱼，大太太叫她金鲤鱼，小姐们也叫她金鲤鱼，她是一家三辈子人的金鲤鱼！金鲤鱼，金鲤鱼，她一直在想，怎么让这条金鲤鱼跳过龙门！

到了振丰十八岁，这个家庭都还没有什么大改变，只是这时已经民国了，许家的大老爷早已退隐在家做遗老了。

这一年的年底，就要为振丰完婚。振丰自己嫌早，但是父母之命难违，谁让他是这一家的独子，又是最小的呢！对方是江宁端木家的四小姐，也才不过十六岁。

从春天两家就开始准备了。儿子是金鲤鱼生的，如今要娶媳妇了，金鲤鱼是什么滋味？有什么打算？

有一天，她独自来到龚嫂子家。

绣个喜鹊登梅吧

龚嫂子不是当年在宫里走动的龚嫂子了，可是皇室的余荫，也还给她带来了许多幸运。她在哈德门里居家，虽然年纪大了，眼睛不行了，不能自己穿针引线地绣花，可是她收了一些女徒弟，一边教，一边也接一些定制的绣活，生意很好，远近皆知。东交民巷里的洋人，也常到她家里来买绣货。

龚嫂子看见金鲤鱼来了，虽然惊奇，但很高兴。她总算是亲眼看着金鲤鱼从小丫头变成大丫头，又从大丫头收房作了姨奶奶，何况——多多少少，金鲤鱼能收房，总还是她给提的头儿呢。金鲤鱼命中带了儿子，活该要享后福呢！她也听说金鲤鱼年底要娶儿媳妇了，所以她见了面就先向金鲤鱼道喜。金鲤鱼谢了她，两个人感叹着日子过得快。然后，金鲤鱼就说到正题上了，她说：

"龚嫂子，我今天是来找龚嫂子给绣点东西。"

于是她解开包袱，摊开了一块大红洋缎，说是要做一条百裥裙，绣花的。

"绣什么呢？"龚嫂子问。

"就绣个喜鹊登梅吧！"金鲤鱼这么说了，然后指点着花样的排列，她要一幅绣满了梅花的"喜鹊登梅"，她说她就爱个梅花，自小爱梅花，爱得要命。她问龚嫂子对于她的设计，有什么意见？"

龚嫂子一边听金鲤鱼说，一边在寻思，这条百裥裙是给谁穿的？给新媳妇穿的吗？不对。新媳妇不穿"喜鹊登梅"这种花样，也用不着许家给做，端木家在南边，到时候会从南边带来不知道多多少少绣活呢！她不由得问了：

"这条裙子是谁穿呀？"

"我。"金鲤鱼回答得很自然，很简单，很坚定。只是一个"我"字，分量可不轻。

"噢——"龚嫂子一时愣住了，答不上话，脑子在想，金鲤鱼要穿大红百裥裙了吗？她配吗？许家的规矩那么大，丫头收房的姨奶奶，哪就轮上穿红百裥裙了呢？就算是她生了儿子，可是在许家，她知道得很清楚，儿子归儿子，金鲤鱼归金鲤鱼呀！她很纳闷。可是她仍然笑脸迎人地依照了金鲤鱼所设计的花样——绣个满幅喜鹊登梅。她答应赶工半个月做好。

喜鹊登梅的绣花大红百裥裙做好了，是龚嫂子亲自送来的。谁有龚嫂子懂事？她知道该怎么做，因此她直截了当地就送到金鲤鱼的房里。打开了包袱，金鲤鱼看了看，表示很满意，就随手叠好又给包上了，她那稳定而不在乎的神气，真让龚嫂子吃惊。龚嫂子暗地里在算，金鲤鱼有多大了？十六岁收房，加上十八岁的儿子，今年三十四喽！到许家也快有三十年喽，她要穿红百裥裙啦！她不知道应当怎么说，金鲤鱼到底该不该穿？

穿着百褶裙的民国女学生

金鲤鱼自己觉得她该穿。如果没有人出来主张她穿，那么，她自己来主张好了。送走了龚嫂子回到房里，她就知道"金鲤鱼有条百裥裙"这句话，一定已经被龚嫂子从前头的门房传到太太的后上房了，甚至于跨院堆煤的小屋里，西院的丁香树底下，到处都悄声悄语在传这句话。可是，她不在乎，金鲤鱼不在乎。她正希望大家知道，她有一条大红西洋锻的绣花百裥裙子。

很早以来，她就在想这样一条裙子，像家中一切喜庆日子时，老奶奶，少奶奶，姑奶奶们所穿的一样。她要把金鲤鱼和大红百裥裙，有一天连在一起——就是在她亲生儿子振丰娶亲的那天。谁说她不能穿？这是民国了，她知道民国的意义是什么——"我也能穿大红百裥裙"，这就是民国。

百裥裙收在樟木箱子时，她并没有拿出来给任何人看，也没有任何人来问过她，大家就心照不宣吧。她也没有试穿过，用不着那么猴儿急。她非常沉着，她知道该怎么样的沉着去应付那日子——她真正把大红绣花百裥裙穿上身的日子。

可是到了冬月底，许大太太发布了一个命令，大少爷振丰娶亲的那天，家里妇女一律穿旗袍，因为这是民国了，外面已经兴穿旗袍了，而且两个新人都是念洋学堂的，大家都穿旗袍，才显得一番新气象。许大太太又说，她已经叫了亿丰祥的掌柜的来，做旗袍的绫罗绸缎会送来一车，每人一件，大家选吧。许大太太向大家说这些话的时候，曾向金鲤鱼扫了一眼。金鲤鱼坐在人堆里，眼睛可望着没有人的地方，身子扳得纹风不动，她真沉得住气。她也知道这时有多少只眼睛向她射过来，仿佛改穿旗袍是冲着她一个人发的。空气不对，她像被人打了一门根子。她真没想到这一招儿，心像被虫啃般的痛苦。她被铁链链住了，想挣脱出来一下，都不可能。

到了大喜的日子，果然没有任何一条大红百裥裙出现。不穿大红百裥裙，固然没有身份的区别了，但是，穿了呢？不就有区别了吗？她就是要这一点点的区别呀！一条绣花大红百裥裙的分量，可比旗袍重多了，旗袍人人可以穿，大红百裥裙可不是的呀！她多少年就梦想着，有一天穿上一条绣着满是梅花的大红西洋缎的百裥裙，在上房里，在花厅上，在喜棚下走动着窸窸窣窣的声音，是从熨得平整坚实的裙裥子里发出来的。那个声音，曾令她羡妒，令她渴望，令她伤心。

一去十年

当振丰赶到家，站在他的亲生母亲的病榻前时，金鲤鱼已经在弥留的状态中了。她仿佛睁开了眼，也仿佛哼哼地答应了儿子的呼声，可是她什么都不知道了。

这是振丰离国到日本读书十年后第一次回家——是一个急电给叫回来的。不然他会呆多久才回来呢？

当振丰十八岁刚结婚时，就感觉到家中的空气，对他的亲生母亲特别的不利，他也陷入痛苦中。他有抚养着他的母亲，宠惯着他的姐姐，关心着他的父亲，敬爱着他的亲友和仆从，但是他也有一个那样身份的亲生母亲。他知道亲生母亲有什么样的痛苦，因为传遍全家的“金鲤鱼有一条百裥裙”的笑话，已经说明了一切。在这个新旧思想交替和冲突的时代和家庭里，他也无能为力。还是远远地走开吧，走离开这个沉闷的家庭，到日本去念书吧！也许这个家庭没有了他这个目标人物，亲生母亲的强烈的身份观念，可以减轻下来，那么她的痛苦也说不定会随着消失了。他是怀着为人子的痛苦去国的，那时的心情只有自己知道，让他去告诉谁呢！

他在日本书念得很好，就一年年地呆下去了。他吸收了更多更新的学识，一心想钻研更高深的学问，便自私得顾不得国里的那个大家庭了。虽然也时时会兴起对新婚妻子的歉疚，但是结果总是安慰自己说，反正成婚太早，以后的日子长远得很呢。

现在他回来了，像去国是为了亲生母亲一样，回来仍是为了她，但母亲却死了！死，一了百了。可是他知道母亲是含恨而死的，恨自己一生连想穿一次大红百裥裙的机会都被剥夺了，对她是一件多么残酷的事。她是郁郁不欢地度过了这十年的岁月吗？她也恨儿子吗？恨儿子远行不归，使她在家庭的地位，更不得伸张而永停在金鲤鱼的阶段上。生了儿子应当使母亲充满了骄傲的，她却没有得到，人们是一次次地压制了她应得的骄傲。

振丰也没有想到母亲这样早就去世了，他一直有个信念，总有一天让这个叫“妈”的母亲，和那个叫“娘”的母亲，处于同等的地位，享受到同样的快乐。这是他的孝心，悔恨在母亲的有生之年，并没有向她表示过，竟让她含恨而死。

这一家人虽然都悲伤于金鲤鱼的死，但是该行的规矩，还是要照行。出殡的那一天，为了门的问题，不能解决。说是因为门窄了些，棺材抬不过去。振丰觉得很奇怪，他问到底是哪个门嫌窄了？家人告诉他，是说的“旁门”，因为金鲤鱼是妾的身份，棺材是不能由大门抬出去的，所以他们正在计划着，要把旁边的门框临时拆下一条来，以便通过。

振丰听了，胸中有一把火，像要燃烧起来。他的脸涨红了，抑制着激动的心情，故意问：

“我是姨太太生的，那么我也不能走大门了？”

老姑母苦笑着责备说：

“傻孩子，怎么说这样的话！你当然是可以走大门……”

振丰还没等老姑母讲完，便冲动地，一下子跑到母亲的灵堂，趴伏在棺木上，捶打痛喊着说：

“我可以走大门，那么就让我妈连着我走一回大门吧！就这么一回！就这么一回！”

所有的家人亲戚都被这景象吓住了。振丰一直伏在母亲的棺木上痛哭，别人也不知道该怎么劝解，因为太意外了。结局还是振丰扶着母亲的棺柩，堂堂正正地由大门抬了出去。

他觉得他在母亲的生前，从没有能在行为上表示一点孝顺，使她开心，他那时是那么小，那么一事无知，更缺乏对母亲的身份观念的了解。现在他这样做了，不知道母亲在冥冥中可体会到他的心意？但无论如何，他沉重的心情，总算是因此减轻了许多。

现在算不得什么了

看见妈妈舍不得把百裥裙给珊珊带到学校去，爸爸倒替珊珊说情了，他对妈妈说：

“你就借她拿去吧，小孩子喜欢，就让她高兴高兴。其实，现在看起来，这些都算不得什么了！那时，一条百裥裙对于一个女人的身份，是那样地重要吗？现在想来，真是不可思议的。看女学生只要高兴，就可以随便穿上它在台上露一露。唉！时代……”

话好像没说完，就在一声感喟下戛然而止了。而珊珊只听了头一句，就高兴得把百裥裙抱了起来，其余，爸爸说的什么，就完全不理会了。

妈妈也想起了什么，她对爸爸说：

“振丰，你知道，我当初很有心要把这条百裥裙给放进棺材里，给妈一起陪葬算了，我知道妈是多么喜欢它。可是……

妈也没再说下去了，她和爸一时都不再说话，沉入了缅想中。

珊珊却只顾拿了裙子朝身上比来比去，等到裙子扯开来是散开的两幅，珊珊才急得喊妈妈：

“妈咪，快来，看这条裙子是怎么穿法嘛！”

妈拿起裙子来看看，笑了，她翻开那裙腰，指给爸爸和珊珊看，说：

“我说没有人穿过，一点儿不错吧？看，带子都还没缝上去哪！”

·作品赏析·

读者常说阅读林海音的文学作品要带着一份心情，去品味她蕴藉其中的细腻的情感，感受她文学中点滴流淌的温暖。她习惯以身边的琐事为创作的主要素材，简单温柔，总能让人感到无比的亲切。她的文章虽然名义上称为小说，但实际上，因为生活的随意倒有点散文化了。

在《金鲤鱼的百裥裙》中同样为我们讲述了一个身边的故事，以一条百裥裙引动家人之间的亲切对话，引动父亲对老祖母的追忆。这是一条前幅绣着“喜鹊登梅”的百裥裙，虽然尚未有人穿过，却隐含着从前一段老祖母的故事。

文章在结构的设置上显得颇具特色：采用的是插叙的手法，从一条在箱底中挖出的百裥裙的对话，转引到对百裥裙故事的回忆，再回归到现实生活当中。而在文体的层次上文章则又显得已经模糊了散文和小说的既定界限，这大概也是这位台湾文学祖母级人物的行文特色了。也正因为她小说的散文化倾向，同时也让这篇小说的语言显得随和婉约，柔美，在淡淡的叙事中，给人以情感的温暖，就像文章中所说的：给妈一起陪葬算了，我知道妈是多么喜欢它。可是……妈也没再说下去了，她和爸一时都不再说话，沉入了缅想中。

百合花 / 茹志鹃

入选理由

茹志鹃的成名作、代表作
一曲素朴的战争时代的爱情牧歌
构思精巧，情节生动，笔调清新俊逸

一九四六年的中秋。

这天打海岸的部队决定晚上总攻。我们文工团创作室的几个同志，就由主攻团的团长分派到各个战斗连去帮助工作。

大概因为我是个女同志吧！团长对我抓了半天后脑勺，最后才叫一个通讯员送我到前沿包扎所去。

包扎所就包扎所吧！反正不叫我进保险箱就行。我背上背包，跟通讯员走了。

早上下过一阵小雨，现在虽放了晴，路上还是滑得很，两边地里的秋庄稼，却给雨水冲洗得青翠水绿，珠烁晶莹。空气里也带有一股清鲜湿润的香味。要不是敌人的冷炮，在间歇地盲目地轰响着，我真以为我们是去赶集的呢！

通讯员撒开大步，一直走在我前面。一开始他就把我拉下几丈远。我的脚烂了，路又滑，怎么努力也赶不上他。我想喊他等等我，却又怕他笑我胆小害怕；不叫他，我又真怕一个人摸不到那个包扎所。我开始对这个通讯员生起

茹志鹃像

作者简介

茹志鹃（1925～1998），祖籍浙江杭州，生于北京。初中毕业于浙江武康县武康中学。1943年随兄参加新四军，先在苏中公学读书，此后一直在部队文工团工作，任过演员、组长、分队长等职。1955年从南京军区转业到上海，任《文艺月报》编辑。1960年从事专业文学创作，曾任《上海文学》编委，为中国作协会员，中国作协上海分会理事。主要作品有小说集《百合花》、《高高的白杨树》等。

解放战争初期，解放军部队向国民党军队盘踞的城市发起攻击。

气来。

嗳！说也怪，他背后好像长了眼睛似的，倒自动在路边站下了。但脸还是朝着前面。没看我一眼。等我紧走慢赶地快要走近他时，他又蹬蹬蹬地自个向前走了，一下又把我摔下几丈远。我实在没力气赶了，索性一个人在后面慢慢晃。不过这一次还好，他没让我拉得太远，但也不让我走近，总和我保持着丈把远的距离。我走快，他在前面大踏步向前；我走慢，他在前面就摇摇摆摆。奇怪的是，我从没见他回头看我一次，我不禁对这通讯员发生了兴趣。

刚才在团部我没注意看他，现在从背后看去，只看到他是高挑挑的个子，块头不大，但从他那副厚实实的肩膀看来，是个挺棒的小伙，他穿了一身洗淡了的黄军装，绑腿直打到膝盖上。肩上的步枪筒里，稀疏地插了几根树枝，这要说是伪装，倒不如算作装饰点缀。

没有赶上他，但双脚胀痛得像火烧似的。我向他提出了休息一会后，自己便在做田界的石头上坐了下来。他也在远远的一块石头上坐下，把枪横搁在腿上，背向着我，好像没我这个人似的。凭经验，我晓得这一定又因为我是个女同志的缘故。女同志下连队，就有这些困难。我着恼的带着一种反抗情绪走过去，面对着他坐下来。这时，我看见他那张十分年轻稚气的圆脸，顶多有十八岁。他见我挨他坐下，立即张惶起来，好像他身边埋下了一颗定时炸弹，局促不安，掉过脸去不好，不掉过去又不行，想站起来又不好意思。我拚命忍住笑，随便地问他是哪里人。他没回答，脸涨得像个关公，讷讷半晌，才说清自己是天目山人。原来他还是我的同乡呢！

"在家时你干什么？"

"帮人拖毛竹。"

我朝他宽宽的两肩望了一下，立即在我眼前出现了一片绿雾似的竹海，海中间，一条窄窄的石级山道，盘旋而上。一个肩膀宽宽的小伙，肩上垫了一块老蓝布，扛了几枝青竹，竹梢长长地拖在他后面，刮打得石级哗哗作响……这是我多么熟悉的故乡生活啊！我立刻对这位同乡，越加亲热起来。我又问：

"你多大了？"

"十九。"

"参加革命几年了？"

“一年。”

“你怎么参加革命的？”我问到这里自己觉得这不像是谈话，倒有些像审讯。不过我还是禁不住地要问。

“大军北撤时我自己跟来的。”

“家里还有什么人呢？”

“娘，爹，弟弟妹妹，还有一个姑姑也住在我家里。”

“你还没娶媳妇吧？”

“……”他飞红了脸，更加忸怩起来，两只手不停地数摸着腰皮带上的扣眼。半晌他才低下了头，憨憨地笑了一下，摇了摇头。我还想问他有没有对象，但看到他这样子，只得把嘴里的话，又咽了下去。

两人闷坐了一会，他开始抬头看看天，又掉过来扫了我一眼，意思是在催我动身。

当我站起来要走的时候，我看见他摘了帽子，偷偷地在用毛巾拭汗。这是我的不是，人家走路都没出一滴汗，为了我跟他说话，却害他出了这一头大汗，这都怪我了。

我们到包扎所，已是下午两点钟了。这里离前沿有三里路，包扎所设在一个小学里，大小六个房子组成品字形，中间一块空地长了许多野草，显然，小学已有多时不开课了。我们到时屋里已有几个卫生员在弄着纱布棉花，满地上都是用砖头垫起来的门板，算作

《百合花》插图

我们走进老乡的院子里，一会，门帘一挑，露出一个年轻媳妇来。

病床。

我们刚到不久，来了一个乡干部，他眼睛熬得通红，用一片硬柏纸插在额前的破毡帽下，低低地遮在眼睛前面挡光。他一肩背枪，一肩挂了一杆秤；左手挎了一篮鸡蛋，右手提了一口大锅，呼哧呼哧地走来。他一边放东西，一边对我们又抱歉又诉苦，一边还喘息地喝着水，同时还从怀里掏出一包饭团来嚼着。我只见他迅速地做着这一切。他说的什么我就没大听清。好像是说什么被子的事，要我们自己去借。我问清了卫生员，原来因为部队上的被子还没发下来，但伤员流了血，非常怕冷，所以就得向老百姓去借。哪怕有一二十条棉絮也好。我这时正愁工作插不上手，便自告奋勇讨了这件差事，怕来不及就顺便也请了我那位同乡，请他帮我动员几家再走。他踌躇了一下，便和我一起去了。

我们先到附近一个村子，进村后他向东，我往西，分头去动员。不一会，我已写了三张借条出去，借到两条棉絮，一条被子，手里抱得满满的，心里十分高兴，正准备送回去再来借时，看见通讯员从对面走来，两手还是空空的。

"怎么，没借到？"我觉得这里老百姓觉悟高，又很开通，怎么会没有借到呢？我有点惊奇地问。

"女同志，你去借吧！……老百姓死封建……"

"哪一家？你带我去。"我估计一定是他说话不对，说崩了。借不到被子事小，得罪了老百姓影响可不好。我叫他带我去看看。但他执拗地低着头，像钉在地上似的，不肯挪步，我走近他，低声地把群众影响的话对他说了。他听了，果然就松松爽爽地带我走了。

我们走进老乡的院子里，只见堂屋里静静的，里面一间房门上，垂着一块蓝布红额的门帘，门框两边还贴着鲜红的对联。我们只得站在外面向里"大姐、大嫂"的喊，喊了几声，不见有人应，但响动是有了。一会，门帘一挑，露出一个年轻媳妇来。这媳妇长得很好看，高高的鼻梁，弯弯的眉，额前一溜蓬松松的刘海。穿的虽是粗布，倒都是新的。我看她头上已硬挠挠的挽了髻，便大嫂长大嫂短的向她道歉，说刚才这个同志来，

说话不好别见怪等等。她听着，脸扭向里面，尽咬着嘴唇笑。我说完了，她也不作声，还是低头咬着嘴唇，好像忍了一肚子的笑料没笑完。这一来，我倒有些尴尬了，下面的话怎么说呢！我看通讯员站在一边，眼睛一眨不眨地看着我，好像在看连长做示范动作似的。我只好硬了头皮，讪讪的向她开口借被子了，接着还对她说了一遍共产党的部队，打仗是为了老百姓的道理。这一次，她不笑了，一边听着，一边不断向房里瞅着。我说完了，她看看我，看看通讯员，好像在掂量我刚才那些话的斤两。半晌，她转身进去抱被子了。

通讯员乘这机会，颇不服气地对我说道：

"我刚才也是说的这几句话，她就是不借，你看怪吧！……"

我赶忙白了他一眼，不叫他再说。可是来不及了，那个媳妇抱了被子，已经在房门口了。被子一拿出来，我方才明白她刚才为什么不肯借的道理了。这原来是一条里外全新的新花被子，被面是假洋缎的，枣红底，上面撒满白色百合花。她好像是在故意气通讯员，把被子朝我面前一送，说："抱去吧。"

我手里已捧满了被子，就一努嘴，叫通讯员来拿。没想到他竟扬起脸，装作没看见。我只好开口叫他，他这才绷了脸，垂着眼皮，上去接过被子，慌慌张张地转身就走。不想他一步还没有走出去，就听见"嘶"的一声，衣服挂住了门钩，在肩膀处，挂下一片布来，口子撕得不小。那媳妇一面笑着，一面赶忙找针拿线，要给他缝上。通讯员却高低不肯，挟了被子就走。

刚走出门不远，就有人告诉我们，刚才那位年轻媳妇，是刚过门三天的新娘子，这条被子就是她惟一的嫁妆。我听了，心里便有些过意不去，通讯员也皱起了眉，默默地看着手里的被子。我想他听了这样的话一定会有同感吧！果然，他一边走，一边跟我嘟哝起来了。

"我们不了解情况，把人家结婚被子也借来了，多不合适呀！……"我忍不住想给他开个玩笑，便故作严肃地说：

"是呀！也许她为了这条被子，在做姑娘时，不知起早熬夜，多干了多少零活，才积起了做被子的钱，或许她曾为了这条花被，睡不着觉呢。可是还有人骂她死封建……"

他听到这里，突然站住脚，呆了一会，说：

"那！……那我们送回去吧！"

"已经借来了，再送回去，倒叫她多心。"我看他那副认真、为难的样子，又好笑，又觉得可爱。不知怎么的，我已从心底爱上了这个傻呼呼的小同乡。

他听我这么说，也似乎有理，考虑了一下，便下了决心似地说：

"好，算了。用了给她好好洗洗。"他决定以后，就把我抱着的被子，统统抓过去，左一条、右一条的披挂在自己肩上，大踏步地走了。

回到包扎所以后，我就让他回团部去。他精神顿时活泼起来了，向我敬了礼就跑了。走不几步，他又想起了什么，在自己挂包里掏了一阵，摸出两个馒头，朝我扬了扬，顺手放在路边石头上，说：

“给你开饭啦！”说完就脚不点地地走了。我走过去拿起那两个干硬的馒头，看见他背的枪筒里不知在什么时候又多了一枝野菊花，跟那些树枝一起，在他耳边抖抖地颤动着。

他已走远了，但还见他肩上撕挂下来的布片，在风里一飘一飘。我真后悔没给他缝上再走。现在，至少他要裸露一晚上的肩膀了。

包扎所的工作人员很少。乡干部动员了几个妇女，帮我们打水、烧锅，作些零碎活。那位新媳妇也来了，她还是那样，笑眯眯地抿着嘴，偶然从眼角上看我一眼，但她时不时地东张西望，好像在找什么。后来她到底问我说：

“那位同志弟到哪里去了？”我告诉她同志弟不是这里的，他现在到前沿去了。她不好意思地笑了一下说：“刚才借被子，他可受我的气了！”说完又抿了嘴笑着，动手把借来的几十条被子、棉絮，整整齐齐地分铺在门板上、桌子上（两张课桌拼起来，就是一张床）。我看见她把自己那条白百合花的新被，铺在外面屋檐下的一块门板上。

天黑了，天边涌起一轮满月。我们的总攻还没发起。敌人照例是忌怕夜晚的，在地上烧起一堆堆的野火，又盲目地轰炸，照明弹也一个接一个地升起，好像在月亮下面点了无数盏的汽油灯，把地面的一切都赤裸裸地暴露出来了。在这样一个“白夜”里来攻击，有多困难，要付出多大的代价啊！我连那一轮皎洁的月亮，也憎恶起来了。

乡干部又来了，慰劳了我们几个家做的干菜月饼。原来今天是中秋节了。

啊，中秋节，在我的故乡，现在一定又是家家门前放一张竹茶几，上面供一副香烛，几碟瓜果月饼。孩子们急切地盼那炷香快些焚尽，好早些分摊给月亮娘娘享用过的东西，他们在茶儿旁边跳着唱着：“月亮堂堂，敲锣买糖……”或是唱着：“月亮嬷嬷，照你照我……”我想到这里，又想起我那个小同乡，那个拖毛竹的小伙，也许，几年以前，他还唱过这些歌吧！……我咬了一口美味的家做月饼，想起那个小同乡大概现在正趴在工事里，也许在团指挥所，或者是在那些弯弯曲曲的交通沟里走着哩！……

一会儿，我们的炮响了，天空划过几颗红色的信号弹，攻击开始了。不久，断断续续地有几个伤员下来，包扎所的空气立即紧张起来。

我拿着小本子，去登记他们的姓名、单位，轻伤的问问，重伤的就得拉开他们的符号，或是翻看他们的衣襟。我拉开一个重彩号的符号时，“通讯员”三个字使我突然打了个寒战，心跳起来。我定了下神才看到符号上写着 × 营的字样。啊！不是，我的同乡他是团部的通讯员。但我又莫名其妙地想问问谁，战地上会不会漏掉伤员。通讯员在战斗时，除了送信，还干什么——我不知道自己为什么要问这些没意思的问题。

战斗开始后的几十分钟里，一切顺利，伤员一次次带下来的消息，都是我们突破第一道鹿砦，第二道铁丝网，占领敌人前沿工事打进街了。但到这里，消息忽然停顿了，下来的伤员，只是简单地回答说：“在打。”或是“在街上巷战。”但从他们满身泥泞，极度疲乏的神色上，甚至从那些似乎刚从泥里掘出来的担架上，大家明白，前面在进行着一场什么样的战斗。

包扎所的担架不够了，好几个重彩号不能及时送后方医院，耽搁下来。我不能解除他们任何痛苦，只得带着那些妇女，给他们拭脸洗手，能吃得的喂他们吃一点，带着背包的，就给他们换一件干净衣裳，有些还得解开他们的衣服，给他们拭洗身上的污泥血迹。

做这种工作，我当然没什么，可那些妇女又羞又怕，就是放不开手来，大家都要抢着去烧锅，特别是那新媳妇。我跟她说了半天，她才红了脸，同意了。不过只答应做我的下手。

前面的枪声，已响得稀落了。感觉上似乎天快亮了，其实还只是半夜。外边月亮很明，也比平日悬得高。前面又下来一个重伤员。屋里铺位都满了，我就把这位重伤员安排在屋檐下的那块门板上。担架员把伤员抬上门板，但还围在床边不肯走。一个上了年纪的担架员，大概把我当做医生了，一把抓住我的膀子说：“大夫，你可无论如何要想办法治好这位同志呀！你治好他，我……我们全体担架队员给你挂匾……”他说话的时候，我发现其他的几个担架员也都睁大了眼盯着我，似乎我点一点头，这伤员就立即会好了似的。我心想给他们解释一下，只见新媳妇端着水站在床前，短促地“啊”了一声。我急拨开他们上前一看，我看见了一张十分年轻稚气的圆脸，原来棕红的脸色，现已变得灰黄。他安详地合着眼，军装的肩头上，露着那个大洞，一片布还挂在那里。

“这都是为了我们……”那个担架员负罪地说道，“我们十多副担架挤在一个小巷子里，准备往前运动，这位同志走在我们后面，可谁知道狗日的反动派不知从哪个屋顶上撂下颗手榴弹来，手榴弹就在我们人缝里冒着烟乱转，这时这位同志叫我们快趴下，他自己就一下扑在那个东西上了……”

新媳妇又短促地“啊”了一声。我强忍着眼泪，给那些担架员说了些话，打发他们走了。我回转身看见新媳妇已轻轻移过一盏油灯，解开他的衣服，她刚才那种忸怩羞涩已经完全消失，只是庄严而虔诚地给他拭着身子，这位高大而又年轻的小通讯员无声地躺在那里……我猛然醒悟地跳起身，磕磕绊绊地跑去找医生，等我和医生拿了针药赶来，新媳妇正侧着身子坐在他旁边。

她低着头，正一针一针地在缝他衣肩上那个破洞。医生听了听通讯员的心脏，默默地站起身说：“不用打针了。”我过去一摸，果然手都冰冷了。新媳妇却像什么也没看见，什么也没听到，依然拿着针，细细地、密密地缝着那个破洞。我实在看不下去了，低声地说：

“不要缝了。”她却对我异样地瞟了一眼，低下头，还是一针一针地缝。我想拉开她，我想推开这沉重的氛围，我想看见他坐起来，看见他羞涩地笑。但我无意中碰到了身边一个什么东西，伸手一摸，是他给我开的饭，两个干硬的馒头。

卫生员让人抬了一口棺材来，动手揭掉他身上的被子，要把他放进棺材去。新媳妇这时脸发白，劈手夺过被子，狠狠地瞪了他们一眼，自己动手把半条被子平展展地铺在棺材底，半条盖在他身上。卫生员为难地说：“被子……是借老百姓的。”

“是我的——”她气汹汹地嚷了半句，就扭过脸去。在月光下，我看见她眼里晶莹发亮，我也看见那条枣红底色上洒满白色百合花的被子，这象征纯洁与感情的花，盖上了这位平常的、掩毛竹的青年人的脸。

·作品赏析·

《百合花》是茹志鹃的成名作，写于1958年3月。小说以1946年解放战争初期发生在某地的一场战役为背景，通过“我”的所见所闻，叙述了年轻战士为救人英勇献身、新婚媳妇为牺牲的小战士捐献新棉被等几个感人的故事，塑造了天真质朴、憨厚腼腆、热爱生活、舍己为人的小通讯员和活泼开朗、纯朴善良的新媳妇两个个性鲜明的人物形象，讴歌了战争年代普通战士和百姓纯洁美丽的心灵，赞颂了军民之间的鱼水情谊。小说构思精巧，以小寓大，情节生动，前呼后应，心理描写细腻，笔调清新俊逸，语言素朴自然，全篇洋溢着浓郁的抒情性和清纯的诗意美。读来感人至深，使人回味悠长。

外国卷

驿站长

/［俄罗斯］普希金

入选理由

普希金的短篇小说代表作

展现了一个小人物的凄凉人生

被誉为是自然派文学的先河

十四品文官[①]，

驿站的独裁者。

——维亚泽姆斯基[②]公爵

谁没有咒骂过驿站长，谁没有同他们吵过架？谁没有在盛怒之下向他们索取过那要命的本子以便在上面写下自己对他们的欺压、粗暴和怠慢的无济于事的控诉！谁不把他们当做人类的恶棍，犹如过去的恶讼师，或者，至少也和牟罗姆[③]的强盗无异？但是，我们如果公平一些，尽量为他们设身处地想一想，也许，我们责备他们的时候就会宽容得多。什么是驿站长呢？一个真正的十四级的受气包，他的官职仅仅能使他免于挨打，而且这也并非总能做到（请读者扪心自问）。维亚泽姆斯基开玩笑称他是独裁者，他的职务是怎样的呢？是不是真正的苦役？白天黑夜都不得安宁。旅客把在枯燥乏味的旅途中积聚起来的全部怨气都发泄在驿站长身上：天气恶劣，道路难行，车夫脾气犟，马不肯拉车——都成了驿站长的过错。旅客走进他的寒伧的住所，像望着仇人似的望着他。要是他能赶快抒发掉这个不速之客，还好；但是如果正碰上没有马呢？……天哪！什么样的咒骂、什么样的威胁都会劈头盖脸而来！他得冒着雨、踩着泥泞挨家挨户奔走。遇上狂风暴雨天气或是受洗节前后的严寒日子，他得躲进穿堂，只是为了休息片刻，避开被激怒的投宿客人的叫嚷和推搡。来了一位将军，浑身发抖的驿站长就得给他最后的两辆三套马车，其中一辆是供信使专用

① 十四品文官：帝俄时代最低级的文官。

② 维亚泽姆斯基（1792 ~ 1878）：俄国诗人。引诗摘自他的《驿站》一诗。

③ 牟罗姆：9 ~ 12 世纪居住于奥卡河下流的一个部族。牟罗姆森林是强盗出没的地方。

作者简介

普希金（1799 ~ 1837），一位头衔辉煌的伟大作家，曾被赞誉为俄罗斯浪漫主义文学的杰出代表、现实主义的开拓者、标准俄语的创始人。高尔基称他为一切开端的开端，而事实上他也是俄罗斯多余人和小人物传统的坚实缔造者，影响了整个俄罗斯文学的历史进程。其实他更多被关注的还是他的伟大的抒情诗，诸如《致恰达耶夫》、《自由颂》、《致大海》以及《我曾经爱过你》。但同样让他不朽的还有他的小说，就像《驿站长》、《上尉的女儿》这样的典型篇章。1837 年，普希金死于一场和法国男爵的决斗中。

普希金像

的。将军连谢也不谢一声就走了。过了五分钟——又是铃声！……一个信使把自己的驿马使用证往桌上一扔……如果我们把这些都好好地想一想，我们心里的怒气就会消释而充满真挚的同情。我再说几句：我二十年来走遍了俄罗斯的东西南北，差不多所有的驿道我都知道；好几代的车夫我都认识；很少有驿站长我不面熟；很少有驿站长我不曾跟他们打过交道。我希望在不久的将来我所积累的饶有趣味的旅途见闻能够问世。目前我只想说，人们对驿站长这一类人的看法是极其错误的。这些备受诽谤的驿站长，一般说来都是和善的人，天生乐意为人效劳，容易相处，对荣誉看得很淡泊，不太爱钱财。从他们的言谈（过路的老爷们偏偏却瞧不起这些言谈）中，可以吸取许多有趣的东西，获益匪浅。至于我呢，老实说，我是宁愿听他们谈话，也不要听一位因公外出的六品文官的高谈阔论。

不难猜到，在可尊敬的驿站长这一类人中间就有我的朋友。真的，其中有一位给我留下了弥足珍贵的回忆。我们曾有机缘一度接近过，我现在准备同亲爱的读者谈谈他的故事。

一八一六年五月，我曾经乘车在一条现在已经废弃的驿道上经过某省。我官卑职小，只能在每个驿站换马，只付得起两匹驿马的租钱。因此驿站长们对我并不客气，我往往要经过力争才能得到我认为是名份应得到的东西。当时我由于少年气盛，要是驿站长把给我预备的三匹马套到一位官老爷的马车上，我对他的卑贱和怯懦就会感到愤慨；在省长设的宴会上，遇到善于辨别身份的奴才上菜时把我漏掉，我也总是耿耿于怀。如今呢，我却以为这两种情形都是理所当然的了。的确，小官尊敬大官是一条普遍适用的准则，要是用另一条准则，比方说，聪明人尊重聪明人来代替它，那我们会怎么样呢？岂不是要吵翻了天！仆人上菜又从谁开始呢？但是我还是来讲

《驿站长》插图

一八一六年五月，我曾经乘车在一条现在已经废弃的大道上经过某省。

我的故事吧。

那是一个炎热的日子。离某驿站还有三俄里的时候开始落下稀疏的雨点。转眼之间，倾盆大雨已经把我淋得浑身湿透。到了驿站，第一件事就是赶快换衣服，第二件事是要一杯茶。“喂，杜尼娅[①]！”驿站长叫道，“拿茶炊来，再去拿点鲜奶油。”听到这话，从隔扇后面出来一个十四五岁的姑娘，跑到穿堂里去了。她的美使我吃惊。“这是你的女儿吗？”我问驿站长。“是我的女儿，”他带着得意的神气回答说，“她聪明伶俐，跟她去世的母亲一模一样。”这时他动手登记我的驿马使用证，我就欣赏起他装点他那简朴而整洁的住屋的图画来。这些画画的是浪子回头的故事[②]：第一幅画着一个头戴尖顶帽、身穿长袍的可敬的老人在给一个神情不安的青年送行，那青年人急匆匆地接受他的祝福和一个钱袋。另一幅以鲜明的线条画出这个年轻人的放荡行为：他坐在桌旁，一群虚情假意的朋友和无耻的女人围着他。再往下，这个把钱财挥霍净尽的青年衣衫褴褛，戴着三角帽在喂猪，并且与猪分食：他脸上露出深切的悲痛和悔恨。最后画着他回到父亲那里。仍旧戴着尖顶帽、穿着长袍的慈祥老人跑出来迎接他。浪子跪着，远景是厨子在宰一头肥壮的牛犊，哥哥向仆人们

① 杜尼娅：阿芙多吉娅的小名。
② 浪子回头的故事：见《圣经·新约·路加福音》。

询问如此欢乐的原因。在每一幅画下面我都读到与内容相配合的德文诗句。这一切，还有那几盆凤仙花、挂着花布幔帐的床以及当时我周围的其他物件，至今还保留在我的记忆中。这位五十来岁的主人精神饱满，容光焕发，绿色长礼服上用褪色的绶带挂着三枚奖章，至今他的模样还历历如在眼前。

我跟老车夫还没有把账算清，杜尼娅已经拿着茶炊回来了。这小妖精看了我第二眼就察觉了她给我的印象，她垂下了浅蓝色的大眼睛。我开始同她说话，她很大方地回答我，像个见过世面的姑娘。我请她父亲喝一杯潘趣酒，给杜尼娅一杯茶，我们三个人就聊起天来，仿佛认识了很久似的。

马匹早就准备好了，可是我仍旧不愿意同驿站长和他的女儿分手。最后我同他们告别了，做父亲的祝我一路平安，女儿送我上车。到穿堂里我停下来，请她允许我吻她一下。杜尼娅答应了……

从我做这事以来，我可以算得出许多次接吻，但是没有一次亲吻在我心中留下这样悠长、这样愉快的回忆。

过了几年，我又有机会经过那条驿道，使我重临旧地。我想起老站长的女儿，想到又可以看到她而感到高兴。但是我又想，老站长也许已经调离，杜尼娅可能已经出嫁。我的头脑里也闪过他或她会不会死去的念头。我怀着悲伤的预感走近那个驿站。

马匹在驿站的小屋前停下。我一走进房间，立刻认出了那几幅画着浪子回头的故事的画，桌子和床还放在原来的地方，但是窗台上已经没有花，四周的一切都显出败落和无人照管的景象。驿站长盖着皮袄睡着，我的到来把他吵醒，他欠起身来……这正是萨姆松·维林，但是他衰老得多厉害啊！在他准备抄下我的驿马使用证的时候，我望着他的白发，望着他那好久没刮胡子的脸上的深深的皱纹和他的驼背——不能不感到惊讶，怎么三四年的工夫竟把一个精力旺盛的汉子变成一个衰弱的老头。“您还认得我吗？”我问他。“咱们是老相识了。”“可能是。”他阴沉地回答说，“这儿是大路，来往旅客到过我这里的很多。”“你的杜尼娅好吗？”我继续问。老头皱起了眉头。“天晓得她，”他回答说。“这么说她是出嫁了？”我说。老头装做没有听见我的问话，继续轻声念我的驿马使用证。我不再问下去，叫人拿茶来。好奇心开始使我不得安宁，我指望潘趣酒能使我的老相识开口说话。

我没有想错，老头没有拒绝送过去的酒杯。我发现甜酒驱散了他的阴郁。一杯下肚，他的话多起来。不知他是记起了呢，还是装出记起我的样子，于是我便从他口中听到了当时使我非常感兴趣、又使我深受感动的故事。

“这么说，您认识我的杜尼娅？”他开始说。“有谁不认识她呢？唉，杜尼娅，杜尼娅！是个多好的姑娘啊！以前，凡是过路的人，谁都夸她，谁也不会说她不好。

《驿站长》插图

忽然他前面驰过一辆华丽的马车，驿站长认出了明斯基。

太太们有的送她一块小手帕，有的送她一副耳环。过路的老爷们故意停下来，好像要用午餐或是晚餐，其实只是为了多看她几眼。往往有这样的情形，不管老爷的火气多么大，一看见她就会平静下来，和颜悦色地和我谈话。先生，您信不信：信使们跟她一聊就是半个钟头。家由她管：收拾房子啦，做饭啦，样样都安排得妥妥当当。我这个老傻瓜，对她看也看不厌，有时连喜欢都喜欢不过来。是我不爱我的杜尼娅，不疼我的孩子呢，还是她的日子过得不称心呢？都不是，灾祸是躲不了的；命该如此，要逃也逃不了啊！”于是他开始详详细细地向我讲述他的伤心事。三年前，一个冬天的晚上，驿站长正在一本新簿子上画格子，他女儿在隔扇后面给自己缝衣服。这时来了一辆三套马车，一个头戴车尔凯斯帽、身穿军大氅、裹着披肩的旅客走进来要马。马都派出去了。一听说没马，旅客就提高嗓门，扬起了马鞭。见惯这种场面的杜尼娅从隔扇后面跑出来，殷勤地问那个旅客要不要吃点什么？杜尼娅的出现起了它惯有的效果。旅客的怒火烟消云散了，他同意等待马匹，还要了晚餐。旅客脱下毛茸茸的湿帽子，解下披肩，脱掉外套，原来这是一个体格匀称、蓄着黑口髭的年轻骠骑兵。他坐到驿站长旁边，高高兴兴地同他和他的女儿交谈起来。晚餐端上来了。这时有几匹马回来了，驿站长吩咐不用喂食，马上把它们套在旅客的车上。但是等他回来的时候，却发现那个年轻人躺在长凳上，几乎失去了知觉：他感到很不舒服，头痛得厉害，不能上路……怎么办呢！驿站长把自己的床让给他，如果病情不见好转，还准备第二天一早就派人到C城去请医生。

第二天，骠骑兵的病情更恶化了。他的仆人骑上马进城去请医生。杜尼娅用浸了醋的手帕包扎他的头，坐在他床边做针线活。当着驿站长的面，病人直哼，几乎一言不发，但却喝了两杯咖啡，并且哼哼着要了午餐。杜尼娅一直守着他。他不断要水喝，杜尼娅给他端来一大杯她做的柠檬水。病人润着嘴唇，每次递还杯子的时候，都用他的无力的手握握杜尼娅的手表示感谢。午饭前医生来了。他摸了摸病人的脉，用德语同他谈了几句，然后用俄语宣称，病人只是需要静养，过两天就可以上路。骠骑兵付给他二十五个卢布的出诊费，还请他用午餐。医生同意了，两人的胃口都很好，喝了一瓶酒，才彼此非常满意地分手。

又过了一天，骠骑兵完全恢复了。他非常高兴，不停地一会儿同杜尼娅，一会儿同驿站长开玩笑。他吹着曲子，同旅客们交谈，把他们的驿马使用证登记在驿站登记册上。他大大博得了好心的驿站长的喜欢。到第三天早上，驿站长竟舍不得同他那可爱的客人分别了。那天是星期日，杜尼娅预备去做礼拜。骠骑兵的马车拉来了。他为了在这里又吃又住，重重地酬谢了驿站长，才和他告别。他也同杜尼娅告别，表示愿意送她去村边的教堂。杜尼娅犹豫不决地站着……“你怕什么？”父亲对她说，“大人又不是狼，不会把你吃掉，你就坐车子去教堂吧。”杜尼娅上了车，挨着骠骑兵坐下，仆人跳上驭座，车夫一声唿哨，马儿就奔驰起来。

可怜的驿站长不明白，他怎能亲口允许他的杜尼娅同骠骑兵一同乘车走呢？他怎么会瞎了眼，怎么会鬼迷心窍？过了不到半小时，他觉得心里烦躁，六神不安，忍不住自己也跑去做礼拜。到了教堂跟前，他看到人们已经散去，但是杜尼娅既不在围墙边，也不在教堂门口。他急忙走进教堂：神父正从祭坛后面走出来，教堂执事在吹灭蜡烛，有两个老妇人还在角落里祈祷，但是杜尼娅却不在教堂里。可怜的父亲好容易才下决心去问教堂执事，杜尼娅有没有来做过礼拜。教堂执事回答说没有来过。驿站长半死不活地走回家去。他只剩下一个希望：杜尼娅年轻做事轻率，也许忽然想起来乘着车子到下一站去看她的教母去了。他痛苦而焦急地等待他让她乘坐的那辆三驾马车回来。车夫老不回来，到傍晚时分，车夫终于一个人回来了，喝得醉醺醺的，带来一个吓死人的消息：“杜尼娅跟着骠骑兵又从那一站往前走了。”

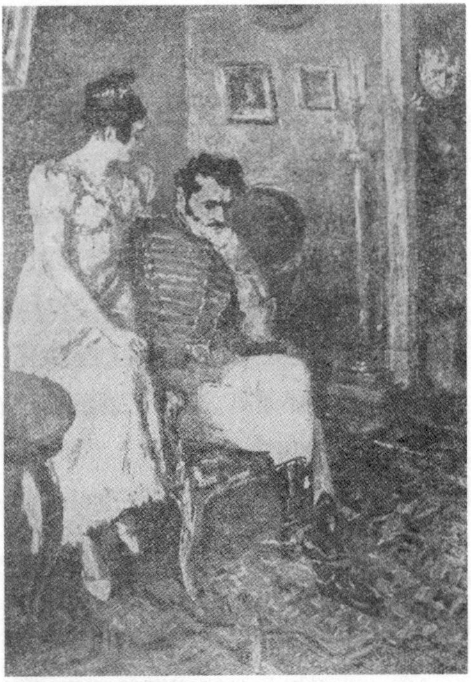
《驿站长》插图
他走到开着的门边，停了下来。

老头禁不住这不幸的打击，他立时倒在那个年轻骗子昨夜躺过的床上。现在驿站长回想起种种情况，才明白生病是假装的：可怜的老人患了极为厉害的热病；他被送到C城，派了一个人暂时来代替他。给他治病的就是来给骠骑兵看病的那个医生。他对驿站长确凿有据地说，那个年轻人身体完全健康，当时他就猜到他不怀好意，但是因为怕他的鞭子，所以没有做声。这个德国医生的话不知道是真的呢，还是想炫耀自己有先见之明，但是他的话丝毫安慰不了可怜的病人。驿站长的病体刚恢复，他就向C城的驿站局长请了两个月的

《驿站长》插图

她深情地望着明斯基，把他的乌黑的鬈发绕在她的闪闪发光的手指上。

假，对任何人都没提自己的打算，步行寻找女儿去了。他根据驿马使用证知道骑兵大尉明斯基是从斯摩棱斯克去彼得堡的。给他驾过车的车夫说："杜尼娅一路啼哭，尽管她好像是自己情愿去的。""也许，"驿站长想道，"我能把我那迷途的羔羊带回家来。"他怀着这个想法来到彼得堡，在伊兹梅尔团一个退位的上士，他的老同事家里住下，就开始四下寻找。不久就被他打听出来，骑兵大尉明斯基在彼得堡，住在德穆特饭店，驿站长决定去找他。

他一清早就来到明斯基的前室，请求禀报大人，说有个老兵求见。一个勤务兵在擦撑着鞋楦的皮靴，他说主人在睡觉，十一点钟以前不接见任何人。驿站长走了，到指定的时间又回来了。明斯基穿看晨衣，戴着红色小帽亲自出来见他。"老兄，你要什么？"他问他。老头的心沸腾起来，泪水涌到眼睛里。他用颤抖的声音只说出了：大人！……请行行好吧……"明斯基迅速地瞥了他一眼，脸一红，就抓住他的手把他带到书房里，随手把门关上。"大人！"老头接下去说，"过去的事情就算了；至少，请您把我可怜的杜尼娅还给我吧。您已经把她玩够了，别白白地毁了她。""生米已成熟饭，无法挽回了，"年轻人十分狼狈地说，"我对不起你，希望求得你的宽恕。可是你别以为我会抛弃杜尼娅，我可以向你保证，她会幸福的。你要她做什么？她爱我，她已经不习惯原先的处境了。无论你也好，她也好——你们都不会忘记已经发生的事。"接着，他把一样东西塞到老人的衣袖里，就把门打开。驿站长自己也不记得他是怎样到了大街上的。

他呆呆地站了好久，最后看到自己衣袖的折袖里有一卷纸。他取出来打开一看，原来是几张揉皱的五卢布和十卢布的钞票。泪水又涌到他的眼睛里，是愤懑的泪水啊！他把钞票揉做一团，扔在地上，还用鞋后跟踩了一脚，走了……走了几步，他停了下来，想了一想，又回转身来……但是钞票已经不见了，一个衣着考究的年轻人看见他，就奔向一辆出租马车，急忙坐上车，喊道："走！……"驿站长没有去追他。他决定回自己的驿站，但是先要看看他的可怜的杜尼娅，哪怕见一面也好。为了这，两天后他又到明斯基那里，但是勤务兵厉声告诉他，主人不接见任何人，胸一挺就把他挤出前厅，冲着他的脸砰地关上了门。驿站长站了一会儿，只好走了。

当天晚上，他在“一切悲伤的人们”教堂做过祷告，在铸造厂街上走着。突然他面前驶过一辆华丽的马车，驿站长认出了明斯基。马车在一座三层楼房的大门口停下，骠骑兵就跑上了台阶。驿站长的头脑里闪过一个侥幸的念头。他折了回来，走到车夫跟前。“老弟，是谁的马？”他问，“是明斯基的吗？”“正是，”车夫回答，“你有什么事？”“是这么回事：你家老爷吩咐我送一张字条给他的杜尼娅，可我把他的杜尼娅住在哪儿给忘记了。”“就在这儿二层楼上。你的信送晚了，老兄，现在他本人已经在她那里了。”“不要紧，”驿站长心里激动得不可名状，“多谢你的指点，可是我还是要把我的事办完。”说看他就走上楼梯。

门锁着。他按了铃，焦急地等了几秒钟。钥匙响了，给他开了门。“阿芙多吉娅·萨姆松诺夫娜[①]住在这里吗？”他问。“住在这儿，”年轻的女仆回答说，“你找她有什么事？”驿站长并不回答，径自走进大厅。“不行，不行！”女仆跟在他后面叫道，“阿芙多吉娅·萨姆松诺夫娜有客。”但是驿站长不理她，自顾往前走。头两间屋子很暗，第三个房间里有灯光。他走到开着的门边，停了下来。在布置得很精致的房间里，明斯基坐在那儿沉思。杜尼娅穿着极其华丽的时装，坐在他的手圈椅的扶手上，像女骑士坐在她的英国式马鞍上一样。她深情地望着明斯基，把他的乌黑的鬈发绕在她的闪闪发光的手指上。可怜的驿站长啊！他从不曾见过他的女儿有这么美，他情不自禁地叹赏起来。“是谁？”她问，并没有抬起头来。他仍旧不做声。杜尼娅没有听到回答，抬起头来一看……接着一声惊呼，就倒在地毯上了。明斯基吓了一跳，跑过去扶她，猛然看见老站长站在门口。他放下杜尼娅，走到他跟前，气得浑身发抖。“你要干什么？”他咬牙切齿地对他说，“你怎么像强盗似的到处悄悄地跟着我？你是想杀死我还是怎么的？你给我滚！”说着就用一只有力的手抓住老头的衣领，把他推到楼梯上。

老头回到自己的住处。他的朋友劝他去控告，但是驿站长想了想，把手一摆，决定就此罢休。两天后，他从彼得堡动身回到自己的驿站，重新履行自己的职责。“我失去杜尼娅，一个人生活到现在已经是第三个年头了，没有得到她一点消息。她是死是活，只有上帝知道。什么事都可能发生。被过路的浪子勾引的，她不是第一个，也不是最后一个，把她弄去供养一阵，然后就把她甩了。在彼得堡，这种年轻的傻丫头多的是，今天穿绸缎，穿天鹅绒；可是明天，你瞧吧，就会跟穷酒鬼在一起扫大街了[②]。有时一想到杜尼娅也许会流落在那边，我就不由得起了有罪的念头，希望她早点进坟墓……”

---

① 阿芙多吉娅·萨姆松诺夫娜：杜尼娅的本名和父名。
② 晚间因酗酒在街上被拘留的人，次日清晨须在警察和看院子的人的监督下打扫道路。

这就是我的朋友，年老的驿站长讲的故事：他的故事不止一次被泪水打断，——他像德米特里耶夫[①]绝妙的叙事诗里的辛勤的捷连季伊奇那样，样子非常感人地用衣裾拭着眼泪。他的眼泪部分是由于他在讲故事时喝的五杯潘趣酒所引起的，但是不管怎样，还是使我异常感动。同他分别后，我久久不能忘掉年老的驿站长，我久久想念着可怜的杜尼娅……

还在不久以前，我路过某地的时候，想起了我的朋友。我得悉他主管的驿站已经撤掉。对我的问题："老站长还活着吗？"没有人能给我满意的答复。我决定去重访旧地，就租了私人的马匹，前往H村。

那时正值秋天。满天灰色的云朵，冷风从收割过的田野吹来，风过之处，树上的红叶和黄叶都被吹走。我进村时太阳已经落山，我在驿舍前停下。从门道里（可怜的杜尼娅曾在那里吻过我）走出一个胖妇人，她回答我说，老站长已经死了快一年了，他的房子现在住进了一个做啤酒的师傅，她就是啤酒师傅的妻子。我开始为白跑一趟、白花了七个卢布而感到惋惜。"他是怎么死的？"我问啤酒师傅的妻子。"喝酒喝死的，老爷。"她回答说。"他葬在什么地方？""在村外，在他死去的妻子旁边。""能不能带我到他坟上去？""怎么不能。喂，万卡！你玩猫该玩够了。陪这位老爷到坟地去。指给他看老站长的坟在哪里。"

她这样说着，一个穿得破破烂烂、红头发、独眼的男孩跑到我面前，立即领我到村外去。

"你认识死去的站长吗？"路上我问他。

"怎么不认识！他教我削风笛。从前他（愿他进天国）从酒店出来，我们就跟着他：'老爷爷，老爷爷！给点胡桃！'他就把胡桃分给我们。从前他总是跟我们玩。"

"那么，过路的客人还记得他吗？"

"现在过路的客人不多了。有时候陪审员顺路弯过来，他也没有谈起死去的人。夏天倒来了一位太太，她问起老站长，后来到他坟上去过。"

"什么样的太太？"我好奇地问。

"一位美极了的太太，"小男孩回答说，"她坐着一辆六驾马车，带着三个小少爷和一个奶妈，还有一只黑哈巴狗。她一听说老站长死了，就哭起来，对孩子们说：'你们乖乖地坐着，我到坟场去一下？'我说我愿意领她去。可是那位太太说：'我自己认得路。'她还给我一个五戈比的银币——真是个好心的太太！……"

我们来到墓地，一片光秃秃的地方，没有栅栏，满眼都是木头十字架，没有一

① 伊·伊·德米特里耶夫（1760 ~ 1837）：普希金的同时代人，诗人，寓言作家。捷连季伊奇是他的诗《漫画》的主人公。

棵小树遮荫。有生以来我不曾见过这样凄凉的墓地。

“这就是老站长的坟。”小男孩跳上一个砂墩告诉我说，那上面插着一个有铜质圣像的黑色十字架。

“那位太太也到这儿来过吗？”我问。

“来过，”万卡回答说，“我从远处望着她。她趴在这儿趴了好久。后来那位太太回到村子里，叫来了牧师，给了他一些钱，就上车走了。我呢，她给了一个五戈比的银币——真是个好太太！”

我也给了小男孩一枚五戈比银币，而且不再为这次旅行和花掉的七个卢布惋惜了。

水夫 译

· 作品赏析 ·

《驿站长》的意义在后代评论者的眼里一直不容忽视，虽然文章讲述的只是一个平凡的驿站长的故事，但在这故事的背后却隐含着世俗人性的偏见与辛酸。在结构上也显得相当独特，好像是专门为驿站长的名分作出的辩解。原本的驿站长形象是完全污秽的：在印象中驿站长总是被当作人类的恶棍，犹如过去衙门里的师爷，或者，至少也和莫罗姆的强盗无异。为了涤清一般民众的误解，作者在文章中引入了一个驿站长悲戚的故事：他的女儿杜尼娅被骠骑兵拐走了，这曾经是他的生命。而这之后，他的命运完全变了，成了一个彻底的孤独绝望的老人。甚至在作者回来看望他的时候，他已经死了，并且十分凄凉：来到墓地，一片光秃秃的地方，没有栅栏，满眼都是木头十字架，没有一棵小树遮荫。有生以来我不曾见过这样凄凉的墓地。

这个故事在评论家的眼里，可是揭开了俄罗斯自然派一贯的行文笔调，不管是后来的赫尔岑、果戈理还是陀思妥耶夫斯基，都将这种对小人物命运的关注进行到底，甚至达到了另外一种境界，像陀思妥耶夫斯基的《穷人》即是。别林斯基曾评论说：自普希金之后，俄国文学才成为独立的文学。可见他在俄罗斯文学上的非凡意义。而在文本本身，他的小说可谓情节集中，结构也是相当严谨，蕴含了深厚的社会内涵，更为巧妙的是，他只是以简练生动的笔调便将这层意义表达得很清晰了。

有抱负的来客 /［美国］霍桑

入选理由

一篇暂时的宁静和永恒的躁动相衬托的篇章
讲述的是一个理想主义者的毁灭
一次隐喻性的构写笔调

九月的一个夜晚，有家人围坐炉火边，给炉子添满山溪冲下来的柴火、干杉球，还有倒下悬崖的大树摔出的残枝碎片。炉火熊熊，把屋子照得又明又亮。父亲和母亲脸上充满悠然自得，孩子们喜笑颜开。17岁的大女儿是快乐的化身，上年纪的老祖母坐在最暖和的地方织毛线，就是老年人快乐的化身。他们在全新英格兰最荒凉的地方，发现了一种香草，“令人神清气爽的三色堇”。一家人住在白山的大峡谷里，这里终年狂风呼啸，冬天更是冷得彻骨——狂风暴雨总是首先袭击这家的小茅舍，然后才卷下萨柯山谷。一家人住在这又冷又险的地方，头顶危耸一座高山，陡峭险峻，山岩时常顺坡轰隆隆滚落，深更半夜吓他们一大跳。

霍桑像

大女儿方才说了句什么小笑话，使大家笑得

作者简介

霍桑（1804～1864），他的伟大在美国文学史上无可争议，英国的评论家早已撰文指出，霍桑是美国文学史上产生的第一个大作家，而他的传记也将他界定为：他的文学是在最高意义上对生活的评价，文章的人物背景来自它真实的生活观察，而结构布局则源自他对生活情感的领悟能力，他已经完全探究到了人类精神的最深的隐秘，并带着一定的永恒性来构述他的文章和小说。在他的思想中清教思想也是不可或缺的，他也同样否定生活的真实而更宁愿相信心理的想象的合力。一生写下了《红字》、《裹寿衣的老小姐》、《教长的黑面纱》这样的经典篇章，为读者展开了文学的真正的隐秘。

很开心。突然，寒风刮过峡谷，好像停在了他家门前，把门摇得哗啦响，还夹带着哀号与恸哭的声音，然后才刮进山谷。大家顿时愁容满面，虽然这风声并没什么格外不同。不过一家人又高兴起来，因为发现门栓被什么赶路人拔开，他的脚步方才被凄厉的寒风吞没，所以没听见。风儿预报他的到来，哀号着送他进来，又呻吟着从门口退去。

这家人虽住得偏僻，却天天与世界有交往。峡谷内浪漫的通道就是一条大动脉，通过它，谷地商业的鲜活血液不断，一头联通缅因州与绿山，另一头联通圣劳伦斯河岸。驿车总会在这家门前停下。徒步旅行者除了手里的拐杖别无同伴，也会在这里驻足，与他们讲上几句话。这样，在他穿过大山的隘口，或到达谷地里头一户人家之前，就不至于完全被孤独压倒。而赶着畜车的人去波特兰赶集的路上则要在这儿过夜。还有，若是个单身汉的话，还会推迟上床时间，比平时多坐个把小时，分手时偷偷地吻一下山里姑娘。这家就是一座原始的小旅店，旅客只需付出一点食宿钱，就能享受无价的家庭温暖。所以，每逢听到里屋与外屋之间响起脚步，全家人都会站起身来。老祖母、孩子们，仿佛是迎接一位家人，而这个人与他们命运相连。

进门的是位年轻人。乍看去，他一脸忧伤，甚至沮丧。大约黄昏时踽踽独行，尝够了荒凉。但一见这家人诚心诚意的欢迎，顿时喜形于色，感到心儿欢跃，要与所有的人相识相知，从用自己围裙为他擦椅子的老太太，到伸手欢迎的孩子们。一个眼神，一个微笑，就使陌生人与大女儿产生了纯洁的亲近。

“啊，这炉火来得正好！”他嚷道，“特别是周围还有这么一圈快活的人。我可冻僵了，峡谷就像一对大风箱筒子，从巴特莱特到这儿，一路对着我脸猛吹。”

“那你是要去佛蒙特喽？”一家之主问，一面帮小伙子从肩上摘下一只轻巧的背包。

“对，去伯林顿，还有更远的地方。”小伙子回答，“今晚本打算赶到伊桑·克劳福店里过夜的，可这么条道儿，一个人走够磨蹭的。不过没关系，一见这炉好火，

美国山区风光

一见你们快活的面孔，就觉得你们是特地为我生这炉火的，在等着我来呐。

所以我要跟你们坐在一块儿，就像到了自己家一样！”

心地坦率的陌生人刚把椅子拉到炉火边，就听到外面有什么东西活像沉重的脚步，打陡峻的山坡上冲了下来，大步疾行，又一下子跳过这座房子撞到了对面的悬崖上。一家人都屏住呼吸，因为他们熟悉这声音，而客人则本能地抽一口凉气。

“山老爷又朝咱们扔石头啦，怕咱们忘了他老人家。”主人恢复镇定，“他有时候会点头吓唬我们，说要下来。可我们是老邻居啦，总的来说相处不错。再说，就算他真要下来，附近就有可靠的地方好藏身。”

现在，让咱们设想，陌生人已吃好了熊肉晚餐，以他生就的得体举止，与家人相处融洽，使他们把他当作自己人，与他自在交谈。他是个骄傲却又温柔的人——与有钱有势者打交道，他显得傲慢含蓄，但却总乐意低头俯就矮小的茅屋门，像兄弟或儿子那样坐在穷人的炉火边。从诺奇峡谷的这户人家，他发现了温暖朴实的感情，发现了遍及新英格兰的智慧，发现了一种土生土长的诗意。这些东西是他们不知不觉间从大山的峰峦与裂缝中获取的，从他们浪漫而危险的住所门前得到的。他独自旅行到过许多地方。的确，他的全部生命就像一条孤独的小路。他生性孤高，与众不同，总是远离那些本可能成为同伴的人。而这家人也一样，虽说既善良又好客，却具有团结一心，与整个世界相脱离的意识。这种意识，在每一个家庭圈子里都会保持一种任何外人都无法侵入的神圣地位。但是，这天夜里，一种共同的预感促使这位温文尔雅富于教养的年青人，向这些纯朴的山里人敞开了心扉，也促使他们对他报以相同的坦诚信赖。事情本该如此，难道同呼吸共命运的纽带不比血缘关系更密切么?

这位年轻人骨子里有一种崇高而抽象的抱负——生前他愿忍受默默无闻，死后却不愿被人遗忘。这种强烈的愿望化为希望，而长久珍藏的希望又化为确定无疑的信念。所以，现在他只是一位无名旅人，将来荣耀却会照耀着他所走过的全部道路——尽管他艰难跋涉之时也许还不能如此，但是子孙后代回顾已化作一片朦胧的“现在”时，却会找到他足迹的光辉，而那些较为平庸的荣耀褪色之后，这光辉将益发辉煌。他们会承认一位天才曾走完了毕生的道路，尽管当时不为人知。

“迄今为止，”陌生人大声道——热情洋溢，面颊通红，两眼放光——“迄今为止，我还一事无成。要是明天我会从地球上消失，没有人会比你们对我知道得更多。一个素不相识的年轻人，天黑时从萨柯山谷来到这里，晚上向你们敞开了他的心扉，日出时又穿过诺奇峡谷走了，从此杳无踪影。没有一个人会问‘他是谁？这流浪汉要去哪里？’可是不完成我的使命我就不能死。等到那时候，就让死神降临吧！我已为自己竖起了一块纪念碑！”

他一面沉浸于自己的奇思怪想，一面滔滔不绝地倾吐激情，使这家人都能理解他的情操，尽管这一切与他们自己的思想毫不相干。小伙子很快就发觉了自己的荒唐可笑，为所流露的热情羞得一脸通红。

“你在笑话我，”他握住大女儿的手，自己也笑了。“你觉得我的抱负毫无意义，就好像我想爬上华盛顿山的顶峰，把自己冻死在那儿一样。不过那样的话，人们倒会从四周乡下抬头注意我。话说回来，那地方满崇高，给人的铜像当底座倒不错！”

“还是坐在这炉火旁边好得多，”姑娘羞红了脸，“又舒服又安逸，虽说没谁会想到我们。”

“依我看，”她父亲沉吟片刻后开了口，“小伙子的话道出了人的一些天性。要是我在那方面用心思，大概也会生出一样的想法。太太，奇怪的是，他的话使我也转起了一些念头，想到一些肯定永远不会发生的事情。”

“没准儿那些事会发生哩。”他太太道，“你别是在想等自己老婆死了会怎么办吧？”

“不，哪儿的话！”他亲切地嗔怪道，打消她这种念头。

“埃丝特，要是想到你死，我就会也想到自己的死。可刚才我想的是，但愿咱们在巴特莱特，伯特莱姆，利特尔顿，或白山周围别的什么小镇上有座好农场，而不待在这么个石头掉下来就会砸脑袋的地方。我会跟邻居和睦相处，给人家称作老爷，选到州议会当一两届议员什么的，因为诚实纯朴的人能跟律师一样，为百姓做不少好事。等我老啦，你也老啦，为了不长久分离，我会躺在床上心满意足地死去，让你守着我哭成一团。依我看哪，石板墓碑跟大理石墓碑一样合适——只要刻上我的姓名年龄，再刻上哪句赞美诗，和别的什么几句，让人知道我活得诚实，到死也是个好基督徒就成。”“怎么样，”陌生人大声道，“咱们生来就渴望一座纪念碑吧？不管石板的大理石的，还是根花岗石柱子，或者是在人们心中普遍留下一个光荣的记忆。”

“今儿晚上咱们有点儿怪，”太太眼中闪出泪花，“常言道，胡思乱想没好兆哩。听听孩子们在说些啥。”

他们于是侧耳细听。年幼的孩子们已被送到另一间屋子上床睡觉，但中间那张门是开的，听得见他们正叽叽喳喳，异想天开地说着长大以后打算干什么的幼稚愿望。最后，小弟弟不跟哥哥姐姐说话，却朝外间的妈妈喊了起来。

“妈，告诉您我的愿望吧。我要您、爸爸、奶奶、咱们全家，还有那位客人，马上出发，到山涧的水潭去喝口水！”

大家一听哈哈大笑，瞧这孩子的念头有多怪。现在离开热乎乎的床铺，暖融融的炉火，拉他们到那条山涧边上去——那是从悬崖上跌下来的流水，远在诺奇峡谷深处呐。孩子的话刚落音，忽听一辆马车吱吱嘎嘎驶来，在门口停了片刻。车上大概坐了两三个汉子，正高的高低的低，合唱一首歌给自己助兴。歌声在悬崖峭壁之间回响，变成断断续续的音符。唱歌的人拿不定主意是接着赶路还是在这儿过夜。

“爸，”女儿叫道，“人家在叫你呢。”

然而善良的主人吃不准人家是否真在叫他，不愿显得一心想挣钱而请人家光顾他的家，就没急着去开门。很快就听到一声鞭响，过路人奔向诺奇峡谷，仍在又唱又笑。不过，这歌声笑声回荡在群山之中，听来十分凄凉。

“嗨，妈妈！”小男孩又嚷起来，“人家本来可以捎咱们去山涧的。”

对这孩子楞要出去夜游的怪主意，大家又笑一回。可是大女儿心头突然掠过一片淡淡乌云。她盯住炉火，神情严肃，还近乎叹息地吐了口气。那阴郁的念头挥之不去，尽管她努力想赶走它。接着，她又一惊，满面绯红，飞快地扫视众人一眼，生怕他们窥破她的内心。陌生人问她在想什么。

“没什么，”她低头一笑，“只是方才觉得好寂寞。”

“噢，我向来就善于猜度别人心事，”他半认真地说，“要我说穿你的秘密么？我可清楚大姑娘家待在暖和的炉火边还打寒噤，挨着妈妈还怨寂寞是在想些啥。要不要我把你的感觉说出来呀？”

“要说的出来就算不上姑娘家的感觉啦。”美丽的山地少女笑答，却避过他的目光。

这番话是避开大家讲的，也许一对年轻人的心中正生出爱情的萌芽，如此纯洁无瑕，既然在尘世不能成长，或许能在天国开花。女人崇拜的就是他这种优雅体面的人，而骄傲多思却又心地善良的心灵也最容易为她这样质朴无华的姑娘着迷。他俩轻言细语。他注视着她性格中快乐的忧伤，淡淡的愁云，羞怯的渴望。可是，穿过诺奇峡谷的风声愈加深沉，愈加凄厉，正如这位富于想象力的陌生人所说的，这风就是暴风神的大合唱。神早在古印第安时期就居住在这崇山峻岭之中，将此地最高最深之处变成一块圣地。路上还传来哀号，仿佛送葬的队伍在经过。为驱赶这沉闷的气氛，一家人便动手往炉子里扔松枝，听到干枯的松针噼啪作响，火焰升腾，才重归一派祥和朴素的愉快。火光在他们身边亲切地徘徊，爱抚着他们每一个人。那儿是孩子们离床探头张望的小脸，这儿是父亲强壮结实的身躯，母亲温柔细腻的神态，风度翩翩的小伙子，含苞欲放的大姑娘。和善慈祥的老祖母，依然坐在最暖和的地方织毛线。老人从活计上抬起头，手指不停地忙着，接过话茬。

“老年人也有他们的想法，跟你们年轻人一样。”她道，“你们净是希望呵，打算呵，一会儿一个主意，把俺脑筋也搅乱啦。一个再走几步就该进坟墓的老太婆会希望啥呢？孩子们，有件事搅得俺日夜不安宁，非告诉你们不可。”

《有抱负的来客》插图

进门的是位年轻人。乍看去，他一脸忧伤，甚至沮丧。

“什么事，母亲？”儿子和媳妇连忙问。

老太太一脸神秘，使一圈人都不由朝炉火坐近些去。她告诉大家几年前她就给自己准备了寿衣——一件漂亮的亚麻衣裳，一顶带绉边的薄纱帽，而且所有东西都比她做新娘时穿的东西更好。可是，今天晚上有种迷信怪怪地重现心头。年轻时，常听人说，要是尸体上缺了什么东西，或要是绉边没弄平，帽子没戴正，黄土下面，棺材里的尸体就会奋力伸出冰冷的双手，把它们一一弄妥当。一想到这个，她就紧张害怕。

“奶奶，别说这些！”孙女打个寒颤。

“现在，”——老太太非常认真地说，同时又为自己的傻念头古怪地一笑——“俺想要你们中的一个人，孩子们——等你们母亲穿戴齐整进了棺材——俺要你们中的一个人，拿面镜子照照俺的脸。谁知道俺就不会再瞧上自己一眼，看看一切是不是都弄妥了呐？”

“年老的，年轻的，咱们都梦想到坟墓和纪念碑。”陌生的小伙子喃喃自语，“真不知轮船沉没的时候，水手们怎么想？他们默默无闻，一同葬身大海——那座宽广无边无名无姓的坟墓。”

一时间，老太太恐怖的想象完全抓住了听者的心，以致这群命运已定的人们竟未意识到夜空中忽然一声巨响，好似狂风发出的一声咆哮。这声音越来越大，越来越响，越来越人。屋子与屋子里的人全都颤动起来，大地似乎也在摇荡，仿佛这可怕的声音就是末日审判的号角。年轻人和老人面面相觑，惊恐交加。刹那间恐惧慌乱，无力出声，无力动弹。接着，又不约而同发出尖叫。

“山崩！山崩！”

两个最简单的字虽未加修饰，却明明白白表达了对一场大祸难以形容的恐惧。受害者们冲出茅舍，奔向他们以为更安全的避难所———一道为应付这种紧急情况而垒起的障碍。哎呀！他们离开的是安全地带，冲上去的却是毁灭之路。大山整片滑坡，瀑布般毁灭破坏。快到茅舍的地方，石流却兵分两路——连那儿的一扇窗户都没碰，却淹没了房子四周的一切，堵塞了道路，吞噬了所经之处的一切一切。大山崩雷鸣般的轰响停息之前很久，受害者们就已忍受了临终痛苦，长眠地下。他们的遗体再也找不到了。

第二天早晨，但见一缕轻烟打山边小屋的烟囱悄然升起。屋内，炉火仍在悠悠燃烧，四周摆着那圈椅子，仿佛屋里的人只是出去观看一番山崩带来的浩劫，很快就会再回来，感谢上帝保佑他们奇迹般逃过了灾难。所有的人都留下了各自的遗物，这些东西会使认识这一家子的人为他们洒下泪水。谁没有听过他们的名字呢？这故事广为流传，将永远成为大山里的一个神话，诗人也咏叹着他们的命运。

一些情况使有的人猜想，那个可怕的夜晚，这一家曾接待了一位陌生人，于是他也分担了全家的厄运。另一些人则认为这种猜测没根没据。可悲呀，这位心灵高尚的年轻人，连同他不朽人生的美丽梦想！他的姓名与为人无从知晓；他的历史，生活道路与种种抱负是一个永远解不开的谜。他的死，他的生，同样是个疑问！那死亡时刻的痛苦又到底属于谁呢？

佚名 译

·作品赏析·

霍桑的文学一向是沉郁的，虽然他身处的是美国的浪漫主义的上升时期，但我们依然能从他的文字中窥见他的悲观的意识。《有抱负的来客》在宁静的场景下一切被淹没的结局就说明了这一点。

《有抱负的来客》是作者的新英格兰传奇的一个篇章，有着浓郁的传统的英格兰文学的氛围，充满着寓言式的哲理沉思，这一点在文章当中就得到了很好地体现。在《有抱负的来客》中所陈述的是作者对世界的理解层次下的不和谐。将场景的生活情趣下的安宁与突然而来的莫名的山崩的狂躁相互对比，从而展现了生活本身的残酷，因为它淹没的是一家人的和谐，以及一个理想主义者高尚的追逐。这是作者所看到的美好需要长久的艰辛的酝酿，而一场灾难诸如文章当中所展示的山崩却只需要一瞬间。这种落差将文章直接推上了死亡的凝重中，而事实上也正是这样，文章由此渗透了一种理想的泯灭的压抑。就像文章中所说的：受害者们就已忍受了临终痛苦，长眠地下。他们的遗体再也找不到了。

霍桑的这篇小说立意相当的新颖，以对比的残酷形式昭示着生活意志本身的无奈。而这样的笔法在评论家的眼里就是洋溢着浓厚的神秘主义的气息，因为这样的灾难突如其来，谁也没有心理上的准备。当然也有人批评这篇文章在衔接上雕琢性相当明显，爱默生曾客气地批评说他的文章是该死的隐晦。

泄密的心 /［美国］爱伦·坡

入选理由

爱伦·坡的短篇小说经典
侦探文学中的典范作品
阐述了一段迷狂的内心经历，真实却残酷

对！——我神经过敏，非常，非常过敏，十二万分过敏，过去是这样，现在也是这样；可您干吗偏偏说人家疯了呢？犯了这种病，感觉倒没失灵，倒没迟钝，反而敏锐了。尤其是听觉，分外灵敏。天上人间的一切声息全都听得见。阴曹地府的种种声音也在耳边。那么怎是疯了呢？听！瞧我跟您谈这一切，有多精神，有多镇静。

我说不好这念头最初怎么钻进脑子里来的；但一想起来，白天黑夜就念念不忘。可惜没什么目的。可没什么怨恨。我爱那老头。他压根没得罪我。他压根没侮辱我。我也不贪图他的金银财宝。大概是那只眼睛作祟吧！不错，正是那只眼睛作祟！他长了一只鹰眼——浅蓝色的，蒙着层薄膜。只要瞅我一眼，我就浑身发毛；因此心里渐渐——逐步逐步——打定主意，结果他的性命，好永远不再瞅见那只眼睛。

爱伦·坡像

瞧，问题就在这儿。您当我疯了。疯子可什么也不懂。可惜您当初汉瞧见我。可惜没瞧见我干得多么

作者简介

爱伦·坡（1809 ~ 1849），一位在世界文坛上特立独行的侦探小说的最初开拓者。虽然在他的年代，美国甚至涌现了大量的经典作家，但作者还是凭借着自己的残酷的文笔，怜悯的内心和对世界的深刻的见解为自己赢得了崇高的声誉。他的擅长之处在对死亡的描摹和制造无处不在的恐怖的悬念，这样的创作笔法给他的内心造成了极大的伤害，这是一个一生贫瘠在愁苦中挣扎的人，在面对死亡的时候甚至希望得到上帝对他的心灵的拯救。

聪明——做得多细心，多周到，多做作！

我害死老头前一个礼拜中，对他倒是空前体贴。天天晚上，半夜光景，我把他门锁一扭，打了开来——啊，真是悄无声息！房门掀开条缝，刚好探进脑袋，就拿盏牛眼灯塞进门缝，灯上遮得严严密密，无缝无隙，连一丝灯光都漏不出，接着头再伸进去。啊，您要瞅见我多么巧妙地探进头去，包管失声大笑！我慢慢探着头，一寸一寸地慢慢伸进门，免得惊醒老头。花了个把钟头，整个脑袋才探进门缝里，恰好看见他躺在床上。哈！——难道疯子有这么聪明？我头一伸进房里，就小心翼翼——啊，真是万分小心——小心地打开灯上活门，因为铰链吱轧响呢——我将活门掀开条缝，细细一道灯光刚好射在鹰眼上。这样一连干了整整七夜，天天晚上都恰好在半夜时分，可老见那只眼闭着；我无从下手，因为招我生气的不是老头本人，是他那只“白眼”。每当清晨，天刚破晓，我就肆无忌惮地走进他卧房，放胆跟他谈话，亲亲热热地喊他名字，问他晚上是否睡得安宁。所以您瞧，他要不是个深谋远虑的老头，决不会疑心天天晚上恰好在十二点钟，我趁他睡着探进头去偷看他。

到了第八天晚上，我比往日还要小心地打开房门。就是表上长针走起来也要快得多呢。那天晚上，我才破题儿头一遭认清自己本领有多高强，头脑有多聪明。心头那分得意简直按捺不住。倒想想看，我就在他房外，一寸一寸打开门，可这种秘密举动和阴谋诡计他连做梦都没想到。想到这儿，我禁不住噗哧一笑；大概他听到了，因为他仿佛大吃一惊，突然翻了个身。这下您总以为我回去了吧——才没呢。他生怕强盗抢，百叶窗关得严严实实，房里漆黑，伸手不见五指，我知道他看不见门缝，就照旧一步一步，一步一步推开门。

我刚探进头，正要动手掀开灯上活门，大拇指在铁皮扣上一滑，老头霍地坐起身，破口嚷道：“谁？”

我顿时不动，也没做声。整整一个钟头，就是纹丝不动，可也没听到他躺下。他照旧坐在床上，侧耳静听，正跟我天天晚上倾听墙里报死虫[①]的叫声一般。

---

① 报死虫：昆虫名，一般居于古屋，钻在家具或木器中，发嗒嗒声。迷信的人便认为是报死之声，其实可能是该虫求爱时，头敲在木头上的声音。

不久，耳边听到微微一声哼，我知道只有吓得没命才这么哼一声。既不是呻吟，也不是悲叹——才不是呢！——每逢吓得魂飞魄散，心底里才憋不住发出这么低低一声。这我倒听惯了。不知多少个晚上，恰好在半夜时分，四下里万籁无声，我总是毛骨悚然，心坎里不由涌起这声呻吟，激荡出阴森森的回响，就此更加害怕了。刚才说过，这早就听惯了。我知道老头是怎么股心情，虽然暗自好笑，可还是同情他。我知道他乍听到微微一声响，在床上翻过身，就一直睁着眼躺着，心里愈来愈怕，拼命把这当做一场虚惊，可总是办不到。他一直自言自语："不过是烟囱里的风声罢了——只是耗子穿过罢了。"或者说："只不过是蛐蛐叫了一声罢了。"对，他老是这么东猜西想，聊以自慰；可也明白这全是枉费心机。这全是枉费心机；因为眼前死神就要来临，大模大样走着，一步步逼近，找上他这冤鬼。正是那看不见面目的死神，惹得他心里凄凄凉凉，才觉得我的脑袋在房里，看虽没看到，听也没听见。

爱伦·坡小说中的插图

爱伦·坡的小说情节荒诞离奇，通篇充满恐怖怪异的气氛，是西方侦探小说的先驱。

我沉住气，等了好久，既然没听到他躺下，就决定将灯掀开条小缝，极小，极小的一道缝。我动手掀开灯上活门——您可想不出，有多鬼鬼祟祟，鬼鬼祟祟——一点一点掀开，缝里终于射出蒙蒙一线光，像游丝，照在鹰眼上。

那只眼睁着呢，睁得老大，老大；我愈看愈火。我看得一清二楚——整个眼睛只是一团暗蓝，蒙着层怕人的薄膜，吓得我心惊胆战；可是，老头的脸庞和身体却都看不见：因为鬼使神差似的，灯光恰好射在那鬼地方。

瞧，我不是早跟您讲过，您把我错看做发疯，其实只是感觉过分敏锐罢了。——啊，刚才说过，我耳边匆匆传来模模糊糊一阵低沉声音，恰似蒙着棉花的表声。那种声音我倒也听惯了。正是老头的心跳。我愈听愈火，就比好咚咚战鼓催动了士气。

就是在这时，我照旧沉住气，依然不动。气都不透一口。我掌住灯。灯光尽量紧紧射在鹰眼上。这工夫，吓人的扑通扑通的心跳愈来愈厉害了。一秒秒钟过去，愈跳愈快，愈跳愈快，愈跳愈响，愈跳愈响。老头管保吓得半死了！刚才说过，愈来愈响，一秒钟比一秒钟响，——明白了吗？不是早跟您说过，我神经过敏：确实过敏。眼下正是深更半夜，古屋里一片死寂，耳听得这种怪声，禁不住吓死。可我依旧沉住气，纹丝不动地站了片刻。不料扑通扑通声竟愈来愈响，愈来愈响！我看，那颗心准要炸开。这时又不由得提心吊胆——街坊恐怕会听到吧！老头的大限到啦！我哇的嚷了一声，打开灯上活门，一个箭步进了房。他哎哟一声尖叫——只叫了那么一声。霎时间，我将他一把拖到地板上，推倒大床，压在他身上。眼看一下子完了事，心里乐得笑了。谁知，闷声闷气的心跳声竟不断响了半天。可没招我生气；隔着堵墙，这种声音倒听不到。后来终于不响了。老头死喽。我搬开床，朝尸首打量了一番。可不，他咽气了，连口气也没有。我伸手按在他心口，搁了好久。一跳也不跳。连口气也没有。那只眼睛再也不会折磨人啦。

您还当我发疯的话，容我交代了匿藏死尸的妙计，就不会这么想了。夜尽了，我悄无声息地赶紧动手。先将尸首肢解开来：砍掉脑袋，割掉手脚。

我再撬起房里三块地板，将一切藏在两根间柱当中。重新放好木板，手法非常利落，非常巧妙，什么人的眼睛都看不出有丝毫破绽，连他的眼睛也看不出。没什么要洗刷的，什么斑点都没有，丝毫血迹都没有。我干得才谨慎呢，没留下一点痕迹。全盛在澡盆里了——哈！哈！

一切干好，已经四点钟——天色还跟半夜一般黑呢。钟打四下，大门外猛然传来一阵敲门声。我稀松平常地下楼去开门——现在有什么好怕的呢？门外进来三个人，他们彬彬有礼地自我介绍，说是警官。有个街坊在夜间听到一声尖叫，疑心出了人命案子，报告了警察局，这三位警官就奉命前来搜查屋子。

我满脸堆笑——有什么好怕的呢？我对三位先生欢迎了一番，就说，我刚才在梦里失声叫了出来。我讲，老头到乡下去了。我带着三位来客在屋里上上下下走了个遍，请他们搜查，仔细搜查。后来我还领他们到老头的卧房里，指给他们看他的家私好好放着。我心头有恃无恐，就热诚地端进几把椅子，请他们在这间房里歇脚。我心头又是洋洋得意，就大胆地端了椅子，在埋着冤鬼尸首的地方坐下了。

三位警官称心了。我这种举止不由他们不信。我也就十二万分安心。他们坐着，闲聊家常，我是有问必答。但没多久，只觉得脸色愈来愈白，巴不得他们快走。头好疼呵，还感到耳朵里嗡嗡地响；无奈他们照旧坐着，照旧聊天。嗡嗡声听得更清楚了；不断响着，听得更清楚了；我想摆脱这种感觉，嘴里谈得更畅；谁知嗡嗡声不断响着，反而变得毫不含糊；响着，响着，我终于明白原来不是耳朵里作怪。

不消说，我这时脸色雪白了；可嘴里谈得更欢，还扯高了嗓门。不料声音愈来愈大——怎么办呢？这是匆匆传来的一阵模模糊糊的低沉声音——简直像蒙着棉花的表声。我直喘粗气，可三位警官竟没听到。我谈得更快，谈得更急；谁知响声反而无休无止地愈来愈大。我站起身，连鸡毛蒜皮的小事都尖声尖气地争辩，一边还舞手跺脚；谁知响声反而愈来愈大。他们干吗偏不走呢？我拖着沉重的脚步在房里踱来踱去，仿佛他们三人的看法把我惹火了；谁知响声反而愈来愈大。啊，天呐！怎么办呢？我唾沫乱溅，大肆咆哮，咒天骂地！让椅子就地摇动，在木板上磨得嘎嘎响，可是那响声却压倒一切，而且继续不断，愈来愈大。愈来愈响，愈来愈响，愈来愈响！那三人竟照旧高高兴兴聊着，嘻嘻哈哈笑着。难道没听见？老天爷呵！——不，不！听见了！——疑心了！——有数了！——正在笑话我这样心惊胆战呢！——我过去是这么看法，现在还是这么看法。可什么都比这种折磨强得多！什么都比这种奚落好受得多！这种假惺惺的笑我再也受不了啦！只觉得不喊出来就要死了！——瞧——又来了！——听！愈来愈响！愈来愈响！愈来愈响！愈来愈响！——

"坏蛋！"我失声尖叫，"别再装蒜了！我招供就是！——橇开地板！——这儿，这儿！——他那颗可恶的心在跳呢！"

徐汝椿 译

·作品赏析·

爱伦·坡的侦探小说虽然在数量上并不多见，只有为数不多的六篇，但这六篇却奠定了他在这一领域崇高的地位。爱伦·坡是侦探文学在世界文坛上的第一声呼唤，是他的出现才造就了这一独特文体形式的繁荣。特别是他的小说的结构范式更是在未来的所有侦探文学中留下了深刻的印记。

《泄密的心》是对死亡的描摹。但死亡本身只是一个过程的催化剂，就像陀思妥耶夫斯基在《罪与罚》中所塑造的拉斯科尼科夫，他们同样为了自己的真切的理由去实现自己的杀人计划，最后因为这一桩杀人事件而陷入深深的恐惧和不安中，以致这样的生活本身成了让人不能忍受的折磨，文章中的主人公时刻处在幻听的磨难中不能自拔。这是魔鬼的栖息在文章中的渗透，带着极度的幽幻的恐怖，把人性中最为可怕的甚至是黑暗的部分展露在读者的眼前，这是一种原始的恐惧和原始的神秘的完美结合，所以文章能带给人相应的心灵震撼。

文章典型的特征在对可怖心理的如实描摹，让人胆战心惊，就像文章所说的：坏蛋！我失声尖叫，别再装蒜了！我招供就是！——撬开地板！——这儿，这儿！——他那颗可恶的心在跳呢！而这也是他文学理念的一部分，因为在他看来：每一个事件，每一个描写的细节，甚至每一个字句都应该收到某种统一的效果，某种预想的效果。

舞会以后 /［俄罗斯］列夫·托尔斯泰

入选理由

著名作家列夫·托尔斯泰的短篇小说名篇
展现了一段情感激变的心灵历程
再现了列夫·托尔斯泰小说的行文笔法

“你们是说，一个人本身不可能懂得什么是好，什么是坏，问题全在环境，是环境坑害人。我却认为问题全在机缘。就拿我自己来说吧……”

列夫·托尔斯泰像

我们谈到，为了使个人趋于完善，首先必须改变人们的生活条件；接着，人人敬重的伊万·瓦西里耶维奇就这样说起来了。其实谁也没有说过人自身不可能懂得什么是好，什么是坏，然而伊万·瓦西里耶维奇有个习惯，总爱解释他自己在谈话中产生的想法，随后为了证实这些想法，讲起他生活里的插曲来。他时常把促使他讲话的原因忘得一干二净，只管全神贯注地讲下去，而且讲得很诚恳、很真实。

现在他也是这样做的。

“拿我自己来说吧。我的整个生活成为这样而不是那样，并不是由于环境，完全是由于别的缘故。”

作者简介

列夫·托尔斯泰（1828 ~ 1910），一位让俄国文学走上世界文坛最高位置的巅峰作家。他是个典型的基督徒，在他的文学中甚至一再地贯彻了他自己的带着浓郁宗教色彩的对世界的理解，这主要表现在他对人性修养的执着与肯定上。而承载这一思想主题的主要作品有《复活》、《安娜·卡列尼娜》、《一个地主的早晨》。它们完美表现了作家孜孜不倦的对人性的永恒的关怀，就像作家自己所说的：在文学当中如果不承载着对世界的理解与关注，对人性的探求，而只是沉迷在技巧的玩弄中，这样的作品其实不是所谓的文学而是典型的文学犯罪。

“到底由于什么呢？”我们问道。

“这可说来话长了。要讲上一大篇，你们才会明白。”

“您就讲一讲吧。”

伊万·瓦西里耶维奇沉思了一下，摇了摇头。

“是啊，”他说，“我的整个生活在一个夜晚，或者不如说，在一个早晨，起了变化。

“到底是怎么回事啊？”

20世纪初俄国宫廷舞会中跳舞的青年男女

“是这么回事：当时我正在热恋。我恋爱过多次，可是这一次爱得最热烈。事情早过去了，她的几个女儿都已经出嫁了。她叫B——，是的，瓦莲卡·B——”伊万·瓦西里耶维奇说出她的姓氏，“她到了五十岁还是一位出色的美人。在年轻的时候，十八岁的时候，她简直能叫人入迷：修长、苗条、优雅、端庄——正是端庄。她总是把身子挺得笔直，仿佛非这样不可似的，同时又微微仰起她的头，这配上她的姣美的容貌和修长的身材——虽然她并不丰满，甚至可以说是清瘦，——就使她显出一种威仪万千的气概；要不是她的嘴边、她的迷人的明亮的眼睛里、以及她那可爱的年轻的全身有那么一抹亲切的、永远愉快的微笑，人家便不敢接近她了。”

“伊万·瓦西里耶维奇多么会渲染！”

“但是无论怎么渲染，也没法渲染得使你们能够明白她是怎样一个女人。不过问题不在这里。我要讲的事情出在四十年代。那时候我是一所外省大学的学生。我不知道这是好事还是坏事：那时我们大学里没有任何小组①，也不谈任何理论，我们只是年轻，照青年时代特有的方式过生活：除了学习，就是玩乐。我是一个很愉快活泼的小伙子，况且家境又富裕。我有一匹烈性的溜蹄快马，我常常陪小姐们上山滑雪（溜冰还没有流行），跟同学们饮酒作乐（当时我们只喝香槟，没有钱就什么也不喝，可不像现在这样改喝伏特加）。但是我的主要乐趣在参加晚会和舞会。我跳舞跳得很好，人也不算丑陋。”

“得啦，不必太谦虚，”一位交谈的女士插嘴道，“我们不是见过您一张旧式

① 19世纪30年代，莫斯科一部分大学生成立了各种小组，探讨哲学和文学问题，传播先进思想，其中最重要的是斯坦凯维奇小组和赫尔岑—奥加辽夫小组。

的银版照片吗？您不但不丑，还是一个美男子哩。”

“美男子就美男子吧，反正问题不在这里。问题是，正当我狂热地爱着她的期间，我在谢肉节的最后一天参加了本省贵族长家的舞会；他是一位忠厚长者，豪富好客的侍从官。他的太太接待了我，她也像他一样忠厚，穿一件深咖啡色的丝绒长衫，戴一副钻石头饰[①]，袒露着衰老可是丰腴白净的肩膀和胸脯，如同伊丽莎白·彼得罗夫娜[②]的画像上描画的那样。这是一次绝妙的舞会：设有乐队楼厢的富丽的舞厅，来自爱好音乐的地主之家的、当时有名的农奴乐师，丰美的菜肴，喝不完的香槟。我虽然也喜欢香槟，但是并没有喝，因为不用喝酒我就醉了，陶醉在爱情中了。不过我跳舞却跳得筋疲力尽——又跳卡德里尔舞，又跳华尔兹舞，又跳波尔卡舞，自然是尽可能跟瓦莲卡跳。她身穿白色长衫，束着粉纤腰带，一双白羊皮手套差点儿齐到她的纤瘦的、尖尖的肘部，脚上是白净的缎鞋。玛祖尔卡舞开始的时候，有人抢掉了我的机会：她刚一进场，讨厌透顶的工程师阿尼西莫夫——我直到现在还不能原谅他——就邀请了她，我因为上理发店去买手套[③]，来晚了一步。所以我跳玛祖尔卡舞的女伴不是瓦莲卡，而是一位德国小姐，从前我也曾稍稍向她献过殷勤。可是这天晚上我对她恐怕很不礼貌，既没有跟她说话，也没有望她一眼，我只看见那个穿白衣衫、束粉红腰带的修长苗条的身影，只看见她的晖朗、红润、有酒窝的脸蛋和亲切可爱的眼睛。不光是我，大家都望着她，欣赏她，男人欣赏她，女人也欣赏她，虽然她盖过了她们所有的人。不能不欣赏她啊。

“照规矩应该说，我不是她跳玛祖尔卡舞的舞伴，可实际上，我几乎一直都在跟她跳。她大大方方地穿过整个舞厅，径直向我走来。我不待邀请，就连忙站起来；她微微一笑，酬答我的机灵。当我们[④]被领到她跟前而她没有猜出我的代号[⑤]时，她只好把手伸给别人，耸耸她的纤瘦的肩膀，向我微笑，表示惋惜和安慰。当大家在玛祖尔卡舞中变出花样，插进华尔兹的时候，我跟她跳了很久的华尔兹，她尽管呼吸急促，还是笑眯眯地对我说：‘再来一次。’[⑥]于是我一次又一次地跳着华尔兹，甚至感觉不到自己还有一个沉甸甸的肉体。”

“咦，怎么感觉不到呢？我想，您搂着她的腰，不但能够清楚地感觉到自己的肉体，还能感觉到她的哩。”一个男客人说。

---

① 钻石头饰：一种金链或绒布带，当中镶一颗宝石，束在额头上，作为装饰。
② 伊丽莎白·彼得罗夫娜：1741 ~ 1761 年的俄国女皇。
③ 有些理发店兼卖手套、领带等。
④ 指他和另一个男舞伴。
⑤ 男舞伴必须给自己选定一个代号，如“温顺”或“骄傲”、“喜悦”或“悲哀”之类。跳舞以前，两个男舞伴由第三者领到女舞伴面前，请她猜测代号，被猜中的就可以跟她跳舞。
⑥ 原文为法语。

伊万·瓦西里耶维奇突然涨红了脸，几乎是气冲冲地叫喊道：

20 世纪初的俄国宫廷舞会场景

“是的，你们现代的青年就是这样。你们眼里只有肉体。我们那个时代可不同。我爱得越强烈，就越是不注意她的肉体。你们现在只看到腿子、脚踝和别的什么，你们恨不得把所爱的女人脱个精光，而在我看来，正像 Alphonse Karr①——他是一位好作家——说的：我的恋爱对象永远穿着一身铜打的衣服。我们不是把她脱个精光，而是极力遮盖她赤裸的身体，像挪亚的好儿子②一样。嗨，反正你们不会了解……”

“不要听他的。后来呢？”我们中间的一个男人问道。

“好吧。我就这样尽跟她跳，没有注意时光是怎么过去的。乐师们早已累得要命——你们知道，舞会快结束时总是这样——翻来覆去地演奏玛祖尔卡舞曲。老先生和老太太们已经从客厅里的牌桌旁边站起来，等待吃晚饭，仆人拿着东西，更频繁地来回奔走着。这时是两点多钟。必须利用最后几分钟。我再一次选定了她，我们沿着舞厅跳到一百次了。

“‘晚饭后还跟我跳卡德里尔舞吗？’我领着她回她的座位时问。

“‘当然，只要家里人不把我带走，’她笑眯眯地说。

“‘我不让带走，’我说。

“‘扇子可要还给我，’她说。

“‘舍不得还，’我说，同时递给她那把不大值钱的白扇子。

“‘那就送您这个吧，您不必舍不得了，’说着，她从扇子上扯下一小片羽毛给我。

“我接过羽毛，只能用眼光表示我的全部喜悦和感激。我不但愉快和满意，甚至感到幸福、陶然，我善良，我不是原来的我，而是一个不知有恶、只能行善的超凡脱俗的人了。我把那片羽毛塞进手套，呆呆地站在那里，再也离不开她。

“‘您看，他们在请爸爸跳舞，’她对我说道，一边指着她那身材魁梧端正、

① 阿尔封斯·仁尔（1808 ~ 1890）：法国作家。
② 见《旧约·创世记》第九章：有一次挪亚喝醉酒，光着身子入睡，他的儿子闪和雅弗用衣服给他盖上。

二十世纪初俄国上流社会举行的宫廷舞会

舞会上的帝俄大臣，官员个个显得彬彬有礼、温文尔雅，而舞会后的他们则完全是另一种截然不同的面貌，伪善腐朽、凶残暴虐。

戴着银色肩章的上校父亲，他正跟女主人和其他的太太们站在门口。

“‘瓦莲卡，过来，’我们听见戴钻石头饰、露出伊丽莎白式肩膀的女主人的响亮声音。

“瓦莲卡往门口走去，我跟在她后面。

“‘我亲爱的[1]，劝您父亲跟您跳一跳吧。喂，彼得·弗·拉季斯拉维奇，请，’女主人转向上校说。

“瓦莲卡的父亲是一个器宇不凡的老人，长得端正、魁梧，神采奕奕。他的脸色红润，留着两撇雪白的、尼古拉一世式的[2]尖端拳曲的唇髭和同样雪白的、跟唇髭连成一片的络腮胡子，两鬓的头发向前梳着，他那明亮的眼睛里和嘴唇上，也像他女儿一样露出亲切快乐的微笑。他生就一副堂堂的仪表，宽阔的胸脯照军人的派头高挺着，胸前挂了不多几枚勋章，此外他还有一副健壮的肩膀和两条匀称的长腿。他是一位具有尼古拉一世风采的宿将型的军事长官。

“我们走近门口的时候，上校推辞说，他对于跳舞早已荒疏，不过他还是笑眯眯地把手伸到左边，从刀剑带上取下佩剑，交给一个殷勤的青年人，右手戴上麂皮手套。‘一切都要合乎规矩，’他含笑说，然后握住女儿的一只手，微微转过身来，等待着拍子。

---

① 原文为法语。
② 原文为法语。

“等到玛祖尔卡舞曲开始的时候，他灵敏地踏着一只脚，伸出另一只脚，于是他的魁梧肥硕的身体就一会儿文静从容地，一会儿带着靴底踏地声和两脚相碰声，啪哒啪哒地、猛烈地沿着舞厅转动起来了。瓦莲卡的优美的身子在他的左右翩然飘舞，她及时地缩短或放长她那穿白缎鞋的小脚的步子，灵巧得叫人难以察觉。全厅的人部在注视这对舞伴的每个动作。我不仅欣赏他们，而且受了深深的感动。格外使我感动的是他那用裤脚带扣得紧紧的靴子，那是一双上好的小牛皮靴，但不是时兴的尖头靴，而是老式的、没有后跟的方头靴。这双靴子分明是部队里的靴匠做的。‘为了把他的爱女带进社交界和给她穿戴打扮，他不买时兴的靴子，只穿自制的靴子，’我想；所以这双方头靴格外使我感动。他显然有过舞艺精湛的时候，可是现在身体发胖，要跳出他竭力想跳的那一切优美快速的步法，腿部的弹力已经不够。不过他仍然巧妙地跳了两圈。他迅速地叉开两腿，重又合拢来，虽说不太灵活，他还能跪下一条腿。她微笑着理了理被他挂住的裙子，从容地绕着他跳了一遍，这时候，所有的人都热烈鼓掌了。他有点吃力地站立起来，温柔亲热地抱住女儿的后脑，吻吻她的额头，随后领她到我身边，他以为我要跟她跳舞。我说，我不是她的舞伴。

“‘呃，反正一样，您现在跟她跳吧，’他说，一边亲切地微笑着，将佩剑插进刀剑带里。

“瓶子里的水只要倒出一滴，其余的便常常会大股大股地跟着往外倾泻；同样，我心中对瓦莲卡的爱，也把蕴藏在我内心的全部爱的力量释放出来了。那时我真是用我的爱拥抱了全世界。我也爱那戴着头饰、露出伊丽莎白式的胸脯的女主人，也爱她的丈夫、她的客人、她的仆役，甚至那个对我板着脸的工程师阿尼西莫夫。至于对她的父亲，连同他的家制皮靴和像她一样的亲切的微笑，当时我更是体验到一种深厚的温柔的感情。

“玛祖尔卡舞结束之后，主人夫妇请客人去用晚饭，但是B上校推辞说，他明天必须早起，就向主人告别了。我惟恐连她也给带走，幸好她跟她母亲留下了。

“晚饭以后，我跟她跳了她事先应许的卡德里尔舞，虽然我似乎已经无限地幸福，而我的幸福还是有增无已。我们完全没谈爱情。我甚至没有问问她，也没有问问我自己，她是否爱我。只要我爱她，在我就尽够了。我只担心一点——担心有什么东西破坏我的幸福。

“等我回到家中，脱下衣服，想要睡觉的时候，我就看出那是决不可能的事。我手里有一小片从她的扇子上扯下的羽毛和她的一只手套，这只手套是她离开之前，我先后扶着她母亲和她上车时，她送给我的。我望着这两件东西，不用闭上眼睛，便能清清楚楚地回想起她来：或者是当她为了从两个男舞伴中挑选一个而猜测我的代号，用可爱的声音说出‘骄傲？是吗？’，并且快活地伸手给我的时候；或者是当她在晚餐席上一点一点地呷着香槟，皱起眉头，用亲热的眼光望着我的时候；不过我多半是回想她怎样跟她父亲跳舞，她怎样在他身边从容地转动，露出为自己和为他感到骄傲与喜悦的神态，瞧了瞧欣然赞赏的观众。我不禁对他和她同样发生柔和温婉的感情了。

"当时我和我已故的兄弟单独住在一起。我的兄弟向来不喜欢上流社会，不参加舞会，这时候又在准备学士考试，过着极有规律的生活。他已经睡了。我看看他那埋在枕头里面、叫法兰绒被子遮住一半的脑袋，不觉对他动了怜爱之心。我怜悯他，因为他不知道也不能分享我所体验到的幸福。服侍我们的农奴彼得鲁沙拿着蜡烛来接我，他想帮我脱下外衣，可是我遣开了他。我觉得他的睡眼惺忪的面貌和蓬乱的头发使人非常感动。我极力不发出声响，踮起脚尖走进自己房里，在床沿坐下。不行，我太幸福了，我没法睡。加之我在炉火熊熊的房间里感到闷热，我就不脱制服，轻轻地走进前厅，穿上大衣，打开通向外面的门，走到街上去了。

"我离开舞会是四点多钟，等我到家，在家里坐了一坐，又过了两个来钟头，所以，我出门的时候，天已经亮了。那正是谢肉节的天气，有雾，饱含水分的积雪在路上融化了，所有的屋檐都在滴水。当时 B 家住在城市的尽头，靠近一大片空地；空地的一头是人们游息的场所，另一头是女子中学。我走过我们的冷僻的胡同，来到大街上，这才开始碰见行人和装运柴火的雪橇，雪橇的滑木触到了路面。马匹在光滑的木轭下有节奏地摆动着湿漉漉的脑袋，车夫们身披蒲席，穿着肥大的皮靴，跟在货车旁边扑嚓扑嚓地行走，沿街的房屋在雾中显得分外高大——这一切都使我觉得特别可爱和有意思。

"我走到 B 宅附近的空地，看见靠游息场所的一头有一大团黑糊糊的东西，听到从那边传来笛声和鼓声。我一直满心欢畅，有时玛祖尔卡舞曲还在我耳边萦绕。但这里是另一种音乐，一种生硬难听的音乐。

"'这是怎么回事？'我想，随即沿着空地当中一条由车马碾踏出来的溜滑的道路，朝着发出声音的方向走去。走了一百来步，我开始从雾霭中看出那里有许多黑色的人影。显然是一群士兵。'大概在上操，'我想，便跟一个身穿油迹斑斑的短皮袄和围裙、手上拿着东西、走在我前头的铁匠一起，更往前走近些。士兵们穿着黑军服，面对面地分两行持枪立定，一动也不动。鼓手和吹笛子的站在他们背后，不停地重复那支令人不快的、刺耳的老调子。

"'他们这是干什么？'我问那个站在我身边的铁匠。

"'对一个鞑靼逃兵用夹鞭刑[①]，'铁匠瞧着远处的行列尽头，愤愤地说。

"我也朝那边望去，看见两行士兵中间有个可怕的东西正在向我逼近。向我逼

① 夹鞭刑：沙皇军队中惩罚兵士的笞刑。受罚者行经两排手持鞭条的兵士中间，受每人的抽打。

近来的是一个光着上身的人，他的双手被捆在枪杆上面，两名军士用这枪牵着他。他的身旁有个穿大衣、戴制帽的魁梧的军官，我仿佛觉得面熟。受刑人浑身痉挛着，两只脚扑嚓扑嚓地踩着融化中的积雪，向我走来，棍子从两边往他身上纷纷打下，他一会儿朝后倒，于是两名用枪牵着他的军士便把他往前一推，一会儿他又向前栽，于是军士便把他往后一拉，不让他栽倒。那魁梧的军官迈着坚定的步子，大摇大摆地，始终跟他并行着。这就是她的脸色红润、留着雪白的唇髭和络腮胡子的父亲。

“受刑人每挨一棍子，就好像吃了一惊似的，把他的痛苦得皱了起来的脸转向棍子落下的一边，露出一口雪白的牙齿，重复着两句同样的话。直到他离我很近的时候，我才听清这两句话。他不是说话，而是呜咽道：‘弟兄们，发发慈悲吧。弟兄们，发发慈悲吧。’但是弟兄们不发慈悲，当这一行人走到我的紧跟前时，我看见站在我对面的一名士兵坚决地向前跨出一步，呼呼地挥动着棍子，使劲朝鞑靼人背上劈啪一声打下去。鞑靼人往前扑去，可是军士们拽住了他，接着，同样的一棍子又从另一边落在他的身上，又是这边一下，那边一下。上校在旁边走着，一会儿瞧瞧自己脚下，一会儿瞧瞧受刑人。他吸进一口气，鼓起腮帮，然后噘着嘴唇，慢慢地吐出来。这一行人经过我站立的地方的时候，我向夹在两行士兵中间的受刑人的背脊扫了一眼。这是一个斑斑驳驳的、湿淋淋的、紫红色的、奇形怪状的东西，我简直不相信这是人的躯体。

“‘天啊！’铁匠在我身边叫道。

“这一行人慢慢离远了，棍子仍然从两边落在那踉踉跄跄、浑身抽搐的人背上，鼓声和笛声仍然鸣响着，身材魁梧端正的上校也仍然迈着坚定的步子，在受刑人身边走动。突然间，上校停下来，快步走到一名士兵面前。

“‘我要让你知道厉害，’我听见他用气呼呼的声音说，‘你还敢糊弄吗？还敢吗？’

“我看见他举起戴麂皮手套的有力的手，给了那惊慌失措、没有多大气力的矮个子士兵一记耳光，只因为这个士兵没有使足劲儿往鞑靼人的紫红的背脊打下棍子。

“‘来几条新的军棍！’他一边吼叫，一边回头观看，终于看见了我。他假装不认识我，可怕地、恶狠狠地皱起眉头，连忙转过脸去。我觉得那样羞耻，不知道往哪里看才好，仿佛我有一桩最可耻的行径被人揭发了似的，我埋下眼睛，匆匆回家去了。一路上我的耳边时而响起鼓声和笛声，时而传来‘弟兄们，发发慈悲吧’这句话，时而又听见上校充满自信的、气呼呼的吼声：‘你还敢糊弄吗？还敢吗？’同时我感到一种近似恶心的、几乎是生理上的痛苦，我好几次停下脚步，觉得我马上就要把这幅景象在我内心引起的恐怖统统呕出来了。我不记得是怎样到家和躺下的。可是我刚刚入睡，就又听见和看到那一切，我索性一骨碌爬起来了。

“‘他显然知道一件我所不知道的事情，’我想起上校，‘如果我知道他所知道的那件事，我也就会了解我看到的一切，不致苦恼了。’可无论我怎样反复思索，还是无法了解上校所知道的那件事。我直到傍晚才睡着，而且是上一位朋友家，跟他一起喝得烂醉后才睡着的。

“嗯，你们以为我当时就断定了我看到的是一件坏事吗？决不。‘既然这是带着那样大的信心干下的，并且人人都承认它是必要的，那么可见他们一定知道一件我所不知道的事情，’我想，于是努力去探究这一点。但是无论我多么努力，始终探究不出来。探究不出，我就不能像原先希望的那样去服军役，我不但没有进军队供职，也没有在任何地方供职，所以正像你们看到的，我成了一个废物。”

“得啦，我们知道您成了什么‘废物’，”我们中间的一个男人说，“您还不如说：要是没有您，有多少人会变成废物。”

“得了吧，这完全是扯淡。”伊万·瓦西里耶维奇真正懊恼地说。

“好，那么，爱情呢？”我们问。

“爱情吗？爱情从这一天起衰退了。当她像平常那样画带笑容在沉思的时候，我立刻想起广场上的上校，总觉得有点别扭和不快，于是我跟她见面的次数渐渐减少，结果爱情便消失了。世界上就有这样的事情，它使得人的整个生活发生变化，走上新的方向。你们却说……”他结束道。

蒋路 译

·作品赏析·

列夫·托尔斯泰在像《复活》这样的大著作中，展现了惊心动魄的心灵历程的流变，有人将它称为作家的心灵辩证法。但事实上，像《舞会以后》这样的简短的表述也充分体现了作家对心灵的关注。有人说这样的形式是从卢梭转接而来，但可以肯定的是，他着重领会了心灵的细腻甚至是微妙的转变。

《舞会以后》讲述的是个很简单的故事，青年瓦西里耶维奇在舞会之前很坦诚地恋着瓦莲卡，甚至是爱屋及乌地以为她的父亲也是一样的和蔼可亲。但在舞会以后他才发现，这个父亲竟对一个不愿牺牲自己生命的逃兵施以严酷的刑罚，这让他感到不寒而栗。而这竟浇熄了他心中对瓦莲卡的热恋，转变为一种巨大的挣扎，和挣扎下的不可忍受的痛苦。这种情况已超越了一般的情感或者是理性，而纯粹只是一种厌恶，也同时感到了自己的脆弱。

在结构上，这是一种落差的表达方式。但事实上，要探究瓦西里耶维奇的心理并不能以正常的心态去揣摩，而应该关注的是作家的基督教背景和他在文章中对主人公心态转变的特殊的宗教式的情感，才不至于觉得这种改变过于荒谬。而这也是作者所着力塑造的主人公形象，描摹出心灵的多面性和它的不可思议的复杂性。

竞选州长 / ［美国］马克·吐温

入选理由

美国著名作家马克·吐温的短篇小说经典
以天真无知的笔调披露这个世界的真相
语言幽默，具有极强的讽刺力度

几个月以前，我被提名为纽约州州长候选人，代表独立党参加竞选，对方是斯坦华脱·L. 伍福特先生和约翰·T. 霍夫曼先生。我总觉得自己名声不错，同这两位先生相比，这是我显著的长处。从报上很容易看出：如果说这两位先生也曾知道爱护名声的好处，那是以往的事情了。近年来他们显然已经把各种各样的无耻勾当看作家常便饭。当时，我虽然醉心于自己的长处，暗自得意，但是一想到我得让自己和这些人的名字混在一起到处传播，总有一股不安的混浊暗流在我愉快心情的深处"翻腾"。我心里越想越乱。末了我给我祖母写了封信，把这件事告诉她。她回信又快又干脆，说：

马克·吐温像

你生平没有做过一桩亏心事——一桩也没有做过。你看看报纸——看一看就会明白，伍福特和霍夫

作者简介

马克·吐温（1835 ~ 1910），一位生长在密西西比河边怀着朴质情感走上文坛的大作家，被福克纳誉为是美国的文学之父。他本名叫克兰门斯，改名马克·吐温，取意于密西西比河河工的简短说辞：两倍六英尺水深。展现了他的对密西西比河的依恋情怀。这个在苦难中成长的作家，以自己敏锐的眼光感受着美国的社会现实，写下了像《竞选州长》、《傻瓜威尔逊》这样的不朽名篇，奠定了他的世界短篇小说大师的地位。同时，在他的文学中充满了对美国现实社会的深刻不满，到处留下了对丑陋世相的尖刻披露，令人叹为观止，被誉为是美国文学中的林肯。

二十世纪初美国街头的州长竞选演说场景

在这种貌似公正合法的竞选活动背景下，竞选双方为击败对手，常常不择手段地互相诋毁、谩骂，表现了美国民主政治的肮脏内幕和虚假本质。

曼先生是何等样人，看你愿不愿意把自己降低到他们的水平，跟他们一道竞选。

我正是这个想法！那天晚上我一夜没合眼。但是我毕竟不能打退堂鼓。我既然已经卷了进去，只好干下去。

我一边吃早饭，一边无精打采地翻阅报纸。我看到这么一段消息，老实说，我从来没有这样惊惶过：

伪证罪——一八六三年，在交趾支那的瓦卡瓦克，有三十四名证人证明马克·吐温先生犯有伪证罪，企图侵占一小片种植香蕉的地，那是当地一位穷寡妇和她一群孤儿靠着活命的惟一资源。马克·吐温先生现在既然在众人面前出来竞选州长，是否可以请他讲讲此事的经过。吐温先生不论对自己或是对其要求投票选举他的伟大人民，都有责任把此事交代清楚。他愿意交代吗？

我当时惊愕得不得了！这样残酷无情的指控。我从来没有到过交趾支那！我从来没有听说过瓦卡瓦克这个地方！我不知道什么种植香蕉的地，就像我不知道什么是袋鼠一样！我不知道怎么办才好。我都气疯了，却又毫无办法。那一天我什么也没干就这么过去了。第二天早晨，这家报纸没说别的，只有这么一句：

值得注意——大家都会注意到：马克·吐温先生对交趾支那伪证案保持缄默，自有难言之处。

［备忘——在这场竞选运动中，这家报纸此后凡提到我必称“臭名昭著的伪证犯吐温”。］

下一份是《新闻报》，登了这么一段：

急需查究——吐温先生在蒙大那州野营时，与他同一帐篷的伙伴经常丢失小东西，后来这些东西一件不少都在吐温先生身上或“箱子”（即他卷藏杂物的报纸）里发现了。大家为他着想，不得不对他进行友好的告诫，在他身上涂满柏油，插上羽毛，叫他跨坐在横杆上，把他撵出去，并劝告他让出铺位，从此别再回来。这件小事是否请新州长候选人向急得难熬、要投他票的同胞们解释一下？他愿意解释吗？

难道还有比这种控告用心更加险恶的吗？我一辈子也没有到过蒙大那州。

［从此以后，这家报纸按例管我叫“蒙大那小偷吐温”。］

于是，我拿起报纸总有点提心吊胆，好像你想睡觉，可是一拿起床毯，心里总是嘀咕，生怕毯子下面有条蛇似的。有一天，我看到这么一段消息：

以撰写嘲讽美国社会丑恶现象的幽默讽刺小说著称的马克·吐温

谎言已被揭穿！——根据五点区的密凯尔·奥弗拉纳根先生、华脱街的吉特·彭斯先生和约翰·艾伦先生三位的宣誓证书，现已证明：马克·吐温先生曾恶毒声称我们尊贵的领袖约翰·T. 霍夫曼的祖父系拦路抢劫被处绞刑一说，纯属卑劣无端之谎言，毫无事实根据。用毁谤故人、以谰言玷污其美名的下流手段，来掠取政治上的成功，使有道德的人见了甚为痛心。我们一想到这一卑劣的谎言必然会使死者无辜的亲友蒙受极大悲痛时，恨不得鼓动起被伤害和被侮辱的公众，立即对诽谤者施行非法的报复。但是，我们不这样做，还是让他去经受良心的谴责吧。（不过，公众如果气得义愤填膺，盲目行动起来，竟对诽谤者施以人身上的伤害，显然，对于肇事者，陪审员不可能判罪，法庭也不可能加以惩处。）

最后这句妙语大起作用，当天晚上“被伤害和被侮辱的公众”从前门冲了进来，吓得我赶紧从床上爬起来，打后门溜走。他们义愤填膺，来的时候捣毁家具和门窗，走的时候把能抄走的财物统统抄走。然而，我可以把手按在《圣经》上起誓：我从来没有诽谤过霍夫曼州长的祖父。不仅如此，在那之前，我从来没有听人说起过他，我自己也没有提到过他。

［要顺便提一下，刊登上述新闻的那家报纸此后总是称我为“盗尸犯吐温”。］

下一篇引起我注意的报上文章是这样写的：

好一个候选人——马克·吐温先生原定于昨晚独立党民众大会上作一次毁损对方的演说，却未按时到会。他的医生打来一个电报，说是他被一辆疯跑的马车撞倒，腿部两处负伤，极为痛苦，无法起身，以及一大堆诸如此类的废话。独立党的党员们硬着头皮想把这一拙劣的托词信以为真，只当不知道他们提名为候选人的这个放任无度的家伙未曾到会的真正原因。

昨天晚上，分明有一个人喝得酩酊大醉，歪歪斜斜地走进吐温先生下榻的旅馆。独立党人刻不容缓，有责任证明那个醉鬼并非马克·吐温本人。这下我们到底把他们抓住了。这一事件不容躲躲闪闪，避而不答。人民用雷鸣般的呼声要求回答：“那个人是谁？”

把我的名字果真与这个丢脸的嫌疑挂在一起，一时叫我无法相信，绝对叫我无法相信。我已经有整整三年没有喝过啤酒、葡萄酒或任何一种酒了。

［这家报纸第二天大胆地授予我“酗酒狂吐温先生”的称号，而且我明白它会一个劲儿地永远这样称呼下去，但是，我当时看了竟无动于衷，现在想来，足见这种时势对我起了多大的影响。］

到那时候，我所收到的邮件中，匿名信占了重要的部分。一般是这样写的：

被你从你寓所门口一脚踢开的那个要饭的老婆子，现在怎样了？

包·打听

还有这样写：

你干的有些事，除我之外无人知晓，奉劝你掏出几元钱来孝敬老子，不然，咱们报上见。

惹事大王

大致是这类内容。读者如果想听，我可以不断引用下去，弄得你腻烦为止。

不久，共和党的主要报纸“宣判”我犯了大规模的贿赂罪，民主党最主要的报纸把一桩极为严重的讹诈案件“栽”在我的头上。

[这样我又多了两个头衔：“肮脏的贿赂犯”和“恶心的讹诈犯”。]

这时候舆论哗然，纷纷要我“答复”所有这些可怕的指控。我们党的报刊主编和领袖们都说，我如果再不说话，政治生命就要完蛋。好像为使他们的要求更为迫切似的，就在第二天，有一家报纸登了这么一段话：

注意这个人——独立党这位候选人至今默不作声。因为他不敢答复。对他的控告条条都有充分根据，并且为他满腹隐衷的沉默所一而再、再而三地证实，现在他永远翻不了案。独立党的党员们，看看你们这位候选人！看看这位臭名昭著的伪证犯！这位盗尸犯！好好看一看你们这位酗酒狂的化身！你们这位肮脏的贿赂犯！你们这位恶心的讹诈犯！你们好好看一看，想一想——这个家伙犯下了这么可怕的罪行，得了这么一连串倒霉的称号，而且一条也不敢张嘴否认，看你们愿不愿意把自己正当的选票去投给他！

我没有办法摆脱这个困境，只得深怀耻辱，着手“答复”一大堆毫无根据的指控和卑鄙下流的谎言。但是我始终没有做完这件事情，因为就在第二天，有一家报纸登出一个新的耸人听闻的案件，再次恶意中伤，严厉地控告我因一家疯人院妨碍我家的人看风景，我就将这座疯人院烧掉，把里面的病人统统烧死。这叫我十分惊慌。接着又是一个控告，说我为吞占我叔父的财产，不惜把他毒死，并且要求立即挖开坟墓验尸。这叫我神经都快错乱了。这一些还不够，竟有人控告我在负责育婴堂事务时雇用掉了牙的、年老昏庸的亲戚给育婴堂做饭。我都快吓晕了。最后，党派斗争的积怨对我的无耻迫害达到了自然而然的高潮：有人教唆九个刚刚在学走路的小孩，包括各种不同的肤色、穿着各式各样的破烂衣服，冲到一次民众大会的讲台上来，抱紧我的双腿，管我叫爸爸！

我放弃了竞选。我降旗，我投降。我够不上纽约州州长竞选运动所要求的条件，所以，我递上退出竞选的声明，而且怀着痛苦的心情签上我的名字：

你忠实的朋友，过去是好人，现在却成了臭名昭著的伪证犯、蒙大那小偷、盗尸犯、酗酒狂、肮脏的贿赂犯和恶心的讹诈犯马克·吐温。

董衡巽 译

·作品赏析·

《竞选州长》讲述的是“我”竞选州长整个历程的遭遇。因为“我”的良好的名声在政敌的眼中成了一种阻碍他们走向成功的障碍，就以各种各样的污蔑诸如：伪证犯、蒙大那的小偷、挖坟盗尸犯、酗酒狂、肮脏的贿赂犯、可恶的行贿者进行中伤，企图让“我”最后身败名裂，而果然“我”也不堪这样的骚扰而自动退出这场无聊的游戏。文章的一个显著特点是第一人称的手法，当然第一人称在马克·吐温的文学中是很常见的一种表达形式，这样更容易地表达出自己的内心的真实感受，将各种各样的不堪的丑陋揭露到底。也正是这样的遭遇，这样的人称形式，才更让读者易于产生深刻的共鸣，带领他们共同看透这世间的残酷的真相，让人对“我”的遭遇表示同情，也对各种各样无耻的政客表示愤怒。文章的语言是典型的美国式的口语，也是一种渊博的西部式的幽默，使人在捧腹大笑的同时产生深思，甚至是愤怒。

圣诞子时弥撒 /［巴西］阿西斯

入选理由

巴西著名作家阿西斯的短篇小说经典
讲述了一个凄婉的情感故事
文笔轻柔却将一个女性的内心刻画得淋漓尽致

我一直不明白许多年前跟一位太太的谈话，那时我十七岁，她三十岁。是在圣诞节的前夜，我已经和一位邻居约好去望圣诞子时弥撒，我宁愿不睡觉；我跟他说定，半夜的时候我去把他叫醒。

我所寄居的房子是公证人梅内塞斯的。他已经结婚，第一次是跟我的一个表妹。他的第二个女人叫孔塞普西翁。几个月前我从曼加拉蒂瓦到里约热内卢来进修学士学业的时候，孔塞普西翁和她母亲很热情地接待了我。我很安静地生活在那座位于国会街的两层住宅里：我有我的书看，亲朋来往不多，间或出去闲游。这个家庭不大：公证人，他女人，他岳母和两个女佣人。他们保持着老习惯：晚上十点钟，都回自己的房间；十点半就睡了。我没有看过戏。我不止一次听见梅内塞斯说他要去看戏。我要他带我一块去。在这种场合，他岳母总是做鬼脸，女佣

虔诚的教徒

作者简介

阿西斯（1839 ~ 1908），一个在巴西举足轻重的文学大家，虽然在整个的世界文坛上并不太为人所熟悉。但在美国却因为评论家桑塔格的极力推广而得到了广泛的认可，被誉为是一块被重新挖掘出的晶莹的宝石。他属于巴西典型的现实主义作家，被称为巴西的文学之父或者巴西文化的象征和语言大师。他的小说往往以第一人称的形式统一起全文的逻辑结构，让人感觉到亲切。

人也偷偷地笑；他不回答我，收拾一下就出门了，直到第二天早晨才回来。到后来我才知道，他的所谓去看戏，不过是一个婉转的说法。梅内塞斯和一位同男人分居的太太有私情，那位太太每个礼拜在外面过一次夜。由于这个情妇的存在，孔塞普西翁最初很痛苦；但是终于容忍了。她已经习惯，最后觉得一切都好。

她多善良啊！都说她是个“圣女”；她以那么顺从的态度对待男人的轻浮举动，这样的称誉是公正的。实际上，她是一位性格温和的女人，她没有吵闹，没有哭叫，也没有大笑。对待我提到的那件事，她的态度可以说像个教徒；只要能够顾全体面，使人无可非议，她可以容忍一个闺房。倘若我的话对她不公平，上帝宽恕我吧。在她身上，一切都是微小的，不显眼的。甚至她的脸庞也很平常，既不漂亮，也不丑陋。她是一个我们所谓的善良和气的人。她不说任何人的坏话，能够原谅一切，不知道憎恨，可能也不知道热爱。

那个圣诞节晚上，公证人去看戏了。那是一八六一年或一八六二年。学校已经放假，我本应去曼加拉蒂瓦的；但是我一直拖到圣诞节，为了是看看“城里的圣诞子时弥撒”。人们都按照通常的时间回房里去了；我独自留在客厅里，准备好出门。我将从客厅到走廊，离开住宅，谁也不会惊醒。街门有三把钥匙；公证人用一把，我带着一把，留在家里一把。

“可是，诺格拉先生，这段时间你在做什么呀？”

“看书，堂娜伊格纳西奥。”

我随身带着一本小说：《三个火枪手》，我相信是商报的译文。我坐在客厅中央的桌子边。在一盏煤油灯光下，趁着人们睡觉的时候，我又一次骑上达塔尼昂的瘦马去冒险了。不一会儿工夫，我就完全被大仲马迷住了。和一般等待什么的情况相反，时间一分钟一分钟地飞逝过去；几乎不知不觉就打了十一点钟。突然，一阵轻轻的嚓嚓声传进客厅。这是从客厅通往餐厅的走廊上的脚步声；我抬起头；随即看见孔塞普西翁的面孔出现在客厅门口。

“你还没有去吗？”她问。

“还没有；好像还不到半夜。”

“你真有耐心！”

孔塞普西翁趿拉着拖鞋走进客厅。她穿着一件白色的长外衣，马马虎虎系在腰上。她身材苗条，姿态浪漫，但是不像我这本冒险小说那么动人。我合上书；她走来坐在我面前一把靠近长椅的椅子上。我问她，是不是我无意中弄出声音把她吵醒了。她赶忙回答说：

“不！不！是我自己醒的。”

我看了她一忽儿，我怀疑她的话是不是真实。她的眼睛并不像刚刚睡醒的样子；好像她一点儿也没有睡。然而这种看法，在别人身上也许还有点意义，我却马上把它抛开了。没有注意到，她没有能够入睡，也许完全是我的过错，为了不叫我为难，她才说瞎话的。我已经说过，她是善良的，非常善良的。

“时间大概快到了。”我说。

“你不睡觉，这样等着，真有耐心，这会儿邻居还在睡呢！而且你是自个儿等在这儿！你不怕阴间来的鬼魂吗？我担心你看到我的时候会吓一跳。”

“我听到脚步声时，吃了一惊；不过你马上就出现了。”

“你在读什么？不用你说，我也知道，你在读小说《三个火枪手》。”

“不错，这本小说好极了。”

“你喜欢小说吗？”

“喜欢。”

“你读过《黑姑娘》吗？”

“马塞多博士的吗？我在曼加拉蒂瓦有一本。”

“我非常喜欢小说，不过读的不多，因为没有工夫。最近你读了些什么小说？”

我开始把一些小说的名字告诉她。孔塞普西翁把头靠在椅背上听着，目光从半睁的眼皮之间射出来，一动不动地凝望着我，还不时地伸出舌头舔舔嘴唇，好让嘴唇保持湿润。我说完的时候，她没有对我说什么；我们这样待了几秒钟。随后我看见她抬起头，交叉起手指，把头放在手指上，臂肘支在椅子把手上。在做这一切的时候，她的一双失眠的眼睛始终没有离开我。

“大概她厌倦了。”我想。

腿交叉起来。然后她对我讲了一个梦。她说她只是在孩子时候做过一次噩梦。

幸福家庭

幸福是终极和自足的。最美好、最高尚、最令人快乐的东西就是幸福。而对于一个普通家庭，食物充足、家人健康，人人脸上有笑容，就是幸福。

她想知道我是不是也做过噩梦。谈话就这样慢慢地、长时间地继续着，使我忘记了时刻和弥撒。当我讲述或解释完一件事情的时候，她总是又杜撰出一个新的问题或题目，于是我又讲起来。她不时地提醒我：

“声音低一点，低一点……”

也有过几次停顿。有时候我觉得她好像睡着了；但是她的眼睛闭一忽儿，马上又睁开来，既无睡意，也无倦态，好像她是故意合一会儿眼，好看得更清楚些。其中有一次，我相信她发觉我在出神地看她。我记得，她又把眼睛合上了，不知是有意的还是无意的。那个夜晚，有些印象我觉得是不完全的，或者是混乱的。我说话自相矛盾，自己哄骗自己。我的一个清楚的印象是：有那么一会儿，她几乎是和蔼可亲的，我觉得她很美，我觉得她美极了。她站着，交叉着双臂；为了尊重她，我想站起来，可是她不同意：她把一只手按在我的肩上，强使我坐下来。我想，也许她会说什么话的；但是她颤抖着，好像得了寒热病，转过身去，走到我刚才坐着看书的椅子上坐下。从那里用目光扫视着长椅上方的镜子，谈起挂在墙上的两幅版画。

“这些画都老了。我要奇基尼奥再买些来。”

奇基尼奥是她男人。那两幅画说明了这个人的主要活动。一幅画描摹的是克莱奥帕特拉[①]；不记得另一幅画的题材了，不过画的也是女人。两幅画都很普通；然而，在那个时刻，我并不觉得它们难看。

“这些画很好看。”我说。

“好看倒是好看，不过都旧了。另外，老实说，我更喜欢偶像，圣女的偶像。这些版画更适合挂在单身汉或理发师的家里。”

“理发师的家里？你从没有去过一位理发师的家……”

“不过我想象得到：顾客们一面等待；一面会谈论女人和爱情的。自然，主人会用美人的体态让顾客们享眼福的。但是在一个有家眷的家里，我看不到这类情况。这就是我的想法；不过，我这样想过许多事情。不管怎样，反正我不喜欢这些画。我有一幅孔塞普西翁的圣母像，我的保护者，非常好看。不过，那是一座雕塑，不能挂在墙上，放在我的祈祷室里。”

提到祈祷室，不禁使我想起了弥撒。我想，可能晚了，我打算告诉她。我想，我几乎要开口了，但是马上又闭上了，为的是倾听她正在柔和地、有趣地、懒洋洋地讲着的故事。她那副懒洋洋的神态，使得我也无精打采起来，忘记了弥撒和教堂。她谈到她幼年和童年时代的虔诚信仰。接着又讲了几件舞场的奇闻，几段郊游的故事，帕克塔的回忆，全都混杂在一起，几乎没有停顿。她讲够了过去，又讲现在，讲家庭琐事，讲家庭带来的烦恼。在结婚前，她听说这种烦恼是很多的，但是，并不是那样。她没有对我讲，但是我知道：她是二十七岁结婚的。

现在，她不像最初那样调换位置了，也几乎不再改变固定的姿势了。她的大眼睛没有眯缝着，她开始观察墙壁。

“我们需要重新裱糊墙壁了。”过了一会儿她说，仿佛自言自语。

为了说点什么，好摆脱这种使我的舌头和感官发木的迷人的幻梦或者别的什么，我表示赞同。我既愿意又不愿意结束谈话；我竭力把我的眼睛从她身上移开。我所以这样做，是想到了礼貌。但是，当我想到这样做可能令人觉得讨厌而并非如此的时候，我又重新把我的

由草地眺望索尔斯堡大教堂

画家康斯太勃尔以“远离的暴风雨”来描绘教堂。教堂被彩虹环绕，这表示一切即将雨过天晴。近处，一辆大马车涉水驶过，牧羊犬正抬头注视着马车，河岸的另一边是矮灌木丛遮掩的小房舍，马车与之形成了不均衡的对比。

① 克莱奥帕特拉：埃及七位女王中，最美丽的是克莱奥帕特拉。

眼睛转向孔塞普西翁。谈话快要结束了。街上，一片寂静。

有一段时间——我说不清有多久——我们陷入了沉默，一声不响。惟一的一个微弱的声响：一只老鼠在小房间咬东西的声音，把我从那种昏昏欲睡的状态中惊醒；我想说话，但是不知道说什么。孔塞普西翁好像在做梦。突然，我听到外面有人叩窗子的声音，同时叫着："圣诞子时弥撒！圣诞子时弥撒！"

"是你的同伴。"她说，一面站起来。"你真滑稽：本该你去叫他，倒是他来找你了。快去吧，准是到时间了；再见。"

"到时间了？"我问。

"当然。"

"圣诞子时弥撒！"外面那人一边叩窗一边重复叫着。

"去吧，去吧，别叫他等了。都怪我不好。再见，明天见。"

孔塞普西翁还是那样摇晃着身子，轻轻地踏着步子，消失在走廊里了。我走到街上，找到我的邻居，一起到教堂去了。在望弥撒的时间里，孔塞普西翁的身影又一次显现在我和神甫之间；这件事竟刻在我的十七岁的记忆里。第二天早晨用早餐的时候，我谈起圣诞子时弥撒和听弥撒的人们，这是孔塞普西翁感兴趣的。一整天，我看见她跟平常一样，举止自然、性情和善，一点儿也不使人想到前一天夜里的谈话。临近新年的时候，我到曼加拉蒂瓦去了。当我三月份回到里约热内卢的时候，公证人已经患中风症死去。孔塞普西翁住在欧亨尼奥·诺沃，但是我没去看她，也没有碰见她。后来我听说，她已经和她男人的抄写员结婚了。

朱景冬 译

·作品赏析·

《圣诞子时弥撒》的主要部分在于刻画了公证人的第二任妻子的形象。在作者看来这是一个典型的表面上逆来顺受，内心却痛苦无比的女性形象。就像她在对待丈夫的偷情上，文章中说：最初很痛苦，但是终于容忍了，她已经习惯，最后觉得一切都好。她被尊称为圣女，因为她表面上以顺从的态度对待男人的轻浮的举动，这样的人就像是一个教徒：她是一个我们所知道的善良和气的人，她不说任何人的坏话，能够原谅一切，不知道憎恨，可能也不知道热爱。

文章很重要的一点是通过"我"的视觉来认识这个女性真实的性情，在和她的谈话中"我"甚至忘记了子时弥撒时刻的到来，因为"我"这时倾听到了她的纯粹的内心，让她在"我"心中的形象顿时得到了改变。她在公证员死后嫁给了她丈夫的抄写员，而这就是一种讽刺，但同时也是一种肯定，是她的一种反抗。这就像作者在文章所观察到的她对墙上两幅版画的见解，那是她丈夫买的，可是她认为已经陈旧应该换了，也许这也正昭示着她往后改嫁的命运吧。

乡村骑士

/［意大利］维尔加

入选理由

意大利著名作家维尔加的短篇小说经典
讲述了一个在爱的迷茫中挣扎的故事
再现了维尔加对社会现实的假象揭示

图里杜·马卡，努齐娅大娘的儿子，复员回家了。

每个礼拜天，他身穿步兵狙击手制服，头戴一顶圆形赤红军帽，简直像托着金丝雀笼子的算命先生，神气活现地在村里的广场上踱来踱去。去教堂做弥撒的姑娘们，鼻子藏在头巾里，偷偷地瞧着他。调皮的孩子们仿佛一群嗡嗡叫的苍蝇，围在他四周。他嘴上叼着一只烟斗，上面雕刻着一个骑马的意大利国王，简直像活的一样。他在裤子背后划火柴的时候，总要抬起一条腿，仿佛要给人一脚似的。

惟有萝拉，庄稼人安杰洛的女儿，对眼前的这一切毫无反应。她既不去做弥撒，也不在阳台上露面，因为她已经跟利柯迪亚地方来的一个车主订了婚。这个车主叫阿尔菲奥，他的马厩里有四头从索尔蒂诺买来的漂亮骡子。起先，当图里杜知道这件事的时候，呵，真见鬼！他恨不得把那个利柯迪亚人揪出来，扒开他的肚皮，挖出他的心肝！然而，他并没有这样做。他只是到这位美人儿的窗子底下，把他所知道的那些轻蔑的歌儿，一支支地唱个不休，以发泄他的恼怒。

作者简介

维尔加（1840～1922），一位在意大利声名显赫的传奇作家，同时也是一个带着个人悲切情怀的作家。我们在他的文章中，经常看到他的对整个意大利民族复兴运动以来的，对整个社会现象的虚假的粉饰，以尽可能真实的笔调挖掘出生活的本真的含义，被称为是现实主义文学的主将，这是一种客观同时也是一种真实。在他的小说《烧炭党人》或者《濒海湖》中我们都能看到他的艺术的审美。他主要的文学作品是《马拉沃利亚一家》，展现了金钱对人性的侵蚀，以及人在其中的堕落，就像作者在文章中提到的：除掉金钱没有别的上帝。这就是他的文学，完全的袒露了西西里社会的阴暗的景象。

"难道努齐娅大娘家的图里杜没有别的事可以干了吗？"邻居们说，"怎么他整夜整夜地像只无家可归的麻雀那样唱呢？"

有一次，图里杜终于碰见了萝拉。那是在她朝拜受难圣母后回家的路上。然而，萝拉看见了他，脸上冷冰冰的毫无表情，仿佛没有她的事儿似的。

"看见你真是幸运啊！"图里杜对她说。

"噢，图里杜大哥，他们告诉我说，你月初就回来了。"

"他们告诉我的事可不止这一件呢！"他回答说，"你当真要跟那个阿尔菲奥车主结婚吗？"

"是的，那是上帝的意思。"萝拉回答说，一面攥紧下巴底下头巾的两角。

"是上帝的意思让你这样随便决定的！你说得多么轻巧！让我从老远的地方回来，听这样的好消息，难道也是上帝的意思吗，萝拉姑娘？！"

可怜的小伙子竭力想装出一副满不在乎的样子，可是他的声音已经沙哑了。他摇摇晃晃地跟在姑娘的后面走着，赤红军帽的流苏在肩膀上前后跳动。姑娘看到他这副凄凉的神情，心里也确实感到难受，可是她不忍心用动听的话来哄骗他。

"图里杜大哥，你听着，"萝拉终于对他说，"请你让我赶上我的女伴们吧！假如她们看见我跟你在一起儿，村子里的人将会说些什么呢？……"

"你说得对，"图里杜回答说，"你现在已经是跟阿尔菲奥订了婚的人，他的马厩里有四匹骡子，不能让人家去说闲话。可是，我那可怜的老母亲，当年我出外当兵的时候，却不得不把我们家那头栗色的骡子，还有大路边的一小块葡萄园，统统卖掉了。现在，你再也不会想起当初我们常常在院子里窗底下见面，一起谈心的情形；在我们分离的时候，你送给我一块手绢，天晓得，我在它上面流了多少眼泪！我去的地方是这样遥远，那儿几乎谁也不知道我们家乡的名子。……好吧，幸福的日子已经一去不复返。现在，我们分手吧，萝拉姑娘！我们曾经那样亲密，可是一切都已烟消云散，我们的情意也就此了结了吧。"

萝拉姑娘跟那位车主结了婚。礼拜天，她端坐在阳台上，双手交叉，放在胸前，向人们炫耀丈夫送给她的那些粗大的金戒指。图里杜仍然在这条狭窄的小街上踱来踱去，嘴里叼着烟斗，双手插在衣兜里，显出一副漠然置之的神气，用眼睛瞟着过路的女孩子们。可是，一想到萝拉的丈夫竟然有这么多的金子，想到自己路过的时候，萝拉居然假装没有瞧见，小伙子的心就像被什么东西啮啃了似的痛苦。

"我非要在她的眼皮底下教训她一番不可，这个小贱人！"他嘟嘟囔囔地说。

阿尔菲奥家的对面，住着种植葡萄的柯拉大叔，人家说他富得像头猪。他家里还有一个待嫁的闺女，名叫桑塔。图里杜费了不少口舌，想了不少办法，终于得到柯拉大叔的雇用。于是，图里杜开始上他的家里去，并且向那女孩子甜言蜜语地献殷勤。

“为什么你不去对萝拉说些好听的话儿呢？”有一次桑塔姑娘问他。

“萝拉是一位夫人了！如今她嫁给了一个真正的大王！”

“不过，我是不配嫁给大王的。”

“你抵得上一百个萝拉。萝拉连给你拾鞋都不配，不配！我认识一个小伙子，只要你在场，他压根儿就不乐意瞧萝拉一眼，甚至连她的圣人也不愿意瞧一下。”

“当狐狸吃不到葡萄的时候，就……”

“它就说：‘你是多么美丽啊，我的小葡萄球！’”

“啊哟！图里杜大哥，别动手动脚的。”

“你害怕我吞了你吗？”

“我不怕你，也不怕你的圣人。”

“我知道，你的母亲是利柯迪亚人，你们家有好斗的血统，不好惹的。啊，我多想用眼睛吞了你！”

“那你就用眼睛吞了我吧，这对我一点儿害处也没有。别瞎扯了，你还是替我把那块柴禾拣起来吧。”

“为了你，我会把整座房子举起来的，我会的。”

桑塔姑娘为了不让图里杜发现她的羞红的脸，顺手操起手边的一块木柴，朝他掷了过去，奇怪的是竟然没有打中。

“我们抓紧干吧！光顾闲扯，柴禾就来不及捆好了。”

“假如我有钱，我一定要娶一个像你这样的妻子，桑塔姑娘。”

“我不会像萝拉那样去嫁给一个大王；不过，当上帝给我挑选了一个合适的人的时候，我也有自己的嫁妆。”

“我们知道你家里挺有钱的，我们知道！”

“假如你知道，那就快点儿干活吧。爸爸快要回来了，我不愿意让他看见我在院子里。”

桑塔的父亲已经开始拉长了脸，一肚子不高兴。她却假装没有瞧见。步兵狙击手赤红军帽的流苏已经搔动了她的心，整天在她眼前跳动。当父亲把图里杜赶出门去的时候，女儿就为他打开了窗子，跟他整夜整夜地谈心，以致左邻右舍都把这件事作为闲谈的话题。

“我为了你快要发狂了，”图里杜说，“我吃不下饭，也睡不好觉。”

“瞧你说的。”

“我真想成为维多利奥·埃马努埃勒[①]的儿子，那我就能娶你了。”

“瞧你说的。”

“对着圣母起誓，我真想把你像面包那样一口吞下去！”

“瞧你说的。”

“哎，我对你说，这是真心话。”

“啊哟，我的妈呀！”

每天晚上，萝拉藏在一盆香草花的后面这么偷听着，脸上白一阵红一阵。一天，她终于叫住图里杜。

“图里杜大哥，这么说来，老朋友见面就再也不打招呼了吗？”

“唉！”图里杜叹了一口气说，“谁能够跟你谈上一句话，那就真是有福气了。”

“假如你真有心跟我谈谈，你是知道我住在什么地方的，”萝拉回答说。

于是，图里杜就去萝拉那里谈谈；他去得那么勤，以致桑塔姑娘都发现了。他再来的时候，桑塔当着他的面，砰的一声关上了窗子。当步兵狙击手在街上走的时候，邻居们互相会意地报以一笑，摇摇头。萝拉的丈夫正带着他的骡子在外奔忙，从一个集市赶到另一个集市。

“礼拜天我想去做忏悔，昨天夜里我梦见了黑葡萄。”[②]萝拉说。

“别管它，让它去吧！”图里杜恳求她。

“不，复活节快到了，我丈夫回来后会问我为什么不去忏悔呢。”

萝拉在忏悔室里清洗她的罪孽的时候，桑塔姑娘正跪在忏悔室的门口，一面等

---

① 维多利奥·埃马努埃勒（1820 ~ 1878）：意大利国王。
② 按照意大利风俗，这是不吉利的兆头。

迷人的乡村风光

着轮到她，一面喃喃地说：

“凭我的灵魂起誓，你这个贱人赎罪的地方决不是罗马！”

阿尔菲奥带着他的骡子，满载着钱财回来了，他还给妻子带来了礼物，一件过节穿的漂亮的新衣。

“你给老婆带来了礼物，做得真对！”桑塔对他说，“当你外出的时候，她给你的家门可增添了光彩。”

阿尔菲奥是一个歪戴帽子的车主，听到别人以这种口吻谈到他的妻子，顿时好像被刀子扎了似的，面孔刷地一下变了颜色。

“活见鬼！”他暴跳起来，吼叫着，“假如你看错了人的话，我决不会让你留着眼睛来哭的，对你是这样，对你家里人也是这样。”

“我是不喜欢哭的，”桑塔姑娘回答说，“即使我亲眼瞧见努齐娅大娘家的图里杜夜里走进你老婆的屋子，我也没有哭来着。”

“好！”阿尔菲奥回答说，“多谢你的关照。”

既然猫已经回来了，图里杜白天就不再到那条狭窄的小街去闲逛，只是跟朋友们在酒店里消遣解闷。复活节的前一夜，他们正围着餐桌吃一盆香肠，这时阿尔菲奥走了进来。图里杜从他那杀气腾腾地直盯着自己的神气，马上明白了他的来意，于是把叉子放在盘子上。

“阿尔菲奥大哥，有什么吩咐吗？”他说。

“不敢，图里杜大哥，我有许多日子没有见到你了，有件事想跟你谈谈，至于什么事，你心里自然明白。”

图里杜起初把酒杯递给他，可是阿尔菲奥用手推开了。于是，图里杜站起来，对他说：

“听候你的吩咐，阿尔菲奥大哥。”

车主伸出双臂，搂住他的脖子。

“老兄，明天早晨，假如你愿意到坎齐里亚的无花果树林来，我们把那件事谈谈，好吗？”

“天亮的时候，请你在大路上等我，我们一起去。”

说完，他们互相吻了吻，图里杜用牙齿咬了一下车主的耳朵，郑重地表示接受挑战，决不失约。

朋友们默默无语地放下手里的刀叉，离开酒店，陪伴图里杜回家。可怜的努齐娅大娘每天晚上总要等他到深夜。

“妈妈，”图里杜对她说，“你还记得，我当兵去的时候，你很悲伤，觉得我永远不会回来了，是吗？现在，你好好地吻吻我吧，就像当年你吻我那样。明天一早，我就要离开你，到很远很远的地方去了。”

东方还没有发亮，图里杜就起来，拿出那把他当兵去的时候藏在干草堆下的折刀，向坎齐里亚的无花果树林出发。

“啊，圣母玛利亚！你这样怒气冲冲，是要到哪儿去呀？”阿尔菲奥准备离开家里的时候，萝拉惊惶失措，呜咽着，低声地说。

“我要去的地方离这儿不远，”阿尔菲奥回答，“不过对你来说，自然巴不得我永远不再回来了。”

萝拉还穿着睡衣，就在床脚边祈祷起来，把贝尔纳迪诺神父从圣地给她带来的念珠紧紧压在嘴唇上，一遍又一遍地背诵着“福哉玛利亚”的经文。

图里杜跟他的对手朝着无花果树林走了一程；阿尔菲奥把帽子拉到眼睛上，默不作声。

“阿尔菲奥大哥，”图里杜开口说，“就像上帝那样真实，我知道我错了，因此情愿让你杀死。可是，我上这里来以前，却看见我的老妈妈已经起来了，她借口照料小鸡，其实是要看我动身，她的心仿佛已经把这件事告诉了她。所以，就像上帝那样真实，为了不让我的老妈妈悲伤地哭泣，我要像宰一条狗那样杀了你。”

“好吧！”阿尔菲奥一面回答，一面脱掉短上衣，“那我们两个人就狠狠地斗吧。”

他们两个都是善于格斗的好手。阿尔菲奥先刺将过来，图里杜急速闪过，不料胳膊却中了一刀。他随即狠狠回敬了一刀，刺个正着，中了对手的小腹部。

“啊，图里杜，你果真存心要杀死我吗？”

“是的，我已经明白地对你说了。现在，我看见我那照料小鸡的老妈妈，她仿佛一直在我的眼前。”

“那就睁大你的眼睛吧！”阿尔菲奥对他吼叫，“我正要给你点厉害瞧瞧。”

为了防御对手的进攻，阿尔菲奥弯曲着身子，用左手捂住痛楚的伤口，胳膊肘儿几乎触到了地面。突然，他飞快地从地上抓起一把土，向仇人的眼睛摔去。

“啊！”图里杜像瞎子一样睁不开眼睛，凄惨地叫道，“我完蛋了！”

他向后面拚命地跳了几步，企图逃命，可是阿尔菲奥已经扑上前来，朝着他的腹部猛刺了一刀，接着，又一刀刺进了他的喉咙口。

“这是第三刀！……回敬你给我的家门增添的光彩。现在，你的老母亲可以不用照料她的小鸡啦。”

图里杜用双手在空中胡乱摸索了几下，在无花果丛中踉踉跄跄地摇晃了几步。然后，像一块石头似的栽倒在地，鲜血从他的喉咙口沸腾般地涌出，泛着泡沫，他甚至来不及发出最后一声呼喊：“啊，我的妈妈！”

吕同六 译

·作品赏析·

《乡村骑士》的故事本身相当的复杂，在作者的笔下，产生了多个人纠缠在一起的爱情，其中除了含情脉脉的爱恋当然也包括了偷情的害羞与愉悦，甚至还包括了相互间的嫉妒以及由此引发而出的疯狂的报复行为。这就是文章本身的魅力，这样的故事就曾被马斯卡尼编曲做成了歌剧。更是轰动了整个世界，《乡村骑士》就曾在中国的中央歌剧院上演过，还引起了高度的关注和广泛的好评。

文章的本意在表达爱的纯洁，但因为这个世界的诱惑，让这里的男人和女人开始为此迷乱，终于导致了可怕的悲剧发生。桑塔为了挽回自己的爱情，向阿尔菲奥告密，最终导致了阿尔菲奥和图里杜的一场决斗。最后以最凄惨的方式收场。

维尔加的文章有一个显著的特点就是他在他的文学里总是弥漫着浓郁的西西里的气息，不仅包括了大量的地方乡俚俗语，同时也包含着当地的自然风俗景观，并用以烘托和塑造人物的性格。

最后一课

/［法国］都德

入选理由

法国著名作家都德的不朽名篇

一篇典型的爱国主义题材的小说

文笔简洁生动，构思巧妙，风格淡雅

那天早晨，我很晚才去上学，非常害怕挨老师的训，特别是因为哈墨尔先生已经告诉过我们，他今天要考问分词那一课，而我，连头一个字也不会。这时，我起了一个念头，想逃学到野外去玩玩。

天气多么温暖！多么晴朗！

白头鸟在林边的鸣叫声不断传来，锯木厂的后面，黎佩尔草地上，普鲁士军队正在操练。这一切比那些分词规则更吸引我；但我毕竟还是努力克服了这个念头，很快朝学校跑去。

经过村政府的时候，我看见一些人围在挂着布告牌的铁栅栏前面。这两年来，那些坏消息，吃败仗啦，抽壮丁啦，征用物资啦，还有普鲁士司令部的命令啦，都是在这儿公布的；我没有停下来，心想：

“又有什么事了？”

都德像

作者简介

都德（1840 ~ 1897），一位法国较为知名的作家。他出身贫穷，社会地位相当低微，但却凭着自己的努力走上了文学的不朽的道路。并以自身的社会经历为范本写下了轰动文坛的《小东西》，展现了人与人之间的冷漠。当然在他的小说成就中，更为引人关注的则是他的爱国题材一类的小说，包括像《最后一课》和《柏林之围》这样的世界不朽名篇。从《最后一课》发表以来，在世界上便有了各种各样的译文，并被成功收入教材，让每位适龄的儿童都能感受到作者在其中表达出的情感。

这时，正当我跑过广场的时候，带着徒弟在那里看布告的铁匠瓦什泰，朝着我喊道：

“小家伙，不用这么急！你去多晚也不会迟到了！”

我以为他是在讽刺我，于是，气喘喘地跑进了哈墨尔先生的小院子。

往常，刚上课的时候，教室里总是一片乱哄哄，街上都听得见，课桌开开关关，大家一起高声诵读，你要专心，就得把耳朵捂起来，老师用大戒尺不停地拍着桌子喊道：

“安静一点！”

我本来打算趁这一阵乱糟糟，不被人注意就溜到自己的坐位上去；但是，恰巧那一天全都安安静静的，像星期天的早晨一样。我从敞开的窗子看见同学们都整整齐齐地坐在各自的位子上，哈墨尔先生挟着那根可怕的铁戒尺走来走去。我非得把门打开，在一片肃静中走进去，你想，我是多么难堪，多么害怕！

可是，事情并不是那样。哈墨尔先生看见我并没有生气，倒是很温和地对我说：

“快坐到你的位子上去吧，我的小弗朗茨！你再不来，我们就不等你了。”

我跨过条凳，马上在自己的课桌前坐下了。当我从惊慌中定下神来，这才注意到我们的老师这天穿着他那件漂亮的绿色礼服，领口系着折叠得挺精致的大领结，头上戴着刺绣的黑绸小圆帽，这身服装是他在上级来校视察时或学校发奖的日子才穿戴的。此外，整个课堂都充满了一种不平常的、庄严的气氛。但最使我惊奇的，是看见在教室的尽头，平日空着的条凳上，竟坐满了村子里的人，他们也像我们一样不声不响，其中有霍瑟老头，戴着他那顶三角帽，有前任村长，有退职邮差，还有其他一些人。他们都愁容满面；霍瑟老头带来一本边缘都磨破了的旧识字课本，摊开在自己的膝头上，书上横放着他那副大眼镜。

正当我看了这一切感到纳闷的时候，哈墨尔先生走上讲台，用刚才对我讲话的那种温和而严肃的声音，对我们说：

“我的孩子们，这是我最后一次给你们上课。从柏林来了命令，今后在阿尔萨斯和洛林两省的小学里，只准教德文了……新教师明天就到，今天，是你们最后一堂法文课，我请你们专心听讲。”

这几句话对我简直就是晴天霹雳。啊！那些混账东西，原来他们在村政府前面公布的就是这件事。

这是我最后一堂法文课！……

可是我刚刚勉强会写！从此，我再也学不到法文了！只能到此为止了！……我这时是多么后悔啊，后悔过去浪费了光阴，后悔自己逃学去掏鸟窝，到萨尔河上去滑冰！我那几本书，文法书，圣徒传，刚才我还觉得背在书包里那么讨厌，显得那

《最后一课》插图

哈墨尔先生对我这样说："我不好再责备你了，我的小弗朗茨……你瞧，今天发生了什么事……"

么沉，现在就像老朋友一样，叫我舍不得离开。对哈墨尔先生也是这样。一想到他就要离开这儿，从此再也见不到他了，我就忘记了他以前给我的处罚，忘记了他如何用戒尺打我。

这个可怜的人啊！

原来他是为了上最后一堂课，才穿上漂亮的节日服装。而现在我也明白了，为什么村里的老人今天也来坐在教室的尽头，这好像是告诉我们，他们后悔过去到这小学里来得太少。这也好像是为了向我们老师表示感谢，感谢他四十年来勤勤恳恳为学校服务，也好像是为了对即将离去的祖国表示他们的心意……

我正在想这些事的时候，听见叫我的名字。是轮到我来背书了。只要我能从头到尾把这些分词的规则大声地、清清楚楚、一字不错地背出来，任何代价我都是肯付的啊！但是刚背头几个字，我就结结巴巴了，我站在坐位上左右摇晃，心里难受极了，头也不敢抬。只听见哈墨尔先生对我这样说：

"我不好再责备你了，我的小弗朗茨，你受的惩罚已经够了……事情就是这样。我们每天都对自己说：'算了吧，有的是时间，明天再学也不迟。'但是，你瞧，今天发生了什么事……唉！过去咱们阿尔萨斯最大的不幸，就是把教育推延到明天。现在，那些人就有权利对我们说：'怎么，你们自称是法国人，而你们既不会读也不会写法文！'在这件事里，我可怜的弗朗茨，罪责最大的倒不是你，我们都有应该责备自己的地方。

"你们的父母并没有尽力让你们好好念书。他们为了多收入几个钱，宁愿把你们送到地里和工厂去。我难道就没有什么该责备我自己的？我不是也常常叫你们放下学习替我浇园子？还有，我要是想去钓鲈鱼，不是随随便便就给你们放了假？"

接着，哈墨尔先生谈到法兰西语言，说这是世界上最美的语言，也是最清楚、最严谨的语言，我们应该在我们中间保住它，永远不要把它忘了；因为，当一个民族沦为奴隶的时候，只要好好保住了自己的语言，就如同掌握了打开自己牢房的钥匙……随后，他拿起一本文法课本，给我们讲了一课。我真奇怪我怎么会理解得那么清楚，他所讲的内容，我都觉得很好懂，很好懂。我相信，我从来没有这样专心听过讲，而他，也从来没有讲解得这样耐心。简直可以说，这个可怜的人想在他走以前把自己全部的知识都传授给我们，一下子把它们都灌输到我们的脑子里去。

讲完了文法，就开始习字。这一天，哈墨尔先生特别为我们准备了崭新的字模，上面用漂亮的花体字写着："法兰西，阿尔萨斯，法兰西，阿尔萨斯。"我们课桌的三角架上挂着这些字模，就像是许多小国旗在课堂上飘扬。每个人都那么专心！教室里是那么肃静！这情景可真动人。除了笔尖在纸上划写的声音外，听不到任何别的声响。这时，有几个金龟子飞进了教室；但谁也不去注意它们，就连那些最小的学生也不例外，他们专心专意地在划他们的一横一竖，好像这也是法文……在学校的屋顶上，有一群鸽子在低声咕咕，我一面听着，一面想：

"那些人是不是也要强迫这些鸽子用德语唱歌呢？"

有时，我抬起头来看看，每次都看见哈墨尔先生站在讲台上一动也不动，眼睛死死盯着周围的东西，好像要把这个小学校舍都吸进眼光里带走……请想想！四十年来，他一直待在这个地方，老是面对着这个庭院和一直没有变样的教室。只有那些条凳和课桌因长期使用而变光滑了；还有院子里那棵核桃树也长高了，他亲手栽种的啤酒花现在也爬上窗子碰到了屋檐。这可怜的人听着他的妹妹在楼上房间里来来去去收拾他们的行李，他们第二天就要动身，告别本乡，一去不复返。他即将离开眼前的这一切，这对他来说是多么伤心的事啊！

不过，他还是鼓起勇气把这天的课教完。习字之后，是历史课；然后，小班学生练习拼音，全体一起诵唱 Ba，Be，Bi，Bo，Bu。那边，教室的尽头，霍瑟老头戴上了眼镜，两手捧着识字课本，也和小孩们一起拼字母。看得出他也很用心；他的声音由于激动而颤抖，听起来有一种说不出的味道，叫人又想笑又想哭。唉！我将永远记得这最后的一课……

忽然，教堂的钟打了十二点，紧接着响起了午祷的钟声。这时，普鲁士军队操练回来的军号声在我们窗前响了起来……哈墨尔先生面色惨白，在讲台上站了起来。他在我眼里，从来没有显得这样高大。

“我的朋友们，”他说，“我的朋友们，我，我……”

他的嗓子被什么东西堵住了，他无法说完他那句话。

于是，他转身对着黑板，拿起一支粉笔，使出了全身的力气按着它，用最大的字母写出：

法兰西　万岁

写完，他仍站在那里，头靠着墙壁，不说话，用手向我们表示：

“课上完了……去吧。”

柳鸣九 译

·作品赏析·

都德的小说《最后一课》在实际的生活当中不知不觉的教育意义甚至已经完全超越了小说本身的艺术，这在中国更是如此，当年还曾引起界定为爱国小说还是教育小说之争。但其实梁启超讲述得最为合理：小说有着不可思议的人道主义的力量。

《最后一课》讲述的是在普法战争中被普鲁士强行割让的一所乡村小学在上着告别自己母语的最后一堂课，通过一个孩子的眼光来展现整个沦陷区的屈辱和对自己故土的深切的思念，就像在文章中所说的：法兰西语言是世界上最美的语言，也是最清楚最严谨的语言，应该在我们中间保住它，永远不要把它忘记了，因为当一个民族沦为奴隶的时候，只要好好保住自己的语言，就如同掌握了打开自己牢房的钥匙。

文章只是截取了在整个纷乱的战争背景中一个微小的细节，但却在作者的精心安排下挖掘得相当深入，甚至已经完全上升到了爱国主义情操的高度。文章的主要特点在于作者能以小见大，从人物的身上反映整个时代潮流的风云变幻，并且成功塑造了像小弗朗茨，以及哈墨尔这样的典型形象，虽然只是简单的勾勒，但因为作者在其中给予了相当深厚的情感，从而使人物的形象栩栩如生。当然心理活动也是文章的一大特色，像对小弗朗茨的描写，就相当细腻动人。

柏林之围 /［法国］都德

入选理由

法国著名作家都德的不朽名篇

一篇典型的爱国主义题材的小说

文笔简洁生动，构思巧妙，风格淡雅

我们一边与韦医生沿着爱丽舍田园大道往回走，一边向被炮弹打得千疮百孔的墙壁、被机枪扫射得坑洼不平的人行道探究巴黎被围的历史。当我们快到明星广场的时候，医生停了下来，指着那些环绕着凯旋门的富丽堂皇的高楼大厦中的一幢，对我说：

“您看见那个阳台上关着的四扇窗子吗？八月初，也就是去年那个可怕的充满了风暴和灾难的八月，我被找去诊治一个突然中风的病人。他是儒弗上校，一个拿破仑帝国时代的军人，在荣誉和爱国观念上是个老顽固。战争一开始，他就搬到爱丽舍来，住在一套有阳台的房间里。您猜是为什么？原来是为了参观我们的军队凯旋而归的仪式……这个可怜的老人！维桑堡惨败的消息传到他家时，他正离开饭桌。他在这张宣告失利的战报下方，一读到拿破仑的名字，就像遭到雷击似的倒在地下。

“我到那里的时候，这位老军人正直挺挺躺在房间的地毯上，满脸通红，表情迟钝，就像刚刚当头挨了一闷棍。他如果站起来，一定很高大；现在躺着，还显得很魁梧。他五官端正、漂亮，牙齿长得很美，有一头拳曲的白发，八十高龄看上去只有六十岁……他的孙女跪在他身边，泪流满面。她长得很像他，瞧他们在一起，可以说就像同一个模子铸出来的两枚希腊古币，只不过一枚很古老，带着泥土，边缘已经磨损，另一枚光彩夺目，洁净明亮，完全保持着新铸出来的那种色泽与光洁。

“这女孩的痛苦使我很受感动。她是两代军人之后，父亲在麦克－马洪元帅的参谋部服役，躺在她面前的这位魁梧的老人的形象，在她脑海里总引起另一个同样可怕的对于他父亲的联想。我尽最大的努力安慰她，但我心里并不存多大希望。我们碰到的是一种地地道道的严重的半身不遂，尤其是在八十岁得了这种病，是根本无法治好的。事实也正如此，整整三天，病人昏迷不醒，一动也不动……在这几天

法国国王拿破仑三世与皇后欧仁妮

之内，又传来了雷舍芬战役失败的消息。您一定还记得消息是怎么传来的。直到那天傍晚，我们都以为是打了一个大胜仗，歼灭了两万普鲁士军队，还俘虏了普鲁士王太子……我不知道是由于什么奇迹、什么电流，那举国欢腾的声浪竟波及我们这位可怜的又聋又哑的病人，一直钻进了他那瘫痪症的幻觉里。总之，这天晚上，当我走近他的床边时，我看见的不是原来那个病人了。他两眼有神，舌头也不那么僵直了。他竟有了精神对我微笑，还结结巴巴说了两遍：

“‘打……胜……了！’

“‘是的，上校，打了个大胜仗！’

“我把麦克－马洪元帅辉煌胜利的详细情况讲给他听的时候，发觉他的眉目舒展了开来，脸上的表情也明亮起来。

“我一走出房间，那个年轻的女孩正站在门边等着我，她面色苍白，呜咽地哭着。

“‘他已经脱离生命危险了！’我握住她的双手安慰她。

“那个可怜的姑娘几乎没有勇气回答我。原来，雷舍芬战役的真实情况刚刚公布了，麦克－马洪元帅逃跑，全军覆没……我和她惊恐失措地互相看着。她因担心自己的父亲而发愁，我呢，为老祖父的病情而不安。毫无疑问，他再也受不了这个新的打击……那么，怎么办呢？……只能使他高高兴兴，让他保持着这个使他复活的幻想……不过，那就必须向他撒谎……

“‘好吧，由我来对他撒谎！’这勇敢的姑娘自告奋勇对我说，她揩干眼泪，装出喜气洋洋的样子，走进祖父的房间。

“她所负担的这个任务可真艰难。头几天还好应付。这个老好人头脑还不十分健全，就像一个小孩似的任人哄骗。但是，随着健康日渐恢复，他的思路也日渐清晰。这就必须向他讲清楚双方军队如何活动，必须为他编造每天的战报。这个漂亮的小姑娘看起来真叫人可怜，她日夜伏在那张德国地图上，把一些小旗插来插去，努力编造出一场场辉煌的战役；一会儿是巴赞元帅向柏林进军，一会儿是弗鲁瓦萨尔将军攻抵巴伐利亚，一会儿是麦克－马洪元帅挥戈挺进波罗的海海滨地区。为了编造得活龙活现，她总是要征求我的意见，而我也尽可能地帮助她；但是，在这一场虚构的进攻战里，给我们帮助最大的，还是老祖父本人。要知道，他在拿破仑帝国时期已经在德国征战过那么多次啊！对方的任何军事行动，他预先都知道：‘现在，他们要向这里前进……你瞧，他们就要这样行动了……’结果，他的预见都毫无例外地实现了，这当然免不了使他有些得意。

“不幸的是，尽管我们攻克了不少城市，打了不少胜仗，但总是跟不上他的胃口，这老头简直是贪得无厌……每天我一到他家，准会听到一个新的军事胜利：

“‘大夫，我们又打下美央斯了！’那年轻的姑娘迎着我这样说，脸上带着苦笑，这时，我隔着门听见房间里一个愉快的声音对我高声喊道：

“‘好得很，好得很……八天之内我们就要打进柏林了！’

“其实，普鲁士军队离巴黎只有八天的路程……起初我们商量着把他转移到外省去；但是，只要一出门，法兰西的真实情况就会使他明白一切。我认为他身体太衰弱，精神上受到沉重打击所引起的中风还很严重，不能让他了解真实的情况。于是，我们决定还是让他留在巴黎。

“巴黎被围的第一天，我去到他家。我记得，那天我很激动，心里惶恐不安。当时，巴黎所有的城门都已关闭，敌人兵临城下，国界已经缩小到郊区，人人都感到恐慌。我进去的时候，这个老好人正坐在自己的床上，兴高采烈地对我说：

“‘嘿！围城总算开始了！’

“我惊愕地望着他：

“‘怎么，上校，您知道了？……’

“他的孙女赶快转身对我说：

“‘是啊！大夫……这是好消息，围攻柏林已经开始了！’

“她一边说这话，一边做针线活，动作是那么从容、镇静……老人又怎么会产生怀疑呢？屠杀的大炮声他是听不见的。被搅得天翻地覆、灾难深重的不幸的巴黎城，他是看不见的。他从床上所能看到的，只有凯旋门的一角，而且，在他房间里，周

色当战役中处于重重包围之中、死伤惨重的法军士兵。色当位于巴黎东北，1870 年 9 月 1 日，法国与普鲁士双方主力在此会战，法军惨败，拿破仑三世被俘。

一八七一年三月一日，普鲁士军队攻破孤军无援、弹尽粮绝的法军坚守的巴黎城，通过凯旋门进入巴黎城、法国历史从此添上了沉痛而耻辱的一页。

围摆设着一大堆破旧的拿破仑帝国时期的遗物，有效地维持着他的种种幻想。拿破仑手下元帅们的画像，描绘战争的木刻，罗马王婴孩时期的画片；还有镶着镂花铜饰的高大的长条案，上面陈列着帝国的遗物，什么徽章啦，小铜像啦，玻璃圆罩下的圣赫勒拿岛上的岩石啦，还有一些小画像，画的都是同一位头发拳曲、眉目有神的贵妇人，她穿着跳舞的衣裙、黄色的长袍，袖管肥大而袖口紧束——所有这一切，长条案，罗马王，元帅们，黄袍夫人，那位身材修长、腰带高束、具有一八〇六年人们所喜爱的端庄风度的黄袍夫人……构成了一种充满胜利和征服的气氛，比起我们向他——善良的上校啊——撒的谎更加有力，使他那么天真地相信法国军队正在围攻柏林。

“从这一天起，我们的军事行动就大大简化了。攻克柏林，这只是一个时间问题。过了一些时候，只要这老人等得不耐烦了，我们就读一封他儿子的来信给他听，当然，信是假造的，因为巴黎已经被围得水泄不通，而且，早在色当大败以后，麦克—马洪元帅的参谋部就已经被俘，押送到德国某一个要塞去了。您可以想像，这个可怜的女孩多么痛苦，她得不到父亲的半点音讯，只知道他已经被俘，被剥夺了一切，也许还在生病，而她却不得不假装他的口气写出一封封兴高采烈的来信；当然信都是短短的，一个在被征服的国家不断胜利前进的军人只能写这样短的信。有时候，她实在坚持不下去了，于是好几个星期都没有来信。这位老人可就着急了，睡不着了。于是很快又从德国来了一封信，她来到他床前，忍住眼泪，装出高高兴兴的样子念给他听。老人一本正经地听着，一会儿心领神会地微笑，一会儿点头赞许，一会儿又提出批评，还对信上讲得不清楚的地方给我们加以解释。但他特别高贵的地方，是表现在他给儿子的回信中。他说：‘你永远不要忘记自己是法国人……对那些可怜的人要宽大为怀。不要使他们感到我们的占领是令人难以忍受的……’信中全是没完没了的叮嘱，关于要保护私有财产啦，要尊重妇女啦等等一大堆令人钦佩的车轱辘话，总而言之，是一部专为征服者备用的地地道道的军人荣誉手册。有时，他也在信中夹杂一些对政治的一般看法以及媾和的条件。在这个问题上，我应该说，他的条件并不苛刻：‘只要战争赔款，别的什么都不要……把他们的省份割过来有什么用呢？难道我们能把德意志变成法兰西吗？……’

“他口授这些话的时候，语气是很坚决的，可以感到他的话里充满了天真的感情，他这种高尚的爱国心听起来不能不使人深受感动。

“这期间，包围圈愈来愈紧，唉，不过并不是柏林之围！……那时正是严寒季节，大炮不断轰击，瘟疫流行，饥馑逼人。但是，幸亏我们精心照料，无微不至，老人的静养总算一刻也没有受到侵扰。直到最困难的时候，我都有办法给他弄到白面包和新鲜肉。当然这些食物只有他才吃得上。您很难想像还有什么比这位老祖父就餐的情景更使人感动的了，自私自利地享受着而又被蒙在鼓里：他坐在床上，红光满面，笑嘻嘻的，胸前围着餐巾；因为饮食不足而脸色苍白的小孙女坐在他身边，扶着他的手，帮助他喝汤，帮助他吃那些别人都吃不上的好食物。饭后，老人精神十足，房间里暖和和的，外面刮着寒冷的北风，雪花在窗前飞舞，这位老军人回忆起他在北方参加过的战役，于是，又向我们第一百次讲起那次倒霉的从俄罗斯的撤退，那时，他们只有冰冻的饼干和马肉可吃。

“‘你能体会到吗？小家伙，我们那时只能吃上马肉！’

“我相信他的孙女是深有体会的。这两个月来，她除了马肉外没有吃过别的东西……但是，一天天过去了，随着老人日渐恢复健康，我们对他的照顾愈来愈困难了。过去，他感觉迟钝、四肢麻痹，便于我们把他蒙在鼓里，现在情况开始变化了。已经有那么两三次，玛约门前可怕的排炮声惊得他跳了起来，他像猎犬一样竖起耳朵；我们就不得不编造说，巴赞元帅在柏林城下又取得了决定性的胜利，刚才是荣军院鸣炮表示庆祝。又有一天，我们把他的床推到窗口，我想那天正是发生了布森瓦血战的星期四，他一下就清清楚楚看见了在林阴道上集合的国民自卫队。

“‘这是什么军队？’他问道。接着我们听见他嘴里轻声抱怨：

“‘服装太不整齐，服装太不整齐！’

“他没有再说别的话；但是，我们立刻明白了，以后可得特别小心。不幸的是，我们还小心得不够。

“一天晚上，我到他家的时候，那女孩神色仓皇地迎着我：

“‘明天他们就进城了！’她对我说。

“老祖父的房门当时是否开着？反正，我现在回想起来，经我们这么一说，那天晚上老人的神色的确有些特别。也许，他当时听见了我们的谈话。只不过我们谈的是普鲁士军队；而这个好心人想的是法国军队，以为是他等待已久的凯旋仪式——麦克—马洪元帅在鲜花簇拥、鼓乐高奏之下，沿着林阴大道走过来，他的儿子走在元帅的旁边；他自己则站在阳台上，整整齐齐穿着军服，就像当年在鲁镇那样，向遍布弹痕的国旗和被硝烟熏黑了的鹰旗致敬……

“可怜的儒弗老头！他一定是以为我们为了不让他过分激动而要阻止他观看我们军队的凯旋游行，所以他跟谁也不谈这件事；但第二天早晨，正当普鲁士军队小心翼翼地沿着从玛约门到杜伊勒利宫的那条马路前进的时候，楼上那扇窗子慢慢打开了，上校出现在阳台上，头顶军盔，腰挎马刀，穿着米约手下老骑兵的光荣而古老的军装。我现在还弄不明白，是一种什么意志、一种什么突如其来的生命力使他能够站了起来，并穿戴得这样齐全。反正千真万确他是站在那里，就在栏杆的后面，他很诧异马路是那么空旷、那么寂静，每一家的百叶窗都关得紧紧的，巴黎一片凄凉，就像港口的传染病隔离所，到处都挂着旗子，但是旗子是那么古怪，全是白的，上面还带有红十字，而且，没有一个人出来欢迎我们的队伍。

“霎时间，他以为自己是弄错了……

“但不！在那边，就在凯旋门的后面，有一片听不清楚的嘈杂声，在初升的太阳下，一支黑压压的队伍开过来了……慢慢地，军盔上的尖顶在闪闪发光，耶拿的小铜鼓也敲起来了，在凯旋门下，响起了舒伯特的胜利进行曲，还有列队笨重的步伐声和军刀的撞击声伴随着乐曲的节奏！……

“于是，在广场上一片凄凉的寂静中，听见一声喊叫，一声惨厉的喊叫：‘快拿武器……快拿武器……普鲁士人。’这时，前哨部队的头四个骑兵可以看见在高处阳台上，有一个身材高大的老人挥着手臂，踉踉跄跄，最后全身笔直地倒了下去。这一次，儒弗上校可真的死了。”

佚名 译

·作品赏析·

《柏林之围》是都德的另一个短篇名作。小说以 1870 年的普法战争为背景，叙述普鲁士军队围攻巴黎期间，一个法国普通军人儒弗上校的爱国故事，塑造了一个具有浓厚爱国主义精神的法兰西军人的悲壮形象。小说构思新颖，原本的“巴黎之围”，却被定名为“柏林之围”。情节安排巧妙，通过一个病中的老军人故事，将巴黎被普鲁士围困攻陷的苦难现实与主人公想象中的法军攻克柏林的胜利对照起来，既深刻表现了人物的强烈爱国主义情感，又使小说具有一种动人的悲剧色彩。风格委婉细腻，语言质朴无华，篇幅短小精悍，也是这篇小说的艺术特色。从艺术的巧妙性和思想的深刻上看，小说都堪称为世界短篇小说之林中的爱国主义名篇。

陪衬人 /［法国］左拉

入选理由

法国著名作家都德的不朽名篇

一篇典型的爱国主义题材的小说

文笔简洁生动，构思巧妙，风格淡雅

一

在巴黎，一切都能出卖：愚笨的姑娘和伶俐的女郎，谎言和真理，泪水和微笑。

你不会不知道，在这个商业国度，美，是一种商品，可以拿来做骇人听闻的交易。大眼睛和小嘴儿可以买卖；鼻子和脸蛋儿都标有再精确不过的市价。某种酒窝，某种痣点，代表着一定的收入。伪造术真是巧夺天工，竟然连仁慈的上帝制造的商品也能仿制。用燃过的火柴棒描绘的假眉，用长长的夹子连在头发上的假髻，售价更是奇昂。

左拉像

这一切都是合情合理、合乎逻辑的。我们

作者简介

左拉（1840 ~ 1902），一位在法国文学史上声名显赫的作家，他的名字已经成了一种文学成分的代号，诸如：自然主义和批判现实主义。在他的生命中，对现实残酷世界的观察，以及孔德实证主义哲学对他的影响，或者是泰纳的艺术哲学，更有甚者是吕卡的遗传学说，这些都共同地将左拉推向了独特的文学道路，造就了自然主义这一个文学流派。在巴尔扎克《人间喜剧》的启示下，他开始创作自己的人生巨著——《卢贡马卡尔家族》。他的存在对法国文学的历史进程起了不可替代的催发作用，将实验的方法引入到文学的现实创作中，不掺杂任何的主观情感。

是文明的民族，请问，文明如果无助于我们欺骗人和受人欺骗，从而使我们生活得下去，又有何用？

不过老实说，当我昨天听说工业家老杜朗多（你跟我一样了解他）起了一个奇妙而惊人的念头，要拿丑来做买卖的时候，我真的为之愕然。出卖美，这我能理解；甚至出卖伪造的美，这也是十分自然的，这是进步的一个标志。所以我要宣布：由于把人们称之为“丑”的这种迄今一直是死的物质纳入商品流通，杜朗多应该受到全法兰西的感戴。请听明白我的意思，我这里说的丑，是丑陋的丑，直言不讳的丑，光明正大地当作丑来出卖的丑。

想必你有时会见到一些妇女，成双成对地走在宽阔的人行道上。她们灵巧而引人注目地曳着长裙，缓缓地踱着步子，在商店的橱窗前停下来，发出忍俊不禁的笑声。她们像契友良知般地臂挽着臂，往往以“你”字相称，差不多相同的年龄，穿着一样地雅致。但是，其中一个总是貌不出众，生着一张不会招人议论的面孔，人们不会对她回眸顾盼，倘若偶然打个照面，也不会产生反感。而另一个却总是其丑无比，丑得刺眼，使路人不禁要看她几眼，并且拿她和她的同伴作个比较。

要知道，你上了圈套。那个丑女子要是独自走在街上，会吓你一跳；那个相貌平常的，会被你毫不在意地忽略过去。但当她们结伴而行时，一个人的丑就提高了另一个人的美。

好吧！我告诉你，那个丑陋不堪的女子，就是杜朗多代办所的。她属于“陪衬人”。伟大的杜朗多以每小时五个法郎的价格，把她出租给那个相貌无可称道的女人。

二

下面就是我要讲的故事。

杜朗多是个百万富翁，具有独创精神的工业家。而今又在商业上显露出他的才华。多年来，每当他想到人们尚未在丑女身上赚过分文，总是兴叹不已。在美女身上固然可以钻营，但这种投机事业易担风险，我敢向你保证，有着巨富们惯有的审慎的杜朗多，连想都没有想过去干这种事。

有一天，杜朗多忽然心有灵犀。正像许多大发明家常有的情形一样，他的头脑中一下子闪现出一个新的念头。他在大街上溜达的时候，看见前面走着一美一丑两个姑娘。一望之下，他领悟到丑陋女子正可作为那漂亮女子的装饰品。他想，就像花边、脂粉和假辫子可以买卖一样，美女买丑女作装饰品，也是合情合理、合乎逻辑的。

杜朗多回到家里深思熟虑。他策划的这场商业攻势，需要绝顶的巧妙。他可不愿卷到那种成则一鸣惊人、败则贻笑大方的事业中去冒险。他整夜掐指盘算，攻读

19世纪末，巴黎失业的妇女们在工作代办所门前排队等候，以寻找一份工作。

那些对男人的愚蠢和女人的虚荣心阐述得最透彻的哲学家们的著作。第二天黎明时，他主意已定。算术向他表明这种买卖一本万利，而哲学家们所说的人类缺点又是那么严重，他预料准会顾客盈门。

三

如果我有神来之笔，一定会写出一部杜朗多代办所创业的史诗来。那将是一部既滑稽又凄惨的史诗，充满泪水和欢笑。

为采办一批货底，杜朗多费了意想不到的力气。最初，他想直截了当地行事，只在楼道上、墙壁上、树干上和僻静的角落里贴一些方纸条，上写着："征求年轻丑女从事简单劳动。"

他等了一个星期，没有一个丑女登门应召，倒有二十五漂亮姑娘，哭哭啼啼地来要求工作；她们面临要么挨饿、要么卖身的绝境，巴不得找个正当职业以自救。杜朗多好不为难，他再三向她们说明，她们长得美，不符合他的要求。但她们硬说自己丑；并且认为，杜朗多说她们美，不是出于礼貌，就是出于恶意。今天，她们既然不能出卖她们所不具备的丑，那就出卖她们所具备的美吧！

面对这种后果，杜朗多懂得了只有美女才有勇气承认她们无中生有的丑。至于丑女，她们永远也不会找上门来，承认自己的嘴过分的大，眼出奇的小。他想，不如到处张贴广告，说明将对每位前来应征的丑女悬赏十个法郎，即使这样，我杜朗多也穷不了多少！

不过，杜朗多放弃了贴广告的办法。他雇了六七个掮客，让他们在城里遍访丑女。这真是对巴黎丑女的一次全面的征募。掮客，这些嗅觉灵敏的人，遇上了一项棘手

美丽的巴黎女郎

的差事。他们根据对象的性格和处境对症下药。如果对方急需用钱，他们就单刀直入；如果和一个绝不至于挨饿的姑娘打交道，那就得委婉一些。有的事对讲礼节的人是沉重负担，他们却视若等闲，比方说走上去对一妇女讲："太太，你长得丑，我要按天买你的丑。"

在这场对顾影自叹的可怜姑娘的逐猎中，有多少令人难忘的插曲啊！有时，掮客们看到一个丑得十分理想的妇女在街上走过，他们一心要把她献给杜朗多，作为对主子的报答，即使赴汤蹈火，也在所不辞。有些掮客甚至使出了极端的手段。

杜朗多每天上午接见和验收前一天采购到的货色。他身穿黄色睡衣，头戴黑缎子圆帽，四肢舒展地坐在安乐椅中。新招募来的妇女，由各自的掮客陪同，在他面前一个一个地走过。他身体后仰着，眨眼示意，像个业余爱好者一样，不时作出反感或者满意的表情。不慌不忙地猎取一个镜头，便凝神玩味；然后，为了看得清楚些，让商品转一转身，从各个角度细细端详；有时他甚至站起身来，摸摸头发，瞧瞧面孔，就像裁缝摸摸料子，杂货商察看蜡烛和胡椒的质量。如果被检验的女子的丑确证无疑，相貌真的蠢笨而又迟钝，杜朗多就拍手称快，向掮客祝贺，甚至要同那丑女拥抱。但是对于丑得有特色的女子，他却存有戒心：如果她目光炯炯有神，嘴角带着富有刺激性的微笑，他就皱皱眉头，喃喃地说：这种丑陋不堪的女人，虽然天生不会引起男人的爱慕，却会激起男性的冲动。于是，便对掮客表示冷淡，对那女人说：等老了再来吧。

要成为判断丑的行家，要搜罗一批真正丑陋的女子而又不得罪前来应征的美丽姑娘，并非人们想象的那么轻而易举。杜朗多表明他确有挑选丑女的天才，因为他表现出自己对心理和情欲的理解是何等深刻。他认为主要问题在于外貌，他只录取令人望而生厌的面孔，以及呆若木鸡，冷若冰霜的面孔。

代办所终于人马齐全，可以向美貌女子们供应同她们的皮肤色泽和美的类型相适应的丑女了，杜朗多便贴出如下广告。

四

杜朗多陪衬人代办所

一八 ×× 年五月一日开业

巴黎 M 街十五号

营业时间 每日上午十时——下午四时

夫人：

兹有幸向您宣告，敝人新创一所商号，旨在永葆夫人之美貌。敝人发明一种新的饰物，其神效可使夫人之天然风韵平添异彩。

悉观今日，化妆用品名目繁多，然皆不能天衣无缝。花边首饰，一目了然；假发盘头，难免破绽；粉面朱唇，世人尽知乃涂抹之功。

有慨于此，敝人立志破此难解之题，为夫人提供装饰，且使众目莫辨新风韵之由来。无须一条丝带，无须一点脂粉，只消为夫人觅得一种手段，引人注目，而又不露蛛丝马迹。

敝人自信可以夸口，此一无法解决之难题，业已迎刃而解。

倘夫人不弃，枉驾光临敝所，廉价一试，定令满城倾倒！

此种饰品，使用极为简便，效能万无一失。稍作描述，夫人自能参透其中奥妙。

君不见着绫罗、戴手套之美貌夫人伸出纤手向女丐施舍？君不见比之褴褛衣衫，盛装艳服何等耀目；比之寒酸女丐，贵妇更形高雅？

夫人，敝人所欲贡献于娇容者，乃丑脸最丰富之集锦。破衣烂衫衬托，可使新衣价值倍增。敝所专备之丑脸，亦有异曲同工之妙。

再毋庸假牙，假发，假胸！再毋庸敷面点唇，簪金戴玉毋庸购买绫罗绸缎，徒然耗费！租一陪衬人，与之携手同行使夫人陡增姿色，博得男性青睐！

如蒙惠顾，不胜荣幸！届时，最丑陋，最完备之货色将呈现于夫人之目，任您视自身之美貌，挑选相应之丑女。俾使相反相成，相得益彰！

价格：每小时五法郎，全天五十法郎。

谨向您，夫人，致以崇高敬意。

杜朗多

注意：价格公平。亲爹亲娘亲叔伯姑婶，一视同仁。

五

广告果然取得了巨大的功效。从第二天起，代办所就忙碌起来，营业部挤满顾客，她们乐不可支地带走自己挑选好的陪衬人。天晓得一位美女倚在丑女的臂上有多少快感。她们即将在别人的丑陋衬托之下增加自己的姿色了。杜朗多真是伟大的哲学家！

别以为做这门生意不费吹灰之力。种种出入意料的障碍接踵而来。如果说在招募人员方面曾经颇费周折的话，要达到顾客满意则尤其不易。

一位贵妇人前来雇个陪衬人。营业员把商品陈列出来任凭她挑选，并在一旁婉转地发表一点意见。这贵妇挨个儿把陪衬人巡视一遍，露出满脸鄙夷的神色，不是嫌这个丑得过分，就是嫌那个丑得不够，声言谁的丑也不配衬托她的美。营业员天花乱坠地夸奖这个姑娘鼻子歪，那个姑娘嘴巴大，这个姑娘额头塌，那个姑娘模样傻，尽管他们巧舌如簧，也是白搭。

又一次，一位太太自己也丑得可怕，如果杜朗多在场，定会疯狂地以重金相聘。但她是为增加自己的美色而来；她要雇一个年轻而又不太丑的陪衬人，因为，据她说，她只需“稍加点缀”。营业员简直无计可施，他们请她站在一面大镜子前面，让所有陪衬人一个个从她身边走过。结果，她还是荣获最丑奖，这才悻悻然地离去。并且还责怪营业员竟敢向她提供这样的货色。

然而，渐渐地，顾客固定下来了，每个陪衬人都有挂好钩的主顾。杜朗多可以踌躇满志地休息一下了，因为他使人类迈出了新的一步。

我不知道人们是否能理解陪衬人的境遇。她们有在大庭广众间强装愉快的欢笑，她们也有在暗地里悲伤涕泣的泪水。

陪衬人生得丑，就被人当作奴隶，当顾客付钱给她时，她心如刀割，因为她是奴隶，她容貌丑陋。可是，她又穿着华丽，她跟风流场上的佼佼者们形影相随，她以车代步，她宴饮于名家菜馆，她在剧院里消磨夜晚，她跟美貌的淑女们以“你”字相称。天真的人还以为她是出席赛马会和首场演出的上流社会的人物呢！

整整一天，她都高高兴兴。但到了夜间，她就悲愤交加，呜咽啜泣。她离开代办所的化妆室，独自回到自己的亭子间里，迎面的镜子向她道出真相，丑陋赤裸裸地摆在眼前，她感到自己永远也不会被人爱了。她为别人引来爱情，而却永远得不到爱情的温暖。

六

今天，我只想叙述代办所的创举，以使杜朗多的大名留芳后这样的人，历史上理应有其显要地位。

也许有一天，我会写一部《一个陪衬人的衷肠》。我认识这么一个不幸的女子，她向我倾吐过她的苦情，使我深有所感。她的主顾有些是名噪巴黎的女士，但她们对她冷酷无情。太太小姐们，发一点善心吧，不要蹂躏装饰着你们的花边，对这些丑姑娘要温和些，没有她们，你们毫无美貌可言！

我认识的那个陪衬人，有着火一样的灵魂，我猜想她读过不少瓦特·司各特的作品。我不知道有谁比多情的驼背人和渴求爱情幸福的丑姑娘更忧伤了。可怜的姑娘爱上一个小伙子，她的面貌吸引了他的目光，但又把这目光转送到她的主顾身上，就好像她把百灵鸟唤到猎人的枪口下。

她经历过许多悲剧。对那些像买一盒发膏或一双短靴一样付钱给她的贵妇人，她怀着强烈的愤恨。她是按小时出租的物品，可是这物品是有感情的啊！你能设想得到，当她微笑着同偷去她一部分爱情的女人以“你”字相称时，她是多么辛酸吗？那些在人前装做她的知心朋友，善用甜言蜜语打趣她的女人，内心是拿她当奴隶看待的；她们任性地糟踏她，就像摔碎书架上的磁人儿一样。

当然，一个痛苦的灵魂于进步是无伤大雅的！人类在前进。未来将对杜朗多感谢不尽，因为他把迄今一直是死的商品投入贸易，因为他发明了一种装饰品，给爱情提供了方便。

张英伦 译

·作品赏析·

《陪衬人》讲述的是一个辛酸却也同样让人震撼的社会现实，就像作者在文章的开始所说的：在巴黎，一切都能出卖：愚笨的姑娘和伶俐的女郎，谎言和真理，泪水和微笑。而杜朗多的陪衬人代办所更是将这种倾向展现得淋漓尽致，这是一种残酷的社会现实。在这里丑陋的人成了有钱的贵妇人赏玩，当然，被玩赏的人难以逃脱屈辱的命运。而这些人出于生计的无奈，只能在孤独的角落痛苦自己的悲哀。

文章的结构颇具特色，在文章的开始，他所讲的并非一个纯粹的故事而是一个真实的发生在巴黎的社会现象，这已然成了一种社会习俗。在这个背景下，作者引入了文章的故事，讲述的是这些白天出卖自己的丑陋，夜晚独自哀戚的不幸的人。在文章的最后，作者又回归到了整个的社会现实，并以挖苦的语气对整个的习俗提出嘲讽：未来将对杜朗多感激不尽，因为他把迄今一直是死的商品投入贸易，因为他发明了一种装饰品，给爱情提供了方便。

音乐迷杨科 /［波兰］显克维奇

入选理由

波兰作家显克维奇的短篇小说代表作
展现了一个贫穷孩子的人生追寻
充满了深切的同情和人道主义的关怀

他一生下来又瘦小、又羸弱。那些围在产妇床边的女邻居们看到母子这样的虚弱，都摇起了头。

显克维奇像

铁匠老婆西摩诺娃，是个最聪明的女人，她便安慰起病人来："把蜡烛拿来，"她说，"我在你们床头点起蜡烛，看来你们是毫无希望的了，我的大嫂。你们要到另一个世界去了。赶快去把神父找来，请他宽恕你的罪过。"

"对！"另一个女人说，"该马上给孩子受洗礼，看来他等不到神父来就会死去。不要让孩子死了成野鬼，让他安心走吧！"

她一边说，一边点着了蜡烛，随后便抱起了孩子，把水洒在他的身上，使他眯了眯眼睛，然后她又说道："我以圣父、圣子和圣灵的名义给

作者简介

显克维奇（1846 ~ 1916），一位波兰文学史上最为辉煌的典范作家，曾在1905年以历史小说《你往何处去》打败了俄罗斯的国民灵魂托尔斯泰，荣获了当年的诺贝尔文学奖，并一举成为世界上最为伟大的作家之一。是他的出现才使波兰文学绽放出骄傲的文学光芒，瑞典评委会甚至认为，他的作品反映了古罗马社会的杰作和真正的基督教史诗，他是一个真正声名显赫的卓尔不群的历史小说大师。写下了像《十字军骑士》、《火与剑》、《洪流》这样名动世界的文学巨著，被誉为开拓了文学史上的显克维奇时代。

你洗礼，并赐名为‘杨’。现在你已经是天主教徒的灵魂了，你可以从什么地方来就回到什么地方去啦！阿门！”

然而，这个天主教徒的灵魂一点也不想回到他来的地方去，也个想离开他那瘦弱的躯体。相反地，他两只小脚拼命乱蹬，还啼哭起来，不过哭声是那样的微弱和悲哀，连在场的妇女们都说：“这真像是只小猫在叫哩！”

他们派人去请神父。神父到来后，干完他那一套仪式，便马上离开了。病人的情况慢慢好转。过了一个星期，她便下地干活了。婴儿虽然是奄奄一息，但还是活了下来。直到第四年的春天，当布谷鸟开始咕咕叫的时候，他的病情才有了好转，时好时坏地活到了十岁。

《音乐迷杨科》插图

他的身体一直都很瘦小，皮肤晒得黑黑的，肚子鼓得很大，两颊凹了进去，一头差不多全是淡白色、像亚麻那样的头发，遮盖着他炯炯有神的大眼睛，那双眼睛看起东西来，仿佛在眺望遥远的地方。冬天，他时常坐在炉子的后边哭泣，不是由于寒冷，便是因为肚子饿的时候母亲没有把吃的东西放在炉子上或者锅里。夏天，他只穿着一件衬衣，腰上系着一根布条子，头上戴着一顶草帽，他常常像小鸟那样，从草帽的破边下朝上仰望。他的母亲是个贫穷的雇工，天天像寄居在别人屋檐下的燕子那样度日。虽然她按照自己的方式很爱她的孩子，可是她也经常打他，还把他叫做“窝囊废”。他才八岁的时候，便开始去放猪羊了；家里没有什么东西可吃的时候，他便到树林里去采菌子；树林里的狼没有把他吃掉，那只能说是上帝对他的怜悯。

他是一个非常迟钝的孩子，像别的乡下孩子一样，和别人说话时喜欢把一个手指放进嘴里。谁也不相信他能长大，更不信他将来会成为他母亲的安慰，因为他很懒惰。他为什么会这个样子，大家都摸不着头脑。他只有一种爱好，那就是音乐，他到处都能听到音乐。等他稍稍长大一些，除了音乐，他就什么也不想了。有时，他到树林里去放牲口，或者拿着篮子去采野果子，常常空手回来，还嘟哝说：“妈妈，树林里在奏什么音乐？啊！啊！”

母亲便回答他说：“我给你奏音乐，我给你奏音乐，看你还怕不怕！”

于是她就拿起木勺来敲打他，给他“奏”了一顿音乐；孩子便哭喊起来，连连保证他以后不再犯了。但他心里还是想，树林里确是有一种音乐在演唱……到底是什么在演唱呢？他搞不清楚，只知道松树、山毛榉、白桦、黄莺，一切都在演唱，整个树林都在歌唱。

回声在歌唱……田野上艾草也在歌唱，麻雀在屋边的果园里啾啾叫，连樱桃树也在摇动奏出音乐。傍晚，他听到村里发出的那些声音，就认为整个村庄都在演唱。有一次，人家派他去干活，让他扬粪；风吹着木杈，他也认为是在奏乐。

有一次，监工看见他头发散乱，呆呆地站在地里听那风吹木杈的声音……一看到这样，监工就解下皮带，给了他一顿教训。可这对他有什么用呢！大家就叫他“音乐迷杨科”[①]……春天，他从屋子里跑出，到河边去吹牧笛。夜里，当青蛙呱呱地叫鸣，秧鸡在草原上歌唱，苍鹰迎着露水在呀呀高叫，公鸡在篱笆后面引颈啼叫的时候，他便睡不着觉，一心一意地听着；他到底听到什么音乐，那只有上帝才能知道。他母亲不敢带他到教堂去，因为风琴一响或甜蜜的歌声一起，这孩子的眼睛就仿佛蒙上一层浓雾，真不像是这个世界的人了……

晚上，巡夜的人在村里转来转去，为了不打瞌睡，就数起天上的星星或者对狗低声地说着话。他常常看到杨科穿着一件白衬衣，在茫茫夜色中跑到酒店那里，他不进酒店，而是到酒店旁边便停住了，藏在墙下听着。酒店里面的人在跳“奥贝列格舞”[②]，有时一位跳舞的青年会高叫一声“乌哈！”还可以听到皮靴的踢踏声，或者听到姑娘们的“想要干什么”的声音。小提琴轻快地唱着：“我们吃，我们喝，我们多快活！”大提琴用低沉庄严的声音伴和着：“上帝赏赐！上帝赏赐！”窗户被灯光照得通亮，酒店的每一根柱子好像都在颤动、在歌唱、在演奏，而杨科在倾听……

若是他有这样一把能轻快奏出“我们吃，我们喝，我们多快活”的小提琴，他会多么高兴啊！就是要这样一些会歌唱的薄木板，唉！他能从什么地方找到它呢？什么地方会做这样的提琴？只要让他拿一拿，他就会心满意足的！……可是他只能听，直听到巡夜人在他背后的黑暗中叫了起来：“还不快回家去，你这个夜游神！”

于是，他只好赤着脚，尽快地跑回家去，在他身后的黑暗中正传来小提琴的声音：“我们吃，我们喝，我们多快活！”还有大提琴的庄严的低音：“上帝赏赐！上帝赏赐！上帝赏赐！”

只要在收获节上或者在别人的婚礼上能听到小提琴的演奏，那对他来说，就像过“盛大的节日”一样了。过后他便坐在炉子后面，整天都不说一句话，一双炯炯

① “杨科”：“杨”的爱称。
② 奥贝列格舞：波兰的一种民间舞蹈。

发亮的眼睛，像猫一样在黑暗中望着。后来，他自己用薄木板和马尾做了一把小提琴，虽然不能拉出家酒店小提琴那样优美动听的音乐来，但还是能发出轻得像苍蝇和蚊子叫那样的声音。就是这样的提琴，他也从早到晚地拉着。为了这事他挨过不少的拳打脚踢，甚至被打得像一只伤痕累累的不成熟的苹果。他就是这样的天性。这孩子越来越瘦，可肚子还是那样的鼓胀，头发越来越浓密，经常流泪的眼睛鼓得越来越大，而他的面颊和胸膛凹陷得越来越深，越来越深……

他完全不像别的孩子，倒像他那把刚刚能发出一点声音的用薄木板做的小提琴。在青黄不接的日子里，他差点饿死了，因为他常常只能靠吃生胡萝卜和占有一把小提琴的愿望来过活。

但是这种愿望并没有给他带来好处。

庄院里的仆人有一把小提琴，他有时在暮色苍茫的时候拉起来，以博得女仆的欢心。杨科常匍匐在牛蒡中，尽量接近饭厅那敞开的大门，以便很好地看看小提琴，它正好挂在门对面的墙上。这当儿，孩子通过眼神把自己的整个灵魂都奉献给了小提琴，因为在他看来，那是他最最珍爱的东西，也是他一件无法得到的圣物，甚至连摸一摸都不配。可是他又非常渴望得到它，哪怕在手中摸一摸，或者在近处饱看一顿也好……这颗可怜的小小的农家孩子的心，被这种欲望激动得颤抖起来。

一天晚上，饭厅里空寂无人，地主夫妇早就到国外去了，仆人也到女仆那边去了，房子显得空荡荡的。杨科蜷伏在牛蒡丛中，通过敞开的大门，久久地望着他那个寄托着全部愿望的目标。正好这时候皓月当空，月光透过窗子斜照着饭厅，在对面的墙上映出了一个明亮的大四方形，这个四方形慢慢地靠近小提琴，最后完全照在琴上。在黑暗中，这小提琴好像发出了一种银光，特别是它那凸出的琴腹被照亮得如此强烈，使得杨科几乎都不敢正对着它看。在这皓洁的月光中，凹进去的琴腰、琴弦和弯把，所有这一切都看得十分清晰，琴钮亮得就像圣约翰节的萤火虫那样，旁边挂着的琴弓就像一根银条。

啊哈！所有这一切真是美妙而又神奇，杨科越看越入迷。他蹲在牛蒡丛中，两只肘臂支撑在瘦骨嶙峋的膝盖上，张着嘴，望着，望着……恐惧使他止步不前，难以抑制的欲望又推着他向前。不知是魔力还是什么，那小提琴在月光中像是在向他靠近，仿佛直向他游来……有时显得暗淡，有时又亮得耀眼。这是魔力，毫无疑问是魔力！这时，风在吹，树在簌簌地响，牛蒡在轻微地摇曳，杨科清楚地听到：

“去吧，杨科！饭厅里没有人。快去吧，杨科！”

夜色清晰而明亮，夜莺在花园的池旁时而轻微、时而大声地歌唱：“快去！快进去！把它取下来！”诚实的猫头鹰却在杨科的头上轻盈地盘旋，对他说：“杨科，不要去！不要去！”后来，猫头鹰飞走了，夜莺留下了，牛蒡便大声地嘟哝着：“那里没有人啦！”小提琴又光芒四射……

可怜的杨科缩着身子，缓慢而谨慎地向前移动，此时夜莺又低声地唱了起来：“快去！快进去！把他取下来！”

白衬衫越来越接近饭厅的大门，黑色的牛蒡已经遮不住他了。饭厅的门外听到了杨科有病的肺部发出的急促的呼吸声。过了一会儿，白衬衫消失了，只有一只赤脚还露在门外。徒劳啊，猫头鹰！虽然你又一次飞了回来而且叫着：“不要去，不要去！”可是这时候，杨科已经走进了饭厅。

在花园池塘里的青蛙突然一齐大声叫了起来，像是受了惊，过后又静默了。夜莺停止了鸣啭，牛蒡也不再低语。杨科轻轻地、小心翼翼地匍匐前进，可是恐惧笼罩着他。他在牛蒡里，就像野兽在原始森林中一样悠然自在，现在却像掉进陷阱里那样。他的举动仓皇，呼吸急促而带嘶响，同时黑暗又围困着他。夏天的闪电从东方掠向西方，又一次把饭厅里面照亮，照见杨科匍匐在小提琴的前面，仰望着。可是闪电消失了，乌云也遮住了月光，什么都看不见了，什么也听不见了。过了不久，一种低微的、像是哭泣那样的声音在黑暗中响了一下，好像有人不小心把琴弦碰响了。于是，突然——从饭厅的角落里发出了一个粗壮的睡意惺忪的声音，怒气冲冲地问道：“谁在那里？”

杨科屏住气。粗壮的声音再次问道：“谁在那里？”

火柴在墙上擦着了，照亮了饭厅。后来……唉呀！我的上帝！传来了咒骂声，殴打声，孩子的哭声和“啊，上帝！”的呼叫声，犬吠声，窗内拿灯照亮的人的跑步声，

整个庄院一片喧哗……

第二天，可怜的杨科受到了村长的审讯。

他们要把他当做小偷来审讯吗？……那是毫无疑义的。村长和陪审员们都注视着杨科，他站在他们面前，把手指放进嘴里，睁着一双受惊的眼睛。他又瘦又小，伤痕累累，污迹斑斑，不知道自己在什么地方，也不知道这些人要对他干什么。为什么要审讯这样一个只有十岁、刚能站立起来的可怜孩子呢？难道要把他关进监牢还是怎么的？对于孩子应该有点恻隐之心啊！让巡夜人把他带到一边，打他几棍子，叫他第二次不敢再偷就行了。

那是当然的！

他们把巡夜人斯塔赫叫来："你把他带走，给他一顿教训。"

斯塔赫点了点他那愚蠢而粗壮的头，把杨科朝腋下一挟，像挟住一只小猫那样，把他带到谷仓里。这孩子不知是不懂事，还是吓坏了，一句话也没有说，只是像小鸟那样望着。难道他会知道他们要怎样对付他吗？直到斯塔赫把他带进了谷仓，按倒在地上，掀起了他的衬衣，狠狠地打他的时候，杨科才喊叫起来："妈妈！"巡夜人海打他一下，他就"妈妈！妈妈！"地叫了起来，可是他的叫声越来越低、越来越弱，直到最后孩子沉默下来，再也不能叫"妈妈"了……

可怜的被人摔破的小提琴啊！……

唉呀！这个愚蠢的坏家伙斯塔赫，哪有这样打孩子的！？况且这孩子又瘦又小，身体一直不好。

母亲赶来了，要带走儿子，可是她只好把他抱回家去了……第二天，杨科没有起来。第三天傍晚，他已经奄奄一息地躺在床上，盖着一条棉布毯。

燕子在篱笆外的樱桃树上歌唱。太阳透过窗玻璃照了进来，把金色的阳光洒在孩子的蓬乱的头上和毫无血色的脸上。这阳光好像一条大道，这孩子的灵魂便沿着这大道渐渐地离去。至少在他死的一瞬间让他走在这条金光大道上，那也是件好事，因为他生前走的是一条荆棘小路。这时候，干瘪的胸中还有呼吸，脸上的表情像是在倾听窗外传来的村子里的声音。因为是傍晚，割草回来的姑娘们唱起了"啊，在绿色草地上"这支歌，从溪水那边也传来了阵阵笛声。这是杨科最后一次在听村里的音乐了。在他身旁的棉布毯上放着他那把薄木板做的提琴。

垂死的杨科脸上忽然发光了，从他苍白的嘴唇里发出了轻微的声音："妈妈！"

"什么呀，我的儿子？"母亲噙着泪水回答。

"妈妈，在天堂那里，上帝会给我一把真正的小提琴吗？"

"会给你的！孩子，会给的！"母亲回答说。她再也不能说下去了，因为从她那结实的胸中突然迸发出郁积的悲痛，她只能呻吟地哼着："啊，耶稣！耶稣！"

她伏倒在箱子上像发了疯似的号啕大哭起来，就像一个人眼看自己心爱的人被死神抓走而又无法救援。

她并没有救出他来。当她抬起头来再看看她的儿子时，这位小提琴手的眼睛虽然仍旧睁着，但已经呆滞了。他的脸色肃穆、忧郁而僵硬，阳光也消失不见了。

安息吧，杨科！

第三天，地主夫妇从意大利回来了，同来的还有地主小姐和一个追求她的男青年。那青年说："意大利，多美的国家啊！"

"那是一个艺术家荟萃的民族。在那里，有才能的人能够得到发现和保护，那真是幸运！"小姐补充道。

白杨树在杨科的坟上簌簌地响着……

林洪亮 译

·作品赏析·

显克维奇的小说很大一部分都来自自己的对社会人生的观察以及对社会历史背景的阐述，就像《你往何处去》就展现了整个罗马帝国的衰亡史和基督教从最初的诞生到兴盛繁荣的一个历史的进程，这是他的一贯的行文表述。

《音乐迷杨科》也是以这种接近历史的笔法来写的。这是一个史学的篇章，完整讲述了一个瘦弱孩子从出生到死亡的历史进程，虽然简短却也是一个完全的人物的简单的传记。小说中的孩子在最为艰苦的条件下诞生，在贫瘠的家庭中生活，却孕育了他自己的独特的人生理想，这是一个奇迹。因为在没有任何外在的前提下释放了他自己对音乐的独特的敏感，对小提琴的执着，并且孩子的死也和小提琴有关。让人颇为感触的是一个敏感的音乐天才的夭折，这是一种先天的宿命，因为他不应该出生在这样的环境，不然也许他将成长为一个音乐家，但实际上他典型地夭折了。

作品是带着同情和惋惜的笔调来讲述这个孩子艰难的一生的，从他的对音乐的迷恋到为音乐而死。小说在人物心理的刻画上也同样展现了作家不朽的功力，就像他以简单的笔墨就形容了一个音乐天才一样，在对孩子偷小提琴的心理分析上可谓丝丝入扣，展现了孩子的人性尊严和对小提琴极度渴望的矛盾的心理，这样的描述更让人心酸。

舞会的精灵 /［挪威］基兰德

入选理由

挪威著名作家基兰德的短篇小说经典
展现了一个女性的繁华表象下的心灵哀愁
以独特的生活片断展现时代的社会场景

她毫不费力就登上了那闪亮的大理石阶，仿佛是一任她那绝世的美貌和善良的天性，将她向前推拥。她已经在那些豪门巨室的大厅里占有了自己的位置；为了取得入门的权利，她并不曾掏出自己的身份和名誉作为代价。然而，谁也说不清她究竟是从哪里来的，虽然关于她的卑下的身世已经引起了种种的私议。

作为巴黎近郊的一个弃儿，她在一种罪恶与贫困的生活环境里熬过了自己的童年。只有那些有过切身经验的人，才可以体会到这种赤贫景况的滋味，而我们这些只是从书本和报告里知道的，则只能乞灵于我们的想象，才能勉强描绘出那种大城市里世代相传的困苦。即使如此，我们所描绘出来的种种景象，哪怕是其中最凄惨的，和实际情况比较起来，也总会显得苍白。

其实，罪恶将她席卷而去，也只是时间问题，正和机器的齿轮卷走一个走近了它的人一样：它以一种机械的无情的准确性，首先将她暂时卷进一种羞耻与屈辱的生活，然后，终于把她扔到一个什么角落，让她无人知晓地、而且也无法使人知晓地结束了她的人生旅途中的逢场作戏。

正像生活里有时发生的那样，某一天，当她穿过一条热闹的大街的时候，她被

作者简介

基兰德（1849 ~ 1906），一位在挪威具有里程碑意义的代表性作家。虽然作者的早年生活优越但却是整个挪威甚至是整个世界文坛公认的最具叛逆意识的作家，就像萨特拒绝诺贝尔文学奖一样，他也曾为了文学的尊严拒绝了来自挪威议院颁发的诗人奖金而轰动一时。虽然作家的生活优越但却有着对底层生活贫困的不安，并给予了人道主义的眼泪，在他的笔下这一群虽然在生活中挣扎，但实际上却蕴含着深厚的人生情感，也是不可多得的这个社会的组成部分。

一个有钱有势的人“发现”了。那时，她才十四岁，正要到“八十号”街上一间黑暗的后房去，为一个专做花球的太太帮工。

《舞会的精灵》插图
一个年轻的侍从武官似的家伙迎上前来。她挽住了他的手臂，这使他十分欣幸。

吸引了他的注意的，不仅仅是她那突出的美丽，也还有她的整个仪态，整个丰神，和她那还没有完全定型的面容的表情。所有这一切好像都向他暗示出来，在这女孩子身上，一种天赋的高贵和一种萌生的无耻，正在进行战斗；而他，由于拥有过多的财富，经常喜爱玩弄各种各样的奇癖，因此，就决心要出一把力，将她从不幸中拯救出来。

要占有她，这也并非难事，因为她不属于任何人。他给她取了一个名字，将她送进了一处最好的修女学校；看见她那罪恶的萌芽日趋凋萎而且终于消失，她的恩人感到满意。她养成了一种娇贵慵懒的性格，娴雅大方，出落得绝顶美丽。

因此，当她成年以后，他就娶了她。婚后生活，倒也显得和谐安静。虽然年事相差很远，他对她却抱有无限信任，而她，也是理当受到这种信任的。

在法国，夫妇生活并不像我们这里这样亲密；在他们那里，夫妻之间的要求并不那么严格，因此，失望也并不那么痛苦。

她虽不感到幸福，可也没有什么不满。她已经养成了一种习惯，对于凡是为她所做的一切，全都抱一种感谢的态度。富足的生活并没有使她产生厌倦，反之，却常常给她一种孩子似的欣喜。但是，关于这一点，是没有引起任何人的猜疑的；因为她的举止总是显得那样稳重沉着，那样高贵庄严。人们只是关于她的出身有所揣测，但是，既然没有人可以作出答复，也就不再有谁打听了：在巴黎，人们要想的别的心事，多的是呢。

她的过去，她已经忘却。她忘却了过去的一切，正和我们忘却了我们青春时代的玫瑰、丝带和已经发黄的信札一样——我们忘却了，因为我们从来不去想起它们。它们被锁了起来，锁进了一个我们从来也不开启的抽屉。可是，假如我们偶尔对那秘密的抽屉哪怕匆匆一瞥，我们马上就会发觉是不是有一朵玫瑰或者一小段丝带已经遗失。因为，关于它们的一点一滴，我们始终是记得的：所有一切，仍然记忆如新，甜也罢，苦也罢。

也就是像这样，她忘却了她的过去：她把它深锁在抽屉里，而将钥匙抛开。

然而，有时，在深夜，她也仍然做着可怕的噩梦。她又一次感到那个和她住在一起的女人摇撼着她的肩膀，在寒冷的清晨里打发她到制作花球的太太那里去。这时，她就从床上一跃而起，心惊胆战地向着黑暗凝视。但是，很快她就感觉到了那丝绒的被褥和柔软的枕头，她的手指也触摸到了她那华贵的床上的富丽的装饰；而当睡意朦胧的小天使们将那沉重的梦的帷幕缓缓拉开，她也就充分享受到一种奇特的、不可言喻的解脱的感觉，正和我们在发觉一场噩梦不过是无凭的梦境时所感到的那种宽慰的心情一样。

她坐在马车上，斜靠着那丝绒的背垫，正驰赴俄国大使的盛大舞会。她愈接近她的目的地，她也就前进得愈益缓慢，因为她的马车此刻也加入了那一步一步向前蠕动的车马的行列。

大饭店前，在火把和汽灯照得通明的宽敞广场上，聚集着大批的人群。不只是过路的看热闹的人们，而且还有工人、失业的闲人、贫穷的妇女，还有名誉可疑的女人们——事实上，主要的就是这些人。他们紧紧密密地站在车辆长阵的两旁。用最粗俗的巴黎隐语说出来的那些嬉笑的品评和不礼貌的俏皮话，从四方八面向着那些有钱人的耳朵袭来。

她听到了多年以来她没有听到过的那些话语。想到在这如龙的车马的长阵中，也许只有她一个能够听懂这些来自巴黎底层的嬉笑怒骂，她不禁脸上发烧。

她开始环顾了周围的这些脸孔；她仿佛认识其中的每一个。她本能地知道他们想的是什么，在他们的密封的脑袋里进行的是些什么；而渐渐地，一股回忆之流就向她汹涌而来。她极力保卫着自己不受这些回忆的冲击，但是，今晚，她怎么也无法保持常态。

毕竟，她并没有丢掉她那密室的钥匙啊！她不由得将它开启，而往事的回忆就将她淹没起来了。

她记起来，当她自己还不过是一个小孩的时候，有多少次她曾以贪婪的眼睛吞噬过那些打扮得花枝招展、驰赴舞会或前往剧场的漂亮女人们；有多少次她曾经怀着刻骨的嫉恨心情，眼看自己辛辛苦苦手制的花球却成了别人身上的装饰，而止不住流下了眼泪。就在这里，在自己跟前，她又看见了那同样贪婪的眼睛，那同样不满的、充满憎恨的嫉愤。

至于那些板起面孔、一言不发、半蔑视半威吓地斜睨着这成阵的车马的男人们——她也是知道他们的。难道她不是从小就挤在一个什么角落里，一心一意地听过他们的各种呐喊的么？他们叫喊着生活的不平，富人的残暴，和伸手就可以取得的工人的权利。

她知道他们憎恨一切——从那些膘壮的马匹和傲慢的车夫，一直到所有这些闪光发亮的车辆；可是，他们最恨的还是那些坐在车里的人们——那些永不餍足的吸血鬼和所有这些满身珠光宝气的女人们，她们一身的打扮比他们终生出卖的劳力还要值钱得多啊。

她面对着穿过人群缓缓流来的车阵，陷入了沉思；而修女学校的一幅半遗忘的图画，又在她的脑里浮现出来了。她忽然记起了法老的故事：埃及王法老率领战车，追赶着以色列人，追进了红海。她看见她印象中一直是血一般殷红的海水忽然分开，在埃及人的两旁如山屹立。此时，摩西发出了呼喊，向海水举起了杖；而血红的海水于是分而复合，就将法老和他的追兵统统埋葬在汹涌澎湃的海涛里了。

她知道，在这里，在她身旁壁立的，较之海涛还更要狂暴，更要贪馋；她知道，只要一声高喊——一个摩西——将这个人海发动起来，它就会无可抗拒地席卷一切，就会将所有财富和权势的荣华，全都卷进那殷红的狂澜之中。

她的心突突地跳着；她战栗地爬到马车的一角。但这并非由于恐惧：这只是为了使外面的人看不见她——因为在他们的眼里，她为自己感到惭愧。

难道这就是她应该在的地方吗——在这温软华贵的马车里，在这些暴君和吸血鬼们中间？难道她不更应该属于车外那汹涌着的、充满着仇恨的人群么？

半遗忘的思想和感情，有如脱出樊笼的猛兽，在她的脑里奔驰。在这灿烂的生活里，她突然感到陌生无靠，无家可归；以一种恶魔般的企慕，她记起了她所从来的那个可怕的地方。

她抓紧了她的绣花围巾；她忽然感到一种疯狂的破坏欲望，想要把什么撕成碎片！正在此时，马车转入了拱门，来到了大饭店门口。

侍役打开车门，她带着娴雅的微笑，安详地、仪态万方地步出了车厢。

一个年轻的侍从武官似的家伙迎上前来。她挽住了他的手臂，这使他十分欣幸，当他认为他在她的眼里看到了一股奇异的光彩，他更是欢喜若狂；而当他感到了她的手臂正在微微发抖，他简直就如醉如痴了。

怀着骄傲的心情与巨大的希望，他彬彬有礼地将她引上了那闪亮的大理石阶。

"请告诉我，美丽的夫人，是什么福星在您降生的摇篮里赐给了您这样一种神奇的礼物，使您和属于您的一切全都显得如此缥缈？哪怕是您发上的一朵鲜花，也有它自己的特殊令人神往的香泽，仿佛是洒过了清晨的露水。当您起舞的时候，仿佛是地板自己升腾起来，来迎合您的足趾。"

伯爵对于自己的这一番长篇而又得体的恭维，连自己也不由得十分惊讶；因为，一般说来，他是很难得像这样联贯地来表露自己的。他期待着这位漂亮的夫人将怎样来表示她的赏识。

但是，他失望了。她只是斜倚着在跳舞以后可以凉快凉快的阳台的栏杆，凝视着广场的人群和仍然鱼贯而来的车辆。她像是没有领会到伯爵的殷勤；反之，他只听到她的一声谜似的私语："法老。"

他正想抱怨起来，但她已经转过身去。在走向客厅的中途，她忽然在他面前停立下来，用他从来也没有见过的一双大而奇怪的眼睛看定了他。

"在我出生的时候，我亲爱的伯爵，我想大概既没有什么福星，甚至摇篮也不一定有！不过，您说到我发上的花朵和我脚下的舞姿，这倒是您的敏锐观察的一个伟大发现。我可以告诉您，那使我的头发散发香泽的清晨的露水，究竟是一种怎样的秘密。露水，我亲爱的伯爵，那就是眼泪——是嫉恨与羞惭、失望与愤怒洒落下来的眼泪。至于您觉得，当我们跳舞的时候，连地板仿佛也在翩翩起舞，那只是因为千百万人的仇恨，使地板也不得不频频战栗罢了。"

她以她惯常的安详说完了这些话语，然后亲切地点一点头，就消失在客厅里了。

伯爵独自站在那里，十分迷惘。他向广场上的人群看了一眼。这是他常见的一种景象；关于这个千头怪物，他曾经不止一次大胆地说过许多既拙劣而又冷漠的俏皮话。可是，今晚，他第一次地感到这个怪物对于这样一座大厦说来，确是一种极其可怕的环境。奇怪的、不愉快的思想在他的脑里盘旋——在这里，它们尽可以有用武之地。他的心境受到了强烈的震动，使它完全失去了常态，只是在足足跳完一次波尔卡舞以后，他的故我这才慢慢恢复过来。

立尼 译

·作品赏析·

文章在开头就很直观地引出文章的主要人物，并在舞会的交际场合刻画了她的叛逆，追忆了她的繁华世相的人生背景下包含着她对往昔贫瘠生活的伤痛。她以自己的身体为代价混进了上流社会，却不能淡忘自己身上的或者是心灵上的折磨。虽然文章没有什么曲折的故事甚者是诱人的情节，但却从另外一个侧面展现了人生的悲哀。

文章的一大特色在对这个女性主人公的叛逆性格的塑造，从童年的弃儿生活到成为富翁的女人再到和现实生活的不懈的争斗，都让她足够厌倦。此外，她的性格变迁也同样是在这样深厚的社会环境下积淀而成的。作者借此宣泄了自己对世界和对整个人生的看法。对比是文章中主要使用的方法，让整个的生活现状更加地赤裸裸，一边是贫瘠的流浪的辛酸，一边是糜烂的奢华的生活，从而展现出作品深刻的社会意义。

因为舞会是个放纵的场合，可以将所有的一切包括社会人生浓缩在一个空间极小但蕴含极大的场景当中，从而使主题显得相当紧凑，让小说更具阅读性。

文章的语言具有诗意的优雅，在淡然的讽刺和机智的嘲讽中，展现了作者强烈的爱憎情感，据评论家称这样的笔法倒很像莫泊桑。

我的叔叔于勒

/［法国］莫泊桑

入选理由

法国著名作家莫泊桑的不朽经典
展现了世俗人生的冷漠心态
小说布局相当精巧，叙事自然

一个白胡子穷老头儿向我们讨钱。我的同伴约瑟夫·达夫朗什竟给了他一个五法郎的银币。我感到很惊奇。于是他对我说：

这个穷汉使我回想起了一件事，这件事我一直记在心上，念念不忘，我这就讲给您听。事情是这样的：

莫泊桑像

我的家庭原籍勒阿弗尔，并不是有钱人家，也就是勉强度日罢了。我的父亲做事，很晚才从办公室回来，挣的钱不多。我有两个姐姐。

我的母亲对我们的拮据生活感到非常痛苦，她常常找出一些尖酸刻薄的话，一些含蓄、恶毒的责备话发泄在我的父亲身上。这个可怜人这时候总做出一个手势，叫我看了心里十分难过。他总是张开了手摸一下额头，好像要抹去根本不存在的汗珠，并且总是一句话也不回答。我体会到他那种无可奈何的痛苦。那时家里样样都要节省；有人请吃饭是从来不敢答应

作者简介

莫泊桑（1850 ~ 1893），一个将法国短篇小说带上文学巅峰的伟大作家，曾被誉为和俄国的契诃夫、美国的欧·亨利齐名的世界三大短篇小说家。同样在法国国内被尊称为短篇小说之王，曾经师从福楼拜，习得高超的小说创作艺术，再加上作者本身对世界的理解和人生心态的感悟，终于写下了像《羊脂球》、《漂亮朋友》、《一生》这样经典不朽的小说，享誉全世界。在中国他的《项链》和《我的叔叔于勒》因为独特的影响而多次入选教材，影响一代又一代的中国学生。

的，以免回请；买日用品也是常常买减价的日用品和店铺里铺底的存货。姐姐们自己做衣服，买十五个铜子一米的花边时还常常要在价钱上争论半天。我们日常吃的是肉汤和用各种方式做的牛肉。据说这又卫生又富于营养，不过我还是喜欢吃别的东西。

我要是丢了钮子或是撕破了裤子，那就要狠狠地挨一顿骂。

可是每星期日我们都要衣冠整齐地到防波堤上去散步。我的父亲穿着礼服，戴着礼帽，套着手套，让我母亲挽着胳膊；我的母亲打扮得五颜六色，好像节日悬万国旗的海船。姐姐们总是最先打扮整齐，等待着出发的命令；可是到了最后一刻，总会在一家之主的礼服上发现一块忘记擦掉的污迹，于是赶快用旧布蘸了汽油来把它擦掉。

于是我的父亲头上依旧顶着大礼帽，只穿着背心，露着两只衬衫袖管，等着这道手续做完；在这时候，我的母亲架上她的近视眼镜，脱下了手套，免得弄脏它，忙得个不亦乐乎。

全家很隆重地上路了。姐姐们挽着胳膊走在最前面。她们已经到了出嫁的年龄，所以常带她们出来叫城里人看看。我依在我母亲的左边，我父亲在她的右首。我现在还记得我可怜的双亲在星期日散步时候那种正言厉色、举止庄重、郑重其事的神气。他们挺直了腰，伸直了腿，迈着沉着的步伐向前走着，就仿佛他们的态度举止关系着一桩极端重要的大事。

每个星期日，只要一看见那些从辽远的陌生地方回来的大海船开进港口，我的父亲总要说他那句从不变更的话：

“唉！如果于勒就在这条船上，那会多么叫人惊喜呀！”

我父亲的弟弟于勒叔叔是全家惟一的希望，而在这以前曾经是全家的祸害。我从小就听家里人谈论这位叔叔，我对他已是那样孰悉，大概一见面就能立刻认出他来。他动身到美洲去以前的生活，连细枝末节我都完全知道，虽然家里人谈起他这一段生活总是压低了声音。

据说他当初行为很不端正，就是说他曾经挥霍过一些钱财，这在穷人的家庭里是罪恶当中最大的一种。在有钱人的家里，一个人吃喝玩乐无非算是糊涂荒唐。大家笑嘻嘻地称呼他一声花花公子。在生活困难的家庭里，一个人要是逼得父母动老本儿，那他就是一个坏蛋，一个流氓，一个无赖了。

虽然事情是一样的事情，这样区别开来还是对的，因为行为的好坏，只有结果能够决定。

总之，于勒叔叔把自己应得的那部分遗产吃得一干二净之后，还大大减少了我父亲所指望的那一部分。

按照当时的惯例，他被送上一只从勒阿弗尔开往纽约的商船，到美洲去了。

一到了那里，我这位于勒叔叔就做上了不知什么买卖，不久就写信来说他赚了点钱，并且希望能够赔偿我父亲的损失。这封信在我的家庭里引起了极大的震动。于勒，大家都认为分文不值的于勒，一下子成了正直好人，有良心的人，达夫朗什家的好子弟，跟所有达夫朗什家的子弟一样公正无欺了。

有一位船长又告诉我们，说他已租了一所大店铺，做着一桩很大的买卖。

两年后又接到第二封信，信上说：

我亲爱的菲利普，我给你写这封信是免得你担心我的健康，我身体很好。买卖也好。明天我就动身到南美去作一次长期旅行，也许要好几年不给你写信。如果真的不给你写信，你也不必担心。我发了财就会回勒阿弗尔的。我希望为期不会太远，那时我们就可以一起快活地过日子了……

这封信成了我们家里的福音书。一有机会就要拿出来念，见人就拿出来给他看。

果然，十年之内于勒叔叔没有再来过信，可是我父亲的希望却在与日俱增；我的母亲也常常这样说：

“只要这个好心的于勒一回来，我们的境况就不同了。他可真算得一个有办法的人！”

于是每个星期日，一看见大轮船向上空喷着蜿蜒如蛇的黑烟，从天边驶过来的时候，我父亲总是重复说他那句永不变更的话：

《我的叔叔于勒》插图

“唉！如果于勒就在这条船上，那会多么叫人惊喜呀！”

简直就像是马上可以看见他手里挥着手帕叫喊：

“喂！菲利普！”

叔叔回国这桩事十拿九稳，大家拟定了上千种计划，甚至于计划到要用这位叔叔的钱在安古维尔附近置一所别墅。我不敢肯定我的父亲是不是已经就这件事进行过商谈。

我的大姐那时二十八岁，二姐二十六岁。她们还没有结婚，全家都为这件事十分发愁。

后来终于有一个看中二姐的人上门来了。他是一个公务员，没有什么钱，但是诚实可靠。我总认为这个年轻人下决心求婚，不再迟疑，完全是因为有一天晚上我们给他看了于勒叔叔的信的缘故。

我们家赶忙答应了他的请求，并且决定婚礼之后全家都到泽西岛去小游一次。

泽西岛是穷人们最理想的游玩地点，路并不远；乘小轮船渡过海，便到了外国的土地上，因为这个小岛是属于英国的。因此，一个法国人只要航行两个钟头，就可以到一个邻国去看看这个民族，并且研究一下在大不列颠国旗覆盖下的这个岛上的风俗，那里的风俗据说话直率的人说来是十分不好的。

《我的叔叔于勒》插图

我父亲就教给姐姐怎样吃才不至于让汁水洒出来，他甚至要吃一个做做样子给她们看。

泽西岛的旅行成了我们朝思暮想、时时刻刻盼望、等待的一件事了。

我们终于动身了。我现在想起来还像是昨天刚发生的事：轮船靠着格朗维尔码头生火待发；我的父亲慌慌张张地监视着我们的三个包袱搬上船；我的母亲不放心地挽着我那未嫁姐姐的胳膊。自从二姐出嫁后，我的大姐就像一窝鸡里剩下的一只小鸡一样有点丢魂失魄；在我们后边是那对新婚夫妇，他们总落在后面，使我常常要回过头去看看。

汽笛响了。我们已经上了船，轮船离开了防波堤，在风平浪静，像绿色大理石桌面一样平坦的海上驶向远处。我们看着海岸向后退去，正如那些不常旅行的人们一样，感到快活而骄傲。

我的父亲高高挺着藏在礼服里面的肚子，这件礼服，家里人在当天早上仔细地擦掉了所有的污迹，此刻在他四周散布着出门日子里必有的汽油味；我一闻到这股气味，就知道星期日到了。

我的父亲忽然看见两位先生在请两位打扮很漂亮的太太吃牡蛎。一个衣服褴褛的年老水手拿小刀撬开牡蛎，递给了两位先生，再由他们传给两位太太。他们的吃法也很文雅，一方精致的手帕托着蛎壳，把嘴稍稍向前伸着，免得弄脏了衣服；然后嘴很快地微微一动就把汁水喝了进去，蛎壳就扔在海里。

在行驶着的海船上吃牡蛎，这件文雅的事毫无疑问打动了我父亲的心。他认为这是雅致高级的好派头儿，于是他走到我母亲和两位姐姐身边问道：

“你们要不要我请你们吃牡蛎？”

我的母亲有点迟疑不决，她怕花钱；但是两位姐姐马上表示赞成。于是我的母亲很不痛快地说：

“我怕伤胃，你买给孩子们吃好了，可别太多，吃多了要生病的。”

然后转过身对着我，她又说：

“至于约瑟夫，他用不着吃了，别把小孩子惯坏了。”

我只好留在我母亲身边，心里觉得这种不同的待遇很不公道。我一直望着我的父亲，看见他郑重其事地带着两个女儿和女婿向那个衣服褴褛的老水手走去。

先前的那两位太太已经走开，我父亲就教给姐姐怎样吃才不至于让汁水洒出来，他甚至要吃一个做做样子给她们看。他刚一试着模仿那两位太太，就立刻把牡蛎的汁水全溅在他的礼服上，于是我听见我的母亲嘟囔着说：

“何苦来！老老实实待一会儿多好！”

不过我的父亲突然间好像不安起来；他向旁边走了几步，瞪着眼看着挤在卖牡蛎的身边的女儿女婿，突然他向我们走了回来。他的脸色似乎十分苍白，眼神也跟寻常不一样。他低声对我母亲说：

“真奇怪！这个卖牡蛎的怎么这样像于勒！”

我的母亲有点莫名其妙，就问：

“哪个于勒？”

我的父亲说：

“就……就是我的弟弟呀……如果我不知道他现在是在美洲，有很好的地位，我真会以为就是他哩。”

我的母亲也怕起来了，她结结巴巴地说：

“你疯了！既然你知道不是他，为什么这样胡说八道？”

可是我的父亲还是放不下心，他说：

“克拉丽丝，你去看看吧！最好还是你去把事情弄个清楚，你亲眼去看看。”

她站起身来去找她两个女儿。我也端详了一下那个人。他又老又脏，满脸都是皱纹，眼睛始终不离开他手里干的活儿。

我的母亲回来了。我看出她在哆嗦。她很快地说：

“我看就是他。去跟船长打听一下吧。可要多加小心，别叫这个小子又回来缠上咱们！”

我的父亲赶紧去了，我这次可跟着他走了。我心里感到异常激动。

船长是个大高个儿，瘦瘦的，蓄着长长的颊须，他正在驾驶台上散步，那不可一世的神气，就仿佛他指挥的是一艘开往印度的大邮船。

我的父亲客客气气地和他搭上了话，一面恭维一面打听与他职业上有关的事情，例如：泽西是否重要？有何出产？人口多少？风俗习惯如何？土地性质如何？等等。

不知道内情的人还以为他们谈论的至少是美利坚合众国哩。

后来终于谈到我们搭乘的这只船“快速号”，接着又谈到船员。最后我的父亲才有点局促不安地问：

“您船上有一个卖牡蛎的，看上去倒很有趣。您知道点儿这个人的底细吗？”

船长最后对这番谈话感到不耐烦了，他冷冷地回答：

“他是个法国老流浪汉，去年我在美洲碰到他，就把他带回国。据说他在勒阿弗尔还有亲戚，不过他不愿回去找他们，因为他欠着他们钱。他叫于勒……姓达尔芒什，或者是达尔旺什，总之是跟这差不多的那么一个姓。听说他在那边曾经一度阔绰过，可是您看他今天落魄到了什么地步。”

我的父亲脸色煞白，两眼呆直，嗓子发哽地说：

“啊！啊！好……很好……我并不感到奇怪……谢谢您，船长。”

他说完就走了，船长困惑不解地望着他走远了。

他回到我母亲身旁，神色是那么张皇，母亲赶紧对他说：

“你先坐下吧！别叫他们看出来。”

他一屁股就坐在长凳上，嘴里结结巴巴地说道：

“是他，真是他！”

然后他就问：

“咱们怎么办呢？……”

我母亲马上回答：

“应该把孩子们领开。约瑟夫既然已经全知道了，就让他去把他们找回来。千万要留心，别叫咱们女婿起疑心。”

我的父亲好像吓傻了，低声嘟哝着：

“真是飞来横祸！”

我的母亲突然大发雷霆，说：

“我早就知道这个贼不会有出息，早晚会再来缠上我们！倒好像一个达夫朗什家里的人还能让人抱什么希望似的！”

我父亲用手抹了一下额头，正如平常受到太太责备时那样。

我母亲接着又说：

《我的叔叔的于勒》插图
我给了他半个法郎的小费，他赶紧谢我：“上帝保佑您，我的年轻先生。”

“把钱交给约瑟夫，叫他赶快去把牡蛎钱付清。已经够倒霉的了，要是再被这个讨饭的认出来，在这船上可就有热闹看了。咱们到船那头去，注意别叫那人挨近我们！”

她站了起来，他们在给了我一个五法郎的银币以后，就走了。

我的两个姐姐等着父亲不来，正在纳闷。我说妈妈有点晕船，随即问那个卖牡蛎的：

“应该付您多少钱，先生？”

我真想喊他：“我的叔叔。”

他回答：

“两个半法郎。”

我把五法郎的银币给了他，他把找头递回给我。

我看了看他的手，那是一只满是皱痕的水手的手；我又看了看他的脸，那是一张贫困衰老的脸，满面愁容，疲惫不堪。我心里默念道：

“这是我的叔叔，父亲的弟弟，我的亲叔叔。”

我给了他半个法郎的小费，他赶紧谢我：

“上帝保佑您，我的年轻先生！”

说话的声调是穷人接到施舍时的声调。我心想他在那边一定要过饭。

两个姐姐看我这么慷慨，觉得奇怪，仔细地端详着我。

等我把两法郎交给我父亲，母亲诧异起来，问：

“吃了三个法郎？……这不可能。”

我用坚定的口气宣布：

“我给了半个法郎的小费。”

我的母亲吓了一跳，瞪着眼睛望着我说：

“你简直是疯了！拿半个法郎给这个人，给这个无赖！……”

她没有再往下说，因为我的父亲望望女婿对她使了个眼色。

后来大家都不再说话。

在我们面前，天边远远地仿佛有一片紫色的阴影从海里钻出来。那就是泽西岛了。

当船驶到防波堤附近的时候，我心里产生了一种强烈的愿望：我想再看一次我的叔叔于勒，想到他身旁，对他说几句温暖的安慰话。

可是他已经不见了，因为没有人再吃牡蛎；毫无疑问，他已回到他所住的那龌龊的舱底了，这个可怜的人啊！

我们回来的时候改乘圣玛洛号船，以免再遇见他。我的母亲一肚子心事，愁得了不得。

我再也没见过我父亲的弟弟！

今后您还会看见我有时候要拿一个五法郎的银币给要饭的，其缘故就在于此。

赵少侯 译

·作品赏析·

《我的叔叔于勒》讲述的是一个平凡的但带着些许幻想的人生故事。于勒的形象在作者一家的心中因为钱的多寡而出现了不同的印象和态度：没有钱的时候是全家的瘟疫，在美国发财后成了全家的最后的希望。作者带着淡淡的笔调讽刺了这个家庭对待亲人的势利的心态。

小说的情节上显得相对独特，这是一个故事中的故事，但却紧紧围绕着于勒的形象来构述文章，展开情节的，而全家人到泽西岛的旅行成了文章的主体部分，也是文章的高潮，因为在这里所有的故事将出现重大的转机。因为所谓的富翁于勒此时只是个行乞的人。就像评论家所说的，这是个发人深省的文章的结尾，展现了完全的冷漠的人际关系。当然文章的细节描写也让文章生色不少，就像文章中提到的父亲面对妻子的责备的神态：他总是张开了手摸一下额头，好像要抹去根本不存在的汗珠，并且总是一句话也不回答。

而在另一个方面，文章采用了第一人称的写法，以“我”的视角作为文章发展过程的见证者，更是将文章的讽刺力度提高到一个新的层次。就像评论家所说的：忠实地描写精神的丑恶，比一切攻击他的话要有力得多。于是文章就因此展现了不同的人生世相，由菲利普的容易紧张和爱慕虚荣的架子，甚至是菲利普太太两难的矛盾性格：一方面为了维持家庭的生计的勤俭，另一方面是奢望富裕的虚荣。

项链 /［法国］莫泊桑

入选理由

莫泊桑的短篇经典
对爱慕虚荣的人性的深刻解读
构思巧妙，叙事自然

世上有这样一些女子，面庞儿好，丰韵也好，但被造化安排错了，生长在一个小职员的家庭里。她便是其中的一个。她没有陪嫁财产，没有可以指望得到的遗产，没有任何方法可以使一个有钱有地位的男子来结识她，了解她，爱她，娶她；她只好任人把她嫁给了教育部的一个小科员。

她没钱打扮，因此很朴素；但是心里非常痛苦，犹如贵族下嫁的情形；这是因为女子原本就没有什么一定的阶层或种族，她们的美丽、她们的娇艳、她们的丰韵就可以作为她们的出身和门第。她们中间之所以有等级之分，仅仅是靠了她们天生的聪明、审美的本能和脑筋的灵活，这些东西就可以使百姓家的姑娘和最高贵的命妇并驾齐驱。

她总觉得自己生来是为享受各种讲究豪华生活的，因而无休止地感到痛苦。住室是那样简陋，壁上毫无装饰，椅凳是那么破旧，衣衫是那么丑陋，她看了都非常痛苦。这些情形，如果不是她而是她那个阶层的另一个妇人的话，可能连理会都没有理会到，但给她的痛苦却很大，并且使她气愤填胸。她看了那个替她料理家务的布列塔尼省的小女人，心中便会产生许多忧伤的感慨和想入非非的幻想。她会想到四壁蒙着东方绸、青铜高脚灯照着、静悄悄的接待室；她会想到接待室里两个穿短裤长袜的高大男仆如何被暖气管闷人的热度催起了睡意，在宽大的靠背椅里昏然睡去。她会想到四壁蒙着古老丝绸的大客厅，上面陈设着珍贵古玩的精致家具和那些精致小巧、香气扑鼻的内客厅，那是专为午后五点钟跟最亲密的男友娓娓清谈的地方，那些朋友当然都是所有的妇人垂涎不已、渴盼青睐、多方拉拢的知名人士。

每逢她坐到那张三天未洗桌布的圆桌旁去吃饭，对面坐着的丈夫揭开盆盖，心满意足地表示："啊！多么好吃的炖肉！世上哪有比这更好的东西……"这时她便想到那些精美的筵席、发亮的银餐具和挂在四壁的壁毯，毯上面织着古代人物和仙境森林中的异鸟珍禽；她也想到那些盛在名贵盘碟里的佳肴；她也想到一边吃着粉红色的鲈鱼肉或松鸡的翅膀，一边带着莫测高深的微笑听着男友低诉绵绵情话的情境。

她没有漂亮的衣装，没有珠宝首饰，总之，什么也没有。而她呢，爱的却偏偏就是这些；她觉得自己生来就是为享受这些东西的。她最希望的是能够讨男子们的喜欢，惹女人们的欣羡，风流动人，到处受欢迎。

她有一个有钱的女友，那是学校读书时的同学；现在呢，她再也不愿去看望她了，因为每次回来她总感到非常痛苦。她要伤心、懊悔、绝望、痛苦得哭好几天。

可是有一天晚上，她的丈夫回家的时候手里拿着一个大信封，满脸得意之色。

“拿去吧！”他说，“这是专为你预备的一样东西。”

她赶忙拆开了信封，从里面抽出一张请帖，上边印着：

兹订于一月十八日（星期一）在本部大厦举行晚会，敬请准时莅临。

此致

罗瓦赛尔先生

夫人

教育部部长乔治·朗蓬诺暨

夫人谨订

她并没有像她丈夫所希望的那样欢天喜地，反而赌气把请帖往桌上一丢，咕哝着说：

“我要这个干什么？你替我想想。”

“可是，我的亲爱的，我原以为你会很高兴的。你从来也不出门做客，这可是一个机会，并且是一个千载难逢的机会！我好不容易才弄到这张请帖。大家都想要，很难得到，

19世纪巴黎的中产阶级女子

一般是不大肯给小职员的。在那儿你可以看见所有那些官方人士。”

她眼中冒着怒火瞪着他，最后不耐烦地说：

“你可叫我穿什么到那儿去呢？”

这个，他却从未想到；于是他吞吞吐吐地说：

“你上戏园穿的那件衣服呢？照我看，那件好像就很不错……”

他说不下去了，他看见妻子已经在哭了，他又是惊奇又是慌张。两大滴眼泪从他妻子的眼角慢慢地向嘴角流下来，他结结巴巴地问：

“你怎么啦？你怎么啦？”

她使了一个狠劲儿把苦痛压了下去，然后一面擦着被泪沾湿的两颊，一面用一种平静的语气说：

“什么事也没有。不过我既没有衣饰，当然不能去赴会。哪位同事的太太的衣衫比我的好，你就把请帖送给他吧。”

他感到很窘，于是说道：

“玛蒂尔德，咱们来商量一下。一套过得去的衣服，一套在别的场合还可以穿的，十分简朴的衣服得用多少钱？”

《项链》插图

她忘怀地、尽情地跳着，被乐趣陶醉了，什么也不想，沉浸在她的美丽的凯旋中。

她想了几秒钟，心里盘算了一下钱数，同时也考虑到提出怎样一个数目才不致当场遭到这个俭朴的科员拒绝，也不致把他吓得叫出声来。

她终于吞吞吐吐地说了：

“我也说不上到底要多少钱；不过有四百法郎，大概也就可以办下来了。”

他脸色有点发白，因为他正巧积攒下这样一笔款子打算买一支枪，夏天好和几个朋友一道打猎作乐，星期日到南泰尔平原去打云雀。

不过他还是这样说了：

“好吧。我就给你四百法郎。可是你得好好想法子做件漂漂亮亮的衣服。”

晚会的日子快到了，罗瓦赛尔太太却好像很伤心，很不安，很忧虑。她的衣服可是已经齐备了。有一天晚上她的丈夫问她：

“你怎么啦？三天以来你的脾气一直是这么古怪。”

“我心烦，我既没有首饰，也没有珠宝，身上任什么也戴不出来，实在是太寒伧了。我简直不想参加这次晚会了。”

他说：

“你可以戴几朵鲜花呀。在这个季节里，这是很漂亮的。花上十个法郎，你就可以有两三朵十分好看的玫瑰花。”

这个办法一点也没有把她说服。

“不行……在那些阔太太中间，显出一副穷酸相，再没有比这更丢脸的了。”

她的丈夫忽然喊了起来：

“你可真算是糊涂！为什么不去找你的朋友福雷斯蒂埃太太，跟她借几样首饰呢？拿你跟她的交情来说，是可以开口的。”

她高兴地叫了起来：

“这倒是真的。我竟一点儿也没想到。”

第二天她就到了她朋友家里，把自己的苦恼讲给她听。

福雷斯蒂埃太太立刻走到她的带镜子的大立柜跟前，取出一个大首饰箱，拿过来打开之后，便对罗瓦赛尔太太说：

“挑吧！亲爱的。”

她首先看见的是几只手镯，接下来便是一串珍珠项链，一个威尼斯制的镶嵌珠宝的金十字架，做工极其精细。她戴上这些首饰对着镜子里左试右试，犹豫不定，舍不得摘下来还主人。她嘴里还老是问：

“你再没有别的了？”

“有啊。你自己找吧。我不知道你都喜欢什么？”

忽然她在一个黑缎子的盒里发现一串非常美丽的钻石项链，一种过分强烈的欲望使她的心都跳了起来。她拿它的时候手也直哆嗦。她把它戴在脖子上，衣服的外面，对着镜中的自己看得出了神。

然后她心里十分焦急，犹豫不决地问道：

“你可以把这个借给我吗？我只借这一样。”

“当然可以啊。”

她一把搂住了她朋友的脖子，亲亲热热地吻了她一下，带着宝贝很快就跑了。

晚会的日子到了。罗瓦赛尔太太非常成功。她比所有的女人都美丽，又漂亮又妩媚，脸上总带着微笑，快活得几乎发狂。所有的男子都盯着她，打听她的姓名，求人给介绍。部长办公室的人员全都要跟她跳舞。部长也注意到了她。

她已经陶醉在欢乐之中，什么也不想，只是兴奋地、发狂地跳舞。她的美丽战胜了一切，她的成功充满了光辉，所有这些人都对自己殷勤献媚、阿谀赞扬、垂涎欲滴，妇人心中认为最甜美的胜利已完完全全握在手中，她便在这一片幸福的云中舞着。

她在早晨四点钟才离开。她的丈夫从十二点起就在一间没有人的小客厅里睡着了。客厅里还躺着另外三位先生，他们的太太也在尽情欢乐。

他怕她出门受寒，把带来的衣服披在她的肩上，那是平日穿的家常衣服，那一种寒伧气和漂亮的舞装是非常不相称的。她马上感觉到这一点，为了不叫旁边的那些裹在豪华皮衣里的太太们注意，她就急着想要跑出大门。

罗瓦赛尔还拉住她，不让走：

“你等一等啊，到外面你要着凉的。我去叫一辆马车吧。”

不过她并不听他这套话，很快地走下了楼梯。等他们到了街上，那里并没有出租马车；于是他们就找起来，远远看见马车走过，他们就追着向车夫大声喊叫。

他们向塞纳河一直走下去，浑身哆嗦，非常失望。最后在河边找到了一辆夜里做生意的旧马车，这种马车在巴黎只有在天黑了以后才看得见，它们是那么寒伧，白天出来好像会害羞的。

这辆车一直把他们送到殉道者街，他们的家门口，他们凄凄凉凉地爬上楼，回到自己家里。在她说来，一切已经结束。他呢，他想到的是十点钟就该到部里去办公。

她脱下了披在肩上的衣服，那是对着大镜子脱的，为的是再一次看看笼罩在光荣中的自己。但是她忽然大叫一声。原来脖子上的项链不见了。

她的丈夫这时衣裳已经脱了一半，便问道：

“你怎么啦？”

她已经吓得发了慌，转身对丈夫说：

“我……我……我把福雷斯蒂埃太太的项链丢了。”

他惊慌失措地站起来：

"什么！……怎么！……这不可能！"

于是他们在裙子的褶层里、大氅的褶层里、衣袋里，到处都搜寻了一遍。哪儿也没找到。

他问：

"你确实记得在离开舞会的时候，还戴着吗？"

"是啊，在部里的前厅里我还摸过它呢。"

"不过，如果是在街上失落的话，掉下来的时候，我们总该听见响声啊。大概是掉在车里了。"

"对，这很可能。你记下车子的号头了吗？"

"没有。你呢，你也没有注意号头？"

"没有。"

他们你看我，我看你，十分狼狈地看着。最后罗瓦赛尔重新穿好了衣服，他说：

"我先把我们刚才步行的那一段路再去走一遍，看看是不是能够找着。"

"说完他就走了。她呢，连上床去睡的气力都没有了，就这么穿着赴晚会的新装倒在一张椅子上，既不生火，也不想什么。

七点钟丈夫回来了。他什么也没找到。

他随即又到警察厅和各报馆，请他们代为悬赏寻找，他又到出租小马车的各车行，总之，凡是有一点希望的地方他都去了。

她呢，整天地等候着；面对这个可怕的灾难她一直处在又惊又怕的状态中。

罗瓦赛尔傍晚才回来，脸也瘦削了，发青了；什么结果也没有。他说：

"只好给你那朋友写封信，告诉她你把链子的搭扣弄断了，现在正找人修理。这样我们就可以有应付的时间。"

他说她写，把信写了出来。

过了一星期，他们已是任何希望都没有了。

罗瓦赛尔一下子老了五岁，他说：

"只好想法买一串赔她了。"

第二天，他们拿了装项链的盒子，按照盒里面印着的字号，到了那家珠宝店。珠宝商查了查账说：

"太太，这串项链不是在我这儿买的，只有盒子是在我这儿配的。"

于是他们一家一家地跑起珠宝店来，凭着记忆要找一串和那串一式无二的项链；两个人连愁带急，眼看要病倒了。

在王宫附近一家店里他们找到了一串钻石的项链，看来跟他们寻找的完全一样。这件首饰原值四万法郎，但如果他们要的话，店里可以减价，三万六可以脱手。

他们要求店主三天之内先不要卖它，并且谈妥条件：如果在二月底以前找到那个原物，这一串项链便以三万四千法郎作价由店主收回。

罗瓦赛尔手边有他父亲遗留给他的一万八千法郎。其余的便需借了。

于是他借起钱来，跟这个人借一千法郎，跟那个人借五百，这儿借五个路易，那儿借三个。他签了不少借约，应承了不少足以败家的条件，而且和高利贷者以及种种放债图利的人打交道。他葬送了他整个下半辈子的生活，不管能否偿还，他都冒险乱签借据。他既害怕未来的忧患，又怕即将压在身上的极端贫困，也怕各种物质匮乏和各种精神痛苦的远景；他就这样满心怀着恐惧，把三万六千法郎放到那个商人的柜台上，取来了那串新的项链。

等罗瓦赛尔太太把首饰给福雷斯蒂埃太太送回去时，这位太太神情很不痛快地对她说：

“你应该早点儿还我呀，因为我也许要戴呢。”

她并没有打开盒子来看，她的朋友担心害怕的就是她当面打开。因为如果她发现了掉包，她会怎么想呢？会怎么说呢？难道不会把她当做窃盗吗？

罗瓦赛尔太太尝到了穷人的那种可怕生活。好在她早已一下子英勇地拿定了主意。这笔骇人听闻的债务是必须清偿的。因此，她一定要把它还清。他们辞退了女仆，搬了家，租了一间紧挨屋顶的顶楼。

家庭里的笨重活，厨房里的腻人的工作，她都尝到了个中的滋味。碗碟锅盆都得自己洗刷，在油腻的盆上和锅子底儿上她磨坏了她那玫瑰色的手指甲。脏衣服、衬衫、抹布也都得自己洗了，晾在一根绳上。每天早上她必须把垃圾搬到街上，并且把水提到楼上，每上一层楼都要停一停喘喘气。她穿得和一个平常老百姓的女人一样，手里挎着篮子上水果店，上杂货店，上猪肉店，对价钱是百般争论，一个铜子一个铜子地保护她那一点可怜的钱，这就难免挨骂。

每月都要还几笔债，有一些则要续期，延长偿还的期限。

丈夫傍晚的时候替一个商人去誊写账目，夜里常常替别人抄写，抄一页挣五个铜子。

这样的生活过了十年。

十年之后，他们把债务全部还清，确实全部还清了，不但高利贷的利息，就是利滚利的利息也还清了。

罗瓦赛尔太太现在看上去是老了。她变成了穷苦家庭里的敢作敢当的妇人，又坚强，又粗暴。头发从不梳光，裙子歪系着，两手通红，高嗓门说话，大盆水洗地板。不过有几次当她丈夫还在办公室办公的时候，她一坐到窗前，总还不免想起当年那一次晚会，在那次舞会上她曾经是那么美丽，那么受人欢迎。

如果她没有丢失那串项链，今天又该是什么样子？谁知道？谁知道？生活够多么古怪！多么变化莫测！只需微不足道的一点小事就能把你断送或者把你拯救出来！

且说有一个星期天，她上大街去散步；劳累了一星期，她要消遣一下。正在此时，她忽然看见一个妇人带着孩子在散步。这个妇人原来就是福雷斯蒂埃太太，还是那么年轻，那么美丽，那么动人。

罗瓦赛尔太太感到非常激动。去跟她说话吗？当然要去。既然债务都已经还清了，她可以把一切都告诉她。为什么不可以呢？

于是她走了过去。

“您好，让娜。”

对方一点也认不出她来了，被这个民间女人这样亲密地一叫觉得很诧异，便吞吞吐吐地说：

《项链》插图

每天清早她把垃圾搬到楼下，送到街上，还要提水上楼，每一层都得停下来喘喘气。

“可是……太太！……我不知道……您大概认错人了吧？”

“没有。我是玛蒂尔德·罗瓦赛尔。”

她的朋友喊了起来：

“哎哟！……是我的可怜的玛蒂尔德吗？你可变了样儿啦！……”

“是的，自从那一次跟你见面之后，我过的日子可艰难啦，不知遇到了多少危急穷困……而这一切都是因为你！……”

“因为我……那是怎么回事啊？”

“你还记得你借给我赴部里晚会戴的那串钻石项链吧？”

“是啊。那又怎样呢？”

“那又怎样！我把它丢了。”

“那怎么会呢！你不是给我送回来了吗？”

“我给你送回的是跟原物一式无二的另外一串。这笔钱我们整整还了十年。你知道，对我们说来这可不是容易的事，我们是任什么也没有的……现在总算还完了，我太高兴了。”

福雷斯蒂埃太太站住不走了。

“你刚才说，你曾买了一串钻石项链赔我那一串吗？”

“是的。你没有发觉这一点吧，是不是？两串原是完全一样的。”

说完她脸上显出了微笑，因为她感到一种足以自豪的、天真的快乐。

福雷斯蒂埃太太非常激动，抓住了她的两只手。

“哎哟！我的可怜的玛蒂尔德！我那串是假的呀。顶多也就值上五百法郎！……”

赵少侯 译

·作品赏析·

《项链》展现了一个爱慕虚荣的小人物的可悲的人生际遇。玛蒂尔德为能在舞会上维持自己的尊严，而向朋友借到了钻石项链，却不慎将它丢失。为了赔偿这价值不菲的项链，小夫妻为此付出了十年的代价，而结果却让人失笑，因为所谓的钻石项链不过是一件并不值钱的赝品。

这是一个悲剧的人生，从虚荣开始，以苦涩的磨难作为结束。文章的前后因此出现了笔调上的落差，从欢愉到无尽的哀愁，就像文章所说的：从一片幸福的云彩一下子堕落到了可悲的生活的地狱。虽然作者是带着批判的语气来写的，但是小说中我们却不能找到作者的直接的批评，反而显得委婉，这样的笔法更是将作者的态度渗透在作品的行文之中。就像在小说的开始我们就能看到玛蒂尔德对奢靡生活的极度向往，这就是文章的伏笔，因为也正是这样的心态才将她一步一步推向生活的不幸的。

小说中最为重要的是刻画了玛蒂尔德这样的一个典型的形象，主要是通过语言和行动来展示这一性格特征的，诸如在她接到了项链之后在镜子前的反复尝试，甚至哆嗦的神态，都可见出她对这样的生活的神往。而在情节的构思上，也是突出了这一虚荣心所带来的深刻的不幸，从相对的逆境，到稍许的顺境，再回归到绝对的逆境，充满了戏剧性的氛围，但却更能让人深思。当然文章中插入的一段议论也具有它自己的价值，这是对文章最终悲剧命运的揭示。

变色龙 /［俄罗斯］契诃夫

入选理由

人性丑陋的经典刻画篇章
以对比的方式展现人心的趋炎附势
文章简短意赅，属于典型的契诃夫风格

警官奥楚美洛夫穿着新的军大衣，胳膊底下夹着一个小包，穿过市集的广场走去。他身后跟着一个警察，生着棕红色的头发，手里端着一个粗箩，其中盛着没收来的醋栗，装得满满的。四下里一片寂静。……广场上连人影也没有。小铺和酒店的大门敞开着，无精打采地面对着上帝创造的这个世界，像是些饥饿的嘴巴。店门附近连乞丐都没有。

契诃夫像

“你竟敢咬人，该死的东西！”奥楚美洛夫忽然听见了说话声。“伙计们，别放走它！如今不许咬人！抓住它！哎哟，……哎哟！”

狗叫声响起来。奥楚美洛夫往那边一看，瞧见商人彼楚京的木柴场里窜出来一条狗，用

作者简介

契诃夫（1860 ~ 1904），和法国的莫泊桑、美国的欧·亨利并称为世界三大短篇小说家。他的夸张的行文中袒露的生活真想，以及在生活中隐藏的悲剧和含泪的微笑。据有评论家说，契诃夫在他的文章中表达了我们的缺点，然后又带着怜悯的心情寻找我们身上的优点，这是一种爱为自己笔下的人物作最为深层的道白。也在这个基础上写下了像《小公务员之死》、《变色龙》、《万卡》、《樱桃园》、《万尼亚舅舅》这样的不朽的篇章，在俄罗斯文学浩瀚的长篇巨著中争取到了短篇小说自己的生命的活力。

《变色龙》插图

奥楚美洛夫对赫留金说："难道它够得到你的手指头？……"

三条腿跑路，不住地回头看。在它身后，有一个人追出来，穿着浆硬的花布衬衫和敞开怀的坎肩。他紧追那条狗，身子往前探出去，仆倒在地上，抓住了那条狗的后腿。紧跟着又传来了狗叫声和人喊声："别放走它！"带着睡意的脸纷纷从小铺里探出来，不久在木柴场的门口就聚合了一群人，像是从地底下钻出来的一样。

"仿佛出乱子了，官长！……"警察说。

奥楚美洛夫把身子微微往左边一转，迈步往人群那边走过去。在木柴场门口，他看见上述那个解开坎肩的人站在那儿，举起右手，伸出一根血淋淋的手指头给那群人看。他那张半醉的脸上仿佛写着："我要揭你的皮，坏蛋！"而且那根手指头本身就近似于一面胜利的旗帜。奥楚美洛夫认出这个人就是首饰匠赫留金。闹乱子的罪魁祸首是一条白毛的小猎狗，尖尖的脸，背上有一块黄斑，这时候坐在人群中央的地上，前腿劈开，浑身发抖。它那含泪的眼睛里流露出苦恼和恐惧的神情。

"这儿出了什么事？"奥楚美洛夫挤到人群当中去，问道，"这是怎么了？你竖起你的手指头干什么？……是谁在嚷？"

"我本来在走我的路，官长，没招谁没惹谁……"赫留金对着他的空拳头咳嗽着，开口说，"我正在跟米特利·米特利奇谈木柴的事，忽然间，这个坏东西无缘无故地咬我的这根手指头……请您原谅我，我是个干活的人啊。……我的活儿细致。这得赔我一笔钱才成，因为我也许一个星期都不能动这根手指头了。……法律里，官长，也没有这么一条，说是人受了畜生的害就该忍着。……要是任什么东西都这么咬人，那还不如别在这个世界上活着了。……"

"嗯！……好……"奥楚美洛夫严厉地说，咳嗽着，活动他的眉毛，"好。……这是谁家的狗？这种事我不能放过不管。我要拿点颜色出来叫那些放出狗来闯祸的人看看！现在也该管一管这类不愿意遵守法令的老爷们了！等到罚了款子，他这个混蛋才会明白把狗和别的牲畜放出来是什么滋味！我要给他个厉害看看！……叶尔迪陵，"警官对警察说，"你去调查清楚这是谁家的狗，打个报告上来！这条狗得消灭才成。不许迟延！这多半是一条疯狗。……我问你们：这是谁家的狗？"

"这似乎是席加洛夫将军家的！"人群里有个人说。

"席加洛夫将军家的？嗯！……你，叶尔迪陵，把我身上的大衣脱下来。……

天好热啊！大概快要下雨了。……只是有一件事我不懂：它怎么会咬着你的？”奥楚美洛夫转过身去对赫留金说，“难道它够得到你的手指头？它矮小，可是你，要知道，长成这么一个彪形大汉！你这个手指头多半让小钉子扎了个窟窿，后来却异想天开，要人家来赔你钱了。你这种人……谁都知道是个什么路数！我可知道你们这些魔鬼！”

“他呀，官长，把他的雪茄烟戳到它的脸上去，拿它开心。它呢，不肯做傻瓜，咬了他一口。……他是个无聊的人，官长！”

“你胡说，独眼的家伙！你没看见，那你为什么胡说？官长是个聪明的老爷，明白谁是胡说，谁是像当着上帝一样，凭着良心说话。……要是我胡说，那就让调解法官[1]审判我好了。他的法律上写得明白。……如今大家都平等了。……不瞒您说……我的弟弟就在当宪兵……”

“少说废话！”

“不，这条狗不是将军家的……”警察沉思地说，“将军家里没有这样的狗。他家里的，多半都是大猎狗……”

“你拿得准吗？”

“拿得准，官长。……”

“我自己也知道。将军家里的狗都名贵，都是良种，而这条狗，鬼才知道是什么东西！毛色也不好，模样也不中看……完全是贱畜生。……他老人家会养这样的狗？！你的脑筋上哪儿去了？要是这样的狗在彼得堡或者莫斯科跑出来，那你们知道会怎么样？那儿才不管什么法律不法律，一下子就叫它断了气！你，赫留金，受了苦，这件事可不能放过不管。……这得给他们一个教训！是时候了……”

“也许它就是将军家的……”警察一面想一面说，“它的脸上又没写着。……前几天我在他家的院子里就见过这样的一条狗。”

“没错儿，是将军家的！”人群里有一个声音说。

“嗯！……你，叶尔迪陵老弟，给我穿上大衣吧。……有点起风了。……怪冷的。……你带着这条狗到将军家里去一趟，在那儿问一下。……你就说这条狗是我找着，派你送去的。……你说以后不要把它放到街上来。也许它是一条名贵的狗，要是每个猪猡都拿雪茄烟戳到它的脸上去，那要不了多久就能把它作践死。狗是娇嫩的动物嘛。……你，蠢货，把手放下去！用不着把你那蠢手指头摆出来！这都怪你自己不好！……”

“将军家里的厨师来了，我们来问问他吧。……喂，普罗霍尔！走过来，亲爱的！

① 调解法官：帝俄时代的保安的法官，只审理小案子。

你看一看这条狗。……它是你们家的吗？”

“亏你想得出！我们那儿从来也没有过这样的狗！”

“那就用不着费很大的功夫去多问了，”奥楚美洛夫说，“这是条野狗！用不着多说了。……既然他说是野狗，那它就是野狗。……把它消灭算了。”

“这不是我们家的，”普罗霍尔继续说，“可这是将军的哥哥的狗，他前几天到我们这儿来了。我们的将军不喜欢这种猎狗。他老人家的哥哥却喜欢。……”

“难道他老人家的哥哥来了？符拉季米尔·伊凡内奇来了？”奥楚美洛夫问，他的整个脸上洋溢着温情的笑容，“可了不得，天主啊！我都还不知道呢！他是来住一阵的吧？”

“住一阵。……”

“可了不得，天主啊！……他是惦记他的弟弟了。……可是我还不知道呢！那么这是他的狗？很高兴。……你把它带去吧。……这条小狗怪不错的。……挺伶俐的。……它把这家伙的手指头咬了一口！哈哈哈！……咦，你干什么发抖啊？呜呜，……呜呜。……它生气了，小坏包，……挺好的狗崽子。……”

普罗霍尔招呼一下那条狗，带着它离开了木柴场。……那群人就对着赫留金哈哈大笑。

“我早晚要收拾你！”奥楚美洛夫对他威胁说，然后把身上的大衣裹一裹紧，穿过市集的广场径自走去。

汝龙 译

·作品赏析·

小说讲述的是赫留金被一条狗咬伤寻求赔偿的故事，并通过这个故事展开了对人性的分析。在相当短暂的时间内，这个可怜的警官依据现场的人对狗主人的身份的描述来作为如何判断的凭证，展现了他趋炎附势的丑陋的内心，也因此狗的主人倒成了这场游戏中未曾露面却主宰着故事进程的绝对主角。文章中我们看到，警官所表现的截然相反的态度：当狗的主人身份低微的时候他自己就是赫留金的赔偿案的恩主，而当狗的主人是个显赫的高官时，赫留金的被咬反倒幸运或者活该了。作者将他称为变色龙，大概就是这个道理。

文章最为典型的是对比手法的巧妙运用，不仅在警官的身上，也在围观者的身上。文章并不追求情节的复杂与跳跃，而是在平凡的日常人生中的事件和人物中展现深刻的人生哲理，可以说文章更为重要的是以内心的分析取代了情节的繁复，显得相当的简洁精练。

万卡 /［俄罗斯］契诃夫

入选理由

契诃夫的描写穷人生活的短篇小说名作
公认的契诃夫短篇中“具有相当心理深度”的佳作
入选我国中小学语文教材

九岁的男孩万卡·茹科夫三个月前被送到靴匠阿里亚兴的铺子里来做学徒。这时候是圣诞节的前夜，他没有上床睡觉。他等到老板夫妇和师傅们出外去做晨祷以后，从老板的立柜里取出一小瓶墨水和一支安着锈笔尖的钢笔，然后在自己面前铺平一张揉皱的白纸，写起来。他在写下第一个字以前，好几次战战兢兢地回过头去看一下门口和窗子，斜起眼睛瞟一下乌黑的圣像和那两旁摆满鞋楦头的架子，断断续续地叹气。那张纸铺在一条长凳上，他自己在长凳前面跪着。

“亲爱的爷爷，康司坦丁·玛卡雷奇！”他写道，“我在给你写信。祝您圣诞节好，求上帝保佑你万事如意。我没爹没娘，只剩下你一个亲人了。”

万卡抬起眼睛看着乌黑的窗子，窗上映着他的蜡烛的影子。他生动地想起他的祖父康司坦丁·玛卡雷奇，地主席瓦烈夫家的守夜人的模样。那是个矮小消瘦而又异常矫健灵活的小老头，年纪约莫六十五岁，老是笑容满面，眯着醉眼。白天他在仆人的厨房里睡觉，或者跟厨娘们取笑，到夜里就穿上肥大的羊皮袄，在庄园四周走来走去，不住地敲着梆子。他身后跟着两条狗，耷拉着脑袋，一条是老母狗卡希坦卡，一条是泥鳅，其所以起这样的名字，是因为它的毛是黑的，而且身子细长，像是黄鼠狼。这条泥鳅倒是异常恭顺亲热的，不论见着自家人还是见着外人，一概用脉脉含情的目光瞧着，然而它是靠不住的。在它的恭顺温和的后面，隐藏着极其狡猾的险恶用心。任凭哪条狗也不如它那么善于抓住机会，悄悄溜到人的身旁，在腿肚子上咬一口，或者钻进冷藏室里去，或者偷农民的鸡吃。它的后腿已经不止一次被人打断，有两次人家索性把它吊起来，而且每个星期都把它打得半死，不过它老是养好伤，又活下来了。

眼下他祖父一定在大门口站着，眯细眼睛看乡村教堂的通红的窗子，顿着穿高

《万卡》插图

他在写下第一个字以前，好几次战战兢兢地回过头去看一下门口和窗子。

筒毡靴的脚，跟仆人们开玩笑。他的梆子挂在腰带上。他冻得不时拍手，缩起脖子，一忽儿在女仆身上捏一把，一忽儿在厨娘身上掐一下，发出苍老的笑声。

“咱们来吸点鼻烟，好不好？”他说着，把他的鼻烟盒送到那些女人跟前。

女人们闻了点鼻烟，不住打喷嚏。祖父乐得什么似的，发出一连串快活的笑声，嚷道：

“快擦掉，冻在鼻子上了！”

他还给狗闻鼻烟。卡希坦卡打喷嚏，皱了皱鼻子，委委屈屈，走到一旁去了。泥鳅为了表示恭顺而没打喷嚏，光是摇尾巴。天气好极了。空气纹丝不动，清澈而新鲜。夜色黑暗，可是整个村子以及村里的白房顶、烟囱里冒出来的一缕缕烟子、披着重霜而变成银白色的树木、雪堆，都能看清楚。整个天空点缀着繁星，快活地眏着眼。天河那么清楚地显出来，就好像有人在过节以前用雪把它擦洗过似的……

万卡叹口气，用钢笔蘸一下墨水，继续写道：

“昨天我挨了一顿打。老板揪着我的头发，把我拉到院子里，拿师傅干活用的皮条狠狠地抽我，怪我摇他们摇篮里的小娃娃，一不小心睡着了。上个星期老板娘叫我收拾一条青鱼，我从尾巴上动手收拾，她就捞起那条青鱼，把鱼头直戳到我脸上来。师傅们总是要笑我，打发我到小酒店里去打酒，怂恿我偷老板的黄瓜，老板随手捞到什么就用什么打我。吃食是什么也没有。早晨吃面包，午饭喝稀粥，晚上又是面包，至于茶啦，白菜汤啦，只有老板和老板娘才大喝而特喝。他们叫我睡在过道里，他们的小娃娃一哭，我就根本不能睡觉，一股劲儿摇摇篮。亲爱的爷爷，发发上帝那样的慈悲，带着我离开这儿，回家去，回到村子里去吧，我再也熬不下去了……我给你叩头了，我会永远为你祷告上帝，带我离开这儿吧，不然我就要死了……”

万卡嘴角撇下来，举起黑拳头揉一揉眼睛，抽抽搭搭地哭了。

“我会给你搓碎烟叶，”他接着写道，“为你祷告上帝，要是我做了错事，就自管抽我，像抽西多尔的山羊那样。要是你认为我没有活儿干，那我就去求总管看在基督面上让我给他擦皮靴，或者替菲德卡去做牧童。亲爱的爷爷，我再也熬不下去，简直只有死路一条了。我本想跑回村子里去，可又没有皮靴，我怕冷。等我长大了，我就会为这件事养活你，不许人家欺侮你，等你死了，我就祷告，求上帝让你的灵魂安息，就跟为我的妈彼拉盖雅祷告一样。

“莫斯科是个大城。房屋全是老爷们的。马倒有很多，羊却没有，狗也不凶。这儿的孩子不举着星星走来走去，唱诗班也不准人随便参加唱歌。有一回我在一家铺子的橱窗里看见些钓钩摆着卖，都安好了钓丝，能钓各式各样的鱼，很不错，有一个钓钩甚至经得起一普特重的大鲶鱼呢。我还看见几家铺子卖各式各样的枪，跟老爷的枪差不多，所以每支枪恐怕要卖一百个卢布……肉铺里有野乌鸡，有松鸡，有兔子，可是这些东西是在哪儿打来的，铺子里的伙计却不肯说。

“亲爱的爷爷，等到老爷家里摆着圣诞树，上面挂着礼物，你就给我摘下一个用金纸包着的核桃来，收在那口小绿箱子里。你问奥尔迦·伊格纳捷芙娜小姐要吧，就说是给万卡的。”

万卡颤巍巍地叹一口气，又凝神瞧着窗子。他回想祖父总是到树林里去给老爷家砍圣诞树，带着孙子一路去。那种时候可真快活啊！祖父咔咔地咳嗽，严寒把树木冻得咔咔地响，万卡就学他们的样子也咔咔地叫。往往在砍树以前，祖父先吸完一袋烟，闻很久的鼻烟，讪笑冻僵的万卡……那些做圣诞树用的小云杉披着白霜，站在那儿不动，等着看它们谁先死掉。冷不防，不知从哪儿来了一只野兔，在雪堆上像箭似的窜过去。祖父忍不住叫道：

“抓住它，抓住它……抓住它！嘿，短尾巴鬼！”

祖父把砍倒的云杉拖回老爷的家里，大家就动手装点它……忙得最起劲的是万

卡所喜爱的奥尔迦·伊格纳捷芙娜小姐。当初万卡的母亲彼拉盖雅还活着，在老爷家里做女仆的时候，奥尔迦·伊格纳捷芙娜就常给万卡糖果吃，由于闲着没事做便教他念书，写字，从一数到一百，甚至教他跳四组舞。可是等到彼拉盖雅死后，孤儿万卡就给送到仆人的厨房里去跟祖父住在一起，后来又从厨房给送到莫斯科的靴匠阿里亚兴的铺子里来了……

“你来吧，亲爱的爷爷。”万卡接着写道，“我求你看在基督和上帝面上带我离开这儿吧。你可怜我这个不幸的孤儿吧，这儿人人都打我，我饿得要命，气闷得没法说，老是哭。前几天老板用鞋楦头打我，把我打得昏倒在地，好不容易才活过来。我的生活苦透了，比狗都不如……替我问候阿辽娜、独眼的叶果尔卡、马车夫，我的手风琴不要送给外人。孙伊凡·茹科夫草上。亲爱的爷爷，你来吧。”

万卡把这张写好的纸叠成四折，把它放在昨天晚上花一个戈比买来的信封里……他略为想一想，用钢笔蘸一下墨水，写上地址：

寄交乡下祖父收

然后他搔一下头皮，再想一想，添了几个字：

康司坦丁·玛卡雷奇

他写完信而没有人来打扰，心里感到满意，就戴上帽子，顾不上披皮袄，只穿着衬衫就跑到街上去了……

昨天晚上他问过肉铺的伙计，伙计告诉他说信件丢进邮筒以后，就由喝醉酒的车夫驾着邮车，把信从邮筒里收走，响起铃铛，分送到世界各地去。万卡跑到就近的一个邮筒，把那封宝贵的信塞进了筒口……

他抱着美好的希望而定下心来，过了一个钟头就沉酣地睡熟了……在梦中他看见一个炉灶。祖父坐在灶台上，耷拉着一双光脚，给厨娘们念信……泥鳅在炉灶旁边走来走去，摇尾巴……

佚名 译

·作品赏析·

《万卡》是契诃夫的短篇小说名篇之一。小说主人公是一个从农村到城市当学徒的儿童，他遭到野蛮粗暴的主人不断的打骂和虐待，万卡无法忍受，在一个圣诞节的前夜偷偷给他唯一的亲人爷爷写信，要求他把自己接回乡下。小说通过这一简单感人的故事，真实反映了沙皇时代俄国儿童的悲惨命运，刻画了他们善良纯朴、热爱大自然、热爱自由的秉性。小说语言素朴凝练，“以外显内”的独特写法，将主人公的外部动作、神情姿态与内部心理活动巧妙地勾联起来，形象逼真地揭示了万卡的内心世界和精神面貌，使小说具有相当的心理深度，也使主人公的形象真实、丰满、生动，从而使这篇小说具有震撼人心的感染力，受到世界广大读者的喜爱。

弃绝 /［印度］泰戈尔

入选理由

泰戈尔的短篇小说代表作之一
塑造了一对反抗印度种姓制度、追求婚姻自由的印度青年形象流传广泛，被译为多国文字

一

这是帕尔贡季初的一个月圆之夜，早春到处吹送着满含芒果花香的微风。一只杜鹃藏在水塔边一棵老荔枝树的密叶中，它不倦的柔婉的鸣声，传进了慕克吉家一间无眠的卧室里。在这里，赫门达不停地把他妻子的一绺头发在他手指上绕着，一会又摆弄她手腕上的一串金钏，使它发出丁当的响声，一会儿又拉下她头上花串里的花朵，让它垂覆在她的脸上。他的心情就像一阵晚风，在心爱的花丛中嬉戏，轻轻地把她摇到这边，又摇到那边，想使她活泼起来。

泰戈尔像

但是库松坐着不动，从开着的窗户望出去，眼神沉没到月光笼罩的无边的太空里。她对于丈夫的爱抚，仿佛毫无感觉。

最后，赫门达握住他妻子的双手，轻轻地摇着，说："库松，你在哪儿呢？从一个大望远镜里耐心

作者简介

泰戈尔 (1861 ~ 1941)，印度现代著名诗人、散文家、文学巨匠、社会活动家。生于一个开明地主家庭。青年时赴英国留学。8 岁开始写诗，25 岁时已蜚声国内文坛。1913 年获诺贝尔文学奖。曾访问过中国和苏联。晚年积极参与反帝国主义、反法西斯活动。一生创作甚丰，题材涉及诗歌、散文、小说、戏剧及绘画。主要作品有诗歌集《吉檀迦利》、《新月集》、《飞鸟集》、《四个人》，散文集《孟加拉掠影》等。

地寻找，也才看见你是一个小黑点——你仿佛离我那么远。呵，靠近我一点，亲爱的，你看夜晚是多么美呵。”

库松的眼睛从无边的太空转向她的丈夫，慢慢地说：“我会念咒，在一瞬间把这春夜和明月打碎。”

“你要是真会念咒，”赫门达笑着说，“请不要念吧。要是你会念什么咒，能在一个星期内变出三四个星期六，还能把夜晚延长到第二天早晨五点钟，那你就念吧。”

一边说着，他想把他的妻子拉得更靠近一些。库松却从他的怀抱中挣脱开来，说：“你知道吗？今天晚上我很想把我决定在临死时才说出来的一件事告诉你。今天晚上，我觉得不管你给我什么责罚，我都能忍受。”

赫门达正在想开一个玩笑，罚她背诵一段阇耶提婆的诗，忽然听到一阵急促的拖鞋声很快地走近了，这是他父亲哈利赫·慕克吉的熟悉的脚步声。赫门达不知道发生了什么事，感到心慌意乱起来。

哈利赫站在门外，吼叫着：“赫门达，马上把你的妻子赶出去。”

赫门达看着他的妻子，看不出她脸上有惊讶的痕迹。她只是用一双手捂着脸，用她整个灵魂祈求让她立刻化为乌有。杜鹃的鸣声仍旧随着南风飘了进来，但是没有人听到。大地的美是无穷无尽的——但是，唉，一切事物的样子多么容易改变呵。

二

赫门达从外面回来，问他的妻子：“这是真的么？”

“是真的，”库松回答说。

“你为什么不早告诉我呢？”

“好几次我想告诉你，可是总说不出口。我是一个不幸的女人呵。”

“那么现在你把一切都告诉我吧。”

库松用坚定平稳的声音，把她的事情严肃地说出来。她仿佛是赤着脚，迈着无畏的脚步，一步步地慢慢从火焰里走过去，却没有人知道她被灼伤得多么厉害。赫门达听她说完了，就站起来，走了出去。

库松料想她丈夫走了，再也不会回来了，她并不感到惊奇。她和对待日常生活中任何其他事变一样地泰然处之——在过去的几分钟里，她的心情已经变得那么枯燥、那么淡漠。世界和爱情，自始至终似乎对她都是空洞虚幻的。连她丈夫从前对她谈情说爱的回忆，也像一把残忍的尖刀刺透了她的心，只给她嘴唇上带来了枯燥、冷酷、忧郁的微笑。她想，也许是那仿佛填满人生的爱，它带来了多少爱慕和深情，它使得小别那么剧烈地痛苦，短晤那么深切地甜蜜，它似乎是无边无际的，永恒的，生生世世永远不会停息的——爱原来就是这样！它的支柱多么脆弱！一经祭司触摩，

《弃绝》插图
波阿利·山克尔安然无损地坐在他面前，而且非常健康。

你的“永恒”的爱就化为一撮尘土了！赫门达刚才还对她低语说：“夜是多么美呵！”这一夜还没有消逝，那只杜鹃还在歌唱，南风还在吹拂着房间里的帷帐，月光还躺在打开的窗子旁边的床上，像快乐得疲倦了的美丽女神一样。这一切都是不真实的！爱情比她自己还要虚幻呵！

三

赫门达整夜失眠，疲乏得像个狂人一样。第二天早上，他到波阿利·山克尔·扣萨尔家去。波阿利·山克尔和他招呼：“有什么事吗，我的孩子？”

赫门达烈火一般暴跳起来，用颤抖的声音说：“你亵渎了我们的种姓。你给我们带来了毁灭，你一定会受到惩罚的。”

他不能再说下去了；他觉得哽住了。

“你却保全了我的种姓，使我没有从社区里被驱逐出去，还亲昵地拍拍我的脊背！”波阿利·山克尔带着讽刺的微笑说。

赫门达恨不得用他的婆罗门的怒火，立刻把波阿利·山克尔烧成灰烬，但是他的愤怒只灼焦了自己。波阿利·山克尔安然无损地坐在他面前，而且非常健康。

“我伤害过你么？”赫门达结结巴巴地质问道。

“我且问你一个问题，”波阿利·山克尔说，“我的女儿——我惟一的孩子——她伤害过你父亲么？那时你还很小，也许从来没有听到过这件事。那么你听着吧。你不要太激动了。我要说的事情还很有趣呢。

“当你很小的时候，我的女婿那布格达偷了我女儿的珠宝，逃到英国去了。你也许还会记得，五年以后，他以律师的身份回来的时候，在村子里引起的骚动。也许你还没有注意到那回事，当时你正在加尔各答上学。你的父亲自命为社区的领袖，他说如果我把女儿送回她丈夫家里去，我就得永远弃绝她，永远不许她再跨进我家的门槛。我跪在你父亲的脚前，哀求他说：‘大哥，饶了我这一次吧。我一定让这小子吃牛屎，举行一次赎罪的仪式。请你让他恢复他的种姓吧。’但是你父亲始终坚持着。在我这一方面，我不能弃绝我惟一的女儿，我便辞别了我的村庄和族人，迁到加尔各答去。在那里，我的麻烦仍旧跟随着我。我给我的侄子作好结婚的一切准备的时候，你的父亲又挑拨女方的家人，他们就毁了这个婚约。那时我就狠狠地起了一个誓，只要我的血管里还有一滴婆罗门的血，我一定要报仇。现在你对于这件事该多少了解一点了吧？但是再等一等。当我把全部事实告诉你的时候，你会爱听的；这件事很有意思。

“当你在大学里念书的时候，有一位比波拉达斯·查特吉住在你的隔壁。这个可怜的人现在已经去世了。他家里住着一个小寡妇，名叫库松，她是一个迦尔斯帖家的穷苦的孤儿。这女孩子长得很美，这位老婆罗门想把她藏匿起来，免得大学生们老是盯着她瞧。但是一个少女要蒙蔽一个老监护人却是一点也不困难的。她常跑到屋顶上去晒衣服，我相信，你发现了你的屋顶是最宜于学习的地方。你们俩是否在屋顶上谈过话，我可说不上来，但是这女孩子的行动引起了老头子的疑虑。她常常做错了家务，而且像帕巴蒂一样，在热恋中渐渐地不吃饭也不睡觉了。有几个晚上，她在老头子面前无缘无故地流下泪来。

“他终于发现了你们俩常在屋顶上会面，你甚至不去上课，在中午也拿着一本书坐在屋顶上，而且你忽然喜欢独自一个人念书了。比波拉达斯跑来向我请教，把一切都告诉了我。‘大叔，’我对他说，‘你早就想到贝勒斯去进香。你还不如现在就去，把这女孩子交给我照管。我会照应她的。’

“这样他就走了，我把这女孩子安置在司帕提·查特吉的家里，让他冒充她的父亲。后来的事情你都知道。今天我把这件事从头到尾告诉了你，真觉得如释重负。这件事听起来不是很像一篇小说么？我想写成一本书，把它印出来，但是我自己不是一个作家。人家说我的侄儿在这方面有些才能——我要叫他给我写出来。但最好是你跟他合作来写，因为故事的结局我还知道得不很清楚。”

赫门达不理会波阿利·山克尔最后的几句话，他问：“库松没有反对过这件婚事吗？”

“嗯，”波阿利·山克尔说，“这就很难猜测了。你知道，我的孩子，女人的头脑是怎样构成的。她们嘴上说‘不’的时候，心里是说‘同意’。当她搬到新家的头几天，因为看不到你，几乎发了狂。你好像找到了她的新地址，在到学校去的时候，总像迷了路似的，在司帕提的门前徘徊。你的眼睛好像并没有真正在寻找省立学院，而是直瞪瞪望着一所私人住宅的关上的窗子，那是只有飞虫和害相思病的年轻人的心才进得去的。我很替你们难过。我看得出你的学习受着很大的阻碍，那女孩子的处境也很可怜。

“有一天，我把库松叫到我面前来，说：‘听我说，我的女儿。我是一个老头子，你在我面前不必害羞。我知道你心里想念着谁。那个年轻人的情况也很糟。我希望能给你们成全好事。’这时库松忽然哭着跑开了。此后好几个晚上，我常到司帕提家去，把库松找来，和她谈与你有关的事情，这样我渐渐克服了她的羞怯。最后，我说我想成全这件婚事的时候，她问我：‘那怎么行呢？’‘没关系，’我说，‘我让你冒充一个婆罗门的姑娘。’经过很久的辩论，她恳求我来探听你是否赞

《弃绝》插图

赫门达坐在床边，凝望着面前的黑暗。库松躺在地上，双臂抱着她丈夫的脚，把脸偎靠在上面。

成这件事。‘胡闹！’我回答说，‘那孩子好像快要发疯了——把这一切复杂情形告诉他又有什么好处呢？先顺利地举行过婚礼，然后——只要结局好就万事大吉了。尤其是，这件事永远也不会有泄漏的危险，何必节外生枝地让一个人终身苦恼呢？’

“我不知道这计划是否已得到库松的同意。她有时哭泣，有时沉默。如果我说，‘那我们就不再提了吧’，她就显得很不安。事情既然到了这个地步，我就叫司帕提去向你提亲，你毫不迟疑地同意了。一切就这样决定了。

“婚期定了以后不久，库松变得那么执拗，我好不容易才把她说服过来。‘算了吧，叔叔，’她常常这样对我说。‘这是什么意思，你这傻孩子，’我责备她说，‘一切都安排好了，现在我们怎么能不干了呢？’

“‘放出谣言说我死了吧，’她哀求道，‘把我送到别的地方去。’

“‘那么，那个年轻人会遭遇到什么呢？’我说，‘他现在欢喜得上了七重天，盼望他日夜梦想着的事儿明天就可以实现；可是今天你却要我告诉他说你死了？结果是明天我就势必要把他死了的消息带给你，同一天晚上，又会有人把你的死讯报告给我。孩子，你以为我这一大把年纪能做一个少女和一个婆罗门的谋杀者吗？’”

“快乐的婚礼终于在一个吉日良辰举行了，我觉得我已经卸下了自己的沉重的负担。以后的事情，你比我知道得更清楚。”

“你给我们造成不可弥补的损失，你还不肯罢手吗？”赫门达静默了一会吼叫道，“现在你为什么要把这个秘密说出来呢？”

波阿利·山克尔极镇静地回答说：“当我看到你妹妹的婚礼一切都安排好了的时候，我心里想：‘好啦，我已经把一个婆罗门的种姓污损了，但那不过是责任感的问题。现在，另一个婆罗门的种姓又有被污损的危险，这一次我有责任来防止它。’于是我给他们写信，说我可以证明你娶了一个首陀罗的女儿。”

赫门达竭力控制住自己，说：“现在我打算休弃的这个女孩子，将来会怎么样呢？

你可以供给她食住么？”

“我已经尽了我的本分，”波阿利·山克尔从容地回答说，“照管别人休弃的妻子，可不是我的责任了。外面有人吗？给赫门达先生端一杯加冰的椰子汁来，还拿点槟榔。”

赫门达站起来，没有接受这丰富的款待，就告辞了。

四

在月圆之后的第五夜——那一夜是黑暗的。没有鸟叫。水塔旁边的荔枝树，看去像颜色不那么深的背景上的一道墨痕。南风像一个梦游者似的在黑暗中盲目地飘荡。天上的星星，想用不眨眼的警醒的眼光，穿透黑暗，来窥测深奥的秘密。

卧室里没有灯光。靠近打开的窗户有一张床，赫门达坐在床边，凝望着面前的黑暗。库松躺在地上，双臂抱着她丈夫的脚，把脸偎靠在上面。时间像宁静的海洋一般停住不动。在这永恒的夜的背景里，“命运”似乎画出了这惟一的一张永远有价值的画：周围是死气沉沉的，裁判者坐在中间，罪人伏在他的脚边。

拖鞋声又响了。哈利赫·慕克吉走近门边，说：“时间已经够长了，——我不能再等了。把这女孩子赶出去吧。”

库松听到这些话的时候，她用毕生的热情，抱住她丈夫的脚，不住地吻着，又恭敬地用她的前额触了一下他的脚，然后走出去了。

赫门达站起来，走到门边，说：“父亲，我不愿意休弃我的妻子。”

“什么？”哈利赫吼叫着，“你愿意放弃你的种姓么，先生？”

“我不在乎种姓，”这是赫门达的沉着的回答。

“那么我连你也赶出去。”

佚名 译

· 作品赏析 ·

《弃绝》写于 1892 年，为泰戈尔的早期短篇小说名作之一。

小说共有四节，前后写了五天里所发生的颇具戏剧性的故事。第一、二节写故事的开端，时间是第一天夜里，男主人公赫门达的父亲哈利赫向女主人公库松查问事情原委，要赶库松出门。第三节写第二天赫门达向媒人了解库松的事情。第四节写第五天夜里，赫门达同种姓制度决裂，离家出走与库松共同生活。小说通过描写赫门达和库松这对青年男女的婚姻，因种姓的隔阂遭到家长的反对并起而反抗的故事，揭露了印度种姓制度的罪恶，讴歌了印度青年追求自由婚姻的反抗精神，表达了作家进步的人道主义思想。小说结构紧凑，情节迭宕，语言简练生动，人物刻画鲜明，结尾干净利索，掷地有声，处处显示出作者的大手笔风范。

麦琪的礼物 /［美国］欧·亨利

入选理由

语言平淡哀伤，有着幽默的悲叹
写尽世界最为伟大的相濡以沫式的尘俗之爱
文章结构独特，运用了典型的欧·亨利式结尾

一块八毛七分钱。全在这儿了。其中六毛钱还是铜子儿凑起来的。这些铜子儿是每次一个、两个向杂货铺、菜贩和肉店老板那儿死乞白赖地硬扣下来的；人家虽然没有明说，自己总觉得这种掂斤播两的交易未免太吝啬，当时脸都臊红了。德拉数了三遍。数来数去还是一块八毛七分钱，而第二天就是圣诞节了。

欧·亨利像

除了扑在那张破旧的小榻上号哭之外，显然没有别的办法。德拉就那样做了。这使一种精神上的感慨油然而生，认为人生是由啜泣、抽噎和微笑组成的，而抽噎占了其中绝大部分。

这个家庭的主妇渐渐从第一阶段退到第二阶段，我们不妨抽空儿来看看这个家吧。一套连家具的公寓，房租每星期八块钱。虽不能说是绝对难以形容，其实跟贫民窟也相去不远。

作者简介

欧·亨利（1862～1910），美国最为知名的短篇小说家。生于北卡罗来纳普通的乡医家庭，成长于各式工作的艰难尝试中，但却凭借自己的努力和先天的对世界和生命的感悟力，创造了美国史上文学的首个巅峰，被誉为曼哈顿的桂冠散文作家，以及美国现代短篇小说之父。他的小说源自纽约的真实社会生活，蕴藉着作家对生活的纵深理解，主要包括为欧·亨利赢取了世界声誉的《警察与赞美诗》、《爱的牺牲》、《麦琪的礼物》、《最后一片叶子》等。他的小说以真实的生活感触和新颖的构思为我们营造了比比皆是的生活中的尴尬，以及尴尬背后心酸的眼泪。

下面门廊里有一个信箱，但是永远不会有信件投进去；还有一个电钮，除非神仙下凡才能把铃按响。那里还贴着一张名片，上面印有“詹姆斯·迪林汉·扬先生”几个字。

“迪林汉”这个名号是主人先前每星期挣三十块钱的时候，一时高兴，加在姓名之间的。现在收入缩减到二十块钱，“迪林汉”几个字看来就有些模糊，仿佛它们正在郑重考虑，是不是缩成一个质朴而谦逊的“迪”字为好。但是每逢詹姆斯·迪林汉·扬先生回家上楼，走进房间的时候，詹姆斯·迪林汉·扬太太——就是刚才已经介绍给各位的德拉——总是管他叫做“吉姆”，总是热烈地拥抱他。那当然是很好的。

德拉哭过之后，在脸颊上扑了些粉。她站在窗子跟前，呆呆地瞅着外面灰蒙蒙的后院里，一只灰猫正在灰色的篱笆上行走。明天就是圣诞节了，她只有一块八毛七分钱来给吉姆买一件礼物。好几个月来，她省吃俭用，能攒起来的都攒了，可结果只有这么一点儿。一星期二十块钱的收入是不经用的。支出总比她预算的要多。总是这样的。只有一块八毛七分钱来给吉姆买礼物。她的吉姆。为了买一件好东西送给他，德拉自得其乐地筹划了好些日子。要买一件精致、珍奇而真有价值的东西——够得上为吉姆所有的东西固然很少，可总得有些相称才成呀。

房里两扇窗子中间有一面壁镜。诸位也许见过房租八块钱的公寓里的壁镜。一个非常瘦小灵活的人，从一连串纵的片断的映像里，也许可以对自己的容貌得到一个大致不差的概念。德拉全凭身材苗条，才精通了那种技艺。

她突然从窗口转过身，站到壁镜面前。她的眼睛晶莹明亮，可是她的脸在二十秒钟之内却失色了。她迅速地把头发解开，让它披落下来。

且说，詹姆斯·迪林汉·扬夫妇有两样东西特别引为自豪，一样是吉姆三代祖传的金表，另一样是

《麦琪的礼物》插图

德拉那美丽的头发披在身上，宛如褐色的小瀑布飞泻而下，在阳光下熠熠生辉。

示巴女王会见所罗门王（油画）

德拉的头发。如果示巴女王①住在天井对面的公寓里，德拉总有一天会把她的头发悬在窗外去晾干，使那位女王的珠宝和礼物相形见绌。如果所罗门王②当了看门人，把他所有的财富都堆在地下室里，吉姆每次经过那儿时准会掏出他的金表看看，好让所罗门妒忌得吹胡子瞪眼睛。

这当儿，德拉美丽的头发披散在身上，像一股褐色的小瀑布，奔泻闪亮。头发一直垂到膝盖底下，仿佛给她铺成了一件衣裳。她又神经质地赶快把头发梳好。她踌躇了一会儿，静静地站着，有一两滴泪水溅落在破旧的红地毯上。

她穿上褐色的旧外套，戴上褐色的旧帽子。她眼睛里还留着晶莹的泪光，裙子一摆，她就飘然走出房门，下楼跑到街上。

她走到一块招牌前停住了，招牌上面写着："莎弗朗妮夫人——经营各种头发用品"。德拉跑上一段楼梯，气喘吁吁地让自己定下神来。那位夫人身躯肥硕，肤色白得过分，一副冷冰冰的模样，同"莎弗朗妮"③这个名字不大相称。

"你要买我的头发吗？"德拉问道。

"我买头发，"夫人说，"脱掉帽子，让我看看头发的模样。"

那股褐色的小瀑布泻了下来。

"二十块钱。"夫人用行家的手法抓起头发说。

"赶快把钱给我。"德拉说。

噢，此后的两个钟头仿佛长了玫瑰色翅膀似的飞掠过去。诸位不必理会这种杂凑的比喻。总之，德拉正为了送吉姆的礼物在店铺里搜索。

德拉终于把它找到了。它准是专为吉姆，而不是为别人制造的。她把所有店铺

---

① 示巴古国在阿拉伯西南，即今之也门。据《旧约·列王纪上》载，示巴女王带了许多香料、宝石和黄金去觐见所罗门王，用难题考验所罗门的智慧。

② 所罗门王：公元前 10 世纪以色列国王，以聪明豪富著称。

③ 莎弗朗妮：意大利诗人塔索（1544 ~ 1595）以第一次十字军东侵为题材的史诗《耶路撒冷的解放》中的人物，她为了拯救耶路撒冷全城的基督徒，承认了并未犯过的罪行，成为舍己为救人的典型。

都兜底翻过，各家都没有像这样的东西。那是一条白金表链，式样简单朴素，只是以货色来显示它的价值，不凭什么装潢来炫耀——一切好东西都应该是这样的。它甚至配得上那只金表。她一看到就认为非给吉姆买下不可。它简直像他的为人。文静而有价值——这句话拿来形容表链和吉姆本人都恰到好处。店里以二十一块钱的价格卖给了她，她剩下八毛七分钱，匆匆赶回家去。吉姆有了那条链子，在任何场合都可以毫无顾虑地看看钟点了。那只表虽然华贵，可是因为只用一条旧皮带来代替表链，他有时候只是偷偷地瞥一眼。

德拉回家以后，她的陶醉有一小部分被审慎和理智所替代。她拿出卷发铁钳，点着煤气，着手补救由于爱情加上慷慨而造成的灾害。那始终是一件艰巨的工作，亲爱的朋友们——简直是了不起的工作。

不出四十分钟，她头上布满了紧贴着的小发卷，变得活像一个逃课的小学生。她对着镜子小心而苛刻地照了又照。

“如果吉姆看了一眼不把我宰掉才怪呢，”她自言自语地说，“他会说我像是康奈岛游乐场里的卖唱姑娘。我有什么办法呢？——唉！只有一块八毛七分钱，叫我有什么办法呢？”

到了七点钟，咖啡已经煮好，煎锅也放在炉子后面热着，随时可以煎肉排。

吉姆从没有晚回来过。德拉把表链对折着握在手里，在他进来时必经的门口的桌子角上坐下来。接着，她听到楼下梯级上响起了他的脚步声。她脸色白了一忽儿。她有一个习惯，往往为了日常最简单的事情默祷几句，现在她悄声说：“求求上帝，让他认为我还是美丽的。”

门打开了，吉姆走进来，随手把门关上了。他很瘦削，非常严肃。可怜的人儿，他只有二十二岁——就负起了家庭的担子！他需要一件新大衣，手套也没有。

吉姆在门内站住，像一条猎狗嗅到鹌鹑气味似的纹丝不动。他的眼睛盯着德拉，所含的神情是她所不能理解的，这使她大为惊慌。那既不是愤怒，也不是惊讶，又不是不满，更不是嫌恶，不是她所预料的任何一种神情。他只带着那种奇特的神情凝视着德拉。

德拉一扭腰，从桌上跳下来，走近他身边。

“吉姆，亲爱的，”她喊道，“别那样盯着我。我把头发剪掉卖了，因为不送你一件礼物，我过不了圣诞节。头发会再长出来的——你不会在意吧，是不是？我非这么做不可。我的头发长得快极啦。说句‘恭贺圣诞’吧！吉姆，让我们快快乐乐的。我给你买了一件多么好——多么美丽的好东西，你怎么也猜不到的。”

“你把头发剪掉了吗？”吉姆吃力地问道，仿佛他绞尽脑汁之后，还没有把这个显而易见的事实弄明白似的。

“非但剪了，而且卖了，”德拉说，“不管怎样，你还是同样地喜欢我吗？虽然没有了头发，我还是我，不是吗？”

吉姆好奇地向房里四下张望。

“你说你的头发没有了吗？”他带着近乎白痴般的神情问道。

“你不用找啦，”德拉说，“我告诉你，已经卖了——卖了，没有了。今天是圣诞前夜，亲爱的。好好地对待我，我剪掉头发为的是你呀。我的头发也许数得清，”她突然非常温柔地接下去说，“但我对你的情爱谁也数不清。我把肉排煎上，好吗，吉姆？”

吉姆好像从恍惚中突然醒过来。他把德拉搂在怀里。我们不要冒昧，先花十秒钟工夫瞧瞧另一方面无关紧要的东西吧。每星期八块钱的房租，或是每年一百万元房租——那有什么区别呢？一位数学家或是一位俏皮的人可能会给你不正确的答复。麦琪[①]带来了宝贵的礼物，但其中没有那件东西。对这句晦涩的话，下文将有所说明。

吉姆从大衣口袋里掏出一包东西，把它扔在桌上。

“别对我有什么误会，德尔，”他说，“不管是剪发、修脸，还是洗头，我对我姑娘的爱情是决不会减少的。但是只消打开那包东西，你就会明白，你刚才为什么使我愣住了。”

白皙的手指敏捷地撕开了绳索和包皮纸。接着是一声狂喜的呼喊；紧接着，哎呀！突然转变成女性神经质的眼泪和号哭，立刻需要公寓的主人用尽办法来安慰她。

因为摆在眼前的是那套插在头发上的梳子——全套的发梳，两鬓用的，后面用的，应有尽有；那原是百老汇路上一个橱窗里德拉渴望了好久的东西。纯玳瑁做的，边上镶着珠宝的美丽的发梳——来配那已经失去的美发，颜色真是再合适也没有了。她知道这套发梳是很贵重的，心向神往了好久，但从来没有存过占有它的希望。现在居然为她所有了，可是佩带这些渴望已久的装饰品的头发却没有了。

但她还是把这套发梳搂在怀里不放，过了好久，她才能抬起迷的泪眼，含笑对吉姆说：“我的头发长得很快，吉姆！”

接着，德拉像一只给火烫着的小猫似的跳了起来，叫道：“喔！喔！”

吉姆还没有见到他的美丽的礼物呢。她热切地伸出摊开的手掌递给他。那无知觉的贵金属闪烁着仿佛反映着她快活和热诚的心情。

“漂亮吗，吉姆？我走遍全市才找到的。现在你每天要把表看上百来遍了。把你的表给我，我要看看它配在表上的样子。”

---

① 麦琪：指基督初生时来送礼物的三贤人。一说是东方的三王：梅尔基奥尔（光明之王）赠送黄金，表示尊贵；加斯帕（洁白者）赠送乳香，象征神圣；巴尔撒泽赠送没药，预示基督后来遭受迫害而死。

吉姆并没有照着她的话做，却坐到榻上，双手枕着头，笑了起来。

“德尔，”他说，“我们把圣诞节礼物搁在一边，暂且保存起来。它们实在太好啦，现在用了未免可惜。我是卖掉了金表，换了钱去买你的发梳的。现在请你煎肉排吧。”

那三位麦琪，诸位知道，全是有智慧的人——非常有智慧的人——他们带来礼物，送给生在马槽里的圣子耶稣。他们首创了圣诞节馈赠礼物的风俗。他们既然有智慧，他们的礼物无疑也是聪明的，可能还附带一种碰上收到同样的东西时可以交换的权利。我的拙笔在这里告诉了诸位一个没有曲折、不足为奇的故事；那两个住在一间公寓里的笨孩子，极不聪明地为了对方牺牲了他们一家最宝贵的东西。但是，让我们对目前一般聪明人说最后一句话，在所有馈赠礼物的人当中，那两个人是最聪明的。在一切接受礼物的人当中，像他们这样的人也是最聪明的。无论在什么地方，他们都是最聪明的。他们就是麦琪。

王永年 译

·作品赏析·

《麦琪的礼物》中贫穷的夫妻德拉与吉姆在生活的苦难中挣扎着，在圣诞节的前一天，仍在为生活奔波忧愁的他们，不是张罗着为这个伟大的日子欢庆。与之相反，出人意料的，他们双方把自己最珍贵的东西典当了，只为让爱人的生活能够更加安适一些，这即是文章的高潮部分。它既为我们展露了生命的高尚之爱，也同时让人在他们的凄美的爱恋中感伤不已，这大概就是爱的最绝美的误会。而这就是作者心目中的麦琪。这个结尾就是评论家所津津乐道的欧·亨利式的结尾。它的精妙处在于营造了文章前后情感意蕴的明显落差，引起读者思考对这一事件的促成因素，让人的阅读视觉从单一的文本走向更为广阔的现实社会，并且模糊了它们之间的界限，让文本在一定意义上具备了“含泪的微笑”这一传统的小人物式的悲哀。

如果再加上语言平淡中的忧伤，看似幽默的感叹，以及穷人生活中难堪的喜剧色彩，则将更让我们迷失在作者为我们营造的小说氛围中。

警察与赞美诗 /［美国］欧·亨利

入选理由

美国知名作家欧·亨利的小说经典
写尽了不堪的世相和世俗人生的尴尬
文章结构独特，运用了典型的欧·亨利式结尾

苏比躺在麦迪生广场他那条长凳上，辗转反侧。每当雁群在夜空引吭高鸣，每当没有海豹皮大衣的女人跟丈夫亲热起来，每当苏比躺在街心公园长凳上辗转反侧，这时候，你就知道冬天迫在眉睫了。

一张枯叶飘落在苏比的膝头。这是杰克·弗洛斯特的名片。杰克对麦迪生广场的老住户很客气，每年光临之前，总要先打个招呼。他在十字街头把名片递给“露天公寓”的门公佬“北风”，好让房客们有所准备。

苏比明白，为了抵御寒冬，由他亲自出马组织一个单人财务委员会的时候到了。为此，他在长凳上辗转反侧，不能人寐。

苏比的冬居计划并不过奢。他没打算去地中海游弋，也不想去晒南方令人昏昏欲睡的太阳，更没考虑到维苏威湾①去漂流。他衷心企求的仅仅是去岛上度过三个月。整整三个月不愁食宿，伙伴们意气相投，再没有“北风”佬儿和警察老爷来纠缠不清，在苏比看来，人生的乐趣也莫过于此了。

多年来，好客的布莱克威尔岛②监狱一直是他的冬季寓所。正如福气比他好的纽约人每年冬天要买票去棕榈滩和里维埃拉③一样，苏比也不免要为一年一度的“冬狩”作些最必要的安排。现在，时候到了。昨天晚上，他躺在古老的广场喷泉附近的长凳上，把三份星期天的厚报纸塞在上衣里，盖在脚踝和膝头上，都没有能挡住寒气。这就

① 维苏威湾：在意大利南部，沿岸有那不勒斯市和欧洲大陆唯一的活火山维苏威火山，是游览胜地。
② 布莱克威尔岛：现名惠尔费岛，在纽约东河上，岛上有监狱。
③ 棕榈滩和里维埃拉：前者在美国南部佛罗里达州海边，后者指法国、意大利、摩纳哥等沿地中海一些地区，都是全世界阔人们过冬的游览区。

使苏比的脑海里迅速而鲜明地浮现出岛子的影子。他瞧不起慈善事业名下对地方上穷人所作的布施。在苏比眼里，法律比救济仁慈得多。他可去的地方多的是，有市政府办的，有救济机关办的，在那些地方他都能混吃混住。当然，生活不能算是奢侈。可是对苏比这样一个灵魂高傲的人来说，施舍的办法是行不通的。从慈善机构手里每得到一点点好处，钱固然不必花，却得付出精神上的屈辱来回报。真是凡事有利必有弊，要睡慈善单位的床铺，先得让人押去洗上一个澡；要吃他一块面包，还得先一五一十交代清个人的历史。因此，还是当法律的客人来得强。法律虽然铁面无私，照章办事，至少没那么不知趣，会去干涉一位大爷的私事。

既经打定主意去岛上，苏比立刻准备实现自己的计划。省事的办法倒也不少。最舒服的莫过于在哪家豪华的餐馆里美美地吃上一顿，然后声明自己不名一钱[①]，这就可以悄悄地、安安静静地给交到警察手里。其余的事，自有一位识相的推事[②]来料理。

苏比离开长凳，踱出广场，穿过百老汇路和五马路汇合处那片平坦的柏油路面。他拐到百老汇路，在一家灯火辉煌的餐馆门前停了下来，每天晚上，这里汇集着葡萄、蚕丝与原生质的最佳制品[③]。

苏比对自己西服背心最低一颗纽扣以上的部分很有信心。他刮过脸，他的上装还算过得去，他那条干干净净的活结领带是感恩节[④]那天一位教会里的女士送给他的。只要他能走到餐桌边不引人生疑，那就胜券在握了。他露出桌面的上半身还不至于让侍者起怀疑。一只烤野鸭，苏比寻思，那就差不离——再来一瓶夏白立酒[⑤]，然后是一份戛曼包干酪[⑥]，一小杯浓咖啡，再来一支雪茄烟。一块钱一支的那种也就凑合了。总数既不会大得让饭店柜上发狠报复，这顿牙祭又能让他去冬宫的旅途上无牵无挂，心满意足。

可是苏比刚迈进饭店的门，侍者领班的眼光就落到他的旧裤子和破皮鞋上。粗壮利落的手把他推了个转身，悄悄而迅速地把他打发到人行道上，那只险遭暗算的野鸭的不体面命运也从而得以扭转。

苏比离开了百老汇路。看来靠打牙祭去那个日思夜想的岛是不成的了。要进地狱，还得想想别的办法。

---

① 不名一钱：一个钱都没有，非常贫穷。名，占有的意思。
② 推事：旧时对审判官或法官的通称。
③ 葡萄、蚕丝与原生质的最佳制品：这是作者的诙谐说法，意思是美酒、华丽的衣服和上流人士。原生质，原泛指细胞内的物质，这里指人。
④ 感恩节：美国的一个节日，日期是 11 月的第四个星期四。
⑤ 夏白立酒：法国夏白立出产的一种无甜味的白葡萄酒。
⑥ 戛曼包干酪：用戛曼包地方的方法制成的干酪。戛曼包，法国西北部诺曼底半岛的一个地方。干酪，牛乳的一种发酵制品，供调剂各种食品用。

在六马路拐角上有一家铺子，灯光通明，陈设别致，大玻璃橱窗很惹眼。苏比捡起块鹅卵石往大玻璃上砸去。人们从拐角上跑来，领头的是个巡警。苏比站定了不动，两手插在口袋里，对着铜纽扣[①]直笑。

“肇事的家伙在哪儿？”警察气急败坏地问。

“你难道看不出我也许跟这事有点牵连吗？”苏比说，口气虽然带点嘲讽，却很友善，仿佛好运在等着他。

在警察的脑子里苏比连个旁证都算不上。砸橱窗的人没有谁会留下来和法律的差役打交道。他们总是一溜烟似地跑。警察看见半条街外有个人跑着去赶搭车子。他抽出警棍，追了上去。苏比心里窝火极了，他拖着步子走了开去。两次了，都砸了锅。

街对面有家不怎么起眼的饭馆。它投合胃口大钱包小的吃客。它那儿的盘盏和气氛都粗里粗气，它那儿的菜汤和餐巾都稀得透光。苏比挪动他那双暴露身份的皮鞋和泄露真相的裤子跨进饭馆时倒没遭到白眼。他在桌子旁坐下来，消受了一块牛排、一份煎饼、一份油炸糖圈，以及一份馅儿饼。吃完后他向侍者坦白：他无缘结识钱大爷，钱大爷也与他素昧平生。

“手脚麻利些，去请个警察来，”苏比说，“别让大爷久等。”

“用不着惊动警察老爷，”侍者说，嗓音油腻得像奶油蛋糕，眼睛红得像鸡尾酒里浸泡的樱桃，“喂，阿康！”

两个侍者干净利落地把苏比往外一叉[②]，正好让他左耳贴地摔在铁硬的人行道上。他一节一节地撑了起来，像木匠在打开一把折尺，然后又掸去衣服上的尘土。被捕仿佛只是一个绯色的梦[③]。那个岛远在天边。两个门面之外一家药铺前就站着个警察，他光是笑了笑，顺着街走开去了。

苏比一直过了五个街口，才再次鼓起勇气去追求被捕。这一回机会好极了，他还满以为十拿九稳，万无一失呢。一个衣着简朴颇为讨人喜欢的年轻女子站在橱窗前，兴味十足地盯着陈列的剃须缸与墨水台。而离店两码远，就有一位彪形大汉——警察，表情严峻地靠在救火龙头上。

苏比的计划是扮演一个下流、讨厌的小流氓。他的对象文雅娴静，又有一位忠于职守的巡警近在咫尺，使他很有理由相信，警察那双可爱的手很快就会落到他身上，使他在岛上冬蛰的小安乐窝里吃喝不愁。

苏比把教会女士送的活结领带拉拉挺，把缩进袖口的衬衫袖子拉出来，把帽子

① 铜纽扣：警察制服上的铜制纽扣。这里指代警察。
② 叉：刺，这里是用手推的意思。
③ 绯色的梦：美梦。绯色，红色。

往后一推，歪得马上要掉下来，向那女子挨将过去。他厚着面皮把小流氓该干的那一套恶心勾当一段段表演下去。苏比把眼光斜扫过去，只见那警察在盯住他。年轻女人挪动了几步，又专心致志地看起剃须缸来。苏比跟了过去，大胆地挨到她的身边，把帽子举了一举，说：

《警察和赞美诗》插图

“啊哈，我说，贝蒂丽亚！你不是说要到我院子里去玩儿吗？”

警察还在盯着。那受人轻薄的女子只消将手指一招，苏比就等于进安乐岛了。他想象中已经感到了巡捕房的舒适和温暖。年轻的女士转过脸来，——伸出一只手，抓住苏比的袖子。

“可不是吗，迈克，”她兴致勃勃地说，“不过你先得破费给我买杯猫尿[①]。要不是那巡警老盯着，我早就要跟你搭腔了。”

那娘们像常春藤一样紧紧攀住苏比这棵橡树，苏比好不懊丧地在警察身边走了过去。看来他的自由是命中注定的了。

一拐弯，他甩掉女伴撒腿就走。他一口气来到一个地方，一到晚上，最轻佻的灯光，最轻松的心灵，最轻率的盟誓，最轻快的歌剧，都在这里荟萃。身穿轻裘大氅的淑女绅士在寒冷的空气里兴高采烈地走动。苏比突然感到一阵恐惧，会不会有什么可怕的魔法镇住了他，使他永远也不会被捕呢？这个念头使他有点发慌，但是当他遇见一个警察大模大样在灯火通明的剧院门前巡逻时，他马上就捞起“扰乱治安”这根稻草来。

苏比在人行道上扯直他那破锣似的嗓子，像醉鬼那样乱嚷嚷。他又是跳，又是吼，又是骂，用尽了办法大吵大闹。

警察让警棍打着旋，身子转过去背对苏比，向一个市民解释道：

① 猫尿：指啤酒。

"这是个耶鲁[①]的小伙子在庆祝胜利，他们跟哈德福学院赛球，请人家吃了鸭蛋。够吵的，可是不碍事。我们有指示，让他们只管闹去。"

苏比怏怏地停止了白费气力的吵闹。难道就没有一个警察来抓他了吗？在他的幻想中，那岛子已成为可望不可即的仙岛。他扣好单薄的上衣以抵挡刺骨的寒风。

他看见雪茄烟店里一个衣冠楚楚的人对着摇曳的火头在点烟。那人进店时，将一把绸伞靠在门边。苏比跨进店门，拿起绸伞，慢吞吞地退了出去。对火的人赶紧追出来。

"我的伞。"他厉声说道。

"噢，是吗？"苏比冷笑说；在小偷小摸的罪名上又加上侮辱这一条。"好，那你干吗不叫警察？不错，是我拿的。你的伞！你怎么不叫巡警？那边拐角上就有一个。"

伞主人放慢了脚步，苏比也放慢脚步。他有一种预感：他又一次背运了。那警察好奇地瞅着这两个人。

"当然，"伞主人说，"嗯……是啊，你知道有时候会发生误会……我………要是这伞是你的我希望你别见怪……我是今天早上在一家饭店里捡的……要是你认出来这是你的，那么……我希望你别……"

"当然是我的。"苏比恶狠狠地说。

伞的前任主人退了下去。那警察急匆匆地跑去搀一位穿晚礼服的金发高个儿女士过马路，免得她被在两条街以外往这边驶来的电车撞着。

苏比往东走，穿过一条因为翻修而高低不平的马路。他忿忿地把伞扔进一个坑。他嘟嘟哝哝咒骂起那些头戴铜盔，手拿警棍的家伙来。因为他想落入法网，而他们偏偏认为他是个永远不会犯错误的国王。

最后，苏比来到通往东区的一条马路上，这儿灯光暗了下来，嘈杂声传来也是隐隐约约的。他顺着街往麦迪生广场走去，因为即使他的家仅仅是公园里的一条长凳，他仍然有夜深知归的本能。

可是，在一个异常幽静的地段，苏比停住了脚步。这里有一座古老的教堂，建筑古雅，不很规整，是有山墙的那种房子。柔和的灯光透过淡紫色花玻璃窗子映射出来，风琴师为了练熟星期天的赞美诗，在键盘上按过来按过去。动人的乐音飘进苏比的耳朵，吸引了他，把他胶着在螺旋形的铁栏杆上。

明月悬在中天，光辉、静穆；车辆与行人都很稀少；檐下的冻雀睡梦中啁啾了几声——这境界一时之间使人想起乡村教堂边上的墓地。风琴师奏出的赞美诗使铁栏杆前的苏比入定了，因为当他在生活中有母爱、玫瑰、雄心、朋友以及洁白无瑕的

① 耶鲁：指耶鲁大学，它是美国最早的私立大学之一。

思想与衣领时，赞美诗对他来说是很熟悉的。

苏比这时敏感的心情和老教堂的潜移默化会合在一起，使他灵魂里突然起了奇妙的变化。他猛然对他所落人的泥坑感到憎厌。那堕落的时光，低俗的欲望，心灰意懒，才能衰退，动机不良——这一切现在都构成了他的生活内容。

一刹那间，新的意境醍醐灌顶似地激荡着他。一股强烈迅速的冲动激励着他去向坎坷的命运奋斗。他要把自己拉出泥坑，他要重新做一个好样儿的人。他要征服那已经控制了他的罪恶。时间还不晚，他还算年轻，他要重新振作当年的雄心壮志，坚定不移地把它实现。管风琴庄严而甜美的音调使他内心起了一场革命。明天他要到熙熙攘攘的商业区去找事做。有个皮货进口商曾经让他去赶车。他明天就去找那商人，把这差使接下来。他要做个烜赫一时的人。他要——

苏比觉得有一只手按在他胳膊上。他霍地扭过头，只见是警察的一张胖脸。

“你在这儿干什么？”那警察问。

“没干什么。”苏比回答。

“那你跟我来。”警察说。

第二天早上，警察局法庭上的推事宣判道：“布莱克威尔岛，三个月。”

李文俊 译

·作品赏析·

这个美国的桂冠诗人在《警察与赞美诗》中，借助流浪汉苏比在冬天的心理历程和真实的遭遇展现了这个世界的荒诞和尴尬。苏比因为在生存上遭遇了困境，所以他尝试了很多的、在他自己看来很不道德的、甚至可以称得上犯罪的事实，只想着被抓入监狱度过这个苦难的冬天，但事与愿违，他没有得到他想得到的。相反，在他听完教堂的赞美诗后想改过自新重新做人的时候，偏偏就在这时，他被投入了监狱。这是一个可能显得荒诞不经的故事，但却显示了相当苦涩的人生境遇的分析。这是一种幽默同时也是一种辛酸的眼泪。虽然作者的这篇文章充满了艺术的创造，但同样的因为表达出的情感得到了广泛的认同，于是故事也相应地成为一种近乎真实的表达了。当然这也是一种杰出的欧·亨利笔法，在前面文章的铺垫中我们丝毫不会感觉到，流浪汉被抓的原因不是因为他的犯罪，而是在他得到改过自新的人生呼唤以后，这是一种绝对的落差，多少让人心酸。因为作者引领我们，让我们看到了在苏比身上新生的希望了：风琴师奏出的赞美诗使铁栏杆前的苏比入定了，一刹那间新的意境醍醐灌顶似的激荡着他，一股强烈迅速的冲动激励着他去向坎坷的命运奋斗。

他母亲的伙伴

/［澳大利亚］亨利·劳森

入选理由

亨利·劳森的短篇小说代表作之一

世界微型小说中的典范佳作之一

曾先后被我国三家知名报刊转载过

电灯光下，剧院门口的台阶上，坐着一个面容憔悴的妇人。她手里抱着一个孩子，身旁站着两个。膝盖上放着一叠报纸，紧挨脚边的一个雪茄烟盒就搁在人行道上，里面装满了火柴、靴带和骨领扣。

一位绅士模样的人，从马路对面的“大理石酒吧间”走了出来。他在人行道上站立片刻，看了看表，然后看了看对面的剧院。他穿过大街，在走近人行道的时候，把手伸进了衣袋里。

亨利·劳森像

“买报，先生？”一个报童叫道，“来哟，先生，有《新闻》，还有《星》。”

但那位“先生”已经注意到了台阶上的妇人，并朝她走去。

“买报吧，先生！这里有《星》，”孩子嚷着，一下子闪到他跟前，目光很快地从“先生”脸上转向卖报的女人，他说：

“没有关系，先生！都是一样的——她是我母亲……谢谢！”

佚名 译

作者简介

亨利·劳森 (1867 ~ 1922)，澳大利亚小说家、诗人。出生在新南威尔士州格伦费尔城附近。只读过 3 年书，后在农场和父亲所承包的建筑工地上干过杂活。16 岁时父母分居，他随母亲到悉尼，先后做过油漆工、木匠等。1887 年开始文学创作。他一生出版将近 20 部诗集和短篇小说集，其中包括《通俗诗和幽默诗》、《在路上和在栅栏旁》、《我的祖国》、《丛林儿童》等。他的作品无论在题材、风格、语言各方面都具有鲜明的地方特色，为奠定澳大利亚文学的基础作出了贡献。

·作品赏析·

《他母亲的伙伴》是亨利·劳森脍炙人口的短篇小说，曾被译成多国文字，广为流传，在我国曾为多家报刊登载过。这是一篇一分钟可以读完的微型小说，全文不到300字，但却极其形象地勾勒出一个背负家庭生活重担顽强生活的母亲，以及一个年纪虽小，但已学会察言观色、机巧地应付生活的早熟孩子形象，表达了母子间的相依为命之情，反映了社会的贫困。小说构思精巧，结构紧凑，语言含蓄简练，电影蒙太奇手法运用极为成功，结尾奇峰突起，又在意料之中，耐人寻味。如此短小精致的篇章，却蕴含了深刻的思想内容，显示了作者杰出的创作技巧和敏锐的社会观察力。

《他母亲的伙伴》插图

三个卢布 /［俄罗斯］蒲宁

入选理由

俄国短篇小说名手蒲宁的代表作之一
表现了俄国贫困少女的生活境遇和下层人士之间的圣洁感情
入选世界多种短篇小说选集

在那个夏日的黄昏，我由乡下乘火车去县城。到达时虽已八点多了，却仍然溽暑蒸人，天空由于乌云密布而昏暗下来，眼看就要下雷雨了。当马车载着我，由火车站沿着暮色渐浓的田野，扬起一团团尘土，风驰电掣地朝前奔去的时候，蓦地里，身后迸射出一道金黄色的闪光，于一刹那间，照亮了前面的道路，接着响起了隆隆的雷声，豆大的雨点旋即稀疏而又急速地打在尘埃中和四轮马车上，但立刻又停了。

蒲宁像

不一会，马车便沿着松软的道路，冲下了缓斜的山坡，辚辚地驶过架在干涸的小河上的石桥。桥堍下黑魆魆地耸立着县里的几家铁匠铺，散发出金属的气息。上山的路上，闪烁着一盏落满尘土的煤油路灯……

我像每次进城时一样，在城里最好的一家旅馆——沃罗比尧夫旅馆开了一间连卧室的套间。套间里两扇窗都关得严严实实的，还蒙着白洋布窗帘，因此热得就像在火炉里一般。我吩咐侍者把窗户统统打开，把茶炊拿来，就三脚两步走到窗口，因为屋里闷得透不过气来了。此时窗

作者简介

蒲宁 (1870 ~ 1953)，俄罗斯现代作家。生于一个破落贵族世家。中学未毕业就步入社会，做过校对员、图书馆员、助理编辑等。曾受教于托尔斯泰、契诃夫、高尔基等作家。1909 年被选为科学院名誉院士。十月革命爆发后，他持敌对立场，于 1920 年流亡国外，侨居法国直到去世。代表作有短篇小说《末日》、《来自旧金山的绅士》、《米佳的爱情》、《三个卢布》、《乌鸦》等，中篇小说《乡村》，诗集《落叶》等。1933 年，蒲宁获得诺贝尔文学奖。

外已经伸手不见五指，闪电不时划破夜空，现在闪电的光芒已经是瓦蓝色的了，而雷声就好似贴着坑坑洼洼的地面滚过。我至今还记得，我当时曾这样想过："这个城镇渺小到了无可再渺小的地步，因而很难理解，这般壮丽的蓝色光芒有何必要在这个小城的上空如此可畏地闪耀，又何必要如此威严地隆隆作响，震撼着黑得叫人看不见的天空。"我走进隔着一道板壁的里间去，脱掉上装，解掉领带。这时我听到侍者用托盘端着茶炊快步走进外间，把它放到沙发前的圆桌上。我往外看了一眼：只见除了一个茶炊、一个涮杯缸、一只玻璃杯、一碟小白面包外，托盘上还有一只茶杯。

"为什么还要一只茶杯？"我问。

侍者挤了挤眼睛，回答说：

"鲍里斯·彼得罗维奇，有位小姐要找您。"

"什么小姐？"

侍者耸了耸肩膀，做出一副笑脸，说：

"那还用问。她苦苦求我放她进来，说是如果能挣到点钱的话，一准送给我一个卢布。她看到您乘着马车来旅社的……"

"这么说，是个街头的神女罗？"

"可不。这种女人我们旅馆里还从没见过哩，向来是客人打发我们上安娜·玛特维耶芙娜那儿把姑娘叫来，可这一位却自个儿上门……身材倒挺棒的，像是个念书的女学生。"

我想到今宵的寂寞无聊，便说：

"这倒可以散散心。让她进来吧。"

侍者兴冲冲地走了。我刚转过身去动手斟茶，就有人敲门了。令我吃惊的是，没等我回答，一个身材高大的女郎，穿着褐色的女学生制服，戴顶一侧缀有一束假的矢车菊的草帽，迈着一双大脚，脚上穿的是破旧的粗麻布便鞋，竟旁若无人地走进了屋来。

"路过这儿，看到灯还亮着，就顺便来拜访您。"她的乌黑的眼睛望着一旁，试图以一种讥嘲的口吻说道。

所有这一切全然不像我所预料的，我不免有点慌了手脚，以致用喜出望外得有失身份的口气回答说：

"欢迎之至。请脱掉帽子，坐下来用茶。"

这时窗外掠过一道宽阔的紫色闪电，随即就在附近什么地方响起了一个惊天动地的霹雳，仿佛是要告诫切莫作孽似的，一阵风吹进了屋里，我急忙跑去关窗，很高兴有这么个机会可以掩饰一下自己手足无措的窘态。当我回过身来时，她已摘掉帽子，坐在沙发上，举起一只细长而黧黑的手，把剪得短短的头发往后掠去。她头发很浓密，呈栗色，颧骨略嫌阔了点，脸上有雀斑，双唇丰满，但是却发紫，一双

《三个卢布》插图

一个身材高大的女郎，穿着褐色的女学生制服，竟旁若无人地走进了屋来。

乌黑的眼睛凛若冰霜。我开玩笑地向她抱歉说，我衣冠不整，没有穿上装，可是她却冷冷地瞥了我一眼，问：

“您愿意付多少钱？”

我仍然用那种造作出来的玩世不恭的口吻，回答：

“忙什么，我们还有的是时间来谈价钱！先喝茶吧。”

“不，”她紧蹙着双眉，说，“必须先讲好条件。少于三个卢布，我是无论如何不愿意的。”

“三个卢布就三个卢布。”我仍然用那种愚蠢的玩世不恭的口气讲着。

“您是说着玩的吗？”她严峻地问。

“绝对不是。”我回答说，心里打算让她喝完一杯茶，就给她三个卢布，把她打发走。

她舒了口气，合上了眼睛，头向后一仰，靠到沙发背上。我望着她没有血色的发紫的双唇，心想她大概饿了，便给她斟了杯茶，把盛着面包的碟子推到她面前，然后也坐到沙发上，碰了碰她的手，说：

“请用吧。”

她睁开眼睛，默默地喝着茶，吃着面包。我凝视着她那晒黑了的手和端庄地垂下的乌黑的睫毛，思忖：这事已经越来越荒唐了，便问她：

“您是本地人吗？”

她一面摇了摇头，一面仍然就着茶，吃着面包，并回答说：

“不，是从远地……”

但是只讲了半句就默不作声了。后来，她把面包屑打膝盖上抖掉，霍地站了起来，眼睛不望着我，说：

“我脱衣服去。”

这可是我最最意料不到的。我想说句什么，可她却不容分说地止住了我的话，说：

“把门去锁上，把窗帘放下来。”

说罢，就走到板壁后边去了。

我以一种身不由主的顺从心理，慌忙去放下窗帘，窗外，一道道闪电的光束越来越宽阔，似乎竭力想更深地窥探我的房间，震耳欲聋的雷声也更其顽固地滚滚而来。我放下窗帘后，又急急地去锁上房门，自己也不明白为什么要这么做，正当我打算装出几声笑来，把所有这一切当作一场玩笑了事，或者，推诿说我头疼得厉害，将她打发走的时候，她却从板壁后大声唤道：

“您来吧……”

我又身不由主地顺从了她，走到板壁后面，发现她已经上床：她躺在那里，被子一直拉到下颏上，用两只变得完全墨黑的眼睛古怪地望着我，咬紧着正在上下颤抖的牙齿。张皇和情欲使我失去了理智，我一把将被子从她手里掀掉，露出了她那只穿有一件破旧的短汗衫的身子。而她呢，只来得及举起赤裸的手臂，拿过挂在床头的梨形木塞，把灯火压熄……

事后，我摸黑站在打开的窗房，贪婪地抽着烟，听着滂沱的大雨如何在漆黑的夜空中，伴着稍纵即逝的紫罗兰色的闪电和远处隆隆的雷声瓢泼似地倾泻到死寂的城里，我一面呼吸着雨天清新的，然而又羼杂着被阳光烤灼了一天的城市的各种气味的空气，一面心里想：是啊，世上万事的结合真是不可思议——这个可怜荒僻的小县城竟会有这么一场神圣、威严、声震天地、令人目眩的蔚为壮观的豪雨，——而越来越使我无论如何也不明白这个和我萍水相逢的女郎是个什么样的人，为什么只要三个卢布就肯出售她的童贞！是的，童贞！她在唤我了：

“关上窗，雨声太吵了，上我这儿来。”

我摸黑走回到板壁后边，坐到床上，摸到了她的手，一面吻着，一面讷讷地说：

“请您原谅，请您原谅我……”

她恬静地问：“您原先一定以为我真的是个妓女，而且还是个非常之蠢的或者是有精神病的妓女吧？”

我急忙回答：

“不，不，我并没有认为您是有精神病的，我只是想，您是初出茅庐的，虽说您已经知道，那种地方的一些姑娘好作女学生打扮。”

“为什么要作女学生打扮？”

“可以使人觉得她们天真无邪，更富魅力。”

“不，我不知道这种事。我只不过是没有其他的衣服罢了。我是今年春上才从中学毕业的。那时我父亲突然暴病而死，——我妈妈早就过世了，——我只得从诺沃契尔卡斯克来这里投亲，请他荐我个职业。我住在他家里，他却乘机来调戏我，我打了他，从此就在县公园的长凳上过夜……我眼看就要活不下去了，所以才来找您。可是到了这儿之后，却发觉您并无留我的意思。”

“是的，我那时正是进退维谷，”我说，“我让您进来，只是因为我实在无聊，我是从来不拈花惹草的。我本以为来找我的不过是个平常的卖笑姑娘，我就请她喝杯茶，跟她聊聊，解解闷，然后送给她两三个卢布，请她动身……”

“是啊，可是来找你的却是我。我直到最后一分钟，脑子里只想着一桩事：三个卢布，三个卢布。然而结果同我原先想象的完全不同。现在，我已经什么都不明白了……”

什么都不明白的还有我：我不明白周遭怎么会一片漆黑，窗外怎么会有雨声，而卧榻上怎么会有一个诺沃契尔卡斯克的女学生睡在我身旁，可我却直到此刻甚至还不知道她姓甚名谁……最后，我不明白我对她的依恋之情怎么会一分钟比一分钟更其强烈……我好不容易才问出了一句话：

“你不明白什么呢？”

她没有回答。我立刻点亮了灯，——呈现在我面前的是她那噙满了泪水的炯炯闪光的乌油油的大眼睛。她猛地坐了起来，咬着嘴唇，把头扑到我肩上。她那件破汗衫已从肩上滑了下来，我抱住她高大的身子，轻轻地扳开她的头，吻着她那抽搐着的沾满泪水的双唇，怀着一种极度的怜悯和柔情，谛视着她那双沾满了尘土的少女的脚……后来，当朝阳的光辉已透过窗帘洒满了整个房间的时候，我们还仍然坐在圆桌后的沙发上，轻声地絮语着，一面互相吻着对方的手。她由于饥饿，喝完了昨晚剩下的冰凉的茶，吃完了一只面包。

她留在旅馆里，我则乘车去乡下一趟，第二天我俩就一齐出发到矿泉去了。

本来我们打算到莫斯科去度过秋天，可是不仅秋天，连冬天我们都不得不滞留在雅尔达——因为她开始发烧而且咳嗽，我俩的屋里弥漫着甲酚的药味……到了来年开春，我把她埋葬了。

雅尔达的公墓坐落在一座高高的山岗上。从山岗上可以望到远处的海洋，而从城里，可以望到山岗上的十字架和墓碑。在这些十字架和墓碑中，有一座大理石十字架树立在我所最珍贵的那座坟墓上，大概直到现在它仍在闪烁着乳白色的光芒吧。可是我今生却再也看不到它了——上帝慈悲，饶恕了我，使我无从再去看望它。

佚名 译

·作品赏析·

《三个卢布》是俄国“当代优秀的文体学家”（高尔基语）蒲宁的短篇小说中的名篇。小说以简洁凄婉的笔调，叙述了一个哀婉凄凉的悲剧故事。一位母亲早逝的女中学生，在中学刚毕业时父亲又突然去世。她只得离家投奔县城的亲戚，但却遭到亲戚的调戏。少女逃离亲戚家后，为了充饥，迫不得已到一家旅馆以3个卢布的代价陪客过夜。好心的鲍里斯·彼得罗维奇同情她的遭遇，两人之间产生了爱情。正当两人准备结婚时，少女却意外地病死了。男主人公伤心地将少女埋葬在一座山冈上的公墓中。小说通过对少女不幸遭遇的描写，揭露了沙皇社会的罪恶，表达了作者对下层人民的同情。小说构思新奇，情节曲折，结尾奇峰突起，令人深思，人物心理描写细腻传神，景物描写玲珑剔透，这些都强烈地烘托了文章的主题，引发读者对女主人公的深刻同情。

十字勋章 /［法国］巴比塞

入选理由

法国具有重大影响的战争作家巴比塞的名作之一
揭露了帝国主义战争给非洲人民所带来的罪恶
入选世界多种短篇小说选集

由于一次非常成功的偷袭，我们进入了加拉各村(可能是另一大同小异的叫法)。村子里只剩下一些妇孺老弱。真凑巧，这天上，所有罗洛贝族的武士(人们大概就是这样称呼这些乌依斯底，不过我也拿不准)都出去打猎了。

多亏深厚的暮色，又亏得有这样的一招：我们的一个士兵偷偷打死了一个非常丑陋的守卫者，这人满脸皱纹，活像是一只上了鞋油的旧皮靴；他蹲在围墙旁边，自以为守卫着村子。我们这才神不知鬼不觉地一直爬到了中央广场的附近。

巴比塞像

大家隐蔽在矮茅屋后面，子弹上膛，步枪平托，一切就绪，只待我们开火消灭所有这些人影儿。他们仍然一无所知，三三两两地坐在石头上和地上，另外有一些人来来往往地走动着。

在我前面，有两个黑人坐在一条长凳上，背靠着墙，默默无声，一动也不动地紧偎着。我瞄准

作者简介

巴比塞(1873～1935)，法国小说家，具有重大影响的法国战争作家之一。16岁开始在报刊发表作品。一战前做编辑工作长达20年。曾参加过第一次世界大战，经历了战争的危险和苦难，以亲身的体验认识了这场帝国主义战争的实质。1915～1916年，他在战壕中写成了第一部成名作长篇小说《火线》，该书以一个步兵班在战争中遭到的苦难和牺牲，再现了第一次世界大战的残酷景象，小说曾获得龚古尔文学奖。巴比塞拥护俄国十月革命，1923年加入法国共产党。1935年病逝于苏联。

19 世纪早期法国殖民军进攻非洲的战争场景

为开辟殖民地，掠夺国外资源，法国发动了侵略非洲的战争，这场战争给非洲人民带来了深重的灾难。

了右边那一个，暗自思忖道：他们两人没完没了地在谈些什么呢……

一声号令！我们的步枪从四面八方同时发射，有如晴天霹雳。时间并不长，两分钟而已，这些漆黑的人影儿，全都呜呼哀哉，被打发回老家去了。他们好像钻进了地底下，又好像烟雾似的，风吹云散了。

说实话，我承认，对逃过我们密集的排射，跟田鼠一般钻进矮茅屋去的那些男男女女的幸存者，我们后来打发得有些过火。为了胜利的欢乐，这一场杀戮是可以谅解的，而且在战场上这也是极其自然、极为人道的，何况我们又喝醉了——我们在一所较大的茅屋里找到了一桶甜酒，可能是个什么倒霉的英国间谍卖给这些罗洛贝族人的。至于我个人，必须交代一下，当时发生的事情，在我脑海里只留下一片极端混乱的印象。但是有一件事，我却记得很清楚：两个黑人，在我前面，我举起步枪，瞄准了其中一个。这两人后来我又见到了：因为我几乎绊倒在他们身上。就在前不一会儿，他俩还不言不语，模样真够滑稽，现在却变成了尸体，倒在长凳下。这是两个小黑人，一男一女，身子蜷缩，相互紧抱着，酷似两只紧握住的手……是一对恋人！这件事总是不以我的意志为转移，萦绕在我的脑际，以致在这样一个值得纪念的夜晚，我不禁有好几次以此来说笑逗趣。

后来，我的脑子完全糊涂了：狂食暴饮，呼嚎吼叫，手舞足蹈，挤鼻子弄眼儿，乱蹦乱跳。突然，脑壳上一阵剧痛……我跌倒了……不省人事。

六个星期以后，在圣路易医院我才恢复了神智：一天早晨，我睁开了两眼，四周呈现出一片白色，散发着一股碘酒气味。

此后旁人陆陆续续地告诉我所发生的惨剧：我们的连队过于疏忽，滞留在那被征服的村子里，而且倒地酣睡。因而，回家来的罗洛贝族的武士杀尽了我们全部的人，全部，一个也没剩。

“那么我呢？”我问。

他们告诉我，说运气救了我，一所茅屋倒塌了，断墙土块把我压倒在下面，但是却把我遮盖住了。第二天，远征军的主力重新占领了村子，洗劫了全村，终于把罗洛贝族人杀得一干二净，还从掩盖着我的坍塌的碎块堆里，拉着我的两腿，把我拖了出来。

……不过更妙的事还在后头：总督来到我的床前，亲手颁发给我五等荣誉勋章。

我所有的同伴全都送了命，而我却得到了勋章！这一天我是在一种无法描述的激情中，和一种至上的幸福中入睡的。

没多久，我伤愈了：我迫不及待地想佩戴着我荣获的勋章回到故乡去。我做着种种美梦：父亲，母亲，邻居，所有人的面孔都出现在我跟前。我昔日的那些旧友仍然是些穷光蛋，不敢和我交谈。工厂的那些领班们都来和我拉交情。谁料得到呢？说不定那位有钱的慕莉爱小姐也会不顾她那一大把年纪，答应嫁给我！

盼望已久的日子来到了：七月的一个清晨，我抵达维勒福城。我穿上了我原来的那件军大衣，挂上了我的新勋章，昂着头，迈着方步。

天啊！多么了不起的欢迎会！车站，乐声响连天，列着队的少女，年幼的和年轻的，全都穿上了节日的盛装，摇着旗子，挥着花束。有位先生，他的那件小燕尾服紧紧地裹在身上，脸孔红得像头母牛。我还没来得及走下车厢的踏板，他就急忙向我致意。那位德·维勒凡尔伯爵，古堡的主人，身上穿着猎装，朝我微笑。人群熙熙攘攘，拥挤不堪。有人嚷着：“瞧，就是他！”这就好像在高呼：“国王万岁！”我的父母，在人堆里，身穿礼服，满面春风，我几乎认不出来了。

人们把我拥到市政厅去进午餐。席前，席后，没完没了的演说，所谈全是关于我一个人的事。大家称我：“加拉各光荣的幸存者，塞内加尔的英雄”。人们以数不清的各种不同的说法，在我面前谈我立下的功勋，并且用某一种方法，猛然间使之和法兰西、文明等等有关的事情混在一起。

将近黄昏，午餐才告结束。人们平静下来，一位新闻记者走到我的坐位旁，请我为他的报纸亲自跟他谈谈我的光荣事迹。

“嗯，好，”我说，“就是这样……我……我……做了……”

然而我找不到任何词句来继续这个开场白，只好哑口无言，呆望着他。

我的手臂莫名其妙地乱挥了一阵，落了下来。

“我记不清楚了！”我无可奈何地这样说。

“回答得真妙！”这个自作多情的花花公子尖着嗓门喊叫着，“这位英雄连他自己立下的丰功伟绩都不屑回顾！”

我微微笑了笑，大家散了席。外面还有陪送的人群，他们一直排到村镇的尽头，言之无物的演说，巴尔贝大爷的敬酒，最后是一场令人受不了的拥抱，这样，大家才散了……我终于在朦胧的夜色中，独自来到了工厂区附近。

我沿着教堂旁边的小石子路走回家。夜色已降临，我不时地眨着眼睛，两眼还在冒金星，两脚异常沉重，脑海里昏昏沉沉，一片空虚，然而，我总觉得有件心事放不下。

不错，那位报贩子提的那个荒谬的问题，像一根钉子插进了我这可怜的脑袋，“你做了些什么了不起的事？”对呀！是什么，到底是什么呢？很明显，我做了些绝非寻常的事，十字勋章就是证明，但是，究竟是什么呢？……我突然立定在昏暗的小路当中，我站在那儿，有如埋进地里的一块界石。我寻思着，很遗憾，百思不得其解。

难道是他们的香槟酒和他们错综复杂的大道理把我的神智搞糊涂了吗？我多少有点像某些小说中的人物，忘却了自身的一段经历：我忽然忘记了自己的功勋，就像我全然不曾有过什么功勋似的。

我心中异常不安，继续向前迈着步子，和从前一样往家里走去。

……这时，在一个拐角上，我透过昏暗的月色，发现有两个人，互相紧偎着坐在庄园里的一条长凳上，他们像是手拉着手，谁也不说话；不过，他们似乎沉湎在一种共同的寂静之中，仿佛全神贯注于一件重要的事情。朦胧的夜雾中，一点也看不清他们的模样，只能分辨出他们的形体和察觉出他们胜似语言的那种内心的交往。

“哎呀！”我叫了一声，又站住了。

两眼直望着村镇深处的这个拐角，骤然间我恍如看见了另外一个村庄，现在它已被消灭殆尽，这个村子和全体居民，最要紧的是那两个小黑人，都已从这地球上消逝了。他俩曾经活生生地出现在我眼前，虽然只看到他们的形体，只察觉到他们那种心灵相通的默契……这对小黑人，由于夜色的简化作用，就和这里的两个人影一模一样。

这两个影子，那两个黑人……我会发现他们之间有一种联系，这实在是太傻了，但我确是发现了。人们酒喝得过量的时候，就会变得十分天真，头脑也简单起来，我一定是相当醉了；因为这种可笑的联想，本来应该使我发笑的，却使我哭了。我的手伸向十字勋章，把它从胸前摘了下来，很快地塞进口袋深处，好似一件偷来的东西。

佚名 译

·作品赏析·

《十字勋章》是巴比塞的以描写战争为题材的短篇小说名篇之一。小说以19世纪法国发动的一场侵略非洲的战争为背景，通过参加这场战争的“我”的经历见闻及心理变化，揭露了非正义的帝国主义战争给非洲人民所带来的灾难。小说笔触深沉严肃，语言凝练干净，构思精巧，篇幅短小精悍。全篇对战争及勋章着墨不多，但读后让人深深感到战争的罪恶，原因在于小说择取一个普通的战争场面，反映了极为深刻的历史问题，以小见大，以少胜多，给人以心灵上极大的震撼。以第一人称“我”的写法，增强了故事的真实性和感染力。

无所不知先生 / [英国] 毛姆

入选理由

英国短篇小说名手毛姆的代表作
以诙谐的笔调塑造了一个低级庸俗而良知未泯的商人形象
入选世界多种短篇小说选本

我简直是在还没弄清麦克斯·开拉达是谁的时候，就非常讨厌他了。那时战争刚刚结束，远洋轮上的旅客十分拥挤。要想找到一个舱位非常困难，不论船上的工作人员给你找个什么地方，你都只好凑合着待下。你根本不可能找到一个单人舱。我算是很幸运，住进了一间只有两个床位的舱房。但我一听到我那位同伴的名字，就马上觉得心里凉了半截。它让我立即想起了紧闭着的窗孔和通夜严格密闭的舱房。我是从旧金山到横滨去的，同任何人在一间舱房里度过十四个昼夜就已经够受了，可要是我这位同行的旅客就叫个史密斯或者布朗什么的，那我的心情也不会那么沉重了。

毛姆像

我一上船，就看到开拉达先生的行李已经摊在下铺上。那样子我一看就讨厌：几个手提包上全挂满了各式各样的小牌子，装衣服的皮箱也实在太大。他已经打开了梳洗的用具，我看出他显然是上等“柯蒂先

作者简介

毛姆 (1874 ~ 1965)，英国现代小说家、戏剧家。早年攻读医学，当过医生。第一次世界大战期间在军队中服役。后曾多次到南太平洋和远东旅行。在英国文学中，以奚落揶揄的态度勾勒出白人官员、商人、教士的形象，毛姆是第一人。短篇小说在他的创作中也占有相当重要的地位，他一生共写了一百多篇短篇小说。此外他还发表了不少长篇小说、回忆录与文艺评论。1962 年，牛津大学授予他名誉博士学位，1964 年又受到英国女王的册封，他在创作上的地位与荣誉，进一步得到确认。

生化妆品”的一位老主顾，因为在脸盆边上我看到了他的香水、洗发膏和头油。开拉达先生用金色花纹刻着名字的各种乌木刷子，本身倒实在应该刷洗一番了。我真是丝毫也不喜欢这位开拉达先生。因此我跑到吸烟室去了。我到柜台边去要来一副纸牌，一个人摆着玩。我几乎是刚刚拿起牌，便忽然有个人走过来对我说，他想我的名字一定叫什么什么的，不知对不对。

19 世纪英国轮船上打扑克的旅客

“我是开拉达先生，”他接着补充说，并微微一笑，露出了一排闪亮的牙齿，接着他就坐下了。

“噢，对了，我想我们俩共住一个舱房。”

“我把这看成是一件很幸运的事。你事先永远不知道你将和什么人住在一起，我一听说你是英国人就感到非常高兴。我赞成咱们英国人在国外的时候，大家总抱成一团儿，你当然明白我的意思。”

我眨巴眨巴眼睛。

“你是英国人吗？”我问得可能有点不得体。

“没错。你难道觉得我看着像美国人吗？我可是彻头彻尾的英国人。”

为了证明这一点，开拉达先生从他口袋里掏出一张护照，在我的鼻子下面使劲晃着。

乔治英王治理下真是什么样奇怪的臣民都有。开拉达先生身材矮小，可非常健壮，黑黑的脸膛刮得干干净净的，一个很大的鹰钩鼻子，一双水汪汪的大眼睛。他的黑色的长发很亮，一缕缕蜷曲着。他口齿流利，但丝毫没有英国人的口音，而且老不停地打着各种手势。我几乎十分肯定，要是把他那份英国护照拿来仔细检查检查，准会看出开拉达先生实际上是在一个比英国所能看到的更蓝的天空下出生的。

“你来点儿什么？”他问我。

我带着怀疑的神态看着他。当时禁酒令还没撤销，很显然这船上肯定一滴酒也不会有。不渴的时候，我也说不清我最讨厌的是什么饮料，是姜汁汽水还是柠檬汽水。可是开拉达先生却向我露出了一丝东方人的微笑。

“威士忌苏打水，或一杯什么也不掺的马丁尼酒，全都行，你只要说一声好了。”

说着他从他后面两个裤兜里各掏出一瓶酒来，放在我面前的桌子上。我愿意喝马丁尼，于是他向招待员要了一碟冰和两个玻璃杯子。

“这倒是很好的鸡尾酒。”我说。

“你瞧，这玩意儿我可有的是，船上要有你的什么朋友，你可以告诉他们，你结识了一个哥们儿，他那儿全世界所有的酒都应有尽有。”

开拉达先生很爱闲聊。他谈到纽约和旧金山。他喜欢讨论戏剧、绘画和政治。他非常爱国。英国国旗是一块颇能令人肃然起敬的布片儿，可是如果让一位从亚历山大港或贝鲁特来的先生去挥舞它，我却不能不感到它多少有点失去了原来的威严。开拉达先生很随和。我不喜欢装模作样，可是我仍然感觉到，在和一个完全陌生的人谈话时，他在我的名字前面加上一个先生之类的称呼，那还是必要的。开拉达先生无疑是为了让我不要感到生疏，对我并没有使用这类虚礼。我真不喜欢开拉达先生。当他坐下的时候，我已经把牌放在一边，可是现在，我想到我们才不过第一次见面，刚才这段谈话应该已经够长了，于是我又开始玩我的牌了。

“那个 3 应该放在 4 上，”开拉达先生说。

在你一个人玩牌的时候，你翻起一张牌还没看清是个什么点子，旁边却有一个人告诉你这张牌该往哪儿放，天下再没有任何比这更让人厌烦的事了。

“马上就通了，马上就通了，”他叫喊着。“这张 10 应该放在 J 上。”

我带着满腔愤怒和厌恶玩完了那把牌。他马上把牌抓了过去。

“你喜欢用牌变戏法吗？”

“不喜欢，我讨厌用牌变戏法。”我回答说。

“来，我让你瞧瞧这一手儿。”

他接连给我变了三种戏法。我对他说，我要到饭厅去占个位子。

“噢，那你甭操心了，”他说，“我已经替你占了一个位子。我想咱们俩既然同住一个舱房，那咱们完全可以就在一块儿吃饭吧。”

我可真不喜欢开拉达先生。

我不仅和他同住一间房，一天三次同在一张桌上吃饭，而且我要是想在甲板上散散步也没法甩掉他。你根本没有办法让他识趣点儿。他压根儿永远想不到别人不愿意跟他在一块儿。他始终认为你一定和他喜欢你一样喜欢他。要在你自己家里，你可以一脚把他踢下楼去，冲着他的脸砰的一声把门关上，他却还丝毫没想到，他是一个不受欢迎的客人。他跟谁都合得来，不出三天，船上所有的人他都认识了。他什么事都管，他帮助进行船上的清扫活动，他处理拍卖，他为比赛活动敛钱作奖金，他组织投环和高尔夫球比赛，组织音乐会，还管安排化装舞会。你不管什么时候，在任何地方，都能见到他。他在船上肯定无人不恨。我们都叫他无所不知先生，甚至当面也这么叫他。他把这看成是对他的一种恭维。而他最让人难以忍耐的，是在吃饭的时候。差不多足足一小时，他总让我们全都听着他的。他非常热忱，喜欢说笑，的确非常能言善辩。不论谈什么问题，他比谁都知道得更透彻，而且谁要是不同意他的意见，就会挫伤他那不可一世的虚荣心。不管谈一个什么哪怕是极不重要的问题，在他没有让你完全信服他的说法以前，他决不肯撒手。他永远想不到他也可能会出错。他仿佛就是什么都知道。我们和一位大夫同坐在一张桌子旁。开拉达先生当然可以让一切都按他的意思安排，因为那位大夫非常懒散，而我是对什么都完全无所谓的，倒只有一个也是坐在那张桌子旁的叫南塞的人比较麻烦一些。他和开拉达先生一样非常武断，而且对那种一味自以为是的态度十分痛恨。他们两人之间时断时续的争论已显得十分尖酸了。

南塞在美国使馆工作，驻地是神户。他是出身在美国中西部的一个块头很大的小伙子，多余的脂肪让他的皮肤绷得很紧，又因穿着一身买来的现成衣服，到处显着鼓鼓囊囊的。他这是又回到使馆去，因为他的妻子回家去待了一年，他不久前坐飞机回纽约去接他的妻子来了。南塞太太是一个身材矮小的女人，态度和蔼，讲话很幽默。使馆工作工资不多，她的衣服总穿得非常简单；但她很知道怎样打扮自己。她总让你看着感到有一种不同一般的味道。要不是因为她有一种也许一般女人都有，而现在在她们的言行中不常见到的那种气质，我也许根本不会注意到她了。你不论什么时候看她一眼，都不能不对她的谦虚神态产生深刻的印象。那神态简直像绣在她外衣上的一朵花一样。

有一天晚上，在晚饭桌边无意谈到了珍珠问题。那会儿的报纸上曾经大谈聪明的日本人正在用人工的办法培育珍珠。那位大夫说，这样将不可避免地使天然珍珠的价格下降。人工珍珠现在看来就已经很好了，不要很久肯定就完全可以乱真。开拉达先生，一如他对任何问题一样，马上对这个新问题大发议论。他对我们讲述了关于珍珠的各方面的知识。我相信南塞对那些知识恐怕根本一无所知，可是他一抓到机会就忍不住要刺他一下。就这样，不到五分钟，一场激烈的争论便在我们中间展开了。过去我已看到过开拉达先生情绪激烈、滔滔不绝地发表他的议论，可是还从来没见他像现在这样激烈过。最后南塞又讲了句什么激怒他的话，他一拍桌子，大叫着说：

“听着，我讲的话可全是有根据的。我现在就是要到日本去研究一下日本养殖珍珠的事业。我是干这一行的，你去问任何一个内行人，他都会告诉你我所讲的没有一句不是事实。世界上最好的珍珠我全都知道。关于珍珠，如果还有什么我不知道的问题，那些问题也肯定只是微不足道的。”

这对我们却是一个新闻，因为开拉达先生尽管非常健谈，可对谁也没讲过他是干什么的，我们只模糊地知道他到日本去是要进行某种商业活动。他这时十分得意地看着桌上所有的人。

“不管他们用什么办法培育，像我这样的专家永远一眼就能看出它是人工培育的。”他用手一指南塞太太戴的一条项链。“听我的话，你就放心吧，南塞太太，你戴的那根项链将来就决不会因此少值一分钱。”

天性谦虚的南塞太太不免脸一红，顺手把那项链塞进衣服里去了。南塞向前探过头来。他对我们所有的人看了一眼，脸上含着微笑。

“南塞太太的项链真够漂亮的，是吧？”

“我一见就注意到了，”开拉达先生回答说。“嗨，我当时心里想，这几颗珍珠可真不错。”

“当然，这项链不是我买来的。可我倒很想知道你认为这项链值多少钱。”

“噢，按正式价格大约在一万五千美元上下。可要是你们在五马路买的，你要说花了三万美元我也不会觉得奇怪。”

南塞皱着眉头笑着。

“我要一说，你可能会觉得奇怪了。这项链是南塞太太在我们离开纽约的前一天，在一家百货店里买来的，总共只花了十八个美元。”开拉达先生不禁满脸通红。

“胡扯。这不仅是真的，而且在这样大小的珍珠里，这串珍珠还是我所见到的最好的货色。”

“你愿意打赌吗？我跟你赌一百美元，这是假的。”

“说定了。”

“噢，艾尔默，你不能拿一件十拿九稳的事去跟人打赌啊，”南塞太太说。

她脸上露出一丝淡淡的微笑，话音虽然很温柔，但显然十分不愿意他那样干。

“为什么不能？既然有机会白捡一笔钱，我要是不捡，那可是天下最大的傻瓜。”

“可这又怎么去证明呢？”她接着说。“总不能光听我的，或光听开拉达先生的。”

“让我细看看这项链，要是假的，我马上就会告诉你们，输一百块钱我倒是不在乎的，”开拉达先生说。

“取下来吧，亲爱的。让这位先生好好瞅个够。”

南塞太太犹豫了一会儿。她把她的双手放在项链的卡子上。

“我打不开这卡子，”她说。“开拉达先生完全应该相信我说的话。”

我忽然感到恐怕一件很不幸的事马上要发生了，可我一时也想不出该说点什么。

南塞一跳，站了起来。

“我给你打开。”

他把那链子递给开拉达先生。那位自以为是的先生从口袋里掏出放大镜来仔细看了一会儿。在他光滑暗黑的脸上慢慢露出了胜利的微笑。他把项链交了回去。他正准备讲话。忽然间，他看到了南塞太太的脸。那脸色一片铁青，她似乎马上就要昏倒了。她圆睁着一双恐惧的大眼睛望着他，完全是一副苦苦哀求的神态；那神情是那样明显，我只能奇怪她丈夫为什么竟会没有注意到。

开拉达先生张着大嘴愣住了。他满脸涨得通红。你几乎可以看到他在内心进行的激烈斗争。

“我弄错了，”他说，“这是做得非常精巧的仿制品，可当然，我用放大镜一看就马上知道这不是真的。我想这破玩意儿大约顶多也就值十八块钱。”

他掏出他的皮夹子，从里面拿出了一张一百元的钞票。他一句话没说，把钱交给了南塞。

“这也许可以给你一个教训，让你以后别再这样自以为是了，我的年轻朋友。”南塞在接过钞票的时候说。

我注意到开拉达先生的手直发抖。

可以想像这件事马上在全船传开了，那天晚上他不得不忍受了许多人的冷嘲热讽。无所不知先生终于露了底儿，这可真是一件让人开心的大笑话。可是南塞太太却叫着头疼回到舱房去了。

第二天早晨，我起床后开始刮脸。开拉达先生躺在床上，抽着一支香烟。忽然我听到一阵轻微的摩擦声，接着看到有人从贴地的门缝里塞进一封信来。我打开门出去看了看。门外什么人也没有。我捡起那封信，看到上面写的是开拉达先生。那名字是用印刷体字母写的。我把信交给了他。

“谁来的？”他把信拆开了，“噢！”

他从信封里掏出来的不是一封信，却是一张一百元的钞票。他看着我，又一次脸红了。他把那信封撕得粉碎，把它交给我。

“劳你驾从窗孔扔出去，好吗？”

我替他扔掉了，然后我笑着望着他。

“谁也不愿意让人瞧着像一个地地道道的大傻瓜。”他说。

“那些珍珠是真的吗？”

“我要有一个漂亮老婆，我决不会自己住在神户，让她一个人在纽约待上一年。”他说。

到这时，我不再那么不喜欢开拉达先生了。他伸手摸出他的皮夹子，小心地把那一百元钞票放了进去。

佚名 译

·作品赏析·

《无所不知先生》为毛姆短篇小说的代表作。小说塑造了一个低级庸俗但天良未泯的商人形象，从一个侧面反映了第一次世界大战后英国资产阶级的思想面貌。故事发生在作者的一次海外旅游途中。对于小说中的主人公开拉达，作者运用细节刻画、观感写人、欲扬先抑等表现手法，对其进行浓墨重彩的工笔细描。将一个自以为是、诡谲奸滑而人性尚存的商人形象刻画得有血有肉、栩栩如生。小说布局巧妙，语言风趣，情节跌宕，张合有度，结尾出人意料，意味隽永，具有极大的艺术魅力。

艰难的时刻

/［德国］托马斯·曼

入选理由

德语文坛巨匠托马斯·曼的短篇小说名作
世界抒情短篇小说中的典范作品之一
入选世界多种短篇小说选集

他从写字台旁边站起来，从他那小巧的、不结实的写字台旁边站起来，就像一个绝望的人，垂着头走到房间对面角落里的炉子那儿。那炉子又长又细，像一根圆柱。他把两手放到炉子的瓷砖上，可是它们差不多全凉了，因为午夜已过。于是，他就让脊背靠到那上面，却并没能得到他所需要的小小实惠，便咳嗽着扯紧他的睡衣的大襟，让褪了色的花边襞饰从睡衣胸前的翻边中露出来。他吃力地用鼻子呼哧呼哧喘气，以便吸入一点儿空气，因为他又像往常一样伤风了。

托马斯·曼像

这是一种特殊的严重的伤风，几乎从来就没完全离开他。他的眼皮发了炎，两个鼻孔的边缘已经擦伤了。这种伤风赖在他的脑袋和肢体内，就像一种严重的痛苦的醉态。医生几周来嘱咐他闭门不出呆在屋里，或许是这点造成了这一切衰弱与沉重？天晓得他做得到底对不对。总是感冒以及胸口和小腹的痉挛使得他闭门不出是必

作者简介

托马斯·曼（1875 ~ 1955），德国批判现实主义作家。生于德国北部吕贝克一个大商人家庭。中学毕业后当过慕尼黑一家保险公司见习生，并创作了第一部小说《堕落》。后在慕尼黑大学旁听文学艺术课程，任两个杂志的编辑。1901年他的代表作长篇小说《布登勃洛克一家》出版，1929年他因为这部作品的巨大成功获得诺贝尔文学奖。托马斯·曼身经两次世界大战，写下许多很有影响的长、中、短篇小说，另有一些散文、评论等。

要的。几周来，耶拿一直是坏天气，好几周了，不错，一种让人的所有神经都能感觉到的糟糕和可憎的天气，粗野、阴沉和寒冷。十二月的寒风在火炉的炉管里吼叫不已，放纵而又荒凉，传向夜间处于风暴、迷狂以及心灵极度悲哀中的荒野。但是，这种受限制的禁闭显然不好，对思想和思想赖以产生的血液循环显然不好……

六角形房间光秃秃、干巴巴的，很不舒适，连同刷白的天花板，烟雾就在天花板下缭绕，还有那斜方格的壁纸，壁纸上挂着椭圆框的剪影，以及四五件细腿家具，全都处于两支蜡烛的光照下，蜡烛就放在写字台上的手稿上端。红色的窗帘挂在窗户上缘的窗框上，全是小三角旗，对称地打成褶裥的印花布，但它们是红色的，一种温暖、艳丽的红色。他喜欢它们，不想失去它们，因为它们给他的房间那种清心寡欲的贫乏带来了一些生动与快感。

他站在炉边。快速和吃力地眯起眼睛望着他刚刚撂开的作品。这个负担，这个压力，这个良心的折磨，这一片需要他喝光的大海，这一项可怕的任务，既是他的骄傲，也是他的不幸，既是他的天国，也是他的地狱。它拖延，它停滞，它中止——一而再，再而三！是天气的过错，还有他的感冒和倦怠。或者是这部作品？这项工作本身？这种不幸的、奉献给绝望的孕育？

他站了起来，为了拉开一点儿距离，因为与手稿拉开距离往往能使人高瞻远瞩，对素材有更长远的眼光，从而能加以支配。对，有这样的情况，等到人离开了搏斗的现场，那种轻松感才令人兴奋。这是一种更为纯洁的兴奋，就好像喝了甜烧酒或者浓浓的黑咖啡……小茶杯就放在茶几上。也许它能帮助他越过障碍？不，不会！

一七八八年，席勒（中立者）在一次文艺界人士的聚会上朗诵他的诗作。

不光是医生，还有另一个人，一个更重要的人，小心地劝阻他别做这样的事。这另外一个人住在魏玛，是他怀着思慕的敌意深爱着的一个人。此人很聪明，懂得生活，懂得创造，不虐待自己，十分顾惜自己……

房子里笼罩着一片寂静。只听得见风声，它顺着那条小巷刮下去。还有雨声，雨点敲打着窗子溅起小泡沫。大伙儿都睡了，房东及其家人，还有洛蒂和孩子们。只有他孤独地醒着，站在已变凉的炉子旁，强打精神眯起眼，望着那部作品，他那病态的不知足让他相信……他的白皙脖子从领结里伸出来，在睡衣的大襟之间可以看见他朝里弯曲的两条腿。他的红头发从高高的柔嫩前额向后撩起，两鬓上露出了布满浅色纹理的细血管，而且让薄薄的髦发盖过了耳朵。又大又弯的鼻子演变为一个近乎白色的鼻尖，鼻根上方有浓密的眉毛，比头发还黑，聚拢到一起，使得他那双凹陷的敏感眼睛显得有点儿悲观。他用嘴呼吸，勉强地张开薄薄的嘴唇。他的两颊布满雀斑，因为憋在室内而显得没有血色，松弛和消瘦……

拖着病体的席勒正在创作他的作品

席勒是一位不屈于不幸命运和勇于克服自身弱点的一代文学巨匠。他孜孜于文学创作，达到了忘我的境界，即使在病中也不例外，托马斯·曼的小说《艰难的时刻》真实地再现了当年席勒抱病呕心沥血创作作品的感人一幕。

不，不成功，一切都是徒劳！军队！本来应该表现军队，军队是一切的基础！因为不能在眼前生动地展示——非凡的技巧有可能勉强地想象吗？而主人公并不是英雄，既不高尚又冷酷！布局是错误的，语言是虚伪的，这是一堂枯燥乏味而又没有活力的历史讲座，冗长、平淡，没希望上演！

好吧，总之是完了。一次失败。一次错误的行动。垮了。他想写信告诉科尔涅，好心的科尔涅。科尔涅相信他，怀着天真的信赖肯定他的才华。他会嘲讽，恳求，叫骂——这个朋友会提醒他想到卡洛斯。卡洛斯也是从怀疑、忧虑和变化出发，最后，在经历了所有痛苦之后，证明自己是个相当出色的人，证明了他的光辉的业绩。可是那时候不同。当时，他还是用幸运之手抓住了一件事儿，而且从中引出了胜利。疑虑和奋斗？哦，是的。他曾经病倒过，也许比现在病得更厉害，一个挨饿者，逃亡者，厌世者，沮丧而又在人情上赤贫如丐。可是他年轻，还相当年轻！每一次，不管腰弯得多么深，他的精神还能灵活地弹起来，在痛苦时刻之后是信念和内心胜利的时刻。后来不再来了，几乎不再来了。一个情绪激昂的夜晚，他突然用天才的激情眼光看到了结果会怎么样，若是总能享受到这样的恩惠，那就必将用一个星期的阴暗与麻痹来偿还。他很累，才三十七岁，就精疲力竭了。对未来的信念，在困苦中曾是他心中明星的信念，现在已不再有了。情形就是这样，这就是令人绝望的事实。困苦和虚无的年代，他认为是吃苦和经受考验的年代，其实却是富足和丰盛的年代。现在，一点儿幸运降临，他已从精神上的海盗式掠夺进入了某种法制和中产阶级的关系，有了职位和荣誉，有了妻子和儿女。这时，他却感到疲惫不堪和精疲力竭了。放弃和沮丧——这就是剩下的东西。

他呻吟，把两手按在眼睛上，在房间里焦躁不安地踱来踱去。他刚才想得那么可怕，以至于无法留在产生那种想法的原地不动。他坐到墙边的一把椅子上，让两手十指交叉垂在两膝之间，抑郁地呆望着地板。

良心……他的良心在大声叫喊！他犯有过失，在这些年对自己犯了罪，对自己的身体这精巧的器具。他的青春勇气放荡不羁，多少个不眠的夜晚，在香烟缭绕的室内空气中度过的白天，精力旺盛，不把身体放在心上，这是他赖以刺激自己工作的麻醉剂——现在有报应了！

既然有报应了，他就要反抗那些先造成过失又施以惩罚的神明。他一直像他必须生活的那样过日子，没时间聪明地思考，没时间深思熟虑。这儿，在胸前这个部位，他呼吸、咳嗽、打哈欠，总是在同一处感到疼痛。这种小小的、厉害的、像针刺一般的钻心的提醒，自从五年前他在埃尔富特感冒发烧以来就从没停止过。一种剧烈的胸部疾病侵袭了他——它到底想表示什么？其实，他知道得非常清楚，那是什么意思——不管医生是什么看法，随他爱怎么说。他没有时间用明智的宽容对待自己，珍惜宽厚的美德。他要做的事，就必须快做，今天就做，要快……美德？可是，最后怎么会这样，恰恰是罪孽，倾心于有害和消耗精力的东西，竟使他觉得比一切智慧和冷静的纪律更合乎道德呢？并非它们，并非良心那可鄙的技巧是美德，而是奋斗与贫困，激情与痛苦！

席勒剧作《阴谋与爱情》里的一幕

痛苦……这个词儿是如何开阔了他

的心胸！他挺直身子，交叉两臂，他的目光在略微显红的眼眉底下蕴含着美好的哀怨。人只要还有可能给自己的不幸一种自豪与高贵的称呼，那就不算可耻，就还没完全潦倒。有一点是必要的：要有勇气，给自己的生命以伟大和美好的名字！不幸不应归咎于室内的空气以及便秘！要足够健壮，充满激情——以便忽略身体，不在乎身体！哪怕在所有的方面都懂，只是在这个方面幼稚！能相信，能相信痛苦……但是，他相信痛苦是这么深入，这么真诚，以至于在痛苦中发生的事情，依照这种信念既不可能无用，也不可能糟糕。他的目光又朝手稿那边扫过去，两臂在胸前抱得更紧了……天才本身……不就是痛苦吗？假如那边的那部不顺利的作品使得他受苦，那不是挺正常，几乎是个好的标志吗？它还从来没有奔放洋溢过，要是它那么做了，他的怀疑才真正开始呢。它只是在马大哈和半吊子们那儿奔放洋溢，在迅速满足和无知者那儿奔放洋溢，他们不受天才的压制和管教。因为天才，我的先生们和女士们，在很大的程度上是在花圃里。天才不是轻轻松松，不是戏耍调笑，不是随随便便的一种能力。它从根本上是一种需要，是一种对理想的批判性认识，是一种不知足，必须不无痛苦地创造和提高自己的能力。对于最伟大、最不知足的人来说，天才是最严厉的惩罚……别抱怨，别吹牛！谦虚、耐心地想着别人具有的东西吧！如果一周内没有一天，没有一个小时能摆脱痛苦——那又怎么办呢？藐视负担与成绩，藐视要求、困苦与劳累，小看它们——这就是使人伟大的东西！

他站起来，取出鼻烟盒，贪婪地吸着鼻烟，然后把两手放在背后，急匆匆地走过房间，使得蜡烛的火苗在穿堂风中摇曳不已……伟大！非凡！征服世界并使名字不朽！永远不知名者的全部幸运又能对这个目标起什么作用呢？被人认可——被全世界人民认可和爱戴！你们胡扯什么利己主义，对这一梦想和追求的美却一无所知！只要还在受苦，利己主义就是不寻常的东西。你们看着吧，事实表明，你们这些没有使命感的人，在世上轻松得多！雄心抱负似乎在说：痛苦难道就应该白费吗？它会使我伟大……

他的大鼻子的鼻翼绷紧了，目光咄咄逼人，扫视着。他的右手用力地深深插进睡衣的翻领，左手攥成拳头垂下来。他那瘦削的两颊泛出一种瞬间的红晕，一种火焰，从他的艺术家利己主义热情中腾起，从他对自我的激情中腾起，在他内心深处永不熄灭地燃烧。他很熟悉它，这种爱的神秘麻醉。有时，他只需细看自己的手就对自己充满了一种兴奋的柔情。他决心把在才干与艺术方面赋予他的一切都拿来为它效劳。他可以这么做，没有什么不高尚的。因为觉悟比这种利己主义更深刻，为某种高尚的东西效劳，当然没报酬，而是处在一种必要性之下无私地消耗和奉献。这就是他的嫉妒：没有人比他更伟大，因为不如他为这种高尚受的苦深。

没有人！……他停住了，把手捂在眼睛上，让上身半转向一边，像回避，似逃遁。

但是，他已经感觉到了一种难以避免的想法在他心里翻搅，想到他，那另外一个人，那个清醒的、伸手可触的、感性的、非凡的人，想到那边，在魏玛那儿，他怀着思慕的敌意深爱着的那个人……又是像以往一样，他陷入了深深的不安，带着仓促与热情，感到工作业已开始，追随着这个想法：维护自己的天性与艺术家气质，跟那另外一个人区分开……他真的更伟大吗？在哪方面？为什么？要是他胜利了，那可是所谓流血的“但是”？他的失败会是一个悲剧吗？一个神，也许——他并不是一个英雄。不过，做一个神要比当英雄更容易！容易得多……那另外一个人就容易得多！用聪明和幸运之手区分开认识和创造，这可以使人生气勃勃、没有痛苦和收获丰厚。但如果说创造是非凡的，那么，认识也就是英雄气概，两者同一，一个神和一个英雄，都是在认识中创造！

追求艰难的意志……人们可知道，一个句子，一个严肃的想法，得要他付出多少辛勤培育和自我超越？因为最终他是无知的，缺少训练的，是个糊涂和痴迷的梦想者。写一封尤利乌斯的信要比吵吵嚷嚷更困难——因此它不也就是更高了吗？从艺术对素材、材料和倾诉可能的第一次节奏分明的渴望，一直到想法、形象、词语和字行，这是什么样的斗争啊！什么样的苦难历程啊！渴望的奇迹是他的作品，对形式、形象、限定与实体的渴望，渴望进入另外一个人的世界，他直接用神明之口点到了那些阳光普照的事物。

毕竟，这违反了那个人的愿望：谁是一个艺术家，一个诗人，像他这样，像他本人这样？谁像他这样创作，从乌有中，从自己的胸中进行创作？作为音乐，作为存在的纯粹原型，一首诗难道不是出自他的心灵，早在它从现象世界借来比喻和服装之前？故事、处世的智慧和激情：手段与借口，不再为了一些很少与其相关的东西，他的家乡在隐秘的深处拥有的东西。词语，概念，只是他的艺术家气质按响的琴键，为了让一场看不见的弦乐演出奏响起来……人家知道这一点吗？他们都夸奖他，那些好心人，为了他用以按响这个键或者那个键的思想力量。他最爱说的话，他最后的激情，那口大钟，他用以呼唤心灵盛大节日的那口大钟，引来了很多人……自由……或多或少，确实，在他们欢呼雀跃时，他明白了。自由——这是什么意思？一点儿公民的尊严，但不是面对王侯的宝座？你们可曾梦想过一个幽灵敢于用这个词表示什么吗？哪些方面的自由？最后还有哪些方面？也许甚至还有幸福，人的幸福，这种丝绸般的束缚，这种柔软与可爱的责任……

关于幸福……他的嘴唇在颤动。就好像他的目光转向了体内似的，他把脸慢慢地埋入两手之中……他是在隔壁房间。淡蓝色的光从吊灯发出，花朵图案的窗帘用无声的褶裥遮住了窗户。他站在床边，俯身朝向枕头上那个娇媚的脑袋……一绺黑色的鬈发拳曲在显出珍珠白的脸颊上，孩子般的嘴唇在酣睡中张开……我的妻子！

爱人！你是否追随我的渴望，向我走来，做我的幸运儿？是你，安静！睡吧！现在别张开可爱的、长长的睫毛瞅我，眼睛那么大那么黑，就像有时候你问我和找我时那样！老天爷作证，老天爷作证，我非常爱你！我只是偶尔找不到自己的感觉，因为我往往被痛苦折磨得很疲乏，为了完成自我提出的那项任务而奋斗。我不能完全属于你，不能彻底幸福地爱你，为了我的使命的缘故……

他亲吻她，然后，跟她那酣睡的可爱温馨分开，环顾四周，又转头回去了。钟声提醒他，夜已经深了，但同时也好像给他好心地指明了一个艰难时刻的结束。他松了一口气，嘴唇抿得紧紧的。他走过去抓起笔……别冥思苦想！他太深沉了，不能冥思苦想！不要陷入混乱，至少别在那儿耽搁！而是走出五彩缤纷的混乱，攀登到亮处，让能干与成熟的成形。不要冥思苦想！工作吧！限定，排除，塑造，完成……

它完成了，这部苦难的作品。也许它并不好，但是总算完成了。它完成了，瞧，这就挺好。从他的心灵里，从音乐和思想里，迸发出了新的作品，响亮和闪光的形象，以神圣的形式让无垠的家乡出奇地想象，就好像从大海中捞出的贝壳中的呼啸那样。

佚名 译

·作品赏析·

《艰难的时刻》写于 1905 年，是托马斯·曼为纪念席勒去世而创作的一篇优秀短篇小说。小说以浓重细腻而带有悲凉忧郁的笔调，描绘了处于贫病交加中的席勒，在创作其一生中最大的一部历史剧《华伦斯坦》一个片断时的内心情绪的艰难演变过程，生动刻画了勇于克服自身弱点，以意志战胜障碍的“英雄”席勒形象，同时说明了一位伟大的作家要创作出一部自己满意的作品，心灵中需要承受多么巨大的磨难这一事实。小说的风格是全盘的理性与抒情的结合，语言优美晓畅，心理描写细腻幽微，堪与抒情散文相媲美，因此许多人将这篇小说视为抒情小说——一篇几乎没有什么情节但却充满诗意的作品。

月光小巷 /［奥地利］茨威格

入选理由

茨威格的短篇小说代表作之一

一曲梦幻式的资本主义社会的凄凉夜歌

高尔基誉其“显然写得很美”

我们的船因为遇到风暴耽搁了，直到深夜才在一个小小的法国海滨城市靠岸。去德国的夜班火车是赶不上了，于是只好在这个陌生的地方呆上意想不到的一天。这个晚上除了听到那城郊小酒吧里使人忧郁的女子歌声，和那些萍水相逢的旅客单调的闲聊外，再也没有其它的诱惑了。旅馆餐厅里的空气叫我无法忍受，既油腻又乌烟瘴气，而此时海水清新的气息还那么咸咸地、凉丝丝地停留在我嘴唇上，使我更加觉得那里空气的污浊。于是我走了出来，沿着明亮宽敞的大街信步走到一个广场上，这里正有个小乐队在演奏着。然后我又随着懒散涌动着的散步人群，继续往前走。起先我还觉得在这些漫不经心，又极有当地特色的人流中闲逛还挺惬意，然而很快我就再也受不了这一

茨威格像

作者简介

茨威格（1881 ~ 1942），一个人类灵魂的孜孜不倦的探索者。在他的身上充满了罕见的温存和同情，评论家说，这是一种微带批判色彩的人道主义精神。他对这个世界的同情永远像喷泻的潮水，到处挖掘着人类纯粹灵魂的力量，昭示着让世界上每个读者一起恸哭的感动笔调。也有人说，在这个世界上再也找不出像他一般悲悯的传奇作家了，不管在诗歌还是在小说、传记领域上都展现了丰厚的才华。在他的身上我们看到了陀思妥耶夫斯基的怜悯，看到了里尔克的深刻，也看到了尼采一般的为了理想和这个世界的不懈的争斗。出版的文学作品有《一个陌生女人的来信》和《一个女人一生中的二十四小时》。

切了，被这些素不相识的人和他们那撕心裂肺的大笑推来搡去，那些眼睛奇怪地、陌生地或者嘲弄地在我身上瞄来瞄去，那种无意碰撞下的接触，还有那从成千上万的小洞穴中闪出的亮光，和像爪子一样毫不停歇地在我心头扒抓的脚步声。海上的航行本来已经够颠簸的了，现在我就连血液里都还有晕眩和微醉的感觉。总觉得脚下在滑动，在摇晃，地面看起来像是在呼吸似地不停起伏，街道也像是往上飘呀飘，直飘到天上去了。这些乱哄哄的东西一下子就搞得我晕乎乎的了，为了清静一点，我拐进旁边一条小巷，连它的名字都没看一下，又从这一条拐进另一条更窄的巷子，在这里那种无聊的喧哗声已渐渐消退下去了。然后我又漫无目的地继续往像血管一样交错缠绕在一起的巷子里走去，离广场越来越远，小巷也一条比一条更暗。那些转角处的大电灯——林阴大道上的月亮，已经照不到这里，掠过稀疏闪烁的灯光，终于又可以重新看到点点繁星和一幅黑色的天幕。

20 世纪早期巴黎小巷酒吧里的妓女与嫖客

我必须呆在离港口不太远的地方，在水手区。我觉得这里散发着鱼的腐臭气味，到处可以闻到被海浪冲到岸边来的海藻和臭鱼烂虾所发出的令人作呕的气味，还有腐烂的东西或者是不通风的房间散发出来的那种特殊的气味，那种在房间各个角落里的潮湿霉味，只有等到某一天有一阵风暴来临才会把它吹走，换上一些新鲜的空气。这种影影绰绰的昏暗和意料不到的孤独使我觉得很轻松。我放慢脚步，从一条巷子到另一条巷子逐一打量着，每一条都各不相同，这一条平和温顺，那一条风情万种，但每一条小巷都很黑，都低低地传出音乐和谈话声，从某个看不见的地方，从拱顶房屋的深处发出的声音，就这么神秘地泛滥开来，以致于几乎找不到那声音出自何处。一切都被这些小巷掩护起来了，只看得见或红或黄的点点灯光在闪动。

我爱这些陌生城市里的小巷，所有情欲交易的黑市，所有诱惑的汇集地，对于那些度过了陌生、危险的海上一个个寂寞夜晚来到这里只呆上一夜的水手们来说，这是他们可以在一个钟点里实现许许多多对于肉体梦想的地方。这些小巷，它们必须隐藏在大城市某处隐蔽的地方，因为它们如此肆无忌惮地，如此喋喋不休地诉说的，正是那些有着明亮玻璃窗的大宅和那些戴着许多不同面具的上等人想要遮掩起来的。在这些巷子里，在一幢幢小房子里，音乐在响着，在引诱着，贴着刺眼大海报的小电影院显示着一种人们想象不到的奢华，小四角灯缩在大门下，暧昧地一闪一闪打着招呼，这是一种再清楚不过的邀请。在一扇门张开的缝隙之间，金色衣物下雪白的肉体亮得扎眼。咖啡馆里，醉汉的声音和赌徒们的口角声吵得刺耳。水手们都狡猾地对笑着，当他们相互碰见的时候，他们原本呆板的目光由于这里的种种迹象而变得锐利起来，因为这里什么都有，女人，赌博，酒，吆喝，历险，一切肮脏的和高尚的应有尽有，而这一切又都害羞地、然而又泄露真情地挡在虚伪地垂下来的百叶窗后面，全都发生在里面，这种看起来的隔绝正因为其遮遮掩掩和欲盖弥彰而加倍地具有诱惑力和刺激性。在汉堡，在科伦坡，在哈瓦那，那儿的一些小巷也都一样，和那些豪华的大街一样在这里或那里存在着，因为生活的上层和底层有的其实是同样的形式。这些并不豪华的小巷是放肆的情欲世界所残存的最后一点奇妙的东西，是人们粗暴、尽情地发泄原始本能的地方，是一个激情的世界，是一片充满了发情的生物的阴暗森林或灌木丛，它所表露的使人兴奋，它所隐藏的将人引诱。它正是人们梦想的地方。

我现在置身的这些小巷也是，我觉得自己一下子就被捕捉了。我不经意地跟在几个穿军装的家伙后面走，他们的剑拖在身后，在坑坑洼洼的石子路上划出丁丁当当的声音。一个酒吧里有女人向他们高叫，而他们笑着，也向她们喊着下流的玩笑话，有一个还去敲了敲窗子，然后不知什么地方发出一声响声，他们又继续走了，笑声越来越远，很快就听不见了。小巷又归于沉寂，有几扇窗子在黯淡月光下的雾霭中闪着不明不亮的光。我站在那里，体会这一刻难得的宁静，因为在这宁静的背后又有些什么东西在蠢蠢欲动了，诡秘，性感，危险。我很清楚，此刻的沉默只是一种欺骗，在这小巷朦胧的雾霭中，这个世界腐化的那个部分正在悄悄地活动着。而我只是站着，停在原地，向空旷处倾听。我再也感觉不到这座城市，这条巷子，不知道它的名字，也不知道自己的姓名。我只知道，我在这里是不为人知的，处于一种奇妙的置身于事外的陌生境地，没有任何目的，任何消息，任何关系，我却能完全感觉到我周围一切的暗中活动，正如我能感觉到血在我的皮肤下流动。我只是有这样的感觉，一切都不是因我而发生，却又都在我掌握之中，我虽不介入其中，然而又能最深切、最真实地体验，这使我觉得幸福极了，这是我内心世界最活跃的角落，像一种愉快的情绪，总是在无意间向我袭来。

当我站在这寂寞的小巷中倾听时，突然间，我又满心期待着能发生点事情，是该发生点什么事，能把我从这种凝神静听的痴呆感觉中推出来，推向一片空虚之境。我听见，可能是离得远，又可能是因为隔着墙，低低的，隐隐约约的，不知在哪里，有人在唱一首德语歌，是《神奇射手》里那首欢快的圆舞曲："美丽、翠绿的新娘花冠。"是一个女声在唱这首歌，唱得很糟，但那的确是德语歌的旋律，德语，在这里，在世界上这陌生的一隅，也变得具有了特别的意义。歌声不知是从何处传来的，而我还是觉得这像是在跟我打招呼，是我几星期以来第一次听到的乡音。是谁？我问自己，是谁在这里说着和我一样的语言，在这条弯弯曲曲偏僻的小巷里，让这首唱得很糟的歌重又唤起我内心深处的记忆？我循声而去，走过一幢又一幢伫立在半睡眠状态中，窗板关得严严的房子，在那些窗板后面露出闪亮的灯光，不时还显出晃动着的手的影子。房子外面贴着显眼的标语和炫目的招贴画，英国淡色啤酒、威士忌、啤酒的香味显示出这里是一个酒吧，从外面看去门窗紧闭，好像拒人于门外，但又在诱人入门。这其间——有脚步声在远处响起——那歌声还在继续，正唱到越来越嘹亮的副歌部分，而且声音也越来越近：我找到那房子了。有一秒钟的迟疑，然后我就朝里面那扇门走去，那扇门外面挡着厚厚的白帘子。可是，正当我决定要探身进去，走廊的阴影处突然有什么东西动了起来，是一个人，显然是紧贴在窗户上偷听。那人惊慌地转过身来，那张脸被挂着的灯映红了，又泛着因为惊慌而显出的苍白。一个男人用瞪大的双眼牢牢地盯着我，口里还嘟哝着好像是对不起之类的话，然后消失在巷子的昏暗中。这种招呼客人的方式倒是挺少见。我看着他消失，巷子的暗处似乎还能看到他的影子，不过不明显。屋里，歌声还在响着，在我听来是越发响亮了。这使我很好奇，于是我按动门把手并很快走了进去。

最后一句歌词像是被刀子斩断了一样突然停住了。这时候我惊奇地发现眼前什么都看不清，但屋子里有一种带着敌意的死寂，好像我妨碍了什么。慢慢地我的眼睛才适应了屋里的光线，发现它几乎是空空如也。只有一个吧台和一张桌子，这些看来还只是后面那些房间的服务台。那些房间的门半开着，里面有昏黄的灯光和宽大的床铺，让人一看就知道它们真正的用途。在前面的桌子旁边，靠着一个女郎，她用胳膊肘撑着桌子，化着浓妆而且很疲倦，站在后面吧台边的是又肥又邋遢的老板娘和另一个不算丑的姑娘。我的问候在屋子里显得很生硬，过了许久之后才响起一声无精打采的回应。我觉得很不自在，像是走进了一间空无一人的房间，陷入了一种又紧张又沉闷的寂静中。我很想马上又出来，却又没有理由表现出尴尬，只好听天由命地坐到前面那张桌子旁边去。那个女郎现在意识到了她的职责所在，问我想喝点什么，从她那生硬的法语中我马上就听出了德国口音。我点了啤酒，她用那种有气无力的步子走过来，比起她那双在眼皮底下像快要熄的灯一样无精打采的眼睛所流露出的神情，更加显得漫不经心。按照这地方的规矩她又机械地在我的杯子旁边给她自己也放上一杯。她向我举杯的时候，目光空洞地扫了我一下，这下我才可以细细地观察她。她的五官容貌原本也还漂亮匀称，却因为心力交瘁而变得庸俗，像戴上了假面具一样，什么都懒洋洋地耷拉着，眼皮沉重地垂着，头发蓬松着，因为涂了劣质化妆品而变得斑斑驳驳，连轮廓都模糊了的面颊已经开始变得松弛，长

茨威格和其女友弗里法利克（摄于1920年）

长的皱纹直扯到嘴角，就连裙子也只是随随便便地挂在身上。她的声音有气无力，因为烟酒的缘故而变得嘶哑。总之我感到这是一个疲惫极了却又仅仅是出于习惯还在麻木不仁地继续活着的人。我又羞又惊地迸出一个问题，她回答着，看都不看我一眼，淡淡的，面无表情，嘴唇几乎动都没动一下。我觉察到自己是不受欢迎的。后面，老板娘打着哈欠，另外那个女孩坐在一个角落里，向这边看过来，在等着我向她搭讪。我倒宁愿我刚才已经走了，这会儿我毫无办法，只好坐在这种沉闷抑郁的气氛中，像别的水手一样晕头转向，被好奇和不知所措牢牢地牵引住了，因为这种冷漠的态度不知怎么搞的还特富诱惑性呢。突然，我被旁边尖厉的笑声惊得跳了起来，同时炉火也跳动起来，我还觉得有穿堂风吹过，一定是有人把我背后那扇门打开了。“你这么快又回来了？”我身边那个声音用德语尖声讥讽道。“你又在这房子四周转开了？你这个吝啬鬼。哎，进来吧，我不会对你怎么样的。”

我走过去，先走向那个用如此尖刻的声音打招呼的女郎，她像是点着了心头的火喷了出来似的，然后我又走去开门。门还没全打开，我就已经认出了那个人，认出了他谦卑的目光，他就是刚才趴在门边的那个人。他像个乞丐一样哆哆嗦嗦地把帽子拿在手里，在她尖声的问候中，在她像是抽搐一样，连笨重的身体都震动起来的大笑中，随着从后面吧台传来的老板娘快节奏的低声细语，他发抖了。

“你坐到那边，坐到弗朗索娃丝那边去，”当他怯怯地一步一步向她挪近时，那女郎对那可怜虫大声地吆喝着，“你看见了，我现在正有客人。”

她是用德语向他喊出这句话的。老板娘和另外那个姑娘大声地笑起来，虽然她们什么没有听懂，但是她们看起来是认识这个人的。

“给他香槟，弗朗索娃丝，贵的那种，给他拿一瓶来。”她笑着向对面嚷道，然后又不屑地对他说：“你要是觉得太贵了，那么你就老老实实地在外面呆着，你这讨厌的小气鬼！你想就这么白白地盯着我看吗？我知道，你就想白占便宜。”

他长长的身影在这种不怀好意的笑声中马上蜷缩成一堆，他的背向上斜斜地拱起，好像是要把自己的脸不好意思地藏起来。当他去抓酒瓶的时候，他的手在颤抖，倒酒的时候，手震得把酒都洒出来了。他的目光虽然一直都想在她的脸上停留，此时却不敢从地板上抬起来，只在脚边的几块瓷砖上转悠。现在我才可以在灯光下第一次看清楚这张形容枯槁的脸，他憔悴而苍白，头发又湿又稀地搭在瘦骨嶙峋的脑袋上，关节松动得似是要散架似的。一个毫无气力，但并不是毫无危险性的可怜的家伙。他全身都歪歪斜斜，在晃动。他的眼光直到现在才抬起来，一下子又马上慌张地缩了回去，碰到的是恶意的眼神。

“您不用理他！”那女郎用法语对我说着，一边不客气地拉住我的胳膊，像是要拉得我转过身来。“那是我和他之间的老账，不是今天才开始的。”然后她又露出雪白牙齿，像要咬什么东西似的张开大嘴，大声地对那个男人训斥道：“听着，你这老东西，你不是想听我说什么吗，我宁愿去跳海也不会和你在一起的，我就这么告诉你。”

老板娘和另外那个女孩又笑开了，肆无忌惮、傻乎乎地，对她们来说这只是一个开惯了的玩笑，一个一般的玩笑。当我看见那个女孩这时候突然显出媚态向他贴过去，还娇滴滴地缠住他，而他面对这一切，只是在发抖，根本没有勇气推开她，这让我觉得特别不舒服。我吃惊的是，当他的眼光往上看到我时，还是一副惶恐和讨好的样子。旁边这个女人也让我觉得可怕，她从昏昏沉沉中一下子来了精神，满怀恶意，连手都激动得抖了起来。我往桌上扔了些钱便想离开，可她并没有去拿钱。“如果他让你不高兴的话，我就把他轰出去，那条死狗。他得乖乖地听话。再跟我喝一杯吧，来呀！”她突然变出一种极其妩媚的样子向我靠过来，从她这种转变中我一下子就明白了，她这么做是为了要表演给他看，以此来折磨他。她做着这些动作的时候，也飞快地斜眼去看他。我真不愿看到这一幕，随着她对我做的每一个动作，他开始抽搐起来，就像感觉到有烙铁在他四肢上烙着似的。我没去注意她，只一味地盯着他看，看到他内心里生气、愤怒、忌妒和占有欲怎样膨胀起来，又怎样被他很快压抑下去，而她只是在摇着头。我觉得不寒而栗。她靠得离我更近了，我可以感觉到她的身体，她的身体因为沉浸在这场残酷的游戏气氛中也在发抖。她那张刺眼的脸，劣质香粉的气味，还有软绵绵的肉体上的热气让我觉得恶心。为了要把她从我身上推开，我伸手去拿了一根雪茄，就在我还在桌上找火柴的当儿，她又冲他喊道：“拿火来！”

当他在这种有意的为难下还来服侍我的时候，我更惊讶得不得了。我尽可能快地自己找到了火柴。即便如此，听到她的吆喝他还是像被鞭子猛抽了一样，佝偻着，趺趺撞撞地走过来，把他的打火机很快地放到桌子上，好像只要轻轻一碰桌子他就会烧伤似的。有一秒钟我们四目相对，他的眼里有无尽的羞愧和对我明显的怨恨。

茨威格是一位精于人物心理剖析，善于描摹人物内心世界的小说家，他在其作品中以冷静细腻的笔调，描述了受压抑的人们的情欲冲动状态，具有扣人心弦的艺术魅力。图为1940年10月，茨威格与他的妻子绿蒂在布宜诺斯艾利斯机场。

这种谦卑的目光，这个男人的目光，这位兄弟的目光射到我心里去了。我明明感觉到了那女人对他的侮辱，我觉得自己也被羞辱了。

“我很感激您，”我用德语说道——她猛一震——“您最好还是不用费心了。”说完这些话我把手伸给那男人，长长一阵犹豫之后，我才感到他把湿腻而骨瘦如柴的手指头伸过来，听到他突然颤抖着挤出来的一声谢谢。他的眼光和我的又有一秒钟的交汇，然后又躲回耷拉着的眼皮底下去了。我坚持着想请他和我们坐到一起来，我的手想必已经摆出了邀请的姿式，因为那女人已连忙地对他喊道：“坐回你那边去，别在这里捣乱！”

对她尖厉的声音和故意的刁难我突然感到特别厌恶。这个乌烟瘴气的污秽地方，这个令人作呕的妓女，这个呆若木鸡的傻瓜，这种啤酒、香烟、劣质香水混合的气味让我受够了，我必须得呼吸一点新鲜空气才行。我把钱推给她，站起来，当她又谄媚地靠近我时，我用力转开了身子。我讨厌参与这作贱人的把戏，我坚决拒绝的态度也已经清楚地表明了，我对她那套肉体勾引不感兴趣。现在她一定肺都气炸了，嘴边又出现了一条皱纹。但她还是有所保留，没有直接说出来，而是把满腔的怨恨都猛烈地发泄到他的身上。而他呢，对这一切早已有所准备，迅速地，也是突然地把手伸进口袋里，哆哆嗦嗦地掏出一个钱袋。很明显，他很怕这时和她单独呆在一起。于是匆忙中他一时解不开钱袋的结——那是一个绣着花、钉着玻璃珠、一般的农民和小人物带的那种钱袋。明眼人一下就看得出，他并不习惯将钱这么快地花出去，这可是跟水手刚好相反，他们只是顺手往丁当作响的口袋里抓一把钱往桌上扔去。而他一定是习惯于把钱都数得清清楚楚，每个硬币都要用指尖掂量掂量。“瞧他为了他那几个亲爱的、美丽的分尼抖得多么厉害呵。你是不是太慢了点？守财奴！”她嘲笑着，又走近了一步。他吓得直往后退。看到他这么害怕，她一边耸着肩，目光里带着说不出的厌恶，一边说：“我才不要你什么呢，我不稀罕你这几个臭钱。是呵，它们可真是被数得清清楚楚，你这几个小钱，一个分尼都绝不多给。还有——”她突然拍拍他的胸脯，“你缝起来的那几张票子，也没有人会来偷你的！”

果然，就像一个心脏病人心绞痛似的，他突然捂住胸口，他的手苍白、颤抖，紧紧攥住上衣的某个部分，手指头还不由自主地触摸那个隐秘的藏钱的地方，然后又放心地缩回来。“铁公鸡！”她吐了一口唾沫。然而就在这时，那个正在受着折磨的家伙脸上突然泛起一点红晕，他把钱袋猛一下扔给另外那个女孩，她先是惊叫一声，接着又放声大笑起来，他又冲过她身边，像要逃离火场似的往门外冲去。

有好一会儿她就那么直愣愣地站在那里，怒不可遏，然后，眼皮还是无力地垂了下来，身体也从紧张中松弛下来了。她看起来仿佛在一分钟内就变得又老又憔悴。有点不自信，些许的失落使她现在看着我的目光也缓和了。她站在那里，像个醉后清醒过来的人感到被耻笑了一样闷闷不乐。“他一定在外面为他的钱痛哭流涕呢，也许还去警察那儿控告我们偷他的钱。明天，他又会再来。可他不该来找我，别人统统都可以，惟独他不该！”

她走到吧台边，扔了几枚硬币，端起一杯烈酒，她眼里闪动着恶狠狠的目光，但又好像有生气和羞愧的眼泪在闪闪发光。厌恶充塞了我的心，抵消了那点同情。“晚安，”我说着走了出来。“晚安，”老板娘答道。而她，没有回头看，只是在笑，笑声刺耳，像是幸灾乐祸的样子。

我跨出门来的时候，这条小巷笼罩着一片夜色，是被云遮掩着的极其遥远的月光下的一片令人心神不安的黑暗。我贪婪地吸着那温暖的空气，心里那点害怕的感觉在对形形色色命运的惊叹中消失了。我又重新感觉到——这是一种能净化我，能让我感动得流下泪来的感觉——在每一扇窗玻璃后面都有命运在等待着，每扇门也都为一种经历而开启着，这世界的多姿多彩无处不在，即使在世界最肮脏的这个角落里都注定充满了欢畅女子卖笑堕落之类的经历。对今晚遇到的这件事的反感已经淡化了，紧张的感觉也被一种甜美酣畅的困倦所取代，但愿这些经历都能变成美梦。我不由往四周巡视着，想从这些七弯八拐地交织着的小巷中找出回去的路。这时候——他想必是悄然无声地走过来的——一个人影向我走过来。

“对不起，”——我又马上认出了他那低声下气的声音——“不过我想，您在这儿不熟，我可不可以……我可不可以给您带路呢？先生，您住在……？”

我说出旅馆的名字。

“我陪您去……如果您允许的话。”他立刻又小心翼翼地加上一句。

我又害怕起来。在我身边这恭敬的，像幽灵似的脚步声，几乎听不见，却又重重地敲在我心上。水手小巷的昏黑景物和对刚才所经历的那一切的记忆，慢慢地变成一种不置可否、也并不反感的迷迷糊糊梦幻似的感觉。我不用看也能感觉到他双眼的谦卑，我还注意到，他的嘴唇在蠕动。我知道他是想和我说话，而我的意识中，心里很好奇，可是脑子却很迷糊，两者搅和在一起了，在这种模糊的意识中我既没有鼓励他说什么，也没有阻止他说什么。他清了几次嗓子，我发觉他难以开口。刚才那个女人的一派残忍心理却不知不觉地感染了我，我看到羞耻和心灵痛苦的斗争。我没去帮助他，而是让我们之间越发沉默。我们的脚步声错乱地交织在一起，他的脚步声轻轻地踢踏着，显得苍老；我的脚步有意踏得又重又响，像要逃离这污秽的世界。我越来越强烈地感觉到我们之间紧张的气氛。这沉默，既尖锐，又充满了内心的呐喊，像是一根绷得不能再紧的弦，直到他终于——开始好像还是挺害怕似地犹豫不决——用一句话打破了这沉默。

"您已经……您已经……先生……刚才在里面看到了很奇怪的一幕……请原谅……请原谅，如果我再提起那件事……不过，这件事一定让您感到很奇怪……我很可笑……那个女人……她其实……"

他顿了一下，有什么东西死死哽住了他的喉咙。然后他的声音变得很低，他悄声地很快说道："那个女人……其实她就是我的妻子。"我不禁吃惊得跳了起来，他却很快接着说了下去，像是要辩解似的："就是说……她以前是我妻子……五年、四年以前……就在那边黑森州的格拉茨海姆，我的家乡……先生，我不想让您把她想成一个坏女人……她现在这样，可能是我的过错。她不是一直都这样的……我……是我折磨了她……她虽然很穷，我还是娶了她，她连一件衣服都没有，没有，什么都没有……而我有钱……我是说，我有财产……但不是很富有……或者至少我那时候的确是很有钱的……您知道，先生……我以前可能是——她说得对——很节省……但是在以前不仅是我，先生，在我倒霉之前，我现在诅咒那样的节省……我父亲是这样的，我的母亲，所有的人都是这样的……每个分尼都是我拼命工作赚来的……她很虚荣，想要漂亮东西……但又穷，我就总是告诫她……我不该那么做的，我现在知道了，先生，因为她是高傲的，非常高傲……您可不能相信她是像现在表现出来的这个样子……那是骗人的……她这么做也是在伤害她自己……只是……她只是为了要刺激我，为了要折磨我……而且……因为，因为她很羞愧……可能她是变坏了，可我……我不信……因为，先生，她以前很好，非常好……"

他擦擦眼睛，还沉浸在极度的激动之中。我不由得盯着他看，他在我眼里第一次不再显得可笑，就连他对我那个小心翼翼、低声下气的称呼"先生"——在德国是只有下等人才这样说的，我听了也不再觉得不顺耳了。他的样子也因为他在努力讲出心里的话而变得好看了。他的目光呆住了，好像很难再往前迈步，他死死地盯着石子路面，像是想要在摇曳的光线底下拚命地把哽得他喉咙难受的东西吐出来。

"是的，先生，"他深深地吸了口气，用一种完全不同的、深沉的声音，用一种像是从他内心温柔的世界里发出的声音说："她以前很好……对我也好，她很感激我把她从贫困中解救出来……我也知道，她很感激我……但是……我……想听到这句话……一再地……一再地……听到这声谢谢，我感觉很舒服……先生，那是一种，一种说不尽的幸福，觉得，觉得自己是个比较好的人……如果……如果自己知道，自己其实只是坏人一个……为了要一再听到这句话，我情愿把所有的钱都花在这上面……她很高傲，当她觉察到我是要听这句话，听这声谢谢，她就越来越不愿意说了……为了这……就是为了这，先生，我让她总是来求我……我从不再主动地给她……看她为了每条裙子，每条丝带而必须来找我，哀求我，我觉得很高兴……我就这样折磨了她三年，越来越厉害……可是，先生，这都是，因为我爱她……我喜欢她的傲气，我愿意总是匍伏在她的脚下，我这个疯子，所以每当她提出要求，我就恼火……但是，先生，我并不是真心想这样的……每次有机会可以侮辱她都会让我觉得好过点……因为……因为我完全不知道，我是多么爱她。”

《月光小巷》插图

从远处我无法分辨，在月光照耀下他手指尖清清楚楚闪闪发亮的，是硬币还是刀子……

他又停了一下。踉踉跄跄地走着，显然已经忘了我。他不由自主地说着，仿佛刚刚才睡醒，声音越来越大。

“我知道这些……这些……是当我那天……那可恶的一天……我拒绝给她妈妈一点钱，非常、非常少的一点钱……其实，我已经准备好了，只是我想，她能再来一次……再求我一次……是的，我说什么来着……是的，那时候我才知道。当我晚上回家，而她却不在了，只有一张纸条留在桌上……‘守着你的臭钱吧，我再也不想要你任何东西了’……纸条上只有这几句话，再没有别的了……先生，我像个疯子一样，三天三夜。我让人到河边去找，到森林里去找，我大把大把地把钱交给警察……所有的邻居那儿我都去过了，可她们只是笑，幸灾乐祸……任何，任何东西都没有找到……终于有个外村的人告诉我消息……他看见她了……她在火车上和一个当兵的在一起……坐车去了柏林……就在同一天我也跟着去了……我把我的钱全豁出去了……我损失了好多钱……他们都来偷我的钱，我的仆人，我的管家，所有的人，所有的人都偷……可是我向您发誓，先生，这对我都无所谓……我呆在柏林，直到我在人流中发现她，时间已经过去一星期了……我走到她身边……”他艰难地喘着气。

“先生，我向您发誓……我没对她说一句苛刻的话……我哭……我下跪……我把钱给她……我所有的钱，这些钱完全由她掌管，因为我那时候就已经知道了……没有她我活不下去。我爱她的每一根发丝……她的嘴……她的身体，一切，一切……我就是那个把她推下火坑的人呀，就是我……我走过去的时候，突然间，她的脸变得像死人一样苍白……我贿赂了她的老板娘，一个拉皮条的女人，一个卑鄙下流的坏女人……她靠在墙上，脸色像石灰一样苍白，没有血色……她在听我说话。先生，我觉得，她……是的，见到我，她几乎显得很开心……可是我一说到钱……我这么做，我向您发誓，只是想让她知道，我不再老想着它了……她就朝我吐了一口唾沫……后来……因为我还是不想走开……她就把她的情人叫了出来，他们笑话我……可是，先生，我还是不断地去，一天又一天，我知道那无赖离开了她，她很困难，所以我又再去找她……又去了一次，先生，可她骂了我一顿，还把我偷偷放在桌子上的钱给撕了。我后来再去的时候，她已经走了……为了能再找到她，我什么没有做过啊，先生！有一年的时间我简直不是在生活，我向您发誓，我总是在追踪着她的消息，不断光顾那些侦探社，后来我终于得知，她在阿根廷那边……在……在一个很差的地方。”他又迟疑了一下，最后那个字已经像是人们垂死时的一声喘息，然后声音就越来越低了。

“我太震惊了……开始时……后来我又想，是我，正是我，把她害成这样的……我想，她受了多大的罪啊，这个可怜的人……她其实是那么骄傲的呀……我去找我的律师，他给那边的领事馆写了信又寄了钱去……没有让她知道是谁做的……只是要让她回来。我接到电报，一切都办妥了……我知道了她乘的船……我到阿姆斯特丹去等她……我提前了三天到，我等得不耐烦，心急如焚……船终于来了，当轮船冒出的烟雾在地平线上升起的时候，我就控制不住自己的激动情绪，迫不及待地等着它驶近，靠岸，那么慢，那么慢，然后是旅客们走过跳板过来了，终于，她终于……我没有马上认出她来……她有些变了……化了妆……而且那么……那么……就像您刚才已经看到的那样……她一看见我在等她……脸一下子就白了……两个水手不得不扶住她，不然她就从跳板上掉下去了……她一踏上地面，我就走到她的旁边……我什么都没有说……我的嗓子哽住了……她也什么都没说……也不看我……挑夫扛着行李走在前面，我们走着，走着……突然她站住了，对我说……先生，她那么对我说……深深地刺痛了我，听起来那么忧伤……‘你还愿意要我做你的妻子吗？现在还要吗？’……我握紧她的手……她颤抖着，但什么也没说。喔，我觉得，从今一切都又会好起来了……先生，我是多么高兴啊！我像个小孩子一样在她身边跳着舞。当我把她带到房间里以后，我便跪倒在她的脚下……我一定是讲了一些蠢话……因为，她含着眼泪在笑，还深情地抚摩我……当然还有些怯生生地……可是，先生……这已使我感到非常幸福了……我全身心都醉了。我跑上跑下，在旅馆指定了一个佣人……还订了我们的结婚酒宴……我帮她穿好衣服……我们走下楼去，我们吃着，喝着，快乐极了……啊，她是那么快活，简直像个孩子，那么温情，那么善良，她谈到我们的家……我们把一切又都重新计划了一遍……这时候……”他的声音突然变得沙哑了，他还做了一个手势，像是要打断某个人的说话一样。“这时候……这时候有个侍役……一个坏心肠、讨厌的家伙……他以为我喝醉了，因为我欣喜若狂，一边手舞足蹈还一边高声大笑……我真是太高兴了，啊，我真快乐。就是这时候，我付账的时候，他居然少找给我二十法郎……我走过去，要他把余下的钱也找给我……他很尴尬，把那个金币拿了出来……这时候她开始尖声大笑……那么突然，带着讥讽，带着生硬，带着气愤……‘你还是一点都没变……就连在我们结婚这天也一样！’她非常冷淡地说，那么冷淡，那么的……怜悯。我一惊，暗暗咒骂自己这么斤斤计较……我努力再笑……但她的欢乐心情已经消失了……已经死了……她要了一间单独的房间……我要是没有这么护着她就好了……整夜我一个人躺着，在考虑第二天买什么东西给她……送给她……向她表明，我并不吝啬……我绝不再违拗她的意思。早上我出门去买了一个手镯，还很早，我走进她的房间……那里……那里已经人去楼空了……就和以前一模一样。我知道，桌上一定会放着一张纸条……我跑开向上帝请求着。这不会是真的……可是……可是……它就放在那里……上面写着……”他又停顿了一下。不知不觉中我也停住了脚步，我看着他，他低下头，然后用沙哑的声音耳语般地说道：“那上面写着……‘让我安静吧，你让我作呕’……”

我们走到了港口，突然，沉寂中响起近处波涛拍岸的哗哗声。轮船像只只眼睛发亮的大黑兽一样停在那里，或远或近，不知从什么地方还传来歌声。可以感

觉到许多东西，又什么都看不真切，一座大城市在酣睡，沉入了梦乡。我感觉到我旁边那个人的影子，他就在我的双脚前面像幽灵似地蹒跚着，一会儿游移开，一会儿又跌进昏暗的街灯晃动的光线里。我什么都说不出来，没有安慰，也没有提任何问题，只感觉到他的沉默在贴近我，沉重而郁闷。这时他突然颤抖着抓住了我的胳膊。

“可是我绝对不会没有她就独自离开这里……过了几个月我又发现了她……她折磨我，可我坚定不移……我求求您，先生，请您去跟她说说……请您跟她说……我不能没有她……她不听我说……这样子我再也活不下去了……再也看不惯那些男人是怎么去找她……我只能躲在房子外面等着，直到她再下楼来……笑着……醉醺醺的……整条巷子里的人都知道我了……他们看见我在外面等就取笑我……这简直要使我发疯了……可是，一到晚上我又站到那里去了……先生，我求求您……去跟她说说……我是不认识您，可请您看在上帝怜悯我的份上……您去跟她谈谈吧……”

我不由自主地想把手臂挣脱出来。我有些害怕。可他，可能是觉得我不同情他的遭遇，突然在街中间跪下了，抱住我的腿。

“我求求您，先生……您一定要去跟她谈谈……您一定要……不然……不然会有可怕的事情发生的……为了找她，我已经花光了我所有的钱，我不会让她在这里……不会让她活着。我已经买了一把刀……我有一把刀，先生……我不再让她在这里……生活……我受不了……去跟她说说，先生……”他飞快地蹿到我面前。就在这一刻有两个警察来到这条街上。我伸手把他拉起来，有一瞬间他目瞪口呆地望着我，然后用一种完全陌生的沙哑声音说：

“您拐进那边那条小巷，就到您的旅馆了。”他又一次用眼睛盯住我，在他的眼睛里，瞳孔扩散成一种可怕的白色和虚无，然后他消失不见了。

我把自己裹进大衣里。我冷得发抖，只感到累，有一种混合着醉醺醺，毫无知觉和黑沉沉、晃悠悠的紫红色美梦的感觉。我想要考虑一些事，仔细琢磨一下所发生的一切，但疲倦这黑色的浪潮总是泛滥上来，撕扯着我。我踉跄着走进旅馆，栽到床上，像一头动物似地沉沉睡去。

第二天早上我已经记不清楚，哪些是梦，哪些是真正经历过的事情，我心里也有些什么东西在抗拒着把它们分个清楚。后来我彻底醒了，陌生地，在一个陌生的城市里。我去找一间以古老的马赛克镶嵌画而出名的教堂，可我的眼睛却总是空洞地掠过一间间教堂。过去的那个晚上的经历越来越清晰地浮现上来，我被驱使着，毫不犹豫地就去找那条小巷和那所房子。然而这些奇异的巷子只在夜里才活生生的，在白天，它们都戴上了冰冷的灰色面具，只有极熟的人才分辨得出。尽管我拼命找，也没找到。我又累又失望地回到旅馆，沿着想象中，或者记忆中的路线。

我的火车是晚上九点开的。我要带着遗憾离开这个城市。一个挑夫扛起我的行李，扛着它在我前面往火车站走去。突然间，在一个十字路口，我猛一惊：我认出那条小巷了，那条通往那所房子的小巷。我让挑夫等一等，再到——他先是惊讶，然后就调皮捣蛋地笑了起来——那个传奇的小巷中去看一看。

小巷阴沉沉地躺在那里，一如昨晚一样阴沉，在黯淡的月光下我看见那房子的窗门玻璃在闪闪发光，我想再次走近它，黑暗处有个人影弄出了响声，我惊异地认出，那个此刻蜷伏在门槛上瞪着我的人，就是昨晚那男人。我想再走近点，但恐惧战胜了我。我飞快地逃开了，出于胆小怕事，我怕被卷进这里的事件中，耽误了今天的火车。

然后，在角落里，在我转身离去之前，我又往回看了一眼。当我的视线接触到他时，他鼓足了勇气，弹起来向门冲去。手里有一件金属东西在闪光，此时他连忙拉开门，从远处我无法分辨，在月光照耀下他手指尖清清楚楚闪闪发亮的，是硬币还是刀子……

滕奕丹 译

·作品赏析·

《月光小巷》是奥地利著名小说家茨威格的短篇小说名作。小说以法国一座滨海小城为背景，叙述了一个曲折凄婉的爱情悲剧故事。一个富家子弟娶了个骄傲的穷家女子，他因为爱她和一再听到她的感恩话，便连续三年用“不痛痛快快给钱”的方式来折磨她。穷家女一气之下离家到柏林、阿根廷和法国海港城市当妓女。后来富家子找到穷家女，央求她回去。出于报复心理，穷家女也连续数年用“糟蹋自己”和“挖苦对方”的方式折磨他。双方内心极为痛苦、疲惫。最后富家子悔恨交加，拔刀与穷家女同归于尽。小说通过一对青年夫妇的爱情悲剧，展示了一幅变态扭曲、冷酷虚伪女性的歧视和对人的美好感情的束缚戕害的景象。小说结构紧凑奇巧，环境气氛渲染生动，人物神态心理刻画深刻，笔调清丽柔婉，具有震撼人心的艺术力量。

罗生门[1]

/［日本］芥川龙之介

入选理由

日本著名作家芥川龙之介的成名作

展现的是深刻的道德挣扎

以个人的哀伤影射时代的颓废潮流

一天傍晚时分，站在罗生门下的一个仆人等着雨住下来。

在宽阔的城楼下边，除了这个仆人，一个人也没有。只有朱漆剥落的高大圆柱上，停着一只蟋蟀。罗生门既然位于朱雀大路，除了这个仆人，总还应该有两三个避雨的戴市女笠[2]或软乌帽[3]的庶民。然而，除了这个仆人之外，却一个人也没有。

说起这两三年，在京都，地震啦，旋风啦，火灾啦，饥馑啦，等等，灾难一起起地接连不断。这个都城因此变得极其荒凉。根据古时候记载，那时曾经把佛像、佛具砸碎，把这些涂着红漆的，或带着金银箔的木头，堆在路旁，当柴火卖掉。都城既然是这么一种情况，整修罗生门这种事，当然就没有人去过问了。于是，趁着这个荒凉颓落的时机，狐狸栖息，盗贼藏身。到了后来，连没有人认领的尸体，也被拖到这个城楼里来丢弃而去，久而久之竟成了习惯。因此，一到太阳落下的时候，不论是谁都会觉得毛骨悚然，不敢到这所城楼跟前来。

相反地，不知从什么地方飞来成群的乌鸦。在白天看，不知道多少只乌鸦绕着圈儿，围着高高的鸱尾，一边叫一边盘旋着。但是到了夕阳映得这城楼的上空通红的时刻，那些乌鸦却像撒下的芝麻似的，看得清清楚楚。乌鸦当然是来啄食城楼上的死人肉的。——然而在今天，可能是因为时刻晚了的缘故，竟然看不到一只乌鸦。看到的只是到处将要断裂，并且在裂缝中间长出老高的青草的石阶上，粘着白色的

① 罗生门：正名应叫罗城门，公元8世纪末建立的日本平安京（在京都）南面的正门，和北面的朱雀门相对。它是高大的双层城门，今已不存。

② 戴市女笠：平安朝中期以来商女所戴的一种晴雨两用的斗笠，后来男子也戴了。

③ 软乌帽：原文作揉乌帽子。乌帽是日本古代公卿、武士平时戴的一种黑帽子，庶民则出门才戴。乌帽有多种式样，揉乌帽子是其中一种，质地较为柔软。

作者简介

芥川龙之介（1892 ~ 1927），一个在日本旧式封建家庭中长大的新式作家。既接受了日本的古典文学传统，又借鉴了西方的各式各样的新鲜的文学思潮。在他的身上我们可以看到他的文学明显的转向的痕迹，从最初的历史题材的小说《罗生门》、《偷盗》，到后来的关于明治时期的文化以及相应的社会现实，诸如《舞会》或者《橘子》都展现了这一点。在他的作品中和体裁无关而一贯能够保持的是他对文学艺术的执着与重视，风格相对鲜艳华丽，结构上也显得很完美。这是他自己的唯美的一个侧面，虽然他所接触到的现实人生很丑陋并且残酷，但在艺术的表达上却仍然能坚持着艺术本身的完美。他被尊为是新潮派的代表性作家。

芥川龙之介像

斑斑点点的鸦粪。仆人穿着洗褪了色的藏青色袢子，一屁股坐在七级石阶的最上边的一级。他一方面因为右颊长出的很大的面疱而心情烦恼，另一方面呆呆地眺望着落下的雨。

作者方才说过："一个仆人等着雨住下来。"可是即使是雨住下来，老实说，仆人也没有什么好办法。如果在平时，他当然是应该回到主人的家里去。然而在四五天之前，主人把他解雇了。正如我在前边写过的那样，当时京都的街道变得极其荒凉。眼下这个仆人被他服侍多年的主人给解雇了，其实也只不过是这个都城衰落下来的一个小小的余波罢了。所以，与其说"一个仆人等着雨住下来"，倒不如说"遇雨受阻的一个仆人，无路可走，陷入困境"，倒更确切。况且，今天的天色也给这个平安朝[①]的仆人那种多愁善感的情绪，带来很大的影响。从申末下起来的雨，现在仍然没有住下来的样子。这时候，仆人眼前想的是明天的生活怎么办？——也就是说，怎样才能摆脱毫无指望的困境。他一边不得要领地想着，一边心不在焉地听着溅落在朱雀大路上的雨声。

雨包围着罗生门，从远处，刷刷地发着声响扑过来。昏暗的傍晚使天空渐渐低下去，仰头向上看，城楼楼顶那斜着伸出去的雕甍支撑着沉重的微暗的云层。

为了摆脱毫无指望的困境，已经没有时间去考虑选择什么手段了。如果考虑选择什么手段的话，那就只能活活饿死在泥板墙下，大路道旁了。死后就会被拖到这个城楼上，像扔一条狗似的被一扔了事。"如果是不择手段"——仆人想，他在这

---

① 平安朝（794 ~ 1192）：以平安京为京都，分初、中、后三期，小说描写的是末期的12世纪院政期。

条道上徘徊了好久，最后才来到了这个地方。可是这个“如果”，永远不采取行动，到最后还是个“如果”。仆人虽然决定不择手段了，然而由于“如果”变成行动，那么跟着而来的一个问题当然就是：“除了当强盗，别无他法”，他对这件事仍然没有足够的肯定的勇气。

赏红叶的日本妇女

仆人打了一个很大的喷嚏，接着疲惫地站了起来。京都的傍晚变得很冷，冷得使人很想能有一个火炉才好。寒风从城楼的柱子中间，跟着夜晚一起肆无忌惮地蹿了进来。红漆柱子上停着的那只蟋蟀，已经不知道藏到什么地方去了。

仆人缩着脖子，高高耸起在黄色汗衫上面套着藏青色袢子的肩头，向城楼四周看了看。他想找一个躲避风雨、避人耳目，能安安稳稳睡上一夜的地方；如果有，好歹就在这儿过上一夜。这时他正好看到了登上城楼的那个很宽的，并且是涂着红漆的楼梯。城楼上就是有人，反正也都是死人。仆人留心着腰间挂着的木柄长刀，免得出了鞘，迈起穿着草鞋的脚，踏上那楼梯最下边的一级。

几分钟之后，在登上罗生门城楼很宽的楼梯的中段，一个男人像猫似的缩着身子，屏着气息，窥视着上边的情况。从城楼照射下来的火光，模糊地照出这个男人的右颊。这是一张短须中长着红肿化脓的面疱的脸颊。仆人最初以为城楼上没有什么了不起，都是些死人罢了。当他踏上两三级楼梯一看，在城楼上不知是什么人点起了火，那火光在各处闪动着。昏浊的黄色的火光，在城楼各个角落挂着蜘蛛网的顶棚上摇动着，映照着。看到这个就立刻会使人明白：在这雨夜里，在这罗生门的城楼上点着火的，大概不是普通的人。

仆人像蜥蜴似的蹑着脚，好不容易爬上很陡的楼梯最上边一级。他伏着身子，尽量伸长了脖子，胆战心惊地窥视着城楼里的情况。

一看那城楼里，正像传闻的那样，有几具尸体横七竖八地扔在那儿。但是由于火光照射的范围比自己想像的还要狭小，看不清楚到底有几具尸体。他只是模模糊糊地看到，那里有赤身裸体的尸体和穿着衣服的尸体。自然男男女女似乎都混杂在一起。这种情形简直使人有些怀疑那些尸体曾经是活人，他们好像是捏的泥人，有的张着嘴，有的伸着手，横七竖八地躺在地板上。暗淡的火光投射到肩膀和胸脯突起的部分，而使低凹部分的暗影更加昏暗，像哑巴似的永世沉默着。

仆人闻到了这些尸体的臭气，不由得捂住了鼻子。然而那手在抬起的一瞬间，又完全忘记了捂鼻子。因为一种强烈的刺激，几乎完全夺去了这个男人的嗅觉。

这时候，仆人才发现有一个人蹲在那些尸体中间。这是一个穿着黑衣服的矮小、瘦弱、白发、像猴子似的老太婆。那老太婆右手拿着燃烧着的松明，在仔细盯着看一具尸体的脸。从那长长的头发上看，可能是个女尸。

仆人为六分恐怖、四分好奇心所吸引，暂时连气也不敢出了。借用古书作者的话说，真使人感到“毛骨悚然”。老太婆把松明插到楼板缝里，接着向方才盯着看的死尸的头部伸出两手去，像老猴给小猴捉虱子那样，开始一根一根地拔那长头发。头发好像一拔就拔下来了。

看着头发一根一根拔下来，仆人内心的恐惧就渐渐地消失了；与此同时，渐渐地增长起对这个老太婆的一种强烈的憎恶情绪。——哦，说“对这个老太婆”，也许有语病，倒不如说，在不断地增强起对一切恶的反感。这时候，如果有什么人对这个仆人重新提出方才在罗生门下边他自己想过的那个问题：“是饿死呢？还是当强盗呢？”恐怕这个仆人会毫不留恋地选择饿死这条道路。这个人对恶的憎恨，就像老太婆插在楼板缝里的松明，猛烈地燃烧起来。

仆人当然不知道，老太婆为什么拔死人的头发。所以，从“合理性”来说，他也不知道这到底是应该属于善还是属于恶。但是从仆人来说，在这雨夜里，在这罗生门城楼上拔死人的头发，那当然是绝对不能宽恕的恶了。仆人自己方才想当强盗的事，自然他早就忘到脑后去了。

于是，仆人两脚用力，突然从楼梯一跃而上；他手握木柄大刀，大步走到老太婆跟前。老太婆自然是大吃一惊。

老太婆一眼看见仆人，就像被强弩弹了出去似的，一下子跳了起来。

“你这东西，往哪里跑！”

老太婆在尸体中间绊着斤斗，慌慌张张地想要逃跑，仆人堵住了她的去路，这样骂道。尽管这样，老太婆仍然想冲开仆人逃跑。仆人不放她走，把她硬拉了回来。两个人在尸体中间，默默地扭打了一会儿。但是胜败一开始就决定了。仆人终于抓住了老太婆的胳膊，硬是把她扭倒在地上。那胳膊像鸡腿一样，完全是皮包骨。

“你在干什么？说！不说，看这个！”

仆人甩开老太婆，突然拔刀出鞘，钢刀闪着寒光，横在老太婆眼前。然而，老太婆不说话。她两手发抖，急促地喘着气，两眼睁得眼珠子似乎要从眼眶里掉出来，哑巴似的硬是不开口。看了这种情况，仆人才明确意识到，这个老太婆的生死，完全由他的意志来决定了。仆人的这种意识，不知什么时候把方才猛烈燃烧起来的憎恶的情绪一扫而光。剩下的只是圆满地完成工作时那种洋洋得意和心满意足罢了。

日本平安王朝时代京都的战乱景象

当时的日本社会矛盾和阶级矛盾高度激化，诸侯为争夺权力，互相厮杀，各地战乱频仍，烽火连天，加之灾荒连年，日本动荡不安，民不聊生。

这时，仆人低头看着老太婆，声音稍微温和些说："我并不是检非违使①衙门里的官吏，我是刚才走过这个城楼的过路人。所以，我并不是想要把你捉起来，只是你要好好对我说，你这个时候在这个城楼上干什么就行了。"

这时，老太婆的眼睛睁得更大了，目不转睛地盯着那个仆人的脸。这是一双眼眶赤红，鸷鸟般的、锋锐犀利的眼睛在看他。同时，皮肤皱得几乎和鼻子连接在一起的嘴唇，好像在嚼着什么东西似的在蠕动着。细脖子上尖瘦的喉头也在蠕动着。这时，仆人听到老太婆喘吁吁地从喉咙里发出好像乌鸦叫似的声音："拔这头发嘛，拔这头发嘛，想做假发啊！"

仆人没料到老太婆的回答是这样平常，很是失望。在失望的同时，方才的憎恶情绪和冷冷的蔑视又一齐涌上心头。那脸色对方大概也看到了。老太婆一只手还拿着从死尸头上拔下来的头发，发出蛤蟆一样的聒噪声，结结巴巴地说：

"说实话，拔死人的头发，也许是缺德的事。可是，对这些死人这么干，那倒也活该！现在被我拔头发的这个女人，她把蛇切成四寸来长，晒干了拿到带刀②的警卫房去当干鱼卖呢！要是她不得瘟病死了，大概现在还在干这种买卖呢。尽管这样，别人还说这女人卖的干鱼，味道好，那些带刀的还把它当成不可缺少的副食品来买。我倒不觉得这女人干的事就怎么坏！要是不这么干，就得饿死，这也是没有出路才干的啊！所以，现在我干这个，我也不认为是什么坏事呀！我要是不这么干，那也得饿死呀！我也是没有出路才这么干的啊！是呀，这女人对我没有出路这一点是很了解的，大概也会原谅我干的这种事吧！"

老太婆唠唠叨叨说了这些话。

---

① 检非违使：日本平安时代的官名，掌管治安、监察和司法等工作。
② 带刀：原文作太刀带，日本古代京都春宫坊的侍卫。

仆人把大刀插进刀鞘里，一边用左手按着刀把，一边冷冷地听着。右手自然是在按着红面孔上的化脓的大面疱。但是，听着听着，仆人心中产生了一种勇气，这正是不久前在城楼下边，这个男人所缺少的那种勇气。同时，也是和不久前登上这个城楼，抓住这个老太婆时的那种勇气向全然相反的方向发展的一种勇气。仆人是饿死呢，还是当强盗，已经不再是难于抉择的问题了。从这时候的仆人的心情来说，他根本不去想饿死的问题，把它完全扔到脑后去了。

“你说的是真话吗？”

老太婆说完话，仆人就用嘲弄的口气叮问了一句。同时他向前走了一步，右手冷丁离开面颊上的面疱，抓住老太婆的脖领，怒声喝道：“那么，我剥了你衣服，你也用不着恨我了吧！我要是不这么干，我也就饿死了！”

仆人迅速地剥下了老太婆的衣服，把想要抱住他的腿的老太婆狠狠一脚踢倒在死尸上。到楼梯口只有五步远。仆人把剥下来的藏青色的衣服夹在腋下，一转眼工夫顺着很陡的楼梯，消失在黑洞洞的夜里了。

过了一会儿，好像昏死过去倒在那儿的老太婆，光着身子从尸体中间爬起来。老太婆一边发出既像嘟囔又像呻吟似的声音，一边借着还在燃烧着的火光，爬到楼梯口。在那儿倒垂着短短的白发，向罗生门下边望去。外边是黑漆漆的夜。

仆人的去向谁也不知道。

吕元明 译

·作品赏析·

《罗生门》的创作是在作者刚步入文坛的早期，却显示不相称的成熟，和对这个世界的深沉的思索。在他看来生命形式的抉择不一定只在个人的努力，同时也包含在时代潮流的推动之下。

从文章的故事中我们可以看到这个可怜的老妇人在做着缺德的生意，同时也是她让这个走投无路的仆役下定决心走盗贼这条路的，虽然我们在文章中还看到了在冲破内心的道德防线之前这个仆役在挣扎，但已经是到了崩溃的边缘了，而这个该死的老妇人却成了他变坏的催化剂，同时也是他的第一个作恶的对象。其实他所展现的是人性与道德的分析，在挣扎无效后，我们看到了作者残酷的辩证意识，在他的笔下，人性恶的部分以利己主义的形态逼迫人们不自觉地行动。虽然作者充分考虑到了这件事实本身的深厚的社会背景因素，但同时，他更想展现的却是人性的隐秘这一个题材。

在面对时代的不安，作者以夜幕作为烘托，很形象地把文章的故事背景的底色交待得相当清楚。这是作者的思考，如果这个世界已经逼迫人不能活着，那么这个人该怎么样呢，是接受将近的死亡，还是突破道德的底线挣扎着活下去？作者的这样的展示其实也是对读者的深切地发问。这是一个借助故事本身所映射的现实生活，不得不让人凝重地思考。

伊豆的舞女

/［日本］川端康成

入选理由

塑造了一个栩栩如生的美丽清纯的日本舞女形象
日本新感觉派短篇小说的典范佳作
被誉为日本昭和时代的“青春之歌”

一

道路变成曲曲折折，眼看着就要到天城山的山顶了，正在这么想的时候，阵雨已经把丛密的杉树林笼罩成白花花的一片，以惊人的速度从山脚下向我追来。

川端康成像

那年我二十岁，头戴高等学校的学生帽，身穿藏青色碎白花纹的上衣，系着裙子，肩上挂着书包。我独自旅行到伊豆来，已经是第四天了。在修善寺温泉住了一夜，在汤岛温泉住了两夜，然后穿着高齿的木屐登上了天城山。一路上我虽然出神地眺望着重叠群山、原始森林和深邃幽谷的秋色，胸中却紧张地悸动着，有一个期望催我匆忙赶路。这时候，豆大的雨点开始打在我身上。我沿着弯曲陡峭的坡道向上奔行。好不容易才来到山顶上北路口的茶馆，我呼了一口气，同时站在茶馆门口呆

作者简介

川端康成（1899 ~ 1972），一位在日本文坛享有崇高声誉的作家。也是亚洲历史上继泰戈尔之后的第二个诺贝尔文学奖的获得者，获奖词称他的文学是：敏锐的感受及高超的叙事技巧表现了日本人的内心。这是一个忧伤的作家对美有着独特的感受，曾和横光利一共同创建了日本现代文学史上的感觉流派，在他看来所有外在的事物都将通过人的内心的感悟而得到各自的不同的见解，就比如看见了一朵玫瑰就应该是自己的眼睛成了玫瑰。在他的作品中，我们经常能看到他的细腻的情感在关照着外在的一切生活空间，他写下了《伊豆的舞女》、《雪国》和《睡美人》等传世名作。

住了，因为我的心愿已经圆满地达到，那伙巡回艺人正在那里休息。

那舞女看见我伫立在那儿，立刻让出自己的坐垫，把它翻个身，摆在旁边。

“啊……”我只答了一声就坐下了。由于跑上山坡一时喘不过气来，再加上有点惊慌，“谢谢”这句话已经到了嘴边却没有说出口来。

我就这样和舞女面对面地靠近在一起，慌忙从衣袖里取出了香烟。舞女把摆在她同伙女人面前的烟灰缸拉过来，放在我的近边。我还是没有开口。

上天城山的山路

那舞女看上去大约十七岁。她头上盘着大得出奇的旧式发髻，那发式我连名字都叫不出来。这使她严肃的鹅蛋脸显得非常小，可是又美又调和。她就像头发画得特别丰盛的历史小说上姑娘的画像。那舞女一伙里有一个四十多岁的女人，两个年轻的姑娘，另外还有一个二十五六岁的男人，穿着印有长冈温泉旅店商号的外衣。

到这时为止，我见过舞女这一伙人两次。第一次是在前往汤岛的途中，她们正到修善寺去，在汤川桥附近碰到。当时年轻的姑娘有三个，舞女提着鼓。我一再回过头去望她们，感到一股旅情渗入身心。然后是在汤岛的第二天夜里，她们巡回到旅馆里来了。我在楼梯半当中坐下来，专心地看那舞女在大门口的走廊上跳舞。我盘算着：当天在修善寺，今天夜里到汤岛，明天越过天城山往南，大概要到汤野温泉去。在二十多公里的天城山山道上准能追上她们。我这么空想着匆忙赶来，恰好在避雨的茶馆里碰上了，我心里扑通扑通地跳。

过了一会儿，茶馆的老婆子领我到另一个房间。这房间平时大概不用，没有装上拉门。朝下望去，美丽的幽谷深得望不到底。我的皮肤上起了鸡皮疙瘩，浑身发抖，牙齿在打战。老婆子进来送茶，我说了一声好冷啊，她就牵着我的手，要领我到她们自己的住屋里去。

“唉呀，少爷浑身都湿透啦。到这边来烤烤火吧，来呀，把衣服烤烤干。”

那个房间装着火炉，一打开纸拉门，就流出一股强烈的热气。我站在门槛边踌躇了。炉旁盘腿坐着一个浑身青肿、淹死鬼似的老头子，他的眼睛连眼珠子都发黄，像是烂了的样子。他忧郁地在朝我这边望。他身边旧信和纸袋堆积如山，简直可以说他是埋在这些破烂纸里头。我目睹这山中怪物，呆呆地站在那里，怎也不能想象这就是个活人。

“让您看到了这样可耻的人样儿……不过，这是家里的老爷子，您用不着担心。看上去好难看，可是他不能动弹了，请您就忍耐一下吧。”

老婆子这样打了招呼，从她的话听来，这老爷子害了多年中风症，全身不遂。大堆的纸是各地治疗中风症的来信，还有从各地购来的中风症药品的纸袋。凡是老爷子从走过山顶的旅人听来的，或是在报纸广告上看到的，他一次也不漏过，向全国各地打听中风症的疗法，购求出售的药品，这些书信和纸袋，他一件也不丢掉，都堆积在身边，望着它们过日子。长年累月下来，这些陈旧的纸片就堆成山了。

我没有回答老婆子的话，在炉炕上俯下身去。越过山顶的汽车震动着房子。我心里想，秋天已经这么冷，不久就将雪盖山头，这个老爷子为什么不下山去呢？从我的衣服上腾起了水蒸气，炉火旺得使我头痛起来。老婆子去到店堂，跟巡回女艺人聊天去了。

“可不是吗，上一次带来的这个女孩已经长成这个样子，变成了一个漂亮姑娘，你也出头啦！女孩子长得好快，已经这么美了！”

将近一小时之后，我听到了巡回艺人准备出发的声音。我当然很不平静，可只是心里头七上八下的，没有站起身来的勇气。我想，尽管她们已经走惯了路，而毕竟是女人的脚步，即使走出了一两公里之后，我跑一段路也追得上她们，可是坐在火炉旁仍然不安神。不过舞女们一离开，我的空想就像得到解放似的，又开始活跃了。我向送走她们的老婆子问道：

“那些艺人今天夜里在哪里住宿呢？”

“这种人嘛，少爷，谁知道他们住在哪儿呀。哪儿有客人留他们，他们就在哪儿住下了。有什么今天夜里一定的住处啊？”

依山临水、美丽如画的伊豆半岛一带风光

老婆子的话里带着非常轻蔑的口吻，甚至使我想到，果真是这样的话，我要让那舞女今天夜里就住在我的房间里。

雨势小下来，山峰开始明亮。他们一再留我，说再等十分钟天就放晴了，可是我却怎么也坐不住。

“老爷子，保重啊。天就要冷起来了。”我恳切地说着，站起身来。老爷子很吃力地动着他的黄色眼睛，微微地点点头。

电影《伊豆的舞女》剧照

在茶馆与舞女（山口百惠饰）邂逅。

“少爷，少爷！”老婆子叫着追了出来，“您这么破费，真不敢当，实在抱歉啊。”

她抱着我的书包不肯交给我，我一再阻拦她，可她不答应，说要送我到那边。她随在我身后，匆忙迈着小步，走了好大一段路，老是反复着同样的话：

“真是抱歉啊，没有好好招待您。我要记住您的相貌，下回您路过的时候再向您道谢。以后您一定要来呀，可别忘记了。”

我只不过留下五角钱的一个银币，看她却是十分惊讶，眼里都要流出泪来。可是我一心想快点赶上那舞女，觉得老婆子蹒跚的脚步倒是给我添了麻烦。终于来到了山顶的隧道。

“非常感谢。老爷子一个人在家，请回吧。”我这么说，老婆子才算把书包送给我。

一走进黑暗的隧道，冰冷的水滴纷纷地落下来。前面，通往南伊豆的出口微微露出了亮光。

二

出了隧道口子，山道沿着崖畔刷白的栅栏，像闪电似的蜿蜒而下。从这里瞭望下去，山下景物像是一副模型，下面可以望见艺人们的身影。走了不过一公里，我就追上他们了。可是不能突然间把脚步放慢，我装做冷淡的样子越过了那几个女人。再往前约二十米，那个男人在独自走着，他看见我就停下来。

“您的脚步好快呀……天已经大晴啦。”

我放下心来，开始同那个男人并排走路。他接连不断地向我问这问那。几个女人看见我们两个在谈话，便从后面奔跑着赶上来。

那个男人背着一个大柳条包。四十岁的女人抱着小狗。年长的姑娘背着包袱，另一个姑娘提着小柳条包，各自都拿着大件行李。舞女背着鼓和鼓架子。四十岁的

电影《伊豆的舞女》剧照
舞女（左三，吉永小百合饰）一行带着行李过天城山途中。

女人慢慢地也和我谈起来了。

“是位高等学校的学生呢，”年长的姑娘对舞女悄悄说。我回过头来，听见舞女笑着说：“是呀。这点事，我也懂得的。岛上常有学生来。”

这伙艺人是大岛的波浮港人。他们说，春天从岛上出来，一直在路上，天冷起来，又没有做好冬天的准备，所以在下田再停留十来天，就从伊东温泉回到岛上去。我一听说大岛这个地方，愈加感到了诗意，我又看了看舞女的美丽发髻，探问了大岛的各种情况。

“有好多学生到我们那儿来游泳。”舞女向结伴的女人说。

“是在夏天吧。”我说着转过身来。

舞女慌了神，像是小声回答：“冬天也……”

“冬天？”

舞女还是看着结伴的女人笑。

“冬天也游泳吗？”我又说了一遍，舞女脸红起来，可是很认真的样子，轻轻地点着头。

“这孩子，糊涂虫。”四十岁的女人笑着说。

沿着河津川的溪谷到汤野去，约有十二公里下行的路程。越过山顶之后，群山和天空的颜色都使人感到了南国风光。我和那个男人继续不断地谈着话，完全亲热起来了。过了荻乘和梨本等小村庄，可以望见山麓上汤野的茅草屋顶，这时我决心说出了要跟他们一起旅行到下田。他听了非常高兴。

到了汤野的小客栈前面，四十岁的女人脸上露出向我告别的神情时，他就替我说：

“这一位说要跟我们结伴走哩。”

“是呀，是呀。‘旅途结成伴，世上多情谊。’像我们这些无聊的人，也还可以替您排忧解闷呢。那么，您就进来休息一下吧。”她随随便便地回答说。姑娘们一同看了我一眼，脸上没有露出一点意外的神情，沉默着，带点儿害羞的样子望着我。

我和大家一起走上小旅店的二楼，卸下了行李。铺席和纸槅扇都陈旧了，很脏。舞女从楼下端来了茶。她坐到我面前，满脸通红，手在颤抖，茶碗正从茶托上歪下来，她怕倒了茶碗，乘势摆在铺席上，茶已经洒出来了。看她那羞愧难当的样儿，我愣住了。

“唉呀，真讨厌！这孩子情窦开啦。这这……”四十岁的女人说着，像是惊呆了似地蹙起眉头，把抹布甩过来。舞女拾起抹布，很呆板地擦着席子。

这番出乎意外的话，忽然使我对自己原来的想法加以反省。我感觉到由山顶上老婆子挑动起来的空想，一下子就破碎了。

这当儿，四十岁的女人频频地注视着我，突然说：“这位书生穿的藏青碎白花纹上衣真不错呀。”她对身旁的女人再三叮着问：“这位的花纹布和民次穿的花纹是一样的，你说是吧？不是一样的花纹吗？”然后她又对我说：“在家乡里，留下了一个上学的孩子，现在我想起了他。因为这花纹布和那孩子身上穿的一样。近来藏青碎白花纹布贵起来了，真糟糕。”

“上什么学校？”

“普通小学五年级。”

“哦，普通小学五年级，实在……”

“现在进的是甲府的学校。我多年住在大岛，家乡却是甲斐的甲府。”

休息了一小时之后，那个男人领我去另一家温泉旅馆。直到此刻，我只想着和艺人们住在同一家小旅店里。我们从街道下行，走过好一大段碎石子路和石板路，过了小河旁边靠近公共浴场的桥。桥对面就是温泉旅馆的院子。

我进入旅馆的小浴室，那个男人从后面跟了来。他说他已经二十四岁，老婆两次流产和小产，婴儿死了，等等。由于他穿着印有长冈温泉商号的外衣，所以我一直认为他是长冈人。而且看他的面貌和谈吐风度都是相当有知识的，我就想象着他大概是出于好奇或者爱上卖艺的姑娘，才替她们搬运行李跟了来的。

洗过澡我立刻吃午饭。早晨八点钟从汤岛出发，而这时还不到午后三时。

那个男人临走的时候，从院子里向上望着我，和我打招呼。“拿这个买些柿子吃吧。对不起，我不下楼啦。”我说着包了一些钱投下去。他不肯拿钱，就要走出去，可是纸包已经落在院子里，他回过头拾起来。

“这可不行啊。”他说着把纸包抛上来，落在茅草屋顶上。我又一次投下去，他就拿着走了。

从傍晚起下了一场大雨。群山的形象分不出远近，都染成一片白，前面的小河眼见得混浊了，变成黄色，发出很响的声音。我想，雨这么大，舞女们不会串街卖艺了，可是我坐不住，又进了浴室两三次。住屋微暗不明，和邻室相隔的纸槅扇开了个四方形的口子，上梁吊着电灯，一盏灯供两个房间用。

在猛烈雨声中，远方微微传来了咚咚咚的鼓声。我像要抓破木板套窗似地把它拉开了，探出身子去。鼓声仿佛离得近了些，风雨打着我的头。我闭上眼睛侧耳倾听，寻思鼓声通过哪里怎么到这儿来的。不久，我听见了三弦的声音；听见了女人长长的呼声，听见了热闹的欢笑声。随后我了解到艺人们被叫到小旅店对面饭馆的大厅去了，可以辨别出两三个女人和三四个男人的声音。我等待着，想那里一演完，就要转到这里来吧。可是那场酒宴热闹异常，像是要一直闹下去。女人的尖嗓门时时像闪电一般锐利地穿透暗夜。我有些神经过敏，一直敞开着窗子，痴呆地坐在那里。每次一听见鼓声，心里就亮堂堂的。

“啊，那舞女正在宴席上啊。她坐着在敲鼓呢。”

鼓声一停就使人不耐烦。我沉浸到雨声里去了。

不久，也不知道是大家在互相追逐呢还是在兜圈子舞蹈，纷乱的脚步声持续了好一会，然后又突然静下来。我睁大了眼睛，像要透过黑暗看出这片寂静是怎么回事。我心中烦恼，那舞女今天夜里不会被糟蹋吗？

我关上木板套窗上了床，内心里还是很痛苦。又去洗澡，胡乱地洗了一阵。雨停了，月亮露出来。被雨水冲洗过的秋夜，爽朗而明亮。我想，即使光着脚从浴室走出去，也还是无事可做。这样度过了两小时。

三

第二天早晨一过九时，那个男人就到我的房间来了。我刚刚起床，邀他去洗澡。南伊豆的小阳春天气，一望无云，晴朗美丽，涨水的小河在浴室下方温暖地承受着阳光。我感到自己昨夜的烦恼像梦一样。我对他说：

“昨天夜里你们欢腾得好晚啊。”

“怎么，你听见啦？”

“当然听见了。”

“都是些本地人。这地方上的人只会胡闹乱叫，一点也没趣。”

他做出若无其事的样子，我沉默了。

“那些家伙到对面的浴场来了。你瞧，他们好像注意到这边，还在笑哩。”

顺着他所指的方向，我朝河那边的公共浴场望去。有七八个人光着身子，朦胧地浮现在水蒸气里面。

忽然从微暗的浴场尽头，有个裸体的女人跑出来，站在那里，做出要从脱衣场的突出部位跳到河岸下方的姿势，笔直地伸出了两臂，口里在喊着什么。她赤身裸体，连块毛巾也没有。这就是那舞女。我眺望着她雪白的身子，它像一棵小桐树似的，伸长了双腿，我感到有一股清泉洗净了身心，深深地叹了一口气，嗤嗤笑出声来。

她还是个孩子呢。是那么幼稚的孩子，当她发觉了我们，一阵高兴，就赤身裸体地跑到日光下来了，踮起脚尖，伸长了身子。我满心舒畅地笑个不停，头脑澄清得像刷洗过似的。微笑长时间挂在嘴边。

电影《伊豆的舞女》剧照
舞女（右，鳄淵晴子饰）入温泉洗浴。

由于舞女的头发过于丰盛，我一直认为她有十七八岁。再加上她被打扮成妙龄女郎的样子，我的猜想就大错特错了。

我和那个男人回到我的房间，不久，那个年长的姑娘到旅馆的院子里来看菊花圃。舞女刚刚走在小桥的半当中。四十岁的女人从公共浴场出来，朝她们两人的方向望着。舞女忽然缩起了肩膀，想到会挨骂的，还是回去的好，就露出笑脸，加快脚步回头走。四十岁的女人来到桥边，扬起声来叫道："您来玩啊！"

年长的姑娘也同样说着："您来玩啊！"她们都回去了。可是那个男人一直坐到傍晚。

夜里，我正和一个卸下了纸头的行商下围棋，突然听见旅馆院子里响起了鼓声。我马上就要站起身来。

"串街卖艺的来了。"

"哼哼，这些角色，没道理。喂，喂，该你下子啦。我已经下在这里。"纸商指点着棋盘说。他入迷地在争胜负。

在我心神恍惚的当儿，艺人们似乎就要回去了，我听见那个男人从院子里喊了一声："晚上好啊！"

我到走廊里向他招手。艺人们悄声私语了一阵，然后转到旅馆门口。三个姑娘随在那个男人身后，顺序地道了一声"晚上好"，在走廊上垂着手，像艺妓的样子行了礼。我从棋盘上看出我的棋快要输了。

"已经没办法了。我认输。"

"哪里会输呢？还是我这方不好啊。怎么说也还是细棋。"

纸商一眼也不朝艺人那边看，一目一目地数着棋盘上的目数，愈加小心在意地下着子。女人们把鼓和三弦摆在房间的墙角里，就在象棋盘上玩起五子棋来。这时我本来赢了的棋已经输了。可是纸商仍然死气白赖地要求说：

"怎么样？再下一盘，再请你下一盘。"

但是我一点意思也没有，只是笑了笑，纸商断了念，站起身走了。

姑娘们向棋盘这边靠拢来。

“今天夜里还要到哪里去巡回演出吗？”

“还想兜个圈子。”那个男人说着朝姑娘们那边看看。

“怎么样，今天晚上就到此为止，让大家玩玩吧。”

“那可开心，那可开心。”

“不会挨骂吗？”

“怎么会，就是到处跑，反正也不会有客人。”

她们下着五子棋什么的，玩到十二点钟以后才走。

舞女回去之后，我怎么也睡不着，头脑还是清醒异常，我到走廊里大声叫着：

“纸老板，纸老板！”

“噢……”快六十岁的老爷子从房间里跳出来，精神抖擞地答应了一声。

“今天夜里下通宵。跟你说明白。”

我这时充满非常好战的心情。

四

已经约好第二天早晨八点钟从汤野出发。我戴上在公共浴场旁边买的便帽，把高等学校的学生帽塞进书包，向沿街的小旅店走去。二楼的纸拉门整个地打开着，我毫不在意地走上去，艺人们都还睡在铺垫上。我有些慌张，站在走廊里愣住了。

在我脚跟前那张铺垫上，舞女满面通红，猛然用两只手掌捂住了脸。她和那个较大的姑娘睡在一张铺上，脸上还残留着昨晚的浓妆，嘴唇和眼角渗着胭脂。这颇有风趣的睡姿沁入我的心胸。她眨了眨眼侧转身去，用手掌遮着脸，从被窝里滑出来，坐到走廊上。

“昨晚谢谢您！”她说着，漂亮地行了礼，弄得我站在那儿不知怎么是好。

那个男人和年长的姑娘睡在一张铺上。在看到这以前，我一点都不知道这两个人是夫妇。

《伊豆的舞女》日文版各种封面

“非常抱歉。本来打算今天走的，可是今天晚上要接待客人，我们准备延长一天。您要是今天非动身不可，到下田还可以和您见面。我们决定住在甲州屋旅店里，您立刻就会找到的。”四十岁的女人在铺垫上抬起身子说。

我感到像是被人遗弃了。

“不可以明天走吗？我预先不知道妈妈要延长一天。路上有个伴儿总是好的。明天一块儿走吧。”那个男人说。

四十岁的女人也接着说：“就这么办好啦。特意要和您一道的，没有预先跟您商量，实在抱歉。明天哪怕落冰雹也要动身。后天是我的小宝宝在路上死去的第四十九天，我心里老是惦念着这断七的日子，一路上匆匆忙忙赶来，想在那天前到下田做断七。跟您讲这件事真是失礼，可我们倒是有意外的缘分，后天还要请您上祭呢。”

电影《伊豆的舞女》（第三作）剧照
由鳄渊晴子主演舞女（右）。

因此我延缓了行期，走到楼下去。为了等大家起床，我在肮脏的账房间里跟旅店的人闲谈，那个男人来邀我出去散散步。从街道稍微向南行，有一座漂亮的小桥。凭着桥栏杆，他又谈起了他的身世。他说他曾经短期参加了东京一个新流派的剧团，现在也还常常在大岛港演出。他说他们的行李包里刀鞘像条腿似的拖在外面。因为在厅房里还要演堂会。大柳条包里装的是衣裳啦、锅子茶碗之类的生活用品。

“我耽误了自己的前程，竟落到这步田地，可是我的哥哥在甲府漂亮地成家立业了，当上一家的继承人。所以我这个人是没人要的了。”

“我一直想你是长冈温泉人呢。”

“是吗？那个年长的姑娘是我的老婆，她比你小一岁，十九啦。在旅途上，她的第二个孩子又小产了，不到一个星期就断了气，我女人的身体还没有复原。那个妈妈是她的生身母亲，那舞女是我的亲妹妹。”

“哦，你说你有个十四岁的妹妹……”

“就是她呀，让妹妹来干这种生计，我很不愿意，可是这里面还有种种缘故。”

然后他告诉我，他名叫荣吉，妻子叫千代子，妹妹叫薰子。另一个十七岁的姑娘叫百合子，只有她是大岛生人，雇来的。荣吉像是非常伤感，露出要哭的脸色，注视着河滩。

我们回来的时候，洗过了脂粉的舞女正蹲在路边拍着小狗的头。我表示要回自己的旅馆里去。

“你去玩啊。”

“好的，可是我一个人……”

“你跟哥哥一道去嘛。”

“我马上去。”

没多久，荣吉到我的旅馆来了。

“她们呢？”

“女人们怕妈妈唠叨。”

可是我们刚一摆五子棋，几个女人已经过了桥，急急忙忙上楼来了。像平素一样，她们殷勤地行了礼，坐在走廊上踌躇着，第一个站起来的是千代子。

“这是我的房间。请别客气，进来吧。”

艺人们玩了一小时，到这个旅馆的浴室去。她们一再邀我同去，可是已有三个年轻女人在，我推托说随后就来。后来，舞女马上又一个人跑上来，转告了千代子的话：

“姐姐说，要你去，给你擦背。”

我没有去，跟舞女下五子棋。她下得意外地好，同荣吉和别的女人们循环赛，她可以不费力地胜过他们。五子棋我下得很好，一般人下我不过。跟她下，用不着特意让一手，心里很愉快。因为只我们两个人，起初她老远地伸手落子，可是渐渐她忘了形，专心地俯身到棋盘上。她那头美得有些不自然的黑发都要碰到我的胸部了。突然她脸一红。

电影《伊豆的舞女》剧照

舞女（吉永小百合饰）手指大岛方向。

“对不起，要挨骂啦。”她说着把棋子一推，跑出去了。这时，妈妈站在公共浴场前面。千代子和百合子也慌忙从浴室出来，没上二楼就逃了回去。

这一天，荣吉在我的房间里从早晨玩到傍晚。纯朴而似乎很亲切的旅馆女掌柜忠告我说，请这样的人吃饭是白浪费。

晚上我到小旅店去，舞女正跟妈妈学三弦。她看到我就停下了，可是听了妈妈的话又把三弦抱起来。每逢她的歌声略高一些，妈妈就说：

“我不是说过，用不着提高嗓门吗！”

荣吉被对面饭馆叫到二楼厅房去，正在念着什么，从这里可以看得见。

“他念的是什么？”

“谣曲呀。”

“好奇怪的谣曲。”

“那是个卖菜的，随你念什么，他也听不懂。”

这时，住在小旅店里的一个四十岁上下的鸟店商人打开了纸槅扇，叫几个姑娘去吃菜。舞女和百合子拿着筷子到隔壁房间去吃鸟店商人剩下的鸡火锅。她们一起回这个房间时，鸟店商人轻轻拍了拍舞女的肩膀。妈妈露出了一副很凶的面孔说：

“喂喂，不要碰这孩子，她还是个黄花闺女啊。”

1967 年拍摄的电影《伊豆的舞女》剧照

舞女(内藤洋子饰)跪下来替“我”浑身掸尘。

舞女叫着老伯伯老伯伯，求鸟店商人给她读《水户黄门漫游记》。可是鸟店商人没多久站起身来走了。她一再说“给我读下去呀”，可是这话她不直接跟我说，好像请妈妈开口托我似的。我抱着一种期望，拿起了通俗故事本。舞女果然赶忙靠到我身边。我一开口读，她就凑过脸来，几乎碰到我的肩头，表情一本正经，眼睛闪闪发光，不眨眼地一心盯住我的前额。这似乎是她听人家读书的习气，刚才她和鸟店商人也几乎把脸碰在一起，这个我已经见过了。这双黑眼珠的大眼睛闪着美丽的光辉，是舞女身上最美的地方。双眼皮的线条有说不出来的漂亮。其次，她笑得像花一样。笑得像花一样这句话用来形容她是逼真的。

过了一会儿，饭店的侍女来接舞女了。她换了衣裳，对我说：

“我马上就回来，等我一下，还请接着读下去。”

她到外面走廊里，垂下双手行着礼说：

“我去啦。”

“你可千万不要唱歌呀，”妈妈说。她提着鼓微微地点头。妈妈转过身来对我说：“现在她正在变嗓子。”

舞女规规矩矩地坐在饭馆的二楼上，敲着鼓。从这里看去，她的后影好像就在隔壁的厅房里。鼓声使我的心明朗地跃动了。

“鼓声一响，满房里就快活起来了。”妈妈望着对面说。

千代子和百合子也同样到那边大厅去了。

过了一小时的工夫，四个人一同回来。

“就是这么点……”舞女从拳头里向妈妈的手掌上倒出了五角零碎的银币。我又读了一会儿《水户黄门漫游记》。他们又谈起了旅途上死去的婴儿，据说，那孩子生下来像水一样透明，连哭的力气都没有，可是还活了一个星期。

我仿佛忘记了他们是巡回艺人之类的人，既没有好奇心，也不加轻视，这种很平常的对他们的好感，似乎沁入了他们的心灵。我决定将来什么时候到他们大岛的家里去。他们彼此商量着："可以让他住在老爷子的房子里。那里很宽敞，要是老爷子让出来，就很安静，永远住下去也没关系，还可以用功读书。"然后他们对我说："我们有两座小房子，靠山那边的房子是空着的。"

而且说，到了正月里，他们要到波浮港去演戏，可以让我帮帮忙。

我逐渐了解到，他们旅途上的心境并不像我最初想象的那么艰难困苦，而是带有田野气息的悠闲自得。由于他们是老小一家人，我更感到有一种骨肉之情连系着他们。只有雇来的百合子老是羞羞怯怯的，在我的面前闷声不响。

过了夜半，我离开小旅店，姑娘们走出来送我。舞女给我摆了木屐。她从门口探出头来，望了望明亮的天空。

"啊，月亮出来啦……明天到下田，可真高兴啊，给小孩做断七，让妈妈给我买一把梳子，然后还有好多事情要做哩。你带我去看电影好吧？"

对于沿伊豆地区相模川各温泉场串街的艺人来说，下田港这个城市总是像旅途的故乡一样漂浮着使他们恋恋不舍的气息。

五

艺人们像越过天城山时一样，各自携带着原来的行李。妈妈用手腕子搂着小狗的前脚，它露出惯于旅行的神情。走出汤野，又进入了山区。海上的朝日照耀着山腰。我们眺望着朝日的方向。河津的海滨在河津川的前方明朗地展开了。

"那边就是大岛。"

"你看它有多么大，请你来呀。"舞女说。

也许是由于秋季的天空过于晴朗，临近太阳的海面像春天一样笼罩着一层薄雾。从这里到下田要走二十公里路。暂时间海时隐时现。千代子悠闲地唱起歌来。

路上他们问我，是走比较险峻可是约近两公里的爬山小道呢，还是走方便的大道。我当然要走近路。

林木下铺着落叶，一步一滑，道路陡得挨着胸头，我走得气喘吁吁，反而有点豁出去了，加快步伐，伸出手掌拄着膝盖。眼看着他们一行落在后面了，只从树木中间听到他们的话声。舞女一个人高高地提起下摆，紧紧地跟着我跑。她走在后面，离我一两米远，既不想缩短这距离，也不想再落后。我回过头去和她讲话，她好像吃惊的样子，停住脚步微笑着答话。舞女讲话的时候，我等在那里，希望她赶上来，可是她也停住脚步，要等我向前走她才迈步。道路曲曲折折愈加险阻了，我越发加快了脚步，可是舞女一心地攀登着。依旧保持着一两米的距离。群山静寂。其余的人落在后面很远，连话声也听不见了。

“你在东京家住哪儿？”

“没有家，我住在宿舍里。”

1933 年拍摄的电影《伊豆的舞女》(第一作)剧照
舞女(田中绢代饰)一行来到下田街道口。

“我也去过东京，赏花时节我去跳舞的。那时还很小，什么也不记得了。”

然后她问东问西：“你父亲还在吗？”“你到过甲府吗？”等等。她说到了下田要去看电影，还谈起那死了的婴儿。

这时来到了山顶。舞女把鼓卸在枯草丛中凳子上，拿手巾擦汗。她要掸掸脚上的尘土，却忽然蹲到我的脚边，抖着我裙子的下摆。我赶忙向后退，她不由得跪了下来，弯着腰替我浑身掸尘，然后放下裙子下摆，对站在那里呼呼喘气的我说：

“请您坐下吧。”

就在凳子旁边，成群的小鸟飞了来。四周那么寂静，只听见停着小鸟的树枝上枯叶沙沙地响。

“为什么要跑得这么快？”

舞女像是觉得身上热起来。我用手指咚咚地叩着鼓，那些小鸟飞走了。

“啊，想喝点水。”

“我去找找看。”

可是舞女马上从发黄的丛树之间空着手回来了。

“你在大岛的时候做些什么？”

这时舞女很突然地提出了两三个女人的名字，开始谈起一些没头没脑的话。她谈的似乎不是在大岛而是在甲府的事，是她上普通小学二年级时小学校的一些朋友，她想到什么就说什么。

等了约十分钟，三个年轻人到了山顶，妈妈更落后了十分钟才到。

下山时，我和荣吉特意迟一步动身，慢慢地边谈边走。走了约一里路之后，舞女又从下面跑上来。

“下面有泉水，赶快来吧，我们都没喝，在等着你们呢。”

我一听说有水就跑起来。从树阴下的岩石间涌出了清凉的水。女人们都站在泉

电影《伊豆的舞女》剧照

舞女一行途经各村的入口处，都竖一块上写“乞讨的江湖艺人不得入村”字样的牌子。

水的四周。

“快点，请您先喝吧。我怕一伸手进去会把水弄浑了，跟在女人后面喝，水就脏啦。”妈妈说。

我用双手捧着喝了冷冽的水，女人们不愿轻易离开那里，拧着手巾，擦掉汗水。

下了山一走进下田的街道，出现了好多股烧炭的烟。大家在路旁的木头上坐下来休息。舞女蹲在路边，用桃红色的梳子在梳小狗的长毛。

“这样不把梳子齿弄断了吗？”妈妈责备她说。

“没关系，到下田反正要买把新的。”

在汤野的时候，我就打算向舞女讨这把插在她前发上的梳子，所以我认为不该用它梳狗毛。

道路对面堆着好多捆细竹子，我和荣吉谈起正好拿它们做手杖用，就抢先一步站起身来。舞女跑着赶上来，抽出一根比她人还长的粗竹子。

“你干什么？”荣吉问她。她踌躇了一下，把那根竹子递给我。

“给你做手杖。我挑了一根挺粗的。”

“不行啊！拿了粗的，人家立刻会看出是偷的，被人看见不糟糕吗？送回去吧。”

舞女回到堆竹子的地方，又跑回来。这一次，她给我拿来一根有中指粗的竹子。接着，她在田埂上像背脊给撞了一下似的，跌倒在地，很难受地喘着气等待那几个女人。

我和荣吉始终走在前头十多米。

“那颗牙可以拔掉，换上一颗金牙。”忽然舞女的声音送进我的耳朵里来。回过头一看，舞女和千代子并排走着，妈妈和百合子稍稍靠后一些。千代子好像没有在意到我在回头看，继续说：

“那倒是的。你去跟他讲，怎么样？”

她们好像在谈我，大概千代子说我的牙齿长得不齐整，所以舞女说可以换上金牙。她们谈的不外乎容貌上的话，说不上对我有什么不好，我都不想耸起耳朵听，心里只感到亲密。她们还在悄悄地继续谈，我听见舞女说：“是个好人哪。”

“是啊，人倒是很好。”

“真正是个好人。为人真好。”

这句话听来单纯而又爽快，是幼稚地顺口流露出感情的声音。我自己也能天真地感到我是一个好人了。我心情愉快地抬起眼来眺望着爽朗的群山。眼睑里微微觉着痛。我这个二十岁的人，一再严肃地反省到自己由于孤儿根性养成的怪脾气，我正因为受不了那种令人窒息的忧郁感，这才走上到伊豆的旅程。因此，听见有人从社会的一般意义说我是个好人，真是说不出的感谢。快到下田海边，群山明亮起来，我挥舞着刚才拿到的那根竹子，削掉秋草的尖子。

路上各村庄的入口竖着牌子：

“乞讨的江湖艺人不得入村。”

六

一进下田的北路口，就到了甲州屋小旅店。我随着艺人们走上二楼，头上就是屋顶，没有天花板，坐在面临街道的窗口上，头要碰到屋顶。

“肩膀不痛吧？”妈妈好几次盯着舞女问，“手不痛吗？”

舞女做出敲鼓时的美丽手势。

“不痛。可以敲，可以敲。”

“这样就好啦。”

我试着要把鼓提起来。

“唉呀，好重啊！”

“比你想象的要重。比你的书包要重些。”舞女笑着说。

艺人们向小旅店里的人们亲热地打着招呼。那也尽是一些艺人和走江湖的。下田这个港口像是这些候鸟的老窝。舞女拿铜板给那些摇摇晃晃走进房间来的小孩子。我想走出甲州屋，舞女就抢先跑到门口，给我摆好木屐，然后自言自语似地

伊豆半岛汤野的客店福田家近旁的舞女雕像

川端康成的小说《伊豆的舞女》取材于作者读高中时的一段亲身经历，小说描述了作者与一美丽清纯的少年舞女之间朦胧的恋情和圣洁的感情，体现了东方式的淳朴高尚的人性美。这一故事不仅在日本家喻户晓，而且也传遍了世界各地，每年春季都有大量的来自世界各地的人们，来到当年川端康成与舞女途经的地方，去追忆、感受那动人心魄的一幕。

悄声说：“带我去看电影啊。”

我和荣吉找一个游手好闲的人领路，把我们带到一家旅馆去，据说旅馆主人就是以前的区长。洗过澡之后，我和荣吉吃了鲜鱼的午饭。

“你拿这个去买些花给明天忌辰上供吧。”我说着拿出个纸包，装着很少的一点钱，叫荣吉带回去，因为我必须乘明天早晨的船回东京，我的旅费已经用光了。我说是为了学校的关系，艺人们也就不好强留我。

吃过午饭还不到三小时就吃了晚饭，我独自从下田向北走，过了桥。我登上下田的富士山，眺望着港湾。回来的路上顺便到了甲州屋，看见艺人们正在吃鸡肉火锅。

“哪怕吃一口不也好吗？女人们用过的筷子虽然不干净，可是过后可以当作笑话谈。”妈妈说着，从包裹里拿出小碗和筷子叫百合子去洗。

大家又都谈起明天恰好是婴儿的第四十九天，请我无论怎样也要延长一天再动身，可是我拿学校做借口，没有应允。妈妈翻来覆去地说：

“那么，到冬天休假的时候，我们大家到船上去接您。请先把日期通知我们，我们等着。住在旅馆里多闷人，我们到船上去接您。”

屋里只剩下千代子和百合子的时候，我邀她们去看电影，千代子用手按着肚子说：“身子不舒服，走了那么多的路，吃不消啦。”她脸色苍白，身体像是要瘫下来了。百合子拘谨地低下头去。舞女正在楼下跟小旅店的孩子们一起玩。她一看到我，就去央求妈妈让她去看电影，可是接着垂头丧气的，又回到我身边来，给我摆好了木屐。

“怎么样，就叫她一个人陪了去不好吗？”荣吉插嘴说。但是妈妈不应允。为什么带一个人去不行呢，我实在想不透。我要走出大门口的时候，舞女正在抚摸着小狗的头。她那种疏远冷淡的神情，使我对她难以开口讲话。她连抬起头来看我一眼的气力好像都没有了。

我独自去看电影。女讲解员在灯泡下面念着说明书。我立即走出来回到旅馆去。我把胳膊肘拄在窗槛上，好久好久眺望着这座夜间的城市，城市黑黢黢的。我觉得从远方微微地不断传来了鼓声。眼泪无端地扑簌簌落下来。

七

出发的早晨七点钟，我正在吃早饭，荣吉就从马路上招呼我了。他穿着印有家徽的黑外褂，似乎为了给我送行穿上礼服。女人们都不见，我立即感到寂寞。荣吉走进房间里来说：

“本来大家都想来送行的，可是昨天夜里睡得很迟，起不了床，叫我来道歉，并且说冬天等着您，一定要请您来。”

街上秋天的晨风是冷冽的。荣吉在路上买了柿子、四包敷岛牌香烟和熏香牌口中清凉剂送给我。

“因为我妹妹的名字叫薰子，”他微笑着说。“在船上吃桔子不大好，柿子对于晕船有好处，可以吃的。”

“把这个送给你吧。”

我摘下便帽，叫荣吉戴在头上，然后从书包里取出学生帽，拉平皱褶，两个人都笑了。

快到船码头的时候，舞女蹲在海滨的身影扑进我的心头。在我们靠近她身边以前，她一直在发愣，沉默地垂着头。她还是昨夜的化妆，愈加动了我的感情，眼角上的胭脂使她那像是生气的脸上显出一股幼稚的严峻神情。荣吉说：

“别的人来了吗？”

舞女摇摇头。

“她们还都在睡觉吗？”

舞女点点头。

荣吉去买船票和舢板票的当儿，我搭讪着说了好多话，可是舞女往下望着运河入海的地方，一言不发。只是我每说一句还没有说完，她就连连用力点头。

这时，有一个小工打扮的人走过来，听他说：“老婆婆，这个人可不错。”

“学生哥，你是去东京的吧，打算拜托你把这个婆婆带到东京去，可以吗？满可怜的一个老婆婆。她儿子原先在莲台寺的银矿做工。可是倒霉，碰上了这次流行感冒，儿子和媳妇都死啦，留下了这么三个孙子。怎么也想不出好办法，我们商量着还是送她回家乡去。她家乡在水户，可是老婆婆一点也不认识路。到了灵岸岛，请你把她送上开往上野去的电车就行啦。麻烦你呀，我们拱起双手重重拜托。唉，你看到这种情形，也要觉得可怜吧。”

老婆婆痴呆呆地站在那里，她背上绑着一个奶娃儿，左右手各牵着一个小姑娘，小的大概三岁，大的不过五岁的样子。从她那龌龊的包袱皮里，可以看见有大饭团子和咸梅子。五六个矿工在安慰着老婆婆。我爽快地答应了照料她。

“拜托你啦。”

“谢谢啊！我们本应当送她到水户，可是又做不到。”

矿工们说了这类话各自向我道谢。

舢板摇晃得很厉害，舞女还是紧闭双唇向一边凝视着。我抓住绳梯回过头来，想说一声再见，可也没说出口，只是又一次向她点了点头。舢板回去了。荣吉不断地挥动着刚才我给他的那顶便帽。离开很远之后，才看见舞女开始挥动白色的东西。

轮船开出下田的海面，伊豆半岛南端渐渐在后方消失，我一直凭倚着栏杆，一心一意地眺望海面上的大岛。我觉得跟舞女的离别仿佛是很久很久以前的事了。老婆婆怎么样啦？我探头向船舱里看，已经有好多人围坐在她身旁，似乎在百般安慰她。我安下心来，走进隔壁的船舱。相模滩上风浪很大，一坐下来，就常常向左右歪倒。船员在到处分发小铁盆。我枕着书包躺下了。头脑空空如也，没有了时间的感觉。泪水扑簌簌地滴在书包上，连脸颊都觉得凉了，只好把枕头翻转过来。我的身旁睡着一个少年。他是河津一个工场老板的儿子，前往东京准备投考，看见我戴着第一高等学校的学生帽，对我似乎很有好感。谈过几句话之后，他说：

"您遇到什么不幸的事吗？"

"不，刚刚和人告别。"我非常坦率地说。让人家见到自己在流泪，我也满不在乎。我什么都不想，只想在安逸的满足中静睡。

海上什么时候暗下来我也不知道，网代和热海的灯光已经亮起来。皮肤感到冷，肚里觉得饿了，那少年给我打开了竹皮包着的菜饭。我好像忘记了这不是自己的东西，拿起紫菜饭卷就吃起来，然后裹在少年的学生斗篷里睡下去。我处在一种美好的空虚心境里，不管人家怎样亲切对待我，都非常自然地承受着。我想明天清早带那老婆婆到上野车站给她买票去水户，也是极其应当的。我感到所有的一切都融合在一起了。

船舱的灯光熄灭了。船上载运的生鱼和潮水的气味越来越浓。在黑暗中，少年的体温暖着我，我听任泪水向下流。我的头脑变成一泓清水，滴滴答答地流出来，以后什么都没有留下，只感觉甜蜜的愉快。

侍桁 译

·作品赏析·

《伊豆的舞女》是川端康成的成名作，最初发表于新感觉派的文学阵地《文艺时代》1926年1、2月号上。小说是根据作者本人19岁时的一段经历写成的。故事中的男主人公是一位20岁的孤独的高等学校学生，他在去伊豆旅行途中遇到一群巡回艺人并与他们结伴而行，被他们善良的禀性和纯朴的心地所感染，化解了他的沉闷情绪，滋生了许多甜蜜快乐的情绪。尤其与美丽天真的14岁的小姑娘薰子一段若即若离却两心相印的朦胧的恋情，使男主人公得到了安逸的满足。小说笔调委婉含蓄，语言清新优美，情景交融，线索清晰，主次分明，涉及人物众多，但情节却丝毫不乱，表现了作者高超的小说创作技巧。小说洋溢着浓郁的日本审美情趣，充分体现了新感觉派通过顿悟的手法，在刹那间捕捉美的永恒、一瞬间追求新的感觉的艺术主张。

发现 / ［南非共和国］戈迪默

入选理由

南非当代著名女作家戈迪默的短篇小说名作之一
以诙谐的笔触叙述了一个荒诞而不失真实的美丽爱情之歌
入选世界多种短篇小说选本

让她们都见鬼去吧。

一个跟女人打交道总走背运的男人，决定独身生活一阵子。此公为了爱情结过两次婚。那忠实的第二位太太，离家时卷走了他们收集的所有值钱的东西——油画、名贵的玻璃制品，甚至没放过酒窖中取出的陈年佳酿。他把她没能带走的一切统统扫地出门。他把那些书扔掉，书的扉页上，第一位太太曾可爱地写下她婚后的芳名。然后，他没带任何女人，独自去度假。在他的记忆里，这还是第一次。那些尖酸的少妇和萍水相逢的妓女，他本以为会真心相许，最后都证明与信誓旦旦永远相爱的最忠实的太太们毫无二致——总是背信弃义。

戈迪默像

他只身独影来到一个海滨娱乐场。这里一簇簇的岩石像一面面裂了口的扇子屹立在海面，海潮哗哗作响，被一处处水洼吸进去。这儿没有黄沙。岩石上，横七竖八，星星点点，布满了人，好像煮好的蜜饯——

作者简介

戈迪默（1923 ~ ），南非当代著名白人女作家。生于约翰内斯堡斯普林斯。毕业于威特沃特斯大学。9岁开始写作，15岁开始在杂志上发表小说。自20世纪40年代以来，她出版了为数众多的长短篇小说，揭露了横行在南非社会的种族歧视、殖民政策和由此带来的不平等的人际关系。1991年获得诺贝尔文学奖。曾任南非皇家学会会员，国际笔会副主席。主要作品有长篇小说《陌生人的世界》、《伯格的女儿》、《七月的人民》，短篇小说集《毒蛇温柔的声音》、《六英尺土地》等。

夏季非洲海滨娱乐场
上晒太阳的人们。

都是些女人——她们躺在被咸咸的海水浸得褪色的垫子上，用香脂呵护着自己。那年，她们的头发大都盘起来，用有松紧带的人造花饰扎住；有的人从海里出来时，光滑的肢体上点缀着晶莹的水珠，从来回摆动闪闪发亮的镀金首饰到耳朵上的耳环都滴着水。她们的乳房裸露着。她们的下体隐秘处，戴着前后对扣的两片闪闪发光的三角布，这两片布由一根从屁股中间通过的细绳维系着，并与越过腹部和坐骨的两根细绳会合。在他的视线里，当她们走入大海时，看上去好像都一丝不挂；而当她们从海中出来，充满了喜悦，走入他的视线时，乳房在跳动；当这些女人弯下腰，笑着去拿毛巾、梳子和要搽的防晒油时，乳房又垂下来。有些女人身上布满花纹，好像染成条形的织物：一些红色或白色的条纹或斑块，这是衣物使皮肤避开太阳的热烈洗礼的产物。另一些女人的乳头犹如未熟透的草莓，看得出，她们简直不能容忍用油膏来搽它们。那儿有男人，但他没看见。当他闭目倾听着大海的喧响，他能闻到女人的气味——防晒油的气味。

他频频去游泳。他远远游进那平静的海湾，在那些玩舢板的人们之间，给那些绚丽多彩的风帆制造麻烦；在更靠近海岸的地方，拍岸的碎浪滚滚而来，把他的头埋进大片白色的海水之下。一群年轻的母亲带着孩子，散布在一处处浅滩里。孩子柔软赤裸的身体紧紧贴着母亲。这些小小的身体新近才与母亲的肉体分开，它们看上去还是那些女性胴体的一部分；当初，就是一些像他这样的男人把它们种进那些胴体的。他躺在岩石上晾晒着自己。他喜欢岩石上那些坚硬的突出部分。他挪动着，直到觉得身上的骨骼与岩石相适应了；他蠕动着，直到身上的骨头挪到低洼处，他的形体安顿下来，不再感到岩石顶硌为止。他睡着了。醒来时他看见光滑的大腿从他头边走过——女人。她们湿淋淋的头发上甩落的水珠，掉在他热烘烘的肩膀上。有时候，他发现自己正从她们身下游过，他那皮肤粗糙的身体恰以一条鲨鱼轻轻擦过。

像一般男人在海边独处时常干的那样，他向大海斜砍着石头，他还记着——并且重新掌握了——在水上砍出一连串水漂儿的技巧。他伏卧在潮水够不到的地方，筛选一把把被海水洗磨得十分光滑的石头。他凑近了，开始用一种成年人再不会有的目光打量它们：这是孩子怀着热望看着一朵花，一片叶，一块石头时才有的目光。他细细观察着那被冲刷出的道道条纹，那细碎神秘的色块，那潜藏的星星点点的云母，抚摩着它那被大海光滑爱抚的巨手摩挲得十分平滑的卵形和菱形。

并非所有的石头都真是石头。有一些扁平的琥珀色卵石，是大海这位宝石雕刻匠把破碎的啤酒瓶磨洗成这番模样。有一些用蓝玻璃绿玻璃做成的凸圆宝石（另一些落入大海的瓶子），马虎之下，会被人看做蓝宝石绿宝石。孩子们把它们拾到帽子或小桶里。一天下午，在这些珠宝中混进了一些货船抛弃的聚苯乙烯泡沫塑料和别的塑料遗弃物。这些东西在海里漂了漂，又被抛上海岸，在海滩上到处都是。他捧着满满一把石头，像一个和尚捧着一串念珠。在这把石头中，他发现了一件真正的珍宝。在这些彩色玻璃的卵石之中，有一枚蓝宝石钻戒。它并没有躺在多石的海滩表层，所以显然不是那天在那儿的女人掉的。可能是某个宝贝儿，某个阔佬的心肝儿（或秘密夫人），在附近的海里，从一艘游艇上跃入海中，正当她时髦地甩掉其他穿戴时却还戴着她的珠宝，她肯定发现了由于水的作用，一枚戒指从手指上滑脱了。要么，当时没有感觉到，只是在回到甲板上以后才发现这一遗失。在她急于寻找获得保险赔偿的对策时，大海却把这枚戒指沉得越来越深；斗转星移，很多天、很多年之后，大海腻烦了它，于是，缓缓地推它，冲它，把它抛弃到陆地。这是一枚精美绝伦的戒指。一大颗椭圆形蓝宝石，环以一圈圆形钻石；在这华美的小丘两侧，各镶有一枚切割成狭长方形的钻石，使之过渡成为一个令人过目难忘的圆。

虽然这戒指是他用手指从足有六英寸深的泥沙中偶然挖出来的，但他还是向四周张望了一下，好像戒指的失主肯定就在他旁边。

但是，女人们正在给自己身上抹防晒油，在用毛巾擦拭自己的孩子，在对着小镜子拔除自己多余的眉毛，或者在跷着二郎腿坐着，她们的乳房懒洋洋地耷拉在小桌上，桌上放着饭店侍者给她们送来的沙拉和白葡萄酒。他拿着戒指向饭店走去，也许已经有人挂了失。来个失物招领吧。但很可能她一直从黑市上买贼赃呢。这枚戒指很值钱。把它交给警察吧。

然而怀疑使他警觉起来；也许，在这个异国之地，有理由产生怀疑，甚至对警察。如果没有人来认领这枚戒指，一些本地人就会把它揣进自己的衣兜。所以，这有什么不同——如果他把它放进自己的衣兜，或者，更进一步，把它放进装着钱、信用卡、车钥

《发现》插图

匙以及太阳镜的背包。于是，他走向海滩，又在岩石上躺下，在那群女人当中。想一想。

在当地一家报纸上，他登了一则启事。“本月一日，星期二，在蓝色地平线海滩，拾到戒指一枚。”他留下旅馆的电话和房间号。失物招领果然不错，电话纷纷而来。有些是男人打来的，电话声称他们的妻子、母亲、女友，确实在海滩遗失戒指一枚。当他要他们描述一下那枚戒指的样子时，他们便碰碰运气：是一枚钻石戒指。但当他要求他们讲出进一步的细节时，他们便只能支吾搪塞，含糊其辞了。如果来电话的是女人，且声音哄人，讨好巴结（有些女人甚至带着哭腔），听得出来是某个中年女骗子的声音，他干脆就在她打算描述遗失的戒指样子时便挂掉电话。但是，如果那声音很动人，有时显然很年轻，很温柔，甚至在大胆的撒谎中有些犹豫，他就要求这位失主到饭店来，确认一下这枚戒指。

请描述它。

他让她们舒服地坐在露天阳台前，那儿有来自海上的阳光，他审视着她们的脸。只有一个女人使他相信是真丢了戒指；她描述了戒指的各个细节然后走了，她很抱歉打扰了他。而其他女人——有些相当迷人，甚至极为漂亮，穿着极富诱惑力——要是她们带不走自己编造的那么一枚戒指，就拿定主意为这次造访得到一点别的东西。看来她们算计过，一枚戒指就是一枚戒指，如果它很值钱，它上面肯定有钻石。有一两位，甚至天真到说：是的，那上面还有别的宝石，但是因为那戒指是件传家之宝（祖母的，姑妈的），她们真的不知道那些宝石叫什么名字。

那么颜色呢？形状呢？

她们离开了，好像当众受了侮辱；要么，就是做贼心虚地咯咯笑着，说她们来只是为了开个大胆的玩笑。她们很难摆脱客套。

然后，一个打电话的声音与所有别的来电话人都不同，这是一个歌手或女演员的很克制的声音，也许表达得很胆怯。我本来已不抱什么希望了，对于找到那个……我的戒指。她看到了那则启事，并且想，不，不，这是没用的。但是也许，存在着百万分之一的机会……他请她到饭店来。

她肯定有四十岁了，一个天生的美人，长着一双平静的灰绿色大眼睛，但这却不妨碍她有一头孔雀黑色的头发。头发从她圆圆的前额顶耸起，好像一只鸟喙，那头发在头顶盘成一圈，光滑得犹如平滑的羽毛。她的两个乳峰交界处没有一点褶痕，在那像她头发一样乌黑的衣服的中上部，乳房坚实地突出着。她那双手天生是为了戴戒指而长的；她伸出修长的手指，露出手掌：当它掉下去时，我看见水中微光一闪——

请描述它的样子。

她直直地凝视着他，又扭开头，移开目光，开始说话。她煞费苦心地说道，是白金和黄金的……你知道，要确切说对一个你戴了很久、已不再注意的东西是很难的。一块很大的钻石……是几块。还有，一些红宝石和绿宝石……是红宝石，但我想它们已经在那之前掉下来了……

那家饭店的书桌附带梳妆台，他走到那个抽屉前，从夹有介绍饭店情况、有线电视节目和客房服务项目的资料夹下，拿出一个信封。这是您的戒指，他说。

她的目光没有改变。他拿出那枚戒指，递给她。

她的手指好像是在水下慢慢地向他浮过来。她从他手中接过戒指，并开始往自己右手中指上戴。那戒指并不合适，但她用一个变戏法般的极快动作纠正了一下，于是那枚戒指在第三个手指上到位了。

他领她出去吃饭，席间却对那个话题绝口不提。她成了他的第三位太太。他们生活在一块，比起任何别的夫妻，在他们之间相互秘不可言的事情倒也决不更多。

佚名 译

·作品赏析·

《发现》是南非白人女作家戈迪默的代表作之一。小说以细腻的笔触叙述了一个美丽的爱情故事。男主人公是一个结过两次婚的人，一次他到一个海滨娱乐场去度假。他于偶然间在沙滩上发现了一枚戒指，便在当地一家报纸上登了一则失物招领启事。结果许多女子找上门来，但都是些骗子。最后真正的失主，一位美丽女子找上门来，她也成了男主人公的第三位太太。小说笔调轻松调侃，语言优美流畅，情节跌宕有致，富于戏剧色彩，标题与结尾新颖，耐人寻味。小说中所说的故事在现实中不难找到，具有很强的现实意义。

一个长翅膀的老人

/［哥伦比亚］马尔克斯

入选理由

马尔克斯的短篇小说佳作之一

魔幻现实主义文学的短篇小说代表作之一

影射了拉美社会的荒谬、人性的异化、道德沦丧等社会现象

大雨连续下了三天，贝拉约夫妇在房子里打死了许许多多的螃蟹。刚出生的婴儿整夜都在发烧，大家认为这是由于死蟹带来的瘟疫，因此贝拉约不得不穿过水汪汪的庭院，把它们扔到海里去。星期二以来，空气变得格外凄凉。苍天和大海连成一个灰茫茫的混合体，海滩的细沙在三月的夜晚曾像火星一样闪闪发光，而今却变成一片杂有臭贝壳的烂泥塘。连中午时的光线都显得那么暗淡，使得贝拉约扔完螃蟹回来时，费了很大力气才看清有个东西在院子深处蠕动，并发出阵阵呻吟。贝拉约一直走到很近的地方，方才看清那是一位十分年迈的老人，他嘴巴朝下伏卧在烂泥里，尽管死命地挣扎，依然不能站起，因为有张巨大的翅膀妨碍着他的活动。

马尔克斯像

贝拉约被这噩梦般的景象吓坏了，急忙跑去叫妻子埃丽森达，这时她正在给发烧的孩子头上放置湿毛巾。他拉着妻子走到院落深处。他们望着那个倒卧在

作者简介

马尔克斯 (1928 ~)，哥伦比亚现当代著名作家，拉丁美洲魔幻现实主义文学的杰出代表人物。生于马格达莱纳省加勒比海边阿拉恰达卡镇。8 岁前寄居在外祖父家，后去外地上小学、中学和大学。20 世纪 50 年代任《观察家报》记者，曾赴欧采访，多年侨居巴塞罗那和墨西哥。1982 年获诺贝尔文学奖和哥伦比亚语言科学院名誉院士称号。重要作品有长篇小说《百年孤独》、《霍乱时期的爱情》，中篇小说《枯枝败叶》、《恶时辰》，短篇小说集《蓝宝石般的眼睛》、《格兰德大妈的葬礼》等。

地上的人，惊愕得说不出话来。老人穿戴得像个乞丐，在剃光的脑袋上仅留有一束灰发，嘴巴里剩下稀稀落落几颗牙齿，他这副老态龙钟浑身湿透的模样使他毫无气派可言。那对兀鹰似的巨大翅膀十分肮脏，已经脱掉一半羽毛，这时一动不动地耷拉在污水里。夫妻二人看得那样仔细，那样专注，以致很快从惊愕中镇定下来，甚至觉得那老人并不陌生。于是他们便同他说起话来，对方用一种难懂的方言但却是一种航海人的好嗓音回答他们。这样他们便不再注意他的翅膀如何的别扭，而是得出十分精辟的结论：即认为他是一位遭到台风袭击的外轮上的孤独的遇难者。尽管如此，他们还是请来一位通晓人间生死大事的女邻居看一看。她只消一眼，便纠正了他俩的错误结论。她说："这是一位天使，肯定是为孩子来的，但是这个可怜的人实在太衰老了，雷雨把他打落在地上了。"

马尔克斯的故乡哥伦比亚阿拉恰达卡（马贡多）小镇

第二天，大家都知道了在贝拉约家抓住了一个活生生的天使，与那位聪明的女邻居的看法相反，他们都认为当代的天使都是一些在一次天堂叛乱中逃亡出来的幸存者，不必用棒子去打杀他。贝拉约手持警棍整个下午从厨房里监视着他。临睡觉前他把老人从烂泥中拖出来，同母鸡一起圈在铁丝鸡笼里。午夜时分，雨停了。贝拉约与埃丽森达却仍然在消灭螃蟹。过了一会儿，孩子烧退醒了过来，想吃东西了。夫妇俩慷慨起来，决定给这位关在笼子里的天使放上三天用的淡水和食物，等涨潮的时候再把他赶走。天刚拂晓，夫妻二人来到院子里，他们看见所有的邻居都在鸡笼子前面围观，毫无虔诚地戏耍着那位天使，从铁丝网的小孔向他投些吃的东西，似乎那并不是什么神的使者，而是头马戏团的动物。贡萨加神父也被这奇异的消息惊动了，在七点钟以前赶到现场。这时又来了一批好奇的人，但是他们没有黎明时来的那些人那样轻浮，他们对这个俘虏的前途作着各种各样的推测。那些头脑简单的人认为他可能被任命为世界的首脑。另一些头脑较为复杂的人，设想他可能被提升为五星上将，去赢得一切战争。还有一些富于幻想的人则建议把他留做种子，好在地球上培养一批长翅膀的人和管理世界的智者。在当牧师前曾是一个坚强的樵夫

教皇的游行队伍

的贡萨加神父来到铁丝网前，首先重温了一遍教义，然后让人们为他打开门，他想凑近看一看那个可怜的汉子，后者在惊慌的鸡群中倒很像一只可怜的老母鸡。他躺在一个角落里，伸展着翅膀晒太阳，四周满是清晨来的那些人投进来的果皮和吃剩的早点。当贡萨加神父走进鸡笼用拉丁语向他问候时，这位全然不懂人间无礼言行的老者几乎连他那老态龙钟的眼睛也不抬一下，嘴里只是用他的方言咕哝了点什么。神父见他不懂上帝的语言，又不会问候上帝的使者，便产生了第一个疑点。后来他发现从近处看他完全是个人：他身上有一种难闻的气味，翅膀的背面满是寄生的藻类和被台风伤害的巨大羽毛，他那可悲的模样同天使的崇高的尊严毫无共同之处。于是他离开鸡笼，通过一次简短的布道，告诫那些好奇的人们过于天真是很危险的。他的理由是：既然翅膀并非区别鹞鹰和飞机的本质因素，就更不能成为识别天使的标准。尽管如此，他还是答应写一封信给他的主教，让主教再写一封信给罗马教皇陛下，这样，最后的判决将来自最高法庭。

神父的谨慎在这些麻木的心灵里毫无反响。俘获天使的消息不胫而走，几小时之后，贝拉约的院子简直成了一个喧嚣的市场，以至于不得不派来上了刺刀的军队来驱散都快把房子挤倒的人群。埃丽森达弯着腰清扫这小市场的垃圾。突然她想出一个好主意，堵住院门，向每个观看天使的人收取门票五分。

有些好奇的人来自很远的地方。还来了一个流动杂耍班；一位杂技演员表演空中飞人，他在人群上空来回飞过，但是没有人理会他，因为他的翅膀不是像天使的那样，而是像星球蝙蝠的翅膀。地球上最不幸的病人来这里求医：一个从儿时开始累计自己心跳的妇女，其数目字已达到不够使用的程度；一个终夜无法睡眠的葡萄牙人受到了星星噪音的折磨；一个梦游病患者总是夜里起来毁掉他自己醒时做好的东西；此外还有其他一些病情较轻的人。在这场震撼地球的动乱中，贝拉约和埃丽森达尽管疲倦，却感到幸福；因为在不到一个星期的时间里，他们屋子里装满了银钱，而等着进门的游客长队却一直伸展到天际处。

这位天使是惟一没有从这个事件中捞到好处的人。在这个临时栖身的巢穴里，他把全部时间都用来寻找可以安身的地方，因为放在铁丝网旁边的油灯和蜡烛仿佛地狱里的毒焰一样折磨着他。开始时他们想让他吃樟脑球，根据那位聪明的女邻居的说法，这是天使们的特殊食品。但是他连看也不看一下，就像他根本不吃那些信徒们给他带来的食品一样。不知道他是由于年老呢，还是别的什么原因，最后总算吃了一点茄子泥。他惟一超人的美德好像是耐心。特别是在最初那段时间里，当母鸡在啄食繁殖在他翅膀上的小寄生虫时，当残废人拔下他的羽毛去触摸他的残废处时，当缺乏同情心的人向他投掷石头想让他站起来，以便看看他的全身的时候，他都显得很有耐心。惟一使他不安的一次是有人用在牛身上烙印记的铁铲去烫他，他待了那么长的时间动也不动一下，人们都以为他死了；可他却突然醒过来，用一种费解的语言表示愤怒，他眼里噙着泪水，扇动了两下翅膀，那翅膀带起的一阵旋风把鸡笼里的粪便和尘土卷了起来，这恐怖的大风简直不像是这个世界上的。尽管如此，很多人还是认为他的反抗不是由于愤怒，而是由于痛苦所至。从那以后，人们不再去打扰他了，因为大部分人懂得他的耐性不像一位塞拉芬派天使在隐退时的耐性，而像是在大动乱即将来临前的一小段短暂的宁静。

贡萨加神父向轻率的人们讲明家畜的灵感方式，同时对这个俘获物的自然属性提出断然的见解。但是罗马的信件早就失去紧急这一概念。时间都浪费在证实罪犯

《天使的眼睛》（托马斯·加拉姆斯绘）

这幅油画展示了“魔幻现实主义”的特征，它以超现实主义为出发点，采用夸张、象征等手法，将现实与幻想、真实与荒诞融合在一起，营造出一个奇异的魔幻现实世界，以此影射拉美社会的荒谬、人性的异化等现象。

是否有肚脐眼呀，他的方言是否与阿拉米奥人的语言有点关系呀，他是不是能在一个别针尖上触摸很多次呀，等等上边。如果不是按上帝的间旨结束了这位神父的痛苦的话，这些慎重的信件往返的时间可能会长达几个世纪之久。

这几天，在杂耍班的许多引人入胜的节目中，最吸引人的是一个由于不听父母亲的话而变成蜘蛛的女孩的流动展览。看这个女孩不仅门票比看天使的门票钱少，而且还允许向她提出各色各样有关她的痛苦处境的问题，可以翻来覆去地查看她，这样谁也不会怀疑这一可怕情景的真实性。女孩长着一个蜘蛛体形，身长有一头羊那么大，长着一颗悲哀的少女头。但是最令人痛心的不是她的外貌，而是她所讲述的不幸遭遇。她还几乎未成年时，偷偷背着父母去跳舞，未经允许跳了整整一夜；回家路过森林时，一个闷雷把天空划成两半，从那裂缝里出来的硫磺闪电，把她变成了蜘蛛。她惟一的食物是那些善良人向她嘴里投的碎肉球。这样的场面是那么富有人情味和可怕的惩戒意义，无意中使得那个对人类几乎看都不愿看一眼的受人歧视的天使相形见绌。此外，为数很少的与天使有关的奇迹则反映出一种精神上的混乱，例如，什么不能恢复视力的盲人又长出三颗新的牙齿呀，不能走路的瘫痪病人几乎中了彩呀，还有什么在麻风病人的伤口上长出向日葵来，等等。

那些消遣娱乐胜于慰藉心灵的奇迹，因此早已大大降低了天使的声誉，而蜘蛛女孩的出现则使天使完全名声扫地了。这样一来，贡萨加神父也彻底治好了他的失眠症，贝拉约的院子又恢复了三天阴雨连绵、螃蟹满地时的孤寂。

这家的主人毫无怨言，他们用这些收入盖了一座有阳台和花园的两层楼住宅。为了防止螃蟹在冬季爬进屋子，还修了高高的围墙。窗子上也安上了铁条，免得再进来天使。贝拉约还另外在市镇附近建了一个养兔场，他永远地辞掉了他那倒霉的警官职务。埃丽森达买了光亮的高跟皮鞋和很多色泽鲜艳的丝绸衣服，这种衣服都是令人羡慕的贵妇们在星期天时才穿的。只有那个鸡笼没有引起注意。有时他们也用水冲刷一下，在里面洒上些药水，这倒并不是为了优待那位天使，而是为了防止那个像幽灵一样在这个家里到处游荡的瘟疫。一开始，当孩子学会走路时，他们注意叫他不要太接近那个鸡笼。但是后来他们就忘记了害怕，逐渐也习惯了这种瘟疫。孩子还没到换牙时就已钻进鸡笼去玩了，鸡笼的铁丝网一块一块烂掉了。天使同这个孩子也同对其他人一样，有时也恼怒，但是他常常是像一只普通驯顺的狗一样忍耐着孩子的恶作剧，这样一来倒使埃丽森达有更多的时间去干家务活了。不久，天使和孩子同时出了水痘。来给孩子看病的医生顺便也给这位天使看了一下，发现他的心脏有那么多杂音，以至于使医生不相信他还像是活着。更使这位医生震惊的是他的翅膀，竟然在这完全是人的肌体上长得那么自然。他不理解为什么其他人没长这么一对。

当孩子开始上学时，这所房子早已变旧，那个鸡笼也被风雨的侵蚀毁坏了。不再受约束的天使像一只垂死的动物一样到处爬动。他毁坏了已播了种的菜地。他们常常用扫帚把刚把他从一间屋子里赶出来，可转眼间，又在厨房里遇到了他。见他同时出现在那么多的地方，他们竟以为他会分身法。埃丽森达经常生气地大叫自己是这个充满天使的地狱里的一个最倒霉的人。最后一年冬天，天使不知为什么突然苍老了，几乎连动都不能动，他那混浊不清的老眼，竟然昏花到经常撞树干的地步。他的翅膀光秃秃的，几乎连毛管都没有剩下。贝拉约用一床被子把他裹起来，仁慈地把他带到棚屋里去睡。直到这时贝拉约夫妇才发现老人睡在暖屋里过夜时整宿地发出呻吟声，毫无挪威老人的天趣可言。

他们很少担心，可这次他们放心不下了，他们以为天使快死了，连聪明的女邻居也不能告诉他们对死了的天使都该做些什么。

尽管如此，这位天使不但活过了这可恶的冬天，而且随着天气变暖，身体又恢复了过来。他在院子最僻静的角落里一动不动地待了一些天。到十二月时，他的眼睛重新又明亮起来，翅膀上也长出粗大丰满的羽毛。这些羽毛好像不是为了飞，倒像是临死前的回光返照。有时当没有人理会他时，他在满天繁星的夜晚还会唱起航海人的歌子。

一天上午，埃丽森达正在切洋葱块准备午饭，一阵风从阳台窗子外刮进屋来。她以为是海风，就随便地朝外边探视了一下，这时她惊奇地看到天使正在试着起飞。他的两只翅膀显得不太灵活，他的指甲好像一把铁犁，把地里的蔬菜打坏不少。阳光下，他那对不停扇动的大翅膀几乎把棚屋撞翻。但是他终于飞起来了。埃丽森达眼看着他用他那兀鹰的翅膀扇动着，飞过最后一排房子的上空。她放心地舒了一口气，为了她自己，也是为了他。洋葱切完了，她还在望着他，直到消失不见为止，这时他已不再是她生活中的障碍物，而是水天相交处的虚点。

佚名 译

·作品赏析·

《一个长翅膀的老人》描写了一个荒诞怪异的故事，是马尔克斯的魔幻现实主义短篇小说名作之一。小说最大的艺术特征是象征手法的运用。巨翅老人象征拉美的传统文化，贝拉约夫妇象征拉美的中产阶级，贡萨加神父象征拉美政教合一的统治势力。天使的重新飞翔，暗示拉美的传统文化并未因压迫而消亡，它会重新发扬光大，带给人们以光明和希望。小说将现实与幻想、真实与荒诞、写实与夸张、严肃与嘲讽等很好地融合在一起，营造了一个似神话而非神话、似现实而非现实的魔幻现实世界，影射了拉美的社会现实，揭示了拉美社会的荒谬、人性的异化、道德的沦丧等现象，也展示了魔幻现实主义文学的基本特征。